读论编

论文学与创作

(二)

王　蒙

目　录

作家作品评论

又短又好
　　——读《明镜台》……………………………………（3）
分寸·点化 ……………………………………………（6）
《雪》的联想 …………………………………………（9）
从《辣椒》说开去 ……………………………………（23）
贵在有后劲 ……………………………………………（27）
致高行健 ………………………………………………（29）
读《绿夜》 ……………………………………………（33）
给吴若增同志的信 ……………………………………（39）
王安忆的"这一站"和"下一站"……………………（41）
热情与痛苦的果实
　　——读原在北大荒生活的几个青年作者的小说 …（47）
对当代新作的爱与知 …………………………………（50）
英勇悲壮的"知青"纪念碑
　　——评《今夜有暴风雪》 …………………………（57）
漫话几个作者和他们的作品 …………………………（63）
可喜的追求
　　——读白族作家张长的几篇小说 …………………（72）

1

与彭荆风谈《云里雾里》……………………………（77）
雅俗共赏的一朵奇葩
　　——喜看哑剧集锦《讽刺与幽默》……………（79）
大地和青春的礼赞
　　——《北方的河》读后……………………………（81）
读一九八三年一些短篇小说随想…………………（85）
能不能写得更好一些
　　——读《萌芽》获奖短篇小说……………………（96）
读《鸽哨》……………………………………………（99）
且说《棋王》…………………………………………（101）
一九八四年部分短篇小说一瞥……………………（106）
香雪的善良的眼睛
　　——读铁凝的小说…………………………………（113）
并非世外桃源的故事
　　——读《爱，在夏夜里燃烧》……………………（119）
是警策也是精神财富
　　——推荐《历史在这里沉思》……………………（121）
《牌坊》的技巧………………………………………（123）
青春的推敲
　　——读三篇青年写青年的短篇小说………………（125）
《黑森林》读后漫笔…………………………………（129）
读《天堂里的对话》…………………………………（133）
秋夜漫话"新世说"…………………………………（139）
我为什么喜爱契佛……………………………………（140）
也算诗话………………………………………………（143）
光明澄静　如归故乡
　　——谈冰心早期的散文小品………………………（148）
读黑井千次的小小说…………………………………（151）

官场无政治？
　　——读《将军浮沉录》……………………………（154）
开拓研究文艺心理学…………………………………（159）
想起了一篇好小说……………………………………（162）
阳光与荒原的追求……………………………………（165）
作家——医生毕淑敏…………………………………（167）
说韩小蕙的散文………………………………………（170）
实行者的勇敢思考……………………………………（172）
斯人斯书，令人雀跃
　　——《纽约客书林漫步》读后 ……………………（174）
历史的形象展示
　　——读《中国通史图说》……………………………（176）
中华文化永驻青春……………………………………（179）
谈宗璞的两本书………………………………………（181）
赵浩生的《八十年来家国》……………………………（183）
读孙毓霜的诗…………………………………………（186）
极限写作与无边的现实主义…………………………（188）
"新新人类"——吃得太撑？…………………………（196）
做与时俱进的学问……………………………………（198）
仁心照亮了猫的世界
　　——解读《你是不会说话的人》……………………（200）
选择活法的可能性……………………………………（203）
用心生活　激情创作…………………………………（205）
柴福善散文中的亲情与乡情…………………………（208）
密码的诱惑……………………………………………（210）
值得一读一吟一粲……………………………………（216）
非强势的困惑…………………………………………（220）
余音绕梁的《长剑歌》…………………………………（224）

3

青春与时尚的《误读红楼》……………………（226）
王海的长篇小说……………………………………（234）
李瑞环同志《务实求理》中有关思想文化工作的
　一些论述…………………………………………（235）
读王锋的诗…………………………………………（242）
我对咸阳的兴趣完全来自于王海的作品…………（245）
读周啸天《邓稼先歌》随记…………………………（248）
大臣与大政…………………………………………（251）
在《林默涵文论》出版座谈会上的讲话……………（261）
《装台》推荐词………………………………………（269）
纪念碑与路标石……………………………………（271）
重读李大钊之《青春》………………………………（274）
一部值得认真对待的电视剧………………………（278）
书海掣鲸毛泽东
　——读《毛泽东读书笔记精讲》有感………………（279）
柳鸣九的菜园子风光………………………………（289）
用淮剧艺术演活"执着者"…………………………（292）
牵风的感动…………………………………………（295）
文学小说的迟子建做法……………………………（298）

序／跋

《〈北京文艺〉短篇小说选》序……………………（309）
永远做生活与艺术的开拓者
　——陈建功《迷乱的星空》序………………………（319）
悲非罪
　——戴晴《不》序……………………………………（326）
《香草集》序…………………………………………（332）
善良者的命运
　——张弦《挣不断的红丝线》序……………………（335）

雪里送炭　其善如何
　　——崔道怡《创作技巧谈》序 ……………………（341）
对军人生活的广阔与独特的感受
　　——海波《幻鸟》序 ………………………………（345）
来自生活的启示
　　——艾克拜尔·米吉提小说集序 …………………（349）
张韧《中篇小说论集》序 ………………………………（353）
《北京优秀短篇小说选》序 ……………………………（356）
伊犁，我没有离开你！
　　——《伊犁游记》序 ………………………………（358）
葛川江的魅力
　　——李杭育《最后一个渔佬儿》序 ………………（360）
珍视读者的"信息反馈"
　　——《〈小说月报〉百花奖作品集》序 ……………（365）
《小说拾珠》序 …………………………………………（368）
谁也不要固步自封
　　——刘索拉小说集序 ………………………………（370）
《探索小说集》序 ………………………………………（372）
《小说与诗的艺术》序 …………………………………（374）
公道自在人间
　　——张守仁《废墟上的春天》序 …………………（376）
话说幽默
　　——《幽默小说选》序 ……………………………（378）
从侯七说起
　　——张宇《活鬼》序 ………………………………（380）
洋洋大观　匆匆十年
　　——宋耀良《十年文学主潮论》序 ………………（383）
一颗颗璀璨的星
　　——傅溪鹏《名人足迹》序 ………………………（387）

5

"问题小说"的再度青春
　　——刘心武《都会咏叹调》序 ················(389)
《思维,在美的领域》序 ·······················(391)
井上先生的西域小说
　　——井上靖《永泰公主的项链》中译本序 ·······(394)
《大藏纵情》序 ·····························(396)
我说沈从文
　　——贺兴安《沈从文评论》序 ···············(398)
我看朱向前论文
　　——朱向前《灰与绿》序 ·················(401)
需要郭雪波
　　——郭雪波《沙狼》序 ··················(405)
《何立伟漫画集》序 ·························(407)
关于文体学
　　——"文体学丛书"序 ··················(409)
珍惜美好
　　——朱炳荪《春游》序 ··················(411)
《夜莺和春天的对话》序 ·······················(413)
张长《宁静的淡泊》序 ·······················(416)
为老友诗集作序 ···························(418)
"不可救药"的幸福
　　——徐恩存《中国石窟艺术》序 ·············(420)
美丽的红罂粟
　　——"红罂粟丛书"序 ··················(422)
欢乐的文学联欢
　　——《都市迷情》序 ···················(425)
钟鸿的诗
　　——钟鸿《梦未了》序 ··················(428)

妙喻如舟
　　——陈四益《新百喻》序 …………………………（431）
《中国当代文学大系·小说卷》序言 ………………………（434）
《淘金梦土》序 …………………………………………………（446）
世界在向你走来
　　——题朱宪民《躁动》摄影作品集 ………………（448）
不能没有童话
　　——萨碧妮·梭模凯朴童话中译本序 ………………（449）
相信人生
　　——张千玉《我不怕生命冷场》序 …………………（451）
《我的一天》序 …………………………………………………（453）
"泰山散文家丛书"序 …………………………………………（456）
人证与史证
　　——陈徒手《人有病，天知否》序 …………………（457）
姚育明她们的散文
　　——"海上生明月丛书"序 ……………………………（459）
诗人是个明白人
　　——《叶延滨随笔》序 ………………………………（461）
不可说之学问与感悟
　　——童庆炳《维纳斯的腰带》序 ……………………（463）
《浪》序 …………………………………………………………（466）
田瑛的小说世界
　　——田瑛小说集序 ……………………………………（468）
毕克官的风格
　　——《毕克官散文选》序 ……………………………（470）
《澳门回归》序 …………………………………………………（471）
信仰·活力·快乐
　　——《蓦然回首》《涛声依旧》序 …………………（472）

有无之间
　　——沈昌文《阁楼人语》序 …………………………（474）
《松窗随笔》序 ………………………………………………（478）
《英雄史诗〈江格尔〉科学版本》序 …………………………（480）
《朗文当代高级辞典（第三版）》序 …………………………（483）
从古典散文说起
　　——《优雅的汉语：影响了我的五十六篇古典散文》序 …（485）
《现代性视野中的张恨水小说》序 …………………………（492）
享受一种机智
　　——王丽萍《当我遇见你》序 ……………………………（494）
《古代圣贤论和谐》序 ………………………………………（496）
学术与实践并重
　　——王能宪《文化建设论》序 ……………………………（499）
一剂治疗心灵的良药
　　——毕淑敏《性别按钮》序 ………………………………（502）
致意钟鸿
　　——钟鸿《风雨半支莲》序 ………………………………（504）
集权威与可读于一身的百科全书
　　——《中国中学生百科全书》序 …………………………（506）
《荆门神韵》序 ………………………………………………（509）
《民族精神史诗·人物中国》序 ……………………………（510）
与时间同行
　　——《新文学大系·第五辑》前言 ………………………（512）
《白祖诚回忆录》序 …………………………………………（518）
我在政协会议上认识了朱永新先生
　　——朱永新《回到教育的原点》序 ………………………（519）
文本的力量
　　——"当代名家自选精品丛书"序 ………………………（521）

《丁亥年说》序 …………………………………………（524）
永远的同学
　　——马森《旅者的心情》跋 ………………………（526）
读聂绀弩旧体诗
　　——《聂绀弩旧体诗全编》序 ……………………（528）
同病相怜的感慨
　　——陈柏中《融合的高地》序 ……………………（532）
《王玉胡文集》序 ………………………………………（534）
好人也会说话
　　——方杰《昨去今来》序 …………………………（536）
文学界的白衣天使
　　——毕淑敏《银牦牛尾》序 ………………………（538）
《醒木惊天连阔如》序 …………………………………（540）
《纪晓岚张之洞刘春霖墨迹选》序 ……………………（541）
文心·地域·作品
　　——《张长文集》序 ………………………………（543）
《困顿与开拓》序 ………………………………………（545）
光明的《我从新疆来》 …………………………………（547）
父亲母亲的罪与罚之后
　　——《王锦第文录》序 ……………………………（549）

作家作品评论

又短又好

——读《明镜台》

读了《明镜台》(作者耿龙祥,《人民文学》一九五七年第一期)觉得很好,觉得作者是十分技巧地通过一件小事的陈述,触到了、提出了具有重大社会意义的问题。

作品写的似乎是一件偶然的,乍看没有多少典型意义的小事。第一人称的主人公的保姆的小孩子阿早,在为主人公的孩子宝宝取牛奶的途中,掉到河沟里,被人救起来了。但是,当作者用三言两语写出了另一件事——已经过去了十年的、依稀地留在记忆里的往事:妈妈送"我"出山归队。当作者巧妙地通过"我"的心理活动把两件事联系起来的时候,就形成了刺人肺腑的强烈的对比,而这平凡的小事,就被作者的思想和艺术的光芒所照耀,显得不同寻常,引人深思了。

小说最重要的情节是:当"我"为"明镜台"写稿子"想当年"的时候,也正是勤劳而聪明的保姆刘雁红在温暖的房间里抱着宝宝,内心却正为自己的孩子阿早焦虑的时候,"我"成为"妻"的可惊的自私心肠和这种心肠造成的恶果——阿早掉到河沟里——的目击者,请问,这种情况使正在回想当年与群众血肉相连的生活的"我"多么激动,使读者多么激动!

这一情节,成为一个枢纽,把作品写到的许多人和许多事联系起来,揭示了"我""妻"和刘雁红的精神面貌,揭示了"我"的深重的自责,使小说真正像明镜一样,读者看了,不能不用它照一照自己。

说到这里,我们不能不佩服作者的匠心。我们不禁想到,有些短篇小说之所以冗长而又经不住咀嚼,正是由于某些作者不努力地集中、概括,不善于通过一个枢纽性的事件自自然然地写生活,不大讲求短篇小说的艺术构思的缘故。

善于集中概括的另一面就是善于省略,善于节约笔墨。一切不大要紧的情况,一概从略,例如"我"和"妻"的姓名、肖像、职务,宝宝的性别等等。如果写长篇,是不能这样简略地写自己的主人公的,但是三笔两笔点出主要状态,这正是短篇的妙处。

作者用不同的手法写自己的人物。写"我",主要通过内心的活动(应该说是近似忏悔的内心活动呢)。写"妻",主要是通过那三次"你等一等,我把这一针打起来",等完了一针又是一针,哪个读者不像刘雁红一样焦急地等着"妻"快一点把那宝宝的第四件毛衣打一个段落呢。写刘雁红则主要通过她的三段催眠歌,这三段优美纯朴的催眠歌,一次比一次痛楚地流露了母亲(同样有自己的宝宝啊)的忧虑,成为对于冷酷自私的"妻"的低声控诉。

这几个人物的心理写得很有讲究,"我"坐在一边写稿子,他曾经感觉到让六岁的阿早跑二里路取牛奶不大好,在刘雁红第一次提出要出去望望阿早的时候曾经准备把宝宝接过来。然而在对待刘雁红和阿早的问题上,"我"却成为"妻"的俘虏,不过,"我"的心仍然不平静,于是"感到热,热得浑身发毛"了。这种明知其错,又和其妥协,以至感到热、感到羞的情景,不是很值得警惕吗?刘雁红的表现也十分动人,对于"我"和"妻",她是尊重而服从的,她对"我"说:"你写吧,你的工作要紧,她不要紧的。"多么善良而高贵的人,妻呢?妻的形象颇不陌生,当她说"多给她们两块钱就是了"的时候,当她用漫长的"一针"折磨刘雁红的母亲的心的时候,她是自然而然,心安理得的。最后,当阿早的生命还在危险中的时候,她问墙报干事:"那个小姑娘手里拿没拿奶瓶,这要真是阿早,我们宝宝明早上吃什么呢?"问得多么恬不知耻!

这时候"我"写出来的一段文字,也正是小说的画龙点睛的总结:

"妈妈的希望,我一点也记不起了。但是,我是绝对不应该忘记的,我心里很难受,很难受……"

亲爱的读者,我们是否也曾经把"绝对不应该忘记的事情"忘记过?现在想起来了没有?

《明镜台》也有一些别的值得珍视的成绩:结构谨严而又从容,语言朴素而又富于表现力,譬如"我"最后"对自己,对我妻子,都有了意见"。这"有了意见"四个字是再普通也没有的,但是,放到这里,却有着一千斤的分量;等等,不详细谈了。我相信,《明镜台》表现出的写短篇小说的技巧(固然不仅是技巧),将给我们许多有益的启示。

1957年3月7日

分寸·点化

一

真理向前再走一步,就会变成荒谬,在艺术刻画中,尤其是如此。

艺术作品因为是虚构,就更加需要严格地遵循生活的逻辑,才能令人信服。巴尔扎克曾称创作是"庄严的说谎",它允许虚构和夸张,因此是"说谎"(这里当然没有一般所谓的谎言的贬义);同时它又严守分寸、一丝不苟,所以是庄严的。

初学写作者往往把不好关口,在刻画和描写中,特别是自己比较得意的抒写中搞过了头,结果反倒损害了思想和艺术效果。

例如短篇《6号》(《新疆文学》一九六四年一月号),本来写得清新有趣,但作者显然太热衷于描写6号服务员的"步态轻盈""两只大眼""清脆的嗓子",而写到"我"没有见到6号服务员时,竟然觉得"脸上像挨了一巴掌""心里像塞进了一把猪毛""那个难堪滋味就不用提了"。一个普通的顾客对于一个只有一面之识的服务员,竟然产生了这样的印象和感情,未免太过分了。

即使在一些比较成熟的作品中,也往往会碰到描写分寸值得斟酌的地方,其中经验,值得揣摩。譬如,为了反衬正面人物在关键时刻的英雄主义,过分地渲染他平时是如何疲沓,以致外形都是丑陋不堪的;或者为了表现正面人物的可爱,竟把他的肖像描绘成一个"小白脸"。

二

《老猎人的见证》(《新疆文学》一九六三年四-五月号)中,"大跃进"一词出现了两次。第一次读者和勘探队长一样心情,认为这只是耳边风罢了,第二次竟出自老猎人的口,事出意外,令读者一惊,再一想,正该是如此。第一次队长说"大跃进"原来是作者有意伏下的一支奇兵,而结尾时的出现,便是提携全篇的警句了。

本来,小说中不点明这个"大跃进"也不失为一篇完整的好作品,对比今昔,这个主题读者是可以理解的。但是经过作者笔墨无多的点化,老猎人的性格有了合情合理的飞跃式的发展,形象顿然高大起来,三面红旗的光辉,也顿时照耀得读者心花怒放了。

与此不同,在《一匹老黑马的故事》(《新疆文学》一九六三年二月号)中,主题思想的表现却另有特色。作者没有正面明确地点题,开始时只是有意笼统地说它"反映了当前农村的一些思想情况,对农村社会主义和集体主义教育是有帮助的",然后却不慌不忙,旁敲侧击,借着马做起文章来,甚至连题名都有这样一种迂回蕴藉的味道。作品故意把一匹老黑马突出出来,似乎通篇都在写马,其实通过马的遭遇,通过两个人物——尼亚孜与赛甫尔对马的不同态度和他们之间的纠葛,却写出了一部农村社会主义革命历程中两条道路斗争的历史。写马是虚,写人是实。掩卷深思,想到的东西可就多了。

读者期待于一篇作品的,不仅是某种生活片断的再现,而且还要有对这一生活片断的评价,这也就是所谓主题思想了。任人皆知的常识性的评价是没有意思的,读者希望作者给他们更新的启示,更高更深的指引和更宽广的联想,有了比较新、比较高深和宽广的主题思想,怎样表达给读者呢?这就往往有赖于所谓点化了。或者是画龙点睛的点题,而收"更上一层楼"的功效,或者是以不点而点之,给读者一个耐嚼的橄榄,或者是其他。方法之多、运用之妙,在于思想艺术的修养与磨练,但有一点是共同的,点题忌平庸,忌啰嗦,不要把读者已经完全领会了的再絮叨给读者。

发表于《新疆文学》1964年第5期

《雪》的联想

一

如果说文学作品的内容正像它所反映的生活一样无比丰富和多样,如果说文学作品所提示的客观对象又往往是无间地浸透了、并体现着作家的思想和感情——他的内心世界,那么,面对着文学作品,也就像面对着真实的生活和活的人的心灵一样:我们需要运用全部的思维和心理活动的形式去把握它,需要综合、分析,也需要想象、追忆,需要热烈的激情,也需要冷静的探讨。只有这样,才能真正完整和深刻地感受与理解生活,也只有这样,才能真正完整和深刻地感受与理解作品。

但是,具体到互不相同的作品,由于它们反映的生活领域、生活样式千差万别又各有侧重,由于它们的作者的主观的评价和感受是以多种多样的途径表现在作品中的,因此,阅读和欣赏某一篇特定的(特别是比较短小的)作品的时候,在运用我们的全部头脑和心灵的同时,又可以,甚至必须侧重于某种思维和心理活动的形式。有一些富有哲理性和政论性的作品,特别需要我们反复思索推敲;另一种类型的作品尤其需要我们运用想象和感觉的记忆去鲜明地再现作品所精雕细刻的风景画与风俗画;还有一些直接抒情的作品,读者如果不把自己的心灵交给它(当然这是指健康的好作品),就谈不到欣赏和理解;至于那些讽喻奇诡、微言大义之作,不仅需要一般地分析作者的原意主旨，甚至有时还需要一定的考证与推演。

　　这里将要谈到的，收在《野草》中的鲁迅的一篇短小隽永的散文诗——《雪》，就是颇有特点的。它表现的对象是普普通通的自然景物——雪，但在对这种自然景物的描写中，作家深藏的、独特的心境自然而然地流露了出来；而作家的心境，又是自然而然地、自觉或者不完全自觉地反映着他所看到、感到、经历着的，比他所描写的对象本身广阔得多、也有意义得多的生活。在阅读《雪》的时候，我们不满足于停止在对"雪"作为自然景物的感受上："雪"就是雪嘛，何必还硬去分析什么主题思想？这样说我们是不能满足的，我们希望通过作家所描写的雪，接触更多、更深的东西，那即是广阔的生活和作家深邃的内心。但我们又不能同意那种简单的、刻板的、不科学也不艺术的杀风景的做法：把作品所描写的自然景物的雪，说成只是一种象征、一种比喻、一种符号，自信地指出北方的雪和南方的雪各自代表着什么——就像有人曾经热心地判明了同一作家的散文诗《秋夜》中，天空、枣树、小红花、瘦诗人、小青虫、星星、夜鸟，画着猩红的栀子的灯罩……各自代表着什么——如说，北方的雪代表北洋军阀的统治，南方的雪代表南方的革命军，南北的雪就代表着南北的政局。① 这表面上似乎抬高了《雪》的主题思想和政治意义，实际上，它离开《雪》的形象和思想是多么远啊，怎么能把一篇深刻的散文诗解释成一篇粗浅的寓言呢？

　　不满足于表面的感受，不同意简单化的判断，那么，怎样才能恰到好处地透过"雪"花的折光，去把握作品的更多更深的内容，去咀嚼更醇厚的滋味呢？我以为，这里需要提出的是：联想。

　　联想，从心理学的意义上说，是一种介于再造想象与创造想象之间的反映过程，是从某种表象重新结合为另一种表象。在文学欣赏

---

① 这种说法和下面列举的"煞风景"的做法，虽不见于正式文字，却在一些文学系学生的讨论中相当流行，从后面的引证看来，也可知道它们并非凭空而生。

(乃至创造)中,是思想从一个对象到另一个对象的过渡:前一个对象往往是具体的、比较简单明白的,或者是自然界的,后一个对象却往往是更有普遍意义的、比较复杂甚至不那么完全确定的、社会的。这正是一种特有的形象思维的方法,因为我们说的这二者之间并没有必然的、逻辑的、前提与结论之间的那种关系。但是,后者绝不是凭空出现的,前者向后者过渡绝不是随意的。在这种过渡中,前者必须具有引人深思的特征,而后者必须最大限度地运用前者的各个特征,重新加以结合,于是自然而然地、水到渠成地诞生了这一新的对象,这个对象还必须更好地体现原对象的诸个特征的实质,并深化、扩充和加强这些特征的意义。

《雪》这篇文字(类似的还有《秋夜》等),比较接近于我国古代所说的"兴"体,"兴者起也"①,用现在的话说,也就是联想。它生动地描写景物,然而它不是一般的风物画,不是"赋",不那么直观、真实。它又不是寓言,不是"比",不是那样自觉地用一种对象做手段去表达另一种对象或另一种抽象的思想。但它只有"兴"的前一半,某种具体的事物——雪,却没有后一半,从这个具体事物联想起来的更大更深更感人的形象和思想。这可能是由于作者的有意含蓄,也可能是由于作者无意自觉地去完成这一联想,他在某种程度上只是凭直感写雪罢了。但是妙就妙在哪怕是在这种严格的局限于对具体对象的描写中,由于描写是这样深刻地抓住了具体对象的特征,这种特征是这样浓重地体现了作者的内心世界,而作者的内心又是这样深刻地体现了时代和社会的矛盾,因此,这些描写就富有启发性地提供了将对象的特征重新加以结合的条件,以至于在"雪"的后面,那种更大更深更感人的形象和思想,已经成熟到呼之欲出的地步了。在这种情况下,读者的切切实实从形象出发的、而又是活泼敏捷的联想,是多么必不可少,多么引人入胜啊!

---

① 见《文心雕龙》卷八,比兴篇。

二

《雪》的主题是什么？关于这个问题的论述见之于文字的并不多。人民大学的《中国现代文学史讲义》是这样说的：

《雪》和《好的故事》都是回忆的文字。现实背景是寒冬凛冽的朔方，作者以回忆中的江南美景和好的人和好的事来和现实世界相对照，表明他对于当时北方现实的否定，而希望一个理想世界的出现。自然，作品也流露了轻微的孤独或失望的情绪。①

一位评论家这样写道：

《雪》的现实背景是北方的冬天，而跟这个现实相对立并且支配着全篇的情绪的，是对于虽在冬天也有如春天似的江南（同时也对于童年时代）的怀念和向往。有两种冬天……也有两种雪……

在引用了作品对于江南雪景的描绘后，这位评论家说：

这是多么可向往的美丽的情景啊。

评论家最后概括说：

很明白，他用一个江南跟目前的朔方的冬天对立起来……这主要的是他对于"朔方的冬天"一般的现实的否定。因此，这篇作品告诉我们，虽在冷酷的冬天，作者的心地中是存在着春天和光明的。②

还有这样一种说法：

---

① 见《中国现代文学史讲义》，人民大学，1962年，118页。
② 见冯雪峰：《野草》，《文艺报》，1955年第19号，13页。

> 《雪》是一篇绝好的眷恋故乡,回忆儿时的抒情的小品文……鲁迅以他那生动细腻的文笔,真挚深厚的感情,真切雕绘出故乡中的自然景色,不用说在鲁迅的心灵中是一种深刻恬适的回味。就是我们读了它,也怎能不感到祖国的美丽而骄傲……①

这些说法固然因为缺少发挥故而不十分明朗,但是看来前两种说法是相同的。即是说作品描写了两种冬天,两种雪;作者喜爱南方的冬天、南方的雪,甚至以之为"理想的世界",和这"理想的世界"相对立的,是被否定的北方的冬天。(不知为什么,评论者绕开了北方的雪,没有对之进行分析,但根据两种冬天两种雪的说法,北方的雪和北方的冬天一样,该是被否定的。)而南北的冬天、南北的雪,又是和南北的"现实"分不开的。什么"现实"呢?讲义和评论没有说,我想,不言而喻,这是指北方的军阀统治和南方的革命运动了。这样看来,前面列举过的那种"象征符号"说,倒也不是没有来由的。

第三位的说法是相当表面和狭隘的,它没有能够开掘《雪》的思想内容。但在肯定作品是眷恋南方的雪这一点上,是和前面的说法一致的。

如果用一句简单的话表达,我们可以称之为"南北说",这几乎已经是《雪》的公认的解释,一南一北,一个理想一个现实,一个革命一个反革命,一个肯定一个否定,看来《雪》的主题思想是黑白分明的了。

果真这样分明吗?且看鲁迅先生的原文吧,鲁迅是这样描写北方的雪的:

> 朔方的雪花在纷飞之后,却永远如粉,如沙,他们决不粘连,撒在屋上,地上,枯草上,就是这样。……别的,在晴天之下,旋

---

① 见卫俊秀:《鲁迅〈野草〉探索》,泥土社,1954年,103页。

风忽来,便蓬勃地奋飞,在日光中灿灿地生光,如包藏火焰的大雾,旋转而且升腾,弥漫太空,使太空旋转而且升腾地闪烁。

在无边的旷野上,在凛冽的天宇下,闪闪地旋转升腾着的是雨的精魂……

是的,那是孤独的雪,是死掉的雨,是雨的精魂。①

这里,除了文中隐约的寒气会引起读者——特别是一些娇嫩的读者的生理的不舒适以外,哪一点,哪一句话,是可以说明鲁迅否定着这"朔方的雪"呢?

不,这里没有什么否定,这朔方的雪的形象也与北方的军阀毫不相干。这里写下的恰恰是一曲苍凉悲壮的赞歌。

下面,再看看南方的雪好了:

江南的雪,可是滋润美艳之至了;那是还在隐约着的青春的消息,是极壮健的处子的皮肤……

看来,鲁迅先生对于"江南的雪",确是喜爱和怀念的。小说《在酒楼上》中,也有这种明丽如画的描写。但是,难道这就是鲁迅先生的"理想世界"吗?伟大、坚强、清醒如鲁迅先生,处在一九二四年至一九二七年,在有所"不乐意"在"天堂""地狱""黄金世界"②里,因而哪里也不愿去的批判旧社会的一切的愤懑的心境中,难道会依依于儿时的江南白雪么?

值得注意的是,鲁迅紧接着雪景的描写还特别写了孩子们堆的雪罗汉。那罗汉"很洁白,很明艳""以自身的滋润相粘连,整个地闪闪地生光。目光灼灼地嘴唇通红地坐在雪地里"。这也是蛮可爱的。但是:

第二天还有几个孩子来访问他;对了他拍手,点头,嬉笑。

---

① 见鲁迅《雪》,《野草》。以下引文未注明出处者均见《雪》。
② 见鲁迅《影的告别》,《野草》。

但他终于独自坐着了。晴天又来消释他的皮肤,寒夜又使他结一层冰,化作不透明的水晶模样;连续的晴天又使他成为不知道算什么,而嘴上的胭脂也褪尽了。

在这一段对于雪罗汉——江南的雪之子的描写中,固然也有含蓄的"眷恋",但与其说眷恋引起了向往,不如说是惋惜,特别是那对于雪罗汉后期的寂寞命运的描述,更是响彻了我们所熟悉的、此时的鲁迅所特有的那种深沉、清醒、冷峻和无可奈何的微微嘲笑的调子。

鲁迅对江南的雪的感受和态度,其实也是复杂和微妙的。用眷恋、怀念、向往、理想这种一条直线上的词儿,怎么能概括得了呢?更不消说,在江南白雪和当时的南方的革命军之间划等号,是多么可笑了。

三

"南雪"与"北雪",对于当时的鲁迅先生,不是什么"理想"与"现实",而只是回忆与现实。鲁迅先生的童年是在江南度过的,他写江南的雪,必然会牵动、会引起(也就是"兴")他的关于儿时、儿时的生活情趣、儿时的心灵体验的回忆。不管作者是否有心寓意,江南白雪的形象中是凝聚着鲁迅的童年,而这个童年,又是作者在特定的环境——这里用得着"北方的现实"了——和心境中反顾的,是被此时此地的鲁迅——探索着真理却又没有完全掌握马克思主义的世界观的思想家和战士——所自觉地或是不完全自觉地评价着的童年。

一个伟大的作家,由于他思想的非凡的广阔和深刻,由于他对生活的独具慧眼的观察和感受,也由于他的高超的艺术表现能力,使得他哪怕是信手拈来,写一些小景物和小事件的时候,往往也在这小景物小事件中注入了那么多思想和情感,使这小景物小事件的客观意义大大超出了作家的主观意图。《雪》也是这样,江南白雪和雪之子的形象,不仅是鲁迅的童年,还使我们联想到那个时代的一般的童年,扩而大之,形象的基本方面还可以包括青春。为童年和青春造象,这是许多大师花费过心血的。泰戈尔(也可以提到深受泰戈尔影响的我国作家冰心的早期作品)曾经多么迷醉地抒写过童年啊!他们热情地美化和圣化童年,童年的单纯,童年的敏锐,童年的善良、轻信、无知以至荒谬,都被当做至高无上的道德和美学理想而被动人地表现了出来。谁能读了他们的作品而不发出会心的微笑呢?不过,令人惆怅的是,我们毕竟要生在麻烦和多事的(成)人间,而不可能长久地流连于儿童的仙境。高尔基的童年就不那么单纯和美妙了,他在混乱和野蛮中好奇地眨着眼睛,在黑暗和卑污中执着地寻求着崇高和光明,在他的童年的眼睛里,生活似乎涂上了一层奇异和神秘的油彩。巴金在《激流三部曲》中,一次、两次、三次地告诉我们"青春是美丽的",然而我们会怀疑即使是高觉慧的纯洁而又激越的青春,能否战胜那包围着青春的太强大了的腐朽和黑暗。① 屠格涅夫的青春却是十分忧郁的了:

> 青春,青春,你什么都不在乎……连忧愁也给你安慰,连悲哀也对你有帮助……可是你的日子也在时时刻刻地飞走了,不留一点痕迹,白白地消失了,而且你身上的一切,也都像太阳下面的蜡一样,雪一样地消灭了……②

至于巴尔扎克,他是怎样入木三分地嘲弄着和解剖着青春啊!他的《高老头》里的拉斯蒂涅与《贝姨》里的年轻的雕塑家,又有一种怎样地浸透了资本主义的寡廉鲜耻的物欲野心的青春啊!

这里,还没有引起人们充分注意的是鲁迅先生,是鲁迅的某些小说、散文中对童年和青春的描述。就说这篇小小的《雪》吧,它所引起的关于童年和青春的联想,具有着特别有趣、特别深刻的与众不同的地方。

---

① 参见巴金《激流总序》和《家》《春》《秋》的历次序言。
② 见屠格涅夫《初恋》,萧珊译,平明出版社,1954年,103页。

看吧,鲁迅先生是怀念童年和青春的美丽的。他知道那江南的白雪是"滋润美艳之至"了;他追忆"血红的宝珠山茶""白中隐青的单瓣梅花""深黄的磬口的腊梅花""冷绿的杂草",他还想象那"嗡嗡地闹着的蜜蜂""忙碌地飞着",在"开在雪里中的""冬花"当中"采蜜";这是一幅何等生气洋溢、色彩缤纷的图画!难道这不正是童年和青春的图画吗?正是在色彩缤纷、生气洋溢的童年和青春时代,鲁迅先生才分外鲜明地感受了周围世界的这种多彩与生动。在鲁迅先生那些触及到现实生活的文字——不论小说还是杂文——里,是绝少这种色调的。这不也正是一篇"好的故事"么?难怪鲁迅要"凝视"它,"追回"它,"完成"它了。①

不过,这些只是鲁迅的回忆和抒写中的一个方面,另一方面,鲁迅先生也沉重地感到、清醒地懂得:童年和青春虽然美丽多姿,却也有它软弱、不定、短暂的一面。正像那雪罗汉,尽管它"明艳""洁白""闪闪地生光",却经受不住"晴天",也经受不住"寒夜",终于变成为"不知道算什么",而"嘴上的胭脂也褪尽了"。它愈益寂寞,只能"独自坐着"。美好而又软弱的事物常常在毁灭着、流失着。正是如此,鲁迅才有"岂有豪情似旧时"②的慨叹;正是如此,鲁迅也才怀疑那"好的故事""何尝有一丝碎影"③留下。

和一些轻飘飘地沉湎在儿时回忆里的作家不同,鲁迅爱惜童年和青春,但是并非爱不释手。"曾经秋肃临天下,敢遣春温上笔端"④,鲁迅笔下的春温,永远是饱尝秋肃的人心头的春温,是被秋肃严酷地锤炼过而又坚决地对抗着秋肃的春温,是一切暖室鱼缸里的春温所不能比拟的。在著名的《社戏》中,哪怕似乎是进行最深情的、毫无保留的回忆的同时,鲁迅先生也一刻没有忘记那丑恶的"秋肃"。《社戏》开头一段对戏园子里看京戏的令人窒息的经验的描

---

① ③ 见鲁迅《好的故事》,《野草》。
② 见鲁迅诗《悼杨铨》,《集外集拾遗》。
④ 见鲁迅诗《辛亥残秋偶作》,《集外集拾遗》。

写,不仅一般地反衬了幼年看社戏的美妙,而且也从那美妙中跳了出来,勇敢地面对着现实,给全文定下了一个于深沉清醒中见美好和纯真的调子,决定了这篇作品绝不同于例如冰心同志早期写的儿时回忆。

在《朝花夕拾》的小引中,鲁迅谈到童年时候那些最吸引他的东西:菱角、罗汉豆、茭白、香瓜(我以为,还应该包括江南白雪和雪罗汉),这些"都是我思乡后的蛊惑",令他"时时反顾""屡屡忆起",但同时,鲁迅又说:"久别之后尝到了,也不过如此。""他们也许要哄骗我一生"①。鲁迅毕竟是无可估量地逾越了这童年的"鲜美"了,他知道在某种程度上这是"哄骗"和"不过如此"。对于童年和青春,对于一切美好、但还不够坚实的事物,鲁迅先生就是这样深情而又冷峻地评价着的啊!

童年和青春是要长大的,长大了就要变化,也应该变化,鲁迅是最不喜欢老了还要装小孩的老莱子的。②或变化为无聊的吕纬甫③,或变化为自戕的魏连殳④,当然也有可能变成旧社会的统治机器的"润泽齿轮"的油⑤,到那时候,真是褪尽了鲜红的颜色,而"不知道算什么"了。鲁迅先生在他的作品中痛心地解剖着、鞭挞着凡此种种。那么,到底该变成什么呢?冷酷的旧社会必然给童年和青春以创伤、以毒害、以扭曲麻醉、以致命的扼杀;那么,如果不甘心沉沦,却又尚未投身到无产阶级及其政党所领导的伟大的人民革命运动中去,这时,"苦恼了,呻吟了,愤怒,而且终于粗暴了"的"可爱的青年们"⑥就只有变化成为坚韧深沉又不免孤独(孤独的情绪是并不轻微的哟)的战士,变为热得发冷的公民。

---

①② 见鲁迅《朝花夕拾小引》。
③ 鲁迅小说《在酒楼上》的主人公。
④ 鲁迅小说《孤独者》的主人公。
⑤ 见鲁迅为柔石《二月》所作的《小引》。
⑥ 见鲁迅《一觉》,《野草》。

他摒弃任何温情,"决不粘连",颇似那位严肃的"过客",感激之余却拒绝了好心的小姑娘馈赠的裹伤的布①。他努力振作抖擞,"蓬勃地奋飞""灿灿生光",决不屈服,决不退出战斗:像"秋夜"里的那株历尽沧桑的枣树,虽然落尽了青春和童年的树叶,虽然被"竿梢"打得"皮伤",却仍然是傲然不拔地"默默地铁似地直刺着奇怪而高的天空"②。他深深地蕴藏着那连自己都可能被它烧尽的热烈"如包藏火焰的大雾",而外表"冰冷坚硬""如粉如沙",很有一种"死火"的性格(其实,火没有死,不会死)③。他的前身,活泼泼的雨,是"死"了过的,所以,他再没有皮毛点缀,只剩下那赤裸裸的"精魂",却顽强地、无法再被杀死地存在着,并且仍然光辉夺目,"闪闪地旋转"。他的精神惊天感地,"心事浩茫连广宇"④"弥漫太空""使太空旋转而且升腾地闪烁"。

他是谁?

"是的,那是孤独的雪,是死掉的雨,是雨的精魂。"

这是"朔方的雪"的形象,不也正是当时的鲁迅的形象吗?

也许前面我们从江南白雪的形象联想到那么多的时候还不完全令人信服,那么朔方的雪的形象的对照会大大丰富人们对江南白雪的解释与发挥。正是这朔方的雪,而不是江南的雪的形象,"支配着全篇的主要情绪"⑤。屠格涅夫的青春像太阳下面的雪,消灭了,不留一点痕迹。但是鲁迅的雨,即使死掉了也还有"精魂"。表面上,这"精魂"没有江南白雪那样叫人舒服,其实,它更独特也更有分量得多。它是江南白雪的对立面和合乎逻辑的发展,它扬弃了江南白雪的形象,它是受了伤的、蜕变过来的,甚至是曾经"死掉"过的,但

---

① 见鲁迅《过客》,《野草》。
② 见鲁迅《秋夜》,《野草》。
③ 见鲁迅《死火》,《野草》。
④ 见鲁迅诗《无题》,《野草》。
⑤ 参考前所引的冯雪峰的文章。

仍然没有污染、仍然不失其纯洁的生命（这是江南的雪的形象的核心）的童年和青春。如果说，鲁迅笔下的江南白雪的形象，并不算太稀罕，那么，鲁迅那样地去写朔方的雪，又把这两种雪联结在一起写，就非鲁迅这样的思想家、战士、大手笔而莫办了。

就是这样，鲁迅在《雪》中塑造了两个形象：江南的雪和朔方的雪；使我们联想起两种性格：美艳又不免脆弱的童年和青春与坚强又不免孤独的战士和公民；敷染了两类美学色调：瑰丽的和斑驳的，亲切的和严峻的，鲜活的和深重的，怡悦的和粗犷的，温馨的和悲壮的……这二者像一个乐曲中的第一主题与第二主题，互相补充，互相渗透，互相纠缠，互相争斗，组成了一个小小的然而是非凡的篇章。

四

我不以为上述的看法一定符合鲁迅的原意，我也不要求读者无保留地接受这些联想。有言在先，既是联想，当然不是结论。不仅对于《雪》是这样，成功的文学作品所提示的形象某种意义上可以说是一种客观存在，人们尽可以运用自己的观点、修养和经验去评价和感受它，像评价和感受真实的生活似的。所以，从理论上说，对一个作品的研究和评论是不可穷尽的（当然还要看作品是否有"无尽"地予以研究的价值），它需要逻辑思维也需要形象思维，你和我的体会不同，同一个人在不同时期、不同心情下阅读同一作品，也会有不尽相同的理解，在这一点上，阅读和评论也是一种创造，是不那么确定的，也可以说是"虚"的吧。

但是，作品提示的形象既然是客观存在，也就有着自己的内容和色彩，人们只能在这特定的内容和色彩的范畴之内去欣赏、评论、联想、发挥。联想可以尽情，发挥可以大胆，却不能离开形象本身的特征。可以从江南白雪联想到童年和青春，也可以只联想青春或只联想童年，还可以联想到其他美艳滋润而又不能久驻的事物，却不宜联想到江南的革命军。这里,单纯的方位概念——南与北,说明不了形象的特征,实在难以从鲁迅笔下的江南白雪的形象中找到"打倒列强除军阀"的影子。我们还要强调说,哪怕有哪一位专家考证出鲁迅的原意只不过是写写雪景,或原意竟真是影射南北政局(这后者的可能性是近于零的),也不能说明《雪》的主旨就必须是什么,这和作品本身所提示的形象并不是一回事,这也不会妨碍我们对作品做出合情合理的联想和解释①。从这方面来说,它又是实的,人们应该从作品的本来面目出发,进行实事求是的研究和评价。

　　本文漫谈了两种雪,却没有谈两种冬天。因为《雪》里本没有"雪"以外的冬天。离开雪谈冬天,正像离开了形象本身而谈社会背景一样,未尝不是一种颠倒。当然,从《雪》中也可以看出鲁迅对"朔方"的严冷的感受,而这又无疑是与"北方的现实"有关的。这么说,"南北说"也并非全无道理,只是以之解释《雪》的全文,未免不足。

　　雪与风、花、月并列,是我国文人骚士自古以来喜欢吟咏描摹的对象,晋朝还有谢家女儿竞写雪景的佳话,但大都不脱鹅毛、吴盐、柳絮、梨花、白银……的状物套话,李白的"大如席"的雪花写得大胆,《红楼梦》中的"芦雪庵联诗"和《水浒传》中的"风雪山神庙"能够把雪的描绘与人物性格、遭遇、活动联系起来,自是给读者留下了深刻

---

① 作家的意图,作品的形象,读者(评论家)的解释,这三者的关系很复杂,是密切关联而又各自有其相对的独立性的。文学史上有许多这样的现象,三者不完全一致,例如:历代许多读者把刘备、宋江、薛宝钗解释成为狡诈甚至阴险的人物,这固是源于作品,却不是与作品绝对一致的,更与作者原意有别。有人曾经以作者原意非此为理由批评这种解释,但不论作者原意如何,可以相信这种解释将会继续存在下去,并且读者(评论家)有权做出自己的评价。再如我国古代的义人常常婉转地写一些寄托的文字,如辛弃疾的《摸鱼儿》(更能消几番风雨……),借妇女伤春寄托对国事、朝廷的情怀。如果只看这首词而不加注解,是难以知晓词人的原意的,不过,这首词毕竟是依靠它本身,而不是依靠注解而留传下来的。关键是辛弃疾如此地熟悉妇女的伤春心绪,如此地富于艺术才能,因此,哪怕无意写伤春,假托伤春,却仍是把伤春写得维妙维肖,以致读者即使不知其原意,仍然欣赏和喜欢它。而它所引起的共鸣和联想,又不限于伤春,而是和读者自己的种种不如意的经验相通。总之,这是一个颇有趣味的问题,需要专门探讨。

的印象。这里,鲁迅先生的写雪,特别是写朔方的雪,却别开生面,看他赋予了朔方的雪以怎样强烈的生命、奇突的性格,真是写活了、写神了。这篇《雪》,也称得上古今写雪的一段奇文了。

当然,这朔方的雪的形象是太肃杀了。真正的无产阶级的战士不应该是互不粘连的孤独的雪,真正的无产阶级战士有着强大的、光明的集体。让我们看完了鲁迅的《雪》,再读一读毛主席的词《沁园春·雪》吧,那将获得怎样朗阔和强健的鼓舞!众所周知,鲁迅先生正是由热情救国的青年而孤身奋斗的战士、最后完成为积极乐观的无产阶级革命家,走过了这一段艰苦而光荣的历程的。

附记:本文作于一九六三年夏,时在北京师范学院中文系任教。一九六四年笔者将它寄给《甘肃文艺》的一位同志,一九七九年接到《甘肃文艺》编辑同志来信,始知经过十五年的动荡,此稿居然未丢失,并云准备发出。辗转保管,十分可感。只是笔者这一类的研究文字,很缺乏必要的准备,难免有许多疏漏、错误,如蒙专家及读者指正,则幸甚幸甚。

发表于《甘肃文艺》1979 年第 7 期

从《辣椒》说开去

在这次全国短篇小说评选获奖的作品中,张有德的《辣椒》是别开生面的一篇。通篇以一个送不送辣椒的小事贯穿,作者老练地、不动声色而又十分细腻地叙述了一个既平淡无奇而又妙不可言的生活故事。言微而旨远,文有尽而意无穷,掩卷深思,翩翩浮想,展卷重读,每得新意,真是一篇耐读的佳作。

《辣椒》的主题思想却不是一两句话可以说清楚的。是讽劝一个稍带风派特点的人物吗?是讲友谊的原则、个人的操守在大革命的风浪中所受到的考验吗?是讲老干部如何保持联系群众的传统吗?是讲艰难的时刻和胜利的时刻,战争年代和和平年代人与人的关系的变化吗?特别是,作品是否也接触到了我党在执政以后应该如何小心翼翼地加意爱护革命时期所培养的干群之间的鱼水关系这个意义十分重大的问题呢?似乎都讲到了,又都难以囊括小说的全旨。如果遇上个别林斯基、杜勃罗留波夫式的文艺评论兼社会评论家,也许可以就这个短篇小说洋洋洒洒地写出一篇数倍于小说本身的篇幅的评论来。

我们也常常看到另一类作品,尽管写得也很完整,读起来既吸引人也教育人,甚至读的过程中你也会为之激动,为之叹服,却引不起你重读的兴味。小说看完了,作者的意图清清楚楚,明明白白地告诉你了,说清了,弄懂了,就此结束。

这是什么原因呢?像《辣椒》这样的作品,它写的是生活,是高度凝炼的、典型化了的,却仍然以生活本来的面貌形象而具体地展现出来的生活。当然,作者在叙述和刻画生活的时候也流露着他的评价和倾向。正是这种评价和倾向,而不是任何脱离了生活形象的先验的意图(哪怕是最美好的意图)构成了小说的主题思想。这里,作者所把握、所感受、所表现的生活总是具有多方面的意义,具有着从不同的角度(社会政治的,道德伦理的,哲学的,美学的等等)进行评价的可能性。这样,作者的评价、作品的主题思想也就是一个有机的整体,是丰富的。它多半是有一个中心或者重心的,但这中心或重心绝不是一个任人皆知的、简单的社会学命题,不是一个单打一的箴言教训。同时,不论作者的意图多么自觉,评价多么高明,主题多么清晰,他们表述的生活故事和具体形象被评价、被解释的可能性,被评价、被解释的一切角度和一切方面却仍然没有被作家所穷尽,因为他提供的是真实可信的生活,这样的小说给读者、给批评家留下了那么多联想、思索、回味、挖掘、议论的余地,人们评价小说的时候就像评价真实的人与事,仁者见仁,智者见智,饶有兴味,乐在其中,是谓:"形象大于思想。"

而后一类作品呢?它们也写生活,但生活只是主题思想的注脚。每个人物,每个情节,每个场景,以至于作品里写到的风景、气候、环境、细节都有为主题思想服务的明确的目的性(如写雷电是为了表示觉醒或者抗争,写阴云是为了表示困难或者被蒙蔽,写青竹是为了表示高风亮节,甚至每个人物姓甚名谁也都说明着各自的身份和个性)。这种过分明确的目的性,使人感到作品里的形象思维带有召之即来,挥之即去的性质。作品里尽管也不乏形象,但寓意的浅露却使这些形象变成了任凭作者驱遣的纸人纸马。形象没有独立的生命,生活事件变成了论证的举例。通篇作品的结构可以用提出问题——展开问题——解决问题的推理过程,用大前提——小前提——判断的三段论法来概括。是谓思想派生形象,或者叫做图解,用"帮话"来说就是"主题先行"。主题先行是在创作过程中流毒最广、最深的谬种之一,至今有些同志仍然以简单化的所谓主题思想明确不明确,集中不集中为标尺来要求一切作品。

究竟是形象产生思想、形象大于思想,还是思想派生形象、形象解释思想?这是一个值得探讨的问题。后一种创作方法看来十分重视主题思想,重视作品的教育功能,但用这种方法制造出来的产品往往缺乏可信的生活实感,往往造成主题思想的单薄、干瘪,缺乏独创性,结果是大大降低了作品的教育作用。一览无余的作品总是难以保持长久的生命力的。

形象产生思想,形象大于思想,这样说绝不是降低世界观——思想在文学创作中的指导作用。正确的、深刻的和创造性的主题思想,是照耀一切人物、事件、细节的光亮,是无产阶级的文学、党的文学发挥它的团结人民、教育人民、打击敌人、消灭敌人的伟大作用的一个重要前提,是无产阶级的文学有别于一切晦涩的、混乱的、梦呓式的资产阶级文学流派的一个重要标志。没有思想的形象,就像契诃夫戏剧《海鸥》中所说的那种美丽的风景,风景虽然宜人,却会使人迷路从而把人吞噬掉。问题在于文学作品中主题思想不能先行,不能脱离形象而赤裸裸地独立存在。生活与思想相比是第一性的东西,是生活产生思想而不是思想产生生活,是生活大于思想而不是思想大于生活。而生活总是具体地、形象地存在着和奔流着的,只有具体的、活生生的生活,没有抽象的、概念化的生活。作家之所以写生活,不仅因为它包含着、表达着某种思想,还因为它本身是形象的、鲜明的、绚丽多彩的和富有魅力的。所以说,在承认思想的统帅作用的同时,形象产生思想,形象大于思想的提法是一个正确的提法;而思想派生形象,主题先行的创作方法,是有害的和蹩脚的。

这里,形象和思想的关系是一个螺旋形上升的关系。没有无生活依据的思想,正像没有无思想的生活表述。观察得多、深,感受得强烈才能想得深,才能有好的、扎扎实实的见地;而只有一个有眼光、有见地、有思想的作家才能注意到生活中一些尚未被人们注意过和表现过的方面，才能捕捉得住生活形象，也才能把生活提炼成独具匠心的小说题材。但这里，作为基础的是生活，最后直接作用于读者的也仍然是形象化的生活。

现在再回到《辣椒》上来。形象大于思想，这是《辣椒》的一个特点，一个值得称道的优点。《辣椒》还有另一个特点、优点，即作家的节制、分寸感。不论是叙述还是议论、抒发、讽喻，都很有节制，作者像一个很会花钱的人，绝不滥用自己的生活财富和思想财富，绝不急于把结论告诉读者，绝不任意发挥自己的观点和感情，绝无声嘶力竭或者捶胸顿足之状。这种节制和分寸感，恐怕不仅在写作技巧上，而且在政治上，对于巩固安定团结，对于完成工作重点的转移，对于维护我们的被林彪、"四人帮"搞得困难很多的社会主义祖国，也都是很必要、很恰当、很切合时宜的吧？

最后，需要说明的是，赞美一篇小说的长处，探讨它的经验，这是一种有益的切磋。如果想以之为样板来判定普遍的必须遵守的法则，就往往变成蠢事。没有比文学创作更富有独创性和多样性的精神活动了，而短篇小说的内容、形式、手法尤其多种多样。在短篇小说的创作中，常常会发生突破某种法则，甚至是突破最"好"的法则的现象。当我们肯定《辣椒》的长处的时候，并不意味和排斥或者贬低另一种类型的写法，例如比较热情澎湃，比较淋漓尽致，比较富于哲理性，或者其他主观色彩比较浓的写法。但是一般地说，一个成功的短篇，即使在小说中大发议论也罢，它也总是结合着、提供着栩栩如生的、耐人咀嚼、耐人寻味的生活形象的。

1979 年

贵在有后劲

有一个长期生活困难的农民陈奂生,近两年生活有了改善,进城去自由市场卖点熟食,意在赚几块钱买一顶帽子。不巧,钱虽然赚到了手,却没等买上帽子就病倒了。幸而联系群众、关心农民疾苦的县委书记从这儿过,用自己的车把陈奂生送到了医院,又亲自给他安排了一个招待所的较好的房间。但只住了多半夜,却要付相当于两顶帽子的钱,这使陈奂生十分痛苦,但他继而想到这一段引以为荣的动人经历,便也释然了。果然,此事传开后,陈奂生在人们心目中的地位有所提高,他自己也活得更有劲了。

这就是高晓声的新作《陈奂生上城》(《人民文学》一九八〇年第二期)的故事梗概。它缓缓说来,既无激情,又无哲理,既无曲折惊人的情节,也无浓郁奇诡的语言,然而读起来令人欲罢不能,读后反复思量,反复咀嚼,更是觉得酸甜苦咸辣五味俱全,有余味,有后劲,有微笑,有眼泪,有祝愿,有叹息。实在是一篇不可多得的佳作。

经过贯彻农业政策,我们的勤劳质朴、多灾多难的农民终于日子过得好多了。昔日的"漏斗户主",今日要买一顶新帽子戴了,这让人觉得多么温暖、熨帖,给人们带来多少慰藉、憧憬和希望!然而,我们也看到他们的生活还相当困苦,不抓紧时间搞"四化",不切切实实做一点对人民有利、对发展农业生产有利的事情,是再也不行了。县委书记能够如此关心一个农民的病痛,实在令人感奋,这也是粉碎"四人帮"以后,我们党的优良传统正在恢复的证明。不过,他还是不能时时事事想农民之所想，急农民之所急，他就没想到，让陈奂生住了"高级"招待所，可怎么样付房钱！推而大之，一切有了为人民服务的好心的干部，还应该切实了解人民的疾苦，把好心落到实处，才能真正做到为人民办好事。陈奂生自己呢，他勤劳、善良、本分、克己，因为怕坐瘪了"饱"不起来，有沙发也不敢坐，但他交了五块钱之后，又觉得自己理直气壮了，甚至敢于拿起枕巾擦擦嘴，这些情节又是多么精确入微，既表达了作者对于农民的深厚情感，也含着深爱指出了农民的狭隘以至某种程度的愚昧，真是增一分则长，减一分则短，既严肃又热情，既冷峻又公正，令人深思，令人吟咏再三，令人拍案叫绝！

　　好茶、好酒、好烟往往最初消受并无奇处，甚至显得淡淡的，它们的特点是有后劲。好茶得冲上两三遍才让人尝出味来；好酒不上头，却长久地使你飘飘然；好烟不会呛得你咳嗽，却使你悠然得趣，异香满口。好的小说也是这样，它忠于生活，它借助形象本身的力量，它不露形迹，不吃力，却有说不完的后劲，《陈奂生上城》便是这样的。与那些追求表面的刺激或者离奇的作品相比，这一篇实在是"高档货"也。

1979 年

致 高 行 健

小高：

　　尊作《现代小说技巧初探》(花城出版社一九八一年九月出版)收到了，谢谢。你知道，写小说的人是从来不读"小说作法"之类的东西的，而且我正在给《十月》赶一部近十万字的中篇，忙得头晕脑涨。谁知只一翻看，就放不下了，一口气把你的九万字论著念下来了。

　　叶君健同志的序就够引人注意的了，而你的书呢，确实是论及了小说技巧的一些既实际、又新鲜的方面，使用了一些新的语言，带来了一些新的观念、新的思路。人们可以不同意或不尽同意你的某些论点，但是不能不感谢你的多方面的启发，使人扩大了眼界。

　　你是把小说技巧、小说的形式作为一个历史的范畴来探讨的，你认为小说的形式、技巧是不断发生着演变的，因此，你不赞成"定下什么规章，去约束它的发展"。

　　你的论述里又特别注意了心理学，不像一般文艺评论只讲社会学，这也是很有趣的。

　　有些东西，我过去其实是身体力行过的，但并不自觉，也说不清道不明，经你一说，便觉豁然。例如你讲的距离感一节，妙极。我的处女作《青春万岁》第三十四节，完全离开了人物和故事，搞了整整一节看来似乎毫不相干的作者的旁白。我为什么要这样做？就是因为写了那么多中学生的生活画面以后，我想跳出来，拉开距离看一看全景、远景和中景,这样,不论是思想意义上还是审美心理上,都会比一味地沉浸在人物故事中不能自拔更丰富,更多给人一点东西。《布礼》中时间的跳跃,除了是否意识流可供讨论以外,其实,也是造成距离感的一种手段。站在七十年代看五十年代,固然是一个有意思的距离,站在五十年代设想一下当时根本无法设想的七十年代,又何尝不是一种距离?

你的诸论恐怕会被称为现代派理论吧?其实,什么是现代派,什么是意识流,什么是象征主义,以至什么是现实主义,我不甚了了。甚至现实主义这个词儿也是外来的,查一查《文心雕龙》或者《诗品》吧,恐怕没有现实主义这个词儿。

外来的东西一定要和中国的东西相结合,否则就站不住。比如上面讲到的距离,王国维的《人间词话》上早已提出了既要"入乎其内"又要"出乎其外"的主张。这不就是你所说的真实感和距离感吗?前许多年,我们的评论家爱说"站得高一些",这当然是指政治倾向而言的,但从审美的心理学角度来看,也是距离的意思。

电影《小街》的结构的妙处也在这里,能入内,能出外,能共鸣,能遥测。

《红楼梦》确实是一部奇书,它的成就当然是现实主义的胜利。但《红楼梦》的结构里包含着许多新的突破。甄士隐和贾雨村造成了一种距离感,刘姥姥又造成了另一面的距离感。开卷不太久,离开了荣宁二府,请来了一位与老爷、太太、公子、丫环、小姐全然不同的刘姥姥,这种视角,这种距离,都是绝妙的。此外还有什么玉、锁、麒麟,还有什么神瑛侍者与绛珠仙子的故事,有太虚幻境,有可卿托梦,有宝玉诔晴雯……这种结构虚虚实实,恐怕是很能为你的象征、艺术的抽象、从情节到结构、时间与空间、真实感、距离感诸节提供例证和经验的。我真希望你将来有时间坐下来,用你的对于文学特别是现代世界文学的知识做武器,分析评论一下《红楼梦》的结构技巧。

当然,你这本篇幅不大的书已经具备这样一种优点了:旁征博引,古、今、中、外、文学、音乐、绘画、舞蹈熔于一炉。又是随笔的形式,写得活泼,精炼,饶有趣味。

但因为太精炼了,展开就不够,有些意思可能说得不够充分。例如,搞小说不必作茧自缚,我认为很对。但在破除旧的条条框框的同时必然要建立起对于小说的新的要求,多半是更严格的要求。一般地说,在文学艺术的创作上,有严格程式的东西相对来说倒多半是容易一些的,而毫无成规可言的创作,看来海阔天空,其实更难。老虎吃天,无从下口,这是一难。海阔天空与胡说八道区别何在?含蓄蕴藉与故弄玄虚区别何在?理性化、冷静与低能的图解区别何在?创造性地运用语言与文理不通的区别何在?这又是一难。我想,这里是有更高的规范的,但论述这个规范却不容易。正像托儿所里的规矩再多,再烦琐,都不难做到,而一个从心所欲的成人,是否他的行为就不受任何客观规律的约束呢?当然不是,为成人论述规范当然比为托儿所制定守则难得多。

你的论述有些地方具有尖锐的论战口吻,这当然是可以理解的。有什么办法呢?对于某些人来说,创新这个词,总是会和异端邪说、大逆不道、无父无师、背离正轨等等联系在一起的。

其实,创新是文学艺术发展的规律。当然,创新和继承、借鉴是分不开的,自我作古,搞"新纪元",也会碰得头破血流。我们能不能用一种比较客观、比较全面、比较开放的态度对待艺术创新呢?具体分析,成功就是成功,失败就是失败,有人说成功有人说失败就是有人说成功有人说失败,这就叫实事求是。

你分析了小说形式的演变。我想这至多只是一个大致的趋向,具体到某个人某个作品,我倒觉得小说的形式和技巧本身未必有高低新旧之分。一切形式和技巧都应为我所用,画地为牢或拒绝接受已有的传统经验,都是傻瓜。用得好的,可以化腐朽为神奇,用得不好的,可以化神奇为腐朽。用得更好的,可以达到小说写作的最高境界——无技巧的境界。得心应手,行云流水,浑然天成,行于所当行,止于所不得不止,古今中外,熔于一炉,笔走龙蛇,心生万象,既能忠于生活,又能驰骋想象,"下笔如有神",绝无任何斧凿、雕琢、为形式而形式、为技巧而技巧的痕迹。是谓无技巧的境界也。

正是为了向这种无技巧的境界攀登,我们才需要好好讨论一下技巧,而过去讨论得实在太少了。你的书是非常有趣、有益、有启发性的,虽然我可以预料,它将引起相当激烈的争论。对艺术技巧能有所争论,那当然是"风乍起,吹皱一池春水"的大好事了。

谨祝你这本书能够被注意、被阅读、被批评、被驳斥……这样,继"初探"以后,还可以写出"二探""三探"来。

顺便说一下,你的书名起得太学究气了,与你的自由潇洒的文体不谐调。下次再谈。

王　蒙
1981 年 12 月 23 日

发表于《小说界》1982 年第 2 期

读《绿夜》

一本小说集如果浸在水里,也许会变得字迹不清因而无法辨认;一轮明月映照在河里,却会出现非凡的另一个月亮和许多闪烁摇动的影和光。

在内陆,河流和湖泊只占据着一个很小的地盘,然而水面会映出两岸千姿百态的风光。在海上,水里则有整个的天空和宇宙。

中国的和希腊的哲人,都曾经用水流来比喻生活,比喻时光,比喻历史的伸延、连续和变化无休。

水流的几个特性是迷人的。第一,它映照着世界的影像。第二,它改变着世界的影像。第三,它时时保持着又改变着自身。第四,它有文(纹)采,有流花(浪花里可以看到从白光中折出的赤橙黄绿青蓝紫,看到彩虹),或曲、或直、或急、或缓、或奔泻而下、或逶迤回环,有它天然形成的节奏、振荡、结构。

于是乎文学艺术上也出现了各种拟水流的说法:意识流、生活流、思想流、情绪流……乍一听洋得叫人厌恶,再一看却也并非无根。"抽刀断水水更流""青山遮不住,毕竟东流去""流水落花春去也""落花有意,流水无情""一江春水向东流""付诸东流"……原来我们的老祖宗的思想感情文词,也是这样地与水流相通。

于是乎有了青年作家张承志的一个短篇小说《绿夜》,这篇小说刊载在《十月》一九八二年第二期上。没有开头,没有结尾,没有任何对于人物和事件的来龙去脉的交代,没有静止的对于风景、环境、肖像、表情、服饰、道具的描写,不造成如见其人、如闻其声、如临其境的逼真感,不借助传统小说的那些久经考验、深入人心、约定俗成的办法:诸如性格的鲜明,情节的生动性、丰富性、戏剧性,结构的完整,悬念的造成,道德教训的严正……摆在你面前的,是真正的无始无终的思考与情绪的水流,抽刀也断不开的难分难解的水流。

可以设想,习惯于传统小说手法的读者完全有可能被激怒,可以设身处地地体会到他们读完小说以后"上当了"的失望心情。按照传统的要求,这篇小说里的人物干脆就没有登场,虽然提到的人物似乎并不少,然而,他们只是出现在小说的主人公的意念里,不是出现在读者的眼前,不是出现在一个被充分展示的在时间上和空间上都具有充分的确定性和具体性的场景之上。即使唯一差可称之为已出现的主人公也是面貌不清晰的,神龙一般,说来就来,说走就走,说悲就悲,说喜就喜。你不知道他是高还是矮,是山东大汉还是湖北佬,是科员还是办事员,是急惊风还是慢郎中,是能言善辩还是拙嘴笨舌,是三代贫农还是地富出身,是共产党员还是共青团员,如果都不是的话,那么是否写了入党、入团的申请书而如果没有写的话又是为了什么没写……以至于连姓名都没有。我们不是有许多专家研究名著里的人物是如何出场的吗?看看《红楼梦》里的凤辣子的出场是写得怎样维妙维肖,而人们评论得又是如何有声有色!而现在出现了《绿夜》这样的小说,这不是对传统的欣赏习惯和审美理论、趣味的严重冒犯吗?我们将怎样研究《绿夜》的情节与主题思想呢?它不是在骗我们吗?它不是一本被水浸泡得字迹模糊的书吗?这不是一帧氧化昏黄模糊褪色的照片吗?

不,这并不是一部浸在水里的书,而是一条反映着日月星辰、峰峦树木的河流。在这篇小说里,生活故事浸泡在、映照在情绪和思考的波流里了。《绿夜》在放松了人物和故事的鲜明性、多少失去了生活的逼真性的同时,却得到了内心世界的逼真性,得到了生活、哲理、情绪的凝聚,高度的浓缩性、流动性和象征性。包括对大自然、对锡林郭勒草原的描写,也深入到草原的变动不羁的灵魂里去了。

我不知道按照传统的眼光,"表弟"能否算小说中的一个人物,表弟给人印象——应该说是铁砧对于铁锤的印象——最深的是刺伤了哥哥的一句话:"我们没有昨天。"这是一句非常凝炼的痛苦而又偏执的话,令人震骇、令人发怒或者落泪的话。然而哥哥是不同的,他明确地宣布:"而我却既有昨天也有你。你由憧憬、艰辛、低下地位带来的屈辱感和自尊感,真正养活自己的劳动中深深留下的脚印组成。"这是说小奥云娜,更是说自己。

一个多么好的总结!他的昨天是在内蒙古牧区插队,他的昨天是白发老奶奶的情意与"通红的牛粪火旁的歌声"。是这些又不仅是这些。他指的是我们的一代青年人在那十年的热情、代价和从而获得的一切。

张承志是积极的,他的出手不凡的第一篇小说《骑手为什么歌唱母亲》(得了奖的)已经充分说明了这一点。这几年时兴的小说写法是把知识青年上山下乡"接受再教育"描写成一场彻头彻尾的灾难。灾难性的最生动也最刺激的例证是女知青的耻辱遭遇,写知青题材而不写女知青的耻辱的作品简直不多。然而张承志并没有随波逐流,不论一些作品怎样用不亚于炼狱的惨状的暴露代替了当年的慷慨激越的"理想之歌",张承志在严峻的真实里仍然肯定着上山下乡当中、与劳动人民结合当中一切应该肯定的东西,一切具有理想主义光彩的东西。

全面评价知识青年上山下乡运动不是张承志和他的小说的任务。如果谈精神状态,"我们有昨天"比"我们没有昨天"要好得多,不管昨天有多少混乱、愚蠢和悲哀,我们是从昨天踏入今天并走向明天的。只有丧失了意志和正常的神经官能的人才会觉得昨天是一片空白。在每个今天都把昨天狂骂一通,这难道是有出息的吗?明天会不会又骂今天呢?我们承认的是错误,我们不能接受的是空白——崩溃的结果,而且空白还存在着一种现实的危险——任人涂抹。

不但有昨天而且要寻找昨天,寻找那未能永驻的青春。于是哥哥重新回到了草原,重新体味那有点迷茫的,却毕竟是充满生机的绿色的夜。然而,昨天是不会永存不变的,而且昨天本身也是远远不够的。不仅仅表弟悲观,而且有侉乙己(一个非常富有嘲讽意味的古怪的名字!但愿我们当中少出几个"侉乙己"才好)的嘲笑与亵渎。不但有侉乙己而且有跛子乔洛,他们都是"专门消灭这些梦"的人。而且,成为当年的理想与对人民的热爱的寄托的小奥云娜也已经今非昔比,叫做"生活露出平凡单调的骨架,草原褪尽了如梦的轻纱",梦自身已经消散了,她与任何把盛着沸茶的铜勺举到弟弟头上吓唬他及摔倒一米高的肥羊,骑在上面撕下滑腻的夏毛的其他蒙古族姑娘并没有两样,当然,她也不再依恋"哥哥"。哥哥明白了,"梦的破灭不是坏事,这使他把献给梦的爱情投入现实"。但他仍然"让那种过于纯洁的梦永远萦绕在心头",所以他宁可来草原而不去表弟所向往的黄山庐山,因为"那些名胜只有服务,不会有梦"。

而且,他平静了、感悟了,"表弟错了,侉乙己错了,他自己也错了……只有奥云娜是对的……她使水变成奶茶,使奶子变成黄油。她在命运叩门时格格地笑。她更累、更苦、更艰难。冲刷她的风沙浊流更黑更脏……然而她却给人们热茶和食物,给小青羊羔以生命,给夕阳西下的草原以美丽的红衣少女。而在雨夜归来的时候,奥云娜站在门外的雨中,披着雨衣,举着手电筒。人世间只有这里在雨夜为他举起灯光。"

读者,你能不动容吗?你可听到过比这更好、更诗意、也更马列的对于人民的颂歌吗?

经过这么一番整理和回味以后,我们发现,原来这篇小说并不是天书。它写的仍然是一个生活故事,写一个当年在草原上接受"再教育"的知识青年,一直保持着对草原、对蒙古牧民、对一个八岁的小女孩的美好记忆,并在回城八年后重新回到他呆过的草原时的见闻和感悟。这个故事当然不排斥另一种清楚明白的写法:最好再加一个中心事件,例如他(要起个名字,比如说叫李小卫吧)在雨夜遇险,被牧民所救,从而再一次在新的条件下认识到人民是自己的母亲,这样的写法大概会易于被接受一些,然而,它将失去多少丰富、凝聚、深沉和新的叙述层次的美!

而现在,这篇小说不但有人物,有故事,有主题思想,有内容和形式,并且呈现给读者一颗执着、热烈地追求着美的理想、抵抗着鄙俗和丑陋的心,一颗热爱着大地、草原、纯朴的劳动人民的心;一颗既能宏观两千里的距离又能理解"一个直径四米的毡包"的价值,既能感到"大地的弹性"又能懂得马蹄的语言,既能回忆当年的灼烤、泪珠、旋律又能知道珍视雨夜在帐篷门口为他而举起的灯的心。当读完了这篇小说,再咀嚼一遍以后,我们不是感到了这颗心的怦怦跳动,甚至感到这颗心也跳动在自己的胸腔里吗?

麻烦说不定出在这个再咀嚼一遍的建议上。除了陌生以外,《绿夜》似乎还有那么一点艰深,它不像凉粉那样滑溜地从口腔直溜到你的肚子里。凉粉也是需要的,虽然它不是最好的更不是唯一的食品。那么凉粉以外的口味呢?

而且,读起来还有点让人疲劳。浓缩性与流动性使你应接不暇,阅读的时候如果因为精神不集中而忽略了一句话,你就会失去了源流。故事加细节的小说却不是这样,那种小说的写法是动静相间、走走停停,一对仇人打斗以前和一对情人接吻以前总要来一段静态描写:天色、地貌、表情、姿势……性急的读者往往跳过这些精彩的描写,直接去看两仇交兵或两爱相抱,并不影响欣赏的完整,只是把故事变得更像凉粉的润滑了。读《绿夜》可不能这样,这是一艘正在行进的船,你必须紧跟着它行进,稍一疏忽,它就会把你抛在后面,而且,我以为这样的小说必须一口气读完,如果中途停下来,下次再读的时候差不多需要再次从头读起。

所有这些代价看来都是值得的,在多少失去了生活的鲜明性以及某些传统小说的可读性的同时,它提供了新的审美经验、新的趣味、新的可能。这种写法终会有自己的一席位置。何况,张承志的思索的深度和表现的精湛也是难能可贵的。"他的脚已经深深踏进了这真实的无边青草……那个神妙的乐句已经展开为一个新的、雄浑的乐章……他感到这颗心从来没有这样湿润、温柔、丰富和充满着活力……"

是的,这是一个新的乐章,从内容到形式,刚刚开始。

发表于《上海文学》1982年第7期

给吴若增同志的信

吴若增同志：

来信和寄来的尊作均收到。谢谢。《盲点》是我在美国时就注意到了的，并且推荐给海外一些朋友。你有你自己的角度，自己对生活的看法，所以你的取材很有新意，写得也耐读。文学之为创造，首先在于它是一种发现，而且是见别人所未见，感他人之未感。这是很可珍贵的。《68与6》是刚刚看的，故事是感人的，结尾很好，富有深意，也是一种象征手法。但《68与6》的故事或会使人想起肖洛霍夫的《一个人的遭遇》。前面介绍他的个性时，也觉得略显做作。自陈景润出现在我们的文艺画廊中之后，目前写这种性格的知识分子的作品似不少。另外，《68与6》还给我一个感觉，似乎您的故事是为了说明一个特定的主题。生活故事为主题服务而又被人看出来，发展下去，生活故事就会变成主题的注脚，也许不至于吧？但我愿意冒昧地提醒您，是从活生生的生活事件中提炼小说，包括小说的主题思想，还是遵照思想（哪怕是深刻而又新鲜有趣的思想）的要求铺排（以至编造）生活，这可是个大问题。走后一条路的人，会发表很多有益的作品，也完全有它的地位和存在价值，但终与文学艺术，特别是艺术隔着一层。由于您信任我，才写信寄作品来，故而我直言若干，完全可能不准确、片面，说得不对了，您一笑置之好了，不必介意。

我觉得，往往愈是对自己要求高的作品、有突出的优点的作品，愈是有值得评头论足之处，因为它有新的追求，而这种追求必然有已经达到的和尚未达到的，甚至顾此失彼的地方摆在那里。相反，一篇似曾相识的平庸之作，除了平庸以外其他方面倒可能编得很"圆"，无懈可击。我觉得文艺需要推心置腹的批评，既非棍子也非简单的支持、褒奖的深入讨论，需要彻底摆脱"关系学"的直言精神。我相信，如果你的独具慧眼，能和更丰富、更立体、更自自然然、更活泼自由的生活、生活经验、生活细节、生活感受以及艺术直觉结合起来，您会有成就的。您还缺点生活气息，这可千万不能马虎。愿我们共勉，并欢迎您对我最近的一些试作提出批评、匡正。

  祝

好！

王　蒙　匆匆

1981 年 2 月 17 日

发表于《新港》1982 年第 8 期

王安忆的"这一站"和"下一站"

我最近读了王安忆的三篇小说——《本次列车终点》(《上海文学》一九八一年第十期)、《墙基》(《钟山》一九八一年第六期)和《运河边上》(《小说界》一九八一年第三期)。三篇小说是三次对于灵魂的冲击,于是心灵里的五味罐子被打翻了,喜忧哀乐,百感交集。

我多么希望我们的新人的作品传递出更多的光明和欢乐!物质生活的艰窘不一定能够摧毁坚强质朴的乐观主义,何况我们毕竟有着壮丽的河山、良善的人民,而党的十一届三中全会以后,生活正在经历着巨大、平稳却又是翻天覆地的大变化与大发展,我们完全有理由盼望一种更强劲与更明朗的乐曲。

然而,现代化的乐园只能建立在饱经忧患的现实土地上。王安忆的小说正是无法否认、无法抹杀的现实。我们的年轻的作家和她的主人公发出了颇不轻松的声息。在《本次列车终点》里,作者描述陈信千方百计、不惜一切代价终于返回上海以后,发现他已经失去了生活中最宝贵的东西,而上海也以她的拥挤、艰难和复杂的矛盾击碎了他关于黄浦江的蔚蓝色的记忆和重返上海这件事本身带来的欢愉。在《墙基》里,尽管经过了那么多交叉撞击、风雨浮沉、旋转翻腾,墙基仍然"顽固地沉默着",也就是说,社会地位比较高、物质上与文化上显然富足得多的人与社会地位比较低、比较贫困的人之间的差别和隔膜并没有完全消除。在《运河边上》,不仅小方,而且有乐老师,还有"那第七株树",都经历了一场旷日持久、伤神费力、令人心头淌血的苦斗、穷困、落后、无知、误解、压制,叫人喘不过气来。"瞧,我们的日子有多么沉重!"我仿佛听见王安忆和她作品中的主人公们的同声叹息。

这是不那么令人愉快的。但是我们毕竟无法在王安忆勾勒的风俗画面前,在王安忆传达的一代青年人(当然也只是青年人的一部分)的追求、苦斗、迷茫、痛苦和希望面前转过脸去。王安忆是用自己的坦诚和独特的目光去看生活的,从她的作品里,我们可以感受到她对生活的温柔的、不能不说还有些天真的幻想,她对自己的幻想、对青年人的热情的遭际、对一切冷暖炎凉的敏感。这种敏感来自一种同情心,她的作品里充满了对于各式各样的不幸者,处境艰难、地位卑微者的同情,正是这种同情,使那些渺小的读者从王安忆的作品里不会仅仅得到哀怨和眼泪,还会得到同情、爱和慰藉。那些站得高一些的读者呢,会从这些作品中得到关于自己的责任、使命的启示。如果在我们的身边还有荒漠的心灵,这样的心灵从王安忆的作品里得到的将是毛毛细雨的滋润,因而,他们的心将不至于进一步龟裂下去。这正是她的不那么令人愉快的作品里包含着的积极的、暖人的东西。

而且,她愈来愈显示了她自己,她以她自己的富有特色的面貌出现在文坛上,并且引起了注意。她用自己的眼睛去捕捉和发现生活,用自己的心去感受生活,用自己的方式去再现生活。她的叙述大胆而又细腻,温情而又冷静,含蓄而又饱含着内在的紧张、焦灼。三篇小说尤以《墙基》最富特色,它取材别致,提出了一个人们并没有自觉地去注意到,但确实不容忽视的问题。在我们反掉了极左,承认了差别以后,如何去尽力缩小这种差别,减少乃至消除差别带来的隔膜、误解和敌意,这是关系到社会的安定团结与每个人的命运的大问题。王安忆提出了这样一个新问题,虽然她可能写得还不够准确和全面,例如墙基另一面"阔家"的贵族式的生活似乎太"象牙之塔"了一点,缺少应有的现实感。在这篇小说的结构上,那种引人注目的双线并举、二重唱式的、并蒂花开式的构成,不但便于通过对比和联想发人深省、引人深思,而且引人入胜,给读者以一种特别的参差、变化、丰富而又和谐的美感,并留下了更多的咀嚼余地。年轻的作者在这篇作品中表现了写作上的可喜的长足进步。

所以,我们尽可以对她的作品提出这样那样的批评,找出一些缺点和不足,表达某种遗憾,但我要说,她的成绩和进步是值得重视的。因为,她的作品中有不俗的表现,她唱出来的,是动人的由衷的心曲。她的作品可能有许多毛病,但却没有另一些作者的另一种牛皮癣似的既死不了人又治不好的顽症——随风赶浪、生编硬造、套来套去、千古文章一大抄,到头来总是摆不脱一个字的阴影——俗。

所以,我们完全有理由向她提出更高的要求。从主观上说,她也许并没有忽视报道生活里的温暖。例如,在运河边上,乐老师虽然有点沉沦,却拼命鼓起自己的余勇,为了做一根照亮小方和她的同志们的蜡烛而努力燃烧自己。小方到了画展上,备遭冷遇以后忽然遇到了一位像是从天上掉下来的"多么好的老画家"。而且作者最后宣告:希望是无穷无尽的,花凋谢以后种子会落地生根,从而"生出一个的生命"。在《墙基》里,当"穷孩子"抢来了"阔孩子"的日记本和集邮册以后,他那像沙漠里的石头一样的心灵不是终于解冻,他不是终于尽自己的微小的力量去多少保护一下在动乱中处于贱民地位的弱者吗?至于《本次列车终点》里的陈信呢,他不仅有对"月牙儿般的眼睛"的美好的记忆,有对"常常把家里的食物送给他"的孩子们的怀念,而且,当小说结束的时候,他觉悟了,"忽然感到,自己追求的目的地,应该再扩大一点……"于是,王安忆提醒她的同代人说,他们的这一次列车到达的不是终点,而是"又一次列车即将出站"。

问题是,她写得最弱的恰恰是这一面。尽管这三篇小说和她一两年前的作品相比是前进了一大截。当你看到《墙基》中偷看日记一节的时候,当你读到《运河边上》背十字架的乐老师代小方到处写信张罗画展的时候,以及从《本次列车终点》开头关于新疆人"挖掘欢乐"的描写里,我们很容易看到执笔的这只手的稚嫩,也可以说是一种孩子气的生硬。

而且,这是太不够、太不够了。要靠手掌的"取景框"才能发现一点美就够惨的了,而小方最后竟烧起香来,我的天,多可怜!这里几乎可以引用一句"大批判"里的言语了:是可忍,孰不可忍?问题不在于小方完全可能烧香,问题在于对于这种烧香我们总不应百分之百地同情。在三篇小说里,我们的年轻的或者稍长的(如乐老师)主人公都显得那么寂寞,像是在贫瘠的土地和茫茫的人海里挣扎,而环境、生活条件、时代的变化却近似于一种陌生的、冷峻的、无法理解的、自在的力量。善良而又软弱的人的苦斗,一定能取得胜利、取得成果吗?人们不能不忧心忡忡。

忧心忡忡自有忧心忡忡的道理,只要不限于总是和只是忧心忡忡。还是不要急于责难作品的曲调里包含着悲凉和疑惑的音符吧,谁让他们经历过沉重、感知着沉重、努力试图跨越但尚未完全跨过这沉重。即使把最正确、完美、强大的哲学教训统统灌输给王安忆,也未必一定能使她的下一篇作品里震响起时代的强音。我倒是觉得我们的社会、我们的领导应该更加关心陈信、小方和目前以他们的代言人的姿态出现的年轻作家的成长。"应该再扩大一点!"说得多好,王安忆已经觉察出这一点了,这也正是她自己的不足。我们应该给她创造更多的条件、提供更多的时间去生活、学习、思考、创作。她和她的主人公们需要一个扩大视野、开阔胸襟,从而用新的经验、新的理论与实践的果实来充实自己、提高自己的路程。我们完全有必要也有根据要求她比小方或者陈信站得高一些,有更高的境界。在同情"小人物"、保持着写"小人物"的兴趣的同时,我们可以指望她切身体会到生活里除了"小人物"以外还有"大写的人",还有强者。也许强者的数量暂时还没有"小人物"多,但是归根结底主导着我们生活的和真正代表着人民群众的利益和愿望的不是"小人物",而是意识到了自己的历史使命的、有远大和明确目标的先进者。当然,在"小人物"与先进者之间,并不存在一道鸿沟,"小人物"完全可以成长为先进的强者,不同之处只在于后者多了一点觉悟,多了一点信念。我相信作者不会不同意,即使陈信回到上海以后面临的是重重困难,即使小方大学毕业以后碰得焦头烂额,然而陈信和小方的命运毕竟已经发生了巨大的变化,他们的新的境遇乃至新的苦恼,本身就是时代的产物,发展的产物,是我们的祖国已经切除了一个危险的肿瘤,进入了从乱到治、从穷到富的新的历史发展时期的生动例证。这就说明,青年们的命运和决定这个命运的历史并不能归结为一个盲目的与可畏的力量。一百多年来,六十多年来,民主主义者特别是共产主义者为人民掌握自己的命运、掌握创造历史的权力进行了英勇的斗争。不管有多么坎坷,不管有多少内部问题,但是以党为代表和以党为舵手的中国的仁人志士和广大人民,一刻也没有停止过自己的集体的、自觉的、有组织和有效果的奋斗。我们的年轻的"小人物"们只有把自己的命运与这种奋斗联系起来,生活才会有光彩。难道除了他们的小天地(我倒不想用诸如卑微、渺小这一类的字眼贬低他们的小天地),就没有更大、更强也更热烈的天地吗?难道几经危难的列车,不是正在轰隆轰隆地前进吗?难道陈信和小方不是这个列车上的有权利的乘客和有责任的工人吗?难道他们不应该除了发出回忆中的喟叹和抹一抹眼角的泪珠,还去看一看窗外的大千世界,听一听汽笛的长鸣和车轮的铿锵吗?

历史总是提出自己能够解决的任务的。在"这一站",我们可以不苛求王安忆对于"下一站"更远、更大的目的地做出更充分的描述。然而,"下一站"已经摆在我们的面前了,许多"老站",愉快的和不愉快的已经退向远方了,而且"老站"的一个重大的意义和魅力正在于它是通向"下一站"的阶梯。我愿意相信,在"下一站","小人物"能有更多的进取和热力,能开始感觉到一点更扩大了的天地。

同时,也尽可以保持他们的平凡、克制、纯朴和亲切。王安忆已经充分感到并富有艺术说服力地开始向我们展示"下一站"的召唤了,让我们热切地期待着和祝愿着吧!

发表于《文汇报》1982年3月18日

热情与痛苦的果实

——读原在北大荒生活的几个青年作者的小说

我没有到过北大荒。

我只知道它在祖国的北方,很大,曾经很荒凉。

现在大概不是很荒凉了,因为那里不仅有白桦林,有天鹅,有"黑瞎子",有草,有农场、拖拉机、房子、庄稼,而且有许许多多可爱、可叹、可喜、可悲的故事。

有许多人到那里去过,或本来就生活、劳动、战斗在那里,像猎人和他的女儿、像二嫂。从各地、从大城市去的人有转业军人,有志愿垦荒者——五十年代怀着建设共青城的浪漫主义幻想的青年垦荒队。有各个高等学校、中等专业学校的毕业生,在"指向哪里,打向哪里"的豪言中踏上这陌生的、然后变成了自己的土地。有下放干部和错划的(或许还有极少数并非错划的)"右派分子",他们去的时候怀着沉重的痛苦、极端的抑郁,但也——有许多人也怀着真诚的改造世界观的愿望和开始新生活的圣洁的喜悦。到了"史无前例"的时期,四十万知识青年、"红卫兵",喊着、叫着、哭着、笑着、闹着,来到了这里。真是史无前例呀!史无前例的热情,史无前例的浪漫主义,史无前例的忠贞,史无前例的考验,史无前例的希望和失望,史无前例的鲁莽、谬误、荒唐,史无前例的痛苦和深思、成熟和坚强!

所有这些又渐渐地成了过去,去了的人许多又走了,回到了他们原来居住的地方。但他们已经不是原来的自己了，在他们的身上，已经有了北大荒的严峻和庄重、奋斗和务实、开阔和力量。当然，也会有创伤，但是，还有比创伤更强的精神力量。我们的人民是经得住考验的，我们的青年是经得住考验的，这才是真正的奇迹所在。

而那些真正的北大荒人，还留在那个夺走了人们那么多、又给了人们那么多的地方。

对历史事件的评价这是另一个问题。即使促使某些人去北大荒的原因和做法包含着荒唐，北大荒毕竟是可爱的。自愿去北大荒、留在北大荒的人，是值得赞美的，被迫或者半被迫去的人也无须乎为了去北大荒这件事本身而遗憾。当然，这一切都付出了代价。

所有这些，不过是我看《白桦林作证》《荒原手记》《河水，静静流淌……》《归来》《二嫂子》《老猎户的女儿》的感想，这些作品虽然参差不一，也各有明摆着的不足，但它们确实是热情、痛苦与思索的果实。邹心萍的崇高形象是令人泪下的，宋秋爽和苏雷的故事也叫人不平静，虽然，故事和心理的叙述描写还有不够熟练的地方。《河水，静静流淌……》里谢惠明的遭遇，也很能叫人回忆起那些年代，二嫂子多么善良，《归来》和《老猎户的女儿》表达的也仍是对北大荒的眷恋。所有这些，都比仅仅简单地诅咒过去更郑重更深沉，也更有出息。

特殊的条件与特殊的命运使北大荒成了文学青年的摇篮——可比妈妈摇的那个竹篮严酷得多！因为文学正是生活与奋斗的产物，正是热情与痛苦、深思与挺立的产物，好文章都是带着泪、带着血、带着一颗赤心写下来的。好文章总是作者的人生的一部分。而北大荒，确实已经是许许多多同志人生的一部分，血肉的一部分，灵魂的一部分了！已经有愈来愈多的原北大荒人活跃在各条文学战线上，但这片沃土所应该和可能提供的真正丰收还在以后。

北大荒农垦部门今年组织了部分原北大荒人重游故地，这是一件很有意义的事情。今后,该会有更深厚的作品出世吧?那从北大荒的土壤里开放出来的文学之花,也许能给文坛带来一些新的东西吧?

发表于《文汇报》1982年11月9日

对当代新作的爱与知

爱文学的人才有可能真正懂得文学。作为精神产品的文学,不像物质产品那样具备什么直接的实用意义,更不具备任何行政意义上的必须性;文学的存在、发展、繁荣,有一个重要的因素,就是它能够吸引人,被人所喜爱。曾镇南是爱文学的,他写的评论不是实用主义地或者教条主义地仅只对某个作品分析出几条几款,而是用全身心去感受、去体味甚至去拥抱当代的新作。

曾镇南就张贤亮的中篇小说《土牢情话》写道:

……这震撼以强烈的艺术冲击波传递到读者心里,在读者心灵深处卷起了风暴……我很久没有读到过像这样给人以大痛苦又给人以大希望的有力之作了……这幅图画中有高尔基作品中的那种深邃警策的思想,有凡·高油画中那种狂放的律动和强烈的色彩,有鲁迅……那种灵魂在孽风怒吼中的战叫……

而在《上升的螺旋》一文中,作者这样谈到王安忆的作品的:

……这种对艰窘的同代人的悲悯,放在浩大而错综的历史画幅上看固然有些浅薄,但作为作家的心性……流露来看却是值得珍视的。特别是当我们看到一些……女作家的创作日益表现出一种文化教养较高的阶层的优越感……我们不能不更感到王安忆的可亲可近了。

对于李国文的长篇新作《冬天里的春天》,叶蔚林的中篇《在没有航标的河流上》,对于蒋子龙、陈建功、何士光、陈祖芬、张一弓、祝兴义、张承志……的作品,曾镇南都有那种一语中的的、堪称知音的品评。尤为难能的是,对某个没有也不可能引起普遍注意,但确有可取之处的作品,曾镇南也时而表达出他的真挚的欣赏之情。例如,关于《青杨掩映的小巷》,他写道:

> 这美好的讴歌和祝福,使我不知为什么想起了那些读书和竞赛遭到诽谤……的岁月,有多少年轻纯洁的灵魂……变得愚昧无知、粗野鄙俗啊!我感到一阵宁静的喜悦。我愿喜欢读书的人们都来读一读给我带来这种欣悦的、充满诗情和激情的《青杨掩映的小巷》……

即使不读原作,我们是不是也可以多少分享一下评论者或强烈、或亲近、或欣悦宁静的艺术感受呢?我们能不感到评论者对文学事业、对艺术创造、对真善美的追求,对他的同时代作者的每一点哪怕是微小的收获的爱悦之情吗?

仅仅爱文学的人并不等于懂得文学,理解文学。这不仅因为文学是诉诸形象和情感的——它缺乏逻辑思维的确定性与可论证性,文学又是诉诸虚构的——它缺乏历史、新闻的那种不可更易性与可考证性;这还因为,文学的魅力、文学的力量常常和它的弱点、局限性(常常是可悲的局限性)甚至是荒谬性纠结在一起。这里既指的是某一篇具体作品中的瑕瑜互见、长短并存,也指的是整个文学的先天性弱点。例如,即使是最好的触及工作问题的文学作品,也难以摆脱某种纸上谈兵乃至大而无当的性质。试图用文学作品来直接指导自己的或旁人的工作、生活,正与按生活指南来要求每篇文学作品一样,往往会搞得啼笑皆非。只有既懂得文学的魅力也懂得文学的短处,既理解一篇作品的匠心独运又理解同一篇作品的缺憾不足的人,才算真的读懂了。尤其是,当这种理解是针对同时代人的作品的时候,就更加困难。艺术欣赏和艺术创造一样,需要一定的距离,需要一个消化、反思的过程。及时的评论是可贵的,却又是困难的,有时候是冒险的。如果在这种评论中再考虑到关系、风向、种种实际的利害因素,就更是难上加难。

曾镇南的一批评论之作所以能引起我的兴趣,首先不在于他对于一些作品的赞美之词,而在于他敢于也还善于对一些作品提出批评。这种批评相当有见解,有时候相当尖锐、富有论战色彩,大多是言之有理,甚或可以说是打中要害的。(据说有几个作家对曾镇南感到头疼,这也是一种包含着褒贬两重意思的反应。)有一些批评(例如对于《北极光》的批评)确有失之忮刻乃至不够公允的地方,但仍然有一定的意义,至少他是经过深思熟虑提供了评价作品的另一个角度。

例如,他在《现代青年心灵的一隅》中批评拙作《风筝飘带》说:

……有一点使读者小有不安的地方:佳原和素素在生活中到处遇到怀疑的冷眼……在广袤的人海里,难道除了冷眼就没有微笑?除了疑惧就没有同情?这样写……毕竟太闷气了。

然后他提到鲁迅,说:

文学前驱的这种对于群众的尊重和信任,也许对我们现在的作家有点启发意义吧?

岂止是有点启发!曾镇南对于《风筝飘带》的这一批评完全正确,写作的时候我太耽于素素的那"被秋风削尖了"的刻薄话了,不仅造成思想分寸上的某些失当,而且也造成艺术上的某种"过"与"露"。

再以他对祝兴义的《杨花似雪》的评论为例,在充分、热情肯定了祝兴义这篇作品的成功之处后,他写道:

其实,只要明察的读者从小说给予的第一次强烈的感情冲击中稍稍平衡下来,就不难对传立(作品中的"我"。——王注)

的行为提出疑问……

在进行了一串义正词严、无可抵挡的诘问以后,曾镇南判道:

> 平心而论,悲悯着思萍的命运的传立,是有一些难言的知识分子的虚伪的。

说得好! 看你传立哪里逃?

同样,即使对他相当喜爱的王安忆的作品,曾镇南也没有惮于指出:

> 对于王安忆的创作来说,题材还有待于进一步开拓,思想还有待于深化,文笔在保持细腻的同时要防止细碎冗长,文思在平易晓畅中不妨多一点跌宕摇曳……

这里,我愿意提一下曾镇南对于张洁的批评。在过去没有发表过的《苦涩而有味的青橄榄》一文中,曾镇南全面分析了张洁一九八〇年的作品并给予相当高的评价,但同时也尖锐地批评了张洁作品中所流露的冷傲感。"冷傲感"三个字,我以为他抓得很准。他是这样写的:

> 冷傲感是对世俗而发的,特别是对庸众而发的,本来有其存在的理由,但对有弱点的人嘲骂过甚,则使人觉得未免失之忮刻。(着重点是原作者加的)

他又写道:

> 这样的人生哲理,深则深矣,高则高矣,听来却觉得不近人情,好像……一个文化很高的知识女性居高临下斥责一个……艰苦挣扎的农妇不懂音乐的美和做人的道理……

这种冷傲感并不仅仅存在于张洁同志的作品中,曾镇南曾经盛赞青年作家陈建功的作品,但对于陈建功自己相当偏爱的《迷乱的星空》中的顾志达,曾镇南批评说:

>　　……他独立坚持真理的行动，却是怪僻的……他对自己的前途，有一种阴郁的情绪。这与其说是……"对历史的进程了如指掌的自信"，不如说是自相矛盾的迷乱……这种孤芳自赏对于社会，对于……追求真理的事业，都是没有好处的。

真是金玉良言！指出并雄辩地批评存在于当前不止一个人的作品中的"蔑众"的"冷傲感"，应该说，这是曾镇南评论当代新作的一个敏锐的、原则性的发现，是他的一个小小的贡献。对于这一点，曾镇南是有自己稳定的与更为概括的见解的，当评论王安忆的《墙基》的时候，他谈到"给知识和知识分子加上种种恶名，是一种愚昧和自私，但不惮于指出知识者极易产生的与民众隔离、傲视民众的弱点，则是一种聪敏和公心"。他称赞了王安忆的这种聪敏和公心，我们也不妨称赞一下曾镇南的这种富有马克思主义的唯物辩证法精神的更自觉、更鲜明的聪敏与公心。

除了对"冷傲感"的批评以外，曾镇南还曾经引人注目地批评了以《爱，是不能忘记的》与《北极光》为代表的爱情理想主义与幸福主义。我很欣赏曾镇南的下列论点：

>　　正如几千年来的人类历史并不是罪恶和谬误堆积一样，几千年来的婚姻史也不是无爱的结合的堆积……我们大可不必把几千年来的婚姻史以至当前群众婚姻生活的实际看得那样昏暗，仿佛庸俗者滔滔于天下，只有少数爱情理想主义者插上爱的翅膀腾空高飞，进入……天国。

这是一个清醒的、理性的、求实的声音。它有理有据地匡正了前一个时期某些文学作品在爱情婚姻问题上流露的乌托邦主义的乃至偏激的、错误的观点情绪。他对这两篇有影响的作品的批评相当尖锐，说的话似乎颇难听。然而，良药苦口，它提供了一个更健康地看问题、看人生、看爱情的角度和态度。在众多的颂扬声中，这个批评发自一位年纪较轻的评论界新人，更加觉得可贵。但这里似乎有一点点不足,他对他所批评的这种爱情理想主义的由来和分析有不够周到的地方。这种爱情理想主义——我愿意用爱情乌托邦主义这个词——的宣扬,有它反驳封建观念,抨击目前在我国确实存在的变相买卖婚姻、婚姻爱情上的商业化污染的一定的积极意义。对待爱情,在小说、诗歌里来一点浪漫主义、理想主义、乌托邦主义,只要不过分到愤世嫉俗,否定一切道德、法律义务的地步,本来也未尝不可。问题是不应该不知节制地夸张和沉溺于这种情感又反转过来嘲笑和蔑视人们的正常的与健康的爱情、婚姻生活。我们似乎可以建议曾镇南在评论这一类作品时更多一点具体分析。对《北极光》,他的评论似乎有点火气,有点渲染强化自己的雄辩气势,因而持论过苛,这是应该避免的。

做一个评论家是不容易的,他需要动情也需要冷静,需要棱角也需要公允,需要直言也需要探讨的分寸感,需要科学态度也需要灵活性,需要在与作家的关系中保持友谊感更保持方正感。目前,我国的文艺创作呈现了新人辈出的大好局面,评论界也正在出现生气勃勃的新人。曾镇南在这方面的劳作是有成绩的,他迅速地对于种种令人眼花缭乱的文学现象做出了自己的反应。我们有些搞创作的(包括我本人)有时不知不觉地受到古今中外的一些对评论家的不敬的论调的传染,偶有一得之见便轻率地指责乃至嘲笑评论界,这是不对的。创作与批评,这正是文学事业的相辅相成的两翼。高山流水,知音难觅,这是封建社会的情况。在今天的社会主义中国,到处都有同志、有朋友、有知音,也有诤友。我希望我们的创作家和批评家互相成为更好的知音与诤友。

曾镇南对于不少同代作家是够得上能爱之、能知之、能赞之、能责之的,对另一些作家他或有失之苛刻或失之宽容的不足。失之苛刻的上面已经说到,失之宽容的例如对于《飞天》,曾镇南对于《飞天》的看法太受自己的"痛苦"的支配了,远远不像他看《杨花似雪》那样准确。问题不仅仅在于政治上的考虑,我们对那种并不陌生的扣帽子式的批评不应苟同。但在考虑《飞天》的感染力的时候,我们不能不考虑到一个因素,写一个美丽而不设防的女孩子受辱,这是一个最易打动人的,有时候却是用得相当滥了的廉价手法。《复活》之所以了不起,不在于他写了聂赫留朵夫对卡秋莎的始乱终弃,而在于写面对玛丝洛娃的年轻公爵的内心自省,尤其通过为玛丝洛娃的冤案奔走,无情地揭露和批判了沙皇俄国的几乎全部上层建筑和国家机器。《飞天》的构思有其巧妙、凄凉之处,但它的那种笔墨陈旧的揭露和批判太缺乏认识价值而又不准确。不论从认识、批判、审美哪一方面来看,《飞天》都不能算是很有新意的作品。当然,这已经是几年前的事了,这里提到这一点,不是再算老账,而是希望曾镇南同志在分析作品时有更多、更深的思考。

曾镇南评论文章的不足也是明显的。例如,尽管他主观上也努力做出艺术分析,但这种艺术分析的概念和命题大多流于一般,缺少创见,缺少更精巧的见解,特别是对于小说艺术的相对独立的形式美,诸如结构、语言、叙述方法,他似乎做不出像谈内容时那样丰赡而又自如的发挥。他的有些文章写得太长了,也缺乏变化。通过对个别作品的品评,也许今后我们有理由期待他做出更多、更深入的理论探索和阐发,至少在今后的文章中有更深入更宏大的发掘和概括。总之,他也和我们搞创作的人一样,面临一个如何突破自己的已有水平的问题。当然,他已经做的,只是他文学批评生涯的小小的开始。

发表于《光明日报》1982 年 11 月 18 日

英勇悲壮的"知青"纪念碑
——评《今夜有暴风雪》

说长道短,评论一篇小说的得失也许是不那么困难的。也许,借题发挥,在评论别人的作品的时候正好发表自己对于人生、对于艺术的见解乃至炫耀自己的眼光、才学、权威。但如果是评论一群活的人,评论一颗颗年轻的、燃烧的、流血的心呢?

读完梁晓声的《今夜有暴风雪》之后,我感到了肃然。我明白了,在这篇小说里,包含着远远比小说本身更重要的东西,那就是真实,那就是人生,那就是祖国大地负载的艰辛、荣耀,那就是一代青年的命运、悲喜、热情与血泪。

也许《今夜有暴风雪》并不是一篇很成熟的作品,也许我们能不太费力找出它的不只一点的缺憾乃至破绽,然而,写出这样的作品的作者比一切圆熟老练机智而又和谐的专业小说大师更有其值得尊敬、值得羡慕的地方。它不是用笔写的,而是用心、用血和泪写的。它不是写在书斋案头,而是诞生在北大荒的一望无际的暴风雪之中。它写的不是一己的悲欢离合,而是一代人的功勋和失误、欢乐和痛苦。它比一切文人雅作都更粗犷、更浓烈、更震撼人心。所以,我说它庄严,而在庄严的真实面前,我起敬肃然。

小说一开始就把人们带到那特定的时间和特定的地点,特定的暴风雪里去了。长途汽车被一只站在公路正中的羊拦住了,司机下去赶它,发现这是一只被狼叼走了一条腿的羊,这只三条腿的羊是兵团的,因为返城的飓风正席卷着黑龙江生产建设兵团的知识青年,乘客说:"都走光了……连羊群都没顾得移交。"

然后是知青拦车,然后是司机哄骗知青开走了车,然后是一名知青骑马追过了汽车,用横在路上的拖拉机拦住了车,汽车司机战战兢兢……

这简直是一幅天崩地裂的图景,风暴、风暴,令人战栗的风暴——奏出序曲就使人们惊倒了,天啊,究竟出了什么事情?

在"文化大革命"当中被红旗和锣鼓、被无数金光闪闪的词句哄抬起来的知识青年上山下乡的热潮,到了一九七九年,到了极左的一套破产之后,竟是这样的下场,可悲?可叹?令人顿足扼腕!

而顽固地抱着极左的一套的团长马崇汉,又想用扣押兵团总部急件的办法把全团八百名知识青年永久地钉在各连队的花名册上。对自己的权力的迷信使他不顾党纪国法,不顾几百名知青的利害存亡。偏偏这个消息被一贯积极的工程连女指导员郑亚茹泄露出去了,于是愤怒的知青点着火把从四面八方拥到团部,一场可怕的冲突一触即发!

有些知青的精神状态已接近于歇斯底里。当暴风雪的前锋扫来,熄灭了大部分火把以后,为了取暖,知青们开始去拆食堂的门窗,意欲把一切能投在火堆里烧的东西都投到火里,有的抢了生面团去烤"酸面包",有的为了不至于冻僵跳起了"忠字舞",更有个别丑类趁火打劫,在这种混乱中撬开了银行的门……

这种无政府状态确实是对极左的一套的惩罚。小说对于"几评小镰刀战胜机械化"的回顾,不能不让人想起那高调唱破天的荒诞岁月,小说对于"小镰刀"被吞没在无边的麦田里的描写也是精彩而又惊心动魄的,何况他们来前就受到了马崇汉的胡吹冒泡的骗,来以后又受到了马崇汉之流的家长作风的压制,矛盾蓄积得太多也太久了,于是,恰恰在战胜"四人帮"之后,在党开始了拨乱反正的艰巨努力之后,这一切蓄积起的矛盾总爆发了。

然而,作者的笔墨并没有完全用在渲染这些矛盾,渲染这种混乱和狂暴、歇斯底里和无政府状态的可怕上面。沧海横流,方显出英雄本色,正是在这种特定的严峻的考验之中,我们看到了忠于北大荒的垦荒事业、爱护青年的政委孙国泰和军务股长,尤其是以曹铁强为代表的成为中流砥柱的工程连的知青们。他们有着和其他知青同样的遭遇、困难和愤懑,他们当中有相当一部分人同样要求返城。但是,他们爱北大荒,爱祖国,爱用他们的青春的汗水浇灌了好多个春秋的刚刚开垦出来的土地。他们敬仰那些真正为开发北大荒而献出了自己的一切的前辈。他们是流着泪准备离开北大荒的,他们希望体面地离开,尽管马崇汉用那样不体面的办法来欺骗和激怒他们。他们尽可能地在混乱中维护着国家利益、财产、秩序。当混乱中弹药库一带发生了火灾的时候,即使第二天就要走了,他们仍然奋不顾身地去救火。而当破坏分子抢劫银行的时候,他们当中的刘迈克为保护国家财产而英勇地献出了自己的生命。

小说快要结束的时候军务股长为返城知青们办理手续的一段描写是正气凛然的。由于种种实际困难,绝大部分当年上山下乡的知青回城来了,并不能说返城的知青有什么不好,恰恰相反,他们洒下的那些廉价的汗水,他们付出的代价,他们创造的业绩和财富,他们的那种吃苦耐劳奋斗献身的精神是不应该被社会、也不应该被他们自己忘记的。《今夜有暴风雪》的一个极大功绩就在于它为这些知青树了一块碑,这块碑已经树在读者的心目中了。

然而,同样是离开北大荒,知青们的精神状态与实际表现却是泾渭分明、不容混淆的。两队人等着办理返城手续,军务股长冷峻地宣布:"左排优先办理。"当右排中的某人大声抗议的时候,他被提醒"看看左排的每一个人,然后再互相看看你们自己",于是,他们看到了:

> 他们的脸一个个都是黑的……他们的衣服上,这里那里尽

是烧破的洞……他们的样子都是那样狼狈不堪。

　　右排的人,一个个显得比左排的人更加狼狈起来……他们昨夜没有救火。

　　……右排的人,谁都无法经受等待的寂寞和左排的注视,他们先后退出了……

我以为,这一段描写是全篇最最精华之所在。这一段描写的成功,甚至于超过了写三十九名——四十一名知青(包括两名当夜因公殉职者)留在北大荒的一段,其含意是深邃而耐咀嚼的。在历史转折的关头,特别是在革命遭到严重的挫折,人们在重新估价历史事变和各种主张的时候,有多少市侩、庸人、蛆虫会兴高采烈地欢呼,力图把历史把一切搅成一潭浑水啊。一切革命理想、献身气概、忘我精神和英勇奋斗忠实积极认真负责的道德规范将会受到和已经受到了多么恶狠狠的嘲笑!所谓"看透论",不正是这种庸人哲学的表现吗?但是那些站在左排英勇救火的知青们不是这种市侩、庸人和蛆虫。他们可以把一个马崇汉或者一百个一千个马崇汉看透,但是他们仍然和永远会尊重和爱护北大荒人的事业,他们对于千千万万乃至亿万人民的事业永远不会采取冷酷和利己的"看透"的态度。邪非正,丑非美,鱼目永远不能混珠!这一段描写的思想内涵很可能超出了作者的预计。

在全篇粗犷、强暴、浓烈、严峻的调子中也有一段段抒情诗一样的温馨,那就是裴晓云。这个善良的姑娘在极左的东西占统治地位的时候不被信任,直到这一夜才正式领到枪去站岗,混乱中人们忘记了去替换和接应她,她严守岗位,在暴风雪中冻死了。裴晓云写得也还是不错的,看来作者是怀着深情来写她的。但她的那些经历和情感,给人一种似曾相识之感。作者写她十五岁了,还要求父亲给洗澡,说明作者完全没有这方面的生活。这篇小说有这么一点,作者愈是特别用力地去写的地方,愈有某种人为的痕迹,要求严格一点,甚至可以说是落套的痕迹。

这种似曾相识的戏剧性也表现在对曹铁强的父母的经历的描写与对医生匡富春决定不走的描写当中。作者在写匡富春不走的时候显然挖不出比类似情节在其他作品中已经有的那些东西更新鲜的东西,遇到这种情况本来聪明的办法是不要展开对匡富春如何如何才留下的描写,直截了当地让郑亚茹去面对匡富春的留下好了。但是作者没有这样做,而用他宝贵的笔墨写了一些虽然正确、却已被读者读熟了的一般化的东西。

相反,有些细节,看来作者只是随手一写,如郑亚茹走了,带不走任何东西,连一罐雪也是一上汽车就融化了,却显得那样真实而又别致。

整篇小说、小说中的许多情节和细节,是作者从生活中挖掘和发现的结果,是独特的、给人以新意的。但作者似乎太追求戏剧性的悬念、巧合和冲突了,于是有些地方显得过于堆砌悬念、巧合和冲突了,而且有些落套。我想,作者自己会比我们更清楚,这篇小说中的哪些部分是从生活中提炼出的,而又有哪些部分是"套"出来的。

也许在一篇平庸的小说里对于裴晓云的某些描写不会显得落套,而是很动人的。正因为《今夜有暴风雪》是一篇极有特色的力作,因此,那些相对来说比较一般化的段落就显得更加突出了。

说它是一篇力作,就因为它气势宏伟,对比强烈,冲突尖锐,气氛紧张,整个小说非常抓人,读起来难以释手,读后心怦怦然,心潮久久难以平息。

但就一点提醒一下作者也许不是完全多余。起伏、张弛、高低都是相对的、相矛盾又相依存的概念。高潮是相对于非高潮而言的,高峰是相对于半山腰或者平原而言的,扣人心弦是相对于徐徐道来而言的,如果通篇都是高峰,那就最多只有高原而没有珠穆朗玛峰了。

作者用对比的手法在一个中篇里写了不少人物,郑亚茹和裴晓云,曹铁强和刘迈克和小瓦匠,孙国泰和马崇汉,对比都很鲜明,这是不容易的，我们也许可以期待作者今后把人物写得更有深度，更不类型化。而哪怕是一点点类型化的痕迹，也会给人一种"套"的感觉。

知识青年上山下乡的题材的作品已经相当不少了，有许多是写得漆黑一团和悲悲切切的。张承志写知青题材侧重写知青对于人民的爱恋，这是不俗的。梁晓声的《这是一片神奇的土地》《白桦林作证》与本篇则大为不同，他侧重写的是动乱年代与艰苦环境中的青年们的英雄主义。三篇作品浓如烈酒，充满了悲壮豪迈感。当庸人气质在生活中泛滥的时候，这种英雄主义，这种悲壮豪迈感就更加难能可贵。知识青年大规模上山下乡的壮举也许是失败了，也许它包含着许多谬误；但他们的业绩、他们的精神长存，特别是那些在上山下乡中献出了自己的生命的烈士们，他们九泉之下有知，将怀着感激的心情，注视着梁晓声的劳作，注视着梁晓声为一代知青树立起来的纪念碑。

发表于《青春》1983年第2期

漫话几个作者和他们的作品

谈到一九八二年的小说创作,我首先想到了王安忆。王安忆在一九八二年的表现,是一个值得注意的文学现象。在《舞台小世界》《冷土》《庸常之辈》《命运交响乐》(歉甚,她的得奖作品《流逝》我还未读)等作品里,我们看到了一个大大成长了的王安忆。她入世很深,体察很细,对于各式各样的"社会的人"和"人的社会",对于各式各样的人的关系与命运,对于各式各样的人的各式各样的短长,对于各式各样的人情世态,她做出了维妙维肖的摹写。她常常用一种单纯的甚至是天真的语调,去探寻生活深处、人心深处、社会关系深处的细微信息。她的取材相当平凡,不符合任何已形成的潮流或者浪头或者模式,她写的是她对于生活的独特发现和感受。她写得相当冷静、客观,从不避讳写人的各个侧面。有时候她的挖苦相当尖刻,毫不留情地把她的人物的弱点暴露在光天化日之下。有时候她又很宽厚,在多数人所轻视否定的人身上看到他们的长处,看到他们所以如此的必然性与合理性。

但从通篇看来,她绝非冷漠无情,恰恰相反,对于她笔下的人物,她几乎都寄予最大限度的爱、善意和同情。她的作品里充满了对于实实在在的人民的实实在在的爱,充满了对于普通人的命运的理解和关怀。她会使许多读者感到一种友谊,一种作家与普通人民的心连心的情意。因此,她的貌似不动声色的客观描写当中仍然充满温情与厚望,她的揭露、讽刺后面仍然包含着含蓄与节制。

她的作品确是现实主义力量的证明。她并不对人物和各种生活现象做出义正词严的判决，她的思想隐蔽在生活的大千图景与生活本身的逻辑当中。特别是《舞台小世界》，有那么强的概括性，我怀疑她自己是否充分觉察到了这篇小说的认识价值。

读多了王安忆的作品也会感到一种不足，甚至一种焦灼。她的作品里好像缺少一点东西。缺少一种真正能够振聋发聩或使读者感到如同醍醐灌顶的精神力量。在她的作品里你难以听到时代的狂飙惊雷，难以得到一种精神上的高扬和奋发。这不仅因为她的生活经历还有待扩展，她的取材平实有余而奇警不足，她的人物朴质有余而崇高不足，她的情感善良有余而炽热不足；更重要的是，她的作品里似乎还缺少一点革命的理想、革命的激情、革命的信心和气派。

于是我想到了张承志。张承志对于文坛并不是一个陌生的名字，他在一九七八年发表的小说《骑手为什么歌唱母亲》和后来发表的《阿勒泰足球》，分别获得了优秀短篇小说奖和少数民族文学创作奖。但张承志受到广泛注目，是在一九八二年的《绿夜》《老桥》《大坂》《黑骏马》发表以后。他的作品的特点在于一种抑制不住的火热的情思，这恰恰是王安忆所缺少的。是的，情思，就是说感情和思想。他的作品差不多都有一个"抒情主人公"，他所写的边疆风物、少数民族生活、青年的命运往往都折射自这个"抒情主人公"的心灵。我们几乎可以说这些抒情主人公便是作者自己，至少是非常靠拢作者自己。问题不在于是否写了自己，而在于这是一个什么样的自己。令人欣慰的是张承志的抒情主人公并未纠缠于"小我"鼻子底下的琐屑，而是谛听着、思考着祖国大地，大地上辛勤劳作的各族人民，大地上的即使艰窘、仍然有着无比深厚的魅力和无比耀眼的光彩的生活。这样一种对于生活、人民的爱，这样一种激动的思考与思考的激情，这样一种灵魂的不安、充满追求和进取的运动，这样一种对于生活的雄健的而又不乏妩媚温馨的感受，我以为是张承志作为作家最可宝贵的品质,是他的作品别具特色的主要原因。当然,从他的作品里,我们也可以看出他对于小说的形式,特别是对于结构和语言的探索和锤炼。

有一得必有一失,过浓的主观色彩使张承志笔下的生活不那么平易可触,语言、感情和思考都显得用力太多。我想,用力透纸背这四个字来形容张承志的作品是再合适不过了,然而我用这四个字不仅是赞扬,也包含着讽嘲。与王安忆的作品比较一下就很明显,张承志的作品有时失之艰涩,缺少让生活本身发言、从而提供雅俗共赏的可能与多方面地加以评价的可能的那种王安忆式的巧妙与从容,但他的作品里也包含着王安忆所不能比的生活与情感的升腾与浓聚。

我当然不准备建议张承志与王安忆拉平或者统一,可以各按各的路子写下去。但我想,不妨各自注意一下对方的长处,也许那长处正是自己所缺少的,可以启示他们打开自己创作的新生面。

另一个充满诗情的年轻女作者是铁凝。我虽然只看了一篇她的新作《哦,香雪》,但我不能不佩服她的取材,她的构思,她的细致入微的艺术感觉和她的语言的天籁感。她不仅写活了善良、纯真、美好的小香雪和她的女伴们以及绰号叫"北京话"的列车员和同样善良的大学生,而且她写活了小村和一列一列的火车,连两条冰冷且又等距排列着的铁轨也似乎充满了灵性,充满了作者所赋予的艺术的生命。她写列车本来是不在台儿沟这个小村停车的,但后来可能是因为小村实在太小了,列车无法不停下来,列车无法忍心高速前进、风驰电掣地掠过去,把台儿沟抛在后面。这简直不可思议,简直绝了!

台儿沟的人和陌生的列车上的人都是多么善良和美好!这真是一支净化人心灵的歌,一篇真正的单纯得不能再单纯了的,甚至可以说是一篇"标准"的短篇小说,怀着这种对于生活的真诚的美好情致而写作的作者是幸福的,读这样的作品也是幸福的。

然而作者并没有粉饰生活,作者用曲笔写出了台儿沟的贫困和

65

不发展，这种贫困和不发展是令人泪下的。当然，毕竟火车开始经过了这个地方，香雪也开始拥有了用四十个鸡蛋换来的能够自动关闭的铅笔盒。希望就在人间，希望就在前头。

同样选择了一个单纯得不能再单纯，以致一眼看去不免使人们对他的题材的社会意义产生疑问的是鄂温克族青年作者乌热尔图。他写一个可怜的孤儿、猎人的孩子与一个被他打伤的七岔犄角的公鹿之间的友谊，这友谊感动了粗暴的叔叔；他歌颂勇敢、正直、无私和同情心。他的取材和处理是这样独特，甚至使读者感到困惑。和《哦，香雪》一样，这样的作品在一九八二年出现并非偶然，它们的出现是我国社会安定团结、稳定发展、党对文学事业的领导日益成熟、百花齐放、百家争鸣的方针日益成为文学多样化发展的现实以及人们对于文学的对象与功能的理解日益丰富和扩展的表现，"花"虽小而意义并不小。

但是读者也有种种微词，主要是对我们的某些小说创作多少有点回避现实矛盾的状况不满。这是完全有道理的，真理过了头就会变成谬误。在赞扬《哦，香雪》和《七岔犄角的公鹿》时，我们总不能忘记激动着千百万有觉悟的中国人的心的当代最尖锐的矛盾和最伟大的斗争。说得简单一点，就是不能忘记重大题材。

幸亏一九八二年的短篇小说还有《拜年》《火红的云霞》这样一些紧紧追踪着时代脚步的作品。蒋子龙的《拜年》的妙处在于它写出了公认为很合理的事情中的不合理，简直是荒唐和荒诞，它呼唤改革，它使人们警醒和奋发。而王安忆的《舞台小世界》，却在一个很容易被视为马屁精的"不合理"的势利小人身上挖出了某种合理性。这说明蒋子龙和王安忆都各自有对于生活的独到见地。见地、见解、见识，这同样是构成文学的价值的重要因素。

吕雷的《火红的云霞》又使人想起梁晓声的《这是一片神奇的土地》，他们的作品表达了一种近年来小说创作中尚不多见的悲壮美。前者写了一个老党员、老干部为坚持原则而付出的代价，后者写了一群知识青年为了开垦"鬼沼"而付出的代价。生活是要付出代价的,革命本身往往就是自我牺牲的同义语。这就是反映现实题材的小说所具有的悲壮美赖以出现的依据。革命作家完全应该也可能写出更多更好的慷慨悲歌、惊天动地的故事,一扫文坛上或有的卑琐委靡之气。这两篇小说都具有戏剧性的冲突、性格鲜明的强有力的人物、大起大落的情节、电影镜头或者舞台场面似的紧锣密鼓的处理,因而收到了荡气回肠的阅读效果。如果说《哦,香雪》与《七岔犄角的公鹿》像山泉丁冬,像一支支钢琴小品曲,那么《火红的云霞》,特别是《这是一片神奇的土地》就像大江奔腾,像交响乐章。当然,驾驭这样大的题材是不容易的。《这是一片神奇的土地》中过多的来自外国文学作品的名词和言论,显得与作品描绘的时代和生活不协调,而《火红的云霞》中亦有堆砌的痕迹,但是后一篇作品的反映现实的及时性——它写了工业调整中的人的命运冲突——使人们不能不对它艺术上的某些不足抱一种比较宽容的态度。

有两篇小说人们对它们的看法不尽一致,我指的是《明姑娘》和《母亲与遗像》。前者塑造了一个圣洁的盲女的形象,她虽然双目失明,却热爱生活,热爱学习与劳动,处处关心别人,把信心和希望的种子撒播在所有与她同命运的不幸的人们当中,故事带几分新传奇的色彩。后者塑造了一个不愧为老革命家的母亲,以凛然正气对待着她的子女——也是我们党内的矛盾。这两篇小说都受到了读者的欢迎,赢得了许多推荐票(指评奖推荐表),一些评论家撰文赞扬这两篇作品。与此同时,确也有同志对这两篇作品侧目而视。

持批评态度的同志,主要指责这两篇作品某些刻意为之的编造和堆砌的痕迹。不能说这种指责全无道理,不能说这种指责不值得它们的作者注意。但我们同样要考虑这两篇不无瑕疵的作品在什么地方打动了读者的心?触动了读者的神经的弦?它们的力量,它们获得了相当的成功的秘密在哪里?

这就不能不谈到理想的力量,善的力量。革命本身就是一种理想主义，一种对于改造社会和人自身的正义理想的奋不顾身的追求；当然，它又是现实主义，是历史发展规律的科学概括。回想一下在老解放区，在建国初期人们的精神面貌吧，正因为真善美比假恶丑更有力量，更吸引人，才有革命的凯歌行进。但是"左"的扩大化，特别是到了十年内乱期间，使一切美好的、真诚纯洁的东西受到了欺侮和嘲弄，而使许多腐朽野蛮赤裸裸的兽性的东西得以公然泛滥，投机取巧、厚颜无耻、损人利己、言行不一居然成了某些人的公开或半公开的处世之道。确确实实我们的某些文学作品也淋漓尽致地反映了并且渲染了这种恶的肆虐。愈是这样，人们的心田愈需要善的春雨，人们的生活愈需要理想的烛照。如果没有这些，我们的党，我们的国家、民族和人民还有可能存在和发展么？《明姑娘》和《母亲与遗像》就是这样应运而生的，作者在不回避生活矛盾的同时更自觉地致力于塑造正面的与理想的形象，这是好的。同时，他们的故事也颇好读。海波的作品同样尖锐地鞭挞了丑恶。当然，为了使他们的作品具有更强的艺术说服力，他们不是没有需要改进的地方。

在快要结束这篇随笔式的"评"与"比"的时候，我不能不提到另一个引人注目的年轻的女作者张辛欣。在过去的一年里，张辛欣的作品同样是一个值得注意的文学现象，也许还是一个棘手的现象：她的小说受到了严厉的批评，引起了争议，同时，她的小说拥有自己的年轻的读者，甚至可以说是崇拜者。

这种状况之所以棘手，恰恰在于她的作品远远比前几年受到批评的那些作品更有才气，更有特点。批评《调动》是容易的，批评那几个剧本也不太难，更不要说《醉入花丛》或者《女儿桥》之类的东西了，这些作品本来也是站不住的。

张辛欣的作品给人的印象是复杂和痛苦的。它有它"独特"的对于生活的理解和感受，有与作者的年龄相比相当老辣的因而是触目惊心的构思与表述，它们是对于人们的心灵的一次认真的冲击、认真的挑战,而不是那种低劣幼稚的小打小闹或者乱打乱闹。

令人痛苦的是在张辛欣的作品当中,我们看到了一个天分高、有才华、有一定的阅历和一定的知识积累、已不十分年轻的青年的被扭曲的心灵,它受过伤害,弥漫着失望和孤独,骄傲而又愤懑,它发出了在自己看来是字字血泪、而在他人看来颇有偏颇和夸张的呻吟和叹息,当然,也有焦虑。

顺手举一个小例子——大例子已经有许多人举过了:在张辛欣的一篇小说里,描写女主人公为买一点便宜而又好吃的菜而逛菜市场的心情,贫困、空虚、卑微、可怜,这样的生活简直令人窒息。写得精彩则精彩矣,其说服力却不免令人疑惑,希图买价廉物美的东西并为此而花一些时间,这不是很合乎"普遍的人性"的生活真实吗?这究竟值得那么痛心吗?不管多么伟大的人物或者多么富有的财主,甚至不论是生活在眼下还比较贫穷的中国或者拥有辉煌灿烂的超级市场的某国,不是都会有类似的体验的吗?如果一个城市的女干部带着菜篮在菜市场寻找便宜菜是可悲的,那么带着菜铲到自留地里挖菜乃至捡野菜吃的农民,以及把一车又一车的菜运到城市的农民,又该怎样抒情呢?一个自己驾驶着雪佛莱车到"阔多了"的市场买菜的美国家庭主妇,她的精神世界不是有可能更加空虚和悲凉么?其实买菜种种固然可能对于某些心比天高的人儿是可悲的,对于大多数地上的人则可能是正常的乃至可喜的。去挑选自己需要的菜,不是也可以从另一个侧面反映新时期的安定与正常的生活秩序吗?如果一个伟大人物也肯买买菜、烧烧火、抱抱孩子、扫扫垃圾,从另一个意义上,说不定能使伟大人物生活更丰富,思想更切实,联系群众更广泛,家庭更和睦,血压也更正常。一些伟人晚年的悲剧,不恰恰在于他们脱离了这些凡人小事、脱离了生活吗?

如果是王安忆,她写到这些小事的时候大概不会流露出痛不欲生的悲凉。她从来是怀着同情、宽容、理解和抚慰的心情来写这些凡人小事的。如果是铁凝,说不定她会在清晨买菜的过程中发现一首新时期的新生活的诗的篇什。如果是张承志,他可能赞美把生菜变成盘中的菜肴的劳动——如同他赞美过把牛奶变成奶油和奶茶的劳动一样。他的主人公也可能一面买菜一面痴情地怀念着千万个种菜人,怀念着虽然还有些贫瘠,却毕竟供应了我们世世代代先人与我们自己各种蔬菜和粮食的大地。

王安忆也写恶,然而她是怀着善来写恶的,用善来照耀恶的。她揭露的社会矛盾的广度与深度并不下于张辛欣,然而,她的作品比较不那么容易引人反感。张承志也写恶,然而他是怀着火烫的、近乎愚傻(我从这两个字最好的意思来解释)的对于理想和信念的忠诚来鞭挞恶。而张辛欣呢,她既没有"降"到王安忆那样脚踏实地的与千百万庸常之辈在一起,同情他们,抚慰他们,同时也讽劝他们,并为他们而立言、而呐喊;她也没有"升"到张承志那样,九死未悔地去贯彻那种对于人民、对于革命理想的博大的忠诚和挚爱。由于心气过高而产生的过分的愤懑,过分的敏感,于是,恕我说得重一点,她有时是带着"恶"意来写恶的。她好像怀着某种以恶对恶的报复心。这正是她的文学道路的坎坷所在。

然而,我不希望她小小年纪便这样坎坷下去、愤懑下去、隔膜下去,我不希望她的生活与艺术的情绪恶化下去,我不希望在她的面前出现一条难以逾越的鸿沟,更不要说是险象丛生的荆棘。也许我不能立即说服她,但至少她会考虑王安忆、张承志的例子,她会与他们并进而与大家找到共同语言。我不但相信她的才华,而且也同样相信她的深藏的善意,相信她的深藏的热情,对于祖国和人民的爱。一九七九年她写的《一个平静的夜晚》是多么美好啊!我盼望着张辛欣与更多的文学工作者携起手来,与正在艰难而又有成效地斗争着、建设着新生活的干部和人民群众携起手来,为丰富社会主义的文学做出自己的贡献。我坚信,这是能够做到的。

我看作品并无计划,上述作品与它们的作者可能颇乏代表性,可能有更重要更精彩或者更成问题的作品我还没有来得及看。从这些极片面的观感中,我想到,我们的小说创作是有成绩的,它更加多样了。与此同时,严肃地思考生活,分明地揭示生活的矛盾、传达时代的威严步履,从而能在读者中引起强烈反响的作品有些减少。我们在欢呼小说的多样化与美文化的同时,不能不警惕把忧国忧民的文学变成闲情逸致文学的苗头。同样,我们也不能对新的主题先行与概念图解的违反艺术规律的现象没有什么防备。大量新作者涌现了,这是合乎规律的好事,特别是短篇小说,题材新、时代感强,它的作者队伍必然要不断充实和更新。对这些新作者,应该有更多的关注,更热诚的鼓励与更诚恳公正的批评。新时期的文学正在一个浪头又一个浪头地向前发展着,作为爱好文学的作者和读者,我们能不感到快乐和新奇吗?

发表于《文艺研究》1983年第3期

可喜的追求

——读白族作家张长的几篇小说

白族中年作家张长,是一个勤奋的、相对来说相当多产的多面手。他一直从事编辑工作,自己写作靠的是业余挤时间。最初,他写诗、写散文,近几年来,在小说方面,他也显示了可喜的追求。

一九七九年,他发表了后来获得全国优秀短篇奖的小说《空谷兰》。小说描写一个上海青年与僾尼姑娘的爱情,通过与另一个庸俗不堪的只知道闹着回上海的女青年萍萍的对比,赞美了善良、温顺、诚挚、无私的僾尼姑娘兰芮的美丽的心灵;也用第一人称,表达了一个僾尼山小学教师、上海知青对边疆、对少数民族人民的热爱。当然还不能说小说已经写得很自然、很恰到好处,如有点理想化,兰芮好像是一种圣洁而又纯朴的美德的化身,而萍萍则是与之对立的自私与俗鄙的象征物;兰芮的某些善行也给人以堆砌感,像怎样背着萍萍去就诊就写得有些生硬等等。但通篇小说以其细腻的笔触,对边疆少数民族的风情,特别是以伊散玉瑟花式的兰芮的心灵的美丽给读者留下了一种诗情的感染,一种美的享受。兰芮给居老师——就是"我"——悄悄地送花、送野猪肉的描写,特别是当"我"发现了送花的是兰芮以后,问她:

"你为什么每晚给我送花?"

"因为你喜欢。"她说,抬起头,我看见目光下那对水汪汪的眼睛直瞅着我,"居老师,你和吴老师都不走吧?千万别走!僾尼山的孩子需要你们啊……我希望你爱我们的傻尼山,爱它的花,它的孩子们……"

这是一种多么美好的情怀!无怪乎随后作者注释说:

> 我面前跳动着的是一颗多么高尚而痛苦的心啊!她那样爱着她家乡的一切:花、古老的歌曲、学校和她的学生……她也努力使别人爱上这一切,为的是造福于她的民族和她的土地,多么固执而深沉的感情……

从艺术的眼光来看,这段注释可能是多余或者部分多余的,至少这段话的头句和尾句都在应删之列。但作为同行,我却能体会也能理解作者的激情。这是写的兰芮,但也正是写出了作者对于边疆的土地和人民的爱。作者写到这里忍不住跳了出来,大声赞叹自己的人物了。

为孩子们架桥的一段描写也很美好,既写出了兰芮的爱心,又写出了"我"与兰芮的不谋而合、心心相印,而且富有象征的意味,并能让读者联想到边疆的山水草木,充满了亲切感,堪称是一以当十了。

一九八〇年张长发表了小说《希望的绿叶》,在全国少数民族文学创作评奖中获奖。该篇显示了张长在更新小说的表现手段方面的努力尝试。这篇小说用诗的语言、心理独白的手法,写出了对于森林的爱和对于破坏森林的暴行的憎恨。

一面是:

> 植物所后面就是个自然保护区,晚上小麂子叫到门口来:"罕!罕!"多静啊。夜凉如水,月光洒在林中空地上,露珠儿又大又脆,仿佛从晶莹的月亮上滴落……可以清楚地看见鸣叫的蟋蟀在它用新土堆成的洞口展翅:"嚯——嚯——"

另一面是:

> 两丈高的火苗子像无数蹿起的火蛇,摇摆着上身,觊觎着莽

莽苍苍的森林。一阵风来，它们全弓下腰向一株株可怜的树猛扑过去。一片片葱绿的、充满水分的森林爆裂着，绿叶蜷缩着，燃烧着，很快只剩下了一些黑色的炭棒，痉挛地插在遍地是黑色灰烬的山野里。还有麂子，来不及逃跑的麂子也倒下了。一条烧焦的腿伸向空中，兀自痛苦地颤抖，然而眼睛却永远闭上了。

多么惊心动魄的强烈对比！多么细致入微的精心刻画！特别是"露珠儿又大又脆，仿佛从晶莹的月亮上滴落"这样的佳句，即使在今天的诗中也并不多见，何况散文、小说？而"蟋蟀在它用新土堆成的洞口展翅"，其描写的生动精微也是令人赞叹的。

这篇小说的容量不小，还在于它描写了一个为保护森林而与官僚主义者明书记斗争的故事。第一次斗争，因为涉及到明书记个人，被穿了"水晶鞋"，而且小鞋穿到了小说的主人公、斗争的主力、一位记者的妻子头上。而第二次斗争，虽然涉及的问题要严重百倍，只因不是对明书记个人的直接批评，所以对明书记根本不起作用。这是非常辛辣的讽刺，确实是令人深思的。

问题在于心理独白的结构与这两次斗争的情节结构的结合还不那么和谐。作者写江堰的遐想的时候心理独白比较丰富，写与明书记对阵时却比较干巴，因而小说还有点疙里疙瘩。

但是从这篇小说里我们已经看到了作为诗人的张长在抒写诗情画意的同时的另一方面的追求：直面人生，鞭挞丑恶。后一方面的锋芒突出地表现在《失灵了的算盘图腾》这样一篇对于张长来说是别开生面的作品里。小说描写某州委宣传部副部长刀振仁，是一个卑鄙的市侩、一个见风转舵的政治投机贩子。刀振仁在卖狗肉汤锅的父亲的"教育"下，自幼学会了拨拉小算盘，在极左的年代他混水摸鱼，坑害别人，并且第一个贴出了陷人于罪的大字报来批判少数民族歌剧《王子与公主》。如今，时过境迁，今非昔比，同一个刀振仁摇身一变，以超级"解放"的姿态剽窃《王子与公主》的创作权，居然把自己列为文学编剧之一，而且还充当领队，准备带着这个戏出国访问。

小说入木三分地剖析了刀振仁的丑恶灵魂,来了一个示众,同时通过他的"算盘图腾"的失灵,显示了这种货色的必然失败的可耻下场。这样的人,这样的事,这样的丑恶,确实在我们生活中是存在着的,揭而露之,抨而击之,是颇有现实意义的。不足之处在于,第一,刀振仁卑劣则卑劣矣,缺乏一点深度;第二,既然是写刀振仁的心理活动,总应该使这种心理活动符合刀振仁的身份。数学的"空筐结构"云云,不仅与刀振仁驴唇不对马嘴,恐怕作者也未必知之甚详。即使知之周详也罢,何必写到"这一个"小说里呢?

张长还有一篇富有传奇故事色彩的小说《皈依者的儿子》,写得亦颇有特色。小说写一个凡事紧跟照办而又诚恳忠厚的傣族阿爸浪温,吃尽了"文化大革命"中的极左的苦,结果对党的信仰幻灭了,对佛教的信仰复活了。他把独生儿子艾温送到国境以外,在一座缅寺中担任了住持和尚,被称为都龙温。党的十一届三中全会以来家乡的变化吸引着都龙温,终于,他回到了家乡,而且出乎老人们的意料之外,在回到了故乡的土地上之后,马上宣布还俗了。是的,极乐世界并不在虚无缥缈的西天,幸福的新生活还要在党的正确的方针政策的指引下,靠人民在大地上辛勤劳动来实现。

这篇小说写得大起大落,很有故事性,显示了张长在叙事方面也是有自己的潜力的。与其他作品相同的,在这篇起伏跌宕、富有传奇色彩的故事里,同样传达着作者对边疆山水、田地、人民的爱。唯读后觉得前面写浪温从党的积极追随者变成佛的追随者很可信,后面写都龙温从住持和尚变回来,"和大家一样当一个社员""就在我们科技组……"显得简单了一些。如果作者把更多的笔力放在对今天生活的描写上,充分展示十一届三中全会以来边疆生活的巨变及其对于都龙温——艾温这样的人的吸引力,也许就更有分量,更有新意一些了。

总之,张长的小说创作是生气勃勃的,他以他独有的对于云南边疆生活的细腻感受与深厚热爱,多方面地反映了云南各族人民的生活，丰富着新时期的文学。作为一个已经相当长时期从事业余文学创作的少数民族作家，他理应受到更多的关注。在反映生活的深度、气魄和艺术表现的和谐上，张长还颇有不足。我想，这些是可以通过学习、思考、扩大生活面和更多的艺术实践来解决的。我盼望他不满足已有的成绩，把目标树得更高一些，继续他的勤奋的攀登。

发表于《民族团结》1983年第5期

与彭荆风谈《云里雾里》

荆风同志：

很高兴地读了你的新作《云里雾里》(《昆仑》一九八三年第四期)，你写了一个动人的、非常严峻的却又是正气凛然的故事。你的主人公处在一个特殊的状况下，他被误解、被委屈，同时又确有错误（当然，他无论如何是不应该对自己人进行诉诸武力的威胁的），因而被暂时拘留审查。在这种情况下，他与外寇突然遭遇，而他完全不计个人荣辱得失，大敌当前，事关国家利益，事关祖国的神圣疆土和人民军队威严荣誉，他挺身而出，勇敢智慧，为人民洒出了一腔热血。真是丹心碧血，可昭天日。其中特别是在中途遇到瑶族姑娘，而他的双手还是绑着的一则情节，更是惊心动魄。这个情节，连同他的莽撞和缺乏涵养，并没有损害他的英雄形象，而是使人们读后唯觉可感可泣！

我想，你的作品也许还有一个副主题：即是对于那种简单化的、惩办主义的工作方法的批评。如果人们稍微动一动脑筋，注重调查研究，注重听取不同意见和当事人的申诉，坚持实事求是，不是本来可以不这样误解一位好同志的吗？

作品的地方特色、民族特色，特别是对于热情的瑶族姑娘的描写都是好的。我也喜欢你写的这种"云里雾里"的天气现象，这既是一种自然风光，也是一种特殊的氛围，具有一种引人入胜的艺术魅力。

可惜，你大概太钟爱你的主人公，并生怕读者误解了你的主人公了。小说一开始,你就不断地暗示乃至明白告诉读者,你的主人公是无辜的,这就大大减少了悬念,减少了云里雾里的浓重气氛,也减少了这一特殊场合的严峻性和考验的严峻性。甚至读者会想,这本来是很容易弄清的一个问题嘛,何严峻之有?主人公在这种被误解、因而连武器也没有的状况下与敌人拼搏的精神,也未能贯彻始终,使我这个对军事生活外行的人觉得可惜,他最后只是白白地挨了一枪。

  再有,我希望你今后在语言的锤炼上多下一点功夫。你是"老"作家了,读者、青年作家和你的同行们,都是很关心你并对你寄以厚望的。

  信手写下这么几个字,很不准确。无论如何,我希望你的这个作品带来的英勇刚健的正气,能够在文坛上愈来愈发扬光大。谨祝新的成就!

王　蒙
1983 年 8 月 29 日

发表于《文艺报》1983 年第 22 期

雅俗共赏的一朵奇葩

——喜看哑剧集锦《讽刺与幽默》

我完全不懂舞台艺术,但是最近看了中国青年艺术剧院喜剧队演出的哑剧集锦《讽刺与幽默》之后,不能自已,便冒昧地提起了笔。

哑剧给人以滑稽感,好好的人为什么不说话呢?把交流表意的最重要的手段——语言砍去了,全靠维妙维肖却又常常是夸张的动作,全靠那种像煞有介事的神情,全靠形体的硬功夫,使全场自始至终忍俊不禁,而笑的后面,却不无新意和深意。

在《一事无成》中,王景愚创造了一个可笑而又可悲的"少壮不努力,老大徒伤悲"的人物,十几分钟,用一系列给人以深刻印象的动作表现了一个人的一生。他那独自表演的与情人拥抱的场面令人叫绝,笑料之后却是一束橘黄色的光,打在一个后悔莫名的老人脸上。这样的哑剧使人笑,使人叹,甚至也能使人泪下,使人怵惕奋发,久久难忘。

我特别喜爱王景愚与李辉合演的《电视纠纷》。质朴真实的日常生活,大胆得惊人的艺术想象(如把电视锯开,把电视捏小),极其认真却又充满喜剧性的人民内部矛盾,新生活的喜悦和随着这喜悦而产生的新的苦恼,尊重与照顾他人的必要性与困难,舞台上的表演与观众的理解感受,与司空见惯的日常生活水乳交融,我以为这是哑剧的上乘,是雅俗共赏的既能提高又能普及的幽默。这个节目还特别富于时代感,看后回想一下都忍不住发出会心的微笑。

讽刺性强的节目也不少,对于哑剧来说,寓庄于谐,算是有相当的分量了。像《公文旅行》所讽刺的那种官僚主义文牍主义,《街头》《武松打虎》所犀利地嘲笑的精神污染,《冷与暖》《保您满意》所抨击的那种恶劣的商业服务作风,《自不量力》为自大狂者勾勒的一幅幅漫画,既生动有趣,又都是触及时弊、言之有物之作。而在《走钢丝》《跋涉》这样一些节目里,笑料之中包含的是对于艰苦的劳动与创造的动人的颂扬。

当然,哑剧有哑剧的局限性,我们不能用对一台话剧或一部长篇小说的思想容量来要求它。但与我看过的一些当代外国哑剧相比较,我认为青艺喜剧队的这次演出是高水平的,是极其充分地运用这种形式反映生活、认识生活、有所抑扬褒贬,在给观众以轻松的休息的同时给人以有益的启示的。而这是与这一台晚会的创作兼主演王景愚同志的辛勤劳动分不开的。

艺术是严肃和高尚的事业。但艺术又不能板起面孔用一种高高在上的姿态把欣赏者吓退。我们要反映生活却又不能照搬生活。我们追求作品的趣味,却又绝不能流于庸俗低下。在这些问题上,这台哑剧都能给我们以有益的启示。何况哑剧是一种新品种,单为这种新品种的出现也值得我们注意,一种健康的幽默感不但是人们心情舒畅的吉兆,而且是安定团结的政治局面正在巩固和发展的吉兆,也是人们的文化生活愈来愈丰富多彩的吉兆。国内外都有一些用老眼光看事物的人,对我们清除精神污染忧心忡忡,担心我们的文艺生活会受到哪怕是暂时的消极影响。其实呢,我们一面清除精神污染,一面积极促进建设精神文明,我们的文化生活的前景是光明和乐观的。

发表于《文汇报》1983年12月18日

大地和青春的礼赞

——《北方的河》读后

他怎么找到了一个这样好的、我要说是非凡的题目？您羡慕得眼珠子都快燃烧起来了！三十挂零的小伙子张承志竟有这样的气魄，这样的胸怀，在一部六万多字的中篇小说里一口气写了四条北方的河，黄河、无定河、湟水、永定河，还有追忆中的新疆阿勒泰地区的额尔齐斯河与梦想中四月的黑龙江。别骗我们啦，张承志，你其实是到过黑龙江的，要不你怎么写得那样真切、切近、迫近、如在目前？这是何等的胆量，何等的匠心！在看完《北方的河》（载《十月》一九八四年第一期）以后，我想，完啦（作品在用"了"字的地方几乎全部用"啦"，这赋予张承志的颇经过一番锤炼的语言以一种亲切和利索），您他妈的再也别想写河流啦，至少三十年，您写不过他啦。

俄罗斯文学是讲究写大地的，对于广阔的俄罗斯大地的深爱与忧思，这是一些伟大的俄罗斯作家——例如契诃夫、高尔基——身上最动人的特点之一。前几年出现了中篇小说《在没有航标的河流上》，它以苦难而又美丽的中华大地的魅力使读者激动不已。现在又有了《北方的河》，它唱出了对于祖国大地，对于大地上的艰难而又奇妙的生活，对于唱着"花儿与少年"和"米脂的婆姨绥德的汉"的人民，以及对于永远年轻的理想和热情的刻骨铭心、始终不渝的情歌。它把他的同胞，他的同时代人，他的同行唱得心头热热的了。

这是一首刚强而又滚烫的歌。黄河不能不是这首歌的主旋律。

"父亲"的比喻与横渡畅游的栩栩如生的刻画,使浑黄的、燃烧起来了的、温暖多沙的一块一块的黄河居于群河之冠。而"曲流宽谷"即"老黄土帽中的拐弯河大深沟"无定河,抱着马脖子渡过的钢蓝色的额尔齐斯河,青麦、雪山、浅山和花头巾边的湟水河,把北京西北的巍峨山脉劈出了深峡长谷的永定河,以及坚硬的冰甲咔咔作响地裂开、青黑的水翻跳着推开巨船般的冰岛的正在解冻的黑龙江,便成为黄河的补充、延伸和变奏。张承志写实并不写意,写景、写情而又充满严肃的思辨,他既提供了形象清晰、凸现可触的众河景观,又深深地挖掘着各河的特色与众河的统一的北方的雄健粗犷的灵魂。他同时还从象征的意义上通过河流写了我们的即使破碎过也永远美丽、永远充满希望和力量的生活。那就是说,小说不但写了北方的几道河,而且写了生活的河,生命和青春的河,源远流长的中华文化的河。小说对于马家窑文化,关于彩陶的河的描写,恐怕不仅是顺便提及,而是有它的深意的。这样的高瞻远瞩,这样的对于历史、大地、生活的沉思,不能不给我们的引人自豪的当代文学带来新的精神境界、新的信息,这是一切鼠目寸光、小打小闹的作品所不可企及的,是一切迷茫、颓废、只知无休止地咀嚼自我的作品所不能望其项背的。

如果猜测作者的动机,也许张承志更有意于通过"他"和"他"的河来写那一代人,他意欲显露那一代人的奋斗、思索、烙印、选择、幼稚、错误和局限,表现他们的深刻的悲观与最终病态软弱的呻吟在新生命的欢叫中被淹没(见小说题词)。应该说,有许多地方他写得成功,像"她"的经历对于"他"的经历的补充、修正和冲击,像"他"的艰苦奋斗、脚踏实地、不达目的誓不罢休的斗争精神,特别是"他"对于爱情的态度、"他"请"她"吃西餐的场面,都相当感人,像一幅彩色的、配有动情的背景音乐的电影画面。而这种栩栩如生的画面,正是张承志过去的偏重遐想、思辨色彩浓郁的作品中所缺少的。

我尤其欣赏"他"关于四个真正的男子汉的豪言,"牛虻、马丁·伊登、保尔·柯察金""还有一个是我",这最后一句话"他"当然没有说出来。即使仅仅是豪言壮语也罢,这样的豪言壮语也是空谷足音式的黄钟大吕!一些人变得琐碎、纤细、扭捏,一把鼻涕、一把眼泪、一肚子牢骚、一肚子怨气,久矣!尽管是安定团结的和平建设时期,尽管人们可以大听轻音乐与大看时装杂志,但牛虻、保尔·柯察金的革命理想主义与自我牺牲,难道就不需要了么?在社会风气还如此不理想的今天,扶正挽颓,保持这种情操、这种精神,也许更加难能可贵吧?壮哉斯言,革命正气,民族正气,男子汉气概代代不绝!

顺便说一下,有一些读者对张承志的作品里的男性美深为赞赏。确实,张承志的作品里处处流露着男性的眼光、男性的骄傲和热情,男性的肉体、生命、灵魂的搏动和力量,这在当今文学创作中是很有特色的,除了蒋子龙、张贤亮等少数几个作家以外,几乎没有几多人有这种雄风。《北方的河》在这方面也是非常强烈的,甚至强烈到窃以为或许多一点节制和含蓄会更好的程度。

但是整个来说,《北方的河》里关于社会生活的描写远远逊于它对河流、对作品的抒情主人公的思索与情怀乃至有关地理学的描写。尽管张承志在作品中企图把生活写得更实一些,也许是一个可喜的与必要的尝试。正因为他的河是写得太好了,他的"他"以外的人物包括"她"就不能不令人觉得相形见绌。

也许是我的偏见,我觉得他的徐华北与"她"甚至还有顺手写到的湟水边上浇水种树的老汉有光彩,还不如红脸后生与唱歌的青海妇女更能给人以难忘的印象,颜林和他的父亲就更差些。张承志显然还没有从当今城市生活中感到诗和力,像他从内蒙古草原、从北方的河流与土地上所感受到的那样。对结构全篇起着重要作用的"他"考研究生的故事,不仅写得匆匆忙忙,从整体来说,也写得缺乏深度和新意,更缺乏全篇作品所具有的那种杰出的气势和壮美。他这个故事没有选好,起点低了,与河及关于河的描写处于不同的精神高度上,因而也影响了和谐。

但无论如何,《北方的河》的发表令人振奋、也令人鼓舞。波浪翻滚的几条大河向着我们的文学事业发起了勇敢的冲击,它号召着更加开阔、高大、强健而又深沉的文字,它号召着向新的思想境界与艺术境界进军,它号召着社会主义中国的新的文学巨人、文化巨人的诞生。它的出现展示着一种进入了全新的历史时期的新的姿态、新的快乐和庄严、新的胸怀和更高的文化智能根基。在这个意义上,我们可以说,《北方的河》是今年的(也许不只是今年)一只报春的燕子。

1984年春节
发表于《文艺报》1984年第3期

读一九八三年一些短篇小说随想

人们常常说近两年短篇小说创作是"平年",有的干脆说是不甚景气。但当人们坐下来检视一段时期以来的短篇创作的时候,往往又惊喜地发现:原来有这么多好作品,原来有这么多好作品有待于发现!

怀念和留恋例如一九七八年、一九七九年动辄某篇小说轰动一时的情况并不总是适宜的。那些年,我们的社会生活、政治生活不断发生轰动一时的划时代事件,与那时相比,我们现在的生活、情绪和神经要稳定得多,这本身便是一个健康的发展。其次,读者的鉴赏能力和审美要求已经有了极大的提高,并且正在迅速提高,单纯靠题材"闯禁区"或手法的新颖已经不能引起太像样的兴奋。一句话,读者现在要求的是内容与形式、思想性与艺术性俱臻佳妙、完美结合的精品。

还有一个不同的情况是,目前刊物多、作者多、新作多,每年的短篇新作数以万计。这种大数量的局面为出色的或者杰出的作品的出现创造着条件,同时这种局面又使一些相当不错的作品混同于、淹没在大批平庸乃至拙劣的作品之中。面对这种情况读者会望洋兴叹,会因不断地读到蹩脚之作而大伤欣赏胃口。评者选者会难以博采、难免挂一漏万。而作者在这种局面下,稍有操守不严,也会降低对自己的新作的"出厂标准"的要求。

但我们的短篇小说创作毕竟是在繁荣着、发展着。与目前接触得到的西方的与苏联的、东欧的当代短篇小说相比,毋宁说是我国的作品内涵更丰富些、寄托更深沉些、更具有激动人心的力量些。尽管国与国的文学创作的比较是很难说什么长短优劣的,但我以为,我们似乎有理由意识到我们的当代文学是相当先进、相当优越的,而没有任何理由妄自菲薄。

尤其可贵的是,从那些比较好的当代新作当中,我们将捕捉到生活的与艺术的新的信息,令人振奋,也令人深思。

例如陆文夫的小说《围墙》,故事单纯而意蕴深厚。一个建筑所的围墙倒塌了,"现代派""守旧派""取消派"为如何修复围墙而争论清谈不休,所领导模棱两可而又指挥若定,空洞抽象而又事必亲问。眼看墙修无日了,一位因长着"小孩脸"而不被信用的小干部马而立,说干就干,依靠专家、群众,只一个周末之夜再加一个星期天便把墙修好。习惯于空谈、推诿、拖拉的人们初则报以白眼,而在权威方面表扬了这围墙之后,又纷纷揽功摘桃子。

质朴无华,不动声色,不抒情、不哲理、不尖刻、不俏皮、不深奥、不博学、不冷僻也不花哨。似乎只是身边常有常见的事情的实录,录得倒还通畅干净,层次分明,如此而已。

读完却不能自已。那种气氛、那种作风、那种人物、那种清议的场面,那种无能而无不能、无为而无不为的吴所长,那种因小孩脸便注定为"不稳重""冒失鬼"的逻辑观念,那种嫉贤妒能、不负责任、随风转舵而又毫不脸红的议论,都让人觉得那样熟悉、那样活灵活现,似乎伸手可触。而正是在这种背景下,作者塑造了马而立这样一个不务虚名、只求实干、讲究效率的生气勃勃的新人形象,更令人觉得可亲、可爱、可敬了。

高度的典型性、概括性和普遍性使这个故事甚至带上了几分寓言或者象征的味道。先别说旁的,那"现代""守旧""取消"三派之争,不就够你揣摩个三周两月的吗?笔者至今还没揣摩透亮呢,这个橄榄可真耐嚼!

然而它又绝不朦胧,绝不雕琢造作,绝不故作艰深。它像生活本身一样平实,又像偈语一样深不见底。

这样的作品算是搔到了生活的痒痒筋,它让你哭、让你笑、让你摇头摆尾、让你熨帖舒展。是谓小说妙品。

与之相较,邓刚的《阵痛》则是一针见血。这种直接来自生活的信息如此清新纯朴,使你看了要跳起来。改革,改革,改革起来倒真有好戏可看,这种人和事真是呼之欲出。当然,与《围墙》比,《阵痛》稍嫌直露,有点像"大实话"了。但大实话自有大实话的魅力,这魅力便是便于接受,令人信服。

有人说《阵痛》把改革写得太简单了,窃以为不一定这样苛求,怎么能要求一个短篇反映改革的全部复杂性呢?

与他的工业题材作品相比,一九八三年邓刚的一系列写海的中短篇小说更为引人注目。但不论写海还是写工业,他的作品都具有共同的鲜明、生动、刚健、浑厚的特点。一九八三年他取得了丰收,他不愧是一九八三年最值得注意的作家之一。但我以为,随着他的名字为越来越多的读者知道,我们不能不对他提出越来越高的要求。我们似可指出,他的艺术修养与艺术功力仍有待加强,他的某些作品似乎还缺乏足够的艺术酝酿、缺乏足够的消化与凝聚的过程。他说他追求作品的鲜味、极佳,但仅仅鲜是不够的,真正的艺术品应该是鲜、甜、酸、辣、苦五味俱全,而且不但有味儿,还有形有体有色有旋律有节奏,更要有分量,有热能,有深度和广阔度。

这样说似嫌空泛,我们只消将《围墙》和《我的遥远的清平湾》等上品与邓刚在一九八三年发表的《阵痛》《芦花虾》一比,便知长短。当然,邓刚还有《迷人的海》与《龙兵过》(后者发表于一九八四年),所以我们说邓刚表现不凡,所以我们对他有更高的期待。

《我的遥远的清平湾》是小说,更是优美的抒情散文,是诗,是涓涓的流水，是醇酒，是信天游，是质朴而又迷人的梦。或者援引一位评论家准确地评价的话吧，《我的遥远的清平湾》是真正的天籁。

作者史铁生，身残心不残，怀着对西北高原、对那里的劳动人民的深爱，写下了这动人的诗篇。破老汉，北方黄牛，留小儿，后沟里的寡妇，秋天半崖上的杜梨树与酸枣棵子，野鸽子与小田鼠，还有作品里的"我"，一切都那样浑然一体，天衣无缝，和谐而又悠远。读着，你只觉得身入其境，你与作者一起重温了、经历了那生活与灵魂的洗礼。你似乎与作者一起看到一幅又一幅朴素而又亲切的画面，似乎听到一首又一首陕北民歌，余音绕梁，经久不绝。你还似乎听到了陕北乡音，即使非陕北人如笔者，听起来也觉得无比亲近。

不，"清平湾"触动的不是痒痒筋，而是你的灵魂里那个最温柔的部分。像是一只粗糙的手抚摸着你的额头，像是一阵来自黄土高原的清风，吹动了你心中的涟漪。

有人说"清平湾"写得有点悲凉，有的说是凄清。辩者难说其无。当然，这与那个年代有关。但我以为，贯穿全篇的绝不是什么顾影自怜的凄清，而是劳动人民的善良、诚挚、艰苦奋斗与自得其乐，读到小说结束，破老汉托留小儿给患病的"我"送来十斤粮票以增加营养的时候，确实令人流出热泪。而更加令人泪下的，是"我"对于人民、对于我们的祖国大地、对于贫瘠的西北高原、对于延安一带革命老根据地的火一样的挚爱。尽管在那里得了重病，双腿瘫痪，但"我"的叙述里哪有一点怨恨乃至控诉的味道？以怨恨和控诉为主调的知识青年下乡题材的作品，数年来不也是在所多见吗？"清平湾"的主旋律并不是凄清，它其实是一首灼人的情歌。

有时我想，正像在艺术的一个较高的境界，诗、画、小说、音乐是可以相通的一样，在感情的一个较高的境界里，眼泪、欢笑、向往、怀恋、伤感、温柔和永远生动的憧憬，也应该是相通的吧？

一九八三年有一大批作品描写农村，描写边远地区，描写山、林、湖、海、戈壁。《沙灶遗风》是其中十分出色的一篇。作者李杭育,据说只有二十六岁,却写得如此从容老练,层次丰富,气韵生动。它既是对于旧的、正在消亡的事物的挽歌,又是对于新的、正在生长壮大的事物的赞歌,虽然这赞歌还不够宏伟坚实,甚至赞歌中还带有某种面对新潮的困惑。正在发生历史性的深刻变化的中国应该是一个歌者的国家,我们应该有最多最好的赞歌、壮歌、战歌、情歌、酒歌和进行曲,甚至也不妨有一些哀歌和挽歌。对那些并非站在历史潮流的对立面,但确已无法适应生活的新潮流与新发展,因而即将被历史所淘汰的遗老遗少遗风,哀之挽之的另一面正是历史的潮流滚滚向前。

石定的《公路在门前通过》,既写了贵州高原老农的朴厚高风,更可贵的是写了新生活的萌动。原来只想"图个清静,平平淡淡地过日子"的王老汉,也做起甜美的梦来了:

> 他想梦见两路口成了一条街,有商店、学校、电影院……还应该有茶馆、酒楼。大街是宽阔的、明亮的……住在这里的乡亲们,也种田,也种花,有戏看,有电影看,有好玩的地方去玩……

看,现代化——虽然只是小康的现代化的召唤,已经进入了非常边远的角落了。

这些农村题材的作品深厚扎实,富有泥土气息,这当然是好的。但是令人小有不安的是,有愈来愈多的作品,而且是优秀的作品,把笔触伸到穷乡僻壤、深山老林里的"太古之民"里去,致力于描写那种生产力即使在我国境内也是最落后、商品经济最不发达、文化教育程度很低的地方的人们的或质朴善良、或粗犷剽悍的美。除前述两篇外,例如《船过青浪滩》写那种用大拼活人的办法撑船放滩,《那山那人 那狗》写山区邮递员一代传一代步行蹚水送信,《在九曲十八弯的山凹里》写"太原始了"的狗剩的种种洋相,《春天》《琥珀色的篝火》中所写的兄弟民族人民的半原始的劳动、生活、风俗画,包括《我的遥远的清平湾》,都有这种味道。个别说来,上面提到的都是可取的乃至受到欣赏的作品，上述的对于各篇作品的简短说明并不能代表该作品的主要方面，但这样的东西多了，就不能不考虑一个大问题：难道美只能和生产力低下、商品经济不发达、文化教育程度低下联系在一起吗？难道八十年代我们国家的面貌就是这样的吗？（按，这种"难道……这样吗"的问句，如果以抨击某一具体作品，常常会是一种简单粗暴可恶的武断，但如果用以自省一大批作品的总体面貌，那么这种"难道"就问得有理；不能回避或者拒绝回答这"难道"的质询。）

当然，不能简单地将经济、文化的发展与精神文明的发展、更不能与美好的心灵等同起来。穷乡僻壤之中照样有马列主义，有英雄主义，更有种种美德，因而有小说家大书特书的内容，这是没有疑义的。

同时，尤其不能把经济、文化的发展与美好的心灵对立起来。精神世界完善和丰富，美好的生活，经济与文化的高度发展，它们从总的趋向上来说，是一致的，从单纯审美的观点来看，历史的、生产的、科学技术的每一进步并非全部后果都是美的，例如工业文明会带来污染，会破坏旧的、久已被普遍接受的自然风景。宇宙航行、空间技术，会打破各民族由来已久的有关众天体的神话、传说、幻想（这个问题很复杂也很有趣，笔者愿另文专门探讨）。但我们的作家艺术家，毕竟应该更多地把自己的审美注意力放在先进的事物方面。原始、天真、质朴的美是迷人的，进步的、日新月异的、富有现代文明色彩的美则更值得我们去体味。"最后一个渔佬儿"当然是可以写的，"最初"一个或几个新的生产方式与生活方式的主人就更值得大书特书。

正是在这个意义上，《旋转的世界》是一篇值得重视的、着眼于生活的滚滚向前的发展洪流的、有气势也有眼光的作品，对这个作品的艺术评价可能还有某些分歧，这自然是可以讨论的。

在前几年，某些小说创作中似有某种赶时髦的风尚。许多小说里都有外语,有卡夫卡、莫奈、帕格尼尼,有摇摆舞、披肩发、牛仔裤和电子琴。

是不是这几年又时兴古朴了呢?怎么那么多人、那么多作品热衷于写混沌未开化之地、混沌古朴之民、混沌原始之人性呢?为什么有不止一篇作品用混沌古朴之美善与通都大邑之罪恶、科学文明之罪恶、富足之罪恶相对比呢?

美当然是多种多样的,但在今日之中国,向往现代化,追求现代化,干现代化与接近现代化,不是比原始的或半原始的生产方式与生活方式更值得大书特书吗?

我好久没有读到过那种描写伟大而又平凡、崇高而又真实可信、令人肃然起敬而又潸然泪下的人物的作品了。因此,胡辛的处女作《四个四十岁的女人》特别使我激动。柳青的经历是不幸的,作者毫不掩饰她生活中的艰难困苦乃至血泪,然而那种"对人民的博大深沉的爱""对事业的不屈不挠的爱""如此眷恋这块贫瘠的土地"的"奇特的爱",不但使"三个女友震惊了,她们心中掀过强烈的爱的波澜",也使读者热泪盈眶了。

柳青不是什么大人物。但她告别乡村前往就医的场面堪称荡气回肠,感人肺腑!播种对人民、对哪怕还是贫瘠的土地的爱的柳青,收获的是人民和土地对自己的慷慨无涯的爱戴!现在不是很喜欢讲"价值观"吗,这又是怎样崇高的价值呢!

难得的是一篇一万多字的作品竟写了四个性格、遭遇各不相同的人物,写了她们的过去和现在,写了她们的一生,写了她们往日的黄金年华、各自的人生路程和重得相聚的欢欣、感喟、眷眷故人意与互慰互勉、虽经风风雨雨并未消磨净尽的青春活力与豪情。而这一切靠抛一枚纽扣来连接,亦是别开生面、举重若轻,人生的严肃与游戏的潇洒空灵结合起来,使作品沉而不滞、轻而不浮。那每人各讲一段故事、念一句格言警句谚语的做法,土洋结合,既让人想起《红楼梦》《镜花缘》的传统结构手法，又令人想起例如《一千零一夜》与西洋的某些古典名著。

当然，不难指出作品艺术上的缺陷。第三个女人玲玲在乡村助产接生的故事与柳青在农村任教的故事思想意义、感情色彩都十分接近，因而在看完柳青的故事后，玲玲的故事不由得黯然失色。

刘舰平的《船过青浪滩》尽管不无可争议之处，选材本身也具有上面已经说到过的遗憾，但滩姐与大自然搏斗的那种惊心动魄、英勇悲壮的场面，读之令人无法平静。我们的祖先，我们的人民曾经在、同时至今个别地区仍然在那样严酷的条件下，用生命和鲜血的代价与惊涛骇浪搏战，而最后战胜了的，仍然是滩姐，仍然是人民。这不值得我们这些相对来说不知"养尊处优"几十几百倍的幸运者们猛醒、振作、奋发，珍惜我们拥有的优越条件而加倍努力吗？另外，有了滩姐那种英勇顽强和力量，如果能改善一点条件，如果能使用一点先进的生产工具与科学技术，我们的祖国不是定能起飞，赶上并超过世界上的先进国家吗？

风物长宜放眼量，小说有时也需要放眼看之。如果只是就情节论情节，也许只消提两个问题就可以把这篇小说"枪毙"，例如，我们有理由对滩姐因负气而"草菅女儿命"提出强烈抗议。但是，只要不那么黏着，而是稍微拉开一点距离，稍稍浪漫一点地，象征一点地（即考虑一下这篇小说所包含的客观寓意）多掂量掂量，也许我们就终于能为这篇小说的特殊的环境、人物、力量所打动。

这里我想用一下中国文论中"文"和"质"这两个概念。文和质是指形式和内容吗？不尽然。"文"里包含着才华、才情、才具、语言风格及其他，比"形式"更具体也更深广。"质"包含着我们常说的生活底子、见识（所谓"世事洞明皆学问，人情练达即文章"）、文化修养、人格、真情实感及其他等等，比"内容"二字的探讨也更深刻。

最近读到的一批一九八三年短篇创作里，像《围墙》《我的遥远的清平湾》应算是文质兼美,和谐一致。《四个四十岁的女人》《船过青浪滩》《抢劫即将发生》《条件尚未成熟》等,也许可以说是质胜于文。尽管表达、结构、描写、开头或收尾上有粗糙生硬之处,小说里毕竟有打动人心或发人深省的真货色,毕竟增加了一点新知识、新见闻、新感受或新的思考。对这种质胜于文的作品,我以为首先应予热情肯定,同时指出它们的不足。例如我们可以指出《抢劫即将发生》结尾拖沓无力,《条件尚未成熟》也嫌简单化之类。

还有一些文胜于质的作品。最突出的是彭见明的《那山 那人 那狗》,写得幽美细密,委婉动情,颇有魅力。但情节本身多少有懈可击,不能令人完全信服。当然,如果不过分拘泥地去欣赏,确还是一篇好文章。

韩少华的《红点颏儿》似亦是文胜于质之作,写得有情趣、有起伏、有节奏,有北京风味儿,还饶有一些今天的读者颇觉稀罕的养鸟知识,读来兴味盎然。但那两个意欲拔高小说主人公五哥的情节却不大经得起推敲,不但经不起实的推敲,也经不起虚的思考,它并不浪漫也无多少寓意,倒有点落套。

不知道是不是作者没有完全放得开。如果作者按照老北京"五哥"的本来面目(自然可以稍加点染)来写五哥,就像邓友梅之写《那五》,与李杭育之写《最后一个渔佬儿》(不是说必须把五哥写成那五或渔佬儿之类的人物),而不去费那九牛二虎之力为五哥贴金,说不定会写得更扎实、更含蓄一些。不论用什么新颖的或传统古玩式的写法,忠于生活的精神是必须贯彻的,是不能须臾背离的。忠于生活的作品虽有种种不足,往往还不失其认识(或参考)价值与动人之处。

有一篇小说十分令人感动,但我还不能从理论上充分说明它。我是说孙少山的《陡坡》。《陡坡》的主人公是一头老牛——老牤子,岁月使老牤子失去了当年的勇武,在一次争斗中竟然败给了区区后辈花头。但是在一次拉运巨木的严峻考验关头,在险恶的陡坡面前,花头怯阵脱逃了,而余勇可贾的老牤子主动去拉,以惊天动地的勇武、自我牺牲、深沉老练的悲壮气概完成了任务,壮烈殉职。流光的无情,老者的尊严与屈辱,考验的时刻到来的时候识途老马的无价珍贵,伏枥老骥的千里壮志,拼将余年放出最后的光和热的献身精神,我不入地狱谁入地狱的自信、自豪、庄严、喜悦,不但写得栩栩如生,而且写得惊天感地,读后荡气回肠之感,绝不在《四个四十岁的女人》以下。

这是一首感人的老年之歌,老人颂!只有在今天的中国,老人歌中才有这样的英雄主义,才能发出这样的强音。我们的国家,是一个有着英雄的老一代的国家啊!

但这绝不意味着《陡坡》是一篇寓言,哪怕是一篇寓言小说,也不能简单地说《陡坡》是用拟人法写牛。虽然从整体来说,这篇小说当然包含着寓言和拟人的因素。尤其不能胶柱鼓瑟地牵强比附,认为老牤子便是代表老革命,那样一来,不仅艺术欣赏、艺术联想、艺术感受的全部味道归于乌有,而且还可以找出一大堆政治问题来,如说难道我们的老革命像老牤子一样争强好胜、不自量力、自取灭亡吗?遇到这样质问,只能取消《陡坡》,取消一切比、兴,取消中国文学悠久的咏物以言志的传统,干脆取消文学本身。

就是说,作者写的是牛,写牛必须像牛,必须能使读者承认那确是牛类,对于牛的描写必须具有现实主义的真实和生动。但这牛又不仅仅是生物学意义上的牛,不仅仅是农业劳动中的一种有生命的工具,在这牛身上,作者寄托了他对于人生的诸多观察、感慨和思考,赋予了牛以颇具人性的灵魂。但这种寄托和赋予并不是随意性的,不是服从作者的意图的编造,哪怕是极巧妙的编造,因此它与一般的寓言、拟人状物不同。这种对于人生的观察、感慨与思考,应该是作者对于牛的观察、感慨与思考的自然而然的联想的结果。作者是从牛落笔,最后也仍是写到牛身上的,但这牛似乎也随着作者进行了一番人间阅历、人间沧桑、人间陶冶,于是,它有了人的灵性,某些方面与人相通。

为什么要转腰子写牛而不去直接写人呢?当然不是作者要搞什么障眼法。这个问题正像问李白为什么要写月亮,贾谊为什么要写鹏鸟,郑板桥为什么要画竹与石一样。

一九八三年短篇佳作多矣。老作家石言的《秋雪湖之恋》情景交融,幽美动人。唐栋的《兵车行》崇高肃穆,令人肝肠俱热。刘兆林的《雪国热闹镇》别开生面,生机盎然,显示了军事文学的长足进步与蓬勃发展。此外还有许多好作品,难以一一论及。这里只是笔者的随想随录,笔者个人的借题发挥,幸勿以为这里边有什么名单学或春秋扬抑之笔,幸勿以为这就代表了笔者个人或其同好对于整个一九八三年短篇小说的什么评价。随想须要随意写,读者也须要随意读,姑妄言之需要姑妄听之的配合合作,不然,不是不好办了吗?

1984年2月写于北京

发表于《文艺研究》1984年第3期

能不能写得更好一些

——读《萌芽》获奖短篇小说

写好一篇小说很不容易。

比如《黄果兰,更娇艳的黄果兰》,故事、人物丰富而又完整,严琪与刘星的对比,现在的严琪与过去的严琪的对比,严琪与小彬的对比都很强烈,像黄编导的一个剪影,也是能催人泪下的。尤其可贵的,是舞蹈演员的职业生活气息,能使读者充实自己的体验和阅历。读了这篇作品,能使许多读者以为对舞蹈演员多了一些了解。

然而让我们挑剔一下吧,虽然这篇作品几乎是无可挑剔的,文字也好,结构既不拘泥又不散乱,似是恰到好处。但它缺少的是主题思想的一点新意。为艺术的献身,真善美的代价,献身精神与市侩气的对比,自私的胡瑞麟的离去,第二个憨直诚实却终不免令人遗憾的丈夫,所有这些,对于一个挑剔的读者来说,都显得不那么新鲜。

题目也有点雕琢。和《最漂亮的,是那只灯罩》一样,不等人读完小说已经暗示了故事的结局,这恐怕不是一个高明的办法。

《最漂亮的,是那只灯罩》里能给人留下印象的也是那只灯罩,某些情节却有点经不起推敲,无意中听到某某人的谈话或许不大可信,即使可信,作为小说情节也不大可取。

《归途小夜曲》的新意就鲜明得多了。想不到竟有这样的小夜曲:风雪,草原,午夜,在驾驶室里大声唱歌,凶猛的鞭打,发了疯的汽车,冻僵的姑娘,干牛粪点燃的篝火,驶向拉萨。小说写得既有民族特色又有时代特色,不像过去常见的反映少数民族生活的作品,离不开头人、寺庙、愚昧……难得的是写得这样短小,有限的篇幅里包含着情绪的大起伏、大跌宕,通过一系列富有特色的动作,写出了妮妮的纯朴可爱的灵魂。

但罗珠的形象就模糊一些了。也许我们还可以与作者商量,下次写这种生活故事的时候,能不能有更深入的开掘,说的是下一次,此一次"小夜曲",倒不宜对它提出过分的要求。

《导演之家》把老导演苏和的心情写得非常好,真实可信,分寸得当,有的地方还相当细腻。延征这个形象也很有特色,然而,作者似乎在表现延征的不受一切条条框框的束缚方面走得远了一点,用墨多了一点。例如,延征导演《年轻人》的时候竟然从别人的剧本里挖走了一个情节,这对于一个艺术家来说是十分严重的违背职业道德的恶行,作者居然却叫他"坦率极了,坦率得苏和没一点办法",延征自己又表白"不是有意的,真的不是"。这种坦白的无罪状,其实比耍弄手腕还要丑恶。因为它表露的是理想、道德、价值观上的虚无主义。

不,延征的形象不是一个成功的形象。用这样的形象与苏和对比,可能不无生活依据,却让人厌恶。如果更多地落墨于新一代人的严肃的探索精神、闯劲和干劲,而不是去渲染他们的不择手段与满不在乎,也许会好一些吧?

至少,对于现在的延征,可以做出艺术的谴责。

《爷爷·孙子·海》提供的则是全然不同的画面与氛围,爷爷、孙子和海都是令人难忘的。读完这篇叫人感同身受的作品,还可以想一想形象后面的东西。这篇东西有一种庄严感和悠远感,这种庄严感和悠远感恰恰是当今许多小说作品所缺少的。

《萌芽》的编辑同志送来了以上五篇一九八二年度获奖的小说,我边看边零零星星地记下了上述一些感想,很不准确。我觉得今天的年轻作者比五十年代的我们会写多了,他们是很有希望的。如果能够把对于小说艺术的追求和对于社会生活的更为深广的概括和对于理想、对于精神力量的更加严肃的探寻结合起来,他们将写出更加有分量的作品。

　　能不能写得更好一些?我愿与这五篇小说的作者和《萌芽》的其他作者一道,互相切磋,互相批评,互相鼓励,共同探讨,共同进步。

发表于《萌芽》1984年第4期

读《鸽 哨》

这是一声响亮的鸽哨,这更是一个雄浑的乐章,赞美天空和大地,赞美太阳和光明,赞美军人的勇敢、深情、忠诚,赞美白鸽和像鸽子一样奋飞着的伞兵。

我不知道天空和文学哪个更辽阔,跳伞和写作哪个更令人激动。但是这位年轻的作者是令人羡慕的,在他的笔下,有天空的自由、大地的亲切,只有真正的伞兵才体会得到的那种纵横奔放的气势,吹来吹去的强劲的风。

跳伞和写作都需要激情。激情赋予了美,赋予了特色,激情把貌似支离破碎的生活镜头、追忆、幻觉和尚未完全成型的思想黏合起来、统一起来。激情更赋予了自由,一种缺乏激情者所不可思议的艺术的自由。它从天上到地下,从过去到未来,从生到死,似乎是相当任意地挥洒,潮水般地一个浪头又一个浪头。而不论写父亲还是写儿子,写南方还是写北方,写夫妻情还是写儿女情,写景还是写情还是状物,都能给你一种浑然一体的热烈,一种理想的升华,一种活灵灵的生动,这确实是叫人高兴的。

《鸽哨》里有实也有虚,有写实也有浪漫,有思辨也有抒情,有幽美也有壮美,而这些是并不那么容易驾驭的。

我相信《鸽哨》对于伞兵生活的描写不乏职业的精确性,因为作者本人就曾经是一个伞兵,他用他那征服过天空的决心和胸怀来写小说了。但他的情思想象大大超出了伞兵的职业的范围。军事文学这种提法规定了我们写军人这一行要真正像军人，但军事文学绝不仅仅是一种行业的文学，军人的胸怀里本来就装着整个祖国、人民、人类。《鸽哨》在这方面的启示是有益的。

《鸽哨》写了勇敢也写了怯懦，写了生活的壮美也写了死亡的威胁。勇敢是战胜了怯懦、跨越了怯懦的勇敢，而壮美的生活使人们把死生置之度外，这给人以一种严峻感却也是真实感。这种严峻的壮美大概正是军人生活的崇高魅力所在吧。

当然也还可以找出《鸽哨》写作上的不足。其中最令人不那么放心的是《鸽哨》没有摆脱或完全摆脱那种"做文章"的架势，它好像拉得架子太大了，个别地方还有点唬人。特别是对于父亲——师长的描写，还不那么真切自然，使人有做戏的感觉。当然，即使是戏，那最后一场戏仍然是催人泪下的。

也许不应该对一个年轻的作者苛责，这篇作品打动了我，我觉得他写得好，作者有能力。而对于有能力的作者和写得好的作品，我们不应该客气。

发表于《昆仑》1984年第4期

且说《棋王》

我久没有见这样的文字、这样的文体、这样的叙述风格了。我写评论是最懒得抄引的,对于阿城的《棋王》(《上海文学》一九八四年第七期),我却想自管抄下去。比如,王一生的爸爸说:"你不知道酒是什么玩意儿,它是老爷们儿的觉啊!"知青打牙祭时,"巧克力大家都一口咽了,来回舔着嘴唇。麦乳精冲得稀稀的六碗,喝得满屋喉咙响。"都令人叫绝,而且如此佳句摘不胜摘,美不胜收——口语化而不流俗,古典美而不迂腐,民族化而不过"土",嘎嘣利落但仍然细密有致,刻画入微却又惜墨如金。它很难归类,异于现时流行的各家笔墨,但又不生僻。

一个三十六岁的作者的处女作,难得!

可惜竟在一个细处栽了跟头:在该用"令尊"的地方用了"家父"(编辑居然没看出来),贻笑了大方,甚至让人觉得是露了破绽。

《棋王》的文很有特点,质也很独特。

知青题材小说多矣,多写农村的严酷现实对天真烂漫的城市知识青年们的考验,或发出弱者的呻吟乃至血泪,或叹息农村之落后贫困,或描写绝望中的希望、黑暗中的光明,或赞美大地与人民、抒发忧国忧民之思,或归结为这种考验终是有益的。不管是从消极、从积极还是多面地去写,在这些小说里,城市知识青年上山下乡这个事件是绝对的主角,是一切人物命运、纠葛、悲欢离合的主宰力量。如写一对男女青年,在下乡后的寂寞空虚中冲动相爱,在一方回城后爱情破灭。或者写一个青年下乡后物质上虽然匮乏,精神上却仍觉充实,回城后反而耐不住小市民的俗恶,以至于决定再回乡下去。二者思想倾向自有高下、强弱之别,但相同的是,事件支配着人,人的变化与事件的变化紧紧相随。

这样写当然有道理,在急剧的社会变动中,在动乱中,在数千万城市知识青年上山下乡这样的史无前例的"壮举"(当然也有人认为是狂举)中,个人委实常常变成了小船,而事件变成了大涛大浪。

但是《棋王》不同,虽然这篇小说同样相当真实地反映了当年知青生活的若干画面,但它的人物和故事有大得多的独立性。在这篇小说里,棋呆子王一生的身世、性格、下棋故事是真正的主体,知青上山下乡事件是背景。我们也许可以说,这篇小说突出了人是自己的主人、人不会仅仅是被历史的狂风吹来卷去的沙砾的思想,表现了一种新的强力。这篇小说取材角度之特别,也会给人们以相当的启发。

王一生这个人物与众不同。他出身贫苦,有自己的务实、克己、生活上很不讲究、做人上又严格得近乎古板(例如他不参加地区象棋决赛)的一套完整的性格。他说:"……'忧'这玩意儿,是他妈文人的作料儿。我们这种人,没有什么忧,顶多有些不痛快。何以解不痛快?唯有象棋。"他吃相很恶,因为他挨过饿,不是一般的饿而是真正的饿。别的知青对乡下生活叫苦连天,他却知足常乐。知足常乐却并非麻木不仁,第一,他"呆亦有道",实质上十分自尊,知道倪斌用家传的棋送礼换取他参加比赛的权利时,他严正声明:"我反正是不赛了,被人作了交易……被人戳脊梁骨。"第二,他有他的"二元论",物质上知足常乐,但精神上自有追求、自有境界。最后由小说中的"我"概括说:"衣食是本,自有人类,就是每日在忙这个。可囿在其中终于还不太像人。"这其实也是王一生的心声。

凡此种种,都与我们习见的那种文艺作品中的知青形象不同,那些知青或弱或强,其敏感多感易感则是相同或相似的。他们其实都出身于中上层人家,才把上山下乡看得如此之重,看得如此之可怕或如此之伟大壮烈。其实广大农民家庭的子弟,包括其中上过学的子弟,是不会也无法这样看的。在这个意义上,王一生的形象是一个发人深省的补充或者匡正。

王一生不是农民子弟,但出自城市下层人家。这种不同的人对同一历史事件的感受之不同,王安忆在她的《墙基》里曾写得很出色。如今又有了《棋王》,这说明经过沉淀,人们的思想——包括青年的思想进一步成熟,因而公正些也深刻些了。

《棋王》的主要特色还不在于此。它的主要事件不是像一般知青题材小说那样:离家、进点、劳动关、生活关、与农民的关系、与干部的关系、恋爱、上调、不正之风……而是下棋。下棋不是什么了不起的大事,茨威格在他的名著《象棋的故事》里把下棋写成一种机械的、缺乏创造力的技巧,写成一种法西斯统治下智能积蓄的一个突破口,一种可怕的体验。而王一生的下棋不然,他讲的是棋道,而且是中华棋道。在这里,本体论与方法论完全融合,道德、人格、哲学、智慧、经验、技巧……完全融合,大道与小技完全融合,大道是小技的主宰、小技的本源、小技(无道小技)的克星。这是非常中华式的理论,中国不论是讲文艺、讲武术、讲医,都是这样讲的,是至今仍然给人以启迪的一套思想系统。

这样,才出现了扣人心弦的王一生与九个人同时下盲棋的精彩描写:

> 王一生孤身一人坐在大屋子中央,瞪眼看着我们,双手支在膝上,铁铸一个细树桩,似无所见,似无所闻。高高的一盏电灯,暗暗地照在他脸上,眼睛深陷进去,黑黑的似俯视大千世界、茫茫宇宙。那生命像聚在一头乱发中,久久不散,又慢慢弥漫开来,灼得人脸热。

这是一幅画,也是一种境界,是对人的智慧、注意力、精力和潜力的一种礼赞。

于是，下棋的故事就有了某种象征的意味，作者当然是在写下棋，王一生当然在下棋，这并不晦涩朦胧。但它使读者想到的却不仅是下棋，从来不下象棋、不知象棋为何物也不准备从此学棋的读者仍然会对这个故事、这些描写感兴趣。

何况这故事发生在那种背景、那种年代下面！

下棋的故事还包含着两层值得重视的意思。第一，王一生强调他迷下棋，但下棋不能当饭吃，自幼他的母亲就有血有泪地教育他不可为下棋耽误了正事，正事便是"真人生"，便是每人要忙的"衣食之本"，也就是劳动生产。同时王一生也绝不用自己的棋艺去换取更好的生活，如果目的不纯、手段不当，他宁可不参加比赛。这样，既把下棋摆到了一个适当的地位，不可玩物丧志，又反转过来捍卫住了棋道的纯洁。这样一种思想态度，既迂直又浪漫又拒俗，对于有知识有技艺有本领的人来说，对于那些以自己的知识技艺本领来逐名寻利的人来说，是有着某种教训意味的。

当然，王一生也不是伯夷叔齐式的采薇而食的超现实主义人物。现实和理想、义务和爱好、争强与忍让，他似乎分得蛮清，心里有数。

其次一层意思是作者也罢，王一生也罢，他们相信人民中间的智慧，相信卑贱者最聪明。例如王一生的一位同学的父亲是国内名手，要收王一生为徒，反被倨傲地拒绝：残局尚且未通，"那我为什么要做你的徒弟？"而与名手对比的是捡烂纸的老头儿，其技也精，其论也高，令王一生五体投地。再如"脚卵"倪斌，其实是蛮好的一位同学，但与棋呆子王一生一比，便觉逊了一筹。最后车轮大战的故事，对地区比赛前三名，棋呆子不怕；而不知从哪里杀出来的六个人倒使王一生沉吟。他还有一个说法，叫做"怕江湖的不怕朝廷的"，这也值得玩味。

当然，说下大天来，象征也罢，寓意也罢，棋道也罢，下棋毕竟就是下棋，谈不上重大题材。《棋王》这篇小说无法完全摆脱它的题材的局限性，它和《烟壶》等，都是奇文。文坛上会不时出现反映现实斗争的时代之强音,代表着文学发展的主流,同时文坛上也会出现各种奇文。"奇文共欣赏,疑义相与析",本是传达读书的快乐、文学生活的快乐的名句,六十年代这两句话旧案新翻,被赋予特殊的含义。在我们谈论《棋王》的时候,我想起了这名句本来的美好含义。

最后我要说一下,王一生的信条里确也存在着消极的东西,他的下棋似乎首先是为了自娱,为了"解不痛快"。他似乎在追求一种自我解放、解脱、精神的享受。他强调"呆在棋里舒服",说"我在心里就能下,碍谁的事儿啦?"这当然有其不足为训之处。只是考虑到中国知识分子渊源久远的这一套处乱世而自解的本领,考虑到王一生的具体状况和具体处境,考虑到《棋王》只是一个年轻作者的计划中的系列小说的第一篇,我们在明确地指出王一生的思想的消极面的同时,似乎更有理由祝贺他的一鸣惊人,并对他今后的创作寄予殷切的期待。

发表于《文艺报》1984年第10期

一九八四年部分短篇小说一瞥

短篇小说总是最最关注着当代生活,关注着改革、开放、实现"四化"的新的生活信息。于是出现了一系列引起兴趣的小说,像张炜的《一潭清水》与《海边的雪》,陈冲的《小厂来了个大学生》,吕雷的《炫目的海区》,邵振国的《麦客》,李杭育的《国营蛤蟆油厂的邻居》,周克芹的《晚霞》,林斤澜的《矮凳桥纪事》等。

张炜是近几年来脱颖而出的年轻作者之一。他的上述两篇小说是流露着浓郁的生活气息和一种浓烈的对于乡土、对于人民的爱,还有生活本身所固有的而非外贴的哲理与诗情画意。他写农村的新气象,绝无政策条文图解的痕迹。他忠于生活,更忠于自己的富有人情味的理想,既是人生理想也是审美理想。在《一潭清水》里,他不动声色而又意味深长地讲述了一个平实的生活故事。在欢呼责任制的实施、农村生活的进展的同时,他提醒人们不要忘记人和人的关系的那一潭清水,那是友情的清水,纯朴的理想的清水,是滋润和净化人的灵魂的清水。在《海边的雪》里,通过老刚、金豹两个老人与老刚的儿子的关系的别有特色的描写,特别是通过两个老人最后放火烧掉自己的"鱼铺子"以救助贪财迷路的小蜂兄弟,并救助了因冷酷自私而在茫茫风雪中迷失了方向的儿子和他的朋友的故事,既升华了以老刚和金豹为代表的我们的劳动人民的传统美德,也发出了意味深长的警告。

张炜的这两篇小说写得既扎实又浪漫,既含蓄又有味,饱含着哲理却又不着一字议论,爱与憎,颂与责,情与理都恰到好处。比起那些写农村只追求表面的情趣噱头,写改革直、露、浅,把话说尽说完的作品,确是高上一筹。古人讲究作诗要追求言外之旨,象外之意,张炜的这两篇小说庶几做到了这一点。他是努力把小说的明快与作家的沉思结合起来的。

《麦客》写得极富西北地方特色,读之令人动情。生活的艰辛和希望,劳动的繁重与尊严,新的"出卖劳动力"者的困苦、狡黠、温馨,都给人一种不同寻常的关切感和与人息息相通之感。这篇作品使人觉得沉重,但又充满了美好的希望。顺便说一下,这篇小说在《当代》发表时,周菱画的插图实在是好极了。

林斤澜是一位有着独特的艺术追求的短篇小说家。他的小说写法,贬者或以为失之雕琢,扬者则以为苍劲奇诡、独树一帜,如"沉思的老树的精灵"。《矮凳桥纪事》加上《矮凳桥小品》,他前后在《人民文学》与《十月》上发表了四篇。除了继续贯彻他一贯讲究谋篇布局炼字炼句的"怪味"以外,难能可贵的是此四篇中新生活的清新空气扑面而来,刁钻古怪之中洋溢着作家对于农村、乡镇新面貌、新进展的由衷喜悦之情,几个人物和故事也各有特色。尤其是《溪鳗》,女店主溪鳗,写得水灵灵、活脱脱,读之有清水出芙蓉、天然成雕饰之感。

《炫目的海区》写特区建设生活,有一种时代的激越之情,即使写得粗一点、直一点也罢,热腾腾的气氛仍是感人的。

《晚霞》的题材很好,新时期的竞争与互助,发展生产力、采用先进生产工具与道德观念的冲突以及父、子、女、媳几个人物关系都写得好。惜作者结构短篇的功力尚欠圆熟,人物关系与故事的几个焦点还缺少应有的熔铸与提炼,读之有夹生感。

一九八三年李杭育以善写葛川江风土人情而引起评论界注意,他的《国营蛤蟆油厂的邻居》的成就在于敏锐地捕捉生活里的新情趣。朱连仲初步发家致富之后的一些心理,写得生动幽默。你说他大方吧,他对利用毗邻国营工厂之便看不花钱的"反电影"深为得意,乐此不疲,光自己看不成,还拉上一帮,又不讲公德,引起反感。你说他小气吧,他居然包上一场电影请大家的客,"工农联盟",概不收票。但虽是他请的客,他仍然坚持在自家阳台上看"反电影",是一种习惯、一种癖,是争一口气,执拗中实在不无愚昧,但从舔盘到包电影,这毕竟是个了不起的发展,这样,故事虽小,却也不无历史意义了。缺点是这么个小故事却拉得老长,读之沉闷了。

说到这种具有历史意义的小故事,还不妨提一下航鹰的《宝匣》。作者写一位由于我们多年物质生活的艰窘而养成了"集存票证癖"的老太太,以小见大,读之怃然,又欣然。

陈冲的《小厂来了个大学生》受到读者的广泛好评,同时在文艺界中也存在着不同的意见。评者或以为这篇作品写得不精不巧,余味不足。但它毕竟具有真实性强、现实感强、直触时弊、说出了人民心里话的无可替代的优点。高兴也罢,不高兴也罢,时代的要求、人民的愿望,毕竟对于文学是首要的事情,不承认这一点,再孤芳自赏也只能是雕虫小技。

一九八四年的短篇小说中颇出了几篇精短佳作。其中最出色的是湖南年轻作者何立伟的《白色鸟》。何立伟在一九八三年已经发表了一些独具特色的小说作品,一九八四年发表的《白色鸟》实属艺术精品,这与其说是一篇小说,不如说是一首诗,一幅画。七月的太阳,空旷的河滩,"晴朗的寂寞",白的(城市的)与黑的(农村的)两个少年,河堤上的"如歌的灿烂"的红黄野花,霸王草与马齿苋,粼粼闪闪的河水,水草与蛇,然后是白色鸟的出现。这是一幅何等迷人的图画!确实,那"美丽和平自由生命",不但"整个征服了"白少年,使他取消了用弹弓打去的"法西斯主义",也征服了读者了。

但一直看到这里的读者仍然有点摸不着头脑,这是一篇小说吗?这小说作者到底要把我们引到哪里去呢?它不是更像一篇基本上属于静态描写的散文吗?

《白色鸟》通篇小说情节的进行契机实际上只有一问一答。问："做什么敲锣？"答："开斗争会……"于是，宁静的风景后面出现了骚动、不安、不和谐，于是两只白色水鸟惊飞起来，"悠悠然然地远逝"了，于是前面的唯一的情节"包袱"，即外婆忽然打起包袱来到了乡下，平日外婆逼孩子睡午觉，不准他到外面玩，这一天却偏要他到远处玩，而且嘱咐他"听话，没断黑不要回来"，这一切都得到了答案，得到了照应。

　　请看作者写情节是多么的惜墨如金！含蓄到了吝啬的程度。相形之下，那些表面的闲笔，什么地球自转造成河岸两边的不平衡，什么蛇胆可以有益目力，包括白色鸟本身，作者写得多么从容潇洒乃至闲散啊！细一琢磨，恰恰是这些"闲笔"造成了气氛，造成了强烈的对比，表达了主题，事实上成了对于动乱年代的"左"的批判。细细研究一下这个小短篇，不是有助于丰富我们的小说观念、艺术观念吗？

　　同样精短可读、取材微妙的，有铁凝的《六月的话题》写一个勇敢地写信揭发不正之风的人，走上领导岗位以后却失去了承认那信是自己所写的勇气。作品写得毫不吃力，平淡中见俏皮，读后仍有余味。这里，铁凝的主要功力表现在善于从生活中捕捉独特的短篇小说题材上，这实是一种小说家的机敏。人们可以看出，富有形象感觉、艺术感觉的铁凝，也是一个很善于思考的有心人。

　　与《白色鸟》同属写"文化大革命"时期的生活的还有篇幅相当长的李国文的《危楼纪事》。这篇小说似乎是取用街谈巷议的素材，合情合理地写出了"文化大革命"中人们命运浮沉的荒诞性。读之令人忍俊不禁，却又令人长叹息以掩涕。既轻松，又沉重，既幽默，又荒诞，作者舒卷自如，有那么一点天马行空的味儿，它同样丰富了我们的短篇小说艺术追求。

　　梁晓声的小说《父亲》与上述诸篇不同，也与作者的成名之作《这是一片神奇的土地》与《今夜有暴风雪》不同。《父亲》写得朴质无华、真切实在,具有一种不同寻常的可信性。作品所写的生计的艰难、为人的正直,对于某些文艺作品的虚浮狂躁之气,可说是一个有力的匡正。读后为之泪下的同时,"人们似乎觉得脚下的土地也变得更坚实了"。

史铁生的《奶奶的星星》在真切细致方面近似《父亲》,但更多一种怀念伤感的抒情气质。其取材又与《白色鸟》类似,同样写一个因为成分不好而遭到厄运的老人。一个写外婆,一个写奶奶,同样是原在城市居住,"文化大革命"中被揪回了农村。两篇的取材真是具有惊人的相似之处,但是两个作者的艺术处理是怎样地不同啊!一个短一个长,一个巧一个朴,一个虚一个实,一个令人猜度一个娓娓道尽,堪称各有千秋。这也说明,艺术表现手法是多么多样,艺术风格的天地是多么辽阔!

史铁生的这篇小说也有使人感到不足之处,他的写法、语气语态,太像《我的遥远的清平湾》了,那种小溪流一样的抒情,与《我的遥远的清平湾》如出一辙。而哪怕是些微的自我重复,都不能说是好事情。

有一篇小说具有相当沉重的分量,甚至不妨说是震撼人心的力量,却又有着相当严重的令人遗憾之处,我说的是乔典运的《村魂》。作品写一个一丝不苟、认真对待上级的一切指示的老人张老七,由于迷信那不值得迷信、说话办事极富"水分"的干部老王,上了当。他下功夫最大,出力最多,却唯独他为公路备的石子料不合格。这本是一个悲剧性故事。当然,这里首先值得深责的是公社干部老王,实际上他是代表我们党的一批干部的带水分的工作作风。他们不相信人民,自己又失信于民,言过其实,不负责任。当然,我们也可以有当地农民被老王这样的干部的互相糊弄而痛心。不知道是干部爱糊弄群众还是群众爱糊弄干部,反正当地的正常的工作格局建立在互相糊弄的基础上,真是令人痛心疾首!所有这些,都是这篇作品发人深省的可取之处。与互相糊弄成为鲜明对比的,是认真到了迂腐程度的张老七。张老七信奉"男人跌跤连阴雨才会停"的鬼话,为止住成灾的淫雨跌断了自己的踝骨。这样的悲剧故事实在更接近喜剧,即使作者强调他跌跤的目的是为了给众人排忧解难,但在二十世纪八十年代的今天,这样的故事与其说是表达了一种崇高精神,不如说是表达了一种可悲可怜的愚昧!小说写到正题,只有张老七对信口开河、不堪信任的老王奉若神明,句句照办,理解的也执行,不理解的也执行,着实可叹。固然可以设想张老七的认真精神包含着对党和政府领导的热忱拥护,但他屡遭碰壁以后仍然愚忠到底,恐怕难以称道。而作品的结尾部分竟然给这样一个奉公守法的顺民、一个唯上是听的人物加上圆光,封之为"村魂"。更有甚者,《小说选刊》甚至发表读者来信赞扬这位张老七不但是村魂,而且是国魂,那就未免谬以千里了!设想一下,如果作品的立意不在于礼赞和推广张老七的奴隶主义的灵魂,而是呼吁人们去救救张老七的灵魂,这将是一篇多么好的作品呵!

　　年轻的作者王凤麟的小说《野狼出没的山谷》获得相当的成功,这也并非偶然。一九八二年戴晴有以猫为主人公的小说《雪球》,一九八三年孙少山有以牛为主人公的小说《陡坡》,两篇小说都写得相当精彩。王凤麟的这篇《野狼出没的山谷》则是以一条遭遇奇特的狗为主人公的。猎狗贝蒂由于怜悯一只正在哺喂小崽的母熊而受到主人的嫌弃,蒙受了莫大的冤屈与耻辱,沦落于野狼群中,并被迫失身于狼,生下了两个"儿子"和四个"女儿"。但她对主人的感情未泯,终于在斗争的紧要关头用生命保护了主人,自己的两儿四女也被捉去。爱与恨的转化,善与恶的交织,美与丑的连接,得与失的错综,像一个接一个地扭在一起的死结,读之牵肠挂肚,嗟叹不已。作者假物抒情,借狗与狼的故事来写人间的悲欢离合,恩仇甘苦,这是没有问题的。但这绝不是说小说中写动物只是一种障眼法,一种影射法。狗暗指什么,狼暗指什么,贝蒂被奸污暗指什么,这是无法考证的。考证起来只能把作品宰割、把作品的内涵简单化与僵死化,最后取消这一篇作品乃至这一类作品。这一类作品的妙处恰恰在于你说他是在写动物吧,却处处可以找到人世间众生相的投影;你说他是在写人吧,又分明是严格地按照动物的特点写动物。《野狼出没的山谷》写得这样淋漓尽致,而又为贝蒂的一生留下这样的遗憾,其效果甚至超出了写一个命途多舛的人物。个中道理,值得品味。

近年来我常常在一些言论性的文字中提到我们的小说的想象力的问题,小说风格、手法的多样性的问题,《野狼出没的山谷》一类作品的出现与受到重视,是这方面的进展的一个好兆头。

一九八四年短篇小说的数量是不少的,质量却不算很理想。当然,文学创作不是物质生产,很难维持年年递增的增长势头。何况短篇小说毕竟是一种比较敏感的文学样式,它的发展有所起伏,也不足为奇。已经有越来越多的前几年崭露头角的作家把主要精力转向中篇乃至长篇小说的创作,我们的短篇小说的进一步繁荣发展的期望首先还在于新的年轻作者的涌现。许多大有作为的文学新人都是从短篇小说开始登上文坛的,他们代表着我国文学创作的未来和希望。而一些成熟的、比较成熟的作家,他们在短篇小说的艺术探求上,也还有远远未发挥出来的巨大潜力。

发表于《文艺研究》1985 年第 6 期

香雪的善良的眼睛

——读铁凝的小说

我们不妨试着把香雪作为铁凝的为数不少的中、短篇小说的一个核心人物。当然这样做有点冒险,有可能引起包括作者在内的一些人的抗议。企图去说明形象,压根儿就是一个冒险,压根儿就是对作者含蓄、直观、隐秘地表现世界的神圣意图的进犯。只是有一种进犯更加粗鲁,更加带有审判官的气味罢了。

香雪的成功不是偶然的。翻开作者最早(现在离着中、后、晚期也还远)的一批习作(确实是习作),不论是《夜路》还是《小路伸向果园》,《丧事》还是《不用装扮的朋友》,也不论是稍后一些的《灶火的故事》或者《意外》,《那不是眉豆花》或者《喜糖》《短歌》,我们不是都或隐或现地看到香雪的一双善良、纯朴、充满美好的向往,而又无限活泼生动的眼睛吗?在描写青年的与青年描写的作品里,这样的目光实在是凤毛麟角!那些作品里,出现在我们的读者面前的,多半是一些批判的、受过伤害的、深沉痛苦有时仍然是热烈执着、有时是冷峻严肃、有时甚至是不怀好意的眼睛,而铁凝的作品完全不同。请看小小说《意外》吧,一个乡下姑娘好不容易去照了一次相,照片寄来却是另一个人的,这是一个多么令人沮丧的故事啊!也许有的愤世嫉俗者从中能够感受出对人的尊严的"侮辱",也许有的立志改革者从中看到第三产业体制上的缺陷,但是我们的比香雪还要香雪的女主人公却喜欢上了错寄给她的照片上的漂亮的陌生姑娘(像香雪喜欢上了城里人的铅笔盒一样）。她将错就错把照片挂起来,伪称说:"那是俺没过门的嫂子!"这是多么善良的狡猾和生动!这是多么生动而又狡猾的善良!铁凝告诉笔者,寄错照片的故事取自生活事实,而美好的结尾是她的赋予。她怎么会想出这样一个结尾来!

以现代人的精明的头脑看来,姑娘的做法不但十足的傻气而且"九足"的阿Q。但姑娘的善良与对美好生活的向往却令人叹服,令人泪下！也许善与美本身就是带着傻气的吧？如今,有能解复杂的难题、能看病、能断案的电脑,甚至电脑还能作曲和写诗,但还没听说过具有审美能力和道德感、能够微笑、欣悦、战栗和哭泣的电脑,也许就是因为电脑太聪明和太缺乏傻气了吧？

与《意外》异曲同工的是《喜糖》,受到了不应有的冷淡的好心的姑娘陶媛,宁可代自己的自私而庸俗的朋友去请别人吃结婚喜糖。不但自己善良,而且不计代价地、傻气地维护着善良,简直伟大!

在"浩劫""动乱"之后这一切几乎像天使的声音。铁凝确是更新的一代人,不但与刘心武、冯骥才不同,也与张抗抗、王安忆迥异。因此,即使写得相当笨拙生硬的《小路伸向果园》,当你坚持读完的时候你也会由衷地感动。铁凝对一位宣传部长寄予了那么多深情,从绝不带褒贬的意义上让我们看一个事实:很难有第二个年轻作者会对一位宣传部长抱这样真诚的善意了。由于必要而塑造的体现领导的高大浮泛的形象则是另一回事。

灶火完全是另外的人物,另外的性别、年龄、身份。但灶火的善良纯朴与美好向往与"狡猾"生动仍然可以与香雪相通,或者是与哺育了香雪也哺育了灶火的北方的田野河流群山相通。

《丧事》中的可怜的姑娘是香雪的一种变奏。作者在写这样的不无瑕疵、受骗并非事出无因的人物的时候仍然充满爱怜。这一类变奏在作者的新作《村路带我回家》中得到了更充分凸出的展现。这后一篇作品中的女主人公乔叶叶是那样善良又那样无能,因善良而更显无能,因无能而更显善良。她善良得近乎荒谬,而又荒谬得那样可爱。她是那样地令人同情而又不可原谅,因令人同情(有多少人、特别是宋侃那样的人同情她哟)而不可原谅,因不可原谅(其实她并没有受到任何欺侮,一定要说欺侮,那就是糊里糊涂地昙花一现地当了几天扎根典型)而更令人同情。从现代的精明头脑来说,乔叶叶庶几可以归入精神奴役的麻木不仁者类了,但又全然不是。她的没有主意当中仍然有自己的主意,她有所不为,在那个残酷的扭曲的岁月,她进步不起来,她不会严厉地对待"四类分子",她不认为知青下乡有多么伟大,不认为庄稼像绿色的海,不认为有表决心扎根的必要。所以她有所为,只有她一个人真正做到了扎根,她理解金召的价值也理解宋侃的诚实的价值,她理解了如今农村发生的历史性变化的伟大意义。她像契诃夫的"宝贝儿"一样善良而又慵懒,但她又与"宝贝儿"不同,她也成长了,发展了,在关键的时刻她敢于连妈妈也不商量就独立做出重大的决定。作者暗示她散发着"柴草灰味儿""初秋庄稼地里散发出的那种清甜味儿",那种气味儿能使人"又年轻起来"。乔叶叶并且说:

> 有一次我摘棉花,躺在棉花堆上看天,天才那么小,才像一个大屋子。人们不都住在这个圆屋里吗?

请看铁凝即使对乔叶叶这样的人物也倾注了多少爱怜和善意!这种胸怀绝不是"宝贝儿"所可能有的。这最后的"天地一屋"的哲学几乎可以比善于世界大同的幻想与基督教博爱的真义了。连《共产党宣言》的最早的中译本上,不是也曾把"全世界无产者联合起来"译作"四海之内皆兄弟也"吗?谁又能说乔叶叶的身上完全丧失了现代感呢?何况《村路带我回家》通过金召的命运写了我们的农村的大变化,《村路带我回家》还通过不知谁的口发出了"批评、鼓动,为什么这么快就成了过去"的恰到好处的慨叹。

而《没有纽扣的红衬衫》是另一种变奏。它写出了少女的美好的萌动着新的追求与批评精神的心,它用一种温和的揶揄的俏皮话批评了一些消极现象,所有这些都是绝妙的,何况题材和题目也很妙。所以绝大多数评论家盛赞这部作者的第一个中篇。但当姐姐安静进行严肃的自省的时候,当作品试图对非善和非真诚做出善和真诚的庄重的判决的时候,小说就显得轻飘飘了,甚至显出某些描写的水分来了。所以一位特别关心和喜爱铁凝的创作的老作家说是"红衬衫"写得似嫌铺张了些。所以李子云同志抓住小说的缺点说是小说小题大做。李子云的批评(见《现代作家评论》一九八四年第一期)确是向"懈"处击去的有的放矢,可惜她对小说的全面得失衡量得不十分充分,甚至让人觉得击得狠了点儿。而为数不少的赞扬的评论又有点咋唬了。

作者所作的短篇中,《明日芒种》是写一个老保守老顽固的,《东山下的风景》是写农村的新变化带来的新问题的,《六月的话题》是写一位勇于与不正之风作斗争的干部却怯于站出来的微妙心理,《穿过大街和小巷》写一位受到动乱影响的青年在生活感化下变得美好起来……题材、人物、写法五花八门,善良、美妙、俏皮则是共同的特点。甚至悲剧性的《明日芒种》,你都觉得作者既不是在痛心疾首,也不是在义正词严地揭开疮疤,她只是怀着深爱与叹息,微笑着讲了一个关于愚蠢的故事。

作者最早的一些习作中当然不乏明明白白的批判"四人帮"的内容,但那内容里只有讽刺嘲笑却没有刚烈的怒火与撕裂灵魂的痛苦。

所以,我在一篇文章中提及《哦,香雪》时说过:怀着这种对于生活的真诚的美好情致而写作的作者是幸福的,读这样的作品是幸福的。

但是,当作者仅仅运用自己的善良、纯真、机智去驾驭更繁复的生活与更宏大的体裁的时候,弱点就暴露出了。作者的两部中篇新作《远城不陌生》与《不动声色》是不能令人满意的。前者好像还夹生,后者的淡化矛盾与理想化、带有人工化痕迹的故事给人以敷衍成篇的感觉。用绘画"让题材"来表现主人公的崇高实在无法令人信服。作者可能辩解说,这个情节是并不重要的,该中篇是非情节性的。问题恰恰是,愈是非以情节取胜的作品,愈容不下编造的、未能免俗的情节。你不以情节取胜,总该以生活的真实和自然、人物的真实和自然、情绪的真实和自然或类似的真实和自然取胜吧?编造的情节破坏了这种真实和自然。如果说是以幻想的奇突与感情的奔放取胜,显然亦与《不动声色》的实际无关。

而且小说中堆满了的俏皮话使人厌烦,大密斯、大使馆云云,并不高明。过多的俏皮也和过多的味精一样,过犹不及,特别是如果你不能在俏皮的行进中突然翻出直面人生的勇气和庄严、智慧和痛苦来。小说中也有些同义反复的抒发讲解只能增加作品的水分感。什么"他是一个多么容易亲近的平凡的好人",接着补一句"其实,(还"其实"!——王注)平凡的好人不一定容易接近,特别是当你和他相熟之后"。这还不算完,隔过什么代先生、代女士的故弄玄虚的标题之后,又接着发挥:"相熟意味着什么?相熟并不意味着……"莫非故意拉长成一个中篇么?(笔者再引下去就一定会踩入李子云的辙印。)

尽情挥洒与淋漓尽致乃至汪洋恣肆当然也是风格,而且是很难达到的风格。但这一切的前提是实打实的货色,阅历和经验,思考、感受的丰富性、深刻性、独特性,主题思想的郑重性(不论用多少诙谐游戏的文笔)。一句话,要有点从人生的火焰的炽热处拿出来的真实而又烫手的货色。而这方面,在后面提到的这两个中篇里,是相对的薄弱了。

这种情况使我想起某个电影演员来,有这样一种形象纯真的女演员,演天真烂漫的女孩子一举成名,演成熟的复杂的性格角色却未能胜任,尽管据说她表演得极为认真努力。她的形象纯真的本色大大地帮助了她取得成功,但要向更高更开阔的艺术天地进军,形象纯真甚至于在有限的意义上成了障碍。铁凝还在成长,她很敏锐,颇能全方位地运用她的生活素材与感受积累,她当然不只是靠天真烂漫的本色。她的香雪式的难能可贵的对善与美的追求是她的长处,但她不能老是用一种比较幼稚的方式去处理复杂得多的题材。安然式的纯真远远不是她不喜欢的不纯真的对手。她应该在不失赤子之心的同时,艰苦地、痛苦地去探寻社会、人生、艺术的底蕴。真正的高标准的作家的善良应该是通晓并战胜了一切不善、吸收并扬弃了一切肤浅的或初等的小善、又通晓并宽容了一切可以宽容的弱点和透视洞穿了邪恶的汪洋大海式的善。真正的高标准的美是正视生活和人的一切复杂性、艰巨性的美。真正的喜悦应该是付出了一切代价、经历了真正的灵魂的震撼的喜悦。真正的艺术的天国只有通过泥泞坎坷的道路,有时候甚至是通过地狱才能达到。

也许这话太吓人了吧?我想铁凝是不会被吓住的。香雪们的性格有顽强的一面。得到了带吸铁石的城里人用的铅笔盒以后,香雪是不会自满自足掉以轻心的。新的追求、新的苦恼、新的挫折、新的震动,以及距之尚远的辉煌,已经隐现在路经台儿沟的火车上了。汽笛长鸣,车轮滚滚向前。

发表于《文艺报》1985年第6期

并非世外桃源的故事

——读《爱,在夏夜里燃烧》

在一九六〇年饥馑的冬天,在大青山北部鹰嘴崖——烈士峰上有一个烈士村,烈士村有三户人家,两户蒙古族,一户汉族,由于他们的特殊的地理位置与身份,从未尝过挨饿的滋味。是有点世外桃源的意思了。

然而从关内逃荒出来的王春山——彩霞——桃桃一家的到来使世外桃源也分担了桃源之外的生活的艰难。彩霞为了救丈夫和女儿,情愿嫁给蒙古族猎人旺楚克。旺楚克是相信蒙古族的谚语的:容易得到的东西也容易失却。对彩霞他只有帮助之意,并无非分之心。只是经过了一个过程,他终于爱上了彩霞之后,才发现彩霞的丈夫仍然活着。

这就是玛拉沁夫的新作《爱,在夏夜里燃烧》的故事的前半部,疯狂的年代,严峻的生活,尴尬的处境,不正常的关系,也许这里面蕴藏着许多冲突和怨恨。旺楚克和烈士村的另两户人家完全有理由谴责彩霞的"欺诈",王春山完全有理由嫉妒旺楚克得到了自己的妻子,彩霞完全有理由在旺楚克出走之后趁机摆脱自己的尴尬处境……然而,这一切都没有发生。

在这里起作用的是一种纯朴的道德感,一种爱心。越是在灾荒之中,苦难之中,劳动人民越是有一种心贴心、手拉手的凝聚力。他们都过得艰难的日子,扶困解危,向比自己更不幸的人伸出援救之

119

手，他们并不认为这是什么超等的德行，而认为是做人的本分。原谅那些比自己更不幸的人，这是他们的又一个信条。设身处地，替别人想想，再想想如果自己陷入困境、渴望救助的话会怎么想、怎么做，这种朴素的推己及人的恕道，使他们并没有发生纠争，而是互谅互让地解决了一切矛盾。

经过"文化大革命"对社会风气的破坏，在有那么一些人以为贪婪、自私、纷争才是人类本性的今天，读到老作家玛拉沁夫的这个富有警世和劝善意味的故事，不是令人觉得心头一热吗？人是能够善良而且应该善良的。不是你吃掉我便是我吃掉你的哲学是豺狼的哲学而不是人的哲学，更不是安定团结的新时期的中国的哲学。十年内乱所造成的恶劣的遗产之一便是那种极端个人主义的、难与他人相处的乖戾之气、恶毒之心和先下手为强、宁可我负天下人之类的做人诀窍。受到这种毒害的人不是可以从这篇小说中得到一点启示吗？

当然还有民族团结的深情，还有人民战胜灾难的信念，还有对极左的一套的痛心的回首，还有蒙古族猎人的憨厚诚实慷慨的性格，还有可读性很强的故事，这些都无需评者的饶舌。如果说有什么不足，我觉得在于结尾，这样一个完美而又崇高的结尾反而落套。善良的美丽与力量并不一定在于它有一个崇高完美的结尾，即使没有那么完整的结尾，善良仍然是善良，仍然是比一切邪恶更美好更动人的善良。如果这样立意，也许能有一个更出新的结尾的写法？呜呼，文无定法，谁识得失？空论好发，亦不过站着说话不腰疼而已。

发表于《民族文学》1986年第2期

是警策也是精神财富

——推荐《历史在这里沉思》

仅仅封面就令人为之一震。各种的打倒、批判、砸烂,各种的政治谩骂、政治陷害与政治讹诈,此情此景,曾几何时!我好像又听到了那震耳欲聋的红卫兵狂喊声、口号声、语录歌声和那种堪称神经战的大炮一般的"两报一刊"社论的广播声,我好像又回到了那人妖颠倒、是非混淆、万马齐喑、天昏地暗的岁月!

这些事情不过发生在昨天。历史在这里沉思。这本书的题目起得好极了,历史需要在这里认认真真地沉思一下:究竟是怎么了?为什么会发生这样荒谬、这样丑恶、这样野蛮的事情?为什么五千年的文化传统、光荣伟大的中国共产党、十亿勤劳勇敢的人民,竟然在那十年被一些丑类搅了个天翻地覆?浸在血泊里,付出了那么大的代价,搞得几乎翻了车!

沉思了才能前进。巴金在他的《随想录》里不停地告诫呼号,"文化大革命"的教训不能忘,"文化大革命"的惨痛的一页不能忘!忘了就会重新发生,就会再来一次!这不是危言耸听,这不是哪一壶不开提哪壶,这正是郑重地希望我们的民族、我们的国家、我们的人民永远的从那磐石般的黑暗上跨过去!这不是为了向后,正是为了向前!用健忘和鼓励健忘的办法,用劝阻乃至禁止沉思的办法,是不可能真正向前的,弄不好,还要走弯路、走回头路的!

我十分佩服华夏出版社和周明同志的胆识，他们编辑出版了这部三卷大书，是警策也是精神财富。千万不要忘记！

发表于《人民日报》1986年10月31日

《牌坊》的技巧

　　一个男人和一个姑娘(不是一个男人和一个女人,也不是一个小伙和一个姑娘)来到一个叫牌坊的村庄。两个人谈话,话似乎有点不投机。
　　"……真没想到,你还这么有人情味儿。你能不能把这种人情味儿匀给我一点点呢?"姑娘为什么要这样找茬般地说话?他们俩是什么关系?为什么要"随便乘上一辆火车……再随便换上一辆长途(汽)车……再随便沿着一条小路……"来到这个地方?后来,姑娘甚至咬牙切齿地说起话来?
　　姑娘解释说——没有向读者解释,只是向那个男人解释,咬牙切齿是冲那牌坊。那是个贞节牌坊,为一个寡妇。"她不需要,她永远不需要这牌坊,可是牌坊需要她。"这是一句带哲理的话,而且残忍。
　　另一句有意味的话是说那个疯子:"没有人追你,是你自己在追自己。"而最后,善良的、骂疯子是骚货的老头说:"几百年了,它还硬朗着呢!祖宗留下的东西,哪能说倒就倒?"
　　牌坊,高而白、残忍而有力的神秘,主要的背景和象征。
　　一个女人和她的相好在牌坊前被抓了奸,赤身裸体捆在那里跪了一夜。姑娘说:"我想,在牌坊那儿,用不着塑什么雕像了……好多年前,在那个下大雨的夜晚,已经有过这样一座裸体的雕塑……可是后来,爱神死了。蒲塞克,她成了疯子。"
　　那是一场雨。现在的小说里又有一场雨。雨里,活的雕塑发作了疯病,发作起疯病来才"看上去完全正常,而且有一种奇异的神采"。雨后,显然同情疯子的姑娘采了野花,落了野花,又捡起了野花(野花,这是牌坊之后的第二象征物)。然后,他和她提前结束了这次旅行。结束的时候,姑娘表白了对男人的爱,男人无所回答。后来她异样地盯着说牌坊倒不了的老头。后来她总结说:"自己追自己,才真的可怕了。"比这话更有总结意味的,是她打了一个哆嗦。

而男人呢,问完了"冷么"之后,嗫嗫嚅嚅地说:"我想……(你没的想! ——王注)……那长途车是几点的?"

用时髦的"字儿话"说,这是何等的倾斜和错位!

一篇描写心态的小说,但没有一个字描写心态,又似乎字字在写心态、写牌坊、写村庄、写雨、写疯子、写老头、写花、写表情、写总是对不准频道的谈话,杂乱的、起伏的、细致入微的、叠印的心态尽在其中。历史和现实,象征和实体,神秘和恐怖,景和情,勇敢和胆怯,无法自救的尴尬……写得这么细腻又这么节省,叫做惜墨如金,无懈可击,字字都是一石三鸟,显台词后面有潜台词,潜台词后面有一个足够写七万字中篇小说的背景,背景的背景是另一个残酷的故事(偏偏把残酷的故事说成雕塑,变成可怖的美),更是历史和文化的根。

谁说我们的作家不讲技巧呢?名不见经传的刘洁的这篇《牌坊》(《人民文学》一九八六年第十一期)的技巧是呱呱叫的,好的技巧甚至超越了、战胜了各种文学招牌和文学宣告,达到一种非常舒服的四通八达境界,这小说确实做到了像冰山,四分之一露在外面,四分之三在水下。又朦胧,又清晰,又写实,又寻根,又意识流(姑娘的"意识流"真是呼之欲出却又不着一字),又白描,又象征……即使仅仅为写法的干净(而内涵又那么丰富),我也想清清嗓子叫一声:好!

发表于《文艺报》1986 年 12 月 13 日

青 春 的 推 敲

——读三篇青年写青年的短篇小说

"是个古怪的女孩""比约定的时间早到一个小时,非常离谱""头发剃得这么短,几乎见青""抖出盒中一支烟",在画室当模特儿,不相信有爱情,"打算不念书了……到唯美服装公司的表演队去""这么美,这么健康,这么青春……"

这是刘西鸿在小说《你不可改变我》里刻画的一个"新派"年轻人、十六岁的姑娘孔令凯的形象。小说发表在一九八六年第九期《人民文学》上,文字洗练俏皮自如,似乎确有那么点新意。连写到建议吃饭实行各付各的AA制与"全世界的无线电都有这么一句:吸烟有害健康"也都挺跟得上"新潮流"的。而我这个读者,却更欣赏作品对"我"与亦东的感情的微妙描写,个中颇有耐人寻味的内蕴。

这篇小说引起了一些注意,南方还组织了座谈,大概是说孔令凯体现了个性、自我的价值吧。

孔令凯的形象委实爽气,只是不好细推敲。好好念书、将来考个好大学的公认的价值标准也许未免俗气和一般化,有了青春就有了一切和你不可改变我的宣告却也失之空泛,虽然不乏天真的豪迈。有了青春可以有一切,也可以还缺少很多,包括头脑和灵魂,更不要说知识和经验,甚至于包括起码的文明礼貌。第一次到"我"的家里就提前一小时并把"我"的东西翻个乱七八糟,这种"自我"的实现是以"我"甘拜下风、甘心承认自己是"老派"即甘心退出历史舞台为前提的,如果"我"不这样,而同样是信心十足呢?

这样,孔令凯就是被作者理想化了的人物啦,也许她挺适合于生活在时装表演里,遗憾的是,人生并不只是时装表演,生活并不只有模特儿舞台。出了表演,离了舞台,她怎么样呢?她豪迈地维护的不可改变的"我",难道只是一个在任性的谈笑里可以取胜、可以让杂工气质的亦东也为之目眩的洋娃娃吗?靠这种洋娃娃气能战胜"传统"?

这篇小说有它的重要性、开拓性。新的作者力图塑造出一点新的气质,这是重要的信号,当然,还有待于历史的充实。

(不知道孔令凯喜不喜欢历史,历史正在勾画着她的轮廓。)

小说《湮没》里的主人公就远远没有孔令凯的豪迈与信心。"我"一上来就"想不出办法打发日子""采纳了一个朋友的建议并且就请他给我介绍了一个对象""他还告诉我这姑娘是他的第二个恋人,我说这无关宏旨……"这种冷漠和疲沓实在比孔令凯的特立独行还惊人。

后来就描写"我"与"对象"的相处的全部无趣。"对象"不是真正的对象,她只是"我"的百无聊赖的一个载体罢了,显然没有头脑,没有灵魂,没有情感,没有追求,没有任何吸引人之处(但同样有青春)。"我"太优越了,优越得似乎不屑于睁开眼睛看他的白痴"对象"。他摆脱不了又不想容忍这种与白痴为伍的爱情。他幻想着一次小小的伟大,例如跳下河去救一个姑娘从而体验一下比白痴多点什么的心情,但他没有任何真正的行动。当他听到河水扑通一响的时候——也许只是幻觉吧,他立即判定"我无论如何来不及救她",所以他只能头痛和空虚下去,连幻想中的一星星伟大都没有。

却又终于耐不下庸俗的腻烦。便建议白痴"对象"落水由他援救,终于把白痴"对象"吓跑了——很难不被吓跑。便又有第二个白痴来当他的对象——他找个对象不费吹灰之力。古往今来的小说中这类人物都有候补"对象"排着长队,不知是出自小说家的赏赐还是出自一种同样近似白痴的逻辑——被他推下了湖,"湮没"了个不知其止。

让我们想象一下:如果孔令凯来做他的"对象"呢?能不能不被认为是白痴呢?听到落水的建议能不能不跑而欣然跌落呢?此等反应的智商指数比吓跑掉一定高一些吗?如果孔令凯游泳非常好,从而用浪里白条张顺对付李逵的法子将男主人公戏耍一番呢?是否男主人公就被证明是白痴,而孔令凯就会感到优越的强者的孤独呢?是否越优越特别是自以为优越就越孤独和自以为孤独呢?孔令凯不够孤独是否是因为她的优越感还不够火候呢?孔令凯只不过是宣称"你不可改变我",而《湮没》的男主人公的宣告则充溢着对世界的蔑视。这样的人物是真的这样吗?还是被新潮流的冲床给冲出来的?他富有时代感吗?"浪里白条"四个字,细细品味,不也挺现代的吗?

《湮没》,作者洪峰,登在《人民文学》一九八六年第九期上,写得挺"寸"。"我"最后"果断地跳下去"了,"在湛蓝凉润的湖水中寻找我的未婚妻"。这个结尾还是光明的。当然,冷嘲的另一面必定是焦灼的追寻,没有理想、没有伟大、没有值得为之献身的事物的青春,确是难以忍受的。这是一个严肃的问题。

《北京文学》一九八七年第一期上余华的《十八岁出门远行》异曲同工,更富象征性。也是第一人称,"我"漫无目的地在公路上走,无忧无虑,不为旅店操心,而且时时感到公路特别是公路上每一个高地的诱惑。到了黄昏,硬挤上了一辆汽车,却是往回走(有点损)。往回走也没有使"我"惶惑,仍然是"心安理得"。然而汽车抛锚了,修不好了。"我"为了维护汽车与车上的货物被司机和他的同伙(?)揍了一顿,自己的装着食品、书、衣服、钱的红色背包也被劫走了。最后"我"钻入了已被卸去了主要机件的空汽车,得其所哉,而且想起与父亲告别时的"阳光非常美丽"的时刻。父亲说:"是的,你已经十八了,你应该去看看外面的世界了。"

十八岁出门远行,青年人走向生活的单纯、困惑、挫折、尴尬和随遇而安,在这篇小说里写得挺妙。

是和笔者那一代人不同了。这三篇小说的题材,青年作者写青年的理想的失落与追寻、骄傲与困惑,表现出的新意与新意中的幼稚,都使笔者觉得亲切。对这样的作者与作品笔者是又理解又不理解,便写了上述又理解又不理解的话。五十年代的青年作者有兴趣与八十年代的青年作者进行诚恳的对话。

发表于《文艺报》1987 年 2 月 28 日

《黑森林》读后漫笔

我曾经窃想,在一个以北方话为标准普通话的国度,南方作家恐怕要吃一点亏。

南方作家里很少有人的语言给我留下那么深的印象。像老舍,像赵树理,哪怕是像刘绍棠和刘索拉。

文夫的语言幽默有味,但我记不清他的语言是什么样了。他老成,他的作品像腌制过的食品,味醇厚,却不可能太脆生。晓声的语言也好,土得狡狯,犀利得窝囊。捷生张长他们似乎更多更应手的是运用书面语言,比较文。

印象不准确也不公正,谁让我是北方人。

《黑森林》的语言却极让人舒服。刘西鸿写的,她写过《你不可改变我》。《你》已经写得洒脱,《黑》就更洒脱。前者的洒脱多少有点做作,后者要自然得多。果然,老练些了。

刘西鸿是深圳的。我听不懂广东话,听发音我曾经怀疑过广东话是不是接近越南语或者泰语,行家告诉我没有这么回事。但我仍然读不真切广东作家的小说的语言。我猜想"老广"们欣赏起来会有味道得多。

但《黑森林》的语言我可以一下子接受,和北方话不一样,却又一样地脆生俏皮。

  我看她一眼,觉得她说得很讽刺⋯⋯我的上司荣升,拍拍屁股走人。新来的经理带来自己的助理,新助理是个二十岁出头的小妞,西洋人一样的撞死马身材,为人作风却是东车西转八面玲珑……

我不信邪,但是那一年我黑得不得了,生日刚过完三天就给汽车撞断了腿。我永远记得医院那间上石膏的房子,白晃晃,湿蒙蒙……拖着石膏腿到门口看看有没有护士骂我,看到长廊顶上……橘黄色的光照着空寂无声的长廊。我带着满满一份橘黄色的平和和温暖……

我命运不好?他们知道个啥?他们青春得满脸青春痘,一天到晚嚼着炸薯条唱《绝对空虚》。

我四处打锣找你,我打烂了电话等断了气……

惟人活得被动,我是看重这个,惟人哥哥过得不快乐……

做了一回文抄公,却觉得抄时不如读时那么感受得喜悦。当然,语言不仅是语言,不仅是遣词造句,而且是情调,是生活,是气质,是思想。而这一切都要从整篇看。

但还是看得出来,刘西鸿写得鲜活,洗练,句法很有特色。"说得很讽刺",用动词做状语而又放在补语的位置,"青春得满脸青春痘",用名词性短语修饰本来是名词却当做谓语用的"青春",而且是前后两个"青春",确实很口语化又很不一般。"黑"得不得了,"一份"平和,"东车西转""打烂了电话等断了气",读之如闻其声,如见其影,可惜不知道用粤语该怎么朗诵这部小说。

深圳是特区,开放呀、富裕呀、得风气之先。

刘西鸿的小说里常常洋溢出一种不无得意的神气。不但有黑森林——淋透朱古力的蛋糕,而且有狗肉煲、杏仁露,有白兰地和金巴利蒙特查,有十八本朝鲜烧烤,有上契大餐,有《商籁七十一》,有公司、经济合同,常用长途电话,有淋个热水澡与冲个咖啡,还有尼采、张爱玲、夏目漱石、阿廉的歌,连玩笑都说自己"像撒哈拉沙漠煮奶茶的女人",像个世界性的现代人一样地关注北非与中东(其实在新疆和内蒙就不乏煮奶茶的女人)。

我们可以说这些写得还有点浅,还有点皮皮毛毛。可贵的不在这里,而在于小说人物的一种独立自主的奋斗追求的精神状态,不论事业上还是爱情婚姻上。作者是用一种相当理想化的笔触写这种特区的新事物的。人们的物质生活开始富裕一些了,文化生活比较开放一些了,进取意识、独立的人格意识都大大增强。在这种气氛下面,连惟人和阿嫒的婚姻危机也变得挺时髦、挺文明也挺洋。尽管小说对"我"——唯美的惶惑心情写得细腻、真实,但整个说来惟人的婚姻危机似乎是一件值得羡慕的事情。被温和地嘲笑的是妈妈,被怜悯的是惟人,阿嫒和惟美都先进出去了一大截。

小说里多次用"洒脱"这个词。小说似乎在说,最现代的美是洒脱。所以不要缠绵,不要很多伤感,不要那么多悲剧感。所以说"还是要排除困难去争取快乐,快乐的确是一种深奥的东西",所以说"过去有人灌了两杯大曲就对我抱怨生命又长又臭……太多的青年不知道红尘是啥就自命看破了红尘,我却活得不够"——说得精彩,虽然"我"也有"稍稍领略又长又臭的滋味"的时候,既是"稍稍",不难消磁。而最代表这种洒脱心情的是下面的话:"让我们六十岁时回头看这件事吧,或许到那时我们会认为它本来很简单,我们会觉得自己无谓在里面纠缠得太久陷得太深。"

如果做不到这种洒脱呢?那就成了"没有质量的男人"了。男人而没有质量,将怎么活下去?

我且喜且疑地感受着这种深圳式的洒脱。过去我读过的中外小说里似乎难得有这种洒脱。这是现实主义吗?这是浪漫主义吗?是积极浪漫主义还是不是呢？能够一洒到底吗？我们的生活远远还没有达到动辄"喝点东西"听着慢歌抒情谈玄的程度。又为什么要泼这种老年人的唠叨般的冷水呢？没有这种洒脱，还有刘西鸿的小说的魅力吗？

反正刘西鸿笔下的深圳比我无师自通地想象的深圳更加可爱。刘西鸿笔下的深圳也比迄今已有的文艺作品里的深圳更深，更值得深思。虽然我还觉得它不够深。

反正事业不断前进发展，而人（包括作家）会一代一代地起来，接力棒会传下去，步法却各有千秋。这里，进行理论的、道德的、审美的价值判断、进行种种的评说是必要的与有趣的，探寻生活的真正的必然性也许更有价值。在这个意义上，生活既不需要指手画脚也不需要廉价的装点。反正生活比什么都强。反正再洒脱一点就不需要任何的洒脱状开放状。

最后说说题目。黑森林，起得很好。是蛋糕，是道具，是一种暂时还不普及的生活方式与思维方式。黑森林，从字面上讲又是无边无路的大自然的迷宫、感情的迷宫。这样的题目需要感受胜于需要解释。看看我们的（包括我自己的）小说，起过多少味同嚼蜡的、一览无余的、装腔作势的、啰里啰嗦的题目啊！

发表于《文艺报》1987 年 8 月 18 日

读《天堂里的对话》

读残雪的小说如读北岛的诗,它一下子就吸引住我,但是,对不起,我常常没有足够的耐性将它们读完。

吸引在于它们所描写的人类精神生活中的一个相当深的层次。像匕首,像针刺,一下子就扎到一个相当疼痛的地方。有时候人们,特别是城市的人们这样习惯于满足事务和日常的人与人的关系,人与物、人与环境、人与自己的内心的关系,以至于丧失了对这种心灵的深层的体察能力、描述能力与交流能力,以至于见到这种"黑箱"内层的描写就会觉得莫名其妙。对待这一类作品的讨论,就会停留在懂与不懂的幼稚阶段。其实,稍稍静下心来,也就能登堂入室了。例如:

> 每次你不由自主地吻了我的嘴唇,我就说:"亲爱的。"只要我说了这句话,我马上变得苍白而冰凉,然后左右环顾,躲开想象中的黄蜂。

完全是诗一样的句子。一种可以意会、不可以言传的对于爱情的苍白而冰凉的体验。这样的体验还没有被多少作家传达过。更多的人写的是爱情的绚丽和火热。其实呢,有绚丽和火热的地方就一定有苍白和冰凉。可能发生在同时,也可能发生在绚丽与火热之后。可能是因为烧得太热,烧成了灰,爱得太痴,爱成了病。比如说林黛玉,如果她终于对贾宝玉说了"亲爱的",她难道不会因苍白和冰凉而晕厥倒地么？也可能是因为"想象中的黄蜂",这一句在残雪的小说中已经够直露的了。也可能只是因为病态的、哈姆雷特式的怀疑。请看,作者又写道：

> 我的左腿患有萎缩症,你把我错认成某个黄昏蹲在河边扔石子的男人啦……因为你说不定会在一天早晨消失在人流中,成为无数陌生面孔中的一个；也说不定我不走开,只是我认出了你不是黄昏扔石子的那个人,于是走开,那时我就会清晰地发现自己的轻狂,并痴痴地笑起来……

"黄昏扔石子的那个人",可以把他理解为作者的一个回忆、一个幻影、一个梦想,总之,这个莫须有的人是作者主观情感的需要与应这种需要而生的产物。正因为它是主观的,所以它常常使作者对客观的存在不放心。这种对于客观世界、对于所爱的对象的不能肯定、不能确认、没有把握的感觉,谁能说仅仅是一种病态吗？

残雪喜欢在小说里用"萎缩""坏疽""蚂蟥""疤""截肢""蜘蛛网""老鼠""砒霜""蚊虫""苍蝇""狐臭""臭虫""毒蛇"这些词眼,对于文学神经正常得经不住一点不正常的人来说,似乎相当可怖,也许是可厌恶。可以很轻易地骂一句"神经病"（话剧和电影中都有过这样的场面）来表示对这种描写的反感。反过来,也有人说残雪的小说才是鲁迅当年讲的"真正的恶声"。我觉得这种说法相当皮相,写一点"臭虫""毒蛇"算得了什么恶声！残雪的小说与其说是恶声,不如说是"弱声",是一个纤细的弱者的哀鸣。堆砌小小的可厌的词儿的只能是弱者。如果这就算恶声,村妇骂街也许更恶一些了。鲁迅所讲的恶声则应该强健有力得多也深刻得多。

弱声也罢,恶声也罢,写得多了会不会走进一条窄路呢？尽管是一条很独特很有才气的路。残雪确实是个罕有的怪才,她的才能表现为她的文学上的特立独行。但反过来,一心追求特与独会不会成为一种框框呢？不用读完残雪的全部作品,也许我可以摸索出她的道道,她的模式,她的叙述程序,她的爱用词汇。如果有一台功能齐全的电脑,大概可以统计编纂出一本不厚的"残雪文学语汇词典"。她的某些总数不会太多的词汇的使用率已经到了由频繁而近于重复的地步。这个电脑的操作人再下点功夫,大概就可以把残雪的小说模式掌握住,我完全相信最终这个电脑会写出残雪式的小说而且可以乱真的。这就是说,有才气的残雪确实没有重复任何人,除了她自己。

残雪的执着塑造了她的个性,弄不好,也可能封闭着她的个性。她在与香港作家施叔青谈话时声称绝不允许理性活动进入她的写作过程。这个信念本身就太清醒,太理性,太不放松,太用力就是说太费劲了。实际上这本身就是给自己筑了一道极为理性的"反理性"壁垒。叫做作茧自缚或者画地为牢。套用评论歌星的说法,更抖搂得开一点,有白天也有黑夜,有潮也有汐,有峰也有谷,有真实的直觉也有真实的因而是自自然然的理性,猴就猴状,象就象状,不是更舒服也更开阔得多么?

然而残雪的作品还是引起了愈来愈多的注意。直觉、梦幻、潜意识、变形等等,她运用得十分熟练,无师自通,有些描写之深邃与冷峻达到惊心动魄、令人拍案称奇的地步。新时期的文学中有这么一家,哪怕当做旁门左道也罢,自有它的价值,它的启发,不可视若未见。她刺穿了不少读者的心灵,她丰富了文学的想象力与表现力。也许可忧的是,在丰富了文学的同时弄不好她却完全可能限制了自己,封闭了自己,贫乏了自己。她认准了一条不算宽广的道,她好像挺迷信而且无意进行新的突破与尝试。我们可以说残雪的小说确实有所突破,但如果把这种已有的突破变成金科玉律戒条,那就走向了另一种极端。事实上,正如有识者指出的,在写较长的作品时和更多地发现了一批作品之后,残雪有可能或已经进入了自己设立的文学峡谷。

然而,在《天津文学》一九八八年第六期上,我读了她的《天堂里的对话》(该是"之三"了吧),有些不同的感觉。仍然敏感,仍然脆弱,仍然想入非非写入非非,却更平实得多。梦见自己会飞,梦见一张照片活动起来变成这个人又变成那个人,这实在是很典型的感觉、感受、梦境。鄙人就做过许多次这样的梦,不知道这样说是否"谬托知梦",反正确实是梦有所通。这篇小说使我觉得亲切而不是一味地堆砌与追加阴冷。完全可以把它当做一篇别致的爱情小说来读。"我"似乎有一颗受了惊的心,"我"似乎爱情上已经饱尝酸苦、饱受欺骗或发现爱情最终是自己欺骗自己。然而"我"仍然动人地期待着爱。"那一天我躺在你怀里,一边叹息一边抚摸你的脸颊""橘红色的游艇在海上从容不迫地行驶""正中有一个穿着天蓝色绣花短裤的男孩正在踢足球""你的手的确很美",我的天,残雪的小说里当真是出现了这样的温暖,这样的爱——虽然爱对于文学太陈旧了,不如例如"呕吐"时髦。这篇小说绝少或根本没有呕吐效应,是的,残雪明明白白地说了:

  十五岁那年,我摔伤了腿……终于有一天,一个模样和你相似的青年走进我的房间,看见了扔在地上的那些纸鹤……似乎捡的那一只,我们对视的眼光碰出一排星星,我看见他的鬓角有一道疤……

这是一个优美的初恋故事,很明晰,几乎可以拍成电视镜头,几乎是《拾玉镯》里的一个场面的重演。(残雪大概不愿意看到这一点。顺便说一下,她的病中折纸鹤的故事使我想起日本的反"原水爆"的千鹤县小姑娘。小姑娘是原子弹受害者,病卧床上,叠了一千只鹤,还是死了。提这些的意思是希望残雪不要误以为自己的主体就是独往独来无所不包和无有穷尽的文学源泉。真对不起。)虽然仍然是残雪式的含蕴和象征,却已经透露了相当的明白无误,可以叫做残雪式的直露了。

而在这篇小说的结尾处,我以为已经是一个真诚的光明的尾巴了。

你就是他,我是那个女人,在河边,在灯塔,在船头,在中午烈日下的沙滩上,在黄昏的桂花林里。南方的细雨中,红玫瑰的花苞就要绽开,一个雪白的人影在烟色的雨雾中伫立。

仍然有几分神秘,但很自然,也很美。就是说,残雪不会永远是那么矫情。我们看到了残雪式的颂歌。而这支歌并非偶然。请看在《天堂里的对话》之二里,结尾是这样的:

也许有那么一天,我终于会变成一条鱼,到那时候,你就再也见不着我了。你只会在黎明的湖边看见一条细长的小鱼蹿出水面,朝着你动一动嘴唇,然后又消失在湖中。那时你的心脏会发生一个撕裂,头昏得像风车旋转。我不忍心变成那条鱼,我要和你一起在黑夜里寻找夜来香,你在门外,我在屋里。

温情、俏皮、体贴入微。有一种乐府的风格。试将之"译"成民歌风:

哥在湖边痴望　妹在湖心一闪
化做鱼儿游走　又恐哥哥晕眩
妹回绣房寻花　哥在门外辗转……

不仅仅是幽默,更绝对不是不敬。现代派也罢,先锋新潮探索实验也罢,只要是作家的真情实感而不是东施效颦,都可以与现实与生活与民间传统乃至与通俗相通。新潮人物不必自我孤立从而伟大悲壮,非新潮人物不必不能见容或急于宣布大家已经失败。动辄用超高标准量人并宣布人家已经失败的人其实按同样标准早已失败过许多次了。

而《天堂里的对话》之一的结尾是这样的:

"静静地、静静地!"你的声音变成急切的耳语,"瞧那星涛里的比目鱼,太阳和月亮将同时升起,妖娆的大地扭曲着腰身……静静地,大树下面,年轻人的头颅玲珑剔透!"

"星涛里的比目鱼",这句话使人想起安徒生的童话,使人想起魏武帝曹孟德君的诗:"日月之行,若出其中;星汉灿烂,若出其里。""头颅"颇突兀,残雪式的刺激,也不全属"洋",我们马上可以想到陆逊火烧连营寨以后杀关羽、并把关老爷的头送到曹丞相手中的情景。(残雪也看过《三国演义》吧?)

中国的文学界应该把眼睛睁得更大一些,友善而直率地注视残雪的作品,友善而直率地与她进行独特的对话。可以是天堂里的,也可以是地上的。我不认为残雪最近写了三篇"对话",没有反映她的潜意识中对于对话的渴望。

确实,对话是个好东西,不仅在中东、波斯湾或者超级大国之间。

发表于《文艺报》1988 年 10 月 1 日

秋夜漫话"新世说"

"新世说"我都看过了,可能因为喜欢文字"游戏",所以我特别喜欢的是"王人造"。我想对"新世说"提几个建议,一是要精;二是要短;三是题材应更广泛,既可以写"文革"又可以写现实,可以写官场现形记,也可以写洋场现形记、商场现形记、家场现形记、考场现形记。我认为"新世说"中有两大类,一大类为作家的创作,一大类为群众口头的创作。我们不要忽略群众的口头创作,因为口头创作流传的领域十分广泛,并且其中有许多口头文学,而口头文学中有十分复杂的群众心理可值得研究,它既反映出一些落后的东西,也确有一些很好的东西。如"谣",在古代被视为天意,尤在各种大的政治事件前都有"谣"流传。另一类为作家的创作和记录,题材应该扩大,逐步写得深一些,写得更精新一些。

发表于《雨花》1989 年第 1 期

我为什么喜爱契佛

一九七九年,我陆续读到约翰·契佛的《再见吧,弟弟》《绿荫山强盗》,此后又读到《世界文学》上译载的他的《巨型收音机》等短篇。我感到了他的小说的特殊的魅力,还来不及想一想"为什么",我已经是他的忠实的读者了。八十年代初期,几次回答外国与香港记者的提问"你最喜欢的当代外国作家是谁"时,我提到了约翰·契佛的名字。我解释说:"他的小说写得非常干净,每个段落,每一句话,每个字都像是经过水洗,清爽、利索、闪闪发光。"

在访美期间与美国一些作家的交谈当中,我也提到契佛的名字。他们告诉我说:"他在生病,是癌症。恐怕没有可能安排你们见面。"果然,一九八二年初夏,在我访问完墨西哥城返回旧金山的飞行途中,在波音727长体客机上,我从报纸上读到了约翰·契佛去世的消息,不禁嗒然若失。

我喜爱契佛的小说是因为他的迷人的叙述方式与叙述语言。他的小说的构成明确地基于故事的述说,基本上没有粘粘连连与精雕细琢的描写,没有唠唠叨叨与解释疑难的分析,也没有咋咋唬唬乃至装模作样的表演与煽动。他有的只是聪明的、行云流水般的、亲切而又含蓄的述说。在他的所有小说中,不论小说的题材、人物、情调与氛围有怎样的不同,你都会感知到一个共同的叙述者,一个故事的诉说者。这位诉说者相当幽默,不无俏皮,但无意逗弄;这位诉说者风度优雅,适可而止,而绝不炫耀;这位诉说者在讲述极其生动乃至妙趣自见的故事,仅止于讲述故事而已,他绝不把分析故事、解答故事、表演故事、总结故事的沉重负担置于自己的肩上、置于自己与读者的阅读胃口之间,不会以自己的高明去充塞读者的口腔与肠胃,去引发过食的不快乃至厌烦,像咱们的一些小说写作者(包括笔者自己)所做的那样。

所谓干净洗练,这里的洗练不仅是一种技巧、风格,更是一种教养,一种对社会、对读者的智力与时间的尊重。确实,饶舌是冒犯也是掠夺,社会确实应对饶舌者课以重税,处以罚金,洗练也是对自己的一种严格的要求,每个字(词)都必须是最重要与最准确的。所以说,洗练也是一种真行家的信心。洗练的前提是一种有礼貌的节制。一个人的尴尬与不幸,一件事物的纠缠与稀罕,战争爆发了又结束了,天气突然变化又风平浪静了,一个乡下人上了当,一个姑娘被情人抛弃了,一个男人幻想着外遇,一个人离开了又回到了纽约,如此等等,在契佛的小说里往往是点到为止,不滥于情,不滥于刻画,不滥于凸现和夸张。从这个意义上说,不论契诃夫还是莫泊桑,郁达夫还是茅盾,都不像他这样纯净从容。说他是一种俯瞰式的居高临下的大原谅吧,他明明又在你的身边,用并不响亮的声音娓娓道来,亲切随意,举重若轻。说他是你的邻居、你的朋友吧,他似乎对你的遭遇、你的歇斯底里无动于衷,只剩下了一个故事、一个生活的自自然然而又难以捉摸的过程和一抹平静的微笑。当他把一切告诉给你以后,你又觉得他并没有说什么。他呼之即来挥之即去,从不像托尔斯泰那样去"侵略"你的思想,不像雨果那样去震撼你的情感,不像狄更斯那样去激起你的同情和担忧,把你的心吊到嗓子眼里……

当然,看得太多了也会感受到另一种沉闷和单调。纽约,庸常人物,爱了又不爱了,不爱了又爱了,会见了又分别了,分别了又会见了,不知缘故地愉快了,又不知缘故地痛苦万分,乃至不知缘故地病了,痊愈了,死了……这是沉重还是轻松呢?是饥渴还是吃饱了撑的?是生活的滋滋味味还是百无聊赖?是现代感还是狭隘与保守?

初学乍练，靠字典和朋友的帮助，我译下了《矫治》与《恋歌》两篇。《矫治》比较写实，读之忍俊不禁。自由结合、自由离异的婚姻与爱情也许是令人向往的，然而人毕竟不是房顶上的猫，自由的心理代价仍然是难以承受的。本篇小说写妻子出走后丈夫的失衡心态其实十分细致，只是他不负责解答诸如：这一对夫妻究竟为何吵闹乃至准备离异、他们从事何种职业、政治态度如何以及他们的婚姻究竟属于有爱有道德的婚姻还是无爱无道德的婚姻之类的大问题。我们也许可以从中看出一些文学观念上的差异来。至于《恋歌》，写得楚楚动人。初看，似乎是写一个爱情以外的男女的友情的故事。杰克与琼很熟悉，很友好，彼此惦念和关切，但又经常不在一起，而且似乎从来没有萌发过类似爱情的相互吸引。匆匆的邂逅、长远的分离与互相不通消息，这样的一种距离感与亲切感的糅合，这样一种岁月更迭、年华老去、万事沧桑而他们的淡淡的友情不变的故事，似乎颇给人们一点慰藉和温暖。琼的性格也很有趣，初看，她简直像契诃夫笔下的"宝贝儿"，善良、软弱，却因为充盈忘我的爱心而显出另一面的坚强。谁知道，写着写着，她的身上出现了一种神秘乃至邪恶的东西。这究竟是什么意思呢，契佛是不会回答的了。

　　去夏住医院的时候结结巴巴地读了契佛的女儿苏珊·契佛写的回忆她父亲的作品《黄昏纪事》（*Fall in Dark*，我可不想把它译成"落入黑暗"）。她说，在她幼小的时候，遇到什么不顺心的事，父亲（即契佛）劝告她做一点祈祷。念过一些祷文以后，她会自觉轻松一些。大些了，父亲则建议她把这不愉快的经验写下来，写下来后，果然也自觉轻松一些了。呜呼，写作与祈祷之间，竟有某种共同的质与"用"么？约翰·契佛稳稳当当地写下了大量怨而不怒、哀而不伤、乐而不淫、讽而不刺的短篇故事的背后，又有作者多少惨痛烦恼的内心历程，我们能看得出一些来吗？

发表于《世界文学》1990年第6期

也 算 诗 话

我早就想写一篇文章谈谈我所喜爱的几个诗人的作品,又始终没有写,我怕平凡的语句把美妙的诗境诗语破坏了。

"在你的弦上摘了一颗/我就成为你的歌谣",这是一种优雅而又温馨的诗境,这是两句"巧语",这更是一个诗人的对于宇宙诗心、对于自己与宇宙诗心相联系的感觉。

以上两句引自傅天琳的《红草莓》,在这首诗结束的时候她"说":"而你仅仅是一颗草莓/草莓仅仅为心而红。"这话说得带着谦逊的天真。可以把她的诗比喻为"为心而红的草莓"。

叶延滨在《创造》中写道:"我的船起锚了/我大声地/向神秘的世界发问——/每一个问号都是鱼竿上的钓钩/在幻想的粼粼碧波/钓出一个沉甸甸的现实"。这些诗在平静中透露出一种正视的勇气,"沉甸甸"中衬托着碧波的诗情。它很哲理,却没有装腔与皱眉。

叶延滨《关于桥的三度写意》中"说":"桥一旦获得思想/怎样想出这惊心动魄/负千车万载的重负"……其实叶延滨本人就有点像"获得思想"的桥,他的一些诗抒发了他的惊心动魄的感受,我想略加补充的是,"桥"其实是不断发出被辗轧的咿咿唔唔的感人的声响的,而且没有以思想为中介。钢梁本身,就是矿工、炉前工、建筑工的生命的寄寓。直接去倾听或者传达桥的声音吧!

伊蕾在《星河》中"说"："相思果很多很多……我想尝一颗/从此蹈入相思/又想再尝一个/从此忘却相思……尝啊尝啊/我发觉自己变成了一颗相思果"明白如话而又婉转动人，有民歌风味又有"抽刀断水水更流，举杯浇愁愁更愁"的传统，读之难忘。顺便说一下，窃以为去掉那两个"从此"，再去掉"我发觉自己"五字，也许诗更简练。一口气写完了诗，再一行一行，一个字一个字地往下删，不失为一种好方法。

范方是一个很注意把新诗与我国源远流长、至今生命力仍存的旧体诗联结起来的诗人。"一个遥夜　一卷诗书　一盏灯影　一行脚印　一肩风雨　一路泥泞……"（《夜路八行》）虽只分两行排列，如四言诗，古朴苍凉。而他讲"观历史剧"的《就义》："山崩地裂的锣鼓止于一片欷歔"，也很传神。《秋末》中"成败就是那么回事/正如左脚与右脚，前步与后步"的诗句，豁达得如此平凡，遣词造句了无痕迹。

范方的《靶》的特色也是用最平实的叙述概括巨大的容量："总是被众枪瞄准/总是直直地站着……倒下　再爬起/爬起再倒下/总是回回重复/回回欢呼"。"靶"也是一种生存方式、一种命运么？这令人不寒而栗。

"落叶之后/还怕什么冰雪的炙伤"（《枯树》），"当年的透明/那颗无邪的心/在冷然中/点亮八方铁崖"（《冰花》），"当一切都成过去/你只问/横过额际的闪电/哪一笔/最冷"（《哀歌。续〈红楼梦〉》）。范方的这些诗句显示出一种历经沧桑的人的悲怆与潇洒，这是成年人为成年人写的诗，读之肃穆却无黏滞，有人生的种种痛苦，更有飘逸的诗心对于这种种痛苦的包容、铸造与超脱。其境界固不可与美妙的青年人的诗同日而语。

不论舒婷运用什么样的语言技巧，怎样地移动和更换诗句的组成,我总觉得她的诗有一种口语的自然和真诚。她的诗是她轻轻地说出来的,推心置腹地说出来的。她离读者比离她的诗的题材与寄寓更近,而在掌握勇敢与含蓄、现代感与传统感、奇绝与流畅的分寸上,她比较中庸。这可能是她的诗更好读更有读者的原因之一。

舒婷的诗具有一种雅静的忧伤、坚定、孤独、爱恋和向往。她的诗在传递一个未必能到位的信息,这就更加楚楚动人。

对于诗的感受与其说是出自体味和理解,出自诗的本文,不如说是出自读者与作者的某种共鸣,某种歪打正着的心理效应、缘木求鱼的执着。

从诗中得到某种印象、印证,得到某种感染和力量,得到某种启示,或者,只是使茫然与迟钝的心灵得到某种依托、得到某种可以把握与玩味的形式:一点字词、一些句子、一些排行,这样的意图本身就已经通向诗国了。而如果没有这样的意图,这样的心理准备,或者是抱着另一种与诗不大相干的(考证的、审定的、翻译——讲解以求一览无余的)意向,也就只能把一些诗视为不知所云。

常常觉得傅天琳的诗能够调动视觉,提供明丽清纯的画面。"野草……坐在你周围""大雁……飞向你""湛蓝的湖""也曾被风暴踩碎""凝固成冰"(《老人与湖》)是如此;"老人将红玛瑙投进湖水/湖水红亮起来/……荡漾一万公顷的阳光与泪光",画面更加生动;《往库塔格沙漠走去》:"黄色一层层盖过绿色/……而月亮正在死去""一只瘦蝶,一张最薄的怀念……"亦是如此。

"黄蜂温柔我们/白蝶误会我们/紫丁香需要我们""……鹅卵石圆头圆脑地坐着/……电线杆都呆头呆脑地站着""月光晕倒在红浪上""这朝天门/这江浪/这谷穗",这首诗的题目其实是看不见摸不着的《心事》,傅天琳的诗意诗情是含蓄的,她当然常用曲笔,然而她的诗象相当清明,有时候甚至是明艳的。

舒婷的底色要淡雅浑厚得多。礁石"浮沉在/任性的波涛里""被岁月和感情蹂躏的,是他",这相当刚烈。但是一种远远寄语的距离感,一种既真挚又无力的空洞的祝福调子,再加上一种古老的抒情民歌的伤感与痴情,为舒婷的刚烈披上了柔软的羽毛。"我的忧伤因为你的照耀/升起一圈淡淡的光轮"(《会唱歌的鸢尾花》题记),这样的句子其实比普希金和拜伦还要古典。"让我们微笑着告别吧"(《日光岩》),则汪国真也可以写得出。"现在,让他们/向我射击吧/我将从容地穿过开阔地/走向你,走向你/风扬起纷飞的长发/我是你骤雨中的百合花"(《?。!》),则是灵魂的庄严勇敢的宣告,当然就不是庸常的流行歌词可以望其项背的东西了。

叶延滨的诗里的朗健和豪迈,甚至使我有一种硕果仅存的感觉。"艰难是生活胸膛上石雕的碾子""生活本是岁岁发芽的甘蔗地",他干脆把这首诗命题为《我爱生活》,当悲哀的雾笼罩着相当多的年轻的诗人的时候,叶延滨的明白的宣告是结结实实的。"美的追求是不死的/幻想是美的伴侣"(《鱼纹陶盘》),"在她现代化的洗印间/将漂洗掉噩梦的阴影"(《长城变奏》),"我燃烧的心/编织着七彩的生活"(《北方》),"我不想留下目光/而想留下足迹"(《大山的诱惑》),"唱凤凰涅槃之歌/在我没有变成石头之前"(《血色情书,涅槃的情歌》),所有这些声音都坚定沉着,他的诗里甚至包含着一种论辩的热情、一种雄辩的前冲力,一种响当当的进取心。

"偶尔与项羽对话/江东那边无非是一些隐痛的岩层",范方的《李清照》里的诗句令人联想起苏东坡"故国神游,多情应笑我,早生华发"的词。"被秋声逼出来的月亮/圆得/教人/想哭"(《野渡》),则透露出一种宇宙自身的肃穆悲凉。"假如隔着几层雪去听/辉煌与萧瑟/毕竟也是/一种纯白的声音/且轻盈在掌"(《雪中》),难得范方有一种吐纳天地、感叹岁月的思虑。但这种思虑是难以被年轻人理解的。作为诗人,他很难红起来。不红才好,才写得出萧瑟的诗。

我们通常以为,诗是精粹的,是一个天使,是一个梦。我们通常以为,诗人的语言是超常的,更美、更深邃、更多情、更玄秘或者更愤怒。我们通常以为,写诗是一种"入定",是进入一种常人不大进得去的神奇的激荡的崇高的境界。

因此,当看到于坚的《作品51号》里"去年我常常照镜子看手表擦皮鞋买新衬衣""我天天见她捂火纳鞋底腌冬菜抱着姐姐的娃娃站在木门边""得不到得不到我照旧照镜子看手表擦皮鞋哼最流行的歌",这样的诗句的时候,我们也许感到了一种不能不蓦然心动的挑战。

是的,可能有更平民的诗,更贴近日常生活的诗,更口语的诗。也许我已经老得足以面对着这样的诗而不知道说什么好了。

我想起了王朔等的小说,想起了"新写实主义"。

"文律运用,日新其业"(《文心雕龙》),这是不以谁的意志为转移的。这还是有点意思的。

发表于《文学自由谈》1991年第4期

光明澄静　如归故乡

——谈冰心早期的散文小品

那是绝美的文字,那是琅琅上口的诗篇,那更是心底的一片光明,是心灵的光辉对于宇宙的普照。

早在儿时,便在课上课下朗读吟咏了冰心早期的那些精粹的散文。更正确一些说,应该叫做散文诗。或者还可以补充一句,不仅是我和我的大一岁的姐姐,而且我的父母,都是冰心的热情的读者。冰心写这些文字的时候,是二十年代初期,我还没有降生,我的父辈也才十几岁,与世纪同龄的冰心,那时候也只有二十挂零。

值得惊异的是这些短小的作品,经过了七十年的岁月,经过了难以尽数的社会变迁、政治变迁、文化变迁而历久弥新。眼瞧着多少"纪念碑""里程碑""贞德碑"树立了又风化了、坍塌了、拆除了,而冰心的这几朵小花却仍然像初开时一样地新鲜活泼,水灵灵地喜人,光灿灿地耀眼;不仅仅是内容,也包括了形式。

当我们重读《问答词》的时候,我们至今也仍然要为那种追求积极的人生动力的顽强与真率而感动,我们也许会从而联想起苏东坡的《后赤壁赋》。"你的一举手,这热力便催开一朵花……你带着你独有的使命……只勤勤恳恳地为世人造福",这就比《后赤壁赋》的自叹自解、自说自话亲切、热忱而又健康得多。重读《笑》,我们将再一次醉心于那种陌生与亲切、轻信与真诚、快乐与深沉的风貌与音调,从中我们还可以觉察出一种优雅的自制,一种文体的洁癖,一种美感心绪的自由,一种形式的优美轻灵,或者让我们还是引用文中的句子吧,叫做"光明澄静,如登仙界,如归故乡",文章写的是这种境界,文章是以这样的心态与方式写下来的。呜呼,这样写、写这样的青年作家冰心有福了。

重读《晨报……学生……劳动者》,我们也许会赞美年轻的冰心的自然而然的健康的社会倾向、社会思想;一九四九年以后她选择了新中国,这当然不是偶然的。《一只小鸟》对于残害生灵的谴责,既是坚决的,又是委婉的。"那些孩子想要仰望着它,听它的歌声却不能了",即使这样简单的道理,不是也需要向手持弹弓的顽童屡屡提醒吗?冰心说泰戈尔"以快美的诗情,救治我天赋的悲感……以卓越的哲理……慰藉我心灵的寂寞",这也是冰心自己的诗文的写照。这里的悲感与寂寞,也许正是冰心的诗人气质的另一种说法。而这位天赋悲感与寂寞的女子,却又"深深地低头崇拜"起"自己屹立着,向前看着"的孤傲的石像来了(见《石像》)。这表露的究竟是作者的女孩儿气、作者的不谙世事的童稚善良,还是透露出了一种来自佛或者基督的宗教意识呢?

《山中杂感》是我初中就学时候背诵过的范文。那时候大约还没有意识流呀,打破时空界限呀之类的观念更新、高谈阔论吧?也许青年冰心的这种写法更多的是受了我国古代诗文的毫不拘泥、行云流水、灵动洒脱的传统的影响?反正我相信,在文学领域中,创作总是走在前面的。创作——真正的创作比观念、理论更强,更丰富,更原生也更实体,请搞理论批评的朋友原谅我,创作,"阔"多啦,费了牛劲弄出一些新名词新概念新提法,说不定,七十年前,闹不好还是七百年前呢,创作——真正的创作里,早有啦!

《图画》《回忆》《一朵白蔷薇》《冰神》《十字架的园里》亦皆如是:心象语象,如诗如歌,主体客体,若离若即,以心为文,来去无迹,玲珑剔透,光明澄澈,平实雅淡,亲切随意,如语家常,如归故里;至《往事》《山中杂记》而集大成,通过《寄小读者》而使这种至情至文如天女散花,普及寰宇,并且一代一代地传下来了。

　　逝者如斯,不舍昼夜,等到我有幸与冰心见面的时候,已经是她写这些文章的半个多世纪、差不多一个甲子以后了。这时的冰心,是一个超拔而又关注的智者,是一个热烈而又冷峻的哲人,是一个亲亲热热而又俏俏皮皮的老太太,是我们这一代作家和更年轻的作家们的良师益友。在与她老的接触中,我时时寻找着她的"少作"的光明与澄静,我时时感受着她的永不衰老的心灵,我也时时向她的半个世纪、一个甲子以及更多更多的经验与智慧致敬。高山仰止,景行行止。为此小文,但恐佛头着粪;寥寥数语,且表敬仰寸心,回忆童年阅读这些作品的情景,感慨系之。

发表于《当代作家评论》1992年第1期

读黑井千次的小小说

在《世界文学》一九九二年第六期上，我读到了陈喜儒先生翻译的日本作家黑井千次的十篇小小说。

《小偷的留言》写一个小偷进入了一家极其肮脏混乱的房间，只顾了整理房间，连偷都没有来得及。然后小偷与主人各自给对方留下了字条。我想起一个维吾尔民间故事：一个小偷进入一个穷汉的家，搞得主人哭起来了，原因是他家太穷，不能给"客人"提供什么可偷的东西。也令人想起欧·亨利的小说《同病相怜》，小偷与主人交流并互相分担风湿病的痛苦。在小说家的笔下小偷与被偷的人的关系似乎非常富有人情味。不知道这是反映了一种人生的寂寞感还是一种对小偷的宽容乃至同情。是不是对于一个孤独寂寞的人来说，即使是一个小偷的光临也是受欢迎的呢？不止一个作家有过在小偷与被偷者之间建立温馨关系的类乎荒诞的念头。

最精彩的是《幸福的夜晚》。主人公收到了一个完全不着边际的恐吓电话，为了避免事实上根本不存在的危险，主人公乖乖地给敲诈他的一个瘪三去送了钱。

令人拍案叫绝。不可思议的情节却那么富有概括性代表性。君子可欺。君子欺之以方。由于善良，由于清高和爱惜羽毛，由于不敢正视丑恶更不屑也不会去与丑恶斗争，由于胆小平庸或多一事不如少一事的疲懒，由于苟全的习气，由于一种自欺欺人的逻辑——五千日元实在不多，我们多少人宁可以退让求"幸福的夜晚"，宁可为自己的并未被绑架的孩子缴纳"赎金",并从而纵容了多少其实是孱弱的坏人啊。在小说中那个冒傻气的主人公身上,我照见了自己和许多自己的朋友以及师长的影子。活到老学到老,只是最近几年,我才在极不得已的情况下学着奉陪切磋,懂得"过两招"了。而幸福的夜晚,并没有因为斗胆的抗恶而不再与我同在。

《雨伞》不知为什么使我想起儿时看过的漫画《胖太太与瘦先生》,一对互不忠实的夫妻的故事。但是黑井千次的小说写得更清淡而又凄楚,有一种无可奈何的惆怅的味儿。

《电话亭里》表现小人物的卑微无助与到处都有的冷酷的背信。结尾处的不可思议的以沫相濡的温暖,使人忽然悟到,却原来如果有很多人和你一样的寂寞,那么,归根到底,你也还不是十分的寂寞。你甚至会羡慕这位小人物呢。

《幸福的生日》把幸福、亲近、爱情与误解、隔膜、不忠紧紧绑在一处写,从前者到后者,连一步的距离都没有。世间本来并非没有温暖,只是这温暖太容易失去了呵。这是令人叹息的。

《老太婆和自行车》给人以某种神秘感。也许这当中不无对于死亡的永远的暗示。一辆破旧的被弃置的自行车的逐渐消失,给人留下的痛苦的印象是深邃而强烈的,它的象征意义也是非常耐咀嚼的。读后经久不忘,乃至长久的不安。

《神药》使人想起霍桑的那篇名作,又想起侯宝林的关于"笑一笑,十年少"的调侃。把司空见惯的一种说法或想法在小说里落实演习一番,这也是小说家的惯技。人其实是不自由的,最终只能听命于命运的千篇一律的摆布。又有什么别的办法呢?

《深夜调查》不知道是不是可以算作对女性的择偶的幻想的一种反讽。它采用的是一种荒诞和离奇的方式,表达的是一种通常的与司空见惯的意识。

《清晨的变故》与《荒唐的工作》同样也是化抽象为具体,化一种感受为煞有介事的生活故事。前者无情地揭露了夫妻关系虽在而爱情已经消亡、人已经消亡的事实。后者则更加凸出了孤独者的无助与对于更加亲密的人际关系的渴望。

所有这些作品都以一种不可思议的框架表现了出来,它们具有一种欧·亨利式的豹尾突起的故事性与简洁性。但黑井千次毕竟与欧·亨利不同,他的小说同时具有一种古典的(例如契诃夫式的)感伤与现代(还是后现代?这些名词我实在是掌握不了)的荒诞性和无可奈何的嘲讽味儿。有一种对人生的洞察又有一种游戏文字的潇洒。有一种对人和人生的体贴又有一种十分东方式的平淡与若无其事的从容。您看他叙述的口气是多么无所谓呀。你可以读得很轻松,也可以读得悲天悯人地沉重起来。你可以只把它当做茶余酒后的笑料也可以从中悟出一点什么禅机妙理。

写某一种味儿的小说、师承某一位大师的路子,比较容易下笔也比较容易讨好。但是请您试一试,看看谁能把几种不同的风味整合在一堆,写得又好读又耐读、又故事又情绪、又平常又匪夷所思、又伤感又调侃、又简洁又丰富,写到黑井的这几篇这样立体奇突、五味俱全。这实在不那么简单,何况他写得那么短?

发表于《文汇读书周报》1993 年 12 月 13 日

官场无政治？
——读《将军浮沉录》

那天有机会听到金克木先生的高论,他说到"布老虎"丛书里的几部作品,描写的是"官场"与"情场"。他说,"官场"这个词很难翻译成英语,因为中国的官场无政治,中国的情场无爱情。他说还有一个商场,但也是一个没有公平竞争的商场。

现在只说官场。有一本小说新著,王波写的《将军浮沉录》,本书第一百五十二页上有一句警句:"天下最势利的地方,莫如政界。"这话说得扎耳朵,但是事实,而且极易理解。因为官场追逐的就是势利,官场就是势利场。说官场最势利就和说商场最能算计金钱的盈亏,学堂最注意考试成绩,情场最注意吸引与"征服"异性的手段一样是大实话,并不带有贬义。

小说用的是"政界"二字,我把它偷换成了"官场",还是用官场更富有中国特色。小说里描写的两个高级将领的家庭,在"文革"那段政治生活极不正常的年月,此起彼伏,此长彼消,恩恩怨怨,险险夷夷,煞是有趣。乍一看,这些人物及其家属,已经浸透在政治里了。女主人公白云美,即使在家里称呼老伴——一位身居高位、做过毛主席的警卫员、一度被林彪"打倒"后又重新上台的高级将领——也要叫"黄河同志",他们的谈话都与政治有关。另一位给人以深刻印象的青年女性,即将军的女儿曹媛媛,思想解放,性格泼辣,直言不讳,是敢做敢当的新型女性,一旦得知自己的父亲出了事、被审查以后,她立即重新估计自己的爱情的前景。就是这个曹媛媛,曾经与父亲曹沛德当面争论,她反对父亲的"政治就是要干预""它就是要管"的论调,主张"爱情这东西,不仅别人不能搀和,亲人也不行,一搀和就变味"……这些都说得极独立自主个性解放可亲可爱,但所有的这些话都是在老爹如日中天、炙手可热的时候说的。一旦老爹被隔离审查,她的牛皮立即变成了肥皂泡,只是从报纸上得知自己的老爹不当"中委"而男友的爹黄河当了"中委"了,她已经六神无主,泪水盈盈。男友黄小新说"爱是重要的",她的回答却是"'中委'是重要的"。她想的是"我们的家不能中落""我曹媛媛不能当二等公民""目前第一重要的……是爸爸,其次才是我的爱……"呜呼!曹媛媛如此,遑论其余!

首先,这些书中人物昼思夜想,为之哭,为之笑,为之绞尽脑汁,为之厮杀搏斗,乃至为之住院为之起死还阳或者一命归西(白云美)的政治究竟包含着什么样的意蕴呢?掩卷思考,书中描绘得相当真实可信的好人坏人,老人新人,本人家属,高干低干,男性女性,所关注所追求的无非是"晋升"二字。晋升了就既势且利,得势得利;负晋升即贬谪了即丢势失利,丢人现眼,树倒猢狲散,书上的话叫做"玩完"。本书第二章就描写黄河老将军由于毛主席的一句话离开了"牛棚",到职视事,受到老部下现头把交椅的大军区司令员曹沛德等的隆重欢迎,"黄河见这样盛大的热烈的欢迎场面,激动得老泪莹然",然后是小餐厅的华贵典雅,然后是"蹄筋""笋片""海参""茅台",然后是把盏敬酒,然后是吃"带皮的狗肉""小乳猪",然后是"相当宽绰的大单元似的套房"……一个是"牛棚",一个是享不尽的荣华富贵,人非草木,遇到这种情况谁能不感慨系之,视晋升为自己的"政治生命"?

本书第十六章描写人走茶凉作寓公的曹沛德东山再起的盛况,叫做"曹家小院由冷清寂寞变得车水马龙",一时间报信儿的(令人想起《儒林外史》里给范进报喜的衙役)、投靠的、反正起义的络绎不绝。读到这里,连读者也过瘾也痛快呀,何况当事活人?

通过晋升与负晋升——或者如书名所说的"浮沉"来督促上进,约束恶浊,汰劣择优,吐故纳新,新陈代谢,保持一潭活水的生动新鲜,防止僵死腐烂,本来是官场的通例。也不仅是官场,一个公司要想有活力,也必须这样做。可以说这是竞争法则的普遍性的体现。问题是,浮沉本身不是目的也不是实质,这甚至也还称不上是"政治"。政治本来意味着的是一种施政的方针政策路线,是治国之道,是拯斯民于水火、为人民造福为人民服务之道,是平天下(如果平字不好,那就是和天下亲天下维护天下人的最大利益)之道。这里的政治是道,而在浮沉中争取自己的浮——晋升,防止自己的沉——负晋升往往只是一些权术。有术而无道,那就不是政治而是政治的异化了。

其次,"问苍茫大地,谁主沉浮?"毛泽东的回答是"人民,只有人民才是创造历史的动力"。但官场的实际体会是"上级,只有上级才能决定你的浮沉和命运"。本书中的人物,人人盯着上级。麻烦出在有时候上级的意图你不明晰,或者上边也有意见分歧。曹沛德不准江青的亲信参观要塞,根据的是上级的规定,也根据他的判断:几个"戏子"远远算不上什么上级,而江青也很难成事。这仍然是权势选择而不是政治选择。白云美立即由此高攀江青是她的上级。书中描写白云美的思想活动也很"马列",认为自己的卖友求荣乃是坚持原则、反对"自由主义"。这里,上级就是原则,原则就是上级。从白云美的思路上看,她做的政治上没有什么大问题,她的问题是急了,缺乏自知之明了,过于把宝押在江青这个不成气候的人身上了。这至多是道德修养判断权衡上的问题,也是女人"头发长,见识短"的表现。作者丝毫没有丑化在"文革"期间投靠江青、卖友求荣的白云美与她的老伴黄河。而且,令人深思的,这一对夫妻遇到思想矛盾的时候便会想起毛主席,相信一切使他们困惑的问题自有毛主席去掌舵和解决,因而变得心安理得与错上加错起来。这不是很尖锐的问题么？书中的另一警句叫做："在政界就是这么微妙,对一些人慷慨大方得令人瞠目,对另一些人则吝啬小气得令人三叹无语。"这个微妙其实并无奥妙,就看你有没有上边的后台,上级的来头。所以说,"朝里无人莫做官"。所以说,唯上是官场的通病。所以说,提出"不唯上"非常重要;这是因为上面再厉害,也扭不过历史的客观规律特别是经济的规律,违背了规律就要受规律的惩罚,这是长久的根本的"沉浮"之主。若只看到了上面的决定一切、可生可杀、可予可夺,而看不到社会发展还有规律,人民还有心愿,则毕竟是只知其一,不知其二了。

坏人就更要制造和利用"唯上"的风气了。书中讲一些高级干部费尽心思琢磨的就是"江青到底代表不代表毛主席""也可能代表""也可能不代表",而野心家要的就是这两个"可能"之间,妙极。读此书,还是可以以史为鉴的。可惜的是,就算这是个天大的问题,仍然很难说是一个郑重的政治难题。

第三个问题,要不要正视这种种官场的争斗？要不要正视这种对于晋升的关注、这种晋升成为官场的热点的现实。我们一贯讲的是大公无私,全心全意为人民服务,做公仆和勤务员;但是毛主席也常用"乌纱帽""保官""官做大了"这一类的言词,看来仅仅有圣贤之道之礼还不行,还得有管得住这种晋升与负晋升不向随意性不向偶然性不向恶俗性发展的法与规章制度。这本书有助于我们正视现实,有时候我们读着读着会觉得书里的活剧就发生在我们的眼前耳边,熟悉得要命。

当然,即使是"不能免俗""势利",唯晋升,唯上,也仍然有是非高下清浊之别。白云美写得活灵活现,她是满嘴的马列,却对权欲熏心,急功近利,不择手段,恶性膨胀,精明计算而又咄咄逼人,蛮不讲理。她操纵丈夫,挂靠江青,锋芒毕露而又顾此失彼,恶态毕露,丑态毕露。江青已矣,小江青式的人物未可胜数,吾辈当不陌生也。

令人深思的是一些反江青的高干子弟,如少女国华,也承认自己

157

"我这种人只能做政治家。不是高官厚禄，就是锒铛入狱"。另一位高干子弟的少女小林则干脆指出："你就是青年时期的江青。"书中对这批人的泼辣、优越感、放肆（包括性解放）及耽于权术、自命接班人写得很活。国华宣称："要说使坏，咱就使坏。不信我的坏水就比她（指江青。——王注）少？"固是快人快语，能不怵目惊心？正如佛与魔一样，政治与权术、权术与阴谋诡计，有时候也只是一念之差而已。

书中对黄河与曹沛德两个人既是对手又是老战友的这种关系写得准确。书中通过一个老干部之口批评他们的子女说"你们就是只知道我们的现在，却不知道我们的过去，我们是怎么走过来的"（大意），很有意思。看到本书最后，黄河老了，错了，白云美死了，他和曹沛德两个人又惺惺惜惜地"人间重晚晴"起来，官性似乎又让位给了人性，也令人唏嘘不已。书中对黄河白云美夫妻的关系写得也很到位，它不但没有损害老将军的形象，甚至对白云美也钻到她的肚子里把她的一举一动一笑一怒写得合情合理。书中还有一个精彩情节：曹沛德以该军区党的十大代表团团长身份光光荣荣地飞抵首都，准备着高高兴兴地参加"十大"，谁知道一下飞机就被单独接走隔离审查去了。这种"文革"时期的政治，就更不是政治，而是赌博了。除了"戏子""茶花女""女人参政"之类有些话用得显得观念旧一些之外，书的可信性非常强。

高干生活，这也是空白点。文学已经注意到了这个空间了，可喜。从某一个角度接触接触官场生活，也算是"世事洞明皆学问"吧。

发表于《文学自由谈》1994年第4期

开拓研究文艺心理学

凡是有过一些创作和欣赏接受艺术作品的实践的人,大都会体会到文艺作品带给人的、引发起来的复杂与微妙的心理活动。可以说,这种心理活动的丰富性、强烈性与深刻性是文艺的魅力的一个重要源泉。

文艺心理活动,是人——尤其是那些具有文艺的悟性的人的精神生活的一个最具质量的部分,是一种无法替代的精神享受与精神升华,是人生喜悦与幸福的重要源泉,是人类文明的一个重要标尺。

这些文艺心理现象有时候以文坛轶闻、文人佳话的形式流传于世。例如说巴尔扎克写到高老头的死的时候自己也跌倒在地如死了一次然。例如说普希金一到秋天创作就特别旺盛,而另一个什么作家专门在如厕的时候,坐在马桶上构思自己的新作。例如说托尔斯泰听到柴可夫斯基的某一段音乐流出了眼泪。例如说苏联作家费定因为看到了敖德萨的雪景才触发了写作他的著名长篇小说三部曲的念头。此外还有许许多多的关于作家艺术家创作过程中疯疯傻傻、迷迷狂狂的故事。《红楼梦》中关于赠帕题诗、关于黛玉读《西厢记》的描写,也相当真实而细腻地表现了文艺活动——写与读——引发的心理现象。

但是在我国,由于教条主义的影响,长期以来人们只可以在认识论的范畴中谈论和研究文艺问题,就是说,只承认文艺的认识功能——反映功能,最多承认文艺是人类认识世界的一种特殊方式,即承认文艺是用形象思维来反映世界的,承认文艺活动中的思维——主题的选定、题材的提炼、人物的典型化、结构的部署——或者是对这一切的理解与叹服等等,即承认文艺活动中的理性活动、目的性活动,却不承认文艺活动中的更加丰富得多的内容,尤其是不承认那些不自觉的下意识的自发的随机的蓬蓬勃勃的内容。到了六十年代,到了"文革"时期,干脆连形象思维也不承认了。这样,长期以来,在我国就剥夺了文艺心理学建立与发展的可能——实际是剥夺了人们的精神世界、内心世界,剥夺了文艺之成为文艺的心理学依据的可能。

只是在近十余年,这种情况才有了根本的变化。

当然也有另一种强调,即完全否认理性活动在文艺活动中的地位。他们推崇自发的心理活动,主张坐到桌前让笔自行运作,自己也不知道自己在写什么,这样才能出好作品等等。这种主张虽然过于极端,近于巫术,但研究一下他们为什么会走到这一步,研究一下他们的片面的深刻性,也还是饶有趣味和教益的。

现在禁区已经突破,文艺心理学——我认为这是文艺学中最精妙有趣的部分——已经引起了人们的兴趣。

在文艺心理学中,我个人认为下列一些问题,特别值得探讨:

一、创作的发生学。创作的准备,经验、记忆与感情积累。创作的积累与"起爆",远因与近因,内驱力与外部刺激,灵感与冲动,对于创作冲动的响应、激发与控制。创作动机与动机的延续与发展。

二、创作的心理机制。虚构。内感觉与幻觉、幻视及幻听。想象与白日梦。联想,"兴",意识流……创作的随机性与意图性、主动性与可控制性。创作主体与作品的客观内容的和谐与冲突。作品的自动展开、"闹独立性"现象。激情、理智、意识、潜意识与无意识在创作中的作用。文艺创作的心理机制、病理审视与临床解剖。

三、文艺信息与符号——语言、声音、图像。其他心理活动。语言与形象。语言与表意等。

四、文艺接受心理。欣赏,好奇,共鸣,虚拟体验,通感,误读与逆反。

五、文艺心理功能。补偿,宣泄,升华,移情,煽情,解释,暗示等。

六、文艺批评的心理依据。社会心理与大众心理定势。审美感受与价值判断。价值判断的真伪虚实。文艺批评与心理分析。熟悉创作心理与接受心理对于文艺批评的意义。

七、文艺心理学的中国传统。怨而不怒、哀而不伤……说。意境与文艺心理。中国传统的文艺心理学范畴:文气、神思、气韵、(入乎其)内(出乎其)外、阴阳等等。

这十余年中,鲁枢元、童庆炳、程克夷教授,披荆斩棘,"白手起家",在研究和普及文艺心理学方面做出了斐然的成绩。他们又联袂编辑了《文艺心理学大辞典》,这实在是一件有开创意义的事情。我祝贺他们的成就,我庆幸文艺终于被认为是文艺了。我认为这也是一只报春的燕子,文艺的春天,文艺学的春天,是任何力量也阻挡不住的。

1994 年 11 月

想起了一篇好小说

　　一九九〇年夏,要开许多会,别的做不成,我就在友人指导下搞开了英语文学翻译。其中有一个短篇始终令我难忘。它就是新西兰女作家詹·傅瑞姆写的《天鹅》。原文出自《新西兰新小说选》,这本书是前一年我访新时东道主送给我的。译文发表在一九九一年第二期的《小说界》上,后收入华艺出版社出的我的小说集《我又梦见了你》与《王蒙文集》第五卷中。

　　这篇小说在我国读者当中最容易得到的反应恐怕是"不懂"。

　　这里,"不懂"的含意是:一,不懂故事的来龙去脉、因果关系,抓不住情节主线。二,不懂作品的含义即主题思想,抓不住作品各部分各种交代处理究竟是为了说明什么比喻什么表现什么。

　　这也就是说,我们已经形成了文学思维定势:一,凡小说均有自己的叙事内容与结构,均有自己的核心事件和发展逻辑。二,凡小说均有自己的论证命题,小说的背后是与一篇例如论文一样的主题思想,各种处理与表现皆是围绕着这个主题思想。

　　也许上述类型的小说是有许多优点的,也许这样的小说是最适合我国读者的阅读习惯的。但是新西兰的这位女小说家的作品却大异其趣。

　　《天鹅》表现的主要是一种情调,一种感觉,一种生活风景,一些画面与声音,一些情绪与话语的波流。我们可以感知它,欣赏它,迷恋它,回味它,贴近它;却难以分析它讲解它转述它。叫做只可意会,不可言传。叫做音乐一般的朦胧而又刻骨。叫做余音绕梁,三日不绝。

小说里有一只猫——盖普西。这只猫在小说的开始已经病了,在小说结束的时候死了。你不知道这个描写的含义,你不体会这个情节与小说的主人公们的海滨之行的出发与归来的关联。但是你能体会它的凄清、温柔、绝望的情调。这好像是一个不祥的象征,虽然到底是象征什么,谁也说不出来。

小说是写母亲和她的两个孩子去了一趟海滨。出门前忙忙叨叨,没有把握;火车上兴奋热闹,七嘴八舌;海滨辽阔美丽而又荒凉孤独,特别是那种若有若无的失落与无望的感觉,令人同情爱怜,甚至于还略感恐怖。而归途与夜晚的描写,更是给你以极其软弱无奈而又真挚亲切的感受。

这是一种人生——至少是他们那里的人生的味道么?是南太平洋上的一个岛国上的生活的悲哀么?是家庭的变故使然?是与生俱来,概莫能外?

那个世界——书中人物生活的世界,是不是太冷清了呢?人与世界,是不是太疏离了呢?

令人挂念和迷惑的还有小说中一再提到却又语焉不详的孩子们的父亲。他死了么?他与母亲离异了么?恐怕不是一般的不在——比如出差或者旅行。小说里弥漫的那种百无聊赖而又若有所失,抚慰自安而又终无希望的气氛,不能不让人联想到作品中没有出场的孩子的父亲。

我们常常说到形象思维什么的,瞧瞧这篇小说吧,充溢着具象感,看得见,听得着,如临其境,叫做栩栩如生、生气贯注,却又难以把握、难知就里。这才叫形象思维呢。

我们也常常说到海明威的名言,小说应如冰山,把三分之二隐藏在水面以下。这篇小说则恐怕是把十分之八都藏在水面下边了。

每个人都可以补充小说的隐蔽部分。你的思想感情被推动了,你几乎无法自已。

我们也常常说到运笔的自由,在这篇小说里,人称、时空、直接引语与间接引语、作者的叙述语言与人物语言,全都打成了一片,成就了一片混沌,成就了独特的诗一般的感受。或者也许可以说,是MTV一样的感受呢。

我们也喜欢说什么拓宽艺术空间,读读《天鹅》,能不为之开阔么?

无论如何,这是一个很耐咀嚼的短篇。似谜似梦,如歌如诗。

于是,我们知道而且为之兴奋:还有这么一种小说,与我们熟悉的面孔迥然不同。

它写得又相当自然,不用力,不雕琢,与做出来的新潮也不同。

1995年1月

阳光与荒原的追求

巴荒的摄影与散文集的书名就很耐人寻味。

《阳光与荒原的诱惑》,诱惑在哪里呢?

什么是阳光?摩天大楼已经遮住了阳光,海滩的红男绿女享受着阳光,地下室住户与矿井的采掘者淘金者失宠于阳光。

什么是荒原?贪婪而又被雕虫小技武装起来的人们正在消灭最后一块荒原。

与阳光与荒原同样命运的还有艺术、宇宙、生命……这些名词正在失去自己的本原的意义与面貌。艺术正在变成也许只是自欺欺人的敲门砖;宇宙正在变成争夺的乃至战争的场,或者只是科学的观照物,如果不是科学幻想的摇钱树的话;而生命呢?生命是一种赌注还是一件日益贬值的抵押品,抑或是一只迷了路的、在高高的树梢上下不来了的猫?

看了巴荒的这本书以后,我多少得到了一些安慰。

我们可以与巴荒一起走到尽头,也就是走到最初的本原,走到某个极致与绝对的点。阳光在那里就是永恒的阳光,艺术在那里确实是本真的艺术。当然,艺术也可以是别的东西,发挥别的很可能是非常伟大的作用。我愿借机会向一切善于把艺术用得得心应手使艺术变得崇高而且孔武的能人致敬,但我更对巴荒的作品感到亲近。不是说我能够具有巴荒的风格,而是说我不能够,我没有能力具有巴荒的风格。

追求艺术是一种幸福、一种恩典,也是一种悲哀、一种疾患。我祝愿阳光与荒原的追求者、造型艺术与语言艺术的追求者过得好一点。

发表于《文汇报》1995年4月

作家—医生毕淑敏

如果她的署名是阿咪、狂姐、原水爆或者荷兰豆,也许我早就读过她的作品了。

然而她的名字是毕淑敏,这名字普通得如——对不起——任何一个街道妇女。

而且她说她从小就是一个好学生,她的数学与语文是同样的好。(总算找到了一个喜欢也学得好数学的同行了,王蒙大悦焉!)她的开始写作源起于父亲的建议,而她的戒骄戒躁是由于儿时的母亲的教导。为了写作她在完成了医学院学业以后又去上广播电视大学的文学系并以"优"的成绩毕业,继而读研究生,获得了硕士学位。(有几个作家老老实实地这样学过文学?)再说,她同时是或者更加是一个医术精良的内科医生,她对此充满自信与自豪……

我真的不知道世界上还有这样规规矩矩的作家与文学之路。我本来以为新涌现出来的作家都可能是怀才不遇、牢骚满腹、刺儿头反骨、不敬父母(而且还要审父)、不服师长、不屑学业、嘲笑文凭、突破颠覆、艰深费解、与世难谐、大话爆破、呻吟颤抖、充满了智慧的痛苦、天才的孤独、哲人的憔悴、冲锋队员的血性暴烈或者安定医院住院病人的忧郁兼躁狂的伟人——怪物。

毕淑敏则不是这样。她太正常,太良善,甚至是太听话了。即使做了小说,似乎也没有忘记她的医生的治病救人的宗旨,普度众生的宏愿,苦口婆心的耐性,有条不紊的规章和清澈如水的医心。她有一种把对人的关怀和热情悲悯化为冷静的处方的集道德、文学、科学于一体的思维方式写作方式与行为方式。

而在我们国家，常常是杀人之论火爆易红，救人之论黯然无光；大而无当之文如日中天，诚实本分之作视若草芥；凶猛抡砍之风时赢喝彩，娓娓动人之章叨陪末坐。一句话，乖戾之气冲击文坛久矣，恨比爱强健，斗比和勇敢，骂比分析痛快，绝望比清明时髦，狂妄比谦虚现代，乌眼鸡驱逐掉了百灵与夜莺，厮杀的呐喊遮盖了万籁，而与人为恶的文风正在取代与人为善的旧俗……

所以就更显得毕淑敏的正常、善意、祥和、冷静乃至循规蹈矩的难能可贵。即使她写了像《昆仑殇》这样严峻的、撼人心魄的事件，她仍然保持着对每一个当事人与责任者的善意与公平。善意与冷静，像孪生姐妹一样时刻跟随着毕淑敏的笔端。唯其冷静才能公正，唯其公正才能好心，唯其好心世界才有希望、自己才有希望，而不至于使自己使读者使国家使社会陷于万劫不复的恶性循环里。也许她缺少了应有的批评与憎恨，但至少无愧于、其实是远远优于那些缺少应有的爱心与好意的志士。她正视死亡与血污，下笔常常令人战栗，如《紫色人形》如《预约死亡》，但主旨仍然平实和悦，她是要她的读者更好地活下去、爱下去、工作下去。她宁愿忏悔自己的多疑与戒备太过，歌颂普通劳动者的人性（《翻浆》），而与泛恶论的诅咒与煽动迥异其趣。至于她的散文就更加明澈见底了。

她确实是一个真正的医生，好医生，她会成为文学界的白衣天使。昆仑山上当兵的经历，医生的身份与心术，加上自幼大大的良民的自觉，使她成为文学圈内的一个新起的、别有特色的和谐与健康的因子。

而另外的多得多的天才作家的另一面，实在是文学界的病友。我尊敬与同情我的病友，我知道世界上许多伟大的作家都有病，他们太痛苦了，他们因痛苦而益发伟大了。但同时我也赞美与感谢大夫，为了全国人民的身心健康，我祝愿在大夫与病友的比例上不至于出现太大的失调。有病人也有医生,这才是世界,这才有各种写不完的故事。

不知道这是我的幸还是不幸,不知道这是不是我的被误解与被攻击的原因之一。我既觉得病人之可哀可叹,又觉得医生之可亲可信,特别是当我给一个比我年轻的作家作序写评的时候,我承认每一片树叶的价值。当然,我宁愿多称赞一点祥和与理性,但我也许又发放了太多的苦口的凉药,真对不起。

发表于《今晚报》1995 年 7 月 27 日

说韩小蕙的散文

这几年散文很多,而且声音也很重要,从来没有见到散文在文学中占有这样重要的地位。

现在有调子较高的散文,也有调子较低的散文;有战斗性非常强的散文,也有充满了微笑和爱意的散文。有学者型的散文和准学者型的散文,比如我们经常会在散文中看到海德格尔、韦伯、康德;也有说大实话的、所谓形而下的散文;有表演型的散文,表演出悲剧式的、喜剧式或闹剧式的剧目;也有本色型的散文,一点儿不带表演性,韩小蕙的散文就属于这类。这些散文都各有其长短。甚至有时在散文写作中,还有这样的情况:有时候同一个字、同一个词、同一个标点符号,在不同类型的散文家的文章中,就分别代表着不同的意思,比如"先生"二字,在一部分女作家的文章中是指丈夫,而在一部分男作家的文章中则是专指鲁迅。

我就给起了个名字,说韩小蕙的散文是"中调散文"——既不是痞子型的,也不是英雄型的;既不是宣战型的,对谁都宣战;也不是宽容型的,对谁都宽容;既不是非常学问型的,也不是非常形而下的。比如有的女作家就被人讽刺为"只会写我的厨房、我的地板、我的天花板、我的窗户、我的窗帘、我的茶具、我的餐具、我的汽炉子、我的电炉子、我的煤气罐……"从文字上看,韩小蕙的散文是很本色的,里面表演的东西非常之少,我这里说的"表演",一点儿贬义也没有,因为艺术家都是要表演的。她又始终有一种要求:要求比现实提升一点儿,使现实更合理一点儿、更好一点儿,因此她对存在的东西并不完全无条件地认同、无条件地和解、无条件地接受,有些地方还很不接受。可是她又没有表现出一种决一死战的决绝,这就容易让人接受,她也找到了自己的立足点,有了自己的调子,不需要太多地借鉴别人的调门,这样就站住了。韩小蕙的散文是每篇都能站得住的散文。

中国往往有一个悲哀,即排斥中间状态,不是烈士就是叛徒;不是斗士就是流氓;不是淑女就是娼妓。你要想既非淑女又非娼妓,一部分人就说你是假淑女,另一部分人又说你是真娼妓。所以有这么一个中调的散文——既是踩在实地上的,很认真,又不是玩儿的那么油,甚至根本就不是玩儿——也还是需要的。我认为难得的是韩小蕙的这股子认真劲儿,她又没有认真到矫情的程度。

韩小蕙的作品很容易读,不需要特别的进入,比如发功以后才能读,而是拿起来就可以读,而且可以读进去。她的散文作品取得了很大的成功。我还欣赏她的有些文章具有一股幽默感,是不求幽默、实际上非常的幽默。比如《体验自卑》一文,她从自己自卑的角度,对所要议论的问题发言,角度选得特别绝,自卑本身就是幽默,让你哭笑不得,挺有意思。

发表于《中华读书报》1997年3月26日

实行者的勇敢思考

当前的改革,从某种意义上说是又一场"伟大的革命"。改革是全方位的。政策的体制的变革,必然牵涉到观念、意识层面的除旧布新;而被改革开放的新局面所大大开阔了的人们的眼界,与改变着并扩展着的人们的新观念,必然成为也正在成为新的改革举措的驱动力量。

前几年解思忠的《国民素质忧思录》一书,便因了它的实在与尖锐引起了公众的注意。现在,他又写出了《观念枷锁》一书,从咀嚼和推敲我国人民中习焉不察乃至被肯定被提倡多年的一些谚语熟语套语出发,提出了我们的传统文化与现实生活中的观念变革问题。这本书同样具有一种实事求是的尖锐性:它是从实际工作中与生活中提出的,不是从新潮理论或西方发达国家的样板中搬运过来的;它针对的是国人的灵魂,国人的积习,国人的约定俗成的价值系统与被意识形态和实用主义的考虑所强化了的保守性和封建性社会、文化命题。这还能不尖锐吗?这还能不被一些人喝彩而同时使一些人痛心疾首吗?然而,它又是实事求是的,在某种意义上说,它是很大众化的一部书,它与靠情绪化的激烈与词令铺排上的力度来行文的书生之作是多么的不同啊!

关于"大河不满小河干"一说,读之窃喜。因为我也提出过这个问题:大河小河是相互的关系而不是单向的决定论,这本来应该是哲学的更是水文学的常识。然而,一味地"一大二公"的年代里,谁敢从一厢情愿的口号里回到常识的地面上呢？

　　至于其他许多问题，解思忠的书对于我这样的人也是有震动的。解思忠是一个思想者，也是一个实践者。他的与实践密不可分的思想，给人以实实在在的冲击也给人以亲切感。他的书很好读，也很勇敢；他的书在提出问题的同时给人以巨大的希望。如果实行者能够做出这样干脆的与深入的思考，那可就有了更加美好得多的前景啦！

　　　　　　　　　　　发表于《光明日报》1998年11月23日

斯人斯书,令人雀跃

——《纽约客书林漫步》读后

读董鼎山先生的《纽约客书林漫步》,脑子里马上就出现了"信息量""开脑筋""另类""视角""文体"等一些词。当然,脑海里也出现了董先生那种风度翩翩、谦恭含蓄、温文尔雅、魅力十足的形象,斯人斯书,能不令人雀跃!

用今天的北京土话来说,这本书的干货极多,长年生活在纽约而又常常回中国来的作者对众多的美国当代作家不仅掌握了大量材料,而且有些人是有过直接的接触、直接的印象和了解的。阿瑟·米勒由于《推销员之死》的演出成功在中国很有名气,但董先生的短文中描写了他自负和过气的那一面。福克纳也是令有诺贝尔情结的国人羡煞愧然的一位美国文学大师,却原来他也曾为生计所迫给好莱坞写过脚本,而且他的成功与美国的一位文学洋伯乐的指点、栽培有关——看来大师也不一定伟大到人人只能仰视的程度。还有许多一听名字我们就佩服得喘不过气来的人物,比如萨特,比如海明威,比如索尔·贝娄,比如塞林格,他们的花絮,他们的私生活,他们的淫乱和他们的酗酒,他们的自我吹嘘与目空一切,都在董书的描写叙述之内。甚至海明威算不算"知识分子"(姑用此词,详见董书)也在美国颇有争论。

知道这些情况,我想其意义并不在于毁损大师的名望;更不是要轻薄文学,叫做"轻薄为文哂未休"。而在于"开脑筋",去傻气;更亲近地了解他们作为活人(曾经是活人而不仅仅是一些伟大的符号)的诸多特点,少一点无知也就少一点误解或迷信,多一点客观和见识。董书的优点之一就是他不论写到那么显赫或臭名昭著的作家,都用几乎是同等的平视的语气。而我们已经习惯于写一个作家以前先定下调子:颂扬还是贬低,大树特树还是大批特批,至少是党同还是伐异,这是让每个读了你的评介的小孩子也弄得清的。

这是视角的问题,也是文体的选择,我很喜欢董书的平静的叙述。简洁的文字,自然而然的评点,顺手一带的放松姿态。他在旁征博引的同时,并不拒绝顺便写一点第一手的印象和自己的见解,但适可而止,不搞得那么膨胀,那么雄辩兮兮。我童年时候家长经常教导我"读书深处意气平",可惜我这一辈子为文还是嫌气盛了。

我也想到国内最近常常喜用的"另类"一词。从董书中可算看出另类来了。他描写的那些羞怯的害怕人的作家,那些放纵自己的性生活的作家,那些曾经"打架、欺诈、赌博、撒谎"的作家,那些具有自我毁灭倾向和发疯倾向的作家以及具有断袖之癖的作家,对于我们这些多半是因社会姿态而被注意的中国作家来说都是另类。中国的标榜另类,其实也变成了社会姿态的选择了,其所以被注意与选择做旗帜、做喉舌、做请命者代言人、做灵魂的医生等有共同之处。只不过中国的另类不是以医生的角色,而是以病人的角色自我炒作罢了。另类存在的依据是同类。比较起来,你读了董书也许会明白美国作家比起我们来说是寂寞多多的,因为在美国不大有那个占主导地位的同类。

但有些地方又很不另类而是同类。比如用作品宣传自己的思想,比如文人相轻中外皆然的故事等等,读起来是颇为亲切的。

对这个世界还是多知道一点真实情况比道听途说和想当然为好。

发表于《文汇报》2000年3月10日

历史的形象展示

——读《中国通史图说》

归根结底,一切知识、理论、判断都来自历史,来自人类实践和认识的漫长过程;而一切事业、现实、奋斗也都已经或正在变成历史,变成人类历史长河里的一段流程。就是说,世上万物包括学问的根本结构根本性质根本存在形式都是历史的。

特别是中国,中国最与众不同的也是最骄傲的,在于她是目前世界上唯一的一个绵延五千年而从未中断其历史的文明古国,是从未中断其文化传承(固然中间有许多曲折乃至劫难)的现实存在。说国情,不了解历史上哪儿了解国情去?不了解中国的历史就不了解中国的国情,而不了解中国国情也就不可能在中国做成什么事情,只能是空有雄心壮志和满腹经纶而碰壁连连、饮恨终身。说深度,没有历史感,不了解一件事情的来龙去脉,上哪儿找深度去?不了解历史、没有深度的学问与创造,不过是信口开河,起哄一时乃至欺世盗名于一时罢了。

身为中国的一个读书写字之人,我深感自己的历史知识的贫乏、零乱及堆满各种张冠李戴、郢书燕说的错讹。我一直希望能坐下来读读史。历史的记载有时化为极简约的文字,从这些平静的文字上几乎看不出太多的感情色彩和直观印象,而简约的文字集合起来以后,变成浩如烟海的文字信息。当真面对着洋洋大观的史籍,便又产生了望洋兴叹的畏惧与退缩。

与此同时,当我们面对各地保管的与新出土的国宝文物时,也常常感到自己历史知识的不足,不能把美丽迷人的文物置放到生动的历史背景中去,不能深刻地从历史文物中汲取养料,理解不了文物的历史与文化内涵。内行看门道,外行看热闹,多少人在参观文物的时候中是在看热闹,而辜负了这些文物与解说呀。

　　这样,当我看到由朱大渭担任主编、李学勤担任名誉主编的《中国通史图说》的时候就感到非常满意。这本书既有简明扼要严谨切实的历史事件和人物叙述,又有许多生动直观的图片,读之极富趣味而又教益匪浅。如在第三卷关于秦代建筑一节,附了秦咸阳一号宫殿遗址、一号宫殿复原模型、鸟兽纹瓦当、云纹瓦当、凤纹空心砖、龙纹空心砖、太阳纹砖、阿房宫遗址、圆桶开建筑构件、方形浅圆窝铜建筑构件、方形圆孔铜建筑构件等图片,直给人以目不暇给、美不胜收之感。在我们的日常生活中会接触到许多习以为常却也是习焉不察的命题,例如说中华民族有悠久的历史和灿烂的文化,例如说秦砖汉瓦最为可观,例如说中华民族是勤劳勇敢智慧的民族……愈是说得多,愈是没有质疑的命题似乎愈是没有具体的内容了。而读了此书的这一段,文配图,一下子就激发了我们的自豪感也增长了我们的见识。

　　再如此书第四卷讲到魏晋南北朝的官制,附了许多当时的官印。其中有三国曹魏武猛校尉之印,有三国曹魏部曲将印,有三国曹魏扬威将军章,有三国蜀汉镇远将军章,有三国蜀汉牙门将印章,有三国蜀汉武猛中郎将印,有三国蜀汉抚戎司马印……雄劲苍莽,读之心怦怦然。本来各种官制的叙述有时是相当沉闷的,如果不是写博士论文或者新编历史剧,我几乎想不出今人包括不可救药的官迷热心于研究魏晋南北朝的官制的道理,但是有了这些附图,你甚至能想象到那些文武百官的威风与权势——当然也包括风险,更获得了许多有用的知识,至少写起文章来能少些硬伤,可惜的是包括我本人在内的一些文章中某一类历史知识上的硬伤实在不少。

我们还可以举此书第八卷讲明朝的民族关系一段为例。书中讲到明成祖鉴于元代把各族人分为四等导致民族矛盾尖锐致使自己灭亡的教训，强调"华夷一家"。附有"华夷译语"书影和朱元璋应西宁僧人请求为当地蒙古族人题写的"瞿昙寺"匾额和该寺照片。书中的新疆喀什艾提卡尔寺（现名艾提尕尔寺）的照片是我所熟悉的，与现今面貌无异。书中的回教保护碑和阿拉伯文带座香炉图都令人难忘。尤其是书中大量明代与乌斯藏（即现今西藏）有关的图片，其重要性与意义更是不言而喻。

历史本来是直观的生动的甚至有时是相当戏剧化的，历史的原型是生活，而生活当然是"多媒体"的，是作用于人的一切感知器官和大脑。为了记载和传播的需要，历史主要是靠文字来记录的。此书尝试着突破一点文字的局限性，集文字与文物的图片于一道，果然大大加强了中国通史的可读性可感受性与可欣赏性。我觉得这对普及历史知识，弘扬祖国的优秀文化传统极有意义。

发表于《光明日报》2000 年 5 月 11 日

中华文化永驻青春

前些时候,一位老朋友送给我一套《唐诗故事集》。我断断续续浏览了这部作品,觉得颇有收获。

说起来我对唐诗还算得上一个爱好者。从小也能背诵许多名篇,也知道一些诗人的名字和他们的故事。但如此翔实地记载并串连在一起的作品我还是第一次读到。读了这些故事,再想那些诗人和诗,立时觉得人和诗都活了起来,甚至觉得那个时代也与我们拉近了。

这本书确有其特点。其一是,它不像一般唐诗"选本""赏析"之类就诗论诗,而是以唐代的历史大事、文化艺术、名胜古迹、风土人情和边塞风光等为主线,将近两千七百首唐诗巧妙地串接起来,有机地讲述诗的创作背景,分析同一时代不同诗人作品的联系与区别,并适当穿插诗人的生平际遇和游踪轶事,其中不乏作者独到的见解和体会。

其二是,撰写这部内地有多种版本、台湾有繁体字版本并深受读者欢迎的《唐诗故事集》的王曙,居然是一位研究地质学的自然科学家,在矿物鉴定和宝石领域很有成就。无怪乎他的作品立意新颖,穿插了不少有趣的自然科学知识,风格别具了。

原来作者受家庭熏陶,自幼即熟读唐诗,迷恋唐诗,后虽学习自然科学,但从未间断对唐诗的攻读。十年动乱期间,作者正在西安工作。他趁业务工作停顿之时,凭着一部烧得残破的《唐诗别裁》闭门潜心钻研，对唐诗的丰厚蕴含和诸多唐代诗人的坎坷经历有了更深的认识，立志为开发唐诗这座古典文学宝库写点什么。他或骑自行车走访诗中涉及的古迹名胜，搜集碑文墨迹，或在田间地头听老人讲述唐陵汉墓的传闻与变迁，积累了丰富的资料，陆续写了一些构思和提纲，但在当时只好藏在箱底。七十年代作者调来北京后，多次到故宫、北京图书馆查阅古籍，研究考古文物，历经十余载，几次增删，终于完成了这部八集二百余万字的《唐诗故事集》。此后，又写成了《宋词故事集》。

我常想，大家都爱唱《我的中国心》，那么中国心是什么？是怎样构成的？从我自己的体会来说，它很大成分上来自我们自幼耳濡目染、喜读易诵的大量诗词，而在古典诗词中，自然首推唐诗。中国的儿童，甚至在一岁半、两岁学话的阶段就背诵起"床前明月光""春眠不觉晓""少小离家老大回"来了。中国人的思乡、忆旧、惜别、怀古、咏春、登临、言志直到悼亡，几乎都早在唐诗里已经形成了自己独特的语言范式与心理范式，熟读唐诗的人自然而然地形成了自己的文化爱国主义，唐诗是中华民族精神的一大成果，也是一大源泉。唐诗历经千余年而青春永葆，这也就证明了中华文化的青春永驻，中华民族精神的永远屹立。

2001 年 8 月 23 日

谈宗璞的两本书

宗璞抱病写下的《南渡记》《东藏记》这两部小说，读后令人起敬。作者的风格一贯是细腻的，但这两本书却喷发着一种英武，一种凛然正气，一种与病弱之躯成为对比的强大与开阔。这一代人与继承自上一代人的价值观念是有它的生命力的。说下大天来，对于国家、人民、民族、文化与教育的命运的关心仍然是一种优良的传统，以身许国仍然是值得敬重的。

同样是回忆，同样是自我，有的就成为江河湖海，成为高山峻岭，成为一个世界一个宇宙，成为一个开阔的轴心；有的就只是那么一点琐事那么一点欲望，那么一点生理反应，那么一点蚊子嗡嗡嗡，那么一点阴沟里花瓶里内衣里的小小操练，何其不同也，着实可叹。

作者写的一些高级知识分子在我们的文学画廊中并不多见，能见到的也往往是一点轻薄讽刺而已。从正面写，远远要比幽它一默要困难，但是作者的此书确实显现了真正的高雅而不是伪贵族的吹嘘做作。其实中国的文学当中压根儿就没有像样的贵族，有贵族也是叶广芩式的或漫画式的。有的人自命贵族或自命清高则更像小市民，如果不是更糟更矫情的话。

这两部小说写得十分俭省，那么多人物，那么多事件，在作者笔下精当有致。夹一点独白，再加一点散曲，中西合璧，兼美并收。另外通过笔墨的转换不但增加了阅读的趣味，也拉开了一点与所写对象的距离，避免了过分的煽情和絮叨，绝不纠缠。这使我对作者的认识更加清晰:真是大家风范呀!虽然有时候我会觉得作者对她笔下的人物爱得有余而解剖得不足,觉得描写的空间还可以更充分地展开,但是话说回来,心地宽仁而吝惜笔墨,这也是作者的一贯风格。

我有时候惊异,这些生活的直接经验应该来自作者儿时的记忆。由此也可以看出作家儿时生活对于他的写作是多么重要。是的,文学是民族和群体以及个体的记忆的一部分,没有这种郑重的文学,人会变成失却记忆者。往事是今天的一个根,一个原素,只有趋时的无可救药者才只把目光投向眼前的浅层次肥皂泡。

我是一贯对文学现状抱理解和同情态度的,但是对于这两本书的忽略,我认为是不可原谅的。我也禁不住学着那些愤世嫉俗者或者被叫做"愤青儿"者发问:"我们的文学我们的评论到底怎么啦?"

发表于《文艺报》2001 年 11 月 6 日

赵浩生的《八十年来家国》

上点年纪的中国人,一辈子心里都装着中国,中国太穷,中国太苦,中国太受气,中国太不争气,中国的歧路歧见太多,而中国又是那么可爱那么独特那么伟大那么亲切,那么叫人梦魂萦绕,想放也放不下。人们为中国操了不知多少心,生了不知多少气,流了不知多少泪,多少汗,更流了不知多少血。好了,总算新中国建立了,总算中国有了指望了,总算中国发展了,进步了,壮大了,开始富强了,当然道路仍然远非一帆风顺。中国就是一部大书,最感人最有味道的书,用热血和热泪,用牺牲和奋斗,用无数记忆和深思写下的书。

中国人呢,就这样一个又一个地成了中国现代史的见证者,连个人的私事个人的经历似乎也与国家的命运遭际紧紧相关。大家都有一肚子话要告诉后人。赵浩生先生就是这样的中国人的一个杰出的成功的代表。因为他看到了这一切,他证明了这一切,他没有受各种偏见的阻隔,没有被什么潮流牵着鼻子走,本色而又多情地,如实而又善意地记下了他的经历和见闻,于是有了《八十年来家国》一书。这是他的回忆录,是他的心灵史,是他的对自己一生的一个交代。

而这部书写得如此坦诚,晓畅,豪爽,明白如话,把心交给了你。你甚至会觉得书的作者颇有些个天真,给人以亲切感与可信赖感。读着读着你会完全忘记他的经历与祖国大陆的读者完全不同,你觉得很亲和很熟悉,如促膝谈心,如老友重逢。你哪怕从不知赵浩生是谁,也会对他的真诚和敬业肃然起敬。他的文字看起来淡泊清纯,绝少矫饰，但更见真情真心，娓娓而谈中使你心动神驰，徐徐道来中自有怀恋感伤。夕阳无限好，正是近黄昏，读后令人唏嘘。

记得我在回答记者采访的时候曾经表示不同意中国入世以后会渐渐丧失自己的"中国性"的观点。我说，别说国内的人啦，那些在国外生活多年，有了绿卡、有了外国公民身份的人，也有许多人硬是没有丧失自身的中华家国情怀。另一次，我在纽约的华美协进社讲演时也曾碰到过这样的提问："为什么各地的华人都是那么爱中国？"我半开玩笑地说："第一，他们都爱吃中国菜。第二，他们都喜欢汉字。这两样都是无法替代的，无与伦比的。"也许可以说，这就是中国人的命，这就是赵浩生兄的命。

赵浩生先生，你和他接触，你从不觉得他是个美籍华人，你只觉得他是河南老乡，乡音未改，气质未改，鬓毛也未衰，虽然他已经有资格写八十年（不只是五十年六十年）来家国了。他毕竟是见多识广，当过记者、学人、商人，有自己的角度也有自己的广博的知识作参照，写起中国来，与鼠目寸光者大大不同。

从赵先生的文字上你也体会到他的中国性。与我们的一些新出炉的洋博士的浜泾洋（即洋泾浜的反面：洋味中文）的英美式文字不同，他说的是地道的中国话写的是地道的中文。我还记得一九九八年在康州为"中国作家之家"挂牌的时候，一些来宾被邀请题词，只见赵兄提笔一挥："有家可归"。太棒了，这四个字让我叹服了赵兄的文字功力，比任何套话官话意义重大深远如诗如哲理的话都更精炼也更深情而且通俗上口。有家可归呀有家可归，四个字里有多少阅历，多少辛酸，多少宽慰！在他的这部书里，像这样看来平常其实并非常人可以做到的文字功夫处处可见。大洋若土，只有一瓶子不满半瓶子晃荡的绣花枕头才写那种假洋鬼子文章。

从赵先生的文章到他的待人接物，流露的不仅有充溢的故国之思之情，更有充实的历史资料历史背景，他亲历了许多重大事件，他当然也经历了个人的种种起伏变化。他生动地写下了这一切，为八十年来的历史提供了不同的角度不同的说法尤其是独具匠心的细节,还有相通的见证和感慨。他的见闻十分丰富,令年轻的读者受用不尽。你可能已经熟悉赵先生写下的历史事件,但是你不可能熟知那么多历史掌故,你也可能知道一些掌故,但是你不可能注意到赵先生以一种职业的精巧描绘的生动细节。这是浩生兄用生命也是用智慧和技巧写下的书。我祝贺这本书的出版。

(顺便说一下,赵先生是前辈,我以"兄"相称,是由于他的精神状态。)

发表于《大公报》2001年12月19日

读孙毓霜的诗

许多各行各业的人喜欢写诗，这里指的是旧体诗，这是很传统的事情。中国古代并没有职业诗人，人们写诗是为了言志，为了记录和纪念，为了酬酢，也为了显示自己的才学，就是说诗是一个记忆和交际的手段。作诗就如写毛笔字，在识字的人中特别是士大夫中是很普遍的事。

正因如此，中国过去没有知识产权的观念，相反，人们把诗看做一个民族文化的整体，看做一株民族的精神之树，而各人写的都是一枝一叶一花一梢一芽。你引用（或化用）我的，我引用你的，你和我的，我和你的，你集我的，我集你的，绵连不断，息息相关。这种互动性一体性应和性变成了中国（旧体）诗的规范，不合这个规范就算不上诗，即使自称是诗，别人也要说是狗屁不通。强调规范性强调过头了，就是无一字无出处、无一字无来历了。这种观念容易搞得诗作陈陈相因，不像自己写的。有些人写得极格式极规则极风雅极古色古香，就是没有个性没有创造——有时看了一本旧诗刊物，你还以为是一两个人包打天下写的呢。

如今也有些人爱写诗，但是全然不明白中国（旧体）诗的这种整体性和继承性，以为押上点韵，字数整齐一点就是诗。这样的搞出来的东西，从头看到尾，没有一点中国诗的味道，没有一点中国诗的语言，没有一点中国诗的思路、节奏和修辞方法，说快板又不是快板——它不通俗上口，说童谣又不是童谣——它一无童趣，真是诗歌遭殃呀。

你可以不完全遵守格律,但是如果你根本不懂格律,你写出来的诗就会很恶心;你可以化用新词,但是你如果不掌握一点点古色古香的说法,你写出来的诗就会鄙俗;你也可以不完全遵从对仗的要求,但是如果你干脆没接触过骈文,你写出来的东西就会驴唇不对马嘴。误以为一凑合就成了旧诗或者古体诗,再靠诗外功夫与诗外优势把它厚颜发表出来,只能贻笑大方,见笑世人了。

孙毓霜先生是从事企业管理工作的,他喜好写诗。他的诗可不是那种瞎混的,他是做到了中国旧体诗必不可少的继承性和规范性的,同时又有自己的真情实感、自己的独到之处。

如他的《别葫芦岛》:

> 功名利禄转头空,天命知秋叶落轻。

他的《听泉》:

> 嘈杂交易拜金贪,铜臭财黑误少年,
> 身老心清修道冷,舍寒客远卧听泉。

他的《诗情》:

> 老翁投入铿锵语,少小韵出砥砺情。

等等等等,这些都是有感而发、言之有物,有真性情,骨鲠在喉,不能已于言者。同时它们也合乎中国诗的形式的基本要求,遣词造句虽然或有可再推敲处(古人讲炼字炼句,信相宜也。)但也有味有致有点来历,比那种靠一己的某些优势发表出来的诗强多了。

熟读《唐诗三百首》,不会吟诗也会吟。孙先生的诗不如专业工作者那样细腻,那样精致,却决非苟且之作。与专门家的诗人比较,他的诗多了些真实和针对性。我盼望着热心文艺的孙先生在繁忙之余或繁忙之后多读多写,以文会友,以诗明志,再讲究些,在各方面取得更大的成就。

2001 年

极限写作与无边的现实主义

在张洁的三卷本《无字》的开始,作者写到长篇小说的女主人公吴为要写一部小说,"她为这部小说差不多准备了一辈子,可是就在她要动手写的时候,她疯了"。这样的描写是凄厉和令人战栗的。是的,这是一部充满了疯狂的激情和决绝的书,是作者的力作,是作者全身心的投入,是一部豁出去了的书,是一部坦白得不能再坦白,真诚得不能再真诚,大胆得不能再大胆的书。我称其为极限写作,就像横渡渤海湾与英吉利海峡是极限运动一样。

这是一部"字字血,声声泪,激起我仇恨满腔"的书,这是一部"痛说血泪家史"的书——虽然其内容与小常宝或李铁梅大异其趣,仍然使人想到了解放后诉苦教育的心理与文学模式。写完这部书,作者的愤懑与恶声算是到位了。

有许多作家包括年轻时极其激进壮烈的作家,进入老年之后,呈现出一种恬淡,一种超脱,一种与生活与环境与亲人乃至仇敌的适度和解,一种更多是反省与自慰的回顾,一种无法排解的对于往日的怀恋。当然也有至死"一个也不宽恕"的,比如鲁迅,比如张洁,甚至是老而弥仇,老而弥怨,老而弥坚。作为朋友,也许我宁愿建议她更心平气和一些。作为一个同行,我为她的不和解而感到困惑,因为她面对的一切毕竟与鲁迅面对过的不同,其不宽恕也不具备鲁迅的不宽恕的内涵与意义。但是我又想,如果人人彬彬含蓄,笑不露齿,还有张洁吗?不平则鸣,愤怒出诗人,太心平气和了,成仙成佛得道通达了,还能有这样一部书令你谈论,令你激动,令你不安,令你如芒刺在背、如坐针毡乃至令你疯狂吗?从文学史与阅读的角度,有这样一部书好还是在摇篮里就把它平息好呢?那还用问?

我相信作者在写这部书时候的坦白与真诚,包括对自我的无情拷问。但是我仍然不能不感觉到作者对书中的女主人公母女的钻牛角尖式的怜爱,以及她为这一对母女与周围的人的"一零"关系,即善良者与险恶的世情直至亲情的对比关系的痛心疾首。整个作品是建造在吴为的感受、怨恨与飘忽的——有时候是天才的、有时候是不那么成熟的(对不起)"思考"上的。我有时候胡思乱想,如果书中另外一些人物也有写作能力,如果他们各写一部小说呢?那将会是怎样的文本?不会是只有一个文本的。而写作者其实是拥有某种话语权利的特权一族,而对待话语权也像对待一切权利一样,是不是应该谨慎于负责于这种权利的运用?怎么样把话语权利变成一种民主的、与他人平等的、有所自律的权利运用而不变成一种一面之词的苦情呢?

然而,这里悖论又产生了,一个作家,他或她能提供的只是一个、一种或某一类文本,谁能面面俱到?谁能包容万物?"片面的深刻"云云,现在变成了一个时髦的褒词儿。不是有的作家正因了缺少片面或缺少偏激或不够疯狂而受到另类炮手的责难吗?不是这里也可以看到"矫枉必须过正"的伟大命题的光辉吗?说到疯狂,也许我们还应该提到陀思妥耶夫斯基,他的魅力,不正是存在于他的癫痫的已发作与欲发作之中吗?不幸的或是幸运的是,陀写的是革命前的俄国,所有的疯狂就变得无比正义和师出有名。鲁迅的时代也具有这种革命前夜的特点,这也是国家不幸诗家幸吧。

究竟是应该无所不写还是有所不写?如果是行为,那么无所不为显然不是褒义的,而有所不为是一个人的节操与原则的表现。写作,这是一种行为抑或仅仅是前行为？如果无所不写,还有没有隐私与尊严,文德和文格之类的考虑？或者,一部小说和一部揭发材料之间的区别应该怎么样界定？而如果有所不写,隐私与尊严乃至文德文格云云会不会成为一种徒劳地为"无边的现实主义"（这是法国文学评论家加洛蒂于一九六三年所著的一本书的题目。这里仅是从字面上借用此词,不尽符合原意。）划定疆界与修造堤防的蠢事,乃至成为逃避与钳制、粉饰与媚俗的口实？

比如那位丈夫面对妻子的裸体而评论比自己小二十岁的妻子的衰老,使妻子感到如同是广岛的原子弹轰炸。我相信这会是女主人公的真实感受。那个（被描写为）顶级男人的说法对于一个敏感的女人太不礼貌了。这里的描写与议论堪称警惕、敏锐、针尖对麦芒即给予了无情反击。谁能想得到从《森林里来的孩子》与《爱是不能忘记的》发展到了这一步！人类的爱情却原来就是这样脆弱和骗人！但把一句无礼的夫妻废话喻之为用原子弹炸广岛,那死难的几十万日本平民能承认其可比性吗？

然后妻子不再与丈夫做爱了,OK,那确实是他们两口子的事。丈夫谈到他与前妻离婚是因为前妻不让他操了。这个说法第一不雅,第二带有两口子床上说笑乃至被窝里调笑性质,带有各国都有的荤笑话即 dirty joke 性质,再上纲,还有几千年男性中心造成的男子的性主动性霸权意识。其实英语中 fuck 这个动词既可以说男人怎么怎么了女人,也可以说是女人怎么怎么了男人。这个动词是相互的动作而不是单方面施暴。从中能得出女主人公之被娶乃仅仅是为了让操的必然结论来吗？如果只是找一个让操的女人,用费那么大劲吗？如果说在爱情与婚姻中女为了男付出过许多,那么男为了女,就没有付出过什么吗？得出自己受到奇耻大辱的结论,与其说是分析的结果,倒更像是早已不共戴天的诛心。对这种驳论的非逻辑性,曾经生活在连年运动的社会环境下的我们这一代人,是怎样的不觉陌生哟。

从中得出"两块老肉"的愤激话语,惨烈则惨烈矣,却超出了某些人类尊严与格调的界限,而涉嫌乖戾啦。

然而,正因为是两口子之间的事,就无法用逻辑来论证,甚至难以用尊严和格调控制。所有的逻辑,所有的文字,包括最真诚最痛苦最雄辩最俏皮的文字,在这里都是无力的。所以这部小说命名为"无字",这样的命名不是偶然的。用无边的字来表达无字,难矣哉!然而在成功的与不那么成功的文字书写后面,我们感到了作者的比一切有理有力与无理无力的文字更动人的淌血的破碎的心。

但我辈又不能忘怀那些从小受到的教育和自幼珍视的价值。如果已经活了大半辈子,难道没有留下什么值得确实为之一活的体验?如果你爱过一个人,哪怕是最后上了当,可以不可以珍藏一点有关他或她的记忆?"道一声珍重,道一声珍重,那一声珍重里有甜蜜的忧愁。"(徐志摩诗)即使爱情的乌托邦破灭了,记忆的诗篇会存留下来。生命、人类、地球和宇宙里,总有一点点东西值得眷恋、值得爱惜,如梦如烟,仍然牵心挂肚,先期凋谢,仍然温暖心头。在我们撕碎一个偶像的时候,其实也撕碎了自己,但总不要把对生命和世界的珍重也撕碎了啊。这就是孟子说的"人皆有不忍人之心"吧。

尤其是夫妻之间情人之间前夫前妻以及家人之间与各种不尴不尬、弗洛伊德的人际之间,这类狗扯羊肠子的鸟事,往往是我中有你,你中有我,打是疼,骂是爱,愿打愿挨,互动互映,难解难分,谁当真欺负了谁?谁乐于受谁的欺负?(在男女间也许欺负是一个绝妙好词。)清官难断,煽情何苦?其中一个成功常常就是两个成功,一个破灭自然是两个破灭。他或她的身上有着你照耀与投影的一切,能不能对某些价值再手下留情些?爱过了也恨过了,到底意难平,也还不妨解脱与尊重一点。至清无鱼,至察无徒,从上身到下体全放到 X 光下,情人眼里,也出不来西施。爱欲生烦恼,烦恼生嗔怨,此恨人人有,相煎何太急!落了个一片白茫茫大地真干净,也还有美好的文字写在大荒山无稽崖青埂峰的石头上。呜呼,哀哉,曹雪芹毕竟不是笑笑生,林黛玉、薛宝钗与贾宝玉毕竟不是潘金莲、李瓶儿与西门庆啊。

我也很欣赏陈寅恪的说法,他说去国如同再醮,不宜多说前夫的好话,更不可再说前夫的坏话。说得妙极。

好的是,此书总算没有囿于男男女女、床上床下的恩怨情仇,因为女主人公吴为努力去从社会、历史、政治、人生沧桑的各个方面去分析去追根溯源那些令她失望已极的男人,力图从一切方面找原因,找理解的钥匙,从历史的动荡与扭曲来分析那些本来应该可爱的男人的变形与冷酷。她入木三分地层层解剖着胡秉辰与顾秋水,甚至连包天剑这样的旧军人将领也写得活现。此书一唱三叹,高屋建瓴,且叙且议,气势恢宏,特别是第二卷,颇有可圈可点之处。写到了东北军、张学良、抗日、二方面军、四方面军与党的地下工作。写到了军事、政治、党务与社会变迁,写到了北京、西安、东北、上海与延安,颇有力透纸背与令人拍案叫绝的高论与俏皮及黑色幽默——当然也有皮毛之见与信口开河。反正没有什么人要求这本书成为党史读本。这方面的书写令人肃然起敬,给人面貌一新之感,而作者的纤细的笔触也变得雄浑如椽起来。一个人有了一定阅历见闻,又敏锐而且善写,这确实极其宝贵,她或他一定能为后人提供一点历史的证言,镌刻在读者心上。女主人公也许应该感谢她所极其不满的那父亲与后来的丈夫吧,正是他们引起了她对这些大事的兴趣,使她接触了也多少了解了这一百年来至少是几十年来中国发生的大事,使她的飘忽的、时而天才时而天真的头脑得到了不仅在私人事情上而且在国家大事上一试身手的机会。只是她几乎是幸灾乐祸地总结性地想着顾与胡的殊途同归,这么冰雪聪明的人儿,怎么就想不到她也在或将要或可能与他们做某种程度的殊途同归呢?为什么她能犀利穿透地俯瞰书中的一些人,却不能俯瞰另一些人特别是女主人公自身呢?

我还要说,只强调势不两立与只强调殊途同归,只强调换了人间与只强调竹篮打水直至全是"一盘臭棋",是不是有同样简单、廉价的地方呢?

　　对于贫贱母女百事哀的描写,太依依了吧?那个世道下,过这种苦日子的实在不是少数,比如《一江春水向东流》所表现过的。本文作者童年也度过了许多吃了上顿没有下顿的日子。这确实不能完全归咎于某个人。丑小鸭变成白天鹅以后,回忆起过去是平静地微笑好还是无限委屈痛苦好?人是不是总应该心存感激和心存畏惧呢?书中的一些人后来有一段不是挺好的吗?她在爱情上也并不总是失败的记录。有多少不一定比自己差的人却没有赶上好时候,有多少人未尽其才未尽其情。爱过了也恨过了,骂出来了也哭出来了,难道这不是幸福?并不是每一个人都有相当充分地直至夸张地喜怒哀乐的机遇。任何一个人的成就里都包含着众人的关心与爱护,都有天时地利人和的帮忙;所以还是心存感激之意为好。哪怕是比上不足比下有余的老思想,也比老那么怨毒好。而畏惧呢,畏人,畏天,畏道,才能对自己有所约束。绝对地吗也不畏,其实是红卫兵的口号。

　　故事者旧事也,坐在电脑屏幕前回首既往,当然会纤毫毕现,如醉如痴,沉湎激烈,夸张表述——所以叫作家嘛。窃以为秋天是收获和成熟的季节,在秋日灿烂的夕阳与白云下回忆春天和盛夏,不必再得一次早春的流行感冒与夏天的中暑和急性肠胃炎,而不妨有所超越,有所静思,有所沉淀,有所不同,加点免疫功能。一面卑微着委琐着苦苦地期盼着等待着像是感情的乞儿,一面怨恨着不平着挑剔着汗毛倒竖地警惕着逃亡着像是感情上的苦主,而同时又是自恋着相思着梦游般地追求着感情上的 lady and gentleman。在一个粗糙化革命化大众化的背景下追求一种自身也不甚了了甚至也压根儿做不到的贵族化、皮相的西洋化与布尔乔亚化,吃饭的时候点个蜡呀什么的,吴为又成了爱情的空想家、浪漫派。小姐心胸娘子军命,心比天高身在泥地,掉到了自产自销自怨的怪圈里,越挣扎越陷得深,越挣扎越是把一切曾经美好的东西化成渣滓污水，这确实是写出了一种悲喜剧一种性格一种典型一种大时代的小女人的内心，对于文学的画廊是一个新贡献新丰富，其中确也有不少值得吟味与思考之处。

因为在吴为的情史背后，是中国人民近一二百年来甚至几千年来背离封建追求幸福的哀史。从卓文君到崔莺莺，从陈妙常到杜十娘，中国女人到底有几个人得到过爱情尤其是懂得了爱情？太惨了！然后从阿 Q 的革命到钱秀才的英语，从莎菲的悲哀到虎妞的违背父命的自由恋爱，从蘩漪的发疯到沈凤喜的发疯再到吴为的癫狂，从鸣凤的投水到陈白露的安眠药到小东西的悬梁，从刘巧儿团圆到杨香草终于离开了小女婿，从知青的"孽种"到"被爱情遗忘的角落"，以及从欧阳予倩到魏明伦的潘金莲再评价，从封建的仍然长命百岁到现代性本身的不足恃（现在批判现代性是很时髦的喽）……都反映了中国男女告别封建追求现代性这一进程的悲壮、愤激，有时候深刻有时候肤浅、有时候血腥有时候轻薄、有时候伟大有时候渺小、有时候英雄主义有时候丑态毕露的可叹可悲可惜可笑与可歌可泣。从这个意义上说，吴为的唐突与碰壁、聪敏异常与意气用事的私人故事仍然连结着历史的大内容大变迁，具有不可替代的典型意义。

但是问题在于，就不能与吴为这样的性格拉开一点距离吗？就不能读万卷书，行万里路，做万千思索，然后大提升、大悲悯、大沉思、大拷问、大理解、大宽恕与大赦免，迷途知返，泪尽而喜，道一声恰似一江春水向东流，春花秋月俱往矣，从此入光明境，得清明理，抒澄明情，做分明事而再不斤斤孜孜，痴痴恨恨，嘀嘀咕咕，像驴拉磨似的在一间黑暗的小土屋里转圈子，就是说，可以进入一个新的阔大与高瞻的境界啦，天才的已经起飞多多的文友！

还有因怕抓到把柄与之离婚才干脆离开他——这等于干脆造成事实上的离婚。怕看到走形才躲着他——这不离奇吗？我们对于婚姻的祝词是白头到老，从黑发到白头，这不就是祝携手直到走了形吗？真正的爱情不但是一道走形而且还一道进骨灰罐。巴金的文章里表示愿意死后把自己的骨灰与萧珊的骨灰混合起来，装到一个罐里，这样的描写是何等地温暖着读者的心。

然而，即使你再挑上一车两车毛病，你无法否认这部书的不凡与独特，这部书的力量、这部书的值得一读的价值。它像火一样的灼烫，像冰一样的冷麻，像刀一样的尖刻，像蛇一样的纠缠。它孤注一掷，落地有声。它使你读了它就忍不住掺和进去，哪怕变成一根搅屎棍去搅和。它是一部用生命书写的，通体透明、惊世骇俗、傻气四溢的书。是一具按也按不住，补也补不齐，捂也捂不严，磨也磨不圆的精灵。置放在那里它又蹦又闹又哭又叫，你拿它没有办法。与那些轻薄的、油滑的、迎合市场趣味与牛皮哄哄的书籍相比，这样的极限写作的书还是太少了。哪怕它是一部捉襟见肘乃至破绽百出的书，却比许多游刃有余无懈可击的书更能掀动读者灵魂里的风浪。哪怕它是一部带有粗野、任性和矫情的书，它也比许多雅致温柔的书更见红见泪见人生。这样的书如无定向飞镖如达姆弹（炸子儿）如辣椒加了烈酒。哪怕它的语言与知识时有硬伤，然而这是一部有着自己的独特语言风格的书。我读着它，想起了印度作家说的话。他们说，他们也用英语写作，但是不是一般的大不列颠式或美式英语，而是印度英语。泰戈尔就是用这样的英语赢得了诺贝尔奖的。张洁的语言七抢八砍，鬼斧神工，妙趣灵气，自成一体，真让你没了脾气。

不论作者为这部书已经和可能付出什么样的代价，它已经刺破青天锷略残地浴血也浴骂地立到了那里。或者我们日后将会发现，在二〇〇二年，这本书的出现，是本年度文学阅读中的一个标志性事件。

发表于《读书》2002年第6期

"新新人类"——吃得太撑？

我在不同场合表示过我个人不怎么喜爱西语文学，尤其是拉美文学中的没完没了的魔幻与夸张。面对生活经验完全不同的年轻人，我也常常叹息社会的一日千里与面貌的恍若隔世。

但这并不意味着我会煮鹤焚琴一概地排斥魔幻、夸张以及年轻一代的所有令人困惑的表征。比如现在，拿到陈众议的小说我就感到了好奇。众议是西语文学特别是拉美文学的研究家与翻译家，又属于年轻的一代，而且他在《风醉月迷》里写到了更年轻的一代。他以一个中年人的眼光写到了一批"新新人类"。新新人类们衣食无虑，相对富有，但精神上相当贫乏。这符合我粗糙地总结过人生的两大类问题的后一类。我令专家气晕了地说过，人类面临两大问题：一类问题是由于吃不饱；另一类是由于吃得太撑。吃不饱的人精神不显空虚，因为他们忙于为生存权而斗争，这种斗争的正义性、合理性与充实性大致不受质疑，而常常博得同情。令人起疑的是求生存的方法路径。吃撑着了的新新人类们则忙于追星或者出国，恶作剧或者找痛苦，性解放或者性冷淡；而不是忙于打工或下海。这就显出空虚来了。

这时，作者表现了他的不同寻常的想象力，说不定把拉美文学的催化性也表现出来了：几个丫头出于爱慕，决定对她们心仪已久的天王巨星采取行动，并借助黑客手段破译相关网站密码，从而阴差阳错，在一个月黑风高的夜晚成功地绑架了那个什么什么歌星。而这个被绑架又反绑架的嘛儿星还真有点稀奇,他居然是个乌托邦主义者,一面大把地捞钱和充当偶像犯骚情,一面搞什么乌托邦。这有点匪夷所思。这大概也应该见怪不怪。"新新人类"嘛儿星居然还进行着红色、青色、白色的多彩实验。在他经营的乌托邦村落,愿意担任政府要员的所有人个个走马上任,家家户户门楣上挂起了部、署、局、陆、海、空的显赫招牌。连襁褓中的婴儿也被赋予了各色各样的官职、军衔。绝了!有两下子。在获得了解放的妇女的领导下,男人成了纺织能手。这也令人忍俊不禁,如果不是长太息以掩鼻涕。还有的干脆是白垩纪,人们进入深山老林,远离城市与现代文明的喧嚣,追求野性也追求原始。再说嘛儿星和几个靓妹之间的关系简直就是神乎其神。你绑架我就是我绑架你,进就是退,有就是无。这里,东方文化的玄秘性和某些诡辩性也出台了。

我不知道这算是生活还是反生活,小说还是反小说,乌托邦还是反乌托邦;也许生活就是反生活,小说就是反小说,乌托邦就是反乌托邦,物极必反,取舍随意。反正人类可能就是这个样子。一代人为了摆脱落后的乡村而苦斗,下一代或两代人便为了躲避城市与回到农村——叫做返璞归真的战争。一代人为了自己的母国故乡的不够现代而痛心疾首,下一代或两代人便为已经有了的一点现代性与仍然没有的公正、快乐与完美而声泪俱下。我们这一代人知道吃不饱的饥寒交迫者的斗争的悲壮感;现在呢,更流行和感人的是如鱼得水如鸟得食般吃得很饱喝得醉醺醺的朋友们的悲壮与抵抗投降秀。闹剧乎?喜剧乎?悲剧乎?慷慨乎?游戏乎?

读读《风醉月迷》当可以得出见解。

2002 年 5 月 25 日

做与时俱进的学问

杨润根君很久以前就开始写作他的《发现老子》《发现论语》系列。当我读到他赠予我的著作时，觉得非常愉快，好像吹来一阵春风，为人们开拓了新的思路。

听杨君介绍，他的这些发现来自于二十年前他读到李约瑟关于中国科学技术史的著作时受到的启迪。他当时作出的一个最直接、最简单的逻辑推理是：如果中国古人在科学技术方面有如此的杰出卓越，那么他们在哲学思维领域就绝不可能像汉代以来的先秦典籍的解释者向我们展示的那样低劣和无能。基于这样的推论，他从原文出发，发现了我们几千年来钻在文字堆里所忽视的经典最具魅力也最能发人深思的哲学思想，从而对先秦典籍作出了全新的哲学思想性的解释。这种解释也许与传统乃至权威的解释大异其趣，但也自成体系。我们现在强调创新，文化创新显然应该鼓励这种探索。

对于杨君的解释，可以仁者见仁，智者见智。这里，我也想谈一谈自己的见解。

《老子》《论语》微言大义，语言精练，加上年代久远、语文变迁，以及古人做学问的习惯和今人照样不能避免的局限性，于是对于《老子》《论语》的解释往往是聚讼纷纭、莫衷一是，乃至买椟还珠、郢书燕说、死读死解的情况亦是在所难免。

杨君的《发现老子》《发现论语》则做了完全不同的尝试，他在重视和汲取前人的研究成果的同时，尽量运用现代世界与中国哲学研究的成果,以现代意识来对《老子》《论语》二书作出新的发挥和论述,给人以别开生面和焕然一新之感。

做学问应该是做活的学问、与时俱进的学问,前人的经典虽然已经定型,却仍然留下了与时俱进的广大空间,就看我辈怎么学习,怎么领会,怎么思考了。老子、孔子从生活从宇宙出发,创立了极有特色的天才理论。这样的理论具有普遍的公理性,它们的活性、能动性、延伸性与灵性是无限的。老子和孔子的理论富有动感、生长感乃至爆炸感,它们不是一个模型、一个沙盘、一个千雕万琢后完成了的艺术品,而是一个仍在生长的森林,一个仍处于形成过程中的宇宙,一个仍在繁衍增殖的奇异的谱系,一个超高智商与超高语言符号建成的正在裂变和产生新的能量的反应堆。这正是老子、孔子几千年久盛不衰的魅力所在。这样,对于老子、孔子的阐释就不可抱残守缺,自足自恃。

我们至少可以也极有兴趣与杨君讨论他对于《老子》《论语》的挖掘、阐发、引申与体味,得《老子》《论语》之逼近原旨与饶有新意的发挥解释而切磋之研习之探求之乃至争拗之,人生之乐也。我期待着杨君对于老子和孔子思想的研究的新进展。

发表于《中国文化报》2003 年 1 月 23 日

仁心照亮了猫的世界

——解读《你是不会说话的人》

我喜欢养猫也写过猫，短篇有《阿咪的故事》，长篇有《狂欢的季节》。我曾经戏言："在《狂》里，养猫才是纲，其余都是目。"铁凝为这些猫，写过评论。

但是我从来没有想过就猫写猫能够写成一本书——实际上还是把猫看扁了。

现在我看到了一本忠实地写猫的书《你是不会说话的人——一个猫家族的故事》，作者李靖，名字与托塔李天王一样。

我愿意以资深（长于半个世纪）养猫人的身份做证，她写得极为真实。猫渴望爱，快乐不快乐，你可以看猫的眼睛。猫有了一次不幸的遭遇，性格就会大大改变，猫的性格有内向与外向之别。猫懂得人意乃至人语。被抛弃的猫历经艰难也能回到家中。一个受到虐待的猫仍然恋家。一个太受宠爱只会吃河鲫鱼的猫被大老鼠吓得倒退……所有这些，不但是可能的与合乎"猫情"的，而且干脆是我也可以分享与补充的共同经验与感受。

她写得有趣：张医生家的猫"周咪咪"与林黛玉一样娇气和小性，直到"泪尽猫去"。欢欢不爱主人为他选的公主而宁愿爱一只"灰姑娘"。人介入了猫的反对性骚扰的动作并维护猫的一夫一妻制，结果只能是破坏了游戏规则（这样的蠢事我也干过）。一只女猫在主人的命令下出击战贼猫，后来却与贼猫发生了爱情，以至于使作者李靖想到了苏联的一篇小说(当指《第四十一》,作者注)。还有贼的儿子并不是贼,给猫穿衣服其实是画蛇添足……

何以解忧,咪咪喵喵。著书记猫,这也是一种宽松,一种小康,当然也会被一脑门子官司的人视为无聊。然而本书远远不仅是解闷,不仅仅是像欣赏宠物一样地欣赏咪咪们的林林总总。问题是这里有一些大问题,有一些个世界观:"这是来自另一个世界的语言和眼神",有些猫的"品格远远超过了人类","宇宙间生命的本质原本是相通的","人类远远没有出现以前,鸟儿已经在日月星辰下优雅地飞翔,人们还有什么理由如君主般地高高在上……"

真的?

人类正进一步地认识环境,认识生命,认识自身,他们正在改变自身的刚愎与自我中心。也许这些观点的表述与宣扬并非创自李靖,创自中国。但我更愿意用纯粹中华传统的方式来解读这本写猫的书。这里最为动人之处在于一个仁字。仁者爱人,仁者也应该也能够爱一切生灵,爱宇宙万物(我知道主张万事恨为先的人马上会反驳我:你爱SARS病毒和黄世仁吗?答:不爱,因为他们毁坏了我们的所爱,我只能为爱而不爱,而不愿意不能够为恨与斗而拉拢暂时的同盟军)。仁心能够普照万物。芝兰君子性,松柏古人心,养马比君子,中国人早就有这样普泛的仁爱观,物我相通观,天人合一观。李靖之仁亦深矣大矣,她才能在与众猫相通,与众生相通。她才能谦虚地反省自身对不起猫的种种作为。她才能在与猫的交流中体会到仁的善良,幸福,快乐,天然。她才能用最美好的估量来评价猫,理解猫,为不会说话的猫儿们辩解。她也体会到猫儿们所固有的仁义之心,赤子之情,孩提之性,天真生动活泼之无限风光。猫儿们是养猫者的孩子,而成人们有时候是多么需要孩子的启迪。需要孩子们唤醒我们被蒙蔽被异化了的真性。李靖振聋发聩地写道:"欢欢(猫名,后同。作者注)死于自由","莉莉也许比我们更懂得生命的意义……战争是战争,爱情是爱情","我们不能为了满足自己的爱心而违反自然规律……","作为母亲的猫,她永远不会想到回报","老猫和老人一样,不能生气……臭老咪太爱他的主人,也太在乎主人对他的爱,最终竟被爱索了性命"。"在我们一次又一次说么么不讨人喜欢时……每一个生命都有着自己不同的性格与生存方式,而我总是对不同的物性缺少包容……"如果读者也有仁爱的天性和追求,我相信他或她读了李靖这本书,不但为那些人间本来充盈着的美好情趣而发出会心的微笑,能洗涤自己心里的许多霉锈,校正某些变形,而且会触动你心里的某一根弦,使你哪怕是一瞬间,突然变得庄严和惭愧起来,突然变得比早先更好了一点点。

发表于《中华工商时报》2003 年 11 月 21 日

选择活法的可能性

严峻的阶级斗争,人为地夸大了的以阶级斗争为纲的理论,一种急切地与简单地解决一切问题的心态,自古已然于今犹烈的价值标准的单一化与泛道德化,形成了一种凶猛峻急的文风。盖有年矣,凶猛的文字易于赢得喝彩,平实的立论难于光明正大;"刺刀见红"的诛心能够大义凛然,剔微梳繁的分析则显得窝窝囊囊;把一个好人论述成王八蛋的爆破大言听起来"振聋发聩",替一个被误解的人辩白几句似乎不能不诚惶诚恐——一句话,人们惊服于一杀一大片的"精神原子弹",却忘却了精神上也与物质一样,更需要的是精神食粮——也包括治疗伤风泻肚常见小病的药片。

凶猛之论的一大特点说白了就是站着说话不腰疼:"喝着参汤作发扬艰苦朴素光荣传统的报告,带着浩荡的豪华车队去访贫问苦,儿子拿了绿卡后再提议限制出国,或者跑到海外去指责中国的知识分子没有独立人格,入了外籍后来教导我们应如何爱国……"

葛剑雄的文章《乱世的两难选择》里描绘的这种荒诞嘴脸我们是感到太亲切了。譬如,最近还有人著文批评中国的作家"太聪明",因为他们没有在例如镇压胡风反革命集团的时候挺身而出,拉住决策人的手。

乱世治世其实只是相对而言,邦的有道还是无道,有百分之几十的道,各人看法不会相同。世即使乱一点也还有黎民百姓,百姓还要生活吃饭穿衣娶媳妇生孩子;还有士人,他们也只能做、确实想做一些应该做与可能做的好事。安徒生写过一个童话,说是有一个墓碑,墓碑上写着:"这里埋葬着一个大政治家,但是他还没有来得及当选为议员;一个大文学家,但是他还没有写作一本书;一个大科学家,但是他还没有做出任何发明……"(大意)这种悲哀,不能不使每个愿意有所作为而又"生不逢时"的先生透心冰凉。

人无法选择自己出生的时机,每个人只有这一辈子。他们怎么样选择自己的活法呢?各人处境不同,条件不同,自就是百花齐放,各有千秋,而又殊途同归,务求点滴归于公心。于是隔岸观火或者隔代观火的凶猛者说了:或者是烈士,或者是叛徒,二者必居其一——这种两分法硬是不给士人留一条活路。

所以庞朴先生最近倡一分为三之说,读之大悦。再读葛氏论冯道的文章,我欣喜于越来越多的人知人论世采取着更加实事求是通达明理的态度。我在关于魏晋名士以及李香兰的文章里所说的无非也是这么一个道理:乱世或准乱世,人多数也还是要活。烈士与叛徒之间,并非就再没有选择的余地。一可以分为二,也可以一生二二生三三生万物。人的处境并非只有一种,价值观念也不可能只是一把十六两的老秤。最后,我们当然尊敬烈士,但是不等于我们的理论是站着说话不腰疼地专门要大家活不成。凶猛而又欺世的大言啊,什么时候能够被更多的人看得透一些呢?

2003 年

用心生活　激情创作

巍巍太行山,滚滚黄河,在杨力舟、王迎春夫妇笔下熔铸成震撼人心的《太行铁壁》《黄河在咆哮》,这些中国画作品不仅确立了两人在画坛的地位,也赢得了"黄金搭档、男女混合双打优胜、画坛贤伉俪"等美誉。这一类作品给我留下深刻印象:浓郁丰厚的生活底蕴,深刻感人的人物形象,雄健阳刚的气势与力量。

我与杨力舟相识是在文化部工作时。这个生在山西,长在兰州,学习在西安的画家,这个从大西北走出来的高个子是那样谦虚朴实,认真敬业。他长期生活在农村,作品表现的大多是北方农村的生活,雄壮浑厚,质朴凝重。杨力舟、王迎春夫妇在粉碎"四人帮"以后,撇下幼小的一双儿女,考入中央美院国画系研究生班深造。得到叶浅予、蒋兆和、李可染等名师的亲授,艺术修养提高了很多,创作也进入旺盛期,获得好几个全国性奖项。就在他们各方面走向成熟,创作势头正劲时,又服从工作需要,参与筹建中国画研究院,后来杨力舟又到文化部艺术局任美术处处长,成为"双肩挑型"的人才。那时属于年轻干部,在部里负责联络、协调等行政工作,广泛地与美术界联系,但他同时坚持创作,做到业务、行政两不误。从一九八九年以后杨力舟开始写一些文字,用他的话来说:"工作需要,又不敢让别人代笔,不得不写,就这样写了数十万字。"今天选择其中一部分集成册子,我粗粗读过,深为一个画家能这样辛勤书写而欣慰,更为其全面的理论修养而赞美。

杨力舟和王迎春都是生活中的有心人,善于从生活的点滴中敏感把握艺术创作的兴奋点,在激情创作过程中,又留意记录构思过程,从感性上升到理性,再由理性统领、驾驭不羁的创作激情,从而在多次反复中找到创作的最佳状态。从他们的创作总结中,能读出创作的艰辛和勤奋:他们从学生时代起高度重视绘画的基本功训练,脚踏实地地从生活中吸取营养,画出他们的精神境界和理想。他们更注重学习、领悟前辈大师的艺术精髓。进入新时期他们视野更开阔,博采众长,没有门户之见,传承、发扬精湛的传统文化,吸纳、融合优秀的西方文化,努力掌握艺术的真谛。他细致入微地剖析齐白石绘画的创作方法、革新精神,是基于多年临摹经验,仔细揣摩、体味,并结合自己的绘画实践,有感而发,对其笔墨、立意、韵味感佩不已。而对罗丹、毕加索的艺术激赏又是"为我所用"的"拿来主义",也看出他对西方艺术发展的深度关注和认识。还有他对当前中国画现状的担忧,如艺术标准模糊、传统精神失落等状况,但更多的是对百年来艺术所取得成就的充分肯定,以及对发展前景的憧憬和建议。这说明杨力舟是一个治学严谨、少空谈、重实践,而且思维活跃、视野开阔、社会责任感强的艺术家。因而这些学习笔记和创作总结,作为他和王迎春在实践中的积累很有意义,其思路是在运笔落墨中的真切体验,有的还是教训,便更加真切透彻。

师道尊严,尊敬师长,三人行必有我师,这些都是中国的传统美德。杨力舟一向尊师重道、关爱友朋、奖掖后进。在为很多老画家举办画展时,他写出了自己的真情实感。对过世的前辈进行悼念,对在世的大师给予颂扬。有的人教过自己,有的老画家虽然没有耳提面命,但是他们贡献卓著,是杨力舟崇拜、敬重的师长,他都对他们精湛的艺术、高尚的人品赞叹不已。有些同辈画家或年轻一辈有作为的画家,他也能作为自己研究、学习的对象,并就此写出学习心得或见解,恰当地给予评价。他认为名家名作就是传统艺术的精粹、民族文明的见证,自己有责任去宣传、推广。他写出自己的真知灼见,作为一家之言，对研究百年来的中国美术史，对推动美术界的争鸣或创作繁荣也很有价值。

在一九八九年的三月，由于中国美术馆举办了一个现代艺术展之后，文化部党组委派杨力舟任中国美术馆副馆长，主持日常工作。这时我和他有一次正式的谈话。我提出"对艺术问题要谨慎，遇事冷处理，不要酿成事件。很多艺术现象用常人的眼睛不能接受，不能说好，但也不要轻易加什么'资产阶级''没落'的帽子……"后来我听说杨力舟经常在美术馆，还有别处讲这样的观点。他上任后，在举办画展、组织评奖时，严格把关，使美术馆走向稳定发展。他把美术馆管理当做一门学问去研究，由于在中国没有先例可循，又不能照搬西方，因而他在实践中去总结，写了若干篇有关美术馆自身建设的发展规律，以及在中国社会的客观实际中的应对策略与治馆方略的论文。我觉得这些在实际工作中摸索出来的东西尤为可贵。比如，他提出中国美术馆创建过程的三阶段，即大楼新建，只有馆舍；就以接待临时展览为主，此为第一阶段；藏品积累到一定程度，陈列与临时展览兼及，为第二阶段；固定陈列为主，临时展览为辅，为第三阶段。这对急于求成者颇有借鉴意义。

杨力舟在特殊时期到美术馆赴任，十多年来自筹经费，克服了重重困难，进行了两次大修工程和新建藏画库的工程。他还努力促进美术馆的国家级形象和现代化水准的提升与发展，全面论述美术馆功能、收藏标准与重要性，不断奔走呼吁，争取各界支持，肯定中国美术馆四十年来的成就，提高大家的信心，多次上书提出要改造美术馆硬件、软件的严重缺陷，强调改扩建的必要性、紧迫性，力主由小到大走扩建美术馆的路子，这样更符合中国国情。今年美术馆维护改造工程顺利竣工，在完善功能的基础上推动美术馆的全面革新，已经取得良好开端，更以固定陈列的确立为标志，使中国美术馆取得历史性的飞跃。

发表于《中国文化报》2004 年 3 月 16 日

柴福善散文中的亲情与乡情

都说最美的风格是朴素,读柴福善散文的时候我感到了这一点。

未必所有的作家都能写得如此本色而又情感充盈。写作是一件严肃的事,但也是一件能够尽情发挥叫做能够"逗能"的事,更是一件可以自由遐想叫做想入非非的事。对于一切追求新奇、怪异、高雅、伟大、天花乱坠、色彩缤纷的效果的作品,我从来都抱着敬意并愿意去欣赏分享。

但柴福善的选择是另一路。农家子弟,儿时生活,身边实事,地上的活生生人物,眼界不算宽广,也不大赶得上时髦,然而娓娓道来,另有一番酸甜苦辣,真切感人得很。

读《生日》,读到"轱辘"鸡蛋的旧俗,我笑了,笑中又有些惨然,他们的生日过得与城里那些点蜡烛吃蛋糕包咖啡馆唱"害皮勃死呆"的孩子们是何等地不同啊!文章最后说:"岁月流水,儿女成行,母亲记得儿女每一个生日,儿女却不知母亲的生日!"读到这里,我与作者一样,"两行泪水,禁不住从心头悄然滴落……"

读《父亲》,我惊异于作者能把一个平凡的普通人写得这样生动感人。生老病死,谁也摆脱不了,但平凡人的一生中也有一种正气,有一种道德和责任感,这是令人肃然起敬的。

读《疯子》,从一个疯疯癫癫的人物身上,也反映出时代,反映出困苦者不能满足人生的基本要求的无助与可怜。疯子讲的从狼群中认媳妇的故事有一种特殊的动人之处。

读《打夯号子》，从绘声绘形的描写中人们可以感到一种北方农村特有的生产文化与风俗画，既充溢着力量，也迸发出一种健康的快乐。可以和水域的船夫号子比美。

读柴福善写故乡写故乡人物的文章，情态各异，如实道来，有悲、有喜，有艰难生计中的生之乐趣，有渺小平凡中的希望憧憬，有的粗犷乃至粗野，有的雅致，但都看着很实在，读起来不费劲，读完了犹自牵心挂肚，萦怀于心。这不容易！

再说作者的文字功力也好，干干净净，恰到好处，行于所当行，止于不可不止，读起来舒服。

但我有时边读边想，作者是不是本来可以写得更完整更深刻更从容些？增添上文学想象的翅膀，给予更多的观照与思想、挖掘与提炼，这么多素材他本来是可以写出一部大书奇书，至少是一部"平谷词典"来的呀。

但是，太不"素材"了，就不是如今这本书了。

文章千古事，得失寸心知。反正柴福善真切地、感人地写出了自己的乡情、亲情、人情，描绘出了一幅真实生动的北方农村生活图景，既不是呻唤煽情，也不是牧歌装扮，这些文章好看，有滋有味，因为它不仅是文章，而且是真实的我们自己的与我们周边的人生。

2004 年 9 月 20 日

密码的诱惑

阴差阳错，我一口气读完了在三十几个国家畅销，在中国第一版就印了四十万册的《达·芬奇密码》（以下简称《达》），我的第一反应是想起了金庸大侠写的《连城诀》（以下简称《连》）与金庸的其他作品。

两书都充分利用了犯罪、谋杀、悬念、惊险、神秘、血腥、重重遮蔽、曲折回环、险象丛生、高潮迭起的通俗小说方略，但也调动起了作者的长年积累，注入了相当多的见闻、学问、文化与事体情理，既惊心动魄，又具备相当的信息量，读之有感，读之有益，读之开眼，读之开脑筋。

二者的驱动主线都是符号系统的寻找、争夺与破译。《达》中是为了寻找圣杯，《连》中是为了寻找与解读剑谱，最后得到价值连城的宝库。其实样板戏《红灯记》中李玉和鸠山争的也是密电码。

西方书界，或许主要是娱乐性书本业，对于密码的发烧劲头长年不衰。我读过一本《圣经密码》，就是说用破译密电码的方法破译《圣经》，从中读出前五百年后五百年的国际重大事件的预卜。就像我们的《推背图》，似是而非、云里雾里、半通不通、强行解释。其实大半是密码注我（的先入为主），而不是我注密码，不是去寻找密码的本义。

盖自符号——信息学的爱好者直到走火入魔者看来，万物无不是符号，是谜语，包含着隐蔽的信息——谜底。对于占星术（我国叫夜观天象）来说,星星的排列、位置、明暗是人间大事尤其是政治事件、人物命运的符号。对于气象学来说,各地与本地气压、气温、风向、风力、云量、湿度等是气象趋势的符号。对于算命占卜者来说,生辰八字、龟背纹络、竹签、木鱼,直到人的五官配置、手心纹理等都是一生荣辱成败的密码。从表面的符号破译出别样的内容,其神秘性、趣味性与对于智力的高要求（类似并远远高于猜谜、脑筋急转弯、预测,直到赌博）,本身就具有极大的诱惑性,甚至可以完全不考虑谜底即译文的功利价值。这种符号癖有可能成为邪教邪说,有可能成为智力游戏,也有可能确实包含了真知灼见。例如对于古文字的研究与战争中对于敌方密码的破解。

从这两本书我们也可以理解索隐派的《红楼梦》学者的努力。《红》中确实隐藏了某些东西,索隐的趣味事出有因,索大发了既荒唐又迷人。如所说的"人为自然立法",将"历史的铜钱"（胡适语）串来串去,人们也喜欢把万物做成符号,为符号立法,满心欢喜地也常常是自欺欺人地破译出匪夷所思的结果。

而我们要谈的二书的符号都存在于、隐藏于一件文化遗产、一件文物、一些大师的遗作里。前者是达·芬奇的油画,后者是一本唐诗选辑。

这样就更增加了阅读的魅力：悬念的魅力与大师——杰作的魅力一加一大于二。受众会抱着姑妄听之的心情,看看通俗作家能够给以什么样的崭新发现或离奇"歪批",从经典的符号中玩出花活,也是本事。当然也可顺便考察一下作者对于经典究竟熟悉到什么程度,得心应手何如。客观上,这种写法也是一种变相的对于经典的普及推广。

《达》书中,第一套密码是：13-3-2-21-8-5 啊,严酷的魔王,噢,跛腿的圣徒……以及缩写字母 P.S。

第一行数字是某种数序的打乱排列。两行诗句的英语拼写,其实是全部字母的打乱重新组合,缩写字母 P.S 不是通常的"附言"之意,而是指索菲公主。

《连》书中,诡秘神奇的剑谱隐身在唐诗里。

连城剑法的第一招,出自杜甫的《春归》。是个"四"字!"苔径临江竹",第四个字是"江",你记下了。第二招,仍是杜甫的诗,出自《重经昭陵》。……嗯,是"五十一"!他一个字一个字地数下去:一五、一十、十五、二十……"陵寝盘空曲,熊罴守翠微",第五十一个字,那是个"陵"字……果然便在荆州……

《连》的密码也包含着写在江陵南门城墙上的数字:四、五十一、三十三、二十八,后面还有一系列数字。中文数字的意义往往超出了数学排列或者计算的范畴,而与某种哲学乃至神学观念有关。例如气数、数奇(命不好)等说法。

唐诗成剑谱,名画含密码,张扬了想象力,满足了逐奇趋异的寂寞心理。生活、常识、规则、方程式与答数、人类掌握得越多,直到更为漫涣的普适价值越被认同,人们越是苦于千篇一律、平淡无奇!不来点神的,将减少多少兴味!

二书的主角都有被冤屈、被追捕追杀、千钧一发,亡命天涯的遭遇,而真相大白,真凶落网,正义伸张,靠的正是这样的九死一生的英雄。《达》中是罗伯特·兰登加上索菲,《连》中是狄云,也许还可以加上丁典。古今中外,冤案是通俗小说的重要元素。

狄云的遭遇更惨,不但被师伯万家父子陷害,被诬告入狱,投入死牢,自杀被救……再被骄横的汪啸风和水笙误认为是血刀门恶僧踏断其腿,被官府和江湖人的八方追缉……尤其是狄云先被自己心爱的女子戚芳误解,戚芳反被仇人万圭娶去,又被另一美丽少女水笙误解……这种安排符合中国式的几近残酷的命运学、人才学:天降大任,劳其筋骨,置死后生,吃苦中苦。

书中都有一条命案,前者是卢浮宫的馆长索尼埃,后者是绰号"铁锁横江"的老爷子戚长发。戚是似死实生。两人都主宰着寻秘解密的过程,成为情节的第一推动力。

都写了无数假象,时时把读者引入歧途,再给你一个出其不易。这是优势,也是通俗读物的弱点:生活的艰难其实与考试题的艰难不是一回事,生活的滋味不在于解题,而在于解了又当如何?

再说,读者并不喜欢自己屡屡被作者耍弄。有些是小的障眼法而已。

《达》书真真假假地写了不少天主教不同门派直到梵蒂冈之间的恩怨矛盾,尤其是天主教事工会与郇山隐修会之间的恩怨。还有一些教义之争,圣物之争,如骇人听闻的关于耶稣的女人抹大拉的玛利亚的故事。而金庸也是善写武林门派间的恩怨情仇,殊死恶斗。看来人之好拉帮结派恶斗,中外大致一个尿样。但《达》的恶斗是信仰主义的,形而上的,争夺的是至高无上的上帝的代言权。当然这只是小说家言。西方屡屡有关于教会的传奇故事,大不敬故事,这是因为,宗教的形而上超越性与神职人员的肉体凡胎之间保持着张力。人性难以全成神性,神性也难以下放人间男女。宗教尤其是教会与神职人员卷入红尘的纠葛冲突,是又难免又遗憾,又容易成为通俗小说揭秘吸引眼球的素材,悲夫!

金大侠的门派则更实用主义,更意气用事,更重酒色财气,但也争一个道德上正邪忠奸善恶之辨。金大侠写起他们来有生活经验依据,时时透露人情冷暖世态炎凉之叹。

天主教各派之争对我辈无厘头,无法以常理解决。江湖派别争起来常常这个倒戈,那个叛变。尤其金氏喜欢用误会法写矛盾的无法解决,一句话的事搞得人命关天,世代深仇,不但解决不了而且雀毛炒韭菜,愈弄愈麻烦。这在阅读的时候是很抓人的,但立到屏幕上,得费点劲才可信。

恶斗出自人的贪欲难以控制。不但要争财产,争地位,争高低,争人间,争神界,争名分,争道德定位,争对于秘密的知情权与解释权,争情人对象,争一日之短长,争一口气,为争而争,争了就不能罢休,为争而活,为争而吃大苦,而死,死了还要指挥儿女(《连》)孙女

(《达》)继续争下去。

看看当今世界吧,哪儿不是如此这般地争斗不已,一面争一面滔滔不绝,对于不知情者天真者来说,实是密码连篇!

我又突发奇想,如果世人都看开了,都仁慈了,都成了佛了,不争斗了,人们不会感到失落吗?

还有一个可对照处,就是人体。索菲的祖父索尼埃在隐秘的教派仪式上赤身裸体地与妇人做爱,从而招致孙女厌恶离去。狄云练习的"血刀经"上,同样有一批裸体图画(金庸其他小说亦有类似情节),使与他在一起的水竹极不自在。两书中,与裸体有关的修炼都带有走火入魔乃至邪教气息。这说明,不论西方还是华夏,人怎么样对待自己的几十公斤肉身尤其是某类器官,始终是个问题。

但是二者的不同也很明显。《达》偏重于智性,像益智小说。他引用大量真实存在的史料、经典名品、名胜古迹,运用大量确实存在的宗教学、史学、数学、建筑学、地理学、美术史、文艺史、文化学知识学理。书中不断提到的卢浮宫、达·芬奇、圣叙尔皮斯教堂、英国的圣詹姆斯教堂、牛顿墓、苏黎世银行、哈佛大学福格博物馆、巴黎、纽约、斐波那契数列,都差不多是实有的,关于教派之争,关于隐秘的修行方式,关于梵蒂冈的某些说法,也非空穴来风。作者丹·布朗的写作特色是抓牢实有的材料,构建匪夷所思的故事,表现了全球化时代作家的吞吐八荒、熔铸今古的气魄。然后,作者引着读者不断分析,不断寻找,这里走不通了,就另觅蹊径,靠知识靠信息更靠想象力与逻辑分析能力,特别多用的是排除法、归谬法,寻找答案,一次又一次地、颠颠簸簸地前进。

而《连》的侧重是道德与人情,虽然写就的是武侠闲书,不离中华文学的教化传统。作者金庸也是知识丰富,杂学贯古今的,情节属虚构,人物有典型,开打属编造,浮沉似人生。金氏人物道德属性鲜明,价值判断不含糊,而情感的矛盾痛苦撕肝裂肺。尤其是《连》中戚芳这个人物,善良单纯,被万圭所骗,在万圭终于暴露并被制服之后,又去救万圭,终被万圭所杀,令人唏嘘。

《连》书的结局,写到在付出了大量鲜血生命的代价以后,江湖众人终于看到了大佛身里的珠宝财富,地下滚满了珍珠、宝石、金器、白玉、翡翠、珊瑚、祖母绿、猫儿眼……

……官长也抢了起来。谁都不肯落后……连堂堂知府大人凌退思,也……将一把把珠宝揣入怀中。

这些人越斗越厉害,有人突然间扑到金佛上,抱住了佛像狂咬,有的人用头猛撞。

……他们个个都发了疯,红了眼乱打、乱咬、乱撕……他们一般地都变成了野兽,在乱咬、乱抢,将珠宝塞到嘴里。

狄云蓦地里明白了:"这些珠宝上喂有极厉害的毒药。当年藏宝的皇帝怕魏兵抢劫,因此在珠宝上涂了毒药。"

这是饱含劝世主旨的大团圆。

而《达》的作者客观冷静得多,主人公兰登在卢浮宫的地下室看到了倒金字塔,它就是抹大拉的玛利亚的圣杯。它留下的不是教训,而是疑团,是千古之谜,是怪论,是对于历史尤其是宗教史的困惑与震惊。当然,笔者从网上知道,梵蒂冈已经明确表态,说是此书所写有关天主教的东西,全部是胡说八道。

发表于《中华读书报》2005年6月8日

值得一读一吟一粲

许多年前我读到四川大学周啸天教授的旧诗《洗脚歌》与《人妖》,大为雀跃。

第一他写得古色古香,幽凝典雅;第二他写得新奇时尚,与时俱进;第三他写得活泼生动,快乐阳光;第四他写得与众不同,自立门户;第五他写得衔接传统,天衣无缝。

请看他写《洗脚歌》:

昔时高祖在高阳,乱骂竖儒倨胡床……
银盆滑如涧底石,兰汤浑似沧浪水……
别有蜀清驻玉趾,转教少年为趋侍……
游刃削足技艺高,捏拿恭谨如孝子……
沧桑更换若走马,三十河西复河东……
尔今俯首休气馁,侬今跷脚聊臭美……
来生万一作河东,安知我不为卿洗?

能以时下足浴——脚按摩为题材入诗,已属绝伦。此亦大俗若雅、大雅若俗,腐朽神奇,全在一心之证。

高祖高阳(见《史记·郦生陆贾列传》),蜀清玉趾(秦时富婆,见《史记·货殖列传》),沧浪之水(见楚辞《渔父》),更换走马(见李贺诗),皆有典有据有味。周诗不是伪古体代古体,是地道的真古体。盖我尝言,中国传统诗词是一株中华文化巨树,如无此修养熏染,如连《唐诗三百首》都未认真读过背诵过,如果既不通平仄又不懂对仗,写出来必然不伦不类,非驴非马,无法与大树匹配,怎么弄也不入流,实不如写快板写顺口溜、对口词、三句半。

但我也不甚喜欢那种做腐儒状的戴方巾、迈八字步的仿古诗,那样的诗虽然与巨树型号一致,却只是陈陈相因,克隆拷贝,空心糠萝卜:有其诗不多,无其诗不少。那真是旧诗、死诗、呆诗,无生趣无新意无生命之仿作伪诗。

近日,周著《欣托居歌诗》出版,拜读之后更觉琳琅满目,活泼,生机,古雅,趣味,耳目一新,叹赞有加,喜传统体例诗词有了新的突破矣。相对世俗化的生活能不能入诗,这里当有争议,因为有一种思潮视世俗为寇雠,周教授的写法为一种角度,是乐观其成的阳光态度,如果有人以批判的眼光写之,如写得好,亦应为佳作。

俗而极之雅之。反而更加骇世嫉俗了。如下面一首《葡京赌城》:

> 人生何处无博弈,胜败由来事不期……
> 邓公一言九鼎重,五十年间马照跑……
> 年输巨亿作国帑,赌王乃能均富贫……
> 殿堂中西聚文物,件件美奂连城璧……
> 七尺珊瑚只自惭,石崇休夸富敌国……
> 门前居民迹如扫,挥金十九大陆客……
> 海角归来说双规,使我达官失颜色……

难得的是此诗既以豁达的心态肯定了一国两制条件下澳门的博彩业的正面意义,又严厉讽刺了内地客到澳门参赌的不良现象,最后两句调侃中锋芒毕见。

作者还写"超女",写春节晚会的"千手观音"。诗曰:

> 天人千手妙回春,族类同痴泪不禁。
> 失语时分存至辩,无声国度走雷音。

花光的历飘香久,法相庄严蕴意深。
引领慈航成普度,神州除夕降甘霖!

颈联二句,失语至辩,无声雷音,意韵悠长,感人至深,更有佛家妙谛,没有相当的中华文化素养是写不出来的。而"失语"云云,又是现代西词中译,为时髦词,这类不拘一格首次用于传统诗词中的词语还多,如"臭美""大款""签单""双规"……确实是熔古今于一炉。

周先生的《将进茶》亦属绝唱:

…………
紫砂壶内天地宽,绿玉斗非君家有。
(绿玉斗典出自《红楼梦》,为妙玉给宝玉用的茶具)
佳境恰如初吻余,清香定在二开后。
遥想坡仙漫思茶,渴来得句趣味佳。
我生自是草木人,古称开门七件事。
诸公休恃无尽藏,珍重青山共绿水。
复曰:世事总无常,吾人须识趣。
空持烦与恼,不如吃茶去。

这里有一种平常心,写平常事,而平常人平常诗中出现了趣味,出现了善良,出现了生机,出现了至乐至工至和,在充满戾气的现代世界上,这实在是难得的和谐之音。

作者写邓小平的竹枝词,也非常平常平和平实:"西去剑门欲雨时,路逢野老意依依",说的是邓小平一九五八年视察剑阁时与老农路遇谈话。"会抓老鼠即为高,不管白猫与黑猫。思到骊黄牝牡外,古来唯有九方皋。"这里作者别具匠心地以白猫黑猫论与伯乐荐九方皋相马的故事相比,九方皋只注重是不是千里马,而不注意马的毛色与性别,代表的是一种战略眼光,宽容眼光,是一种大气。"半边容我与君走,尚与路人留半边"说的是小平不赞成为了安全原因而封山。"休将庄稼种上天,退耕还草与青山"则是讲他的提倡绿化与注意环境。这些都极上口,民间,符合竹枝词的特色。

呜呼,何今日喜写传统诗词之人多也?固是生活安定,寿命延长,中华文化弘扬高唱之佳兆也。其中不乏佳篇,也时见陈词滥调、画虎成犬、无病呻吟、装腔作势之作多多。如今有此欣托居之歌诗,读之颇觉畅快。

周先生对自己的旧诗是认真的,也是自有见解的。他说:

……某也惭太白之豪情,愧少陵之物与,偷香山之格律,接眉山之兴会。(自视颇高,王注,下同。)拈管城之旧锥,作浮世之新绘。(好一个浮世新绘!)拓宽题材,趋生命意。(这是中华传统诗词能否再存活下去的关键。)酌用兴比,略关美刺。(诗道诗教,源远流长。)近体谨严,贵乎畅达;歌行恣肆,忌在滑易。(个别篇确有伤滑易者。)诙谐之极,或出庄严之态;阳刚为本,映带妩媚之姿。(故曰通人也,解人也,明白人也。)诗有赠答,不为应景;(孰能免俗?至人诗人则俗犹不俗。)餐到韭萍,敢堕恶趣!(知白守黑,知直守曲,歇斯底里地痛骂俗人易,以大光明菩萨心肠帮助推动俗人高尚化文明化雅训化难,化雅为俗或为罪过,化俗为雅,实乃功德。)平仄稍严,欲存唱叹之音;韵对从宽,不失萧闲之致。(希望韵脚上再讲究一点。)

难得有这样一部奇书,值得一读一吟一粲。读周啸天之诗词,人生快事也。能不能再往深邃里走,此乃后话。

2006 年

非强势的困惑

这期《中华文学选刊》选了原载《人民文学》的短篇小说《真相》。

我已经好久没有这种惊悚，我要说是毛骨悚然的感觉了。因为生活越过越好，因为发展、稳定、进步、和谐的现实与目标都那么令人提气。因为各种面对的挑战诸如环境、吏治、能源、三农、治安等问题都已经严肃地提上了议事日程，提出了解决的方略。

而名不见经传的曹征路的小说《真相》却扎了我一针，读之如做噩梦，如坐火桶，如受到当头棒喝：怎么了，咱们这里？

在长篇小说《桃李》里我们看到了高校的腐败。在《小说界》杂志上刊登的王开林的长篇小说《文人秀》里我们看到了我的同行们、某作协的成员们的男盗女娼，欺男霸女，衣冠禽兽。该篇写得有点脏，可称之为肮脏的现实主义。当然，我也知道，那只是一个侧面或片面，我相信我们的生活与各个作协中也有阳光灿烂与我们的日子比蜜甜的那一面，主要的一面，但是小说所写仍然令人不能不想一想，并生发出呕吐感与警惕感。

瞧，腐败不只在人家那边，也在咱们自家——叫做文教科卫体等有文化的圈子里边。

《真相》则写得简练而且高明。一个小学老师，乱收费又体罚学生，使学生受到严重人身伤害，家长告了状，传媒披露，有关老师、校长、领导都表了态，受害小孩与家长甚至大出了一回风头。但突然老师反诉原告侵犯了本人名誉权。法庭辩论,原告初审胜诉,被告老师不服,并且脸上显出了蒙娜丽莎式的微笑——多么高雅!哎,就这样一切发生了逆转。怎么逆转的?作品没有写,此位老师方面的一切动作与思谋都浸在水面以下的深层,作者对她并无任何揭露与鞭挞,没有任何正面描写,她像是一个谜——这正是小说写作的高明之处。反正全班同学一朝便都改了口、翻了供,再没有人肯去作证承认自己看到了老师对于被害学生的动手,反而众口一声地、像回答课堂提问一样地向调查采访者们齐声呼喊:"没有!"就是说,老师伤害孩子人身的问题,从此死无对证了。

被害的同学与家长,于是变成了破坏学校声誉与老师形象的人民公敌(请联想一下易卜生的名剧《国民公敌》吧,二者有异曲同工之妙)。被害学生原来是班长,出了此事以后班长一职经过民主程序被罢免了。电视台选拔孩子上电视,这个孩子天真地一次又一次地举手,一次又一次地落选了。"可怜孩子太小她还不懂,她还要跟着举手……"仅仅在这里,作者的叙述里出现了一点点怨而微怒。而另一个孩子,被老师选中,虽然票数不够也上了电视,在电视里哭着谈老师比妈妈还慈祥亲爱。此孩子原是班长的好友,从此再也不理原班长了。而且美丽的老师在教师节这天的黄金时间,在荧光屏上作了美丽的亮相。

孩子向老师,向伤害她的人道歉,被害者向施害人道歉,没用,因为是同学们不选不喜欢她啦。不仅不选她,还从此再没有人搭理她,她指天划日地表示她是"最爱老师""真爱老师""没有骗人"的,仍然不行。而且她被同学侮辱、殴打,直到逼着她吃屎。肇事者即孩子的父亲(他对校长发牢骚,才引起了孩子受到体罚,同时是他在朋友们怂恿下到法院告了状)也愧对孩子与孩子的母亲,自认一切错在自己,乒乒乓乓地打自己的嘴巴,打出血来。

…………

可以说是反映了初等教育上的问题。例如我的一个中年同事的孩子上小学才三个月，已经学会了"嘲笑""孤立"两个词。他们班一个学生上课时有不遵守秩序的表现，引得大家笑了，老师就给大家讲解，这种笑乃是嘲笑。并带着全班同学高喊"嘲——笑——"二字。然后大家不理这个孩子了，老师又讲解这叫"孤立"。可以预计这个孩子的前景了，他会不会从小就变成一个社会的痛恨者与牺牲品呢？

从一些小学生家长们的口中我得知，指定特定的学生，不让班上其他同学理他或她，是我们如今的小学老师最常用的惩罚方术之一。有的老师气势汹汹而且得意洋洋地通知家长："我已经告诉全班同学不要搭理你的孩子，谁也不要与你的孩子一道玩耍了。"这当然是施压的良法。无怪乎我的这位小同事的孩子上学三个月没有学到爱心，没有学到助人，他的启蒙教育便是嘲笑与孤立，包括着一种卑贱的侥幸心理，因为他尝到了损害旁人而不是自己被损害的自我庆幸与满足感。

救救孩子的口号显然并没有过时。

然而，又不仅仅是什么"行业不正之风"。我无意通过评论这篇小说过多地批评我们的小学教育。它是一个缩影，就是非强势者对于强势无奈，非强势对于强势的奉迎，强势对于非强势的操纵，还有略图讨到一点公道的不识时务的人的边缘化、（被）孤立化与（被视为）公害化。这是一个例证，一个寓言，一段你无法不信其真的身边事件。在一个个八九岁的孩子面前，班主任老师当然就是强势的象征，她或他掌握着孩子们的学习成绩、操行评语、群众（班集体）导向、奖惩荣辱（如是三好学生还是被嘲笑被孤立者）、干部（班长、班委、课代表直到此后的少先队中队长、小队长等）任免。学校与老师与别的行业的老板们一样，常常自觉不自觉地习惯于用咱们的搞运动的方法在孩子们当中搞顺我者昌，逆我者亡，团结多数，孤立一小撮，分化瓦解，有打有拉，无往而不胜。当然说是搞运动搞出来的办法也不准确，因为这一套办法，六十多年前我上小学时就见过，经历过，这乃是中国历史上乃至人性与人类管制中共有的方术。作者写道：

(可怜的孩子父亲与他的水平不低的朋友们)……叹扯谎不打草稿,叹这帮小孩明知道是在扯谎还这么理直气壮,还晓得……怎么迫害别人才能讨老师欢喜……已经无师自通,怎样把握这个表功邀宠的机会……再过二十年,他们就是法官、律师,管理国家的人啊……

作者还写到被害人的家长去求另一个学生家长,那家长说道:

……我敢得罪哪个……我敢叫我的小孩子给你去作证吗?我找死啊?你们问问自己,换了你们会怎么做……要真那么纯洁,我都不知道你们怎么活下去……

强势的存在是必要的,有势才有序,国家才不会陷于无政府状态。强势之所以是强势,不仅在于他掌握了各种资源和手段,还在于他能够左右非强势者、弱势者的走向,能将沉默的多数变成趋奉的多数,不实事求是的多数,迫害少数说真话者的多数。因为事情很简单,此亦一是非,彼亦一是非,不合理的事情多着呢,你睁一只眼闭一只眼未尝不是更好更安全更令人放心的办法,何况最初那位老师哭着看望孩子,还送了水果。性质虽然严重,毕竟后果尚称侥幸,孩子康复了而不是残疾了或死亡了。还有一点,你要是想告状就赶快给孩子转学,你要是不想转或者没有条件转,你最好暂时忍下来。否则,一切坏事、乱局、出丑、倒霉事,不是由你而生的吗?

多么危险,如果不是写文章而是实际生活中一位朋友碰到了类似的事,王蒙多半会给他出忍为高的主意。就是说,想不出太好的办法。

(而且一位家长告诉我,转学也并非总是行得通的,如果老师的能量与资源比你大比你硬,他或她可以让你的孩子转不成学。)

这可是值得深思与警惕的啊。

2007年1月4日

余音绕梁的《长剑歌》

有机会在石家庄看了河北省梆子剧团上演的新编历史剧《长剑歌》,由于是家乡戏,燕赵悲歌,苍凉萧瑟,看得听得过瘾,而其内容很有个咀嚼头,时隔两个月了,回味起来仍然嗟叹不已。

戏是写辛弃疾的一生的。一个词人不好写,舞文弄墨,推敲斟酌,缺少动作性与悬念。但是辛弃疾不同,他不但有抗金救宋的诗词,而且有这方面的雄图、行为、智谋与武功,还有追杀叛徒的辉煌记录。

但他毕竟穷其一生没有得到一展救宋身手的机会,他一辈子连一次真正的抗金战役也没有打过。他打过一仗,却是针对农民起义军的。

《长剑歌》最大的悲剧性与缠绕性在于突出了辛弃疾依靠南宋朝廷,却又始终依靠不上的深刻矛盾。要抗金,仅仅靠"非政府组织"是办不到的,抗金救亡的资源是掌握在南宋朝廷手里。所以辛远离家乡投奔南宋,然而南宋朝廷偏偏是那样地不争气,压迫人民投降外敌,精于内争怯于对外,昏庸腐化不思进取。最最动人的场面之一是辛老年以后还在等待圣旨,等待征召,听到马蹄声就激动起舞,以为是征召他去参加抗金救亡的大业的旨意到了。然后马蹄声渐渐远去,他只能颓然地喊一声"拿酒来!"辛词人就这样等了一辈子。

想想中国历史上有多少满腹经纶、一身文韬武略的爱国志士在对于圣旨和征召的苦苦等待中蹉跎终生,一事无成,怎能不令人痛哭无声!

辛弃疾还乡务农以后回答小童的问题一节也有同样的尽在不言中的悲怆。他年轻时怎么样成立义军,怎样抗敌杀叛,怎么样渡江来到了抗金的大后方,都讲得有声有色,然而,他经不住小童的一连串"后来呢""后来呢"的追问。

其实岂止是辛弃疾,古往今来,有多少有过辉煌的开篇的仁人志士,同样也能有辉煌的"后来"?有头无尾,是多少仁人志士的宿命!

剧中虚构的词人的红粉知己江贞的故事更是惨烈无双。他们共同在敌后抗金,相知相爱,而到了大后方以后,双方失散。由于贪官污吏的横行,江贞成了造反有理的起义领导人,而辛却奉朝廷之命对其诱骗清剿,最后亲自下令将其处死,令人扼腕,令人顿足,令人永远煎熬!

寥寥几笔,还写了辛的一位朋友:有鉴于朝廷的昏庸而投奔了金人的思渊。思渊最后也是一生潦倒,深悔蹉跎,作为一个变节者、流亡者,思渊能有什么下场呢?辛在关键时放了他一马,留下了他的命,已经算是他的万幸了。

而戏剧演出的艺术经营也是值得赞美的。它综合了多种艺术形式与表现手段,有的类似影片上的武打,有的类似《哈姆雷特》的召灵术,有的类似魔术的大变活人,使古老的河北梆子好看了许多。

但它毕竟不是一个图热闹的大制作,它有热度更有深度,它使你在喝彩之余还会有所琢磨、有所嗟叹。我愿向它的主创人员特别是导演边发吉同志表示热烈的祝贺。

发表于《文汇报》2007 年 3 月 27 日

青春与时尚的《误读红楼》

评《红楼梦》、讲《红楼梦》、考证《红楼梦》、借题发挥《红楼梦》者多矣。自称"误读"的只此一家。

而且"误读者"是一位年轻的女作家,是网上的著名写手,有网上的笔名"忽如远行客"与"尔林兔"(不知何意)为标记。作者当编辑也写小说。我曾有缘阅读作者的一些散文,写得聪慧精细,洁净空灵,但仍属于白领小资乃至小女人写作一类——对不起。

这样,她对《红楼梦》的"误读"使我颇感惊喜。她的新作《误读红楼》一书颇有大气,不拘一格,振聋发聩,言前人所未言,堪称启人心智、动人心魂。

例如对于小说的前十六回,闫红即忽如远行客写道:

> 这十六回与后面的风格迥异,它主题突出,内容驳杂……最过分的是第七回,先在回目上打个广告,说"送宫花贾琏戏熙凤",明显地吊人胃口,谁知只旁敲侧击地描写了一阵笑声了事,极有为了吸引眼球不惜做虚假广告之嫌。这些手段,使得小说高潮迭起,卖点多多……远没有后面章节的从容、舒缓与自信,没有那种妙手偶得的空灵诗意,它写得太紧张,太像小说了,我觉得这暴露了长篇作者开始时的不自信。

我的天,这是评曹雪芹吗?真是少年笔墨,敢想敢抡!然而细想,她说得有理,慧眼识英豪,慧眼也容易识过程乃至疏漏,智者的一失与愚者的一得,都不应该逃脱敏锐的阅读的眼睛。这也是评"红"上的头一次吃螃蟹的记录。

底下说得就更内行,毕竟是写过小说的人呀。

> 不是每一个作家提笔时都知道要写什么,许多细节人物已堆积在他心中,他要为这些东西找到一个灵魂……在这之前,你先要上路,要在茫然的搜寻中,渐渐锁定你的目标。

信哉斯言!天地良心!你不能小看这个写网上文字的年轻人,她的"误读"实际上是活读,就是用自己的经验、性情、信息、聪明来补充阅读的所获,用活生生的生活来解读作品;同时以作品解读自己的人生。她是从作品中发现人生,从人生中发现文学,从人生、从生活出发,以全部积累和灵性接受作品,阐释作品,想象作品,体悟作品与感动作品。

文学阅读本来就是读者主体与作者主体的碰撞、互补、互相激活的过程。作品是主导的。作者对作品是既主导又可能处于自在的状态,即并不能完全自觉地掌握清晰。读者太主观会造成读误,读者太没有主体性了,会造成读而甚隔,读而如未读,呆读死读,把一本好书好模好样地糟蹋掉。

敢称误读,把自己放进去读,有点胆子和自信了,读出点自己的玩意儿来了。

她又说:

> 随着笔触的逐渐深入,越来越多深沉的感情、绵密的记忆翻涌出来,单一的主题不能承载他要倾诉的全部……不再尝试把他心灵的海洋收束到一个瓶子里……想怎么写就怎么写,抡圆了写,情感的潮水席卷过来,淹没所有脆弱的主题。

闫红描写的是怎样一种小说写作上的酣畅状态!得其三昧矣!这是创作论。曹公虽然伟大,他的创作也是可论的。

我们再来看看她怎样分析,不,是感受史湘云这个人物,感受聚

讼纷纭的"因麒麟伏白首双星",还有宝黛爱情及宝钗的特殊地位与命运吧。她提到湘云的出场:

> 湘云出场……
>
> 接着黛玉和宝玉闹起了小脾气,宝玉打叠起千百种温存赔罪……却把个湘云撇到一边,关于她的身世背景,一字未提……
>
> 黛玉出场则有很多前期铺垫,进了荣国府,更细细描画……宝黛初相见,那种恍若前缘的似曾相识,且喜且惊的不可思议,该是曹公的亲身体验吧,历经漫漫时光,沧海桑田,人去楼空,忽而想起,依然清晰至此,五脏六腑都会重温那最初的悸动。

瞧,此人把《红楼梦》对于宝黛相见的描写转述得如此青春和时尚,几乎与最好的流行歌词相通。我们可以唱:

  恍若前缘 恍若前生 历经漫漫时光 历经潮落潮生
  且惊且喜 且喜且惊 曾在哪里见过 曾在哪里留踪
  楼空人去 人去楼空 模糊又似清晰 欢喜却是朦胧
  旧梦重温 重温旧梦 面对沧海桑田 分明悸然心动

不行,王蒙老矣,如果是闫红自己写,一定更地道,更青春也更时尚。

按:《红楼梦》本来就是青春小说,爱情小说,也是沧桑小说,政治小说,文化小说。

对于《红楼梦》,老人恋其沧桑感,少年恋其青春气息,通人解其人情练达,世事通明。固然,自恋者撒娇者不希望把《红楼梦》说得那么老到。

接下来,有对于宝湘关系的一语中的的分析:

> 为何出场如此草率?难不成是曹公的疏忽……曹公特意要制造这么一种感觉:湘云从来不是让宝玉格外留心的女孩……他从不曾检索记忆,查找她出现的最初。

> ……唯独对于湘云的婚事,宝玉无动于衷,大约上面几位在他眼里都是"女子",湘云在他眼里却是个"孩子",订婚云云,听上去像一个玩笑……

还有:

> 同样是"雪白的膀子",长在宝钗身上,宝玉就想摸一下……湘云一样有"雪白的膀子",睡觉的时候搁在被子外面,大概算红楼女儿里将身体暴露得最充分的了,宝玉却丝毫不感到性的刺激,只叹她睡觉也不老实,很有兄长之风。

解得细,有女性特点,体贴入微是也。

下面果然出现了流行歌词:

> ……这时的宝玉与湘云,如歌里唱的那样:起初不经意的你,和年少不更事的我……他与她都有太多的选择空间,人生如两条平行线,共同伸向远方,切近而永不相交。

闫红又设想,宝玉与湘云的关系应有大的过程、变迁,她联系张贤亮的《绿化树》里的人物终于认识到了吃饱了不饿是一个真理来想象贾宝玉,她说:

> 蹚过苦难的河流,太多的想法都被颠覆了……
> 林妹妹死了,贾家败了,两个相距应该不远,宝玉没有遵守诺言,因为这时,他发现自己不能做一个职业情种。
> ……宝玉所能做的,只是想方设法活下去……
> 这种情况下,和宝钗结合就成了一件顺理成章的事。
> ……宝玉失去了黛玉,又失去了宝钗,而湘云寡居,同命相怜,加上相互依赖,足以成就一桩婚姻,艰难岁月里,宝玉无法再把爱情当作一宗哲学来做……
> 福克纳在《喧哗与骚动》的结尾说道:他们在苦熬。每次看到这句话,都不由心惊,人生本来就是受苦,冷暖交织,顺逆更

替,只能享受而不能承受的生命多么单薄脆弱,无论怎样的经历,都是生命的一部分,爱生命者,当以同样的胸怀来拥抱。

面对苦熬,湘云是最适合的那个伙伴……

蓦然回首见湘云,见到的,还有那种啼笑皆非的荒诞感,你不知道老天为你安排些什么,就像阿甘母亲说的那句话,生活是一盒巧克力,打开包装你才发现那味道总是出人意表。

这些设想,对于我这个读者来说,是有一些"想象过度"(如法律上所讲"防卫过度")了,但仍然是一个有趣的思路。正如书中闫氏的对于后四十回的设想,极为别致,当然比高颚续书更生活化——闫红喜爱的是"红"的生命一样的自然、悲戚、难解难分。同样,这样的设想,只能弄出闫氏后四十回,不是高本,也不会是曹的原装原味。

读《红楼梦》如读山川日月、星空海洋,也如读悲欢离合、恩怨情仇,发现与重组的可能性永无穷尽。

这样,对于古老的《红楼梦》,今天的青年完全有可能进行青春化与时尚化的阅读。"时尚"不完全是一个好词儿,但也绝无先验的贬义。同样一个时尚之中,有轻浮也有前瞻,有作秀也有创造,有浅薄也有豁然的明朗。正像"古典"里"守卫"里同样有深沉和诚恳,也不排除有装腔作势的矫情与啰嗦,还有一种酸腐气。生命不会过时,情感永远鲜活,文化与规则、术语与例证,或有嬗变,但《红楼梦》对于先锋们,永远先锋;对于时尚者,永有时尚;对于少女,永远少女;对于忧患老人,永远地老天荒。

所以闫红分析尤三姐的时候能够拉扯到木子美。在分析秦可卿与贾珍之恋的时候能够想到爱情的不可能或缺的欲望方面,乃有相对宽容的同情和理解。她给可卿一个"神秘妩媚"的定性,应属无误。她有时把贾府说成一个公司,把贾母说成董事长,把小红和贾芸说成"职场精英"。从她的参照系,你可以知道年轻一代文人的知识结构与信息储备,他们可以有他们的读解《红楼梦》的方法,以及趣味。

你有点拿她没法办,她说了是误读。但误读可能是搞笑,可能是戏说,也可以出创意,出电光石火,出长年不遇的一现昙花。有的误读可能比习以为常的正读更接近正确。误读者如果不俗,如果有智有情,有才华也有想象力透视力,也许误读是一个美丽的契机,是一个智慧的操练,是一个梦境的预演,是在尝试开辟新的精神空间。

最少是修筑一个桥梁,用更年轻的语言说事,令更年轻的人爱上传统,爱上古典,爱上《红楼梦》。

顺便说,我很喜欢闫红的语言,舒服、干净,恰到好处。

我们更应该赞美的是曹雪芹,谈论《红楼梦》的人有福了,这书提供了近于无所不包的话题和机遇。闫红能从中读出的远远不仅是青春和时尚。比如闫红说薛宝钗,就"山中高士晶莹雪"这个判词,论起高士来,她说:

> 见好就收,点到为止,宝钗从来没有得意洋洋……这种姿态,虽不是欲擒故纵,却无意中增加了她的分量。相形之下,黛玉就显得过于要强,用力太过,不似宝钗那般优裕从容。

> 当年谢安盘桓东山,也是一点也没耽误他推销自己,不然怎会有"谢安不出,将如苍生何"的说法,所谓的退隐不过是退一步进两步,炒作也分热炒和冷炒两种。

> 宝钗的志向,其实是不明确的,就像谢安逍遥东山,诸葛亮草堂高卧,并不曾琢磨着要奔着怎样一个官衔。他们志向远大,大到空茫,不复是一官半职,当然更不是皇帝老儿的江山,而是必要成就一番事业的抱负。《诗经》里谢安最喜欢的一句是:讦谟定命,远犹辰告。意思是:把宏伟的规划审查制定,把远大的谋略宣告于众。他认为这里面有一种雅人深致,他不是寻常俗吏,所追求的不是高官厚禄,正是这样一种雅人深致。

> 但另一方面,造化弄人,什么事情都可能发生,苦苦追求可能会适得其反,苦心经营也许是弄巧成拙,所以他们不把目标定死,只要方向不错,可以随机应变。他们积极争取的,只是做一

个有准备的人，使突如其来的机遇变成花环，一丝不错地落在自己的脖子上。

姜子牙钓鱼，愿者上钩，这是行为艺术，他摆出等待的姿态，却不做过于积极的争取，手持鱼竿立于江岸，他知道命运神秘莫测，他只静静地等待着，命运将要透给他的一点信息。

还了得吗？闫红居然能说出一套高妙的入世入仕宝鉴箴言！现在的年轻人照样能成精！但闫红又说得刻薄了，说下大天来，谢安也罢，姜子牙也罢，宝钗也罢，境界与小红贾芸（被《误读》一书称为职场精英的人）大有不同。用我的习惯用语，他们是有所不为的。有所不为的是好人，无所不为的小红与贾芸则不是好人，是坏人。写刘备仁而近伪，写诸葛智而近妖，人们有时候太仰视了，自己给自己造神，人有时候又确实理解不了比自己高三尺三的境界，也许最多理解到二尺二高，见了三尺三更不要说一丈二了，反而起火，叫做以权谋之尺度境界之腹。

作者对贾雨村的想象也极具风格，似是深谙世事。她说：

目睹着贾雨村从清寒的布衣才子，学而优则仕……彻底失去本色，只觉得顺理成章。才子不是君子，有的是聪明而非智慧，他的思想框架如同平行四边形，容易变形，容易妥协，容易为自己找到借口，不但可以无耻，还可以享受自己的无耻。

只是，我常想象，贾雨村是否也会在某一个洁净的月夜，试着寻找一条回到从前的路，隔着苍茫时光，隔着欲望的灰网，望向庙里的多情少年，是否会有一丝惆怅，冰裂纹一般，从那颗藏污纳垢的心灵中炸开，文人的旧习，就像还没进化完的尾巴骨，在官袍下面，隐隐地作痛，他于是摇摇头，自嘲地笑了。

我想告诉闫红的是，文人是文人，也有三六九等，也有各种劣根性，把官场与文人绝对对立起来的依据可能是少不更事的一厢情愿与自说自话。

作者敢说话,既能女性地体贴地谈情说情,也能老到地辛辣地解剖人情事理。对于曹雪芹,对于各派红学大家前辈,她都平视,都敢抡招。当然也有说得不够谦恭之处,乃至说得露了怯,这说明她对《红楼梦》是知其一二,而不明其三四五六七。《红楼梦》是小说,也是文献,对《红楼梦》的研究是文学也是历史,更是文化。《红楼梦》是立体的、全息的,不能看到一面就不顾乃至抛弃另一面。谈《红楼梦》正如谈文学、谈政治,忌瞎子摸象。我许多年前就爱说,"王麻子卖刀,自卖自夸"是可以理解的,搞成"王麻子剪刀,只此一家别无分号"是不可以的。同样,我喜读闫红的误读,不等于我不喜爱各种正读、(考)证读、深读、探读。大矣哉,红楼梦!

2007 年

王海的长篇小说

王海的长篇小说《天堂》有历史与文化的内容,好读,贴近生活、贴近农民、富有情趣,令人拿起来就放不下。

历史行进的庄严与悲情,喜悦与闹热;男男女女的热情与梦想,哭哭与笑笑;故家热土的质朴与浓郁,多情与催人泪下,时尚变化的诡异奇突与动辄叫人捧腹;时代的心曲,青春的躁动,家长里短的情节,谝闲传(闲聊)式的叙述,传统与变异的波澜,昨天与今天的交响,时尚与机缘的瞬息万变,扑面的生活气息,脚步的沉重感与命运的喜剧化,和一种总体的阳光健康的主调,这样的《天堂》使人耳目一新。

描绘农村本来是中国当代文学的长项,可惜反映近三十年来的历史巨变的成功之作尤其是长篇之作并不多见。有几部,所写内容也多是阴郁有余,明朗不足——此类作品更像是要告诉人:改革给古老的农村带来了灾难?

《天堂》不同。这是一部值得重视的作品。我愿意为之作出个人的真诚推荐。

2009 年 10 月

李瑞环同志《务实求理》中
有关思想文化工作的一些论述

一 瑞环同志的一些论述是有预见性的

提出并弘扬"和"的思想。二〇〇二年中共十六大报告第一次将"社会更加和谐"作为任务提出。二〇〇四年中共十六届四中全会,进一步提出构建社会主义和谐社会的任务。这已经成为国家的大政方针,成为人们的共识。瑞环同志提出"和"的思想比较早,并且贯彻于工作实践之中。

在天津工作期间,他提出尊老爱老的问题,倡导家和万事兴。他关心大港油田的大龄青年找不到媳妇的困难,并找有关部门想办法帮助解决。

到中央工作以后,他提出要过一个欢乐、祥和、文明的春节。当时正是在一九八九年的政治风波之后,不和谐的因素威胁着建设有中国特色的社会主义的大局,他的这一提法,在政治上有着重大的积极意义。在同全国政协八届四次会议文稿起草人员的谈话中,他专门谈了"和"的思想、"和为贵"的思想。香港回归三年后,他对香港的建设发展提出"和合"的理念。

他对外交工作提出要树立和平、合作、合理、和气的形象,以便更好地为国内建设服务。他访英期间发表《和睦相处和谐共进》的演讲,阐述了中华民族"和"的思想及其对世界的影响,表达了中国政府和人民对建立和谐世界的良好愿望。

提出弘扬民族优秀文化的问题。自二〇〇四年十一月全球首家孔子学院在韩国成立以来,已有近三百家孔子学院遍布全球近百个国家和地区(美国及欧洲最多),另外,我国在许多国家建立了中国文化中心。随着中国经济的发展,综合国力的增强,世界把目光转向中国,转向中华文化。瑞环同志二十年前已经提出了弘扬民族优秀文化的方针,现在已经为全党全国人民所接受。当年他是分管意识形态的中央领导,可以说,他是把这个问题当做文化战略提出来的。

一九九〇年一月,他在全国文化艺术工作情况交流座谈会上的讲话中说:"今天我着重说一下弘扬民族优秀文化的问题,这是全党全社会关心瞩目的一个重要问题,也是文化战线面临的一项迫切任务。"他就二十个有关问题发表了重要意见,核心是强调弘扬民族优秀文化,其中有一半多的问题与弘扬民族优秀文化直接相关。如:"繁荣文艺必须注意弘扬民族优秀文化""大力弘扬灿烂辉煌的中华民族文化""批判民族文化问题上的历史虚无主义""重视和研究建设有中国特色的社会主义新文化""积极借鉴一切对我有用的外来文化""正确处理继承和发展的关系""必须面向大众""全面贯彻百花齐放,百家争鸣的方针""民族文化要不断地吸收现代科学技术成果""要造成重视民族文化的舆论环境""要建设一支宏大的民族文化工作者队伍""要加强党对弘扬民族优秀文化工作的领导",等等。这些提法,至今并没有过时,而是仍然有着重要的现实意义。

一九九〇年四月,瑞环同志在陕西就加强文物工作作了重要讲话《保护文物是我们应尽的历史责任》,指出文物的保护和利用对弘扬民族优秀文化非常重要。他说:"弘扬民族文化就必须搞好文物的保护和利用。""弘扬民族文化的问题是一个关系到能否建成中国特色社会主义的重大问题。""用文物对广大人民群众特别是青少年,进行爱国主义教育、革命传统和历史唯物主义教育,是别的教育手段难以代替的。"

二 瑞环同志论述的另一个特点是有针对性

发挥文艺对社会稳定的积极作用。九十年代初,国内外的形势复杂,对待文艺问题有各种不同的想法与说法。保持社会稳定是我们党压倒一切的政治任务,正确的文艺举措可以对社会稳定发挥积极作用。而比较片面的、情绪化的、带有山头色彩的任何说法与做法也可以加剧社会的尤其是知识分子中的思想、情绪的混乱乃至裂痕。

应该说,瑞环同志此时克服了阻力,极其注意把握好大政方针,注意有利于大局。他说:"繁荣文艺,既是稳定社会的一种手段,也是社会稳定的一个标志。天下和静在于民乐。努力使我们的舞台姹紫嫣红,使我们的屏幕绚丽多彩,使我们的书刊百花争艳,这种气氛本身就有利于造成和保持安定团结的局面。政治风波之后,我们结合中华人民共和国成立四十周年庆祝活动,抓了建国以来巨大成就的宣传和活跃群众文化生活的工作,还要抓好春节期间的文化娱乐活动,这对于活跃气氛、疏解矛盾、理顺情绪已经并将继续发挥积极作用。"这表现出瑞环同志的对于大局的把握、他的政治智慧和务实精神。

执政党的思想建设。中国革命和建设正反两方面的经验证明,共产党在夺取政权前强调斗争是正确的,也是必然的,在夺取政权后应当强调"和"。"和"的思想、"和为贵"的思想是提高我们党执政能力建设的重要思想武器。理由很简单,因为你是执政党,你要进行和平建设,需要一个和谐稳定的社会环境。不能自己瞎折腾。瑞环同志对这一点看得很清楚,但并不是都这么看,这方面是有争议的。

一九九六年一月,他同全国政协八届四次会议文稿起草人员的谈话中说:"这次大会讲话,我想着重讲一下和的思想、和为贵的思想。这个思想是中华文化的重要内容，是中国哲学的宝贵遗产，是中华民族待人处事的传统美德。"

他又说："和的思想、和为贵的思想，长期被淡化、被贬低、被扭曲，有着深刻的历史原因。近代以来，中国人民长期遭受帝国主义、封建主义、官僚资本主义三座大山的压迫，生活在水深火热之中，内忧外患迫使人们不得不进行反抗斗争：对外抵御入侵、救亡图存、争取民族独立；对内推翻反动统治、实现民主自由。与天斗、与地斗、与人斗，实属形势使然。新中国成立后，情况发生了根本变化，民主独立了，人民当家了，整个国家进入了和平建设时期，全国上下理应团结起来，为实现富强、民主、文明的社会主义现代化目标而奋斗。令人遗憾的是，这种否定和的思想的斗争观念和习惯根深蒂固，很难被摈弃，某个时期、某个方面反而变本加厉，以至由反右斗争、'四清'斗争发展到'文化大革命'运动，特别是十年'文革'浩劫，纯粹是自己瞎折腾。在那个年月、那种气候下，一切关系都简单化为阶级关系、革命与反革命的关系，动辄上纲上线，到处批判斗争，没有人情、友情、亲情，有的只是狂热盲从、翻脸无情。转眼之间，好人就变成了坏人，革命同志就变成了反革命分子。比如我本人，当过工人、企业干部，当时也算是全国有名的劳模、学毛著积极分子，却稀里糊涂地成了'三反'分子，住了四年多的牛棚。许多事情，今天看了非常的离奇、荒谬、可笑。"瑞环同志分析了"和"的思想被淡化、被贬低、被扭曲的历史原因与近百年来剧烈的民族斗争、阶级斗争有关。

瑞环同志的这些讲法，应该说已经较早地接触到了我党从以夺取政权为主要历史任务到以执政兴国为主要任务的地位与指导思想的发展与转变这样一个重大课题。

繁荣文艺必须解放思想。一九九二年在小平同志南巡讲话精神的指引下，瑞环同志在内蒙古讲话，提出繁荣文艺必须解放思想。他说：

"由于'左'的思想影响，长期以来，我们有些同志对文艺的功能、文艺的目的和文艺的标准，存在着片面的理解。文艺有娱乐、审美、认识、教育等多方面的作用。我们总是希望并努力争取充分发挥文艺的思想政治教育的作用，但也必须承认，不可能使每个作品都具有这种作用。文艺的根本任务，是满足广大人民群众日益增长的文化生活的需要。因此，我们在提倡多创作健康有益、群众喜闻乐见的作品的同时，也不反对政治思想上无害、艺术上较好、群众喜闻乐见的作品，只要不违反国家宪法和法律，就不要横加干涉。实践证明，对文艺作品简单地、片面地、过分地强调姓'社'姓'资'、强调思想政治教育的作用，就不能很好地坚持'二为'方向和'双百'方针，就很难做到'古为今用''洋为中用'，不利于形成生动活泼、百花盛开的良好局面。"

后来中国文艺发展的实际证明瑞环同志的这个讲话是正确的，但他的这个在内蒙古的讲话让一些抱残守缺的人很不高兴。让我们设想一下，当时，如果不是李瑞环同志的这样一个说法，这样一个指导思想，而是像某些人主张的那样搞"整风"、搞"不叫运动的运动"，自上而下地算账、争一日之短长、搞反倾向斗争，全国会出现什么样的局面！

三 瑞环同志的一些意见是有创造性的

通过二十一年的努力完成京剧音配像工程。这项工程不仅有创造性的理论，更有创造性的实践。瑞环同志主张民族文化要不断吸收现代科学技术成果，音配像就是范例。

他主张京剧要"先继承后发展"，他把音配像工程的完成当成自己一生中的一大幸事，他说："音配像工程从一九八五年试录到去年（二〇〇六年——笔者）基本完成，前后共用了二十一年。二十一年对于一个工程来说是个什么概念？秦朝修长城用了九年，明朝修故宫用了十四年,我们修三峡用了十三年。集我国古代经、史、子、集及各类书籍之大成的《四库全书》,三万六千册、二百二十九万页的编纂工作只用了十年,之后又分抄了六份花了十一年,总共不过二十一年。二十一年对一个人而言又是个什么概念?以我本人为例,当过工人,十五年;当过天津市长,八年;到中央工作,也不过十三年。音配像开始时我才五十一岁,而今已年逾古稀。光阴似箭,时不饶人。"瑞环同志说得很动感情,人一生做成几件事并不容易。对于弘扬民族优秀文化和繁荣文艺,也体现着他务实求理的一贯风格。他说:求理就是研究点事儿,务实就是鼓捣的点事。他不仅要思考、要说,而且要做,要做好,要落实。他是一个勇于探索和实践的人,音配像工程倾注了他的心血,倾注了一大批艺术家的心血,是一项前无古人的创造性劳动。它为后人留下了一套完整的、高水平的珍贵资料,它对非物质文化遗产的保护有示范和启迪的作用。

瑞环同志关心指导的几件事都办成了。

如编纂《中国历代文献精粹大典》。瑞环同志为此书作序。序中说:"翌年(一九八八年——笔者)仲夏,天津社会科学院的门岿同志即提出了编纂《中国历代文献精粹大典》的设想,并很快得到诸多部门和同志的响应,有十个省市近四百名学者联袂参入,在短短半年多的时间里,他们披阅典籍三千余种、十多万卷,将其辑为政事、文艺、科技、经史、人物五大卷。该大典每篇之后附有注释和评介,总计八百余万言。"

如编纂《续修四库全书》。经过二十一年的努力终于完成。瑞环同志说:"一七八一年《四库全书》问世以后,又有大量优秀著作出现。对《四库全书》拾遗匡谬补缺,成为一代一代有识之士和专家学者的夙愿,但或由于时事所限,或由于势单力薄,终于无成。改革开放以来,我国社会安定,学术繁荣,续修《四库全书》的条件日臻成熟。在这种情况下,从九十年代中期开始,我国学术界、出版界集中精锐力量,历时八年,终于完成了续修《四库全书》这件前人多年来想做而做不成的盛事。"

　　任何领导同志的言论与工作,都要接受实践的检验,不但要接受当时当地的工作实际的检验,而且要接受历史即时间的后续检验。瑞环同志从领导岗位上退下来已经近八年了,他的这些言论的编辑,仍然给人们以启发,以帮助,这是令人非常欣慰与称赞的,也是并不容易的。回顾过往的岁月,重温瑞环同志的一些见解与论述,令我们十分受益,真知灼见是不怕岁月的冲刷与淘洗的,恰恰是时间的选择,将使真知灼见焕发出更耀眼的光彩。

　　　　　　　　发表于《中华读书报》2010年7月21日

读王锋的诗

随着温饱、小康、发展教育和弘扬传统以及离退休制度的确定化等情势,现在书写中华传统诗词的朋友越来越多。

写得好的很少,我想原因是:

第一、中华诗歌是一棵巨大的文化树,传统诗词是树的叶和花,你对此树与其根基中华传统文化接触体悟感觉都太有限,写出东西来与大树不匹配,内容形式(韵脚平仄对仗……)都瞥脚得令人扼腕,生硬、疙瘩,写出来的东西不如快板、顺口溜,不如干脆写诗味有限、但知胡乱分行的新诗。这样的人显然连《唐诗三百首》也欣赏不了,更背诵不下来十首。让他们写旧体诗词,实是旧体诗词的灾难。

第二、您老人家太熟悉旧体诗词这一套了,写出来古色古香,句句似曾相识,字字有案可循,联联空洞无物,你写的像他的,他写的像你的,无个性、无创意、无活气,篇篇是:有它不多,没它不少。

这时,出现了我的年轻诗友王锋。

去年他在网上看到我在北戴河海面上四仰八叉地仰泳的照片,写了几句赠我,其中"如意令成解佩令,逍遥游是汗漫游"一联令人叫绝,不但内容丰富,而且,二"令"皆是词牌,亏他想得出。庚寅春节,他用手机短信方式组织了一大批诗痴们制作迎虎年诗作,亦是盛事。

我后来有缘更多地接触了他的诗作。我喜欢他的"似火流沙横古道,随风旧事满长廊。"(《庚寅夏将随丝路考察团赴中亚及俄土希意诸邦行前口占》)。空间中的流沙与时间中的旧事,令我这个曾在大西北生活了许多年的人感慨无尽。

他的"颇感儒学盛中有忧也"的说法也很深沉,与跟着起哄的无知之徒们大不相同,他咏孔府是"孔庙森森孔府深,孔林郁郁四千坟",相当沉郁乃至痛切。最后说"樵黎未解人潮涌,也念大成至圣文",是说导游居然将大成至圣文宣王即后世给孔子加的可笑的封号读成大成至圣文,尊孔而如此文墨,让人说什么好?

最妙的是《闻方英文先生胆囊摘除》,他解释说:"方先生有《落红》《种瓜得豆》《后花园》诸著,又撰文反思屈原沉江事,平时颇喜下象棋,余常相与共啖羊肉泡馍,探视归来,俚句寄之。"

诗曰:

> 红未落时胆已落,乍闻此讯慨如何。
> 盘肠腹内种瓜豆,刺骨文中问汨罗。
> 保健须停羊肉泡,养心仍把士车挪。
> 闲闲散步花园后,刀锯之余且放歌!

不无聂绀弩风,应称作绝对中华诗词中的黑色幽默,幽默中包含着挫折、困顿、灾祸直至血腥。还是大雅若俗。

可能因为笔者也有摘胆之痛,读来好不快意! 诗是要有生活气息的,只会从诗到诗的人,可以当诗博士、诗教习、诗评委,却不可能是诗人。等你能进行从生活到诗、从经验到诗、从歌哭怒笑到诗的飞跃了,才有可能成为真正的诗人。

他的"庚寅新正书怀"中有句:"轮轨梦回苗岭碧,舷窗神晤汉江清"遣词秀美,并有时代特色矣。

近日,他也写了"世界杯",叫做"庚寅世界杯期间余岁登卅五":大块绿茵奔竞忙,万身如海一身藏。

> 匆匆卅五流光迫,浅浅半杯胸胆张。
> 赖有围观添二劲,纵无喝彩拼全场。

人生随处知何似，绝类抟球屎壳郎。

"一身藏"句甚有味道，人海茫茫，何处有己身焉？然后马上联系自己的三十五岁。许多写诗写得相当熟练的人，硬是看不出他那个"我"来。王锋不然，敢在诗中亮出真我。二○一○年即庚寅年对于王锋是重要的，第一，举行了世界杯足球赛；第二，他三十五岁了，两件大事，交相酝酿，出了此诗。

"二劲"，他解释说是二杆子劲，北京叫"二百五"劲，上海话是"十三点劲"，当然三者又有微妙的差别。此二句岂止是说足球，也是在说王锋，也是在说老王，也是在说大家麻家。麻家是助词，是用维吾尔语的方式戏说汉语的"大家"二字。"屎壳郎"则是说的南非世界杯开幕式上，有该"郎"跌跌撞撞地推球的舞蹈画面。也是别开生面，而且王君从中得到了诗性的语言和意象。屎某郎入诗，应是自王君始。

王君集李白句与集杜甫句也极见功力，没有对于李杜等诗作的烂熟于心，不可能有此等成绩。

其他纪游诗、藏头诗、咏时诗也都是真情实感，从容悠远，用语比较抖搂得开，前贤诗词曲文都能为我所用，自然大气，与那种抠抠缩缩型不同。当然，例如二劲云云也还有可以再讲究一下的空间，我意与其用"二劲"不如用"杆劲"。王君以为如何？

我祝贺王锋诗作的出版，我祝愿新人新作能给传统的诗词带来新的驱动力。

2011 年 1 月 4 日

我对咸阳的兴趣完全来自于王海的作品

几年以前,我读过王海的《天堂》,看得比较仔细,作品引起我很大的兴趣。那个时候,我就急着问王海,你下一步写什么?又过了几年,他给我讲过要写一部反映城市化的作品。《天堂》也好,《城市门》也好,他最引起我兴趣的是写得特别鲜活,让你觉得这样的人,这样的事正在发生。当然,小说是小说,不可能绝对是实录。但他让你信服,而且这里头有一种非常深厚的对这一片土地、对咸阳、对咸阳老百姓,尤其对咸阳农民的爱,让你看着就觉得王海本身就是咸阳土坷垃的一部分。他也有写城市方面的经验,但他写起农村来不隔,和农民之间不隔。咱们有很多优秀的作家,他们各有其长短,我们有很多作家写过在城市化进程中农民付出的代价,而且写得非常优秀,非常好,例如张炜写了很多类似开发、城市化的作品,包括农民失去土地的悲哀,他都写过。但我觉得张炜是知识分子的写,有知识分子的味,或者有俄罗斯文学的味,那也非常可爱,也值得我们学习。但王海写的,好像真是从农民的炕头带着热气儿就出来了,我特别爱看,他真能引起我的兴趣。说句实话,我年岁越来越大,视力下降,听力今年降了八十多个点,别人恭维我说,听力下降有可能长寿,因为你不爱听的想听也听不见了。有很多热情的年轻朋友把书拿给我看,我光给他们鞠躬,我未必有时间看,未必有视力去完成。我跟王海素不相识,完全是因为读他的书,能读出我的兴趣,读出我的乐儿。我对咸阳的兴趣完全来自于王海的作品,正如刚才有领导讲,王海写农民为城市化付出的代价,有的地方写得惨兮兮的。但为什么他的作品不给人一种特别负面的感觉呢?我认为根源在于他对民众、对农民的爱和理解,即使在一个极其悲惨的经历中,他有一种陕西当地农民健康的乐观幽默,幽默这个词是外来话,我不愿意用,我爱用"宝气"。昨天吃饭时,我说王海是咸阳一宝,我为什么对咸阳有这么大的兴趣,不读他的书,我对咸阳没有这么大的兴趣。市委千书记说我们有地下的宝贝,还有地上的宝贝,王海是我们活着的宝贝。我说,你干脆就说他是个"活宝"。他说不是,不是那个意思。我说就是这个意思,"活宝"非常好,人生这么困难,这么寂寞,再没有几个"活宝",人这一辈子几十年怎么撑下来,人民需要"活宝",我看中国共产党也需要"活宝"。他写的那些经历当中,好的经历,坏的经历,两口子的经历,偷情的经历,都带着几分"宝气"。这几分"宝气",觉得咱咸阳这边,陕西这边,你从一个方面看非常朴素,有的地方还很幼稚,有的地方还犯点傻,从另一个方面看他却很时尚,陕西是全国最时尚的地方之一,我早就有这个印象,我在陕西电视台看街舞、霹雳舞,那个时候别的地方没有,我要看霹雳舞就只能看陕西电视台,陕西绝对是一个最时尚的地方。我说句话,希望不得罪他们,陕西最质朴的地方,也是最狡猾的地方,绝对有一种"狡黠"(不一定是恶意)。一个人为自己谋点福利,完全是合法的,但你要伤害了别人不好,起码少伤害别人。他有点小狡猾,给自己谋点福利。这地方毕竟是秦地,有一次在一个场合,社科院的何西来,他是陕西人,作家张炜是山东人,他是山东的作协主席,写了一部四百多万字的长篇小说《你在高原》获得茅盾文学奖。我们一起吃饭,在青岛,青岛是齐国,张炜说:齐国人从小吃鱼,脑子非常好使,所以,秦国灭六国时,老是灭不了齐国。何西来说:你说来说去,齐国人这么聪明,到底是齐国灭了秦国还是秦国灭了齐国?引得我们大笑。秦人的精明,他的时尚,他的淳朴,他的小九九,他的热情,他的那个骚情劲儿,王海写得太活了。但我还是希望王海创作再有所提高,你部部书都是这一个味道也不行,你必须突破自己。我希望你扩大自己文学的视野和见识,深化思考,再上一个新台阶。有几部长篇写得不错就给自己出了难题,你再写和以前的几个一样的就不行了,读者要求你写得更好。

发表于《文艺报》2011年12月21日

读周啸天《邓稼先歌》随记

二〇〇五年,我与周啸天先生在成都见面,并写了一篇文章,除赞扬欣赏外,我也写了"能不能再往深邃里走,此乃后话",作为文章的结语与对他的期待。时过八年多,他的旧作《邓稼先歌》倒是最近才从郁葱先生的博客上认真读了一遍的。

炎黄子孙奔八亿,不蒸馒头争口气。
罗布泊中放炮仗,要陪美苏玩博戏。

读此四句吓了一跳,莫非周老师油腔滑调起来?

不赋新婚无家别,夫执高节妻何谓!

何等悲壮!两弹一星元勋邓稼先顾不上为新婚做赋,还没有营建出一个小家来,就上了大西北国防科研前线了。从前四句的不以为意,一下子跳到这样的悲壮中来,多大的气魄与笔力!

不羡同门振六翮,甘向人前埋名字。

同窗学友,展翅高飞,誉满全球,邓稼先则甘愿隐姓埋名,为国奉献。老王我读之垂泪,并坦承自己委实做不到。

一生边幅哪得修,三餐草草不知味。

老王顿足拍案,击节赞叹。话说得如此准确生动新鲜朴实。一代人的奉献精神,全付其中,用字俗而又俗,反成绝唱。

七六五四三二一,泰华压顶当此际。

诗胆包天!几个数字,把读者拉回到两弹一星实验时令人揪心的倒计时场面。

蘑菇云腾起戈壁,丰泽园里夜不寐。

说的是中南海,是毛主席,是咱们上世纪的艰辛历程。回到了当年,谁不动心?谁不洒泪?

周公开颜一扬眉,杨子发书双落泪。

接着是周总理,怀念,敬佩,俱往矣,至今令人壮怀激烈。书是指杨振宁先生的信。老王惭愧,是一九九三年在美国哈佛大学得赐杨先生签赠的书,才首次得知了他的同窗好友邓稼先的事迹。

唯恐失算机微间,岁月荒诞人无畏。

诗人没有忘记岁月的某些荒诞处,然而,仍然有邓稼先,有伟大的成就,伟大的人格,仍然泼不脏、抹不黑、哄不倒!

潘多拉开伞不开,百夫穷追欲掘地。

当然有失败后才有成功。如果一失败就一齐去啐唾沫,这个民族只能完蛋,万劫不复。

神农尝草莫予毒,干将铸剑及身试。

是谓邓稼先的人格自可与神农氏、干将莫邪同光。周诗非无古雅处。

一物在掌国得安,翻教英年时倒计。

读之大恸!"七六五四三二一"的倒计时,如今用到了邓稼先的寿命上!

公乎公乎如山倒,人百其身哪可替!

虽有千万人,不及邓公身!公乎公乎,如闻号啕!人民没有忘记他!还有歌者周啸天!

号外病危同时发,天下方知国有士。

此二句如雷如电,震耳欲聋!读到此句,能不动容?

门前宾客折屐来,室内妻儿暗垂涕。

如临其境,如感其情。哀之,钦之,咏之,叹之。

两弹元勋荐以血,名编军帖古如是。

诗中有血,句中有泪!让我们缓缓脱下帽子,重复这两句激越绝伦的诗句,向邓稼先致敬!

天长地久真无恨,人生做一大事已!

诗人歌颂了记载了做成一件大事的邓稼先,也写就了一首大诗,差可无恨。

诗而古体,或可有更多的古色古香与更好的炼字炼意,但更感人的是它的精气神!

那么,让我们大家都以邓稼先为榜样,做成一两件令人无恨的事情吧。

发表于《文汇报》2014 年 8 月 26 日

大臣与大政

一夏天都在阅读卜键的史学新著《国之大臣——王鼎与嘉道两朝政治》，七十万字，爱不释手。读完，叹道："我才了解了多少中国！"

继承司马迁《史记》传统，此书（以及两年前的《明世宗传》）不仅仅是对史料的钩沉、稽考、分析，更是对故纸堆的激活，以人为本，对嘉庆、道光二帝，对王鼎、林则徐等大臣，对各种历史事件中的相关人物共三百九十一人，对他们的角色、作用、事迹，尤其是性格、动机、计算与品性，做了最可能最合理合情的描摹与分析。从文档追溯到内心与情绪，对他们的命运的戏剧性、必然性、偶然性、教训意义做了斟酌与推敲。读之不像一般的史书那样冷静，又不像演义小说与肥皂剧那样随意，尤其是浅薄。它保持着古雅与生动的文学性与"无一字无来历"的学究气，显现了作者的人情政情之练达，世事国事之洞明，是严肃的史学与鲜活的非虚构文学的结合。

作者从国之大臣王鼎的生平写起。王鼎是军机大臣兼东阁大学士，位极人臣，出身寒素，从嘉庆时期到道光后期，两朝开济老臣心。道光二十二年四月，他由于反对鸦片战争延续时期的主和派、同情并愤懑于林则徐的不幸遭遇，与旻宁（道光）意见相左，自杀于军机处别院。王鼎一生勤恳忠诚，刚正不阿，忧国忧民，清廉素朴，尤其是他的自缢尸谏，令全国震动。作者写了他的屡试不第，写了他的感恩戴德，写了他厚重庄严，写了体现在他身上的儒学人格；也写了这样的大儒忠良之终于崩溃自尽,却也是警示后人的最后一搏。读之痛心疾首!再回过头来读《左传·昭公元年》的"国之大臣,荣其宠禄,任其大节"与道光《军机大臣像赞·户部尚书王鼎》的"国之大臣,先乎品行。命赞枢机,言谨事敬……"肃然起敬,觉得虽然时事维艰,仍有栋梁砥柱,正气浩然,我千年中华向有志士人杰焉。

窃以为,本书远远超出了王鼎传的内涵,它的吸引人在于,写出了国运传、二帝传、朝廷传、为政传、官场传、贪腐传、民变传、边事传、邪教传、水利传、抗英传……读之拍案:赞沧桑之异趣,叹古今之同忧,敬良臣之勤政,恨宵小之鄙陋,称忠义之浩然,惊乱局之难救,愧氓蠡之无知,期新枝之优秀。善哉,是书也。

大清国运:靠守成是守不住的

有清以来,顺治、康熙、雍正、乾隆,都有气象有进展有开拓有正面的遗产。嘉庆伊始,国运显然走起下坡路。道光时期,千疮百孔、捉襟见肘。一上来嘉庆帝颙琰气势不亚于乃父,才亲政,便掀起政治风暴,惩办如今通过电视连续剧已经家喻户晓的和珅。书上说颙琰"博学多思,勤奋俭朴"但缺少足够的"本事"与"胸襟视野",所以高举的是"守成的大旗","难挽大清的衰靡之势"。

书中记载嘉庆干掉了和珅,重用"亲兄弟、父子兵"。但这些人不成器,闹纠纷。身无长技、身兼多职、头衔一大堆的八皇兄永璇分工人事,与吏部官员闹矛盾,一个月即销差。十一哥掌领军机处与户部三库,分到了和珅的圆明园附近庞大园林,也难以为继。还有他的同胞小弟永璘,声称即使皇位多如雨点,也滴不到他身上,只求分到和珅的园子。作者说:"亲王、郡王以下直至公、额驸、侯、伯,皆在超品,为国之大臣,自不待言。开创之初,绝多统兵鏖战,马上杀伐,功名皆自战场上博得。降至嘉庆朝,已然整体上流于享乐腐化,敢于上阵厮杀者虽仍不乏其人,精神气质已与先辈有间。偶令在朝中管事,也是架子摆足,能为不够,到处插手,弄得鸡飞狗跳。"

一语中的。说实话,我不认为嘉庆、道光二帝个人质素上的缺陷是大清国运转向衰靡的主要原因。各朝各代,少有盛极不衰、兴久不亡者。关键在于:中国的"江山"是打出来的,开国之君,不是才学胆识、政治军事、人格魅力诸方面杰出过人,怎么可能披荆斩棘,凝聚人心,杀出一条血路,战胜旧有朝廷与各路英雄好汉,取得偌大江山?俚语说:新盖的茅房三天香。何况一个新的王朝!开创阶段,艰苦奋斗、亲民服众、开拓进取,朝气自信。一旦数代掌权,后生早已没了先辈的志气,富贵荣华、骄奢淫逸、敲骨吸髓、醉生梦死、套话连篇、弄权倚势,再加倾轧恶斗,必然每况愈下。再不衰靡灭亡,天理何在?

书中描写了一次春仲经筵(专为皇帝开设的经书讲座),请松筠与王鼎进讲孟子语录"人有不为也,而后可以有为"。二人讲完,道光也展示了一下学识才情,宏宣御论:"天下畏葸者不能为一事,躁妄者亦不能建一功。轻发者始若勇,终必怯;慎重者始若怯,终必勇……"针对的是轻举妄动,反映的是国力有限,皇帝此时只愿大事化小、小事化了了。

皇帝请有学问的人讲经,这是一种传统,清廷尤为重视,做法和愿望都很文雅可爱。孔子"天不丧斯文"的预言,善哉存焉。但是此次学经,流露出的精神面貌,已经与康雍乾盛世不可同日而语了。

守成的说法,难有大出息。一个政权,一种学理,一个人物,哪怕只是一种产品,守而不进,成而不变,不回应挑战,不突破陈旧,不开拓试验,不改革创新,一味守成,必定是守而不成。

为君难:难在孤家寡人

其实嘉道二帝比历史上各朝代的昏君、孱君、暴君、嬉玩之君不知强过凡几。他们之辛苦令人咋舌。光看看他们批的"谕旨",都是认真审析,仔细衡量的产物。每道旨,有虚有实,有论有策,文情并

253

茂，言之成理。分析与处置从主观上看都相当精到，而且篇幅巨大，内容详实，费时费力。

但是，也有大问题。一是皇帝并不掌握真情实况，就文书批旨意，一误皆误。表面上看谕旨高于一切，其实皇帝是被上报的文书牵着鼻子走，又常常是十万火急，难有长考与定见：更多的是批了也不管用。

二是皇帝陷于被动，水域出了事堵漏子，邪教闹大了组织剿杀，边疆反叛乱靠大臣加兵力。甚至兵部丢了"行印"（随皇上狩猎时携带的印玺）、紫禁城进了刺客也都要皇帝亲自处理，皇帝成了大清国救火队长。

三是皇帝整天陷于具体案件，对远隔千里的冤假错案过问平反。他们的招数有限，一招是发现疑点或得到了诉冤文书派钦差大臣去办案；一招是仔细研究文档的字里行间，力图明镜高悬，恩如青天；再一招就是重刑伺候，想要什么招供，皆能得到。皇帝兼着最高法院院长与审判官的角色。

四是依据孔孟教导，以德取士，忙于对众臣，尤其是大臣进行道德评估、操行鉴定，但还是不能从根本上严明吏治。皇帝的谕旨中，肯定一项政策措施的时候还要肯定一下臣子品性，否定一项拟议的时候还要斥责一下臣子心术。皇帝兼着朝廷测谎员、德育鉴定官与家族族长角色。这玩意儿比相隔万里、凭文书断案并不是更有谱。

五是两位皇帝只知忙于事务，没有战略思想，没有全局意识，没有顶层设计，尤其是没有推动发展与进步、改革与调整的思路。即使活活累死，也不是个称职元首。

六是将治国要义总结为"知人"与"安民"，却不谈最终目的。大清不止一代皇帝总结治国为政，关键是此两点。因为是人治，所以"知人"尤其重要。但知人的主观性太强，弹性太大，在没有制度保障的情况下，说得明白，做不明白。和珅是乾隆宠臣，是嘉庆严惩的对象，能说是乾隆不知人？不知人也没有影响乾隆的伟大。正是由于乾隆伟大而且活了八十八岁,正式在位六十年三个月差两天,退位后继续掌控坐镇近三年,这种强势皇帝在与不在,对大臣尤其是宠臣的被"知",影响极大。知人难,安民亦不易。乾隆一宣布退位,人还在,苗疆与湖北、四川多处爆发叛乱,后蔓延数省,多年不息。越是强势皇帝身后,越容易出现乱局。皇帝个人的作用太大,月明星稀,朝廷与众臣反而失去了分量。

"知人""安民"的说法源远流长。这是行政管理的语言,却缺少政治政纲政策的内涵与高度,约等于今天所讲的"维稳"。维稳重要,然而是手段,不是目的,目的是实现有中国特色的社会主义现代化,是实现中华民族伟大复兴。可惜大清两代皇帝,缺少足够的政治志向,他们只是为执政而执政,为守成而守成,为用人而用人,为平安无事而平安无事。无怪乎有道是:"官场无政治"也。

雍正曾经亲笔题写了"为君难"三个字,悬挂在圆明园勤政殿。雍正的儿子乾隆则撰写了《创业守成难易说》与《为君难跋》,悬挂在东西两壁。他们讲得真诚严实,绝无作秀与得了便宜卖乖之意。

为君难,难在唱独角戏。中国封建社会君主是个绝对排他的角色,是个真龙天子的角色,不是被动的政治角色,不是社会角色,不是人间角色。

官场:速赏速罚,问责坚决

清朝的宫廷机构设施我还闹不太清楚,它似乎缺少一个"相"或"总理"这样的执行首脑为皇帝分忧。它拥有相当数量的一批大臣,拥有大臣的后备人员,有各种官职和各种荣衔称号,皇帝督导与掌控臣子便大有施展拳脚的空间。印象深刻的是,为政的运作,有功必赏,出事必罚,问起责来绝不含糊。敢赏敢罚,速赏速罚。赏起来送官、送衔、送物,惩起来贬职、去衔、没收财产、杖责打屁股、枷示(带枷示众)、斩监候(死缓)、砍脑壳。赏完罚完,重新开始。严惩数年,一旦国事需要，立马重新起用，不记旧恶，不吝封诰，不搞永世不得翻身。斩监候也极少到时砍头者，反而多有重新起用。

此种赏罚，成为常态，有一定效果。臣子中，多能正确对待，视为正常，只要留得脑壳，便有希望。不但能奖能惩，而且能上能下，值得肯定；但有失于频繁与轻易。

腐败：取悦造假，养患自重

嘉道两朝的历史是腐败史也是反腐史。读《国之大臣》，两朝风气几乎是无官不贪，无吏不污，无民不诈，无报不伪，无言不虚了。同时皇帝派钦差大臣查处贪腐，也并非不努力。

凡国家有事，挖肉补疮，从艰难财政中拨出银两开销，大小贪官污吏便如蝇逐臭，一拥而上，发平乱财，发国难财，发水旱天灾财，发邪教财。书里的说法是："河工是国家的沉重负担，却是一群蛀虫的盛宴。"治水堵口，征用秸秆木石，各地拉来材料，为官一方，却让你另使钱才来收取，而不收你就交不了差；所以为民一方，也就无孔不入地造假蒙骗，所提供的秸秆木石，假冒伪劣颇多，骗局连连。

经济犯罪还在其次。最可怕的是虚假已经成为政治腐败的顽疾。皇帝日理万机，疾恶如仇，问题是大小官员尤其是驻守边地的官员，无不以取悦皇帝为主要目的，报什么不报什么，夸大什么淡化什么，全看需要。有时是报喜不报忧，有时是凭空制造喜讯，而真正遇到麻烦了，又立即夸大困难的不可预测与难以应对，掩饰怯懦无能，向上伸手。这样一来，皇帝一会儿大喜过望，一会儿愤懑莫名，一会儿高烧狂言，一会儿催促急迫，一会儿发现上当，一会儿嘟嘟囔囔，一会儿杀伐决断却仍然是硬着头皮撞大运。结果是，侍奉主子离不开哄瞒骗，指挥臣下离不开赏罚杀。赏罚杀有效，但是没有全面部署，没有方针精神，没有规划引领，皇帝永远难辨真伪，走不到形势前边。

也许更可怕的是官吏，尤其是基层官吏的"不作为与反作为定律"。一旦有了"飞鸟尽良弓藏、狡兔死走狗烹"的惨剧,也就开始悟到了"养匪自重"的诀窍。养住匪,负责剿匪的官吏军头才会得到重视、得到经费、得到擢升。书中写到,治水时下层官吏绝对不希望三下五除二堵好决口,否则自身的重要性顷刻烟消云散。"譬如外科之疡疽,未必肯令一药而愈。迨局势屡变,几成大险之症,而向之明其易愈而不愿其遽愈者,至此亦坐视,莫知所措。"养匪自重的延伸是养灾自重、养难自重、养患自重。

我曾经说过,传统文化的特色是泛道德论即泛善论、泛整体论即泛一论、泛机变论即泛化论。传统文化崇拜一,天下定于一(孟子),天得一以清,地得一以宁,神得一以灵,谷得一以盈,万物得一以生,侯王得一以为天下贞(老子)。中国为政是一元化集权政治。这里的集权,指一种行政模式,是中性词,不是极权。极权是指极端的专制独裁,是贬义词。嘉庆、道光二帝尽职尽责,生杀予夺,他们说了算,除二三大臣以外,几乎全民都成了看客。绝对的权力带来的是绝对的责任,绝对的无权也带来绝对的无责。如此,上压下,下糊弄上,上忧心如焚,下养灾自重,便成了虽则荒谬、其实难免的旧中国常态。

平叛:从边事看国事

《国之大臣》中详细描摹了新疆南部张格尔叛乱事件。一上来,道光甚至不相信张格尔这个人的存在。原因是张号称是往昔作乱上层人物之后,而原来报上来的情况是乃父没有子嗣。然后是张格尔忽而流窜境外,忽而袭击境内,忽而诈降乞和,忽而攻城陷镇。道光一会儿调兵遣将,一会儿狠催猛推,而前线官兵观望拖延怯战,结果常常失算。还好,道光组织举国,费了九牛二虎之力,在大乱八个月后活捉张格尔,解往京城,路上费时四个多月,最后是献俘午门,审讯后"寸磔枭示"(寸断骨节,枭首示众)。然后皇帝与文武百官在太学祭孔,立"平定回疆,剿擒逆裔"纪念碑,并进行了前述温文尔雅的经筵。

此中有些细节，令人哭笑不得。一是皇帝大老远指挥用兵，关于如何用计、如何攻防都有，但皇上的诏书要经过数月才能到达。二是众大臣包括英雄才俊如林则徐者，都相信西部的少数民族与中亚汗国，因过度肉食，全靠中原茶叶与中药峻泻剂大黄通畅大便，只要禁茶禁大黄，就能将张格尔等敌对势力人群活活憋死。三是张格尔被俘后供认由于有红脸将军助威官兵，自己才失败被俘，皇帝竟予采信，判定关公显灵，加封关羽以"勇显"称号。

还有两点含义深刻。一是皇帝反复批示，要求调查原驻守满汉官员有无扰民害众、激起民变的情况。说明在此类事件上皇帝心明眼亮，公正平衡。一查，果然情况严重，受命大臣果决处理，处决一批损害朝廷形象的恶吏。但同时向皇帝禀报，说经过调查，此类事情虽然恶劣，与张格尔叛乱无涉。另外还找了当地回教居民头面人物调查，均坚称对扰民恶吏早有怨言，但与叛乱事件毫不相干。其实皇帝是对的，两者之间不可能全无关联，但皇帝要求查"激变"根由云云是内部文件，他要的是大臣秉公处理。公示时，官吏则必须说两者无关。大家头脑都清醒，两类不同性质的矛盾绝对不能掺和，否则等于朝廷承认作乱有理，民众等于承认心向叛乱，都是作死。

二是张格尔这个打着民族宗教旗号的叛匪，虽然曾经一度迷惑人心，但他占领喀什城市半年，为非作歹，欺男霸女，丧尽人心，终于失败。叛匪之患，祸国殃民，害人害己。这一点对于认识边疆形势，保持头脑清醒，十分重要。

大臣：忍辱负重，永世楷模

《国之大臣》中关于鸦片战争的记载，远比影片《林则徐》与《鸦片战争》表现的一波三折、杂乱无章、丰富百倍。卜键此书，歌颂林则徐、邓廷桢、关天培，尤其是王鼎等主战大臣们的英雄壮烈，与现今的主流观点一致。但也大有新鲜信息量。

人们常常以为,道光是投降误国祸根,其实他比谁都急于处理鸦片问题与击败"逆夷"。先是下"求言诏",要大家建言献策,然后接受了严禁主张,并听信了红毛夷(英国人)对本国吸鸦片者以炮击之的天方夜谭,罢黜了主张"弛禁"的言官,制定了极严厉的禁烟办法,提出要"移风易俗,返朴归淳",屡下谕旨,要禁要打要胜,悲愤满溢于言表,有的谕旨写的完全就是声讨"逆夷"的抒情散文。

应该说,在许多年前的南疆平叛斗争中,道光已经显现出他的良苦用心,利国利民的事他愿意干,但是他希望速成,害怕付出过高代价。国力空虚,他输不起。

开始道光支持林则徐,林连续陛见八次,获准在紫禁城骑马,荣宠有加。而一旦禁烟受挫,"逆夷"反抗力度增大,道光又把一腔愤懑发泄到林则徐身上。林则徐非但没有得到朝廷的财力支持,反遭沉重打击,惨遭贬谪,后虽有起用,终究衰病与抑郁叠加,殁于道中。但是话说回来,即使林则徐等主战派占了上风,当时也不可能产生毛泽东式的人民战争理念,道光与众臣面对强势炮舰,只能是错招迭出又一筹莫展。

鸦片战争暴露了大清朝廷与世界的隔膜、办事的昏聩、军人的不中用、政策与举措的一厢情愿,大败后所有文书依然装腔作势,什么"洋夷对天朝用语恭顺"等等,自欺欺人。一年之后,道光还组织了浙江大决战,实际是大崩溃。决战尚未开始,官员已经开始向皇帝报捷,并组织"征文比赛",准备大胜后用美文报喜。怯懦、自负,百孔千疮、无药可医,忠良大臣,徒唤奈何。

书中写林则徐获罪发配新疆,因突发水患被王鼎留在河南做临时襄办即治水助理,王与林一个戴病,一个戴罪,一个皇帝亲信,一个获罪之身,相濡以沫,相援以手,感人至深。他们艰苦卓绝,身先士卒,终于完成了治水大任。一朝庆功,道光立即催促罪臣西行,王鼎无法相助,悲愤莫名。林则徐表示他是"心安理得",否则他努力治水，已被讥笑为企图逃避伊犁流放。可叹国弱兵败，仍有忍辱负重、顾全大局，为了民族尊严而血荐轩辕的国之大臣。这样的大臣，主要不是官大，而是格局大、心志大，作用大。正如孟子所说："君子有终身之忧，无一朝之患。"终身之忧，是忧国忧民忧君忧政忧时；一朝之患，不过是个人得失浮沉，无足挂齿。你可以读出嘉道两朝中国政治的一万条恶劣，但仍然感动于国家民族的栋梁屹立，有王鼎、林则徐这样的榜样与希望，更有尚待发掘的人民抗争之伟力。

此书读罢，深感对旧中国、对近现代史，需要不断重温，才能理解国情，明白古今。国情如大海，浊浪排空跃；国事如磐石，君臣压断腰！可怜大清国，颓势如山倒；痼疾逾千载，英雄恨难消。大臣如砥柱，擎天犹长啸！

发表于《中国文化报》2015年10月14日

在《林默涵文论》出版座谈会上的讲话

第一是我对《林默涵文论》这本书的出版非常满意。这本书的内容、选编、前言、装帧都很好。

第二,我还想谈谈我自己的感想。

首先,我读这本书有一种亲切感和熟悉感。读这本书仿佛读到了我们革命文艺事业的历史,读到了党的事业,读到了革命的文学,也读到了我自己。我现在还能想起来一九四八年底,我从地下党那儿拿到香港出版的刊物,上面刊登有默涵同志和乔木同志与胡风一派关于文艺理论争论的文章。还有《林默涵文论》中《关于典型问题的初步理解》一文,让我想起一九五六年苏联《共产党人》杂志关于典型问题的专论,这个给我的印象非常深。因为苏联《共产党人》杂志有一个时期有很多类似的专论,像新与旧的斗争是社会主义社会的主要矛盾,像批评和自我批评是社会主义社会的前进动力,像典型问题是一个党性问题等,这些当时对我来说很新鲜。典型问题在苏联为什么提得那么重要,我到现在也没有完全弄明白。我还可以补充一点,就是"联共"十九大马林科夫的发言里讲到了典型问题,谢皮洛夫(当时苏联《真理报》的总编辑)的发言里也都讲到了典型问题。看到《林默涵文论》这本书,我一下子想起了很多事情,好像一下子回到了七十年前,看到了我们的文化工作如何一步一步地、跌跌撞撞地、曲曲折折地,但又是始终如一地奋斗、前进这样一个历程。从某种意义上说,一切理论、主张、实践、经验都凝结为历史。我觉得林默涵同志的这些文章有重要的文学史价值，这也是我建议选编、出版这本书的重要原因之一。我到文化部工作以后，能够见到的最有历史经验和领导胸怀、境界的文化界领导就是林默涵了。默涵同志在五十年代后期就担任了中宣部副部长、文化部副部长。一九六三年中国文联举行的读书会上，我有幸参加，并与各地的作家、文艺家一起听过默涵同志的报告。

其次，在阅读《林默涵文论》的过程中，我对许多文章非常感兴趣，里面的许多话我觉得至今仍然有重要的现实意义。我的感受是，林默涵同志谈文艺主张、文艺政策、文艺理论，他的精神资源、立论圭臬我觉得主要包括以下几个方面：

一个是毛泽东的文艺思想。默涵同志讲毛泽东文艺思想，他反复强调，关键是文艺与工农兵的结合，与人民群众的结合。至今，与习近平同志讲的文艺工作要以人民为中心的这样一个思想是一脉相承的。默涵同志在一九五二年为《人民日报》撰写的社论《继续为毛泽东同志所提出的文艺方向而斗争》一文中，一方面批评文艺脱离政治、脱离群众的小资产阶级的庸俗趣味，同时又批评文艺创作上的公式化、概念化的倾向。他说，这两种倾向的表现虽然并不相同，但是就其根源和结果来说，却是具有共同的特征。它们同样是根源于脱离群众和实际斗争，不关心人民的生活和要求，对于政治的无知以及思想的懒惰和麻木，结果同样是阻碍革命文艺的发展。默涵同志还说，有些作品不受读者喜爱，并不是因为写工农兵写得太多了，而是写工农兵写得太贫乏了。这些说法，都特别的合情合理。到了八十年代，在论及文艺工作者与工农兵相结合、转变思想感情的问题时，他在《坚持真理　修正错误》的讲话中，充分地肯定了张贤亮先生的小说《灵与肉》（后来改编为电影《牧马人》）中所塑造的与人民休戚与共的知识分子许灵钧这一人物。

一九五七年五月，他曾在《什么是危险？什么是障碍？》的发言中说，在文艺界，"左"和右的两种倾向都存在，但是目前的主要危险是"左"的教条主义和宗派主义。因为一、教条主义和宗派主义很严重，很普遍。过去搞阶级斗争，习惯于采取比较简单的方式，现在要很细致地解决人民内部矛盾，就很不容易改变过来。应该看到，反对教条主义和宗派主义是一件很艰苦的工作，在我们许多同志身上都有，包括我自己在内，这是同自己作斗争，这样的斗争当然是很艰苦的。二、教条主义者总是打着马克思主义的旗帜，容易吓唬人。教条主义者又总是自认为是马克思主义者，他们觉得自己是在捍卫马克思主义，因此很不容易觉悟，谁要反对他，他就认为是反对了马克思主义。三、教条主义很容易和官僚主义相结合，而教条主义和官僚主义结合起来，它的影响就更大。就文艺界来说，目前妨碍"百花齐放，百家争鸣"的，应该说主要是"左"的教条主义和宗派主义。要贯彻执行"双百"方针，就必须反对教条主义和宗派主义。他还提到，作家从事文学创作需要有丰富的生活积累和多方面的生活知识。不应该割断和否定一个作家过去的生活经历，对于作家，什么样的生活经历都是有用的。无论在题材和创作方法上都不能给作家硬性规定"必须"这个，或"不要"那个，而只能让他们自由选择。默涵同志讲得相当宽泛和开放。

在对待古典文学遗产的问题上，他在一九五九年纪念五四运动四十周年的文章《继承和否定》一文中，深入分析了五四运动以来革命派、改良派、妥协派对待古代文化遗产不同的态度，指出毛泽东在《新民主主义论》中对这个长期未能解决的问题做了科学的分析，阐明了对待民族文化传统的马克思主义的科学态度。默涵同志认为，对于传统应该是既有继承又有否定，也就是毛主席说的取其精华、去其糟粕。他认为，没有继承就没有真正的否定，没有否定也就没有真正的继承。他说，革命派、改良派、妥协派的态度是不同的。

他还有一个我非常赞成也是我长久以来没有好好研究过的观点，就是现实主义与非现实主义的矛盾不是阶级斗争，不属于阶级斗争的范畴。这些都说明他是从很高的地方来立论的，所以他尽可能避免一些常常会有的、不怎么正确的、不够全面的说法。这是很长时间以来，许多人并没有认识到的问题。

他的第二个精神资源和立论圭臬是马克思主义的经典作家，特别是列宁的一些论述、一些观点。他多次引用过列宁的话，他也正面引用过日丹诺夫的一些看法，虽然有一些说法现在看来起码有值得推敲、发展、调整的地方——这也不足为奇——但是他对苏联文论的有些引用我觉得非常精彩，至今仍然很有意义。比如一九八一年他在《学习中央精神　加强文艺批评》一文中引用高尔基的话："现在的文学家是不是还关心祖国的前途呢？这让人怀疑。社会问题已经不能刺激他们的创作了，他们已经从诗人、革命的诗人变成平庸的文学家，他们从天才概括的高处滑到了生活琐事的平面，他们只能够在日常的事件中摸索，越来越单调、贫乏、熄灭、失去了激情，作家已经不是世界的镜子，而是抛在城市街头的灰尘中的一小片玻璃，……只能反映出庸俗生活的片段，反映出受损害的灵魂的小碎片。"默涵同志引用的高尔基的这段话，对于今天我们有些文艺作品的状况也是完全适用的。

"文革"以后，默涵同志在《总结经验　奋勇前进》的文章里面还讲到"十七年"文化工作的两个教训，有他自己立论的特点，不是抄录文件，或只是人云亦云。这两个教训，一个是科学文化建设与经济建设的比例不能失调，就是我们不能只抓经济，还要抓科学文化建设。他的用词是有讲究的，这立刻就使我想到了在法轮功闹得最凶的时候，任继愈先生在《人民日报》上的一篇文章，这篇文章说"中国不但要脱贫，而且要脱愚"，就是愚蠢、愚昧的愚。第二个他说用政治斗争的方法来解决文艺创作上思想认识问题，以至于影响到对待知识分子的态度，这也是一个重要的教训。这些都反映了默涵同志对于文艺事业的全面了解和衡量。这些都给我留下了深刻的印象。

他的第三个精神资源和立论圭臬就是鲁迅。

默涵同志是非常真诚地拥护和正确地理解毛泽东思想，拥护和正确地理解苏联的经验教训和马列主义经典作家有关理论的,但同时他又是非常通情达理地探讨其中的各种问题的。例如一九八〇年三月,在《关于文艺工作的过去和现在》的发言中,他认为文艺为政治服务是正确的,但是现在不这么提没有关系。《讲话》里面提到的文艺从属于政治,他觉得可以不这么说。他认为文艺也好,政治也好,都是一定经济基础的上层建筑,它们都是为经济基础所决定的。说文艺从属于政治,等于说一种上层建筑从属于另一种上层建筑,这是不科学的。我觉得这些地方,默涵同志掌握的分寸还是比较恰当的。另外在本书第二百七十四页,他说:"对这些问题的看法显然存在着分歧,我的意见不过是其中之一种,错误肯定有,我是平心而言、不遵矩镬,怎么想就怎么说,绝无看风向、赶浪头之意,即使错呢,我这样也错得明明白白,绝不含糊其词。"他的意思就是一切我都清清楚楚的,我有什么想法我说了,你要是想批评也容易抓住我的论点。"不像有的人昨天那样说了,今天看看风头不对,抹抹嘴巴却又这样说。"这些都是他令人尊敬的原因之一。

默涵同志的一些具体观点,尤其是后期的一些观点,毋庸置疑是有各种不同说法的,我们现在无需重回那些分歧,或者企图做出历史性的结论,我们可以从《林默涵文论》里面吸收我们所能够吸收的那些健康的、正面的、有意义的、有见地的内容,这些对我们来说仍然有很大的教育意义。

《林默涵文论》中还有许多其他的说法。例如:在一九七八年《总结经验奋勇前进》的讲话中,他拥护"实践是检验真理的唯一标准"。他指出,林彪、"四人帮"所以能够猖狂的社会历史根源是由于中国是小生产者的汪洋大海,旧思想旧意识仍然存在,很容易盲从,容易受野心家的欺骗,是由于我们没有经过资产阶级民主的锻炼,是由于人民的文化落后。他提出,没有现代化,人民的生活水平不高,人民是不满意的,国防也是不巩固的。他批判"四人帮"的反对生活真实、取消艺术多样性是一种文化专制主义。他提出,在题材问题上，不应当规定什么题材可以写，什么题材不可以写。作家写什么，完全应该由他们自己决定。一个革命作家他会知道写什么对革命有利。倘若是反动的作家，你规定了也没有用。我认为他说得非常实在。反动作家，你规定题材他听你的吗？革命作家用你给他规定题材吗？这些地方说得都非常好。他提出不应该限制创作方法，一个作家只要站在人民的立场，他愿意采用什么创作方法，不要加以限制，应该由他自己去选择他所熟悉的和他认为恰当的方法。当然我们认为革命浪漫主义和革命现实主义相结合的创作方法，是最能够反映我们时代和生活的，所以我们提倡这种创作方法，鼓励作家去掌握它、运用它。"大跃进"时候，他反对人人做诗。他提出不要夸大阶级斗争。他提出要广开文路，要解放思想，实事求是。他提出文学艺术必须多样化。他提出艺术靠感觉，也靠思维——这在今天仍然非常重要，因为现在有的人反过来把思想完全否定了。他提出要有时代精神，如此等等，都给人非常深刻的印象。

第三，从个人来说，我对林默涵同志有特别的尊重，我也有幸几次得到过林默涵同志的关心、提携、帮助。

一是一九五七年三月，根据毛主席的指示，默涵同志写了评论《一篇引起争论的小说》，对我写的《组织部新来的青年人》这篇小说进行评论，登在《人民日报》上。他事先把清样寄到我家，我看到了。恰恰是这一次，他举的几个例子都是我作品原来所没有的，是由编辑同志添上去的，所以我就很犹豫要不要告诉他这个情况。当时跟我联系比较多的是中国作协青年作家工作委员会的副主任萧殷先生，我跟萧殷一说，他就急了，说必须告诉组织，你没写这个你怎么为这个做检讨？又说不管这个作品有多少缺点，你写的就是你写，不是你写的就不是你写的。所以后来我告诉了默涵同志，有了后来的情况。我现在重温林默涵同志当时的文章，我认为在那个时候，他是尽最大的友善来爱护、引领我这个年轻人的。为此我感激默涵同志。

第二次是我从新疆回来以后。当时一开文艺方面的座谈会就出现许多对默涵同志不赞成的说法。我个人则决意尊重每一位领导,这一点我在文章中都公开表示过。我不喜欢"文革"后成为流毒的"站队"一说,我不准备把领导分成左一派右一派然后选择紧跟。我的意见也许跟哪位领导距离大一点,跟哪位领导距离近一点,但是我绝不投靠;我尊重每一个同行与群众,但我绝不拉自己的一帮。我把在一九七九年出版的《青春万岁》寄给了默涵同志,后来默涵同志对我说,他虽然没看全文,但是他翻了翻,他很喜欢这个书。他还提到孙岩同志(林老的夫人)整个看了这本书,因为孙岩同志担任过师大女附中校长,对我写的那些内容非常熟悉,她也非常喜欢这本书。当时在默涵同志身边工作的邹士明同志也鼓励、肯定这本书。这是关于《青春万岁》的一次鼓励。

还有就是一九八〇年我应邀去美国以前,默涵同志亲自到我家。那时我住在前三门一室一厅四十平方米的房子里。因为他刚刚访美回来,他给我讲访美的一些经验,现在很多重要的话我忘记了,但是一句笑话我还记得。他说的是服装问题。因为那个时候出国以前都先上红都服装店做衣裳。他说,你别老穿红都新做的这两身衣裳,穿这个太像新姑爷了。所以他也是很幽默的。

还有一个事,"文革"以后第一次文代会,就是第四次文代会,当时总部是西苑饭店,我当时虽不住西苑,但在那里看到了当年人民大学的所谓大右派林希翎,我感到很奇怪,因为她不是代表,她怎么来了?后来据说是她给大会写了一封信,说她和社会脱节很多年了,想看望与会的一些朋友。默涵同志特批,同意她在西苑饭店住几天。这起码说明默涵同志的人情味,抱有一种与人为善、助人为乐的态度。所以,我对默涵同志始终有尊敬和感激的心情。

最后我要说,在很多文艺问题的具体观点和提法上,我跟默涵同志也有过碰撞,他也给我提过尖锐的意见,我也给他提过意见,而且他接受过我的意见。默涵同志从年龄上来说是我的上一辈,他比我的父亲小两岁,他是我父辈的文艺家、领导者。我在怀念默涵同志的时候，还会想起许多许多老一代的重要的文艺家、作家、画家和担任过重要领导职务的人，虽然后来有一些不同的见解、不同的说法，以至于有一些个人之间的隔膜，说得严重一点，还有点恩恩怨怨。但是我们今天回想起来，我个人觉得我更看到了他们的一致性，我们更要继承的是他们的共同性。回顾历史，目的不是爆谁和谁有什么鸡毛蒜皮的摩擦之"料"，而是继承他们的奋斗与理想，珍惜他们创立的事业与伟大精神，总结汲取他们的丰富经验教训。他们希望革命事业胜利，希望党的事业胜利，希望社会主义建设成功，希望革命能给文学带来一种新气象。用周扬同志的话说，希望中国出现东方的文艺复兴。他们为此献出了自己的一生。在这些大的问题上，我把这些老领导、老作家、老师视为一体，我更多地看到的是他们的共同性、一致性、坚持性。我要继承、学习的也是他们的共同性，尽自己微薄的力量，使我们的文学事业能有更好的成果。

2016 年 4 月 29 日

《装台》推荐词

陈彦先生的长篇小说新作《装台》,别开生面,地气盎然,真实可触,引人入胜,叫人为之笑也为之哭,为之思也为之叹,为之摇头也为之伸大拇指。它是二〇一五年中国当代长篇小说一绝。

它写的是由市民、农民工组织起来的舞台装台组合,属于为表演团体下苦干重活的一批人。下苦是西北地区方言,生动地表达了这一批人地位低下,收入不稳定,活路苦重危险,常常受到轻视、盘剥、嘲弄。他们为艺术团体的演出与艺术家服务,处于艺术劳动的边缘,乃至社会生活的边缘。

代表人物是一个装台班子的领班刁顺子,乍一看,他窝窝囊囊、低声下气、干着硬活、说着软话,蹬三轮、长痔疮、家庭生活不幸、老婆留不住、被亲女儿折磨辱骂、被混混哥哥颐指气使、被克扣欺骗、被剧团名导名演轻蔑戏耍,令人跌足长叹。

仔细读下去,你会发现,刁顺子与他的伙伴们,工作虽然下苦,仍有一种责任担当,而且这种责任担当被社会所需要所肯定。顺子作为装台的组织领导者,吃苦在前、享福在后、关心工友、光明正大、仁爱仗义、诚信可靠。他们卑微中有自己做人的底线,苦熬中有自己生活的期待,在各种匪夷所思的艰难挫折中有自己的自信自尊、坚持不懈,在广受嘲弄中有自己敬业敬人敬艺术的人格,在底层生活中有自己的硬气与耐心。他们这一群人是邪中有正,蠢中有能,粗中有细,野中有文,俗中有雅,苦中作乐,低下中有崇高,苦涩中有甘甜,人情冷漠中自有相互关爱与责任。他们的身上有人民千百年来积累起来的诚朴忠厚、吃苦耐劳、坚忍不拔、乐天知命、宁可亏钱、绝不亏心的种种可贵的中国精神。

尤其可贵的是，人们从书中看到，作者对境遇不佳的打工者，对相对处于底层人民的无限体贴、无比同情、真诚挚爱，有一副文艺工作者为人民立言、立形、立命、树碑立传的火热心肠。作者提供给我们的是装台工赞歌，是与农民工心连心的"信天游"，是替弱势群体大吼的"秦腔"，是急剧变化的伟大中国社会交响乐、摇滚乐与诙谐脱口秀，更像是一曲亲民、爱民、以人民为中心的"好人一生平安"的祝福心曲。

小说写了上百个人物，活灵活现，如闻其声，如见其状，如感其心，为之喜怒哀乐、悲欣交集。倒霉如刁顺子，也曾数次上台饰演小角色，尤其是他扮演《人面桃花》中的狗，令人喷饭。贫穷老实的顺子，却有一个牛气冲天而又歪毛邪气的哥哥刁大军，显示了当今社会的花样翻新，琳琅满目。剧团团长正派深沉、诚实老练、和光同尘、支应对付、颠扑不破。各种层次大不一样的所谓艺术家们，有的认真干练，有的连蒙带唬，有的吹吹拍拍，有的明日黄花，有的撒娇卖萌，人生如戏，戏即人生，煞是好读好看。此外书中描写了赌棍骗子泥沙俱下，村长丧事牛气冲天，寺庙奇闻令人晕倒，还有时尚的出国游、美容手术等等，百色人生，都是紧接地气，却又闻所未闻、见所未见、知所未知，既扎实，又奇异，既合情理，又绝顶新鲜古怪的当代中国故事。读来爱不释手，击掌称快。

发表于《上海文学》2017 年第 7 期

纪念碑与路标石

新华文轩集团在做一套当代作家的自选集,第一批出版陈忠实、史铁生、张炜、韩少功等的作品,目前签约的还有熊召政、王安忆、赵玫、方方、池莉、苏童等同行文友,今后还将考虑出版港澳台及海外华语作家的自选作品。好事,盛事!

现在的文学创作并没有太大的声势,人们的注意力正在被更实惠、更便捷、更快餐、更市场、更消费也更不需要智商的东西所吸引。老龄化也不利于文学作品的阅读与推广,因为老人们坚信他们二十岁前读过的作品才是最好的,坚信他们在无书可读的时期碰到的书才是最好的。新媒体则常常以趣味与海量抹平受众大脑的褶皱。

孟子早就指出来了:"耳目之官不思,而蔽于物。物交物,则引之而已矣。心之官则思,思则得之,不思则不得也。"他强调的是"心"的思维与辨析能力,认为仅仅靠视听感官,会丧失人的主体性,丧失精神的获得。因为一切的精神辨析与收获,离不开人的思考。

当然,耳目也会激发思维,但是思维离不开语言的符号,而文学是语言的艺术,是思维的艺术,是头脑与心灵而不仅仅是感觉的艺术。文艺文艺,不论视听艺术能赢得多少倍的受众,文学仍然是地基又是高峰,是根本又是渊薮。文学的重要性是永远不会过时与淡化的。

当代文学还有一个问题,"时文"难获定论,受"时"的影响太大。学问家做学问的时候也是稀罕古、外、远的历史文物加"绝门暗器",

不喜欢顺手可触、汗牛充栋的时文。

  但读者毕竟读得最多最动心动情最受影响的是时文。时文而晒一晒,静一静,冷一冷,筛一筛,莫佳于出版自选集。此次编选,除我一人而外都是"文革"后"新时期"涌现的作家,基本上是知青作家,也都有了三十年上下的创作历程与近千万字的创作成果。几十年后反观,上千万字中挑选,已经甩掉了不少暂时的泡沫,经受了飞速变化与不无纷纭的潮汐的考验,能选出未被淘汰的东西来,是对出版对读者的一个贡献。

  以第一批作者为例,陈忠实的作品扎根家乡土地,直面历史现实,古朴淳厚,力透纸背。史铁生身体的不幸造就了他的悲天悯人,深邃追问,碧落黄泉,震撼通透,沉潜静谧。张炜对于长篇小说的投入与追求,难与伦比,乡土风俗,哲思掂量,人性解剖,一以贯之,未曾稍懈。韩少功更是富有思辨能力的好手,亦叙亦思,有描绘有分解,他的精神空间与文学空间纵横古今天地,耐得咀嚼,值得回味。我的自选也忝列各位老弟之间,偷闲学学少年,云淡风轻,傍花随柳,作犹未衰老状,其乐何如?

  我从六十余年前提笔开写时就陶醉于普希金的诗:

> 我为自己建立了一座非人工的纪念碑,
> ……所以永远能和人民亲近。
> 我曾用诗歌,唤起人们善良的感情,
> 在残酷的时代歌颂过自由,
> 为倒下去的人们,祈求宽恕同情,
> ……不畏惧侮辱,也不希求桂冠,
> 赞美和诽谤,都心平气静地容忍……

  看到文友们的自选集时,我想起了普希金的诗篇《纪念碑》。每一个虔诚的写者,都是怀着神圣的庄严,拿起自己的笔的。都是寄希望于为时代为人民修建一尊尊值得回望的纪念碑来的。当然,还不敢妄称这批自选集就已经是普希金式的纪念碑,那么,叫路标石就好。几十年光阴荏苒,总算有那么几块石头戳在那里,记录着时光和里程,记忆着希冀和奋斗,还有无限的对于生活、对于文学的爱惜与珍重。它们延长了记忆,扩展了心胸,深沉了关切与祝福,也提供给所有的朋友与非朋友,唤起各自的人生百味。

发表于《人民日报》2017 年 2 月 21 日

重读李大钊之《青春》

重读李大钊之《青春》,为我国早期共产主义志士追求之弘远、感情之炽烈、境界之崇高,学问、思想,直到词汇之丰富而拍案叫绝,而热泪盈眶。今天仍然崇拜这样的人啊!一百零一年前,先知先觉的中国知识分子,高举起青春的大旗,颂少年之中国,歌青春之伟力,办"新青年"之杂志,为古老中国再造重生,吹响了理想的冲锋号。一百多年过去了,中国已经不是那个风雨如晦、摇摇欲坠的中国了,同样我们也期待着当初少年精神、青春精神的回归、重现与发展、完美。

李大钊说:

> 嗟吾青年可爱之学子……念子之任重而道远也,子之内美而修能也……为尽瘁于子之高尚之理想,圣神之使命,远大之事业,艰巨之责任……乃不枉于遥遥百千万劫中……与此多情多爱之青春,相邂逅于无尽青春中……

李大钊此文从自然界的春天讲到了人的生命的青春,并且把青春解释阐发为理想、使命、事业、责任;这也是天人合一观念之时代化、革命化、神圣化。难道它不让今天的老中青年为之精神一振吗?

> ……日新、日日新、又日新之谓也……故能以宇宙之生涯为自我之生涯,以宇宙之青春为自我之青春……此之精神,即生死肉骨、回天再造之精神也。此之气魄,即慷慨悲壮、拔山盖世之

气魄也……吾人于此,宜如宗教信士之信仰上帝者信人类有无尽之青春……虽在耄耋之年,而吾人苟奋自我之欲能,又何不可返于无尽青春之域,而奏起死回生之功也。

再向前迈一步,联系《尚书》上讲的"苟日新、又日新、日日新";英雄志士、智者勇者讲的生死骨肉、回天再造,慷慨悲壮、拔山盖世,振聋发聩。这是人生观,这是如同宗教般的终极信仰,这是生命的意义与分量。而且,这种精神与气魄的青春性不再受生理年龄局限,耄耋之年可以返于青春,起死回生!个人如此,几千年的国家民族何尝不是这样!老而弥少,长而弥坚,成熟而弥更新,淡定而弥开拓!

这里,有中华自古以来的青春精神、少年意气、志士热血、仁人衷心;有"天将降大任于斯人也"的自诩;也有梁启超引用的西谚"世有三岁之翁,亦有百岁之童"之哲理。李大钊那样的革命者,从一开始就是既弘扬传统文化,又汲取世界先进思想,进行着传统的创造性转化与创新性发展的一代精英。

> ……白首中华者,青春中华本以胚孕之实也。青春中华者,白首中华托以再生之华也……宇宙有无尽之青春,斯宇宙有不落之华……青年乎,勿徒发愿,愿春常在华常好也,愿华常得青春,青春常在于华也。宜有即华不得青春,青春不在于华,亦必奋其回春再造之努力,使废落者复为开敷,开敷者终不废落,使华不能不得青春,青春不能不在于华之决心也……

李大钊讲了青春与白首的辩证关系。此文原载于一九一六年九月一日《新青年》2卷1号。当时一些悲观主义者与觊觎我中华民族的域外虎狼,鼓吹中华"老大帝国"说,暗示此帝国已濒于垂暮衰年、百病缠身。而李大钊告诉人们,所谓老大也是打从当年的青春风华发展变化而成,而且老大了仍然有返老还童、恢复青春的光明前景,关键在于国人有什么精神状态,什么世界观人生观,什么信仰追求,什么实践奉献。文中说,耄耋可逆生长为青春,华彩春花,不但可以在自然界之青春即春季开放（文中曰"开敷"），也可以在兹后重放、续放、新放，还可以变"废落"为长放不衰。他既承认开放与废落都是宇宙、人类、国族、自我的题中之义，又强调责任担当，青春常在。诚哉大钊，伟哉大钊！

……艰虞万难之境，横于吾前……堂堂七尺之躯……前不见古人，后不见来者，惟有昂头阔步，独往独来……更胡为乎念天地之悠悠，独怆然而涕下哉……今人之赴利禄之途也，如蚁之就膻，蛾之投火……耶经有云："富人之欲入天国，犹之骆驼欲潜身于针孔。"……青年之自觉……勿令僵尸枯骨，束缚现在活泼泼地之我……一在脱绝浮世虚伪之机械生活，以特立独行之我，立于行健不息之大机轴。袒裼裸裎，去来无罣，全其优美高尚之天……此固人生唯一之蕲（祈）向，青年唯一之责任也矣。拉凯尔曰："长葆青春，为人生无上之幸福。"吾愿吾亲爱之青年，生于青春死于青春，生于少年死于少年也。德国史家孟孙氏，吾愿吾亲爱之青年，擎此夜光之杯，举人生之醍醐浆液，一饮而干也。人能如是，方为不役于物，物莫之伤。……青年循蹈乎此，本其理性，加以努力，进前而勿顾后，背黑暗而向光明，为世界进文明，为人类造幸福，以青春之我，创建青春之家庭，青春之国家，青春之民族，青春之人类，青春之地球，青春之宇宙，资以乐其无涯之生。乘风破浪，迢迢乎远矣，复何有无计留春望尘莫及之忧哉……

李大钊就是这样的学贯中西，文通今古。他的理念打通了哲学、史学、科学；他的主张整合了人生观、价值观、自然观、文化观；他的人格完美了革命家、思想家、义士、学人；他的文章古色古香、经典纯朴、至诚至善、如火如荼。他是先锋猛士，代表了汹涌澎湃的时代潮流。国家危难，召唤出一大批诗家学者成为英雄豪杰仁人志士，而和平小康的幸福，对利禄之徒也会成为低俗丧志的温床。李大钊等革命先烈的在天之灵，当然会为后来的革命胜利与国家建设发展而欣慰，为万里长征的第一步第二步第三步而庆幸，同时，也会为种种新挑战新考验尤其是精神面貌的不如人意而充满期待与忧思。面对李大钊的青春论青春义青春血青春旗帜，在这个给了中国更多机会的时代，面对新的使命，我们应该怎样选择，怎样行动呢？

发表于《文汇报》2017 年 5 月 4 日

一部值得认真对待的电视剧

巴尔扎克说过，培养一个贵族，需要三代。至于在中国，我曾说过，更典型的恐怕不是法国式的贵族，却是贾赦、贾琏式的腐烂型与那五式的败落型"贵族"。然而我还要说，是贵族未必有贵族精神，是平民未必就没有贵族精神。恰恰是一些不具贵族身份的人，却有着很深的贵族气质和精神。

著名的宋家，其缔造者宋耀如，则是富商型、文化型、海外型的华侨精英。宋家还出了一批大人物，宋氏三姊妹，加上宋子文，是中国现代史上的重要角色。这个宋氏家族，客观上形成为少见的、政治与文化交融的、而非血统的顶级家族。这个家族的成员，虽然各有不同的选择，但是总体上都有自己的尊严与底线，有自己的实现中华伟大复兴的追求，有自己的格调与魅力。人们不能不关注他们，并希望更多地了解他们。了解不远前的历史是为了了解今天，了解一个父亲是为了了解他的子女与他们的同时代人面临过的挑战、应对与得失。了解他们的艰难与痛苦、过失与错乱是为了使我们后人更聪明一点、开阔一点、从容一点。了解他们的伟大，是为了知道伟大如果脱离了实际与人民，也会成为悲剧的渊薮。

在一个历史题材的表现变得日益浅薄与俗气、戏说化与随意化的大众传播时期，有一部像《宋耀如·父亲》这样的电视剧出现，令人振奋，值得认真对待。

发表于《人民政协报》2017 年 5 月 6 日

书海掣鲸毛泽东

——读《毛泽东读书笔记精讲》有感

一 书海弄潮

毛泽东爱读书,读了很多书,这是大家都知道的。但读了陈晋主编的《毛泽东读书笔记精讲》,还是有振聋发聩、醍醐灌顶之感。一个忙于各种事务的党的最高领导人,读书多到如此地步,没有想到。四卷《毛泽东读书笔记精讲》(以下简称《精讲》)的头一张插图就是毛泽东读英文版《共产党宣言》笔记,为之一震。

《精讲》附录列出毛泽东一生阅读和推荐阅读的三十一个书目,就占用了九十四页篇幅(这当然不是他一生阅读的全部),琳琅满目、浩瀚汪洋,令人愕然肃然。再看看毛泽东早年所发出的"读奇书、交奇友、创奇事,做奇男子"的心愿,他是说到做到了。仅奇也哉?雄乎伟乎壮乎,神人也!

毛泽东是书海、人海、政海、民族抗争之海的弄潮儿,波涛万顷,千帆竞发,兀立潮头唱大风!他读了古今中外多少书——读了四书五经,读了二十四史,读了楚辞汉赋李白杜甫,还读了西方启蒙新学、马列经典、哲学、历史、自然科学,而且读了少为人知、稀奇古怪的各种闲书杂籍。他眼到口到手到心到,写下那么多读书笔记,抒发那么多有趣的评论。他从实践出发,以书为机场跑道,起飞升高,翱翔万里,睥睨天下,在书海内外掀起风波,激起浪潮,真是亘古少有的奇观。

毛泽东是坚定的唯物史观信奉者，他坚信奴隶创造历史，人民是历史前进的动力，他提出的"密切联系群众"是共产党的三大作风之一。不能不承认，他是一个早早立下鲲鹏之志的伟人。在二十岁的一九一三年，他就写下了读《庄子·逍遥游》的感想。庄子言，"且夫水之积也不厚，则其负大舟也无力"，毛泽东读后，"叹其义之当也"。他举李鸿章为例，说李是"置杯焉则胶，水浅而舟大也"，处理国务，总是失败，如大舟行于浅水。毛泽东明白，仅有大志未必有用，为了避免置杯而胶着于水底，避免"志大才疏"，必须早早准备大水大海，使积也厚！什么是水什么是海？书中自有洪波涌，书中自有大浪翻！读万卷书，行万里路，毛泽东做到了"踏遍青山人未老"，更做到了以有涯逐无涯地读书到生命最后一息！

毛泽东深感我们的国家、我们的党、我们的干部"书养"太薄，他一次又一次地呼吁，在各种会议上发放书籍册页，劝读、分享。把党建成学习型、读书型政党，这个在世界政党史上罕有的提倡是从他开始的。

毛泽东不是天生的英雄，也不是一蹴而就的马克思主义者，他是从实践中摸爬滚打出来的，是在打击挫折下成长起来的。这个过程中，他不断地读书，武装头脑。《精讲》使我们看到一个革命家丰满充实的读书轨迹。

毛泽东是随着实践要求、身份转换而选择所读之书的。他的朋友、同学周世钊回忆："毛泽东的思想大转变，是一九一五年读了《新青年》之后。"那时，他从阅读经史子集的兴趣中走出来，站到了改造中国新思潮新实践的探索潮头。接触了服膺了马克思列宁主义后，他从此再无犹豫，以"吾道一以贯之"（孔子）和"目标始终如一"（马克思）的精神读书、学习、实践。他一生阅读最多的是马列、哲学和文史三类书。一本《共产党宣言》，他读过一百多遍。同时对中外理论家们的各类著作也广有涉猎。毛泽东把懂哲学看做干成大事的必备条件,他说:"马克思能够写出《资本论》,列宁能够写出《帝国主义论》,因为他们同时是哲学家,有哲学家的头脑,有辩证法这个武器。"

毛泽东读史,以叛逆的姿态,从书海中寻找真理更挑出谎言。他不大喜欢无用儒术,更不喜欢天子神话,他宁愿得机会就表彰共工、盗跖、秦始皇、刘邦、曹操、马周、黄巢等来自基层的进取有为人物。他渐渐得心应手地以革命理论与书本知识联系中国实际,以中华文化与世界文化的睿智思考实际问题,不断消化,不断发挥,不断调整,不断创新发展,终于成为通古今之变、成一家之言的革命家、思想家。

毛泽东生涯八十有三,他一生做了革命家不得不做的所有事情:反对军阀、办报启智、建党建军、工农调查、行军打仗、戎机运筹、行文走笔、整顿党风、统战抗日、国共决战、建设新中国……在各种事务之外,他挤出了大量时间阅读阅读再阅读,尽其所能,阅读思考,求知祛魅。面对这位以有涯之生游无涯书海的伟人,我们应该为任何不读书的理由而汗颜!

二 天马行空 独立鳌头

毛泽东是革命家、政治家、思想家、理论家、哲学家、军事家、诗词家、书法家,我还愿意加上"读书家"。能与他的执着于革命相比拟的是他的执着于读书。早在延安,毛泽东就说过,"如果我还能活十年,我一定读书九年零三百五十九天"(按:中国老历法一年是三百六十天)。根据《精讲》,毛泽东最后读书是在一九七六年九月八日下午五时五十分,他读了约三十分钟《容斋随笔》,此时距他次日凌晨零时十分去世只有六个小时。读书是他事业的需要,也是他生命的需要。"我读故我在",他的读书是一种生命体征,是他的存在感的验证,更是他的思想、精神、灵魂活跃于天地间的征兆,或可称为"魂征"。

毛泽东深感中国共产党党员、党的领导干部需要读书,更需要在实践中用出门道。正如陈晋为《精讲》所作序言《学用之道——毛泽东书山路上的风景》中的精彩表述,他要将"有字之书"与"无字之书"结合起来读;既入书斋,又出书斋;"将书本知识转化为认识,将认识转化为智慧"。世上善读书苦读书的学者多了去了,有几个人能像毛泽东读出那么多风景?有几个人能像毛泽东读出人民的痛苦,读出革命的路径选择从而大获全胜?世界上革命家政治家兼读一点书的人也多了去了,有几个能像毛泽东那样,读得说得干得都如火如荼、惊雷闪电?!

毛泽东不是书呆子,他最瞧不起本本主义,他说过"教条主义不如狗屎""读书比杀猪容易"。毛泽东把"本本"读活了,他自己的说法是,当书的"联系员"与"评论员"。他读一本书,往往兼及一类书对照读。他的读书评论,妙语连珠,不但有的放矢而且独辟蹊径。毛泽东谈书论理,从来都保持着自己的主体性、挥洒性、批判性。他有所专注、有所赞赏、有所选择、有所借题发挥、有所高谈阔论,也有所拒绝、有所蔑视、有所嬉笑怒骂。

比如毛泽东读宋玉《登徒子好色赋》,指出宋玉"攻其一点,不及其余"的"罪过",同时指出登徒子与丑妻恩爱有加正是实行"婚姻法"的模范。毛泽东的分析不落俗套,又确实为登徒子戴了多年的"好色"帽子说了公道话,给了宋玉此赋巧言令色、抹黑他人的批评。在他的建议下,《登徒子好色赋》作为文件之一印发给一九五八年一月南宁中央工作会议的与会领导干部。联系历史背景,毛泽东要表达的,就是他说的,"并不反对对某些搞过头的东西加以纠正,但反对把一个指头的东西当作十个指头来反",他觉得需要为正在发展的实践寻求文化依据。

出入于书海,毛泽东能够自如地登高壮观天地间,挥洒肯綮与豪迈的才思,发挥他的大志大智。他有时是天马行空,有时是别具一格,有时是彻底推翻,有时是举一反三,有时是一通百通,有时是欣赏愉悦,有时是怒火义愤。他有所主张,有所热爱,有所痛恨,有所希冀。他在读书中激励意志,激荡思想,激动情感,激发灵感。

三 紧扣实践读出真见识

《精讲》告诉我们,毛泽东博览群书不是"翡翠兰苕上"的文人自赏,而是有"掣鲸碧海"的大作为大志向。他看重的是中国革命的伟大实践,把学用之道发挥得出神入化。

毛泽东认为"只有讲历史才能说服人","看历史,就会看到前途"。毛泽东欣赏的历史人物,一是懂得历史规律能干成大事的人,二是从底层发展起来的朝气蓬勃的能人,三是忠厚仁义、大度谦逊、不计功名的贤人。

读《史记》的《高祖本纪》《项羽本纪》《郦生陆贾列传》等,毛泽东认为,在楚汉战争中,项羽兵力远胜于刘邦,却屡失机会而败,"不是偶然的",项羽最致命的缺点是"不爱听别人的不同意见",而刘邦"豁达大度,从谏如流"。他的结论是,"项王非政治家,汉王则为一位高明的政治家"。他告诫说,我们的同志中也有这样的情况,"如果总是不改,难免有一天要'别姬'就是了"。毛泽东认为项羽有"沽名"的弱点,为免负"不义"之名,犹豫不决,但也赞赏项羽的羞耻之心,他在一九四八年为新华社写的述评说:"蒋介石不是项羽,并无'无面目见江东父老'那种羞耻心理。"

纵览中国历代开国统治者的业绩,毛泽东得出"老粗出人物"的感慨。当然他也说,没有知识分子的帮助不行。他分析楚汉战争:"刘邦能够打败项羽,是因为刘邦和贵族出身的项羽不同,比较熟悉社会生活,了解人民心理。"这使人联想起毛泽东在谈到"左"倾教条主义者时说:"他们不知道人活着要吃饭,打仗会死人。"

读《南史》,毛泽东为梁武帝手下的将领陈庆之而"神往"。陈庆之出身寒门,以少胜多、战功赫赫;仁爱百姓,克勤克俭;忠正刚直,在不被信任的情况下秉忠进谏,在有人对他有拥立之意时断然拒绝。毛泽东视陈为楷模,还称赞梁武帝名将韦睿是"劳谦君子",号召"我党干部应学韦睿作风"。读《旧唐书·刘幽求传》,对于刘幽求不择手段谋求官位,打击异己,削贬后"愤恚而卒"的记载,毛泽东指出他心胸狭窄,"能伸而不能屈"。读《资治通鉴·汉纪》,蜀汉谋臣法正有利用权力泄私愤之劣迹,有人劝诸葛亮向刘备汇报,诸葛亮则以当时大环境不利于蜀国,而法正正辅佐刘备一图霸业,不能因为小事就限制他。毛泽东同意诸葛亮的看法,批道:"观人观大节,略小故。"由此可以看出毛泽东的用人之道。正如《精讲》所说:"毛泽东读史真是读到了骨头里,历史的精髓尽取。"

  毛泽东延安时期提出的"改造我们的学习"的主张,也正是他自己读书的追求与要领。他指出:"不注重研究现状,不注重研究历史,不注重马克思列宁主义的应用,这些都是极坏的作风。"他读"马恩列斯",更重视列宁与斯大林,因为后二人有革命与建设社会主义的实践。他读苏联哲学著作,但是从一开始就认为那些著作对矛盾的统一性同一性讲得不明白不到位。直到斯大林的错误揭露出来,他重视从斯大林的思想方法、哲学观点、辩证法掌握得不到家,直至陷入误区等方面找原因。他在思想方法上一直注意克服片面性,克服形而上学;在治党治国上一直警惕脱离人民、腐化堕落,使共产党变质成为人民的对立面。他谈文学,喜欢描写反叛斗争、抑强扶弱,站在被压迫被剥削者一边的作品;读《水浒传》,他说"没有法子,才上梁山"。他喜欢那些百折不挠、豪气冲天的文人,诸如屈原、李白等。毛泽东非常喜欢鲁迅的作品,《精讲》辑录的关于鲁迅作品的笔记和讲话有九篇之多。毛泽东认为"鲁迅懂得中国",他极其赞同鲁迅在《门外文谈》中"老百姓也可以创造文学"的观点,他号召全党学习鲁迅的政治远见、斗争精神和牺牲精神。

  毛泽东对《红楼梦》的评价很高。他一九五六年在《论十大关系》的报告中说:中国"除了地大物博,人口众多,历史悠久,以及在文学上有部《红楼梦》等等以外,很多地方不如人家,骄傲不起来"。他读《红楼梦》,是"当作历史来读的",读出了阶级斗争、生产关系、封建与反封建、四大家族盛衰兴亡。但切不可以为毛泽东只会从政治历史方面品味文学作品,他对《红楼梦》无以复加的高看,还因为他认为《红楼梦》的"语言是古典小说中最好的,人物也写活了"。他对许多文史篇目的批注,都反映了他的文学造诣和审美高度。

关于毛泽东对儒家学说的复杂态度,《精讲》给予了梳理,使人们对此有一个全面了解。首先,毛泽东对儒家学说并不欣赏,他直言:"我这个人有点偏向,不那么喜欢孔夫子。"(一九六八年) 这可以回溯到"五四"时期,当时的大潮流大趋势就是批判儒家学说,几乎所有的革新派革命党进步人士,都把矛头指向"孔家店"这个"思想界的强权"。二十六岁时毛泽东就说过:"我们反对孔子,有很多别的理由。单就独霸中国,使我们思想界不能自由,郁郁做二千年偶像的奴隶,也是不能不反对的。"(一九一九年) 但我们也可以看出,毛泽东从来都不是简单地绝对地否定孔子。他常常把孔子及其学说从道德和哲学层面分开进行分析。毛泽东说:"孔孟有一部分真理,全部否定是非历史的看法。"(一九四三年) "我们共产党看孔夫子,他当然是有地位的,因为我们是历史主义者。"(一九五八年) 他说:"说孔子的功绩仅在教育普及一点,他则毫无,这不合事实。"(一九三九年) 对于孔子的"正名"说,毛泽东同意从观念纲领上予以否定,但他认为从哲学上说是对的,"一切观念论都有其片面真理,孔子也是一样"。对于孔子"过犹不及"的命题,毛泽东认为这种中庸观念本身不是"发展的思想",体现了保守性;但是从哲学上说,它"是从量上去找出与确定质而反对'左'右倾则是无疑的",他还说这"是孔子的一大发现,一大功绩,是哲学的重要范畴,值得很好地解释一番"。(一九三九年) 对于儒家学说中的"知仁勇""仁义礼智信"等道德范畴的说法,毛泽东说:"'仁'这个东西在孔子以后几千年来,为观念论的昏乱思想家所利用,闹得一塌糊涂,真是害人不浅。

我觉得孔子的这类道德范畴,应给以历史的唯物论的批判,将其放在恰当的位置。"总起来看,毛泽东似乎更同意对儒学进行批判性改造,划清儒学中的精华与糟粕、儒学本意与历代统治者的曲解的界限,做出共产党人的新解。

四 《精讲》是毛泽东读书事迹的纪念丰碑

如果说毛泽东留给我们的读书遗产是光彩夺目的庞大宝库,那么,接受这份遗产,则需要费些力气。毛泽东读书量大、面宽、时间跨度长,笔记简详、深浅、独特性与概括性不一,整理起来可能是老虎吃天,无从下口。而读书笔记又常常最富个人色彩和随机性,有些还是进入自由王国的"任我行"之语。海量的精彩片段,令人难以形成完整全面的认知与结论。《精讲》在这方面立了大功。全书一百四十八万字,分为"战略""哲学""文学""历史"四大卷,以现存有据的毛泽东批注过评点过谈论过的文字记录为依据,以观点为条目,每条由原文(有些略去)、毛泽东的笔记和谈话、精讲三个层次组成。《精讲》最具特点的确实是"讲",讲得精准、精到、精确,富有学术性、思想性、条理性与全面性。既有对原书作者的介绍,又有毛泽东阅读的背景,笔记或谈话的针对性和着力点所在,还有各种相关说法、历史勾连等,就连毛泽东在其他场合其他年代谈到同一人物同一事件同一本书时的不同或相同的说法,也一一互为印证,最后,往往还能读到精讲者水到渠成的点评。如此,读者得以捋出毛泽东思考的来龙去脉。

在读《新唐书·马周传》时,毛泽东同意作者欧阳修对马周从一介草民成长为唐太宗的股肱之臣的赞扬,却不赞同作者最终评价他"然周才不逮傅说、吕望,使后世未有述焉,惜乎!"针锋相对地批注:"傅说、吕望何足道哉!马周才德,迥乎远矣。"他认为马周所上奏折,乃"贾生《治安策》以后第一奇文,宋人万言书,如苏轼之流所为者,纸上空谈耳"。毛泽东不惜贬低傅说、吕望、苏轼等人,为马周辩护。此处,《精讲》用大篇幅讲解了马周向唐太宗所上奏折的建言内容,并说明毛泽东在多处重重加了旁圈,最后写道:"毛泽东对出身卑贱者、年轻人有偏爱,马周其一例也。"此言看似出乎意外,实则深得毛泽东之心。

对于毛泽东谈《诗经》,《精讲》梳理了毛泽东从一九一三年开始,在笔记、启事、书信中多次对《诗经》的引用和解释,以及二十世纪五十年代为列车服务员所写便条(让她把"静女"四句送给男友),强调了毛泽东对《诗经》的熟稔和理解程度。然后《精讲》指出,毛泽东同意司马迁所说"《诗》三百篇,大抵圣贤发愤之所为作也",而不同意孔子的"怨而不怒"说,毛泽东的观点是:"心里没气,他写诗?"这样的梳理,不仅把话题讲透了,也讲出了一个有学养、有血肉的毛泽东。

李白的名诗《蜀道难》,历代权威文论对它从思想性方面进行了各种猜测,《精讲》列举元代和今人的两种说法,一说是讽喻安史之乱中玄宗逃难入蜀,一说是提醒沉迷蜀地的人四川随时有发生变乱的可能。《精讲》告诉我们,毛泽东恰恰不同意这些政治色彩的分析,他说"不要管那些纷纭聚讼",他感兴趣的就是这首诗的"艺术性高"。太妙了!

《精讲》第四卷说:"毛泽东大概要算二战以来各国领导人中最喜欢读史,也读得最多的一位""从古代汲取今日建国治国的经验教训,应该说,这是毛泽东的一个长处或优势"。然后,《精讲》也说道:"这可能又是毛泽东的一个缺点,他由于过多了解传统,有意无意间会受到传统某些阴影的影响,对现实问题产生一些误解,从而影响了他对时局的正确评估,也影响了党内的民主生活。"站在二十一世纪的今天看,这样的评点,应该说是严谨、科学、富有启示性的。

读了《精讲》,可以设想,毛泽东曾以怎样的热忱,怎样的妙悟面对书之海洋、书之山岳、书之深邃内涵、书之感人肺腑。可以设想,毛泽东正是在书海里，活跃了思维，造就了精神品质，解开了精神枷锁，与古今中外的圣贤智勇切磋了能力，试炼了精神，发现着新大陆、新图景！在沉潜于书海的时候，他的主体精神得到前所未有的充分发挥，他是最最纯粹的他自己。可以说，没有二十世纪中国翻天覆地的历史洪流，没有波澜壮阔的中国革命和建设实践，就没有毛泽东；没有那些浩瀚书文的化育、滋养，也不可能有毛泽东思想的形成，不可能有毛泽东的诗情、才情、高度、深度。

《精讲》实为一部可读之书，信息量大，知识性强，可以知人，可以鉴史，可以大开眼界。为了给读者铺设一条坦途，编者们知难而上，做了大量考订查找、印证对照的编辑工作，考虑周全、繁简得当、扎扎实实、兢兢业业，为毛泽东的读书事迹，树立了一座永远的丰碑。而书中的《学用之道——毛泽东书山路上的风景》这篇长序，堪称全面论述毛泽东读书生涯的纪念碑文。

发表于《公民与法（综合版）》2018年第3期

柳鸣九的菜园子风光

柳鸣九的大名早已贯耳。他是法国文学专家、翻译家,是研究法国包括欧洲文化思想的学者,他的视野宽阔。我对他的学术成就有一知半解,更有相当高的敬意。记得在一个场合与他同处,一些学友纷纷被披上了教授、博导的光环,而对他的介绍是他的多少位学生担当了教授与博导。而今有幸蒙他厚爱,读到他的《种自我的园子》清样,他的文学,他的思想,他的语言,笔力深沉与宅心仁厚,仍然给了阅读者以新的冲击,以佩服与享受,以快乐与叹息,以感动与心花的放而不怒。

单单一看名单,他所写的人,就够你焚香敛容敬慕一番的了。马寅初、梁宗岱、冯至、朱光潜、李健吾、钱锺书、闻家驷、卞之琳、何西来、吕同六,还有西蒙娜·德·波伏娃等,都是我辈远闻大名、未能近观的当代大家。除了鸣九,谁还能这样切近与体贴、捉摸与把握、善意与理解地,有时又是含泪含笑地描写他们呢?而且是栩栩如生,摹写着他们的音容笑貌,问切着他们灵魂的甘苦潮汐。谢谢鸣九,为我们留下了一组大师的剪影,一个时代的高端知识分子的群体风貌。

鸣九不是靠写大人物为自己拔份儿,他不咋呼,不张扬,也没有摆出宣示判词的架势,更没有所谓作家散文的酸溜溜与扭捏态。他多年来与这些学者共事,从大背景入手,从小细节下笔,写出了他所尊敬的长辈与同事在大时代小环境中的人性表现,记了时代,记了人生,记了外表,记了心曲,记了极其平常却是鲜为人知的故事。他的观察细微而敏锐，他的笔力游刃而有余，有直抒，有曲致，有简评，有感悟。点到深处，恰在关节，读来你实在放不下。

他写冯至，本着从系主任到所长的三十年接触，描写了这个学界泰斗日常学术与政治运动中的姿态，还有他本人对这位学术领导的揣摩与感受，整体印象是一个"沉"字："沉默""沉郁""沉稳""高大实沉"，是"端坐于学术宫殿之中的庙堂人物"，为我们提供了一个识人的角度。对朱光潜的描写令人深思。朱先生是一位以"毅"和"勤"为"突出的精神品质"的大学者，"矜持、肃穆、有尊严"，对学术的专注严谨和在学术研究上的坚持，与在被批判时的妥协甚至自我否定的态度，相反相成，构成了不同的人生侧面。可以见出，鸣九对人对时对事，心存同情厚道，他的推导与揣测之语，并不是跟风妄言，也不廉价地搞什么"今是而昨非"。他把共事三十多年的老领导卞之琳定位于"精神贵族"，兼具"党员""专家""领导""雅士"几种特质，从走路、交往、一句评语，加之学术上的严格要求、偶然走神的意态到"无为而治"的领导方式，使我们看到了一位典型的前辈知识分子的做派，也看到了历史的风云变幻中学者们的不同风姿。

鸣九是长期浸濡于"翰林院"的学者，是游走于中法大师之间的学界专家，著作甚丰，但这并没有使他的脾性稍离地气。他对市井人情的眷恋和情致，自然感人。他深情地描写父亲辛劳克己，以厨艺挣钱培养儿子们"做读书人"；他难以忘怀地记述英年早逝的儿子成长过程中的每一件"傻事"、奇事；他童心未泯地回忆孙女"小蛮女"的趣事种种；他对并非血亲然而养育留学的"另一个孙女"晶晶也充满着长辈的爱意和自豪。

鸣九终究是在中国文化中成长起来的文化人，自称"欧化的土人"，他坚决地、踏踏实实地做着柳鸣九自己，学问再大，文章再好，他不出洋相霸相装相高相和多情相，虽然他早生了华发。他不光生活习惯谈笑举止都是中国范儿，笔法和情感更是中国式的。

他自称要种好自己的菜园子当中计有"亲情篇""翰林院内外

篇""巴黎名士印象篇""老门房告示篇""演辞篇""人文观察篇""巴黎之行足迹""文友交谊篇""自我篇"等,这是他种植的一行行鲜活的蔬菜,鸣九记人记事,把自己也摆进去,看得深但不冷峻,拎得清但不刻薄,对笔下人物的处境有共鸣,对他们的心境有探求,对他们的评价有理解有体恤。在鸣九识人论事的文字风景中,我们也看到了他自己的内心风景——丰富而又善良,体贴而又关怀,好奇而又多思,尤其难得的是他的笃诚与朴实。

发表于《博览群书》2018年第9期

用淮剧艺术演活"执着者"

剧作家友人罗怀臻编剧的淮剧《武训先生》在上演六十余场后，来到北京演出。我颇有期待，也不无不安。一个叫花子办起三个"义务教育"的学堂，正如编剧者说，他"对知识有崇高的敬畏，对人生有执着的信念"，他"用一辈子的时间践行一件事"，"将理想化成了生活"，这难道不是令人肃然起敬的？

观众从武训独特得不可思议、伟大得近乎天使、离奇得几近荒谬、苦行得近乎圣徒、卑贱得又难以让人接受的生活历程中，仍然能感受到一种非凡的追求与坚韧，一种奉献的忘我与光明，一种苦难的火焰与熔铸，一种人生有成的安慰与升华。很简单，他想做的是一件好事，是一桩文化慈善事业，但他不是比尔·盖茨，他一无所有，只有赤手空拳，用付出身体和生命去完成义举、善举。他为之牺牲了一切，他做到了！

这是一个匪夷所思的故事，是一个为文化教育而献身的文盲的故事，是一个励志成功的故事。当然，又是一个令人长叹的故事。

终于，二〇一八年十一月，我看到了由上海淮剧团演出的、罗怀臻编剧、韩剑英导演、梁伟平主演的《武训先生》。

戏剧开始表现青年武训与梨花的爱情，他们对于生活的期望，还有与小和尚了证的友谊，带着几分喜剧色彩，活灵活现呈在舞台之上。然后是武训和梨花由于不识字被财主张老辫诈骗与欺压，卖了力气反而一贫如洗，被逼卖地卖人，武训开始从他知之甚少而羡慕甚多的上学、识字、读书上,从知识与文化的重要性上,思考与谋划穷苦人改变命运的可行之道。靠行乞办义学,让不识字的穷人不再受识字的坏人欺负,他的想象力、神奇性、斗争性、大志与大勇,已经特异有加,远远超过常人了。

行乞生活中,他受尽污辱欺凌,但是为了一个崇高目的,他甘受胯下之辱,以退为进,以弱胜强,以柔克刚,以不变应万变,他的思路与行事确有中华传统文化的某些特点。

舞台上苦肉计中的武训,令观众难受。这时他与有情而未成眷属的梨花相遇,对唱对舞,互诉衷肠,那种凄美与深情,痛心与互怜,令人哀叹;那种对被剥夺了的爱情的相思,也成为武训办成义学的驱动力量。他燃烧生命,如火如荼,追求文化,追求公益,令人唏嘘涕泣。梨花被迫委身的卫屠户以肉相赠,又表现了劳动人民的质朴,流露出创作者对于人性本善的珍惜,表现了生活中有希望的一面。戏曲乎,戏曲乎,《武训先生》的荒唐与痛苦,正是戏曲之"戏"也!

然后是全部辛苦的被窃。戏剧在表现张老辫的妻子、武训的姨母之时,将她的有情与张老辫的无耻加以适当区别,这个处理很有分寸。由于疏忽,武训在为姨母拜寿时被灌醉酒,致使张老辫盗窃他全部积蓄的阴谋得逞,这使武训几近精神崩溃。而在了证和尚的鼓励下,武训终于显示了他的顽强与坚持。佛家的悲悯与普度众生的情怀,到了武训这里,铸就了他百折不挠的意志。这时,戏剧进入高潮,武训的境界也提升到新的高度。

最后,看到义学院堂皇建成,观众已经热泪盈眶,此时发出的如雷欢呼与掌声是对于武训的赞叹,中华民族的劝善劝学传统终于得到彰显。而孩子们反复诵读的简单亲切的"人之初,性本善,性相近,习相远",也点出了"大道至简",总结了武训的遭遇与其时的社会人生。

在《武训先生》的演出中,我们看到了创作者与武训相通的敬文化、倡教育、利他人之心,看到了剧情的充实与多情,看到了导演的生活化、理想化、戏曲化的功夫与对于其他剧种艺术的汲取与借鉴,看到了淮剧的蓬蓬勃勃、生气贯注、趣味洋溢,看到了演员特别是淮剧王子梁伟平的功底与台缘,看到了舞台美术、背景、调度、灯光、效果、服装备方面的追求。我还从与罗怀臻先生的交流中得知,他将进一步修改,使武训的尊严与人性的善意进一步升华。我愿意为此戏鼓与呼,我祝愿淮剧《武训先生》锻造成为又一个当今的经典剧目,演下去,再演下去;完美下去,再完美下去,对得起武训,对得起淮剧,对得起时代。

发表于《人民日报》2018 年 12 月 6 日

牵风的感动

　　九十高龄的老战士、老作家徐怀中发表了新近完成的五十年前的未竟之作《牵风记》，引起了各方面的注意，听出版社的朋友说它也受到读者的欢迎，有关报道不少，我在己亥前夕沉浸其中。

　　它写了解放战争中，挺进大别山初期敌强我弱的艰苦惨烈，它一上来更写了容易被认为是战争题材小说的花乎絮也的解放军旅长齐竞与女孩子文化教员汪可逾的感情故事。沉重中不无飘飘然的奇思遐想，就像小说描写的枪炮声中的文艺晚会，战士们居然为了要求上"坤角儿"得不到满足而"罢看"，指挥员因之而宣布取消演出，而大城市来的小女生汪某竟然请缨上台演奏古琴《高山流水》。匪夷所思？似曾相识？合情合理？别有情意？勇敢、趣味、通俗与突破，就这样结合在一块儿了。

　　你一读，就感觉到了，这部小说与众多的"战争加爱情，群众最欢迎"的故事似乎相像，其实却是不一样的。

　　我甚至有点担心不无空灵的情节压不住大别山战斗作为人民解放战争战略转折的分量。但是不要急，武工队的牺牲，女兵的被俘被强暴与悲惨遭遇，曹水儿的英雄主义的铁血肉搏，古洞内外与强敌的周旋，一下子让你严峻起来，沉重起来，悲愤起来，叹息仰泣，默哀致敬，风萧萧兮大山寒，烈士英勇兮情绵绵。

　　徐怀中是一个多情的作家，他歌唱庄严的革命战斗，他也时时注意着战争中的生活情趣，七情六欲，同志情长，男女情深。这种东西并不好写,名著《林海雪原》中对少剑波与白茹的描写,就缺少了点压得住秤的分量与大气,而仅仅留下了小巧调剂。但是《牵风记》的艰苦壮烈,初涉爱情小角色的青年志士的抛头颅洒热血,不能不令读者肃然起敬。

也许曹水儿的结局叫人无法接受。他由于与保长女儿的"奸情",最后被我军处决。但是小说查有实据地写了当时解放军在整顿军纪时的断然措施与一系列案例,小有违反群众纪律,杀无赦。你不能不起立、立正、敬礼、泪流满面。一支农民部队,一支山沟里的游击队,王明认为是"流寇",蒋介石则称之为"匪",反革命舆论给革命军抹了那么多黑,如果不采用特殊的严格手段整顿军纪,怎么能与流寇土匪、青面獠牙的魔鬼划清界限,怎么与蒋军、与军阀混战时期的乱军拉开距离呢?整体说来,我当然愿意给曹水儿的亡灵献花、默哀,我更要为解放军的三大纪律、八项注意唱赞曲。

怀中在此书中有大大的自我解放处,战马的描写,偶猫的拂弦与躺下,革命通神,爱情通神,文学与艺术通神,马儿猫儿也通神,曹水儿与保长女儿被处决的时刻,也有温柔情意通神。

尤其是齐竞在撰写完毕汪可逾烈士碑文以后,意欲离世。存贮安眠药期间,被发现了他的意图的医生用维生素 C 片换了安定片,但是吞食三十片维生素 C 的他,竟也溘然长逝。惊心动魄,感人至深。

老军事指挥员齐竞,完成了他能完成的战斗使命,完成了他能做到的强军工作,完成了他永远的对于所有革命烈士尤其是汪可逾少女烈士的纪念,特别是对于自己的初恋、自己的青年时代,也是解放战争的艰苦卓绝而又是扭转乾坤的大别山战斗的纪念,撰写了汪可逾的碑文,他安宁有致地离世了。读到这里,我为之泪下。

当然,首先是反映历史、现实、时代、生活,同时,这是构建一个独特个性的文学世界,这个世界充溢着庄严,充溢着献身忘我,充溢着厮杀,也充溢着温柔、爱情、友谊、浪漫、风流与潇洒。这是令人紧张不安的,这又是最最诱人的文学创作的索求、电闪与吸引。

祝贺怀中的新作,如果一定再说点希望,那就是语言文字上也许可以更加自然流畅一些。谢谢怀中,为后生写作人树立了榜样。

发表于《读书》2019年第4期

文学小说的迟子建做法

小说都算文学,同时有言情、推理、武侠、反贪、黑幕、讽刺、哲思、悲情、鬼怪、哼哼唧唧……类型之分。这里,我不揣冒昧,称此类小说为小说文学中的文学小说。

"河流开江和女人生孩子有点像……顺产指的是'文开江',冰面会出现不规则的裂缝……浓墨似的水缓缓渗出……訇然解体……涌向下游。"而逆生指的是"武开江"——"上游却激情似火地昼夜融冰……冰排自上而下呼啸着穿越河床。有时冰块堵塞,出现冰坝,易成水患。"

松花江是哈尔滨的母亲、情人、爱恋寄托,它奔流、展样、孕产着生活,大大方方,洋洋洒洒,哗哗作响,生生不息。迟子建用文学的手指,启动了这条魅力无穷的大水。

黑龙江上游有条美丽的支流,当地人叫它青黛河,七码头就在青黛河畔。公路铁路不发达的年代……这条河就喧闹起来了,客船、货船、渔船往来穿梭……

……(青黛河)又派生出两个极小的支流,鹿耳河和拇指河,它们连缀着一村一屯——月牙村和椴树屯……微型面包车、农用四轮车、马车牛车、摩托车甚至自行车……就像一锅被热火炒得乱蹦的豆子。摩托车突突叫,自行车铃铃响,牛哞哞哟哦、马咴咴嘶鸣……这一带的人在呼号的北风中,练就了大嗓门……每个人的唇齿间,都隐藏着一部扩音器。牲畜们……叫起来不甘示弱,豪气冲天……赶上阴雨天……中转客人便纷纷涌向码头旁的卢木头小馆。

空间与时间的坐标,乡镇与河流的图示,地名与风光的锦绣,普普通通、艰难而有运道有滋味的生活大小背景愉快地出现了。这就是人间烟火的漫卷。我们激动于红旗与进军号的漫卷西风,我们也迷醉于人间岁月百态似乎无意的漫卷纠结、猎猎暖暖。

无论冬夏,为哈尔滨这座城破晓的,不是日头,而是大地卑微的生灵。

哇!日头是原生的神与自然,生灵是你我他她咱们加马驴猫狗鹬子一大堆,不必张扬,自况卑微,仍然有戏,仍然让你哭、笑、迷,赞叹有加。

大自然挥动着看不见的鞭子,把哈尔滨往深秋里赶。

自然,时间,仙人还是精怪?节气还是家常?魔术师还是索命判官?抱怨她还是跪求她呢?

我从迟子建的长篇小说新作《烟火漫卷》中相当随机地援引了几段文字。你会感觉到作者的笔触所及,电光石火,唤醒大地、家乡、江河、万民、舟车、鹊鹬、雨雪、阳光,还有那么多、那么密、那么平凡又那么美善同时强烈生猛的人间烟火。铁凝曾把这样的书写,叫做"生机"。

小说的写法无穷无尽,当然。有的教化,有的悬念,有的神奇,有的评点,有的冷峻,有的燃烧,有的爬高,有的就低。迟子建小说的要点首先是描绘,是栩栩如生,杨枝净水,点石成欢,众鸟高飞,花草遍野,生活灵异,悲欢离合,诡异奇绝。她讲给你大地丰盈,江河奔流,人员俊秀,脾性闪光,然后顺手拨弄:乡愁小曲、奇闻轶事、旧貌新颜、飞扬顿挫,书里的生活与惟妙惟肖的言语迷上了你。

就是说,迟子建的小说非常自然,非常生活。大事小事、国际政治、家长里短、历史事件与草民蚁民的鸡零狗碎、横向枝杈、纵向起伏、浸润铺染、巧遇冲撞、命运转折……令你上心，令你牵肠挂肚，令你动容、非知就里不可。她的小说故事，不论怎样的奇遇意外，扣人心弦，全都充分地生活化、常态化、文学化，不仅是感人化，而且是迟子建化了。这样的小说，最有文学的生气洋溢、趣味盎然；它们的语言、修辞、比喻、移情，每个词，都充溢着生活万象与情绪起伏。

迟子建化是什么意思呢？有一种对烟火人间的兴致，有一种对寻常百姓的喜欢，有一种对喜怒哀乐的体贴，有一种对顺逆通塞的通吃通感，有一种对善良与美好的期待与信托，对亲爱与祝福的靠拢，同样也有一种对于传奇情节的勇敢的想、编、描、叮当五四，平平缓缓地流啊流，忽然，冷不丁点燃了一把火。

请看她笔下的黑龙江，特别是哈尔滨，一个地域，亲爱的家乡，熟悉的生活方式与应对种种苦难、离奇与挑战的方式，它更是威严的变迁，奇妙的东北，被称为"东方巴尔干"的"满洲，东方小巴黎的国际化、中国化与地域化同在；是世界与伟大中国的缩影，苦难与幸运的交融，衣食住行、吃喝拉撒睡、柴米油盐酱醋茶百科大全，是清朝肺鼠疫、日伪满洲国，俄罗斯毗邻，以及与朝鲜半岛、日本岛国的千丝万缕恩怨情仇，是来自那么多地角的俄日朝犹太与我国多而又多的各兄弟民族同胞的友好与碰撞，难解与难分。他们的肤色与眼球，他们的男就英男、女就豪女，他们的音乐厅与教堂，他们的大锅炖、二人转——正在移植消化三部欧洲歌剧的二人转，他们的直爽与粗犷，他们的热辣与鬼心眼子，他们的墓地与风习，他们的误会误解、遮盖隐藏与唧瑟显摆，他们的常常是连自己也闹不清楚并无法相信的来历，与做梦也想不到的祸殃与转机。这些北方的天气、山河、动植物、交通、噪声与矫健的身影、大大咧咧的高嗓儿、慷慨的气度与滔滔的忽悠结合起来了。

我觉得黑龙江、哈尔滨，有迟子建与没有迟子建是不同的，就像阿来说的："有了如迟子建一系列文字的书写，黑龙江岸上这片广大的黑土地,也才成为中国人意识中真实可触的、血肉丰满的真实存在。"

当作者让黄娥拉着她的儿子杂拌儿的手游逛哈尔滨市的时候,读者如我,也被他们仨牵着手,经验了再来几十次仍然屡屡更新的哈尔滨观赏感受。

> 在俄罗斯河园桥头,看见一对盲人男女边走边卖唱,女盲人戴着有蝴蝶图案的头巾……男盲人举着一个坑坑洼洼的铝盆跟在后面,跟着伴奏唱着歌……黄娥站定,仔细听了听歌声,叹息一声,从兜里摸出两块钱,让杂拌儿投进铝盆中。她也据此嘱咐杂拌儿,哈尔滨伪装的乞讨者不少……有的把腿缠起,造成截肢的假象,还有的故意穿得破烂不堪……而实际上呢,有些人乞讨完,到住处数完钱,换上装,就去餐馆吃喝了。杂拌儿说,难道这对盲人装瞎?黄娥说城里装瞎的人是有,但这对看上去倒不像,因为这个盲人唱的歌,听上去很干净,是从心底唱出来的……黄娥又想起了在工地听说的腿脚不好的碰瓷者,专找孩子作为对象,跌倒后跟孩子的家长勒索钱财……

这里有对于善良的迟疑与退缩吗?怎么也叫人感觉到了改革开放带来富裕的烟火气,还有尚未吃足就打嗝儿的小儿科的丢人?

有地理,也有历史,有今天,也有昨天,因为是在真切的人间,在生活的波涛与风雨里。

> 从果戈理大街右转,过了百年老店秋林公司,沿着东大直街步行十多分钟,就到了圣母守护教堂,老哈尔滨人称它为乌克兰教堂……这里曾做过新华书店……这里还保存着一座一百多年前在莫斯科浇铸的大钟……杂拌儿倒是不掩饰自己的开心,说都中午了,上帝也得吃口饭吧。

就王某所知,世界上有三座索菲亚教堂,在伊斯坦布尔、在基辅、在哈尔滨。不知他处还有没有。

教堂台阶前有个肿眼泡男人……拉着手风琴。黄娥……心想进不去教堂,在上帝眼皮子底下施舍,也算给杂拌儿积德吧。拉琴的……说他老婆一年前病死在那儿,到了休息日,他就过来给她拉琴……无论昼夜,永远车来人往……依然一往情深地拉琴。

　　……它(教堂)清隽小巧,过去主要为德国侨民教徒所用,哥特式的建筑风格……两座教堂相隔只有一条小街……称它们为"姊妹教堂"……将绿色的尖顶和倾斜的屋顶拆掉,它更像一户人家,很是清新可人……杂拌儿……对黄娥说走吧,上帝听到妈妈的脚步声,就知道你要说啥啦。

　　……要了牛肉大葱和韭菜虾仁的两种锅烙……杂拌儿说他不喜欢教堂的圆形穹顶,看上去像坟墓。黄娥说可不敢胡说啊,穹顶是发光的地方,你要把它想成太阳和月亮。恰巧牛肉大葱的锅烙上桌了,杂拌儿迫不及待夹起一张,咬了一口,一股热油涌出,杂拌儿赞叹真香啊,说热油才是发光的……

　　饭后已是一点,黄娥先带杂拌儿去文庙,行了状元桥,在大成殿朝拜了孔子,她想孔家圣地可保佑杂拌儿学习好,将来成为栋梁之材。出了孔庙,他们又……到极乐寺去。

这里写了宗教与无神论的冲撞了吗?太阳、月亮、尖顶、锅烙的热油发光,真香啊,这就是中华文化,这就是不同而和,就是有无相生、高下相倾、道法自然、万象归一,神圣归于平凡,圣人保佑后代成材,母爱乡恋涵盖了消化了一切世俗与崇拜。

　　极乐寺是佛寺……刘建国跟黄娥说起他小时候,哥哥带他去寺院山门前,曾看过斗和尚的情景。以"破四旧"的名义,寺院的经书被焚,佛像被戴上高帽子,或被污损……被砸得断肢解体的佛像碎片中,捡到过一只鎏金佛手……刘光复病危时,还跟弟弟说他在梦里捡回这只佛手,佛手上多了一枝莲。

偶然回顾、梦里捡回、多了一枝莲。这是一首诗里的三行。建议明年高考时作文题之一用这三句,考生可以写评点,也可以补充成诗文。

……对面的居民楼下,有一排经营佛事用品的商铺,卖佛像、香炉、莲花灯、佛珠、香烛、绢花之类……买的人不说买,卖的人也不说卖……黄娥懂得这规矩,所以买香时对摊主说:"请一盒檀香"……赶上法会,这条街会被挤得水泄不通,卖活鱼活鸟的也会现身,他们是为着有放生需求的人准备的……进了庙里见着各路佛要磕头……杂拌儿说我给爸爸妈妈磕头,能得到压岁钱,我给佛磕头,佛能给我啥?黄娥说是福报。

童言无忌,神佛离不开世俗,居民楼台经营佛事,买鱼买鸟放生,佛事成了俗事,打赏自是福报之一种。高僧也提出过人间化的口号。

午后四点半……东侧的钟楼和西侧的鼓楼,钟鼓齐鸣,……穿廊绕柱,清泉般涤荡心扉。杂拌儿欣喜地对妈妈说,这两个哑巴亭子,终于开口说话了……黄娥没有责备他,因为钟楼鼓楼不发音,确实显得呆板。黄娥想经历了钟鼓声的洗礼,为杂拌儿寻求神灵庇佑的一天,就是圆满的了。

黄娥又怎能想到,她出了极乐寺十来分钟,命运的雷电劈在她身上,把她卷入爱与痛的风雨长夜。

哈尔滨人,我爱你。你的地名如诗如史如歌如梦。你们不怎么信外来的宗教,你们仍然对于各类教堂保持着尊重与爱心。两座靠近的教堂是姊妹,要不就是闺蜜吧?岂止俄日朝,这里也生活过德法及其他。你们见识过各种愚蠢与恶行,你们仍然坚持着助人为乐。佛音也是烟火的漫卷,是莫斯科东正教大钟的友钟,对于心有余幸而又爱子如受伤母虎一样的黄娥与读者王蒙来说,你们镌刻于骨。

是人对人的,东北人对人的,迟子建对人的深情、柔情与善意:即使准备结束,永远有命运的雷电,永远有爱与痛的风雨长夜劈来,长夜后当是新的朝阳升起。

　　本书主人公刘建国，最后揭示他竟是"二战"后日本流落本地的人员的遗孤，他因为丢失了具有犹太血统的于大卫与谢楚薇的儿子铜锤而苦苦地寻孤终生。不但寻孤，而且是殉孤。他养父是俄罗斯文学的翻译家，有延安的光荣岁月经历。刘建国还有极优秀的哥哥与妹妹，他同时一直受到命运的鞭挞。他后来驾驶一种可能是哈尔滨独有的民营救护车。他是童叟无欺的"的哥"。他还是西洋音乐爱好者，发现某一场演出的提琴手有他当林场知青时心仪的女生而急于赶去欣赏，急于重温少年浪漫之梦，终于耽误在路途上。这一段好像是长篇小说中一个可以独立也可以上下勾连、左右浸染的短篇。

　　他丢失了铜锤，这样一个横祸，竟成了与刘建国加上妹妹刘骄华形成了非亲亦亲、陌生遥远的黄娥女子出现的契机。黄娥爽利通透，倔强美丽。她的男人卢木头是被她气得发心脏病而死的吗？她悄悄把卢木头的遗体背到山谷喂老鹰，这是什么性质的事件呢？而他们的孩子杂拌儿吸引了刘建国，又疼痛了谢楚薇的心。无路可走的黄娥牵引了翁子安的心与钱袋。赶马车人撞坏了黄娥，却是一场《东北人都是活雷锋》的小演出。你喜欢黄娥，你喜欢刘建国也喜欢翁子安，你喜欢马车夫与他的妻子，喜欢他们给黄娥送的酸菜，你相信吃了那样地道的哈尔滨酸菜，受了重伤的能够痊愈，临终的也会睁开眼睛。人生就是这样，有失去就有得到，有倒霉就有补偿，有踏空就有承接，有失望绝望，挺住了——出现的是新的开阔。

　　这样现代感的文学小说同时也是传奇。当年周扬同志首次见王蒙就建议我好好读唐代传奇。一生做管理监狱的政法工作，关心刑满释放人员的生计，言行都一贯正确的刘骄华，因了男人的出轨而陷入比家庭婚姻危机更恐怖的精神灵魂危机，甚至动了杀心，肢解老李？而找了一辈子失孤的刘建国找到铜锤以后，却是铜锤不想见亲生父母的态度。

　　既日常如水，又紧急如火，是纯朴的天使，又是激怒的魔鬼，倒霉蛋儿,又受到观音菩萨与善男信女的保护,爱得喜人,土得掉渣,洋得全活。东北大老爷们儿大块娘们儿,重情重义重欲,也绝对重理、发乎情止乎礼的。生活流细节云雾,同样是逸闻大观、瞠目结舌。

迟子建是一个幸运的作家,她有文学的散文的小说的一切感觉禀赋,游刃有余。她写得惊心动魄,不离美好,自然多面,不事冗长,她对她的人物有一种宽容与贴切,民胞物与,将心比心,一草一花、一鸟一兽、一河一岭、一滴一点一语,都有欣喜与善待。本书中唯一没有被作家原谅的是那个上海知青,他的造孽毁了改变了一串普通人的生活命运。

迟子建的笔触是如意遂心的。同时,我相信她赶明儿能写得更好大好。

发表于《读书》2020 年第 12 期

序 / 跋

《〈北京文艺〉短篇小说选》序

《北京文艺》编辑部要我为他们编的这本短篇小说选写点什么，这本是难以应承的任务，因为由我来写序言，不免会产生一种"猪鼻子插葱——装象"的自我感觉。但是，给我分配任务的同志恰是我现在所属单位的领导成员之一，而积数十年之经验，我深知对待上司是需要恭敬并且从命的。再说，作为同行，我愿向这些小说的作者表示羡慕和敬意；作为读者，我也可以谈心得，说感想，评头论足，"歪批三国"。特别是在经过"旗手"的一视同仁的"培育"、文人相轻的旧俗已经让位于文人相亲的新风的今天，信口开河，信手拈句，如切如磋，如琢如磨，不也是一件幸事、乐事吗？也许不致遭到太多的物议吧？

一九七九年九月，《北京文艺》出了小说专号。在编后记中，编辑同志感慨系之地说道，"这些年来的小说荒，当编辑的确实感受很深……每临发稿，愁眉苦脸"；而现在呢，"……深切地感到我们的创作生机，恢复和发展得相当迅速。我们不得不增加一些篇幅，但还是不能适应来稿的需要……形势的改变很使人欣喜，如果要追本溯源的话，我们觉得党的十一届三中全会的精神，起了重要的催化作用"，这是实话。看一看这十几篇小说吧，仅仅从一九七九年《北京文艺》这一个刊物上，就选出了这么多佳作，不论从题材的广泛、思想的深度、手法的多样、反映现实的及时……哪一方面来说，成果都是可喜的。中国确实是有人才，有文才，有潜在的文艺生产力啊！不论是十年里的"踏上一只脚",还是更早的"金棍子"和"钢帽子",都没有也不可能彻底扼杀中国的文运,因为真善美在假恶丑面前虽然貌似软弱,貌似毫无还手之力(让我们回忆一下那书、手稿、绘画、歌谱在燃烧而作家和艺术家挂着黑牌子撅着的情景吧),然而,归根到底,是真善美战胜了假恶丑,是文学战胜了现代迷信加暴力。文学的力量在于它对于真善美的追求,而只要有人民,对真善美的追求就保存在人民的心里。人心不死,所以文学不死。

粉碎"四人帮"以后,文学复苏了,发展了。在一九七八年的显著的进展之后,我们的短篇小说沿着愈来愈真实地反映生活的路子继续向前迈进,人民的希望、欢乐、苦恼和思索,愈来愈及时地表达在这些短篇小说里。实事求是,说实话,使我们的文学获得了新的生命,而思想的进一步解放,"双百"方针的贯彻,艺术民主的空气初步形成,又使人们敢于尝试,敢于创新,敢于突破了,这就出现了不但超过十年浩劫时期,而且超过解放以后的任何一个时期的蓬蓬勃勃的创作势头。

在谈到这个集子的作品的时候,我们首先想到了《内奸》。一九七八年初冬,方之同志把这篇稿子交给《北京文艺》的时候,他虽然带病,但仍是雄心勃勃,意欲有一番作为。谁知,饱受林彪、"四人帮"折磨的他,竟在一九七九年秋离我们而去。方之不愧是"探求者"的勇将,在《内奸》这部小说写作的前前后后,他虽也碰了些钉子,但他探求的勇气、锐气不减当年,这使《内奸》在揭批林彪、"四人帮"的作品群中,颇有些独到之处。他写了一个商人,一个好人,一个正面人物,一个比某些共产党员还要正派、还要有血性、还要有良心的爱国商人——他又确实是商人,"不干不净""连吹带炫",具备"资产阶级"的特点。"左"的教师爷很可以用这么两句话把方之的小说"枪毙":"这是什么感情?难道无产阶级的英雄、共产党的英雄你已经写够了,写腻歪了吗?"但作者的用意就在这里:第一,田玉堂之所以有些可爱,正是党的工作,党的教育的结果;第二,林彪、"四人帮"破坏统一战线,迫害爱国人士的罪行应该在文学作品中得到反映和控诉,在方之的小说发表以前,这方面的题材还是空白;第三,尤为重要的是,方之要告诉我们,林彪、"四人帮"这群人面东西实在太可憎了,甚至拽出一个在社会主义的中国本来相当吃不开的私商(当然与一般私商比,田玉堂就算"高大"得多的了),也比他们强万倍。愤怒出诗人,愤怒也出小说家。《内奸》是火一样的憎恨的果实。愤怒出悲剧,也出喜剧,出极富才华的讽刺:田玉堂被审讯时,得知审讯者是"无产阶级司令部派来的"的时候,心里不由喊了声:"哎唷,小菩萨!"田玉堂被隔离时,作者插叙道:"……全托也者,大约是指一天二十四小时都有天使般的保姆照顾着……"像用"永远健康"来指林彪,像说田玉堂肚里"只有榆面,没有理论"……这些描写和叙述,自然贴切,富有时代特点,既通俗又新颖,嬉笑怒骂,针针见血,令读者喷饭,令读者深思,令读者拍案而起,却又令读者怆然泪下,实在是讽刺的杰作。田玉堂在挨了三天毒打之后,哭诉道:"冤死我一个不要紧,今后打起仗来,还有谁敢掩护你们工作同志呢?"更是至情至理,肺腑良言!通篇小说出自方之的真情真知,发表之后,立即受到了读者的欢迎和文艺界的注意,这不是偶然的。

控诉林彪、"四人帮"的罪行,表现人民的斗争的作品在这个集子里还收了《话说陶然亭》《阳台》《小薇薇》和《我的妈妈》。《话说陶然亭》把读者带到一种表面上悠闲自在、与世无争的气氛里,什么"茶镜"啦,"胡子"啦,"鼻烟"啦,单这些名词都给人以一种淡泊清心、陶然忘机之感。实际上,这几个老人心里充满了被冤枉、被迫害、被蹂躏的痛苦,更充满了忧国忧民而又报国无门的悲哀。这种痛苦和悲哀,最后,融汇到了"四五"运动的狂涛中去了。邓友梅写过不少质朴、真挚、清新而又富于革命情操的小说,但像《话说陶然亭》这样绝,这样脱俗,这样出奇制胜、使人耳目一新却又读来全不费力的作品,在他的全部创作中,是理应占据一个独特的位置的。

技巧圆熟而又独树一帜的小说家林斤澜在保持他的小说的含蓄

和趣味性，保持对形式、对结构和语言的精雕细刻的特色的同时，也在他的作品中表达了越来越多的愤怒。《阳台》对林彪、"四人帮"的文化专制主义、法西斯主义的批判，是十分辛辣的。"我"最后站到了"红点子"一边，这是生活的辩证法对林彪、"四人帮"的无情嘲弄。《小薇薇》出自一个新手瞿航，写得委婉动人，用儿童的天真无瑕的心灵和语言，对林彪、"四人帮"进行了血泪控诉。

这些作品，尽管写了黑暗势力一时的猖狂，写了人民的不幸，甚至写了死亡和苦难，但总的来说，仍然洋溢着对人民，对党的事业，对生活的无比信心。不论田玉堂还是黄老虎，不论"茶镜"还是"胡子"，不论"红点子"还是小薇薇，他们从精神上、道德上、智力上比那些被"永远健康"所器重的暴徒们优越得多。所以作品尽管有血有泪，却仍然给人以一种精神上、道德上、智力上的优越感，一种从容坚定、游刃有余之感。相比之下，有的作品虽然也取材于控诉，立意于批判现代迷信，却不免显得有点声嘶力竭，有点凄厉。个中长短，是值得探讨的。

人们在揭批林彪、"四人帮"的同时，更把眼光落到今天，落到粉碎"四人帮"之后的新的矛盾，新的希望，新的征途与新的苦恼上。我们的许多作品不愧为时代的镜子，它们及时地反映着现实生活的脉搏。母国政的《我们家的炊事员》，在回顾十年浩劫，叫人痛心疾首之后，更号召人们在今天的新长征中冲上去，挑起担子来，令人欣慰，令人鼓舞。在作品的幽默和生活化的语言中，饱含着辛酸和幸福的眼泪，一丝不苟的人生态度和男儿报国的凛然正气。张洁的《有一个青年》和从维熙的《梧桐雨》，都写了受到伤害的青年，然而，充溢在两篇小说里的，已经不是抚伤痕而长叹（当然长叹那么两声也是很自然的），而是疗救这些伤痕，促使这些伤痕愈合，并且迎头赶上，为实现"四化"而贡献青春的愿望和信心。作品里充满了青年人的失而复得的理想、爱情和美好幸福的青春，读后叫人觉得暖烘烘的。从这些作品中,可以看到我们的社会主义祖国正在获得新的活力。陈建功的《京西有个骚鞑子》和祝兴义的《落霞》则不但反映了当前的新面貌,也反映了新的矛盾,新的问题。《京西有个骚鞑子》有理有节地反映了工人群众和某些沾染了官僚习气、不负责任、遇矛盾而溜的干部的斗争。恼人的实际问题、气人的"溜主任"、插科打诨式的"斗争",既反映了无可奈何的怨懑,更反映了人民的乐观和人民的耐性。当然,我们希望这种乐观和耐性不再受到践踏,但在作品反映的这一类实际问题面前耐心一点仍然是必要的。在生产力如此低下,城市人口压力如此沉重的情况下,解决皮德宝的困难说来容易做来并不容易。但溜主任连最起码的帮助也不提供,实在丧失了共产党干部的气味。害得老光棍王凤祥去背十字架——老实说,用这种办法去解决矛盾其实是令人遗憾的对于矛盾的回避,不过通过这一描写却也反衬了溜主任的冷酷。文章得失,寸心难知啊!

短篇小说的题材是广泛的,作家的笔触正在伸向今天的和昨天的、重大的和细微的、政治的和心理的、伦理的和美学的各个方面。高晓声的《拣珍珠》是对遭到破坏因而变得油滑、世故、市侩化了的当今社会风气的挑战,是对农民的朴实、真诚、正派的优秀品质的颂歌。这是一篇真正的歌人民之德的小说,同时也是一篇缺市侩之德的小说。拣珍珠,拣珍珠,作品的命题是意味深长的,珍珠就在人民当中,只有脱离了人民群众的孤独者才感到周围一片黑暗。

韩蔼丽的《淹没》是感人至深的。作品主要提炼了两个在火车上的场面,而把一切背景、一切关于人物命运和故事情节的描写压缩或者"虚"到后面。两个场面都给人留下了深刻的印象,特别后一个等于是诀别的场面,更像刀刻一样地留在读者的心上。作品没有正面写蔡源的遭遇,但读者可以想象得出,这样的遭遇又何止蔡源一人!作品没有正面地写"反右"的扩大化,但是它却令人信服地告诉我们,不仅林彪、江青式的魔鬼,就是我们的好人的"左"的错误,也毁灭了多少人的青春、幸福、前途乃至生命!作品没有写"我"的爱情如何强大、坚贞、神圣,相反却写"我"早就不想爱了,努力忘却并且真的忘却了,"我"想重建个人的生活,去爱一个别的人,这是真诚的也是无罪的。然而,"作梗的都是他""到了该做决定的时刻,他的影子就横在我和别人之间……脸上是那个诀别的惨笑",以致"我"越来越恨蔡源。这真是惊心动魄而又细致入微的真实!惊人的真实!看到这里,使人根本忘记了它是小说,而觉得那是我们的一个好友,一个姐妹在叙述自己的血泪故事。在小说创作中,"匠心"当然是要的,然而,任何匠心也代替不了真情。只有匠心服务于真情,最后匠心溶解在真实当中,使人感觉不到任何匠心的时候,才是最成功的匠心运用。作为文坛新人的韩蔼丽的这一篇作品的成功,在这方面是颇为发人深省的。

李陀的《雪花静静地飘》和张洁的《爱,是不能忘记的》都是写知识分子的爱情的。李陀的作品有一种淡淡的美,小说中的陈磊、张薇薇和郑祖因,三个人物代表着三种精神境界,爱情应该是精神上的攀登,哪怕是偶然萌发的。不成功的爱情也罢,对于一个向上的人来说,它会成为一个向上的力量。让我们的青年、我们的读者学会怎么样去爱吧,真正的、崇高的爱情的体验,不论是幸福的体验还是张薇薇的忧郁的和《爱,是不能忘记的》中的妈妈的无限痛苦的体验,都将使人们的灵魂更加丰富。

这里,我们要特别谈一谈张洁及她的《有一个青年》和《爱,是不能忘记的》。张洁的名字出现在报刊上还不那么久,然而像一颗新星一样,一出现在天空,就以它独特的光辉吸引了人们(不要以为说"星"有什么过分,这些年,我们在侮辱人的时候是那么慷慨,而在鼓舞人的时候却又那么吝啬。如果连点星光都没有,又何必提笔写文章?每个作家都是一颗星,哪怕是一颗小星、卫星、流星、扫帚星)。细腻的抒情,深沉的思索,对一切美好的事物的单纯而又执着的信念和追求,对人类的精神世界中所孕含着的(哪怕是埋得很深很深的)有价值的矿藏的开掘,自由的——有时候多少点玄乎的心理分析,充满了城市生活的实感、幽默感,严肃而又俏皮、略显欧化的语言,这些,构成了她的作品的独特风貌。从"有一个青年"的粗鲁的、没有教养的行为后面,张洁看到了他的努力向上的心。一个心里是"藏着无数脏话的仓库",连"图书馆都一次也没有进过"的小伙子,当他终于在那个可爱的姑娘(当然,更主要的是开始了新长征的我们的生活,我们的人民)的鼓励下,迈开双脚,"咬着牙赶上去"了的时候,他感到了由衷的快乐。这种诚恳的理想主义,应该说是描写"伤痕"的作品中的一个新人、动人的调子。《爱,是不能忘记的》写的是人的感情,人的心灵中的追求、希冀、向往、缺憾、懊悔和比死还强烈的幸福与痛苦。我们可以同意或者不同意这种对于爱情的柏拉图式的解释,我们可以同意或者十分不同意作者对"生儿育女、厮守在一起"、对"千百年来的社会习惯"的嘲笑,我们甚至也许可以友善地进言作者在维护自己的观点和情绪的同时保持一定的分寸感,但是,作品的主题仍然不在这里。以为靠这篇小说可以指导恋爱婚姻和以为从《乔厂长上任记》中可以找到企业管理问题的答案一样,是"过于执"了。小说写的是人,人的心灵。难道人的精神不应该是自由驰骋的吗?难道理想的爱情不应该比常见的人人都有的爱情更坚强、更热烈、更崇高、更理想吗?难道一个崇高的、有觉悟的、文明的人,不应该终其一生去追求去寻找去靠拢那分明是存在着的、又明明是不可能完全得到、不可能完全实现的更上一层楼的精神境界吗?难道人生的意义在某个方面,不也正是灵魂的不断升华和不断突破吗?说真的,落后的生产力,落后的文化,贫困,封建专制,以及我们自己的"左"的专横的影响,不是使我们的许多人的灵魂被压扁了,因而太缺乏感情、太缺乏想象了吗?

当然,爱、心灵、精神是脱离不了生活,脱离不开地面的。世俗的,红尘的,喧闹的生活永远也不应该被忽视,被贬低。如果掌握得好,写人的心灵与写生活、写人民群众的脚踏实地的斗争应该是不矛盾的。任何一个作家,任何一篇作品都有自己的局限性。在我们为张洁的一些作品喝彩的时候,我们也希望她有进一步的充实和突破。希望她能把哲理与艺术感觉,内省与社会生活的反映更好地结合起来。同时,我们也全然不应该忽视风格与之完全不同的,比较土、比较扎实的另一种类型的作品。像陈忠实的《徐家园三老汉》中的黄土高原的芳香也是令人赞美的,可惜构思立意都平了一些。

一年来,《北京文艺》发表了不少好的、受欢迎的短篇小说。从这个集子里,我们可以看到,在编辑同志的心血和汗水的浇灌下,《北京文艺》正和全国各兄弟刊物一道勇猛前进,成绩是令人欣慰的。《北京文艺》的订户和零售数额都在不断增加,九月的"小说专号"重印了一次仍然不能满足读者的要求,便是证明。我们要充分肯定这些成绩。和当前各报刊时有介绍的台湾的、港澳的以及外国的一些短篇小说相比,我们完全没有理由妄自菲薄,完全不应该认为外面的月亮比自己的亮。"艰难困苦,玉汝于成""文章憎命达""愤怒出诗人",从某种意义上说,我们经历的坎坷和磨难,已经促进了和正在促进着我们的文学的思想上和艺术上的成熟,有时候甚至是思想上和艺术上的飞跃。现实主义,塑造人的灵魂,革命的人道主义、人性味和美好的人性,干预生活、揭示矛盾以及娱乐性和趣味性,对于心灵的愉悦、润泽和温暖,从来没有像这两年特别是这一年这样在短篇小说的创作中得到不断进展和体现。从某种意义上说,我国现在的文学是最有理想也最富批判性,最勇敢也最负责,最真实也最美好的一种文学。我们要珍惜文学的成就和党的开始恢复了的、难能可贵的信誉,我们要谨防"左"的教师爷和右的可怜虫否定和破坏我们的文学事业的任何尝试。那种认为现在的创作"缺德",会成为"闹事"的根由,随时准备把从"四人帮"那里继承过来的"帽子"和"棍子"丢过来的文艺刽子手的观点和那种认为凡是国内的"官方"刊物上的作品,一律没的看的观点,都是闭着眼瞎说,都是一种无知而愚蠢的偏见。

但是,与我们的广阔的、沸腾的而又是艰难的生活相比,与我们的精神上比十年前,比三年前甚至比一年前发展了很多的读者的需要相比,我们的文学还是太贫乏也太单调,太浅露也太粗陋了啊!《北京文艺》一九七九年发表的短篇小说中,还缺乏正面地描写我党和我国人民为实现四个现代化和转移工作重点所做的斗争,正面地揭示社会生活中的尖锐矛盾——党和人民与专制主义、官僚主义、特权思想、思想僵化、无政府主义和极端个人主义的斗争的作品。还缺少时代的强音,"四化"创业者的形象,为维护民主和法制、为维护安定团结而斗争的热情的公民的形象。还缺少那种立志改革,既有胆略又有智慧,既敢于斗争又善于斗争的当代英雄的形象。我们也还缺少那种真正深刻的,大无畏的,经得起咀嚼和回味的对生活中的重大问题的思索。我们的许多作品还缺少那种大艺术家、大思想家的胸怀和气魄。在新的形势下,人民精神上的成长,人们精神上的新的希望、追求、欢乐与苦恼,人们精神上所受到的新的考验还表现得很不够劲儿。同时,我们的人物塑造也还不够坚实和深刻,还没有塑造出足够多的、各式各样的典型人物。我们常常说反对官僚主义和思想僵化,但我们的小说中还没有出现那真正站得起来的、绝非一捅就倒的纸人的令人信服、令人深思的官僚主义者和思想僵化者。我们常常批评那些对四项基本原则发生动摇的,或者看破红尘的人,但我们的小说中同样也很少出现活生生的具有批判色彩的人物。我们的一些作品的主题思想往往比较简单,比较外露,令人一览无余。我们的形象思维也还不那么发达,风景、环境、氛围、肖像、细节的描写还缺少那种精确的、迷人的、永恒的艺术魅力。

许多时候以来,人们都责备短篇小说写得太长了。其实问题不在于篇幅,长的不一定不好,短的也未必佳。举契诃夫的例子只举《万卡》和《苦恼》,不举《草原》和《第六病室》,不是一种郑重的态度。问题在于,我们的短篇小说的构思和处理手法还不够多样,那种抓住生活的一个镜头、一个断面、一个侧面、一点情绪、一滴水、一斑、一瞬而写的短篇小说确实是少了。而那种用显示矛盾、发展(或回溯)矛盾、解决矛盾,亦即提出问题、展开问题和回答问题的三段结构写成的小说却比较多。这种情况下,光靠"压"和"砍",是缩短不了小说的篇幅、更提高不了小说的质量的。应该说,这种情况下的压缩是否明智,也是可疑的。同时,我们也得承认,那种虽写断面,却能纵横挥洒,尽情铺染,刻画入微的长而不冗,长得过瘾,长得有分量的"长短篇",也绝对不是太多了啊!总之,我们短篇小说创作的路子还不够宽,新的探索还不够大胆。那种一篇作品成功、千篇跟随模仿,或者一种题材被肯定、大家一拥而上的创作上的拥挤乃至"撞车"现象,是多么令人遗憾的一种没有出息的现象啊!文学即创新,无新即无文学。甚至同一个作者,也不能轻车熟路,老沿着一条胡同走。创作的艰难,创作的迷人,不正在这里吗?

下笔千言,离题万里,谈作品已近闲聊,发议论更像空话。如果有哪位友人将上一军:"那么你写的又怎么样呢?"笔者只能举手,缴械,变作一只寒蝉。变蝉之前,再说一句:为了提高短篇小说创作的水平,需要有更经常也更直率的讨论。八仙过海,各显其能,让我们共勉。

1979 年 12 月于北京
发表于《北京文艺》1980 年第 7 期

永远做生活与艺术的开拓者

——陈建功《迷乱的星空》序

最初读到的建功的小说,是一九七九年第二期《花城》上的《萱草的眼泪》。这篇作品颇好读,委婉多情而又干净流畅,读起来如"眼睛吃冰激凌",读后却觉得这样一个"家庭出身不好"的姑娘的悲剧,并无太多的新意。那种戏剧性的场面,特别是最后妈妈的哭诉,既动人又有点廉价。当时的印象,通篇如小说女主人公的名字:黎露,黎明时分的露珠,晶莹,清新,留不下多少痕迹,也没多大价值。

当然也可以看得出来,作者的初衷绝不只是用一个悲哀的故事赚取眼泪,他已经在形成和发表自己的对于生活、对于革命、对于人的尊严和权利的哲学见解。《萱草的眼泪》是为弱者洒下的一掬同情之泪,也是对强者的呼唤。但是,比较一般化的戏剧性故事并未能完全表达作者的哲学,我以为。

不久,我看了《京西有个骚鞑子》,小说一开头就以其特有的质朴、幽默、地方色彩(不只是北京味儿,而且是特定的京西矿区的味儿)、性格的独特性、"斗争"(如果"装骚鞑子"也算一种斗争方式的话)的独特性和如临其境的生活实感把我给镇住了,这个作者在给我们的文学园地提供新的东西!那一阵,正是用文学作品写反官僚、反特权相当热乎的时候,但建功的这一篇独出心裁,借用洋名词儿来说,叫做有点荒诞又有点黑色幽默,读了叫你哭笑不得。我说了,只是"有点",就是说极有限,适度。因为像夫妻分居两地这样的矛盾,当然十分令人同情,却不能说这是由于什么"官僚"造成。义愤填膺、痛心疾首、势不两立……都不是解决问题的有效办法。皮德宝的那一点点荒诞和幽默,倒不失为一种比较健康的态度。皮德宝毕竟大年初一没有去溜主任家吃饺子,我们的工人是善良的、通情达理的。溜主任的难处作品也写到了,建功并不认为生活的缺陷一定是由于某一个"坏蛋"造成的,这种写法也是难能可贵的。当然,王老头这个大慈大悲的形象一树起来,刘主任、皮德宝的形象就蔫下去了。但王老头这个形象始终使我有点难受,弄这么一个光棍给皮德宝看孩子,令人于心不忍。也许建功就是要动读者不忍之心吧?还是建功给王老头分配任务的时候太蛮横些了呢?

小说发表以来,又好几年过去了,皮德宝小两口调到一块儿去了吗?还真让读者怪惦记的。

那个时候我还没弄清,这篇东西与《萱草的眼泪》同出一位青年作者的手笔。

紧接着,旁人向我推荐了《流水弯弯》:一个姑娘嫁了一个金玉其外、棉花(倒不一定是败絮)其中的人,越来越怀念早先丢掉的那块真金。这样的故事并不怎么能打动我,妻子嫌丈夫庸俗,这在旧俄、苏联、我国的小说中似乎都屡见不鲜。例如《青春之歌》里对林道静和余永泽的描写。但这篇作品里至少有两条使我激动:第一,写了"我"与钟奇投奔"红卫兵公社"这样一件虔诚、浪漫而又是"用空想和狂热来开生活的玩笑"的事,是作为钟奇奋斗路上的一个阶梯来写的。这不简单,因为按当时的"行情",更时兴把红卫兵写成暴徒混蛋。第二,是后来"我"去看望钟奇,钟奇的那受了伤的、潦倒的生活。特别是结尾,"我"对钟奇说"你对你的爱人要好一些,她是个很好的人",催人泪下。这就是善的力量,这就叫心灵美,这就是温暖,这就是光。但一封信六年没看到,这种误会又"戏剧"得有失做作了。把钟奇们遭受的打击仅仅归咎于几个"一贯正确"的领导,也有失简单。其实,何必在一个短篇小说里为钟奇的挫折做出肤浅的解说呢？

这以后，我开始在一些会上认识陈建功同志了：年轻而不幼稚，有见解、有知识而不炫露，毕竟是做过十年矿工的人，是走了"与工农大众相结合"的"必由之路"的一个好同志，这就是我的印象。

他一边上着大学，一边写小说，既丰产丰收，又没耽误上学，没脱离群众，没在本校本班显得挺"各"，这不容易。新作哗啦哗啦地发出来了，《盖棺》《丹凤眼》都得到了好评，《迷乱的星空》《飘逝的花头巾》《雨，泼打着霓虹灯》《被揉碎的晨曦》《走向高高的祭坛》……则完全是另一类题材，另一类语言，另一类写法。仅这一点就特别值得重视了：我们的崭露头角的青年作家表现了相当的宽度、容量和开拓的追求与勇气。给一个不知就里的人看一下《盖棺》和《迷乱的星空》吧，能不能看出来是一个人写的呢？

这是一个很有趣的文学现象。近年来涌现出来的新作者多矣，有的作品比建功打得更响，有的很快被评论家和读者确认了"一眼可以看得出"的风格。但陈建功这样的，一上场就是两套家什，两套拳路，两把"刷子"的"二元"现象，却相当罕见。一眼是看不出《萱草的眼泪》与《京西有个骚鞑子》是同出一人之手的，两眼也未必行，恐怕得看个三四遍，然后还得好好琢磨琢磨。

我个人很欣赏这种现象，虽然我不能预言建功会长久地"二元"下去、多元下去，还是会慢慢地找到一种自己最得心应手的路子，"定于一"。逐渐"定于一"是可能的，但"定于一"仍然是相对的，除非他停止艺术上的追求，除非他使自己的永无至美至善之日的风格凝固以至于衰亡，他是不可能永远"定于一"的。就像活的细胞总是要分裂一样，艺术探索也是一种分裂——发展，他是他自己，又是新的非我。我相信，提倡开拓生活的陈建功，他这种创作上的多元现象表现的也是一种开拓精神，这是可喜的。

当然，风格应该是多样的统一，孙悟空虽然七十二变总还是能被辨认出来。《丹凤眼》与《迷乱的星空》二者题材、手法、语言看起来风马牛不相及，但仍然都有"陈记"的戳印。在辛小亮的傲骨里，难道就没有与顾志达相通的地方么？当然，顾志达又会使我们想起钟奇，想起秦江，想起《被揉碎的晨曦》中的"我"。这些作品，是对对抗着生活中的浊流的强者的颂歌。这些强者认为，生活的意义不在于享受，而在于开拓，对于那种庸俗的功利主义，他们抱鄙夷的态度，他们认为人生就是要追求理想，即使为了理想而碰得头破血流，也绝不应退缩叫苦。《丹凤眼》中的辛小亮，可爱就可爱在这里。辛小亮因为是井下的矿工，世俗者嫌他们工种不好，没有姑娘愿意嫁给他，他可不自怨自艾。他说："咱窑工让人瞧不起，可并不是武大郎卖豆腐，人熊货软！"他讽刺那些势利眼的姑娘说："那是给矿上的小科长们啊，写材料的小白脸儿们啊，头头脑脑的儿子们啊预备的。"妙极！建功之可爱就在于虽然他本人也在矿上写过材料，却绝非"小白脸儿"之流，他与矿工、与辛小亮、魏石头（《盖棺》）、云虎（《甜蜜》）以及皮德宝、王老头们心连着心。如果不是工农化，他能写出下面这一段来吗？请看辛小亮对那个老头在煤炭部工作，却看不起矿工的一家的恶作剧吧：

熊？我出气了！临走，趁屋里没人，顺手把身边的暖气给他关了！把旋钮摘下来，出门又扔回他家报箱了！别看你是煤炭部的，冻一宿吧！

痛快！该浮一大白！

而辛小亮的朋友活宝是怎样说的呢？"老弟上刀山下火海，也得给你奔个大嫂子来。明儿还给他们送喜糖去，气他！"

仗义！铿锵有力，金石之声！我看，这就是建功的心声，也是读者看到这里不能不发出的心声！

《盖棺》里的魏石头是一个值得注意的新形象。这个多少有点被扭曲的形象的心灵里包含着黄金和热火，这既是对生活中的荒诞因素、对浊流的抗议，也是对人的尊严、对强者的呼唤。这篇作品是耐读的,理应受到更多的重视。

从某种意义上来说,阅读和分析作品,是对作家的灵魂的探索。陈建功创作上的二元现象,说明这位三十二岁的大学生的灵魂颇不简单,那不是一条窄窄的小胡同(哪怕有几分幽深),也不是浅浅的一洼水(哪怕有五光十色的反光),陈建功肚子里是颇有玩意儿的,说得雅一点就叫做他有一个丰富的灵魂。目前为这个灵魂下断语还为时过早,因为这种二元现象在标志着丰富的同时,也标志着他自己还正在摸索,他还没有写出他最得意的代表作,他的创作还不那么稳定。不论写矿工还是写教授,他在召唤强者,他在嘲笑和谴责浊流,他努力为了尊严而唱赞歌,然而他的赞歌成就不一。

这里,我不想详谈他的一些带有急就章味道的作品。《雨,泼打着霓虹灯》(还有《被揉碎的晨曦》,题名都有失雕琢)和《飘逝的花头巾》在思想方面有某种共同性。选材、立意都非常新,显示了建功对生活的敏感与深思,特别是后一篇,估计在青年、特别是在大学中会引起热烈的反响。但我总觉得这两篇小说的题材还没有消化、酝酿得很成熟,好像是面团,还没有发酵够、揉匀,里面还有疙瘩,因而,两位女主人公的戏剧性的一百八十度变化,就不那么令人信服。

窃以为,如果建功结构故事的时候少追求一点戏剧性的对比,他的小说也许会更自然一些。《走向高高的祭坛》更是如此,读后人们不免会觉得作者在对天坛有了一个强烈的感受和深邃的思索以后却没有找到应有的活泼泼的生活内容,因而编造了一个相当费解(即晦涩)的故事,虽然妄想型的精神病患者的故事很可能是实有所闻。《衷曲》的戏剧性就更浅薄了。

这里又出现了一个有趣的现象。估计建功本人对《流水弯弯》《迷乱的星空》一类作品具有更多的偏爱,所以他给集子起名为《迷乱的星空》。笔者曾建议他采用《丹凤眼》为好,一方面因为笔者更喜欢"丹"类小说,一方面是因为生意经,以"丹"为名,说不定能获得新华书店更多的定货(不知这算不算"浊流")。从社会效果上来看,也还是他的《京西有个骚鞑子》《盖棺》《丹凤眼》要影响大一些（青年学生可能更喜欢"星空"一类）。

我完全赞赏建功继续用"两把刷子"刷下去，我丝毫不想指手画脚要他舍此就彼。但我要说，迄今为止，建功写知识分子的小说远不如他写矿工的小说更有特色，有风格。不用说别的，就拿语言来说，"丹"类小说是如何令人拍案叫绝！"星空"类呢？不是显得还缺乏独特的东西吗？再说人物，他写的那些普普通通的工人，都是活灵活现的，而他精心塑造的钟奇、顾志达、秦江（《飘逝的花头巾》）却相对地苍白一些、概念化一些。

《迷乱的星空》是结构比较庞大、内涵比较丰富、提出的问题也比较尖锐的一篇力作，读后心怦怦然。作者把父女二人的爱情与他们的生活哲学结合起来，描写的视角适当变化，已死的炜炜的母亲与《老人与海》的穿插和象征，特别是炜炜终于未能与顾志达相好这样一个令人遗憾、令人深思却也令人感到一种"欲穷千里目，更上一层楼"的欣悦的结局，都说明了建功艺术上是有追求的、有潜力的、有来头的，正所谓前途不可限量。

美中不足的是顾志达这个形象本身，既伟大又单薄，给人以过分愤世嫉俗而生活在云端之感。他这么伟大，恐怕没有哪个姑娘有资格爱他，至多能得到他的一次热吻，下一次就是冷吻了，再下一次就得拉吹。他会不会落一个王老头乃至魏石头的下场呢？完全可能的，虽然魏石头是那样渺小而顾志达是那样伟大。不是钟奇也颓唐了么？不站在坚实的土地上，只凭一副傲骨，不是很容易被浊流淹没，而伟大与渺小之间也决不存在着十万八千里的距离么？

以短篇而论人往往是瞎子摸象。建功的灵魂还有待于开掘和发展，建功的生活还有待于开掘和积累。抓住象耳朵说它像蒲扇，抓住象鼻子说它像绳索都是可笑的。他的创作在赢得了极其可喜的成绩的同时，也出现着不平衡、参差、新的苗头与新的不足，这是完全正常的现象。他还是个大学生，创作与生活斗争之路还在前面，不管有多少岔路,也不管他会经历多少曲折和挫败,我希望他不要失去开拓的理想、强者的自尊,我同样希望他不要失去与劳动人民、与工农大众的血肉相连的关系,不要失去他的谦逊、朴实的作风。祝他什么呢?更大的成就?天下哪有那么廉价的成就?廉价的成就属于明伟、凌凯以及戴过花头巾的"她"。那么,祝他孤高自傲、超尘绝俗,像被揉碎的"我"和找不到爱人又考不上研究生(当然也可以说是他不屑于考研究生和找一个俗气的爱人)的小顾?不,这是一种不公正的诅咒。还是祝他多得到一些读者吧!但要说明,宁可多一些严格得近乎苛刻、关心得近于挑剔的读者,而不要碰到那些捧场的哥们儿!让建功永远不得轻松,不得安宁吧!建功得到的,绝不会是一条大鱼的空空的骨架子。

发表于《读书》1981年第9期

悲 非 罪

——戴晴《不》序

　　她是不是太悲哀了？为什么在她的初露头角的、为数不多的作品里竟然提供了这么多令人心碎甚至是撕裂人的肝肠的画面？朴实无华、真切得感同身受的《盼》，不仅用现实主义的白描，勾勒了那种"两地夫妻万事哀"的情景：一次又一次地上火车、再见，而二十多年竟没有踏进过一次卧铺车厢；北京的查户口与农村的扣口粮；单身的艰难的生活；永无尽头的盼和永无止息的希望与失望；而且，"我"的回来竟和亲爱的丈夫因癌而死与接踵而来的"我"的发疯联在一起，真叫人受不了呵！

　　同样的悲剧性结局出现在《沟》里，被那个圣洁的、简直可以说是笼罩在光环之中的淑茵含辛茹苦地拉扯大了的扬扬，弃国弃母而去异国了。淑茵受不了这种沉重的打击而得了栓塞性脑溢血，而扬扬在出席他的母亲的追悼会的路上仍在得意洋洋地谈论他所向往的美国，并且临行之前，连母亲的任何一件遗物也不愿带在身边以做纪念。谁能相信"他毕竟是个好孩子呢"？谁能相信"他最终还是会眷恋他的母亲、他的祖国"呢？

　　还有《不》里的刘大勇，一个为人民身经百战而在弥留之际仍对人民不失忠诚的高级干部，当他回顾自己的一生的时候，竟充满了那么多叫人喘不过气来的忏悔；围绕着他、掌握着他的，是一个以他的"少妻"李英为代表的庸俗、腐朽、霉臭的环境！他憎恶这一切，更希望能在他不同意或不愿意的时候表示一下反抗,但他却什么也没有做,无论是大事还是小事……

真正的刻骨铭心的爱情已经随着"号音"的消失而永远地逝去了。即使相信感召术,能得到的也不过是醒后倍觉凄凉的一梦。这是时代所造成的隐忍性格的苦果么?倒是《平淡的星期天》稍好一点,虽然不乏揶揄与怜悯,却也还有几分喜剧色彩。

这是怎么回事?我们该怎么办?赞美戴晴的勇气和感人至深的文笔么?指责她缺乏鼓舞力量、缺乏亮色么?鼓励她坚持创作个性、走自己的路么?引导她去"四化"第一线,发出时代的最强音么?

我想,会有许多评论家、读者、领导人、权威、老前辈来做这方面的判断和工作的。我相信,以《盼》而一鸣惊人的戴晴,是会得到许多关怀和帮助的。

但这里,我觉得似乎可以不忙着做出断语。首先,仅仅从几个短篇就去判断作者的风格、手法、倾向以至于她是否受了什么什么主义或者什么什么"流"的影响,那是太粗疏了。她还在摸索,她还在寻求。真正能够反映她的思想、生活经验与艺术修养的全貌的作品的出现还有待于今后,我们不必急于下断语。其次,我对别林斯基的"文学批评就是要做出判断"的命题的权威性不无怀疑,我宁愿评论者和作者一道探讨生活。

戴晴的悲哀首先是由于十年动乱使我们失去了那么多最美好、最珍贵的东西。把《盼》的题材仅仅理解为写了一个分居两地的夫妻的故事,是太狭隘了。它之所以获得众多的读者,正在于它表现了那种我们几乎可以在每个机关、每个工厂、每个研究院中都见得到的一对对善良的、识大体顾大局、服从组织、信赖领导、先公后私、先人后己、自尊自重的夫妻的美好的心灵怎样受到冷淡、漠视、欺骗和残害!这一对好人无好报的夫妻的遭遇,不知会毒化多少美好的心灵!回想一下五十年代我国的社会风气吧!而在经过了一次又一次的"兴无灭资"之后,又是什么样的结果呢?不是至今仍然有人信奉

"撑死大胆的,饿死没眼的"这种野蛮而又自私的箴言么?在我们提倡心灵美的时候,我们能不能多少地回顾一下有多少美好的心灵被蔑视被践踏呢?戴晴的悲哀在于心灵美的毁灭,戴晴的热情在于对心灵美的眷恋和召唤。如果说她太"灰"了,那就"灰"在这里;如果你说她"不灰""很热",那就是"不灰"而且"很热"在这里。

顺便说一下《平淡的星期天》,这是一个看来平淡,实际上相当含蓄、隽永、耐人寻味的生活故事,像生活一样实实在在,像生活本身一样鲜活可触而又五味俱全、余音绕梁。肯定是个人的偏爱,我喜欢这一篇小说胜过戴晴写得太"努"、太"露"的其他篇。应该说没有什么错处的文惠和老赵,他们为什么在月夜失眠了呢?不错,他们开始拨拉自己的小算盘了,以致在一瞬间失掉了他们虔诚地信奉过的舍己为人的准则。然而人终归不是还有"心"吗?失去了心灵美,一个不是会"躲避另一个的目光",而另一个不是会"一直没有抬起眼睛"来吗?他们这种可贵的自责,正是我们的社会得以健康地存活的根本。该回来了吧,为了救火而燎焦了一大片头发,与给灾民捐献什么都不吝惜的美好的日子!

美好的心灵永远不会是平静的自满自足的一潭死水,它充满了不安、焦灼、期待,充满了追求,其中首先是对事业、对道德和对情感的追求。《盼》里的老陈放弃了调在一起的机会而坚持了自己的科研专业,他的遭遇当然是不幸的;《不》里的大儿子放弃了自己所喜爱的文科专业而去服从父亲,结果呢,"在酸涩的眼皮底下,那闪闪的亮光不见了"!不是同样不幸,甚至是更加不幸吗?其实,我们的生活里有越来越多的老陈式的人物得到了越来越多的尊敬与照顾,而如戴晴所描写的变成骨灰以后才能和家人团聚在一起登八达岭,这个结局是不是太"小说"或者太"戏剧"了呢?我们可以把这个结局理解为对于过去曾在无数诚实的知识分子身上实施过的荒唐的悲愤之情的表露,我们也可以把这种现象理解为终能畅诉衷曲时流下的滴滴热泪。当然,并不会有人希望这种热泪像大川瀑布一样滔滔不绝地奔流下去,作者命笔的目的也正在于结束这样的悲剧。所以说,我们是革命乐观主义者,我们不喜欢哭哭啼啼;但是,哭和笑也是一种辩证的统一,忧患与人生俱来,即使世界大同,人的泪腺也不会退化消亡,何况我们中国人民堪称是多灾多难的呢!在这种情况下,我们能说悲即罪吗?何况,有那么一些年轻的作家,特别是女作家,敏感和多情、善良和天真的理想主义,往往使她们自觉不自觉地去玩味渲染一种伤感的调子。"为什么我的眼睛里常含泪水?因为我爱这土地爱得深沉。"艾青的这两句诗对于我们理解戴晴作品里的"悲"是有帮助的。爱得多就会怜得多、同情得多、哭得多。当然,爱并不是一切,不是科学,不是高瞻远瞩、战无不胜的理论,也并不是救国之道。但是,没有这种爱是不行的。没有对人民、对祖国的爱,不但没有文学,连科学和理论也不会有的。

所以说,悲非罪。但悲不是理想,不是目标,也不值得爱不释手。当我们处理社会和历史的一些带有悲剧色彩的题材的时候,我们能不能要求一个人民的作家具有更加开阔的胸襟,更公正也更冷静一些呢?我们能不能回忆一下"绝望之为虚妄正与希望同"这句名言呢?

比如说,像刘大勇那样的人,当他回顾自己的一生的时候,难道就没有更多的足以自豪和自慰的经历吗?投身于历史的洪流、革命的狂潮里的一个人(并不是什么"混入"的奸细啊),不管这洪流与狂潮有多少曲折,也不管这洪流与狂潮很可能淹没了一些无辜的人、美好的人,他能感觉不到那种历史的必然性和事业的正义性以及由于这种必然性和正义性而得来的心灵的充实感么?而他竟陷入那种沉重的自责之中,对本应做而未能做的事情是那样痛心地追悔,也许这恰是某种伟大心灵的所为?但戴晴为什么不去歌颂他,却那样不动声色地一层又一层地剥他的啮心的悔恨呢?

再比如,刘大勇和他的发妻离异一事,果真需要痛心疾首以至捶胸顿足吗?现妻李英不好是由于他择偶不慎,但是,对于那个封建包办的婚姻他果真需要承担那么多道德责任吗？无疑,在他的垂暮之年,发妻之于他已经失去了同床共枕、朝夕相伴这样一般的含义了。他对她的追忆,是对往昔纯朴的追忆;他对她的歉疚,是对他的不那么幸福的乡亲和同胞的歉疚。戴晴在这里,是不是把过重的历史责任加到她的主人公身上了？

当然,《不》的价值不在这里。"革命离不开你"还是"你离不开革命"的问题的提出,特别是通过刘大勇的活生生的生活所提出的对于"革命"这个字的含义的探求,是无比深刻的、令人战栗的。

通过一篇小说不可能完全解答这些令人困扰的问题。就拿"原先那些对日本人、对军阀、对腐败的社会的火辣辣的憎恨,倒显得生分了"来说,究竟应该怎么看呢？难道在一九八一年的中国需要和一九三七年一样地憎恨日本人么？显然这并不可怕也不那么可悲。可怕可悲之处在于曾经伴随自己一生的那种有奔头、有感染力、让心头踏实的活生生的目标模糊了,革命一生到最后却只变成了李英之流谋私利的幌子(如果确实是这样的话)。如果一个革命者、一个共产党人在今天连为人民服务和建设社会主义的现代化强国都觉得生分,那倒是该鞭挞一番的了。

事业和道德之外还有感情。对于友谊和爱情的渴望,这是人皆有之的,但不是每个人的这种渴望都能得到生长、满足和升华。毋宁说,人们在这方面总会有所欠缺、有所遗憾、有所期待。不是说人人都会期待一个第三者,而是说期待一种更美好的心灵的靠拢和更高的感情世界。于是乎有了张洁的《爱,是不能忘记的》,于是乎有了戴晴的《消失的号音》。号音虽然消失了,爱却并没有被人忘记,而且还会有新的号音,还会有扬扬演奏的足以与号音媲美的长笛音。说到《沟》里的不肖子扬扬,作者当然有权利写一个"不想回来"的离境者,但就算"他连与他朝夕相处的母亲都不了解,他又何尝了解他的祖国"也罢,他竟然冷血到毫无人性的地步了么？这里边的某些细节,过分了一些吧？而那孤儿寡母的身世,就更把人压得喘不过气来。当然,生活并不是轻松的,生活本身就包含着沉重,但它不也包含着进步和腾跃吗?对于扬扬出国留学一类事情的出现,难道它只是消极可悲的么?我真担心,会不会出来这么一个人士,他读完《沟》,认为还是闭关锁国的政策更好?

从发表第一篇《盼》起,到现在还不到两年,作品数量也很有限,但是,戴晴已经拨动了许多人的心弦,并且打破了许多人的平静了。这当然不是偶然的。自会有人总结她的作品的几大特点的,诸如来自生活啦,说出心里话啦之类。我要说的是,这篇不符规格的序言,也正是不平静的产物。我们大概还可以和戴晴辩论一百次,她既然总是固执地提出那些在她的同代人心中答案还不是那么明确的、恼人的问题,我相信她是不会寂寞的。其实,对寂寞的敏感有时也许是一种软弱。生活正像大海,人民正像森林,有了大海,还怕没有浪花吗?有了森林,还怕没有鸟儿吗?戴晴的作品里,那最动人的篇什,恐怕还不仅是那对于失却了的美好的挽歌,而是那并没有失去的、永远不会失去的对祖国的爱。在她的另一篇并未收入这个集子的报告文学作品《与祖国的文明共命运》里,看她是怎样写杨秉孙的吧!

> 他笑而不答。这哪里是一两句话能解释清楚的?他不走,他走不了。这儿是他的国家、他的同胞。晓庄睡着他的老师;衡水洒过他的血汗;得奖时,他是中国青年提琴家;宣判时,他是湖北人杨秉孙……他又怎么放得下这苦难、富饶的大地呢?(着重点是作序者加的。)

还有比这更美好、更动人心魄的语言吗?我以为,没有了。

发表于《读书》1981年第10期

《香草集》序

　　回顾过去，往往是一种非常富有感情色彩的体验。留恋和感伤、欣悦和追悔、激奋和迷惘，会难解难分地交织在一起。比起得意洋洋，当我们追怀往事的时候，也许更多的人会摇头叹息。这倒不完全是由于人性生来软弱，而是由于人们往往会认为（事实也多半如此）今天的自己会比昨天的自己更聪明些，于是，看昨天的时候，人们惯用一种忧郁的批判眼光。

　　这本集子里搜集的一些作品，大都是一九五七年前后，所谓"百花齐放"时期出现的，作者大多是二十几岁的年轻人。作品在热情地称颂新中国、新社会的同时也批判了生活中的一些阴暗面。这可以说是第一个批判。

　　但是这种——应该说是很温柔的、脉脉含情的——对我们党内、领导机关内和人们的头脑内的一些令人不快的东西进行批判的初步尝试，招致了十倍严厉和持久的批判和打击。二十年甚至更长一些时间里，这些作品成了"毒草"，成了禁品。这可以说是第二个批判。我深信有许多好人，有许多热情而又天真的战友和同志参加了这些批判。他们真心以为，批判了反映某些不如意的真实的作品之后，生活也就会惬意得多；他们以为，如果砸碎了调皮的温度计，天气就不会变得太热或者太冷；他们以为，对于某一个基本健康的人身上带有某种病菌的警报，比这种病菌本身更危险。这第二个批判的后果实际上是灾难性的。即使我们不把这些作品当做温度计或者警报，即使我们把它们看做猫头鹰的不祥的啼鸣,但是,难道消除了猫头鹰就可以消除一切祸患吗?

冷静地看来,这些被收到集子里的作品也许其实并没有什么了不起。例如我写的《组织部新来的青年人》,思想不能算深邃和成熟,艺术也远远谈不上高超。那么,为什么二十余年后还有人愿意看、愿意出版、愿意翻译介绍这些本来是平平常常的作品呢?某种意义上,这应该感谢那些要对这些作品的批判、被禁止负责的人。长期的禁锢反倒引起了人们的兴趣,尽管持这种兴趣的人出发点可能各自不同。"批倒批臭"的结果变成了"批红批香",这也许是一件不无教益的讽刺。

那么,出版和介绍这本书,也就是对于第二个批判的批判了,那就说它是第三个批判好了。

生活已经大大地发展了、前进了,文学也已经大大地前进了。不论付出了多么大的代价,我们确是艰难而又曲折地前进着。因此,在八十年代的今日,当我们回顾五十年代的岁月、五十年代的文学的时候,我们大可不必吟咏再三、恋恋不舍。看一看这个集子里所收的作品吧,那是新中国的童年时期、也是像我这样的作者的文学生涯的童年时期的产物,它美好而又真诚,然而,它是多么幼稚、多么肤浅啊。我当时不同意、后来不同意、现在更加不同意认为林震或者黄佳英是什么反官僚主义的英雄。他们对生活、对社会的看法,是相当简单的,有些甚至是一厢情愿、自以为是的推断。特别是林震,他像英雄吗?否。他像弱者吗?倒有点。

因此,我建议国内外读者用一种新的、理性的、心平气和的批判眼光看待这些作品。这里所说的批判眼光,大概是我们向往的第四个批判了。我们应该老老实实地承认这些作品的思想的简单、幼稚和艺术的粗糙,我希望读者对这些作品的兴趣逐渐淡漠。

现在,允许我重复一下在本文开头时所说的话吧!回顾过去往往是一种非常富有感情色彩的体验。但我以为,我们更需要的是斯宾诺莎式的冷静,在回顾我们的错综复杂的历程的时候,我们需要的是理性和科学态度。像斯宾诺莎所说的:不哭,不笑,而要理解。这样,今天的我们就会真的比昨天的我们更聪明,而明天也会比今天有所进步。我祝愿着。

发表于《人民日报》1981年2月21日

善良者的命运

——张弦《挣不断的红丝线》序

在张弦的小说里,我们看到了一个又一个善良而又不那么幸运的人物。因为把电影胶片颠倒了几秒钟而被"颠倒"了十多年的方丽茹(《记忆》),因为被遗忘的"爱情"而被扼杀了年轻的生命的存妮和一直生活在巨大的阴影下面的荒妹(《被爱情遗忘的角落》),被流言蜚语、封建偏见压得抬不起头来的周良蕙(《未亡人》),在追求幸福的挣扎中感到了深深的疲惫的傅玉洁(《挣不断的红丝线》),失去了当年的爱情、总算在"贵人相助"下得到了婚姻的孟莲莲(《银杏树》)等等,她们大多是一些女性,她们有秀美的外表和心灵,她们有过天真而又美好的青春,但是,当有形的而在更多的情况下是无形的俗恶势力扑向她们的时候,她们是不设防的,也许可以干脆说这是一些善良的弱者。对于斗争,她们都那么缺乏准备、经验、艺术和勇气,她们是太娇嫩了,似乎不该生在这个荆棘丛生、战云密布、难逢开口笑的世界上(他写的那个相当成功的电影剧本《心在跳动》里的罗秉真医生和《一只苍蝇》里的萧总工程师,虽是男性,却颇乏雄风,同样具有那种善良、软弱、不敢也不善斗争的特点)。她们的命运有起有伏,她们的结局有悲有喜,她们的故事经历了许多年乃至几十年的时间,她们的活动场景大部分都比较单纯,多数人的悲欢离合全是表现在爱情、婚姻和家庭里的。然而,与一般的甜腻腻的恋爱或者想入非非、虚无缥缈的感情不同,她们的爱情是发生在、变故在、回响在中国的现实的土地上,与政治、与经济、与历史、与地理(例如"角落")、与社会心理这样深、密地纠结在一起的,是食人间烟火者的爱情。

这就是张弦的爱情故事比起某一些很可能写得更有才气也更泼辣大胆的爱情故事高明一些的地方。他写的是爱情,但更是写了社会、历史、人间烟火。他写的这些故事,要更加平实、更加可信、更加吸引人和易于被人接受,同时,透过那单纯、明快、深入浅出的故事的叙述,我们同样可以感到作者对于许多严肃得近乎沉重的问题的思索。

在这些故事的写作里,张弦渐渐形成了自己的风格。他的作品是那些比较严肃、格调不低的作品中最好读的,又是那些比较好读的作品中最严肃和最有容量的。他的小说结构完整、人物清楚、叙述干净、语言纯朴。他的小说里没有繁复的线索,没有大恶、大智、大勇或者过于复杂深奥、令人捉摸不透的人物,没有那种爆破式的、倾泻式的或者旋风式的恃才大书特书,没有那么多大段抒情、哲理、政论以及那些令人羡慕又让人晕眩的天南海北、古今中外的学识显示,没有那么多色彩浓重的、当当响的、有刺激性的语言,不论是方言、行业语言、绘声绘形、大粗大细的群众语言或者是高深渊博夹带欧化的"现代"知识分子语言,都很少用。

然而,他的那些质朴而又娓娓动听的故事,他笔下的那些善良者的悲欢离合、喜怒哀乐却自有一种魅力,一种征服人心、以情动人的力量,并且触及了社会生活的许多方面,也触动了千千万万善良的读者的灵魂。怨而不怒,哀而不伤,平而不淡,深而不艰,情而不滥,思而不玄,秀而不艳,朴而不陋,这就是张弦的风格,这就是张弦的节制,这也恰恰是张弦的局限性。

一个作家就是一个局限,同时又是一种探索,一种突破局限的势头,也可以说是局限与反局限的统一。一种风格也是这样,唯其有局限才有风格,唯其不断地努力突破局限才有新意、有创造、有生命、有发展,才不会僵死,不会令读者初而喜、继而倦、终而厌。

这种局限与反局限的统一的成功的例证我以为首推《记忆》。当宣传部长秦慕平抱着深深的歉疚去见被他亲手做了错误的处理因而失去许多美好的东西的方丽茹的时候,张弦是这样描写方丽茹的:

> 然而,她没有悲伤……她的文化有限,但胸襟开阔。她懂得她的遭遇并非由某一个人、某一种偶然的原因所造成,也并非她一个人所独有。她没有能力对摧残她的那些岁月做出科学的评价,但她确信历史的长河不会倒流。当明丽的阳光已照在窗前的时候,人们不总是带着宽慰的微笑去回忆昨夜的噩梦,并随即挥一挥手,力图把它忘却得愈干净愈好吗?

多么好的人民,多么好的心灵,多么好的善良者之歌!

然后方丽茹"用农村妇女的方式,麻利地抓起几只蛋往秦慕平的口袋里塞"。于是秦慕平想起了"在冀中平原,在鲁东南和南下的征途上……大娘大嫂子们,一手挡住自己推让的胳臂,一手把鸡蛋强往荷包里塞"。

最后秦慕平自问道:"而今天,面对人民的真诚信托,作为一个党的干部,还能像当年那样于心无愧吗?"

这篇小说写得比较开阔,它正面写了平反冤、假、错案这样一件大事。通过挖掘秦慕平的心灵,他把这件大事的意义进一步深化了,带有更深的悲剧性和更庄严的正剧性,入情入理,情理并茂,与那种血淋淋的、剑拔弩张的写法不同,但比那种写法有着更大的说服力和内在的紧张性。善良者的命运比起那些行高和寡、语出惊人的先知先觉者更易于激起读者的巨大同情心,如果读到这些描写,还不肯放弃过去的那种把人民当敌人整的"左"的做法,也就实在不便于形容了。

《被爱情遗忘的角落》同样大大突破了故事本身的局限。问题显然不在于作者对小豹子和存妮的那种原始的、"贫困"的"爱情"抱有几多怜悯乃至同情,作品的笔触涉及的是我们的某些偏僻的角落里的极其不发展的状态。有不少人责备作者在这篇作品里写到了一点点情欲，个中得失是可以讨论的。也许，这种描写确实不合"国情"，不能被当今的许多正派人接受。但是，我们总不能不看到情欲背后的作者的悲天悯人、忧国忧民的沉思。而且，我想，不管我们怎么骂这种情欲是"兽性"，这种情欲并不会因别人痛骂便挥发消释净尽，那么，它造成的灾难后果，就不能不令人拍案顿足。毋庸置疑，小豹子和存妮的关系是蒙昧的，但我们不妨问一问，因为他们的这种蒙昧而逼死一个、抓走一个的势力，难道不是更加蒙昧和野蛮吗？对小豹子和存妮一味同情固然不对，但那些痛骂他们"兽性"的富有人性的文明的好人，就不应该想想自己对于帮助某些角落发展生产，建立两个文明，对于帮助、提高小豹子、存妮这样的人是负有责任的吗？

但另一方面，有时当张弦面临相当复杂的生活纠葛的时候，他仍然企图给这种生活穿上一件尺码不大的制服，就不免显出某种捉襟见肘。引起热烈反响的小说《挣不断的红丝线》存在着这方面的不足。为了恪守"挣不断"的题意，小说把傅玉洁在粉碎"四人帮"后的处境写得与之前并无大的差别，这就不仅伤害了作品的真实可信性，而且增加了一些本来可以不必争议的可争议性。复杂化了的生活对象与略嫌简单的艺术提炼与艺术表现手段，这是一个需要解决的矛盾。如果为了故事的完整性而伤害了生活的真实性、丰富性，那就是得不偿失了。

张弦一九八二年的一篇新作《银杏树》令人相当兴奋。相反，与此篇差不多同时发表的《回黄转绿》就显得艰窘得多，后者对生活的剪裁有较多的以意为之乃至强使生活就范的痕迹。《银杏树》里孟莲莲的喜剧式的结尾比哭哭啼啼的悲剧还令人震惊。这种处理手法在张弦的作品里是一个突破，它打破了张弦的许多小说里驾轻就熟地写惯了的善良者失去了自己的青春和爱情的咏叹调，加深了对生活的认识，充实了对善良者的挖掘剖析。从道德和法律的观点看来，孟莲莲当然是非常正面的。但是作者的眼睛透视了更深的一层，留下了一个更久远也更艰难的问号。张弦实际上提出了树立新的、真正体现高度的社会主义精神文明的价值观念这样一个激动人心却又是一时难以理出头绪来的重大问题、一个走在了生活前面的问题。考虑到现实,考虑到人心向背,谁能不赞美包老爷式的郑霆呢?在这里,小说的高度现实感和现代感或者叫做未来感巧妙地结合在一起了。可惜,当今陈世美的描写仍然简单化了。如果姚敏生比现在更善于美化自己一些,如果姚敏生更多一点深度,如果姚敏生的新欢不是县委某副部长的独生女……会不会更耐人寻味一点呢?

然而这样的建议是冒险的。一篇作品在寻求"深刻""丰富"的同时完全有可能丧失一部分读者,如果不是像某些人愤愤指责的"背离"读者的话。

《一只苍蝇》在他的作品中可能不算最好的,但我对这部作品倒是有一点偏爱。这是张弦另一个突破自己题材局限的有意义的尝试,虽然这个尝试并未取得大的成功。龙科长写得太浅了,显然,张弦并不善于写恶人。

《污点》《未亡人》和《角落》题材上有些相近,人物性格也有点相近,而挖掘却浅得多,这实际上不是太好的征兆。

文如其人。二十六年前的初冬,在《文艺报》召集、侯金镜同志主持的一个谈短篇小说的座谈会上,我第一次见到张弦。他给我的印象是一个大学生,温文尔雅,俊秀整洁,入世未深。他五十年代的小说和电影剧本,都反映了那个时代的朝气蓬勃、热情而又严谨的理工科大学生对生活的向往、信念和刚刚开始的忧虑。上海姑娘白玫其实写得相当浅,虽然这种形象容易讨好。《苦恼的青春》则早在那个时期就写出了谢惠敏式的人物,可惜这朵花开迟了,而且作品表现的正面理想同样是单纯的、善良的、软弱的和幼稚的,这种调子一直保持到现今。当然,经过痛苦的考验和锤炼,他对生活的艰难复杂认识得也描写得深沉多了、成熟多了。对善良而又不那么幸运的人的同情心却更加强了,这应该说是张弦的作品的人道主义力量所在。

然而，作为张弦作品里的正面理想、正面力量的善良和同情心，与他描写的社会环境以及历史性的矛盾、试炼相比，较之五十年代的作品，似乎还没有得到同等比例的充实和发展。就是说，他如今写的矛盾试炼要比五十年代时写得复杂多了也深刻多了，然而他拿出来的正面理想、正面力量，却还没有相应地更丰富、更坚实、更深刻。可能就是因为这个原因，在读张弦近年作品的时候，我脑子里仍然时时浮现出他那新中国第一代的大学生形象。

张弦这几年的小说数量不算太多，但获得了相当大的成功。作为他的老友，我为他高兴。作为他的老友，我为他又感到深深的不满足。与他的经历相比，他写出来的东西太少了。与他的生活的矿藏相比，他开采作业的"掌子面"还是嫌窄了。然而，他的写作是严肃的、认真的、刻苦的。他已经战胜了本来不应该有的许多坎坷险阻，所以我相信，他也能战胜他自己——超越他已经为自己架起来的、与他人相比并不算低、与他自己的潜力和努力相比还远不够高的标杆！在笔者写这篇序的时候，从正在付印的张弦的"最新作"《春天的雾》，已经可以在开拓题材，反映正在变化的、五花八门的新生活与突破他所习惯的比较一板一眼的叙述手法，试着多用几套笔墨方面，看出他突破自己的可喜的努力。虽然这篇"最新作"似仍然存在着正面思想力量单薄乃至陈旧的弱点。是的，我祝愿他在今后的采矿作业中使用更加犀利的风钻乃至高功率、高效能的掘进机，进行更大规模的全方位、全天候总体作业。那么，今后张弦的笔下会有更多的善良者和非善良者出现，把那些非善良者揭得更透一些吧！并愿那些善良者更强有力些，他们理应得到、也完全有本事得到更好些的命运。

发表于《文学评论》1982年第5期

雪里送炭　其善如何

——崔道怡《创作技巧谈》序

我常常苦于无法回答文学青年们的热情来信,他们的信都以"老师"相称,毕恭毕敬地要求我"指导"他们如何观察、如何构思、如何写作。而我呢,第一,时间有限,难以一一复信;第二,虽然自己是写了些叫做"小说"的东西,对于该怎样写,却茫然不知所对;第三,愈是写小说的人,愈是易于对"小说作法"之类的东西抱有偏见,自己也往往不愿意写这样的文字(包括书信)。

然而爱好文学的青年要求迫切,不用说别人,以我自己来说,童年时期读过的夏丏尊、叶圣陶先生的《文心》和他们的其他关于写作技巧的著作,就曾经给我极大的满足和益处,我早就想找个机会呼吁一下,能不能重印一下《文心》?

同时我们需要当代的有针对性的对于写作技巧的辅导,就在这个时候,得知道怡同志发表在《希望》文学月刊上的《编辑手记》,一组从文学编辑角度谈创作技巧的文章,即将由安徽人民出版社结集为《创作技巧谈》出版,不禁有松了一口气之感,以后再接到"求师"的信,我就回复他们:"请你去读一下崔道怡的《创作技巧谈》吧!"

崔道怡同志担任《人民文学》的编辑已经二十六年了,二十六年来,他参加并主持一些小说稿的审读、选择、加工、修改、评选以及从组稿到校对的全部工作,积累了丰富的经验。他本人也时而挤一点时间写一些小说或其他体裁的文字。二十多年来,在《人民文学》这块园地上开花、长叶、茁壮成长的人是不少的。我想,他们都不会忘记崔道怡和他的同事们对自己的帮助。许多人(包括我自己)提起崔道怡和《人民文学》的其他老编辑,都会有一种感激与敬佩之情油然而生。多少人经他们的手立起来了,"打响了",然而,他们却不声不响,默默地做着人梯的工作。想到这里,我眼里、心里都发热。

然而,能直接得到他们的指导、帮助的作者毕竟是有限的。他们每天都要收到几百篇稿件,能用的不过千分之一二三,能提出具体意见的,也只有极少数。

一方面是如旱盼雨,一方面是人力有限,怎么解决这个矛盾呢?这就需要像崔道怡同志这样的老编辑,把自己处理稿件的经验总结、整理出来,使更多的青年习作者分享到他的帮助和辅导。

现在,已经有了他的《创作技巧谈》二十篇,从拿起笔之前的准备到肖像、心理、行动、环境的描写,从剪裁布局到开头结尾,从人称到标题,都有实实在在、言之有物的论述,这对于如饥似渴的文学青年,实在是做了一件雪里送炭的好事。

他的这二十篇文章是给尚无多少成绩和积累的初学写作者看的,文中说的大多是常识性的问题。然而,可贵之处在于,这些东西并非照本宣科的浮泛之谈,而是作者多年看稿审稿的经验结晶,是对症下药,不是无的放矢。例如在开篇《金线串珍珠》中,作者写道:

……有的则好像是一个俑,徒具生灵的形体姿态,却没有血肉精神。对这样的稿件,仅就其本身提出具体意见,往往难以解决根本问题。因为它并非某一方面不足,而是在文学创作的道路上,除了必要的生活体验之外,还未能迈出那关键一步——进行真正的艺术构思。

诚哉斯言,一针就扎到穴位上了。如果作者能在这里归纳一下一篇经过真正的艺术构思的作品——艺术品,与未经过这种构思的作品——非艺术品的主要区别,艺术品的质的规定性的主要特征,就更好了。

再如关于"巧"在小说中的作用,巧与拙的相反相成,互相转化,作者也写得颇有见地。当然,我也希望他以后有机会能更加充分地阐发:巧,与妙是分不开的,它不是指或不仅仅指情节中的巧合,更重要的,我以为应该是指作家的独创性,作品的独创性,独具慧眼,独有所感、所思、所得,独特的胆识、魅力和情趣,这才是真正令读者拍手叫好,令编辑感到如获至宝的地方。

还如作者对于第一人称种种的论述,其中提到"短篇要求有更强的现实性和典型性,有更大的概括力和感染力,为此就得截取片断,快速构思,以少胜多,借重抒情",又提到"许多卓有成就的作家,当初便是以第一人称处女作闻名于世,走上文坛的"。这都是很有趣、也很有创见的经验谈。在我国,短篇、中篇、长篇统称小说,从构词的角度来看似乎三者都是一个东西——小说,差别仅在篇幅,正像小马、大马、老马一样,都是马,差别仅在牙口。其实,短篇颇有些与中篇、长篇不同的艺术构思手段,这是一个相当奥妙的、在许多情况下可意会而不可言传的问题。道怡同志只是提了一下而已,仅他提及的有关短篇的一些想法,就足以写一篇洋洋洒洒的长文。

有些篇目写得相对来说一般化一些,但道理是对的,对于广大习作者是有益的。囿于主题思想、题材提炼、情节线索……的说教是不会有大出息的,完全不顾这些东西,不顾 ABC 与"小九九",上来就瞎闯乱撞,也会多走弯路。

总起来说,这是一本有益的书,我愿推荐给青年习作者,这比某个"家"匆匆写给你几个字要解决问题得多。

我也相信,会有许多读者看完后仍然感到不满意、不会写,那是当然。不要说这本小书,就是那些大文豪们谈写作的书,也只能起一个指路的作用,路本身需要自己走,何况这是一条崎岖的、艰难的路,走这条路需要有正确的态度,丰富的生活经验,足够的知识准备,需要有对于生活的一种相当独特的敏感、热爱、思索、感受与把玩赏鉴,还需要有坚强的意志,长期的实践。以为看上一本书,听两次课,参加一下函授或者刊授学习班就可以成为作家,那纯粹是不切实际的幻想。有这种幻想本身就是对文艺创作全未入门的表现,至于以为投个名师当个徒弟就可以改变屡写屡败的局面,也全无可能。指导只能是在一定条件、一定基础上的指导,外因只有通过内因才能起作用,当还缺乏内因方面的根据的时候,以为可以找某某人的撑腰或单独传授秘方,实在是一种自欺。我愿借此机会表达我对来信投师者的歉意,说出我的也许会令人不快的直言、忠告。自然,这丝毫不意味着被称为作家的人没有提携后进、帮助年轻人的责任,只是年轻的习作者不可把希望单纯寄托在这上面就是了。

同时我希望,崔道怡同志把《编辑手记》写下去,写得更大胆、更开放一些,多举一些当代作者的稿子为例,最初是一篇什么样的稿子,编辑部提了什么样的修改意见,经过了怎样的曲折、磨擦和努力,最后是怎样改好了的,或者最后怎么改得并不如人意,甚至改坏了的。还有编辑工作中的一些成绩与失误,如对一些新作者的发现,或对一些有苗头的稿件的遗漏,更多写一些事实,一些掌故,会更有趣也更有收益。崔道怡同志大概是怕提当代人,怕说得不合适得罪人,但我以为,不论是现在多么"茁壮"的作家,如果羞言自己曾经是一株孱弱的幼苗,如果矢口不提园丁——编辑对自己付出的心血和劳动,这恐怕是很有失中华民族的不忘本的美德的吧?

所以,包括那些并非初学写作的同志,也应该感谢崔道怡同志和他的这本书,感谢他无私地帮助各式各样的作者的情怀。春风化雨,惠我良多,雪里送炭,其善如何!

发表于《希望》1983 年第 1 期

对军人生活的广阔与独特的感受
——海波《幻鸟》序

《母亲与遗像》的发表使海波的名字受到了读者的注意,虽然对于这篇小说的成败得失至今仍有歧议。海波是有追求的,在短小的篇幅里他追求较大的生活容量与思想容量。《母亲与遗像》实际上写了五个人物,活着的四口——四个党员和死去的父亲那张遗像。这五个人物当中,除了非常正面的小儿子,自卫还击战中入党的司雷写得比较浮泛一般化以外,其他四个人都各有特点,给人以强烈的印象,又相互成为鲜明的对比,总共用了一万二千余字,应该说,这是不容易的。

大儿子司枫,一九七三年"铁心务农"入的党,是一个十年动乱孕育出来的怪胎,一个披着共产党员的皮的市侩、两面派、政治投机分子。鞭挞这样的丑恶的灵魂,无疑有着近迫的现实意义。他口袋里常装着的那一个可以播送十二支乐曲的袖珍计算机,是一个很有趣的道具,当母亲嘲讽那种"肚子里揣着一个电子计算机"的人的时候,这个细节就不仅具有现实性而且具有象征的意义了。司枫这样的人是我们党内的脓疮,海波同志勇敢尖锐地把这个脓疮挑出来了。这样,《母亲与遗像》有了非同寻常的尖锐性和战斗性。

母亲与已死的父亲——即遗像,有一种罕见的庄严。近年来的作品里,这样庄严地表现老一辈共产党人的革命情怀、坚贞节操、律己严格的作品并不多见。特别是小说的结尾,母亲拿出三张白纸,

"轻轻地、轻轻地开了口",说是"用来写'自愿退党申请报告'的",这时,不仅对于孩子们"犹如明朗朗的春天陡然落下一个霹雳",就连读者,也对这种不可思议的、骇世惊俗的行为不能不"一个个惊呆了"!

作者强调说:

> 母亲淡淡地笑了笑,轻轻地继续说:"如果不想写,必须一个个说清楚:你,为什么舍不得退党?……枫儿,你第一个说!"

振聋发聩,戛然而止,读者心怦怦然。母亲的奇突的举动表现的是共产党人的崇高与庄严,她的"轻轻地""淡淡地"所做的一切,强强地、重重地、浓浓地敲打在读者的心上。

《母亲与遗像》能引起较大的反响绝不是偶然的。如果说有什么不足,那就是一,几个人物强露有余,分寸感和立体感不足,略嫌简单化。二,冲突围绕着在哪里摆遗像进行,象征意义大则大矣,却不能完全说服读者。司枫非要弄走这个遗像,司雷非要捍卫,司云畏畏缩缩,母亲大义凛然,这些矛盾的现实性、尖锐性、郑重性大大超过了遗像摆在哪里这个具体事情所包容的可能性。小题大做,难免杂有以意为之的痕迹。

总之,《母亲与遗像》的主题与人物从总体来说是真实可信的。把整党的问题这样艺术地提出来,是海波的一巧。但是某些描写和情节线索的处理还不够自然,没有达到那种天衣无缝的境界。

《彩色的鸟,在哪里飞徊》写军人的妻子和恋人,用各自内心独白的方法,这同样是一个非常现实又激动人心的题材。军人的任务、命运和生活方式的特殊性使军人的爱情也具有特殊的色彩,它是艰难的,又是浪漫的,它充满了自我牺牲,却又具有一切安乐窝里的庸人所不可企及的特殊的魅力、特殊的幸福感和充实感。我们也许已经习惯于阅读描写和平时期部队生活的军事题材作品,这些作品充满了指导员给战士盖被子与新战士练习扔手榴弹一类情节,当然,这些训练生活也提供着宝贵的题材,但海波显然追求着军事题材的新的开拓。在这篇写得多少有点花里胡哨的小说里,其实充满了对军人和他们的妻子的命运的庄严思索,小说有一种悲壮勇武的调子。不但新"寡妇"、已经牺牲了的飞行员的妻子——"大姐"及母亲回忆中的七位被杀害的游击队员的妻子——七个寡妇身上有这种悲壮的气氛,甚至当作者的笔触大胆地进入了很难说是光彩的却是无可回避的一些领域的时候,仍然有这样一种悲壮美,我这里指的是对二姐的丈夫,现在的舰长、当年的只有"一年军龄的小兵"的一段奇遇的描写。当不谙家务的舰长勉为其难地拎起菜篮到菜市场买菜的时候,"迎面杀出个奇怪的女人""一下扑到舰长身上""又哭又骂,用头撞他的胸脯,用手撕他的领章……"原因是当年的小兵参加过一个工厂的"支左",而这个工厂的一位职员受了冤屈,上吊自杀了。

舰长呢,"一言不发""除了护着他那副领章""笔直地站着",不仅如此,而且推开了拉他逃开这尴尬场面的妻子,"尽量扶着那个女人,好让她的手,始终够得着他的脸",到了晚上,他回来了,"满脸青紫、血痕""雪白的军服……污秽不堪……"

这样一个尴尬事件的选择和理处,这样一副似呆似弱的形象的刻画却闪烁出了神奇的光芒。"横眉冷对千夫指,俯首甘为孺子牛",最可爱的人之所以最可爱,不仅在于他们对敌人勇于猛虎,还在于他们对人民柔过绵羊,不但任劳,而且任怨,不但不怕牺牲,也不怕被委屈,更不怕当自身确有不足、缺陷乃至造成了令人痛心的后果的时候,光明磊落、坦诚无私地面对人民的批评乃至指责。

我赞美海波对于这样的生活素材的大胆的、别具眼光、匠心独运的开采和熔冶,这一段描写可以看出海波的追求、海波的勇气、海波的巧妙,尤其是海波的思想感情。可惜,通篇作品不能说是达到了同样的水平。围绕着讲师的内心抒写相当概念和生硬,几个女儿的内心独白缺乏性格特点。愈是采用放得开的"满天开花"的写法,就愈要求精当,要求不但通篇有完整性,而且段段乃至句句有内在的深刻与紧张,这种潇洒自如的写法对小说结构和提炼的要求不是更低了而是更高了,否则,就难免有某些段落给读者以粗疏和散乱之感。

今年《人民文学》第二期上发表了海波的《落》。《落》里对于叶儿的回忆是令人泪下的,但不知为什么,对于"白眉老头"的心理描写似与人物自身隔着一层,特别是看《青年修养》并改动其中词句一段,更难以令人置信。同样,《落》里也有海波对于军人的生活和命运的独特感受、思考和概括。比如,一个村,"上去了十一个""活下来的,只有三个了"。三个人地位大不相同,一个起码比"我"大六级,一个起码比"我"小六级,"如果有那么一天,我们三个大老头子拉着手,一起去看叶儿,谁会觉得自己笨蛋、寒碜而脸红呢?"这是何等的历史感与何等的胸怀!

我读过的海波的军事题材小说为数不多,但它们已经以其独特性(包括独特的发现、独特的思考和感受,也包括独特的不足)触动了我。他思路开阔,有所追求,捕捉生活的闪光,倾听生活的提示和挑战,不落窠臼。他的作品打破了对于军事题材作品的一些狭隘、错误的理解,如认为军事题材单调乏味,不好写也不好谈等。他的作品里有对于革命军人(包括昨天的和今天的)的真正赞颂,思想境界是高的,但又没有回避矛盾,粉饰涂抹。因此,他的作品的思想基调既是堂堂正正、端端方方的,又是尖锐泼辣、触及时弊的,既是非常现实的,又是相当哲理的,所有这些,都很可喜。说到不足,我认为他应当特别警惕"过"与"做"两个字,不论人物性格的处理、手法的追求、故事情节的安排,都应力求自然,留有余地,不要着力太过,更不要以意为之,造作。从血管里流出的是血,从水管里流出的是水。以海波的敏锐与思想感情,如果能更加深入地投身到新时期的部队的生活中去,如果能更丰富更烂熟地积累对各种类型的部队指战员的了解和体验,扬长避短,他一定能写出更好更多的作品,为开创军事题材文学创作的新局面,做出自己的贡献。

发表于《昆仑》1983 年第 4 期

来自生活的启示
——艾克拜尔·米吉提小说集序

一九七三年初,我刚从"五七干校"回到新疆文化局,为了给几位画家编写"血泪树"的连环画脚本,我来到了"血泪树"的故乡——伊宁县红星公社、旧名叫做吉里圩孜的地方。

结果,"血泪树"的脚本没有编出来,我却认识了刚刚"提拔"到公社担任通讯干事的一位哈萨克族小伙子。他性情随和、谦虚质朴,曾在这个公社插队三年,哈萨克语、维吾尔语、汉语说得一样好,平常写报道则是用汉语,因为,他从小上的是汉文学校。

他就是艾克拜尔·米吉提,我当时可没看出他日后能写起小说来。后来听说他上了大学,是兰州大学中文系的工农兵学员。后来到了一九七九年,他果真一篇又一篇地发表起作品来了,而且,他的处女作《努尔曼老汉和猎狗巴力斯》获得了优秀短篇小说奖。

他的小说的题材很广泛,有揭露"四人帮"在少数民族地区的倒行逆施和他们的小爪牙的,有描写少数民族的人情世故的,也有把人与人的关系和人与自然的关系放在一起写的。有写富于传奇色彩的故事的,还有一些描写汉族干部的。这最后一种很是有趣,因为截至目前为止,以少数民族生活为主要写作题材的汉族作家颇有一些,而在写聚居的少数民族人民生活的同时,又写汉族人物的少数民族作家却是比较少见的。(有一些同志血统虽属少数民族,但写作题材与汉族作者无异,故不计在内。)

我们可以看出艾克拜尔·米吉提的开阔来。和那些执笔以前头脑里装满了套子——哪怕是很圆、很耀眼也很曲折的套子——的作者不一样,他从来不根据现成的套子去填充一点生活或者编造许多情节以敷衍成篇。相反,他注视着和思索着生活的各个侧面,努力从生活中捕捉人物的情感、纠葛、画面、冲突,向小说创作做出自己的独特的提供。也许他到现在提供的东西还不够宏伟和深邃,然而它毕竟是独特的和不会和任何人或任何"流派""浪潮"重复的。这样,这些作品就取得了自己的生存价值。

例如,《哦,十五岁的哈丽黛哟……》写农村插队的知识青年生活,质朴真切可信,不藻不饰,充满着少数民族劳动人民的健康的人情味。同时,通过哈丽黛姑娘的凋谢这个普普通通却是悲剧性的故事,鞭挞了那种攀高枝、势利眼的庸俗、落后。这种鞭挞,与其说是辛辣的嘲笑,不如说是深情的叹息,虽然哈丽黛的永远十五岁包含着笑料,然而,热爱兄弟的维吾尔族人民的这位哈萨克族青年作家的笔端,流露出来的是真挚的同情和爱心。

相反,在《哈力的故事》《雄心勃勃》《履历表上的某一栏》《权衡》里,对于那种恶俗的精神状态的嘲弄,便犀利多了。

我们可以设想《木筏》的主旨是批评那两三个被解救而全不知恩的混蛋。也许这种对于别人的出生入死的相救连道声谢都没有的无礼还包含着更肮脏的东西——例如可能有对于少数民族的轻视,但作者显然不想在这里浪费他的笔墨。在这篇作品里,吸引着作者的是穆合塔尔、穆合塔尔的父亲和赛里木湖三位一体的那种正直、粗犷,还有那么一点点的神秘。所谓神秘无非是他们还没有被充分认识,充分表现,充分理解。他们精神资源正像赛里木湖的自然资源一样还没有怎么被利用和开发。在这里,作者显然受了自己的人物——穆合塔尔的父亲的影响,救人而不望报,并不愿意过多地去责备那两三个被救者。而这种责备,愈少愈有力量。责备得愈少就愈反衬出穆合塔尔的父亲的高大与这两三个家伙的渺小,以少胜多,这就叫做含蓄的力量。

艾克拜尔·米吉提的小说越写越自然和含蓄了,他的思想倾向是隐蔽的,他从不在小说里摆出一副教训人的姿态。在另一篇描写赛里木湖畔的生活的短篇小说《天鹅》里,作者通过一个六岁的哈萨克族小女孩的眼睛,尽情地描绘了那个雪山环绕的蔚蓝的高山湖泊的奇异景色,并通过她对于天鹅的向往,谱写了一首关于理想、关于生活、关于边疆的山河、关于美丽的心灵的赞歌。这篇小说是发表在《儿童文学》上的,但成年读者读罢也会发出会心的微笑,因为构成小说主题的远远不仅是一个对于孩子的道德教训。

篇幅不大的《迁墓人》读后颇令人回味。小说的写法颇像一个劝善的寓言,我甚至想到艾克拜尔·米吉提写此篇的时候或许受到例如伊斯兰宗教故事的影响。当然,《迁墓人》的蕴藉与明朗绝非什么宗教故事所能比拟,这是一个非常实的故事,由于社会主义建设事业的迅猛发展,基建工地需要占用原有的墓地,因而要迁墓,这在内地和边疆都是常有的事。我们还没看见过任何作品描写这种特殊的劳动。这又是一个相当虚的故事,老、少两个迁墓人对于生活的态度具有某种概括与象征的意味。在往日的古老的墓地上建起了现代化的体育场并进行着激烈的足球比赛,与此同时,年轻的迁墓人正把发"迁墓财"的老迁墓人送到新墓地去,这种场面、这种描写,不仅令人感慨,也令人深思。而且,不同的人会在这深思中得出不同的结论。

另一篇被列为微型小说的篇幅更短的《角度——目标》,写一个猎人因猎物越过了国境线而无法狩猎下去的怅然感觉,也颇不俗。说这篇小说的主题是呼唤世界大同——取消国界?显然作者的高调还没有高超到这一步。说它只是表现生活诸多遗憾中的一种、一种瞬间感受吗?似乎又不止于此。

同样微妙的是《静谧的小院》,通过日常生活的不动声色的描绘涉及了一些微妙的伦理观念问题,也许这篇小说还触及了私有财产观念对人和人的感情关系的污染,这就看你怎么分析了。

一般以少数民族生活为题材的作品都比较注意表现民族特色、异域风光、传奇色彩。艾克拜尔·米吉提的《瘸腿野马》和《遗恨》等篇在这方面也是相当出色的。与一些浅尝辄止的汉族作者写少数民族不同，他的民族特色不在于写"奇装异服""奇风异俗"或堆砌听来的与杜撰的"谚语"，他写的更重神而不在形。我想，民族特色也与其他艺术特色一样，只能是自然形成，自然流露的，绝不能矫揉造作。

在称赞这些小说的同时我们也有理由感到某种不足。问题不在于含蓄，而在于从这些作品中我们觉得作者对现实社会矛盾冲突的把握好像有点松懈，对社会生活的底蕴、历史的前进运动、时代的脉搏的追求还不够有力。他的一部分作品缺乏历史感与时代感，这就大大限制了他的某些作品的感染力与影响力。

在新时期的社会主义文学的百花园里，一些新涌现的少数民族作者的作品正在以其独特的色彩吸引着各族读者，使我们的精神产品更加丰富多彩。艾克拜尔·米吉提以及鄂温克族的乌热尔图、藏族的扎西达娃等人的作品，已为各民族读者所熟悉。这种少数民族作者不断涌现、少数民族文学蓬勃发展的局面是非常可喜的，也是空前的，我个人便是他们的忠实读者之一。但我想冒昧地说一句，他们的作品在颇具异彩的同时也有着一个共同的弱点：分量还显轻。这里的关键在于不仅要写出一时一地的风俗画和风景画，而且要写出我们的伟大的时代、社会的急剧变动与生活的滚滚向前。不仅要写出赏心悦目、美妙多情的文字，而且要自觉地去为人民立言，为民族的振兴而呐喊呼号。总之，我希望我们的少数民族作者，同样进一步认识我们的生活和时代，参加人民群众实现社会主义现代化的伟大斗争，忧国忧民，利国利民，以天下为己任，以国家兴亡为己责，充分发挥自己的特长，尽情地抒写各种题材，同时追求重大的题材与作品的重大社会意义，写出更加震撼人心、更宏大也更深切的新作来。

发表于《民族文学》1984年第2期

张韧《中篇小说论集》序

近年来中篇小说创作的繁荣是一个很值得注意的文学现象。过去，与短篇、长篇相比，中篇小说几乎谈不上是一个独立的与成熟的文学体裁。有一些短篇大师，写了一些长的短篇，如契诃夫写了《草原》，莫泊桑写了《羊脂球》，鲁迅写了《阿Q正传》，如此而已。而且，人们告诉我，英文里novelette这个词，我们现在通常译作"中篇小说"，其实原义并非指篇幅上与"长""短"有别的"中"，而是指一种奇异的传奇故事。

但我国这几年确实是中篇小说称雄的时代，我们不但有谌容、从维熙这样的以中篇见长的小说家，一大批以短篇小说开始自己的文学事业的作家，现在也差不多把主要精力投放在中篇小说的创作上，像蒋子龙的《赤橙黄绿青蓝紫》和《锅碗瓢盆交响曲》，孔捷生的《南方的岸》与《普通女工》，王安忆的《流逝》与《命运交响曲》，张承志的《黑骏马》等，其影响之大，超过了他们当年的轰动一时的短篇。结果，不但《收获》《十月》《当代》这样一些大型双月刊愈来愈重视中篇小说，有的可以说是达到了"靠中篇吃饭"的地步，连《人民文学》《上海文学》《小说林》《小说月报》这样一些本来是以短篇小说为"主菜"的刊物，也开始刊登一定数量的中篇了。

我想这不是偶然的，虽然它的规律性还有待研究。一个原因是新时期许多沉默多年、有相当的生活积累、但相当长的一个时期没有著书立说的可能的中青年作家，带着一点不吐不快的激情，渴望在一定的篇幅内，急切地、尽可能丰富地反映自己的阅历、经历、心声，长篇对于他们来说未免写起来太旷日持久，太不及时了，而短篇的形式又不足以发表他们的积贮了太久的许多许多话，不足以叙述他们的积贮了许久的经验阅历。而中篇这种形式，恰恰在现实性（及时性）、丰富性这两方面得到一定的平衡，应运而生，应运而"红"，成了许多活跃于文坛的作家所喜爱运用的体裁。

另一方面，不知道中篇小说的"热"是否与人们在艺术上的探求有关。不管怎么说，读者和作者都希望作品写得更凝炼些、更深邃些。大部头的长篇如果没有相应的高质量，将难以使工作、生活节奏日益加快、愈益忙碌的读者下决心读下去。而某些过分热衷于形式探索，如时空交错、人称变换、梦幻与现实的融合之类，又使某些短篇变得轻飘飘、假兮兮的，这种情况下，中篇小说则既要求有一定的真实货色、一定的厚重度、不允许你通篇玩"花活"，又保持着相当的灵活性，能够很快地吸收在短篇小说中已经吸收了的新的叙述、结构乃至修辞方式。当然，这只是说有这种要求和可能，不是说所有的中篇都已做到了这一点。如果言而无物，故意拉长，或者故作艰深朦胧迷离，那样，名曰中篇，读起来比长篇还要冗长拖沓，比短篇还要捉襟见肘、发育不良，这样的次品，也并不罕见。

我们的文艺评论工作者在介绍优秀的中篇小说、推动中篇小说创作并批评某些作品的不良倾向方面已经做了和正在做着有益的工作。其中就有张韧同志，这些年，他坚持不懈地注视着中篇小说创作的进展并且探讨着中篇小说的思想内容与艺术形式等问题，不论是回顾建国以来的中篇小说创作的消长兴衰，不论是评价一九八〇年、一九八一年、一九八二年的中篇小说创作概况，不论是评价《蒲柳人家》《犯人李铜钟的故事》《土壤》等中篇佳作，也不论是探讨中篇小说的形式、结构、艺术角度、与电影的比较等等问题，他都做了认真的、一板一眼的研究，并发表了很好的见解。张韧同志的评论文章一般注意了态度诚恳、立论公正、扎实、严肃、热情而又有分寸，既不要花腔、卖弄新名词、赶时髦,又不忽冷忽热、忽左忽右、故作惊人。我以为,他的文风是好的。如果说有什么不足,我倒觉得他今后不妨对一些作品和观点,更大胆、更鲜明地表达自己的褒贬扬抑。

张韧同志论述中篇小说问题的评论专集出版了,这是很有意义的好事。据我所知,讨论中篇小说的评论专集,这还是第一个。由此也可以看出我国近年来中篇小说创作形势之好,创作与评论的相辅相成,互相推动。我希望,这部专集的出版有助于推动中篇小说的创作与评论的更进一步的发展。

发表于《当代作家评论》1984年第4期

《北京优秀短篇小说选》序

　　小说不是编年史,但是按年代编选的小说集却会给人很强的历史感。何况三十五年不是一个短的时间,我们在三十五年里经历了那么多失望和希望、欢乐和痛苦,走过了那么长的路。

　　把一篇短篇小说放置到三十五年的流程里,实在是对这篇小说的一种考验,一时看不清楚的,进行一下纵的比较就能看清,究竟我们的作品里包含着多少真、善、美,或者还夹带着多少不善、不真、不美。能经得住这种考验的小说的作者可以感到一种自慰,但多数更会感到惶惑和惭愧。三十五年来的一批短篇编在一起又会给这一批作品以一种群体的魅力,各个年代的各个作家的作品放在一起,是一种比较,也是一种互相补充和丰富。这种群体的阅读,会比单独地读其中某一篇获得更加宏观的感受,会使读者相当清晰地看到国家的路程、人民的路程、文学的路程,会看出一点脉络来。

　　地区的划分对小说也许不像对山货具有那么重大的意义,虽然许多好的小说具有浓厚的地方特色,但好的小说家总是属于整个国家和民族乃至全人类的。特别像北京这样的伟大的中华人民共和国的首都,居住在这里的作家既有土生土长,又有八方荟萃的,而大家写的生活,或者就说是题材吧,既有取自本市的,也有取自全国各地的。因此,有一种论者认为,"北京作家群"并不是一个文学流派,"北京作家""北京小说"这一类名词里的北京,只有地理学的意义,没有文学上的意义。

还有的论者干脆对"北京作家群"的提法提出异议乃至抗议。

或者就先把"作家群"这一尚未被普遍接受的词儿搁置一边吧。北京这儿有一大批作家,老、中、青都有,这倒是事实。这批作家近年来写的小说不少,有点影响也是真的。不论题材、风格、手法,各干各的,各显其能,没有什么人想搞个什么小说"京派",大概也符合事实。

但毕竟这一批老、中、青作者都生活在首都,而作为社会主义国家的作家彼此有相当多的交流和相互影响,包括彼此间的批评。特别在粉碎"四人帮"以后,形成了北京的团结正派的、在风云变幻中相对稳定的作家集体。大家在艺术上有各自的追求,也有共同的追求。我们都反对把小说变成追风赶浪的图解,我们都愿意写得更积极健康一些,又都绝对不回避矛盾。在注意充分发挥各自的优势、各自的创作个性的同时,大家都比较注意政治思想上应该掌握的分寸,这正是作为大国首都的北京的天时、地利、人和所带来的好影响。

作为这个集体中的一员,我感到高兴,看到北京十月文艺出版社很有气魄地编辑了这样一本收辑了四十一位作家的四十一篇作品的大厚本集子,我觉得挺不错。当前的形势这么好,我们理应把更好的东西献给人民。

1984年3月

伊犁,我没有离开你!
——《伊犁游记》序

人们说伊犁很远,伊犁是边城,我却觉得伊犁很近。

早在"四人帮"没有倒以前,我回北京探亲时,便和一些亲戚抬过杠。亲戚说:"瞧你说的,伊犁还真不错,可惜就是远了点。"

我说:"你呆在北京,觉得伊犁远。我在伊犁,还觉得你们远呢。"

远与近不完全是一个地理概念。远与近不完全能用公里数字表达。

一九七三年中秋节我去伊犁搬家,第二天就要把一切家什装上大卡车,拉到乌鲁木齐去,我的家人已经先期去了乌鲁木齐。在伊宁市解放路二巷五号的那间不向阳的小房子里,我彻夜无眠,听着杨树叶子沙沙地响,听着渠里的水潺潺地响。更听着小饮微醉的马车夫唱着伊犁民歌,关于爱情,关于草原,关于伊犁河谷的绿色。

伊犁,你永远在我身边,永远在我心里,我永远不会离开你。

一九六五年四月我初次来到伊犁,正赶上古尔邦节,在斯大林街和解放路,我看到一排排挽着手唱着歌前进的各族青年男女。后来我到巴彦岱公社去了。同年九月,我把家迁到了伊宁市。搬家路上,第一夜宿在乌苏,第二夜宿在五台。对五台这样一个山梁中间的、专门为旅客服务的公路小镇我也极有兴趣。在农五师红星食堂吃饭的时候,我买了二两白酒。不论个人遭遇如何,我从来相信生活是美好的与广阔的。

五台以后旅行便进入了高潮,蓝天白雪峰巅下的赛里木湖——三台海子,成为伊犁门口的一个神秘而又清澈的象征。果子沟的云杉、瀑布、羊群与绕山越谷而行的公路,更是引人入胜。然后到了伊犁,也就是到了家。

什么时候伊犁能够变得远起来呢?是说原来在工人俱乐部对面、后来迁到160队附近的客运站吗?是说那苹果树丛中的简易的飞机场吗?是说那夏天的、就着串烤羊肉喝的土造啤酒吗?是说汉族巴扎的自由市场和自由市场这边的伊犁剧院与人民电影院吗?它们不是永远和我连着心吗?

我还在老仓库一带住过家,那是少数民族聚居的地方,少数民族的生活习俗,似乎分外富有情趣。

我尤其不能忘记伊犁河,那混浊的日夜不停地流动着的河水,那在阳光下闪闪发亮的河水,使我觉得神圣而又亲昵。

察布查尔渡口早已修起了大桥,从电视屏幕上我看到,通往特史斯、巩留和昭苏的雅马渡也已修了桥,伊犁河已经被征服了。但我仍然忘不掉乘摆渡渡河的情景,忘不了雅马渡河南岸的那个小小的公路食堂,就像忘不了乌伊公路上二台那个云杉中的常常卖骨头汤的交通食堂一样。

伊犁是什么呢?它是一个州,一个小城,一种生活情趣,一段激动的历史和险要的位置。它又是一种幸福,一种满足,一种永远令人骄傲的家乡的美丽。

而今天的伊犁呢?正和全国其他各地一样,在社会主义现代化的大路上,在安定团结里飞奔向前。

我非常高兴新疆人民出版社将出版《伊犁游记》这一本书。读了这本书,会有愈来愈多的人了解伊犁、爱伊犁的。有了这本书,我更觉得,我从来也没有离开过伊犁。

1984 年

葛川江的魅力

——李杭育《最后一个渔佬儿》序

李杭育的这一批小说中有一个共同的主人公,她便是葛川江。

从传统上说,中国的小说似乎不是那么留意地理与自然的。不论是"三言二拍"、不论是"三国""西游""水浒""红楼"乃至当代获奖的一些作品,他们更多地把艺术的聚光集中在社会、政治、伦理的人际关系方面。在与天斗、与地斗、与人斗这"三斗"之中,我们似乎更精于人与人的斗争。早在春秋战国时期,我们的与人斗的本领就足以令人瞠目。到了"文化大革命"的时候,则出现了人斗狂,或是斗人狂。现在我们仍有一些很好的小说家,以善写人斗与人斗人(当然现今是以一种比较健康、文明、平衡即安定团结的轨道来进行的)而驰骋文坛。

葛川江的系列给人以耳目一新之感。这条江的命运与人的命运纠结在一起,葛川江的性格培育了她的孩子们——居住在她的江面上与两岸的人们的性格。葛川江像是一个古老、威严、暴烈而又多变的精灵,人化为"船长""渔佬儿"、大黑与秋子、耀鑫与桂凤、关木娘与"弄潮儿"们。这些年龄、性别、身份各不相同的人物当中,似乎都有一个主导的、主宰的"葛川江性格"在起作用,在放光彩。

她是古老的,在日新月异的现世界现时代,葛川江的古朴风习简直像活的文物。渔佬儿和画师爹也许像上一代的遗民,时代似乎已经抛弃了他们,但他们仍然如此的执着,如此的忠于自己的过了时的信念和生活方式。有时又古朴得傻气,古朴与愚昧连在一起。弄潮儿——老头因为迷信甚至丧失了自己的生命,渔佬儿眼看着两岸灯火辉煌而自己相好的女人跟了别个,但甚至在这个时候你也会感到一种特殊的揪心的美。那渔佬儿福奎夜间寂寞地把蚯蚓一把把地撒向江心的场面实在是美极了。这里有一种超脱,一种抽象,一种静穆、庄严和痴诚,使你无法仅仅从社会学或者经济学的意义上急于责备渔佬儿未能与时代同步前进,因为渔佬儿的生活方式——应该说是生产方式呢——虽然过时了,但他对葛川江的爱与忠诚——他认为"死在江里,就跟睡在那荡妇怀里一般,他没啥可抱屈的了"——却有一种永恒的魅力。

大自然是有永恒的魅力的,葛川江是有永恒的魅力的。何况从渔佬儿的侧面也反衬出生活的变化,何况渔佬儿对江里没有鱼的抱怨有他极有道理的一面。他客观上直觉地意识到城市的发展、工商业的发展对于自然环境、生态平衡的巨大威胁,他的撒饵喂鱼颇有一种孤独的挽狂澜于既倒的壮美呢。

《沙灶遗风》里对甩火把的描写也极动人。《珊瑚沙的弄潮儿》既充满了幽默也洋溢着壮美。你可以说那宁死不跟二潮头上岸的老头是傻瓜,但你无法不钦佩他对信念的忠诚、他的自信和从容。在潮水里他还在和儿媳谈着七点半看电视屏幕上的《碧玉簪》,简直是"从容就义"。从智慧、技术的观点来看人生中的许多牺牲都是愚傻的,但一切牺牲背后的价值标准从来不仅仅是智慧与技术的合理性。

《珊瑚沙的弄潮儿》还从另一方面给人以警策,当年的弄潮儿康达在江潮面前自惭形秽了。文明的进展与某种特定意义上的人的自身的退化,这是一个世界性的文学主题。我们当然是历史与文明的促进派,但这决不意味着可以对生产、科学、技术、文明的前进运动中可能出现或必然出现的某些消极后果视而不见。安逸的生活可能削弱人的体力和意志,可以使当年的弄潮儿康达在潮里出丑,而且在某种意义上康达应该对老头的牺牲负点责任,这就是一个警号。夸大这一点,认为只有过原始的贫困的生活才能使人健全,这种貌似正确的极左思潮,我们在那十年已经充分领教过了。但如果反过来认为技术和经济能够取代一切,如果认为人可以不必迷恋自然,珍惜作为自然之子的人的体力、精力、质朴与粗犷,那也孕育着心理与生理上的新的失调的危险,新的麻烦。

葛川江的性格又是暴烈的,有时候几乎是盲目的。《船长》与《葛川江上人家》中对于潮、浪、洪水都有惊心动魄的描写,这才造就了船长、大黑他们的剽悍顽强。这也是李杭育的小说的一种特殊的魅力。小说里颇有一点粗话,似乎不合乎语言美的规范。但它是自然的,与内容浑然一体的,你要想净化葛川江的语言,先得净化葛川江的生活。有些文艺作品能净化读者的心灵,这样的作品永远是需要的。有些作品却不能净化任何什么,它只是赋予这种粗野一种浑然的美,使这种粗野的杂沓显示出一种强力的升华。李杭育的小说便是后一种。甚至连表现葛川江的那种可笑的盲目性的《人间一隅》,什么螃蟹到处走啊,什么一会儿杀蟹一会儿拜蟹啊,什么一会儿打外乡人一会儿又怜惜他们呀,通篇看来,仍然有一种内在的温情和喜悦,你仍然不能不为葛川江的风趣——《人间一隅》的故事好比是葛川江开的一个玩笑——所折服。

葛川江又是富有应变能力、不断涌现新事物的。《沙灶遗风》表现这种新变化是相当充分的。庆海夫妇不造旧屋造新楼的故事堪称一曲时代的颂歌,你说是当前农村大好形势的颂歌也完全够格儿。问题是年轻的李杭育没有直接去谱写这曲颂歌,恰恰是通过倒霉的画师爹的眼睛写出了生活的前进。这种特殊的角度大概是葛川江赋予作家的。古老的葛川江正在不无惶惑地注视着、自省着自己的更新,有一点悲凉,有多一点的温暖,有更多的历史和历史本身的幽默感。历史确实比一切幽默大师更能创造和透露出幽默来。

由于作者的那种特别的不动声色的客观白描的技巧,他无意特别用力地告诉读者什么,无意为了抵挡某种责难而做作地告诉读者:

看呀,我们的生活日新月异!那些新的事物,新的信息,电视也好,轮船也好,灯火与楼房也好……似乎也都是葛川江自然而然地产生出来的。它们不是天上掉下来的,它们不是哪个先知先觉的恩赐。在《珊瑚沙的弄潮儿》里,电视(新的)、碧玉簪(不新的)、弄潮(古的)三者的连接,《最后一个渔佬儿》的喂鱼与两岸灯火的连接是这样的天衣无缝,简直叫人惊叹。

《土地与神》则企图对葛川江的灵魂进行更深入的探寻。它的喜剧性的结尾以及俱乐部与观音菩萨的妥协,观音莲座的被打落与"茂生想,日子长了,观音菩萨也会不三不四的,只消转转脑袋,她(指观音。——王注)就能看到楼上的电视"。这第一是绝妙的,第二是精确的,精确地描绘了当今我们这块土地上新旧交替、美丑杂陈、缤纷斑斓的生活色调,第三是充满了前进的信心与热情的,只不过这种信心与热情表现得相当含蓄深沉罢了。

李杭育是以深爱来写葛川江的。同时他对葛川江的愚昧与落后的一面也极清醒,应该说小说里充满着热嘲。《土地与神》的双层意思就在于既表现了新事物新潮流的不可阻挡,又表现了旧事物旧风习的极端顽强,旧的东西同样企图在任何新条件下生存下去,保持下去。旧的东西变得"不三不四"的同时,新的东西不是也有变得"不三不四"的可能么?

与喜欢抒情、喜欢哲理、喜欢援引新著作、新技术、新观念、新名词的多数年轻作家不同,李杭育更注重冷静的客观的描写,更注重对外部世界,对葛川江纵深方面的研究和把握。他的小说的现代感不是靠词藻和道具打扮出来的,不是浮在表面的,他似乎有志于对生活的深的开掘,他似乎在做一部关于葛川江文明的大文章。他的小说乍一看有点老气横秋,个别地方还有点沉闷,但是比较扎实,比较有生活中的真实货色,有它特别值得咀嚼和品味的地方。因为,在写葛川江的时候,李杭育充分尊重葛川江的汪洋恣肆,他从来没有企图用自己的或趸来的情与理约束那忽而惊潮险浪、忽而珠光宝气的葛川江。他的文势有葛川江的气势,虽然有些地方还嫌粗糙。我希望他能从更大的背景上把葛川江与葛川江以外的大世界写出来。

发表于《当代》1985 年第 1 期

珍视读者的"信息反馈"

——《〈小说月报〉百花奖作品集》序

《小说月报》举办了"百花奖",通过读者投票的方式,直接决定获奖作品的篇目,这是一件有意义的创举。

现在,人们愈来愈懂得信息反馈的重要性了。从某种意义上说,不论搞什么,没有反馈,就没有调整、发展与提高,就无法摆脱幼稚性、主观性与盲目性。作家们写了小说,编辑们发表了小说,把信息输出给了读者。那么读者呢,我们将从读者那里获得什么样的反馈的信息呢?投票推选自己所认可的优秀作品,可以说是这种信息反馈的一种简单明了而又重要的形式。

近年来,各种文艺团体和文学刊物进行了各种形式的小说作品评奖。这些评奖对于促进文学创作的繁荣和文学新人的成长起了很好的作用,这是有目共睹的。这些评奖,基本上都是采取由作家、评论家、编辑家组成评委会,再由评委会参考读者反映予以协商决定或投票决定的方式。这种方式当然是有相当的权威性的,因为文学正像别的"学"一样,是一门"学",需要倾听精通这门"学"的专门家的意见,力求做到分析精辟、评价公允、褒奖适当。

那么,能不能直接由读者发出决定性的声音,用选票来决定获奖作品的取舍呢?有的同志对这种做法持怀疑态度。他们顾虑一些读者可能仅仅从可读性出发,推选一些并无多大文学价值与思想意义的畅销之作,他们也顾虑一些很好的作品可能由于写得艰深了一些或形式奇特一些便受到读者的冷落。假如情况真的是这样的话，那么读者投票直接推选出来的作品，至多只能是通俗作品中的受欢迎者，它的价值就会是颇具局限性的了。

因此，《小说月报》举办这样的活动，带有试验的性质，夸张一点说，还有点冒险呢。

然而事实却令《小说月报》的同志和一些文艺界人士大为高兴。我们的读者对于严肃的文学作品是具有相当高的鉴赏能力和相当准确的评价能力的。首先，一些概括了巨大的历史内容和社会内容，体现了新的时代精神，反映了我国实现"四化"、改革的现实进程与个中矛盾冲突的作品，受到了最多的读者的举荐。与此同时，一些艺术上有特色、有追求，具有一定的审美价值的作品也受到读者的充分的（应该说是恰如其分的）注意。《小说月报》的编辑同志告诉我，他们认为投票的结果十分理想。

这就好了。这就说明，我们的读者的水平日益提高和已经提高。这就说明，群众性的投票常常可以弥补一个人或少数人的意见与好恶的偏颇。这也说明，刊物、作品、读者三方面是互相选择、互相作用的。一本追求思想性和艺术性而不是单纯追求销数和赢利的刊物，必然会团结住一批追求思想性与艺术性的作者和读者，如果你自己没有搞低级趣味、噱头主义，你就大可不必担心读者趣味低级、不懂文学艺术。这还说明，尽管读者或有可能有时为了消遣等目的阅读（甚至是津津有味地阅读）一些价值不高的通俗读物（绝不是说一切通俗作品价值都不高），但或可一读并不意味着推崇赞赏，读者的眼睛仍是亮的，读者对文学、对小说作品的态度仍然是相当严肃的。

从作者来说呢？得到评论家、同行和有关领导部门的肯定固然是可喜的，直接得到读者的肯定，不也是十分十分重要的吗？不是也应该十分重视读者的意见、珍视读者的爱护吗？与其担心读者不理解自己，不是更应该考虑一下自己是否理解读者吗？不是完全可能从读者的反馈的信息中,得到一点启发吗?

谢谢读者!我们有多么好的读者!在今天的中国从事文学编辑和创作、评论等工作,确实是值得骄傲和欣慰的。

发表于《人民日报》1985年6月10日

《小说拾珠》序

　　文学创作的繁荣离不开广大的文学创作家的涌现和辛勤劳动,离不开文学评论家的评介、推动,也离不开文学编辑家的沙里淘金的功夫与甘当人梯的精神。

　　编辑家过去在中国称为选家,今天,"选家"至少应该算是编辑家的一种。现今五十岁往上的人不会不感谢《古文观止》《唐诗三百首》在他们欣赏了解唐诗与古文方面所给予的帮助。固然我们可以对这些选本的不足方面提出一条又一条的意见,但这些选本所起的巨大的推广普及作用,却是不容些微忽视的。

　　一九七八年前后至今,我国的短篇小说创作大丰收,平均每年有上千篇短篇新作发表。此固可喜,一般读者却觉得相当吃不消。编选其中的佳作,汇集成册,便是一件功德无量的事。现在既有了《小说月报》《小说选刊》等刊物,又有人民文学出版社、上海文艺出版社等许多出版社按年度选辑当年短篇小说佳作成册出版,这是一件符合读者要求亦有利于创作繁荣的事。

　　怎么选?当然是选优秀的,有些选集并以所选诸篇中有多少被评上奖作为衡量自己选编的成败的标准之一,这样固然是好,却又难免重复和单调,正像我们需要有各式各样的作家、各式各样的评论家一样,我们也需要各式各样的选家、各式各样的选本。

　　这就是说,我们需要各式各样的选取的角度与标准。全面衡量思想性艺术性,择其优秀者而选之,力图使自己的选取标准向评奖标准靠拢,这固是一种不可缺少的选法。此外,还可以有按题材选的,如农村小说选、青年小说选、爱情小说选、改革小说选;按作者选的,如女作家小说选、省小说选;按风格选的,如幽默小说选、心理小说选、风情小说选;按篇幅选的,如微型小说选及《人民文学》杂志社编辑的六千字以下的短篇小说选等等。

这本《小说拾珠》的选法也很别致。选家崔道怡同志,多年来担任《人民文学》的小说编辑,参与过许多选本的编辑工作,又曾在多届全国优秀短篇小说评奖中做具体工作。历届短篇小说评奖,从总体来说是评得好的,成绩大的。诸如《班主任》《乔厂长上任记》《西线轶事》等被交口赞誉的佳作,通过评奖的表彰推荐而更加流传生色。同时,评奖中往往也会有一些相当不错或别开生面的作品。或因篇幅有限,或因同一作者已另有佳作入选而评奖惯例是一人只评一篇,或因同类题材或同类风格作品已有一篇或多篇入选,或因作品虽写得引人注目但又确有可争议之处,或因该作者已连续获奖而全国性评奖的作者面亦应统筹兼顾,总之,由于各种正当的、无法避免的、可以理解的原因,每年评奖中都不能不对一部分卓有特色的佳作忍痛割爱。鉴于这种情况,崔道怡同志把历次评奖中曾被提出候选,而终未能入选的好作品汇集成册,以飨读者。

我非常赞成他的主意,名之为《小说拾珠》,是因为数年来短篇小说佳作如珠,值得一拾。并无对获奖小说评奖有任何表示遗憾,或暗指小说评奖遗珠之意。好小说这样多,总不能篇篇中奖,不遗这个遗那个。而且,就是这样编起来了,也没有并且不可能把该拾的珠都拾尽,将来还可以有不同的选家以不同的眼光、不同的口味选而编之。

百花文艺出版社愿意出这个选本,这也是一种选家的创新和探索精神,选本也应该百花齐放,我希望今后在我国的文学出版园地中,会有更多各具特色、富有艺术个性、能表达选家独特审美眼光的多种多样的作品选本出现。

1985 年 10 月

谁也不要固步自封

——刘索拉小说集序

一开始觉得刘索拉的作品有点不可思议，不太像。怎么这么"洋"呢？书里的人物好像生活在云端，疯疯癫癫、忽冷忽热，追求着莫名其妙的音乐，不知道他们为什么高兴，为什么悲观，好像是一群吃饱了撑出病来的年轻人。撑出来的病有时候比饿出来的病还难治，后一种病给窝头就行。唉，现在的年轻人，真是泡在蜜罐子里了，不知道吃饭的难，吃饭的重要；吃饱了好"洋"，充分反映了他们的混乱与空虚。而且，有点或者干脆就是精神贵族，和人民距离太远了！如果说在美国这样闹腾的是下层平民青年，在中国，能享受到这种苦闷和折腾的滋味的却只能是养尊处优的贵族。

等等。这些反应说明这篇小说告诉了人们一点他们原来还不知道、还没有注意的东西，哪怕是值得忧虑的东西。

不像吗？根本不像的杜撰又能提供什么评论的对象呢？

是的，它写得是那样不像，却又那样活灵活现，有时候甚至令人为之折服。那种闹腾劲儿，那种嘲笑别人也嘲笑自己的语言，那种意欲有所追寻但又对不准目标的惶惑，那种不惜一切的献身精神与创造欲望，那种自我夸大狂与自卑自弃，尽管有时候是以不像的闹剧形式出现的，却也真实地再现了八十年代某些城市青年的心态风貌，好像又像极了。这确实是一些吃得比较饱的人的故事。他们跟长久以来与至今仍在首先为生存而战斗的大多数群众不同，他们有点脱离群众。但他们已经出现了,哪怕是在闹剧的或自嘲的外衣下面,他们发出了自己的杂沓的却也是动人的青春的声音。

今后,总是吃的饱的人会愈益多起来吧?当然,大多数人的同情不会落在吃得太饱的人的身上。同情也好,觉得不可思议甚至反感也好,刘索拉的小说在一九八五年出现是一个先锋性的、并非偶然的现象。它的内容与形式都具有一种不满足的、勇敢的探求的深长意味。我们不能不学会与她的小说中的人物对话,理解他们,而且得越来越重视他们。

中国是太大了!刘索拉有刘索拉的真实,正像贾平凹有贾平凹的真实,王安忆有王安忆的真实一样。承认一种而否认另一种是容易的,却未必是公正和明智的。什么时候能有更大的胃口、更宽广的胸怀、更坚实的基础、更神奇的超越、更宏伟的汇万象于一炉的时代的与民族的交响乐章呢?我们的年轻的作家们的面前还有很长很长的路,谁(包括我自己)也不要固步自封。

发表于《文艺研究》1986年第3期

《探索小说集》序

　　小说大概总是要探索创新的。否则,写来写去老是一副老面孔,怎么行呢?那么,为什么还要编一本探索创新的小说集呢?

　　这难以从探索创新四个字中来找道理。还是看看篇目吧。我试着从篇目中寻找编者的意图。这么一些小说,有的特点是"古",是寻根寻到了深山老林、洪荒之地,目的却还是古为今用,从尚未怎么开化的一些地方的人们的文化心理、风俗习惯、生活方式中找出些令人深思、令人感兴趣的、至今仍然保持着它的或好或坏的生命力的东西。其目的大概还是为了加深对我们这个古老的民族的认识,加强我们的自省力与自信心,当然也为小说增加了一点距离感乃至增加一点传奇色彩与悠远感吧。

　　有的特点是"新"。新名词新手法新观念新道具新生活方式。我们这个民族又是非常年轻、在新事物面前富有孩子气的好奇心的。这种好奇心、灵活性和接受能力,大概也是我们的民族文化源远流长、历尽劫难而至今不衰的一个原因吧。这么说,新的东西也是有根的,洋的东西的吸取容纳消化,本身就是很有传统依据的。这一类作品或有的孩子气、好奇心,也就容易被理解了。

　　有的特点是更多的想象力,似乎杜撰了些荒唐的情节和细节,从客观事实的躯壳中跳了出来。是障眼法?是回避?是故弄玄虚?可能都有,也可能都不是,至少都极次要。想象力首先是一种心智的超越,是一种发达的思辨形式与情感形式,最大限度地摆脱某个特定的人、事、环境的痕迹，而进行一种真实而又富有容量的概括。这种貌似荒诞的想象是对写实的一种补充，有时是写实的一种变种。越荒诞就越真实，如果有这样的效果，也可观了。

有的特点是更深更细的内心挖掘。有的特点是主题的含蓄乃至把握不定。有的特点是叙述的罕有的简洁。有的特点是结构的多线条——人们对多线条的结构已经逐渐习惯些了，就像对交响乐的评语逐渐从"乱得很"到"蛮有味"一样。有的特点是用了一些近几十年被遗忘了的写法——例如笔记小说。有的特点是取材角度的稀罕。总之，各有特色，互相拉开了距离，也给阅读带来了一些新意。也许，编者编辑这本书的时候首先着眼的正是它们的特色吧？各具特色，互不相同，也许这就是全书的统一性所在吧？

这至少给读者提供了更多的选择的可能，它有助于人们的精神生活的丰富。至于说不足，标新立异的东西的不足往往比不标新立异的东西的不足更加刺眼，那也是有目共睹的了，好好改进吧。

探索创新云云，这样说也容易引起反感，使这一批小说处于挨打的地位。难道那样写就是创新这样写就不是创新吗？难道这几篇创新了，未被选入的就守旧吗？这些道理都站得住。这算什么创新，两千年前我们就有了，外国人都玩腻了！这也可能。新化为旧，旧化为新，新新旧旧，化了又化，这个道理倒不新。有没有形式主义呢？可能有，应该指出创新的目的，方向当然要明确。反正繁荣文学不但需要作家、评家，也需要选家，需要各有特色的选本。如果这本集子选得不完善不理想，有志者何不再选它一种几种呢？

发表于《小说界》1986年第3期

《小说与诗的艺术》序

这几年,出现了一批引人注目的年轻的文学评论家。他们思想活跃、知识丰富、感应灵敏,对于当代的生活、思潮、文学艺术现象似乎有更贴近的感受和理解,他们的评论文字给我们的文艺论坛带来了新鲜的空气。

其中,立足于西北边陲的周政保已经引起了全国的注意,他生活在新疆,又是军人,当然对反映大西北生活的作品、对军事题材的作品有更多的注意。他对张承志、刘兆林、唐栋、艾克拜尔·米吉提、章德益、周涛等人的作品,都做出了很好的分析,但他又绝无那种边远地区的局限性,没有那种小家子气,他对创作、理论各方面的新课题不但有浓厚的兴趣、执着的追求,也有开阔的思路、恢宏的思考、颇具新意的论述。例如他的关于小说观点、小说结构、小说内涵的层次的观点、他的关于象征和诗的观点、他的关于评论的高度与角度、关于评论方法的多样化的观点,都提得很好,我赞成、我欣赏、我期待着他做出更深入、更寻根究底的研究。

他又与某些颇有新意、刻意求新但又不无褊狭、不无新的片面性的论者不同,他对时代精神、对改革题材、对文学作品的思想倾向、认识价值与社会意义不是抱某种时髦的不屑一顾的态度,而是予以实事求是的、认真的评价与研究,并发出自己的声音。这样一种对文学的性质与功能的比较宽阔、比较健康的理解,应该说是值得珍视的。

我祝贺他的第一部评论集的出版,我感谢他对我的某些作品的关注,我认为他理应对创作提出更严格的要求和更认真的批评,我盼望他能取得更大更多的成绩。

发表于《中国西部文学》1986年第5期

公道自在人间

——张守仁《废墟上的春天》序

文如其人。

看了张守仁同志的一些散文,我好像更了解了他的谦逊、质朴、文质彬彬。我好像看到了这个颇有文化教养的谦谦君子、这位永远微笑着的眼镜先生在默默地、一板一眼地、执着地做着他的大有益的工作。

对于我们大多数作者,他是一位和善而又顽强的编辑。他用他的学问、热心和蔫蔫的坚持性征服了许多作者,使你一看到他就觉得还欠着《十月》的文债。他不吵闹,不神吹冒泡,也不是万事通,见面熟式的活动家,但他自有他的无坚不摧的活动能力。

果然,在他的散文里,他赞美经霜不凋的红松,赞美不务虚名而又顽强无比的树根,赞美朴素无华的芦苇,赞美无比顽强的小草——虽然小草看起来单薄;他赞美和谐,赞美富有生气的小林的合乎自然规律的新陈代谢,赞美给人以慰藉、以信念的骆驼,赞美奔腾不息的海浪。我也欣赏他写孙犁、写吴伯箫的那两篇,寥寥数语,写出斯人斯神。这也是"心有灵犀一点通"吧。

他的想象也很动人。一次他写道,如果他乘上航天飞机,来到宇宙空间,能否对嫉妒、仇视……会有新的认识,对平衡、和谐……会有新的渴望?一次他写道,山顶上的两株青松遭到了山风与雷电的袭击,从此:

山巅双娇永远失去了生前的姿容。如果从没有人到这山顶上来过,有谁知道,在这巍巍的青山之巅,曾耸立着两株苍翠的青松?有谁知道,青松周围常有白云飘来依傍?有谁知道,青松的乱枝上,曾有小鸟啁啾鸣唱?

于是他发出了慨叹:"啊,天地沧桑!"

这一篇在张守仁的散文中颇显不平常。说它不平常,因为它含着一种对于张守仁来说是惊心动魄、金刚怒目的不平之气。它使我们看到了温文尔雅的张守仁为人与为文的另一面。

但我们可能欣慰,也可能劝慰作者,你写了它们,它们和芦苇、小草、树根……一道,已经受到了人们的注意。公道自在人间。

但更使我动情的,是张守仁直抒胸臆的那篇《离别的时刻》。在那里,从一件"小事"上,我们不能不想到我们许多可爱的知识分子的命运,他们的艰辛、正直、安穷乐道、善良,有时候又是那样软弱可欺;而正是在这软弱的小草、芦苇似的外表下面,他们有松的高洁、孔雀的绚丽。

我是含着泪读他那篇《离别的时刻》的。

发表于《散文选刊》1986 年第 9 期

话 说 幽 默

——《幽默小说选》序

阎纲同志要编一本《幽默小说选》,此举可谓深得吾心。

或问:把一些小说称为幽默,是不是贬低了这些作品呢?

答曰:不是贬低,是提高了。

因为幽默是智慧,是智力的优越感。儿童把游戏当做最认真的事情来做,这固然有点幽默。某些成人把最认真的事(如学术批评)变成了儿戏,就更幽默。透视出这种畸形,这种咋咋唬唬,这种大言欺世,这种煞有介事,能不是智力的优越性么?

所以幽默是严厉的,是胜利的。即使封住嘴也封不住幽默感,封不住那会心的、意在不言中的笑容。汉语成语生动地形容它为忍俊不禁。"文化大革命"中,一些人物越是堂皇,越是声嘶力竭,越是忠得无限,越能使人忍俊不禁,而"皇帝的新衣"便被这幽默扒掉了,其实是他自己压根儿没穿。

幽默又是一种人情味,亲切感。是疲于争斗的人们的一种抚慰和复归,所以也是一种轻松感、解脱感。有幽默感的政治家能够得到多一些的选票,因为人们有理由相信他比较镇定,比较沉得住气而较少歇斯底里。有幽默感的小说大概也可能得到多一些的读者。装腔作势、摆架子、领袖欲,当然幽默不了,诚惶诚恐、五体投地、如临深渊,也决不敢放肆到幽默的程度。敢幽默、会幽默,这就是尊重自己也尊重别人,就是平等待人,就是平等精神。

幽默又是一种自信,一种从容冷静,一种健康的生活态度,一种恰如其分的批评和并不丧失原则的宽容,一种理性的头脑。大言不惭,大帽压人,恶语壮胆等等,都无法幽默起来。

幽默也有弱点,光让人笑并不能改变什么,解决什么问题。有些幽默当中似乎包含着无可奈何的自慰自嘲。

但好的幽默并不只是让你笑,还让你哭呢!哭多了眼泪就会跌价,于是乎泪尽则喜,嬉笑之中仍然可以看到作者那庄严赤诚的灵魂。也许幽默的痛苦并不比痛苦的痛苦弱。

幽默还让你想一想,让你夜不成寐。就因为那幽默里头有深度、有概括、有典型、有真知灼见,甚至于夸大一点说有先知先觉。李国文在一九五七年发表了短篇小说《改选》,讲了"样板"带来的悲喜剧。这篇小说实在具有预言的性质,后来"旗手"领导着搞了八个"样板",《改选》里的一切都不幸而言中了。

以上说的多半是带有批判性的幽默。当然也有肯定性的幽默,就是一种赤子之心,是一种对于生活的喜悦,是一种愉悦自己与自己的读者的善良心情。批判性与肯定性并不好分。阿凡提的形象永远是快乐的。会批判,他才快乐。或者是,他快乐,才会批判。

自嘲不一定是坏事。只要不是由于玩世不恭而是由于清醒和诚实,真正幽默、幽默到敢于自嘲的作家,希望读者变得越来越聪明,越来越有自己独立的头脑而不是越来越糊涂,越来越被你所征服。他绝对不唬读者,哪怕有些读者喜欢你用名声、用新名词、用大话唬他。

语言的机智也可以带来幽默,也可以愉悦心灵,用得过分了有可能变成耍贫嘴,等而下之的便是胳肢人了。但判断是不是耍贫嘴的时候,本身最好具备一点幽默感。由于种种原因而不愿不得不甘心幽默的人翻开幽默的作品便紧皱起眉头,这本身就够幽默了。

而且怪可惜了儿的。

发表于《文汇报》1986 年 6 月 21 日

从侯七说起

——张宇《活鬼》序

读张宇的《活鬼》时时觉得忍俊不禁,怎么天生这样一个琉璃球?看到他(小说主人公侯七)"大鸣大放"时对王建的开导告诫,不免暗自佩服。看到他动员"右派同志"努力加餐饭的演说,不免破涕为笑。看到他的"十一个瓶儿"和"打不倒的"潜台词,简直像是被淋漓尽致地搔了痒痒,分不清是读者被张宇取笑了还是被侯七取笑了,是侯七被生活取笑了还是生活被侯七连同咱们大伙取笑了,人人都是看客,人人都是演员,人人都是戏中实有的人物角色,似乎你也可笑我也可笑,你也可怜我也可怜,哭笑不得。好一个小张宇,写得可真叫"缺德"!看到侯七关于"脸要不要"的考虑与侯七看瓜的苦肉计,又心酸起来。尽管作者说侯七没有哭,眼皮上抹的是油不是泪,但读者觉得那分明是泪,是血,是作者读者的同声一恸。而读到小说最后侯七对于"港客赞助"的冷静自持、不矜不骄、老谋深算、步步设防的进退应对,不能不赞叹观止,佩服中国人政治上的炉火纯青,不能不感叹侯七一生坎坷,一世辛酸换来的洞明学问。呜呼侯七,鬼欤人欤神欤圣欤?其卑也如猪,微也如蚁,灵也如猴,狡也如狐,义也如狗,稳也如山。真不知道是怎么做(读 zòu)出来的呀!

我想起如愚实精、逢凶化吉的阿凡提(内蒙古、西藏的民间故事中也都有类似的蒙古族、藏族人物)。我想起"被侮辱与被损害的"。我想起阿Q。我想起猪八戒也想起孙悟空。我甚至也想起汉高祖、张献忠、朱元璋……侯七身上有我们的痛苦,有我们民族的一整套处乱世而求保存求发展的能屈能伸的学问,有我们民族的富有中国特色的光怪陆离的政治经验。于是我又想起了春秋战国,想起了苏秦的嫂子,想起了吴起治军,想起了越王勾践的卧薪尝胆,韩信的受胯下辱,张良的孺子可教,直到"青梅煮酒论英雄"时刘备的装熊,直到郑板桥的"难得糊涂"……

侯七就是这么"做"出来的,用时髦的说法叫做积淀出来的。他是强者吗?他的低声下气,他的没皮没脸,他的讹死赖,他的自动的与被迫的麻木不仁乃至知足常乐,比上不足比下有余的自慰乃至以疮为荣的"自尊"(如说农民们你们想当"右派"还当不上呢),无不说明他是一个地地道道的弱者,侯七的哲学是地地道道的弱者的哲学。

他是弱者吧?而他的特立独行,他的独立思考,他的绝不随波逐流人云亦云的"反潮流"精神,他的早看几步棋的远见,他的敢作敢当敢舍孩子敢打狼的慷慨,他的积小胜为大胜的寸土必争精神,与必要时进行战略撤退以保护有生力量的大处落墨的气量,他的从来不在命运面前庸众面前真正低头的骄傲,直到他对待爱情女子的男子汉风格,处处都说明他是一个真正的强者,一个屡处逆境而以退为进的真强者。起码比那些婆婆妈妈却又自命优越的知识分子强得多。

好多年前我就有一份感慨:怎么我们的某些文学作品中农民形象都那么窝囊呢?如果都那么窝囊,都那么天天处于服用大量镇静剂方可得到的昏睡境界,中国不是早就亡了吗?不但不可能有共产党,连有义和团也不可能,连娶媳妇也不可能了。这回好,侯七的形象就大不同了。侯七当然不是一般的农民,但他的身上仍然洋溢着中国农民的狡猾(不带贬义)的生命力。王兆年的《拂晓前的葬礼》塑造了一个有大算计的农民干部形象,也使人耳目一惊,只是太阴沉了。

不仅《活鬼》,张宇在他的其他作品中也扎扎实实地写了好几个很有心计也很有干劲的农民。从张宇的作品中,我们可以看到中原农民所蕴藏的无穷的力量。当然,也会看到他们的精神的重负。他写的农民实在得叫你觉得摸得出肋条骨来。我曾经颇遗憾于对新时期的农村缺乏生活体验。读了张宇的小说,似乎弥补了某些空白。

他的河南土话也写得很好。他自己就是这样的。记得那年《人民文学》和《文艺报》联合在涿县开座谈会,张宇来了,他一发言大家就笑了,地道的河南方言,又质朴,又精灵。

他的小说写得还不算纯熟,有些地方似乎"化"得还不够,叫做未入化境,显出了拙力来。缺少节奏,缺少文势的变化,表述手段显得还不那么丰富,愈是内涵多,愈显得写起来不那么游刃有余。也有好处,写了那么"滑"的农民,但他的小说写得可不滑。

张宇写信叫我给他写序也太有意思了。自我部长化以后,来信祝贺者、抬举者、慰问者、哭丧者皆有,见仁见智,乐山乐水,知之爱之劳之惜之亲之近之直至怨之远之,都是一番情谊,都可以理解。但张宇是用另一种调子"诱"我上钩的。他说:"一个文化部,管就管了,怎么会影响你的文学活动呢?"我甚至觉得这也有点侯七的水平了,好一个张宇,真是可畏了呀,可畏也。于是,我上钩了,信笔开沟,写了如此这般。是为一笑。是为——序?

发表于《文汇报》1986 年 9 月 17 日

洋洋大观　匆匆十年

——宋耀良《十年文学主潮论》序

当我们回顾近十年的文学历程的时候,也许我们会惊异于其热度之高,发展之快,变化之多,分化之剧。从全国性的讨伐"奸臣"、怀念忠贞的"四五"诗歌运动到以《朝霞》丛刊的模式变批判"走资派"为批判"四人帮"的剧本,从刘心武为爱情和《牛虻》争一席位置的苦口婆心的启蒙主义热情到韩少功"寻根"寻出来的丙崽的呆滞麻木神秘,从《天云山传奇》里背十字架的罗群到《活鬼》里张宇所刻画的令人哭笑不得的滚刀肉"右派"侯七,从一九八〇年对于意识流小说看得懂看不懂的争论到一九八三年对于据说是现代派的"风筝"的批判到一九八五年"新方法论"的流行一时,从对典型性格组成的讨论到对于主体性的不无激动的探讨,从现实主义写真实的不朽传统的恢复到荒诞、变形、虚拟、魔幻、写意的风靡,从从维熙的神圣的蒙难者到张贤亮饥渴而又优越、优越却又不停地忏悔的原功原罪的知识分子,从干预生活的刘宾雁、蒋子龙的锋利的文笔到师承沈从文的一批(从汪曾祺到李宽定)作家的古朴淡雅,从刘索拉、徐星的"新潮"到李杭育的"最后一个渔佬儿"——李杭育还正在因中国文化吸收了太多外国的东西而感到尴尬呢……以至于具体到一个作家从张承志的歌唱人民——母亲的热情到张承志近期作品的肃穆清凉,从王安忆的《雨,沙沙沙》的美丽轻柔到《小鲍庄》的浑浑然到《小城之恋》的原性,从张辛欣的《一个平静的夜晚》的温存到《在同一个地平线上》的尖牙利齿到《北京人》的冷静客观……以及按年份说的这一年的谌容热与那一年的邓刚热,这一年的阿城热与那一年的莫言热……以及并非出自文学界但也确实不断地杀出来的小报热、武侠热、琼瑶热……真是洋洋大观!

这样的活跃的文学生机真可说是令人目瞪口呆。多样性、活跃性与速变性,反映了我们全民族的心智的虎虎生气、勃勃生机!表现了整个民族的一种新的开拓精神、创造精神、更新精神的高扬!勤劳智慧,既有源远流长的文化传统与根深蒂固的保守心理又一贯善于灵活变通、喜新趋时的中国人,一旦解除了披在头上心上的枷锁,将表现出怎样强大的吸收力、消化力与创造力!将表现出怎样的勇敢、智慧与匠心!

有时候我感觉,这十年似乎是把——例如欧洲的——一百多年的文学史压缩在我们新时期十年的短小阶段里。这里是高度的浓缩。这里是中国的,却又是世界的缩影。各种艺术思潮与学术思潮,各种经验与探索,各种争论与论战,是这样匆匆地在我们这儿开始了又冲淡了,震动了又平复了,冲激了又习以为常了,还没有发展定型成熟却又被目为老化了,还没有昂首挺胸就被遗忘了,还没有展开便已经草草收兵"超越"过去了。

由于种种原因所造成的种种封闭,一旦开放与解冻,我们的文学轮子正在进行超速旋转。似乎大家都急于——用一个套话——把损失的时间补回来。许多人都急于与全世界的至少是本国的新思潮新文潮新浪潮(第三次浪潮?)同步,急于在实现四个现代化的时候或实现四个现代化以前先实现自己的从观念到创作的现代化。这就是十年来我们的文学发展特别引人注目、蔚为奇观的重要原因。

由于种种可以体会的道理,我们的文学的这种先锋性、我们的作家、评论家特别是年纪较轻的作家评论家的思想的这种先锋性展现得相当突出。我们的文学活动在整个精神生活的领域似乎处在某种"领先"的地位。读者常常能从某一篇文学作品或评论中嗅到某种相当前进乃至激进的新鲜气息。例如在人们还难以通过其他途径为"四五"天安门事件平反的时候,《于无声处》就出来了。在理论界对于某些社会科学命题进行相当严肃沉重的探讨的同时,一些具有颇为相近的意味(当然这会因解释的不同而不同)的小说诗歌却正如雨后春笋般地涌现着。我们的文学界在整个社会的思想解放与现代化的进程中,起着某种类似先锋的作用,这似乎是一个事实。

然而这里,我要说明的是,"先锋",我是作为一个适度中性的词来用的。丰富、活跃、浓缩的文学十年的另一面是过热与匆忙,是缺少更加稳定的成果,是缺少那种更加厚重的鸿篇巨制,是一些历史阶段的完成还很不扎实,还没有取得群众与社会的较为牢固的认同。就是说,它带有一定的幼稚性与脆弱性,脚跟还没有站得那样稳。

先锋是先锋,是了不起的。但先锋又常常是幼稚的、脆弱的与肤浅的。没有在生活中、群众中、固有的文化传统的积极层面和历史的深处与人类的文化积累的博大基础中扎下根来的先锋,他们的倜傥不群直至骇世嫉俗有时会引起一种不安,有时会引起一种反感,有时会相当轻而易举地被强有力得多的传统文化所否定,或者被改造掉。自鸦片战争特别是五四运动以来,我们的近代史与现代史上已经有多次这样的经验教训。这儿随便举一个比较不那么复杂的例子:例如文学艺术反映人的生活包括性生活、反映人的心理包括性心理,这本来不是什么了不起的难题。当一些作家急急地趋之若鹜的时候,考虑到我们的具体社会条件、经济文化状况等等,我不免为他们的这种无需要大智大勇的小智小勇行为的后果而担心。

总结或试图总结这十年的多层次、多走向、多方位的文学现象是一件困难的任务。有时候没有一个总结大家慢慢摸索可能比急于总结更聪明一些。我曾经在一次会议上戏言,我觉得进行这种总结的理论家未免有些呆气,我希望我的戏言有助于使这种研讨的气氛更宽松些。与此同时我接触了宋耀良同志《十年文学主潮论》的书稿,我读了他的纲要,读了或重温了(过去读过)其中的一些重要的章节。他的书稿多少改变了我说过的那种为概括总结付出的代价太大而忧心忡忡的心态。他的工作做得很认真也确实是力求全面，他没有囿于某一种观念某一种方法或某一套名词系列，不论是社会分析、心理分析、思潮分析、文体分析、结构分析、表述方法的分析以及其他，他都努力地做了，他的评论不乏新意，但并不浮躁，不乏实言但并不呆板，不乏大胆直言但完全是一种做学问的探讨态度，我觉得他的学风文风都不错。读他的东西也促进了或诱发了我的一些思考，本身就是极匆忙的不成熟的"尚未展开便已草草收兵"的思考。聊以为一篇不合格的序吧，请宋耀良同志和读者原谅我。

发表于《文艺报》1986年10月4日

一颗颗璀璨的星

——傅溪鹏《名人足迹》序

　　文坛、艺坛、体坛上的名人，国外是要叫做明星的。他们确如夜空的一颗颗璀璨的星，各以其出色的著作、表演、奖杯和锦标吸引着千万人的目光。他们是一些青年人的朋友，是一些人的偶像，以他们的荣耀照耀着、点缀着我们的常常是丰富多彩的，却也有时候是单调和沉闷的生活。

　　人们从他们的身上来认识自身的价值，人们从他们身上看到人的聪明、智慧、心灵、体能和双手能做出怎样的奇迹，能释放出怎样巨大的光和热，人们关心他们，注视他们，但又难得去接近和理解他们。

　　于是有人认为他们是生来的怪杰，奇异的禀赋使他们获得了成功。有人认为他们是命运的宠儿，甚至认为这些人的名声是偶然的机遇运气加上精于门槛的活动钻营再加上吹鼓手的"捧"的产物，也有有志者从他们身上得到的唯一启示是纯粹个人的奋斗，更有人感兴趣的是他们的生活琐事和荒诞不经的传闻……

　　各人的出发点与信息来源不同，但兴趣却是共同的。

　　傅溪鹏同志的特写集《名人足迹》，以轻松亲切的笔触，信实地报道了人们所熟悉的一大批明星的生活道路、成才的秘密，报道了他们炫目的成就，更记录了他们的道路的坎坷、生活的艰难困苦。读了这些文字，人们将不仅可以填补一项知识与趣味的空白，一项既关切又知之甚少的心理的空白，而且，人们可以从中得到诸多的人生启示，可以体味到一种更集中更充实更强烈的成功与失败、奋斗与沉沦、追求与疲惫、得与失、予与取、快乐与忧伤深刻交织的人生，这是充盈的内心体验，这也是丰富的人生经验，用一种现在不太行时的说法，这也是一堂又一堂"课"吧。

此外，集子中也收入了关于我国一些革命领袖和领导人的业余文娱、体育生活的报告文学，虽只是这些人物的生活的一个侧面，却也能给人以很有意义的启发。

发表于《书讯》1986年11月25日

"问题小说"的再度青春

——刘心武《都会咏叹调》序

问题与生活同来。社会问题与社会同在。人受到各种问题特别是社会问题的激动与困扰与人生同在。以人为中心的文学作品自然无法不关注人所在的社会,所面临的问题。

巴尔扎克与托尔斯泰,狄更斯与陀思妥耶夫斯基,他们的不朽名篇中都包含着痛苦与尖锐的社会问题与其他问题的提出与展示。杜甫与曹雪芹自不必说了。神思纵横如屈原,飘然俊逸如李白,在他们的高度"自我表现"的作品中仍然充溢着对社会的不平之气。

社会主义社会自然也有自己的社会问题,中国由于她的特殊历史条件,一百多年来,几乎可以说是一直处于急剧而又深刻的社会变动之中。社会问题的存在、发展、解决连绵不断。每个人的命运与社会不可分割,作家的命运与社会不可分割,文学的命运与社会不可分割。我们的文学有较强的社会意识,是理所当然的。一九七七——一九七九年,刘心武等的"问题小说"似乎又获得了新的生命力。问题在于能不能准确深刻地抓住新的、尚未被普遍认识的社会问题。

这当然不是说篇篇作品都必须堆满了社会问题,那也会使读者不堪其负荷。抽象一点的作品,遐想多一点的作品,曲里拐弯的作品,情致盎然的作品……都是需要的。写大海、写天空、写森林、写山谷……都是需要。我们需要的是更开阔的心胸和想象。更开阔而不是更狭窄。

但总不能有意地整体地回避现实生活与社会问题，当文学从人民最关心的社会问题面前背过脸去的时候，人民就会从我们的文学作品面前背过脸去。我们也许可以叹息人们的艺术欣赏力尚未十分高妙，却无法强扭人民的脖颈。

也不该一味粉饰或者火上浇油，前者可以多少抚慰读者的心灵却不能满足读者的焦渴。文章写得太轻巧美妙，与现实问题形成的反差说不定会激怒生活得并不轻松的读者。后者可以赢得喝彩。横扫千年的大骂似乎也有气势，然而并不公正深刻，其效果更是不堪评议。

所以我赞美刘心武的几篇反映北京"老百姓"的日常生活与社会问题的小说作品。《立体交叉桥》反映住房问题真实痛切，人物活现。《五一九长镜头》反映青年问题精辟深沉，思虑远长。特别是新作《公共汽车咏叹调》，既尖锐又宽容，既勇敢泼辣又洋溢着一种新的历史时期的祥和之气。其对改革时期新出现的心理不平衡的问题的剖析，其意义远远超出了公共交通领域。

这是一些为人民说话的作品。是充满了爱国爱民、忧国忧民的公民激情的作品。是直言不讳的作品。又是力求公正、顾全大局、充满着对安定团结搞"四化"的新局面的珍惜维护之情的作品。它们受到了读者的欢迎，却绝无迎合的、哗众取宠的咋唬，这样一个调子是可贵的。这样的作品是雪中送炭之作。

当然还有不足。人们可以毫不费力地指出哪儿哪儿的描写还粗、还浅。三篇互有重复——既反映了作者的见解的统一性也说明了他进一步拓展思路的必要。

更需要花费力气的却是再多"生产"一点这样解渴的作品。人民群众对《公共汽车咏叹调》的反应强烈是近年少见的，我们能够无动于衷么？

1986 年

《思维,在美的领域》序

《上海文学》是我国很有影响的文学刊物之一。她的影响却不仅是由于发表过诸如《棋王》《被爱情遗忘的角落》之类的作品。也许同样重要的,或者更重要的,是由于她的理论文章。

我知道不止一个作家,包括我自己,拿到每一期的《上海文学》以后,先要翻翻评论,寻思着:不知道这一期又搞出来点什么新鲜玩意?

是的,去陈言,求新意,这是这一批文章的一个突出特点。像什么文学家的智能结构啦,作家的情绪记忆啦,在已知与未知之间的艺术啦,楚文学的神话系统啦,单单这些题目的命定就有了新意了。新的对象,新的角度,新的见解,直到新的表述方法——语汇——文风,给这些文章增加了魅力。

当然,新并不就是一切。学术上、艺术上往往是所谓旧的东西更成熟、更完善、更有市场也更耐看。这是因为,"旧"是长期积累的结果,是已经深入人心的东西,它已经经过各种推敲辩难,而"新"呢,却不免毛手毛脚,缺分量,根柢还不那么深厚。而且有的"新"是一次性的刚刚趸来的货色,有时候还不如"旧"更能持之长久呢。

我们不妨探索乃至干脆承认学术上、艺术上各种新探讨新尝试的九十条或者九十九条缺陷。但是它有一条优点,它是发展、创造的努力,它是发展、创造的征兆,它不满足于人云亦云的重复,不满足于封闭的自我循环,它是人类认识运动的必然,它是希望之所在。

而一切对于已有的东西的满足、珍重、自豪乃至捍卫,也可以有九十条或者九十九条站得住的理由,但是有一条危险:如果缺少了大胆探索的精神,如果习惯于一本万利地以不变应万变,就会变成千篇一律的陈言套语。

《上海文学》上的评论文章新在何处?就在于这些评论不仅把文学当做一个社会历史对象而且是当做一个艺术对象来考察来研究的。不仅仅把文学当做一个形象化的历史、形象化的社会调查文献,而是把文学也当做一个具有独特的审美功能的、人类心智的奇妙花朵来感受、探寻、考察、分析的。

当然,任何时候都不能忽视对文学对象的社会、历史考察,文学与其他意识形态现象一样,具有巨大的社会、历史意义。但文学毕竟又不是一般的意识形态而是语言的艺术。只有当文学是真正的艺术的时候,文学才有自己的独特的存在价值与独特的永恒性、超越性(伟大的文学作品往往大大超出当时一般意识形态现象的局限性)。只有当文学评论成为真正的艺术评论,传达着与表述着精到的艺术共振、艺术接受与艺术分析的时候,才有自己的性格、自己的光彩。当文学创作以千姿百态来表达自己的艺术品格的时候,我们无法掩饰对于那种善于把一百种作品评成一种品格的评论的惋惜。

也许我们可以抱怨某些评论文章有意无意流露的那种轻视对文学的社会、历史考察的轻狂。淘洗文学的社会性正如抽去文学的艺术性一样地不可思议。但我们仍然可以赞许《上海文学》发展艺术评论上的带头作用。是她发表了一些这样的评论文章,把笔触伸展到作家与读者的那根隐秘而敏感的审美神经上。有着自己的职业性狂狷的作家读评论文章常有被隔靴搔痒的感觉。自然,评论家也完全有理由声言自己并无为昏头昏脑的创作家搔痒的使命。干脆把评论看成"擦皮鞋的"则是狂狷中的愚昧。这些可以先不去说它。我要说的是,当作家确实被评论搔到了穴位的时候,会有一种狂喜,有一种感激,有一种赞叹:这个家伙评得比我写得还好呢!

文人戏言:现代文学评论有三大派,京派海派与闽派。北京就不用说了,首善之区,"家"们也真多。福建不知是由于何种天时地利人和,不停地出宏论高人。上海自成一(文)体。也许它的评论文章不像京派那样恢宏,却显得要洒脱些。也许不像闽派那样学术,却显得要活泼些。《上海文学》近年发表的一些评论既不土八股也不洋八股,不那么老八股也不那么新八股,结合创作但不限于评介本刊新作,小打小闹(像许多以创作为主的文学杂志那样),有一定的理论性但不那么书气熏人,书香醉人。

也有缺憾。综观一批东西,很有分量的似乎少了一些。啥是文学评论的分量呢?那就必然要大大超出纯美的范围,超出作家的独特性格独特感受性的范围,超出机敏言词与潇洒的行文的范围。比如说,《上海文学》发表过王晓明等的对于张贤亮作品的评论,不论这种评论是否公允全面切实,这些评论是有一点分量的,读之令人不仅想到了文学、小说、观念、方法、流派、风格,而且不无激动和痛苦地想到了那些比文学、小说、观念、方法、流派重要得多也巨大得多所以也有分量得多的东西。所以我一贯主张文学应该成为文学,真正的文学。却又不仅仅是文学,不仅仅为了文学。我相信《上海文学》的评论会做得更好。

发表于《上海文论》1987年第1期

井上先生的西域小说

——井上靖《永泰公主的项链》中译本序

一九八五年夏,我在西柏林参加"地平线艺术节"的文学朗读和研讨活动。活动一开始,主席就宣布,现在正有一位著名的日本老作家和他的妻子坐在火车上,要穿过西伯利亚、乌拉尔,到欧洲来参加"地平线"的活动。活动快要结束的那一天上午,我和我的中国同事们按照计划正要到某地参观,艺术节的秘书长希格荣先生紧急地找我,说是日本老作家到了,马上举行他的作品的朗诵会,由瑞士大作家迪伦马特朗诵他的作品的德语译文,希望我能出席这次朗诵会。我问这位日本作家的名字,希格荣先生讲了半天我听不明白。但为了礼貌我还是去了。等走入会场,我才惊喜地发现,他就是井上靖先生。

我在此之前无缘与井上先生会面。但是早在六十年代,我已读过他的一些短篇小说。他写得深沉、细腻,富有真实感,娓娓动人,同时他又写得相当平淡,不慌不忙、不露声色、不加夸张修饰、不玩弄任何技巧地表达出人生中许多撕裂人的心肝的痛苦。作品中表达出一种悲天悯人的心肠,一种超越了最初的情感波澜的宁静,一种饱经沧桑的对历史、对社会、对人生的俯视,一种什么都告诉了你的直截了当同时什么也没有告诉你(后者指作者的主观态度等)的彬彬有礼。他的风格很独特,很有味儿。我以为,只有经验丰富的老作家才可能达到这样的境界。这种境界,中国话叫做炉火纯青。

与井上先生在西欧的相遇使我兴高采烈。可惜我们没有更多的机会交谈。井上先生面孔严肃,不苟言笑,这是他给我的第一个印象。

后来接触多了才知道,先生是一个亲切随和的人。他有一个坚硬的面孔和一颗柔软的心。当我对一些日本朋友谈起这一印象的时候,他们说我的观察对极了。

先生任日中文化交流协会会长。他对中国文化怀有强烈的兴趣,写过不少以中国历史文化为题材的作品,西域小说便是其中一部分。现在,这本书经过赖育芳先生的努力而可以与中国读者见面了,可喜可贺。我写下这些文字,并祝病后初愈的井上先生健康愉快,为日本文学与日中文化交流,做更多的事。

发表于《世界文学》1988年第2期

《大藏纵情》序

　　我其实完全不懂得摄影，但是一看到姜振庆先生记录西藏的风光、风土、风俗、宗教、艺术的摄影作品，我不由得为之吸引，为之赞叹，为之折服了。

　　先考虑到的是摄影者取景的角度，镜头也正是他这个艺术家的眼睛。他的角度是独特的，是深邃的，他提供的不是常人容易看到容易喝彩的那种浮面的美好或者稀罕，而是一种穷其究里的发掘与发现。这不但是"独具慧眼"，而且是一种由表及里、由浅入深的透视观照。这些作品甚至改变了我对摄影的一些不敬的看法。原来摄影不但要碰运气，要有好的工具材料，要手脚利索善于"抓拍"……摄影家是应该有自己的深度的。

　　又不仅是眼睛、不仅是取景、不仅是角度了。更重要的是灵魂与客体的一种交融、一种会心、一种共鸣。我常想起我一九八六年初次去西藏的情景。雪山、蓝天、寺庙、长明灯、经文、僧侣、信徒、经幡、施礼、膜拜、壁画、歌舞……所有这一切结合成为一个整体，结合成一种全身心的虔诚、信仰、向往、梦幻，一种独特的心灵的震撼，一支强烈而又神秘的心曲，一种是非凡的、几乎是悲剧性的境界。这里，摄影的技巧是重要的，敏锐与果断是重要的，更重要的是理解与悟性，是作者与西藏——它的环境、它的人与它的信仰——的神交。

　　记得我在访问西藏后激动得写了一篇长诗《西藏的遐思》。我从姜振庆先生的摄影作品中又一次得到了遐思的触发。我写过：

才旦卓玛的歌声
往日一样甘甜
西藏的记忆
永远一样新鲜
也许人们相距
确实十分遥远
遥远本身
便是重要的启示

姜先生的摄影,不正是"遥远的启示"么?

1990年

我说沈从文

——贺兴安《沈从文评论》序

作家是靠自己的作品来吸引关注的目光的。作家的命运同样也能令人感叹唏嘘不已。作家的命运有时成为了更加富有感染力的作品。不知道这种命运是不是一种悲哀。

老舍的"太平湖"的悲剧性超过了骆驼祥子。与自己的遭际的惊心动魄相比,胡风的理论与创作其实相当平实。丁玲的一生也似乎比她的《选集》更令人心潮难平。沈从文更是如此。他的寂寞和安静似乎也是一种奇异的"艺术创作"。

上小学的时候就知道沈从文很有名。是老师告诉我的吗?但他的作品没有能怎么吸引我。我太渴望革命了。我希图在小说中看到的是地下工作者的散发传单与躲避追捕,是刑场上就义的革命者高唱"起来,饥寒交迫的奴隶",是大罢工中的抬棺游行,是监狱变成了马克思主义革命理论的学校……当然,沈从文的作品里没有这些。我记得小时候读沈从文的《记丁玲》的失望心情。有什么奇怪呢?就连鲁迅的作品也曾使我觉得缺少革命。

沈从文小说里的那些乡土风光和民俗也难以获得我的认同。我们那一代人太饥饿了!我们要求革命,我们要求光明、解放、幸福、爱情、英特纳雄耐尔,我们如饥似渴!我们要求的是投入,是献身,是战斗,是牺牲……我们常常没有耐心去倾听言不及义的沈从文。沈从文太从容了吧。

后来说是他很不革命乃至站在革命的对立一边,所以,解放以后,他就写不下去了。是谁讲的呢?反正我听到这样的说法。一个作家写不下去了,真是怪可怜的。

自顾不暇的动荡的二十年过去了。在少少的革人家命的骄矜之后又补上了被革的狼狈的一课,心气变得平常了些。然后知道沈从文在海外得到了很高很高的评价。在中国作家协会为欢迎聂华苓而在萃华楼举行的宴会上,我第一次与朴实无华的沈从文先生碰面。我只觉得他是个平静的小老头儿。

一九八〇年初春,在美国耶鲁大学访问时,我与艾青夫妇应邀到沈先生的妻妹张女士家里吃午饭。沈先生夫妇也正在那里。耶鲁大学的布告牌上张贴着沈先生的两次讲座的预告。一次的题目仿佛是《社会是一部大书》,这个题目不是挺马列的么?另一次的题目仿佛是介绍某个朝代的中国服饰,那就很专门了。而我,即使看服装表演的时候也常常把注意力放在人即模特儿上而不是服饰上。

沈从文先生个子不高,谦和质朴,既不俨然,也不凄然,本本色色,没有任何锋芒和矫饰。我的头发留得过长了。张女士有推子,就为我推了推,剪了剪,然后洗了头。这也是可以引以为荣的吧。

一九八一年初回国以后听说咱们大陆上对沈先生也越来越热了,又说是外国要给沈老颁发诺贝尔文学奖了。终于并没有发,这很好,大家都好。又有好几位青年热心于继承沈先生的道路,沈先生的风格,连给人物起名字也满是"沈"风。然后《边城》呵,《湘女萧萧》呵都拍成了电影。文艺界都说很好,但也不怎么卖座。

我听到过一些会议上人们赞美沈先生的"伟大的孤独",这种赞美想必是有根据的。他们对沈先生的爱戴是很感人的。只是窃以为伟大这两个字太强烈,而孤独二字又太温柔了。如果这样说不准确,至少"伟大"太热,而"孤独"太凉了。真正的孤独大概是不那么需要伟大的帽子的。伟大难,孤独又谈何容易?到一九八七年,就听说有的青年在会议上抢夺麦克风来宣扬"艺术是孤独的""艺术是寂寞的"啦。可见，寂寞和孤独也是可以有"侵略性"的。

　　沈先生相当一段时间住在崇文门西大街社科院的宿舍楼。自美回国后，我去探望过这位前辈一次——我家在斜对过，沈先生饭后散步去了，没见着。不太久，沈先生与《光明日报》的黎丁老哥一道屈尊回拜鄙人来了，鄙人也没在，家里只有个年近九十的姥姥。后来登了报，说是由于领导的关怀，沈老享受了什么什么级的待遇，又当了什么什么委员，迁入新居了。那几年我也是芝麻开花节节高，也搬了。又穷忙。彼此便没有什么交往了。

　　直到后来知道沈先生住院。知道沈先生不幸去世。便赶去看望沈夫人。我那时在任上。在任上屡屡要去追悼吊唁前辈，慰问遗属，也有多次经验听取遗属对于治丧的想法，死后哀荣，对于遗属并非可以马虎的，对于后死者，也同样是不可逃避、不可轻忽的一件大事，哪怕死者生前留过"从简"的遗嘱。沈先生的家属在那种情况下也向我强调了他们的意见，不过与别的丧事的遗属要求的导向相反，他们强调的是尊重死者的意见，不搞任何追悼吊唁活动，务必别搞。我答应一定如实向上反映。便这样反映了。后来在报纸上读到新华社记者郭玲春的报道。说了"寂寞"，说了文名。报道写得很好。

　　现在又接触到贺兴安同志论沈从文的书稿。我自愧知之甚微，无从序起。却又觉得能心平气和、实事求是地论一论沈从文，这本身就是一种进步，是一种成熟，包括艺术的成熟，批评的成熟，人心的成熟，乃至"政策上"的成熟。终归是要成熟的。我想起去年有幸去过的湘西——怀化、凤凰（沈先生家乡）、吉首、永顺。那里的风光，那种山水的存在是不可能被忘却的。湘西别是一个迷人的世界。进行不进行旅游开发，都无关宏旨。谁能做得到，吹出一个胜景或者"晾"干一个景致呢？除非那儿的丘壑本身就没什么成色。

1991 年 6 月 24 日
发表于《收获》1991 年第 5 期

我看朱向前论文
——朱向前《灰与绿》序

"活跃"大概算不上一个坚固的褒义词,因为它离"混乱"比离"真理"更近,离"谬误",也不比离"真理"远。这是没有办法的事。那么,不活跃好不好呢?不活跃大概就更十分达不到真的境界、美的境界,更无法与论艺文了。这也是没有办法的事。

一些年来,文学评论是和创作一道活跃了一番的,这种活跃的特点与一切活跃的特点一样,叫做"落霞与孤鹜齐飞,香花共杂草并放""鱼龙混杂,泥沙俱下",就像搞活了的经济一样,搞活了的市场一样。

因此,对于活跃了的文学评论,仅仅欢呼或者仅仅皱眉怒斥都是不够的,更重要的是选择,是分析与鉴别,是平下心来沉下心来研究商量,不是人云亦云,不是跟着喊叫,不是横扫一大片,而是发表自己的实事求是的独到之见。这样做当然也就要冒一种危险:就是自己也掺和到这一片活跃中去,被这种活跃所托起、抛下、淹没,或者客观上更增加了这种活跃的无序性。比如说有十个人在同时叫卖五粮液,其中有八个人卖的是伪劣次品,有两个人卖的是质量勉强过关的货色,而你自以为提着的是真正优质五粮佳酿,十个人加上你,十一个人同时大叫:"真五粮液!好五粮液!"那么,你的努力能被区别出来吗?你的努力一准能产生正面的效果吗?你的处境是不是也有几分尴尬呢?

现在抛开这个未必贴切的比喻,说朱向前的评论吧。这些年,在诸多的评论新秀当中,朱向前不一定是很爆炸、很具轰动效应的一位,却是比较扎实、比较能经得住考验的一位。他也许算不上乘风破浪,不是呼风唤雨、撒豆成兵的天师,但他更不是浮在浪花上的泡沫,不是搭车前进的低能高效乘客。他以自己的恳切、认真、一贯,以自己的不无热情的冷静思考,赢得了文学评论中的一席位置,成为近年涌现的评论家,特别是军旅文学评论家中的佼佼者。

他并非一味求新逐异。他说:"……从某种意义上说,艺术是无新无旧的,更无越新越好的道理。""新潮小说……是一种探索试验中的路数。我支持这种探索……但对这种小说的总的前景……不愿过分乐观……其他可走的路还很不少。"在批评黄献国的某一阶段的小说创作的时候,他指出:"他(指黄)有一副好牙口,却没有一个足够坚强的胃,……明显地带有消化不良的痕迹,不是在迷恋结构中陷入混乱,便是在一味魔幻时失去分寸……"他还尖锐地指出:"目前有不少青年理论批评家争先恐后地构筑自己的体系,并且拉出一副跑马圈地的架势……要看到当代西方文艺理论自身的局限性……"回想一下那几年的热闹劲儿,这种见解也就难能可贵地持重了。

但是他又一再告诫自己:"我现在就常常感到自己的思维定势,对这个那个渐渐地不喜欢不习惯……高高兴兴地成了保守派……"他还说:"文学理论家最大的悲剧在于:他的工作是总结规范,而他的目的又是指导作家去打破规范""每一位成功的前辈作家既是后人的模特又是后人的靶子……理论家的意义与其说是在前人成功的道路上插路标,莫如说是给后人竖禁牌:此路不通!"这种有意为之的强调,使他的文学评论与一种懒惰的僵硬,划清了界限。

比较切实,比较认真地讲自己的想法,也认真地分析旁的作者与论者,不怕说出、剔出真相来。他不轻浮,不骄躁,不呆板,不僵硬,通过自己的头脑,达到一种合理的中庸之度,这或者可以说是朱向前的文学评论著作的特点之一。

其次一个特点是朱向前在极力做一些使创作与评论沟通起来的尝试。他希望评论不要总是与创作隔膜。他不赞成"在创作研究中企图走科学化的道路……进行定性定量分析……弄成条条、道道、框框……"他希望评论家具备一种"精妙、敏锐、纯正的艺术感受力"的基本素质。他嘲讽那种"压根就没有艺术感觉的人""进不了作家的状态",只会用现成的框子去"套"的"洋洋洒洒、下笔千言、公式林立、逻辑森严、高深莫测、空话连篇"。他当然是有感而发的。

同时,他也批评一些"蔑视理论、拒斥理论……凭着灵气和感觉包打天下"的作家不可救药,批评那些"家里看理论,出来骂理论,心里受益,口里不认账……"的作家为"泼皮无赖"。当然,这些话虽然过分了些,也是有的放矢。

从这种努力中我们几乎可以看到作为解放军艺术学院文学系教师的他的师道的责任感。他要做一些青年作家的老师,他靠的是拿出与创作不隔的理论或"亚理论",他也要求学员们有端正的学习态度。他给自己出了一道难题,他有条件完成这个题目。因为他写过像《地轨的屋·树·河》这样的很有特色的小说,与张聚宁合作出版过小说集子《漂亮女兵》。既有搞创作的灵气和感觉,有创作实践,又有搞理论的平心静气的深思、逻辑力量与条理,有理论实践与教学实践。在他身上,搞创作与搞评论是相得益彰的。他正在发挥这种独特的优势。

但是他进一步提出理论家的作品"主要是创作家们来裁判"的,这就过了头了。文学评论也是百花齐放百家争鸣的。可以有与创作不隔、使创作得益、被作家们所欢迎的评论,也可以有与创作隔但与读者不隔,与学者、研究家不隔的理论,包括那种极为科学化的理论。它们的目的主要不是为了启迪作家,规范作家,而是为社会科学、为哲学、史学、政治经济学、新闻学、语言学、民俗学、民族学、文化学以及某些自然科学(心理学、医学、地理学乃至宇宙学、地质学……)提供对象与启示。为学者们宏观地掌握文学现象而提供帮助。而任何一种宏观掌握、鸟瞰掌握，都要以牺牲一部分直观微观做代价。那样的文学评论文学理论可以与作家隔而又隔，但这丝毫降低不了它们的学术价值。

朱向前本人也创造性地做了一些宏观研究。例如他对于"乡村文学""城市文学"，就提出了一些不俗的见解。尤其是他对"军旅文学"整体态势的快速扫描和敏锐把握，对青年军旅作家群体的带有本体性质的研究与分析等等，都触及到了一些颇有深度和学术价值的课题，为新时期军旅文学理论批评和创作的繁荣发挥了积极的影响。他的一些作家、作品论也都有自己的见地。我相信如果他能继续保持他的评论的脚踏实地而又勤于吸收与思考的作风，如果他能进一步丰富自己的学识与写作实践，如果他能获得一种更纯正更严肃也更稳定的研讨辩论包括批评与反批评的文学环境，来日方长，他的事业的前途未可限量。

1991 年夏于北戴河
发表于《解放军文艺》1992 年第 2 期

需要郭雪波

——郭雪波《沙狼》序

不知道是不是由于现代文明的日新月异,飞速发展,人的生活与人际关系已经大大地复杂化了。我国的悠久的文明史,特别众多因而显得不无拥挤的人口,悠久的在人际关系上下功夫的文化传统,近百年来社会变迁的频仍与剧烈,近数十年来阶级斗争这一门"主课"的熏陶,以及愈来愈多的人涌向城市,向往城市……所有这些因素,都使我们的文学、我们的神经紧紧盯着鸽子笼式的楼房间里的人际的亲和与斗争不放。有时候,看完一部又一部的小说,我们甚至于无法想象一下它的主人公们生活在怎样的自然环境中,无法想象他们在与别人的勾心斗角或者爱爱仇仇之外的生存状态。

而人是自然的儿子,是宠儿也是逆子。日月星辰,春夏秋冬,阴晴雨雪,山川大地,草原沙漠,海洋湖泊,森林沼泽,禽虫虎豹,大自然的一切,从来没有隐退消失,人从来离不开自然。如果我们丧失了对于大自然的感觉,这只能说明我们的愚顽与鲁钝。如果我们丧失了对于大自然的敬畏与亲爱,只能说明我们的精神与情感的贫乏枯燥。如果我们对大自然犯下种种暴行,只能说明我们的精神世界的严重失衡。说明我们亟须矫正和补救,说明我们正在制造和面临严重的灾难。在人与自然,文明与比较原始的纯朴生活方式、民俗文化的对照中,我们将得到温馨的启示,也聆听威严的警告,我们需要高歌猛进,也需要诚恳的反思与忏悔……还需要——郭雪波的小说。

近年来出现了郭雪波,他写沙漠,写沙漠上的动植物,写沙漠的灵魂与躯体以及这种灵魂与躯体对于她的子民、对于我国生活在沙原上的兄弟民族的哺育。他不但为我们的文学增添了新的画卷新的地域与地域文化背景,而且带来一种对于大自然、对于沙漠的新的观念:它既是强悍的又是虔敬的;它既是严峻的又是多情的;它既是现实的又是浪漫的……

我们需要郭雪波和他的小说。越是现代化就越是需要文学的补充和挑战。当然需要富足,需要工业文明、商品经济、科学技术,需要各种外装修和内装修的房子;但这并不是心灵的全部从而不是现代化的全部。我们需要重新反视和思考我们的地理和我们的历史,我们与大自然的关系。我们需要天空与大地,哪怕是——沙漠。我们的朋友不仅有同类,而且有——野兽。在我们追求新的文明成果的同时我们不能忘记我们身上本来具有的美好人性,警惕新的失衡。我们无法忘记我们本身就是大自然的产物。越是现代化就越是需要郭雪波,需要他把我们带进另一个世界里去,更纯朴,更粗犷,更困惑,更浪漫,更有想象力,也更温柔……

1992年6月6日于北京

《何立伟漫画集》序

何立伟的名字在一九八三年到一九八六年我主持《人民文学》编务的时候常常挂在嘴边。他的《白色鸟》短小精致,如画如诗。他的朦胧飘逸、带点唯美主义色彩的《一夕三逝》被发到头条还引起了一场风波:包括一些最理解与支持我的文学活动的师长与朋友都对本主编的处理大惑不解,难以释然,还有不止一位老师告诉我何某人的小说文字不合语法,病句错句连篇……文学的见仁见智,竟是这样不同么?小小何立伟的几篇美文式的小说,果然有那么大逆不道么?

后来在一些杂志上读到何先生的文学新作的同时还读到他自己配的插图。后来又看到他的漫画。倒真是个十分内秀的多才多艺的艺术家呢,我想。他的漫画别具一格。他的漫画与配诗——或者更准确一点应该说是他的诗句与所配漫画,融为一体。我觉得那更应该算作画配诗或者漫画诗。一点哲理,一点幽默,还常常有一点无可奈何的忧伤,一种高雅的却又是平凡和易于接受的、不伤害任何人即与世无争的却又是我行我素的风格、个性与趣味展现在他的漫画里。

四句诗:"美丽的生活/总是成了远方的风景/正如漂亮的女人/总是成了别人的老婆。"头一句雅,忧伤;第二句俗,幽默自嘲,简直是大实话。一幅画:黑色礁石上的黑色亭子,一个人孩子气地指着远方的云彩,流水上有两只帆船,多么亲切有趣!

两句诗:"花被采之后/获得了美丽和死亡的速度。"果然又平凡又易解又美丽又伤感;虽然后一句略显别扭。一幅画:一个大辫子的多情姑娘闻着一枝花,四只鸟儿飞过——不知道是不是象征时光的"逝者如斯夫"。他的许多画里有飞鸟,令人想起泰戈尔的诗集《飞鸟》。这其实也是"念天地之悠悠,独怆然而涕下",不过更温柔些、女性些。是"念花朵之凋零,惜春光之短促"。何君之悲天悯花也!

甚至于连"文革"歌曰:"东风吹,战鼓擂,现在世界上究竟谁怕谁?"这样的杀气腾腾或(像后来那样)匪气十足的词儿,他也画得那样稚趣可掬,一个高个子迷惑地弯着腰看着向他挑战的矮个子,三只鸟儿,两朵云彩,一道黑影子——只有高个儿有影子。

…………

确实是文人的诗画,当然与王维不同,与苏轼不同,也与郑板桥或者徐文长不同。不那么狂放,却多了点现代的平心静气的幽默与孩子气的稚拙。

至少可以自娱。在连连的风风雨雨之中,保持着一块净土,保持着一个天真而又老练智慧的微笑。

你能不报之粲然么?

发表于《解放日报》1992 年 12 月 10 日

关于文体学

——"文体学丛书"序

我没有受过正规的文艺学教育,说不清文体这个概念的科学内涵。但是这个概念使我觉得非常温暖。

我甚至长出了一口气:谢天谢地,现在终于可以研究文体了,终于有那么多学者专家研究这个题目,有出版社可以出这样的书了。

不论学富五车的老师是怎么说的,我觉得文体学研究的是文学作品的艺术形式问题,至少是偏重于艺术形式方面的问题。看一个作品的文体就好比是看一个人的胖瘦、高矮、线条、姿态、举止、风度、各部分的比例以及眼神、表情、反应的灵敏度与速度等等。文体是个性的外化。文体是艺术魅力的冲击。文体是审美愉悦的最初的源泉。文体使文学成为文学。文体使文学与非文学得以区分。正像仪表对于一个人并非无关紧要一样,文体对于文学也是不能掉以轻心的。

归根结底,文学观念的变迁表现为文体的变迁。文学创作的探索表现为文体的革新。文学构思的怪异表现为文体的怪诞。文学思路的僵化表现为文体的千篇一律。文学个性的成熟表现为文体的成熟。文体是文学的最为直观的表现。我们无法不重视文体,正像我们无法不重视一个人的外表。仅仅从外表判断一个人常常不可靠,但也常常可靠;而且,不论可靠还是不可靠,没有人不这样做——人们无法抑制这种直观判断的诱惑,这本身就包含着审美的愉悦与思辨的超思辨的、经验的超经验的快乐。

但是长期以来我们不谈文学之所以是文学的道理。不知道是从日丹诺夫那里学来的，还是受其他的主观客观条件的限制。在某些人的眼睛里，似乎是愈不讲文体不讲形式不讲艺术的就愈强硬膨胀——自我感觉良好。我们争来争去，整来整去，喊来喊去，眼睛盯着的是文学的新闻性、学习材料性、工作材料性、论文性、思想汇报性……（文学并不是存活在象牙之塔之中的，它就是具备这些"性"乃至还具备敲门砖性、自荐性、表态性、揭发性、档案性……）并为此做了不知多少文章，不知一时肯定一时否定一时肯定了又否定一时否定了又肯定多少作家作品，付出了不知多少代价。

我想，研究文体的人一定是爱文学的，老是拿着文学当汇报材料工作总结整顿方向的同志，最终是会因文学作品之屡屡不合格而讨厌文学讨厌作家直到痛恨起作家来的。而如果他们也读读文体方面的书，能不能使事情变得好办一些呢？

作家需要知音。首先是文体方面的知音。一个读者评论者承认世界上有文体一说，已经让人感到温暖了；如果他注意到一个作家的作品的文体的特点，那就简直叫人热泪盈眶了。

从某种意义上说，文学为了文体、作家为了他们迷恋的文体已经付出了本来不应该付出的代价。

所以，我赞美童庆炳教授、何镇邦研究员主编的这套丛书，并且希望通过这套书的出版，使我们的整个文学事业变得更加文学，更加亲切，更加祥和，更少乖戾瘴气。

中国是一个有着悠久的文学传统的文学大国。不管是对文体还是对文体学，中国都有自己的伟大贡献、自己的伟大精神。中国的文学，中国的文体学，必将得到健康蓬勃的发展，这是谁也挡不住的。

发表于《文汇报》1993年11月28日

珍 惜 美 好

——朱炳荪《春游》序

朱炳荪老师是我的父辈人的朋友。半个多世纪以前,年方七岁的我曾经与朱老师有一面之缘。后来由于长辈对于朱老师的回忆与赞许,我记住了这个名字。半个世纪以后在上海的一些报刊上,我读到朱老师的一些文章。是她么?我这样问自己。我对她和她的作品有一种特别的(近似怀旧?)兴趣。

我的另一位父辈的朋友德国汉学家傅吾康教授把朱老师写于三十年代的小说《晦明》的复印件拿给了我。我也从而与朱老师有联系,在时隔半个多世纪以后。

这像是一个故事。

读《晦明》有一种个人的与历史的沧桑感。我只知道我的父辈人生活得是非常沉重的。罪孽、痛苦、仇恨、孤独和一次又一次的失望压迫着他们,互相碾轧着度过了他们的宝贵的一生。我的这些感受,写在我的一部长篇小说《活动变人形》里了。我似乎也多少地承担着他们的痛苦。

《晦明》的阅读使我看到了另一面。即使在他们被折磨得死去活来的时候,他们的朋友中间,他们那一代人中间,也还是有人梦想着善良、文明、友谊、温柔和人与人之间的本应该是美好的相知。

在大家都受罪的时候,在历史发了疯社会开了锅的时候,在仇恨与战斗面前,善良和友谊是软弱的,甚至于是不合时宜的。爱感化不了枪械,而子弹很容易消除一个天真的爱心。

善说服不了恶,而恶人往往占据着主动。温柔在强梁面前,连哼一声的机会都未必赢得。当阶级和阶级、民族和民族、个人和个人斗得不可开交的时候,一切美好的东西,不但像是奢侈而且像是废品。

然而人们终归还是珍惜美好。美好因了人们的珍惜而变得强大了。我愿意相信,归根结底,美好应该比丑恶更强大,否则,不是太可怕了么?

所以我非常高兴于包括《晦明》在内的朱炳荪的《春游》再版。朱老师的一些短文章也都洋溢着一种美好的情致,一种希望人际之间更加温馨的愿望,一种今人太缺少了的教养,一种让旁人愉快从而也让自己愉快的简单的好心,那是一种光明和快乐的心地。我们常说生活是严峻的,斗争是艰苦的,社会是复杂的,坏人是凶恶的,考验是长期的以及其他种种。让我们说这些都讲得很对很好吧。但我们毕竟可以十次里有一次看看朱炳荪的书。让我们知道一下生活的不那么令人沮丧的一面吧。

五十多年了,一个当年的小孩子向当年的令人羡慕的一位女性致以最好的祝福。这本身就像一个故事,而对于寂寞的人生来说,有故事是比没有故事好一些的。

发表于《金陵晚报》1993年

《夜莺和春天的对话》序

在一九六三年底我举家西迁新疆的时候，我以为克里木·霍加正"红"得可以，他的歌颂祖国的《柔巴依》被一些报刊转载，长篇的评论文章称颂他的诗歌创作。我是怀着崇拜而且羡慕的心情来见他的，却发现他活得真狼狈，里里外外传播着他的"问题"。越是知名度高的作家诗人就越要成为众口所铄的对象，毁损比自己高明的人可能会带来一种特殊的快感，向大诗人发威风当然证明自己比一切诗人更高大。这大概也是"踩在巨人肩上"的新解吧！那样的年月给各族诗人留下了一条"光明大道"，叫做"坦白从宽"，叫做"低头认罪"，克里木·霍加还当众被宣布过一次"宽大"呢。

克里木·霍加长着宽宽的脸庞，自来弯曲的绝妙的头发，眼珠亮亮的透着聪明。他幼年生活在甘肃酒泉，汉语汉文与维语维文一样好，他能用两种语言文字写诗，当然，就是说他也能用两种文字写检讨和"交代材料"。他的妻子高合丽娅是金发的塔塔尔美人，好客又好花钱，从来都是满面春风。他们有好几个孩子，给人印象最深的是大女儿的名字，Dildar，"心上人"的意思，它的发音使我想起北京人形容不稳定的垂体的土话：diledaler。这一家子对于我来说有一种特殊的友好的魅力，也许是惺惺惜惺惺的缘故吧。

后来我去伊犁的公社劳动锻炼。他从六十年代中期就被挂到那里，"文化革命"一开始便成了真正的"黑帮"。在批判他的传单上说，他写过一首诗叫做《白天鹅飞去了》，革命小将们据理力批道，白天鹅飞到哪里去了？是不是叛国投敌了？批得真地道！

这样，到了七十年代初期我们一起去乌拉泊"五七干校"的盐碱地上浇水的时候，我发现他仍然那样魁梧健壮、健谈幽默，不免喜出望外。

当然，经过"洗礼"，他的眼珠更善于左顾右盼了，他的口头禅里也多了一些"罪行""丑恶面目""臭知识分子""要害""恶毒""牛鬼蛇神""放毒""腐烂透顶"之类的美妙词眼。他用这些词眼装扮自己，也用这些词眼与同命运的诗人作家——如铁依甫江等相互赠答酬谢，一唱一和，投桃报李，投"恶"报"臭"。你说我是"恶毒攻击"，我说你是"丑恶面目"，你说我是"罪该万死"，我说你是"罪恶滔天"，你说我是"老狐狸"，我说你是"翘尾巴"，倒也轻车熟路，热烈友好，有来有往，如鱼得水。而且无时无刻不作认罪状，永恒低头，无懈可击。令人惊异的适应能力与生存能力！同样令人惊异的是个别说来足以吓死活人的那些"美好"词眼，织成一个网后竟如白云轻纱、霓裳羽衣，穿起来飘飘欲仙，笑声不断，真是一种不露痕迹的、令人一恸更令人抚掌大笑的嘲弄！

这样，我就完全明白"四人帮"的倒台在诗人心里掀起怎样的浩荡春风！他对"四人帮"的一套进行了政治的、道德的、艺术的批判，他的忧愤是深广的。他歌唱第二次解放，歌唱新时代的春天，他的歌声是真情的。

就在他重新引吭高歌的时候，传来他得了癌症的消息。文章憎命达一至于斯，天将绝斯文乎？然而，这一关他也闯过来了。我又见到了他，病后，他清瘦了一点，然而手术是成功的，然而他精神奕奕，情绪高涨，满面春风。病后他还出访了欧洲和阿尔及利亚。这几年，更是走在康复的大道上了。

由于他的汉语的高水平，他还做过大量翻译工作。择其要者，有翻译毛主席的诗词、周恩来的诗，更值得大书特书的是将《红楼梦》译成维吾尔文，当然，都是与其他同志合作。

我祝贺他的诗集的汉译本出版。我祝愿他越活越健康越多产。人无完人,此兄或有细病,但只要我们从国家从民族从文学从团结的大处着眼,我们不难看出他是个可爱的好人,好诗人。

1993 年

张长《宁静的淡泊》序

许多年前读过张长的小说，我喜欢他的清秀俊美的风格。他一下子就让我想起了云南的碧绿的山山水水，想起热带与亚热带的树木花草，想起云南各兄弟民族的多彩多姿的文化风情，特别是他们的迷人的歌曲舞蹈。他是一个真心地热爱和投入艺术的作家。

又看到了他的《宁静的淡泊》散文集稿，光是题目就够令人喜欢的了，特别是在当今时兴咋唬个热火朝天、时兴大吵大闹大骂大吹大擂、不时兴淡泊更不时兴宁静的时候。

我喜欢他说的自我渺小感。觉得自己很伟大很使命很重要，觉得自己是一个人在与世界作战与人类作战与全中国作战挽狂澜于既倒大概是美的，一种充盈饱满亢奋蓬勃的美，一种大悲大壮大杀大砍的美。虽然有时候也可能大而无当，他们在维持精神的生态平衡方面还是有其不可或缺的作用的。

那么觉得自己渺小呢？赞颂世界的永恒与伟大，赞颂生命固有的快乐与悲伤，反观自身的局促与褊狭，反省人类的局促与偏执，这也是一种大智能与大超脱，而且是大的审美。

于是淡泊，不那么焦躁，不那么孜孜以求之，愤愤以嚎之，斤斤以谋之。于是乃得天趣，得真意，得生命，得平常心，得言语而成文。于是便写了一些日常生活，凡人小事，并以小见大，从凡庸乃至琐碎中见真善美，见人之为人与人之还是要好好地活下去的道理。

于是便宁静了。

在中国。淡泊不易,宁静更不易。然而,适度的淡泊与宁静却是必要的。于人于己,动不动就那么躁狂与冲动又所为何来呢?

当然,读了张长的散文也有不满足乃至遗憾之处。主要是说得太"破",点得太明,有时反而失去了某些阅读的趣味与效果,失去了想象与吟咏的空间。对于一篇篇千姿百态的散文来说,叙述、抒情、描写、点题俱全的写法其实并非什么时候都是必要的。为什么不能写得更含蓄更空灵一些呢?《独行者》的题材是多么优美和富有哲理意味呀!最后考证出那是一位科学工作者,反而令人意兴索然。淡泊,也是一种为文之道。和盘托出,怕人读不明白,就不够淡泊了啊!

1994 年

为老友诗集*作序

老友白祖诚同志，与我有类似的经历。他先是追求革命的青年学生，继而是新中国的革命干部——党务工作者，然后被搞成了另册上的"分子"。于是积极改造，不要命地干各种苦、累、脏、危险活，一再检讨自我批评低头认罪，无边无际，无止无休。然后感谢党的十一届三中全会，没有那么一回事了。就又积极工作，已知今非昔比。他做过纪律检查工作也做过旅游工作，既保持传统又开拓创新。然后船到码头车到站，当了市政协委员，不当了也还意犹未尽。他每天端坐桌前，搞起从年轻时期就喜爱的文学写作来。

他的经历坎坷，他的热情澎湃，他的忧愤深广，他的追求执着，他的意志坚定。他一直是一个积极分子，革命的积极分子，烧窑的积极分子，检讨的积极分子，工作的积极分子，写作的积极分子。他活得好积极好辛苦呀！

他把这些即使是痛苦的仍然是十分积极的内心体验以诗的形式写了下来，披肝沥胆，真情流露，有血有泪，掷地有声。"十年动乱人皆老，廿载轮回志未休""伯乐悲亡千里马，牛郎痛断鹊桥台""人世沧桑都历尽，玉杯何用再浇愁，风急雨骤好登楼"，这些令人肃然敛容的句子的分量当不难体认。正如作者所说："吟诗咏景皆作戏，纪史立言才是真"！

---

* 老友诗集，白祖诚《藏柏园》。

祖诚不是专门写诗弄文的。他缺少文人的那点潇洒与流利,但是他没有文人的随意夸张以至花嘴巧舌。他的诗字字真句句诚,字字血声声泪。他的诗集是一颗淌血的心的历史,也是我们的千难万险的沉重历程的见证。这是一般的舞文弄墨之作所无法比拟的。

感谢华艺出版社出版了他的用几十年的生命写下来的这些诗。读之令人振奋也令人叹息,令人悲伤也令人长出一口浊气。

读之更令人沉思,怎么样才能让我们的后来人活得好一些呢?我们付出了这么大的代价,应该换回来一点什么经验教训呢?

发表于《北京政协》1995 年第 2 期

"不可救药"的幸福

——徐恩存《中国石窟艺术》序

对于艺术的追求也可以算是一种嗜好,但是它毕竟与饮酒垂钓之类的嗜好不同,它多了一种精神的艰难攀登。而日常生活中的嗜好则多是一种满足与沉溺,就是说,嗜好是人对自己的一种娇惯。身心投入地搞艺术也算是一项工种工作,但是它又与"打工"或者"上班"不同,因为它更多的是一种一己的迷醉或者也可以说是一种情恋,常常是"单相思"。它又好像是一种病症,迷上了它就难以痊愈。记得一篇外国小说描写一位中年起步搞起绘画来的画家的故事。画家的妻子发现丈夫突然迷上了什么,整天魂不附体。开始她以为是丈夫有了外遇或陷入了黑社会的泥坑,后来才知道他是忽然追求起了艺术。别人从而大慰,长出一口气,妻子却痛不欲生。她的逻辑是:有了外遇,总会因年老体衰而回头;陷入了犯罪,也会因受到惩治而改过;反正不论什么坏事都有解救的办法。而一个中年人爱上了艺术,那就完全无可救药,十头犍牛也拉不回来了。

这里,外国小说家以一种幽默的方式正话反说地表达了艺术的力量艺术的强大。这是因为,艺术是人类精神的最绚丽的花朵,是人生一世的最巅峰的灵魂体验。由于各种的限制,并不是每一个人都有幸获得这样的花朵和体验,并不是人人都有这样的幸福。

徐恩存就是这样一个"不可救药"的幸福的人。他的生活的目的似乎只是对中国艺术的追求。他不顾辛劳与花费,不计世俗利害,三次奔走于河西走廊和新疆塔克拉玛干地区,进行野外考察,掌握了丰富的第一手资料,然后用一年多的时间写下了此书。作者采取先分类,然后从文化人类学、艺术美学等角度切入,力求展示选题的多维角度,进行整合研究,突破了长期以来国内石窟研究的考古学模式,使它成为一本史论结合、理论色彩比较浓厚的学术专著。本书现在终于可以出版了,着实令人欣慰。

　　社会是五光十色的。在改革开放急剧变化的今天,各种急功近利,便捷通道,升官发财,炒红炒热的可能性是如此地诱人乱心,到处是咋咋唬唬,乱乱哄哄,连一些好人也在那里哀叹或咒骂不已,颇有滚滚红尘中坐不下来的恐慌。但是真正的艺术家当不会特别计较环境,怨天尤人。你咋唬你的,干我屁事?还是有徐恩存这样的人,呆呆地快乐地做自己的艺术。所以用不着悲观,你走你的阳关道,我走我的独木桥,人心不死,艺术不灭,文化的火种永远会一代一代地传递下去,发扬起来。

发表于《东方艺术》1995年第2期

美丽的红罂粟

——"红罂粟丛书"序

女性似乎与文学有天生的缘分。老一代的作家如冰心、庐隐、丁玲以及张爱玲等不说,就是在教条主义比较厉害,搞文艺比较困难的那些年,女作家如菡子、刘真、茹志鹃等的作品还是比同时的男作家的作品可读性强一些。她们的感情、触角还是要细一些也敏锐一些。她们的人情味相对来说要浓一些。她们的作品的个人性、个人特点相对来说要突出一些。她们的假、大、空相对来说要少一些调子低一些。还有那个年代的动不动置文学与作家于死地的姚文元式的棍子以及在文坛上钻营投机蝇营狗苟的混混,其中女性可以说是比例小得多。

女人心软,心细,感情化,神经质;与男性比较,不那么社会化与政治化,所有这些从某种角度来看是"缺点"的东西,也许对于搞文学是优点,至少有成为优点的可能。

于是,进入新的历史时期以来,张洁、谌容、叶文玲、陈祖芬、张抗抗、王安忆、铁凝、残雪、方方、池莉、赵玫、黄蓓佳、范小青、陈染、毕淑敏、陆星儿、王小鹰、王晓玉、胡辛、边玲玲、迟子建、徐坤、徐小斌、蒋子丹、张欣、林白,包括昙花一现的徐乃建、刘树华等;一大批不同年龄与风格的女作家脱颖而出,崭露头角,吸引了大量读者的兴趣与海内外学人的注目。我曾经半玩笑地建议另外成立一个女作家协会,免得与吾辈须眉们掺和在一起,吾辈又写不过她们,给人以文学圈子与体育战线一样,都是"阴盛阳衰"的印象。

有一些女作家善于写社会性的题材,善于客观观察与描写、叙述、解剖,在她们的作品中深藏着创作主体,也许你乍一看看不出她们的作品的性别特点。这也是本事。对于她们来说女作家也是作家,就是作家,用不着特别强调那个"女"字。当然,从她们的作品中,仍然可以感到她们的选材相对比较单纯,她们抒写人物的心理特别是女性人物的心理比较细腻。

有一些女作家虽然也是在解剖分析,但是她们更喜欢在貌似客观的叙述之中尽情发挥自己的女性的眼光与心得,津津乐道地以一种女性的方式娓娓谈心,絮叨而又亲切自然,天真而又独具慧眼,自说自叹自笑自足。她们愈来愈老练地扮演着一个天生的聪明但是不失温雅善意的女性叙述者的角色。

更多的女作家在选材上艺术处理上淋漓尽致地发挥了女性的优势与特色。她们明确地承认自己是女人,宣告自己是女人,有自己的特殊的问题与感受。她们有许多话要说。她们描绘了色彩斑斓的女性世界,她们传达了微妙灵动的女性心理,她们激荡着激烈执着的女性爱怨情仇。她们常常比男作家更加大胆地袒露胸臆,揭露伪善,表达苦闷,呼唤知音;她们也以常常比男作家更尖锐与泼辣的调子抨击男权中心的文化与秩序对妇女的极端不公正。读她们的作品你会感到她们有时坦率得近乎愚傻,热烈得近乎爆炸,忧郁得近乎自戕,勇敢得近乎以身试陈法陋习。她们当中的某些人甚至以一种神经质的乃至歇斯底里的感受与路径来宣泄她们的忿懑与痛苦。她们在艺术上相对更加重视感觉直觉,不拘一格。她们会受到各色的误解乃至新一代的"四铭先生""高老夫子"们的污辱诽谤。然而,她们对新时期的文学空间的开拓的贡献是无法比拟的。现在毕竟不是阮玲玉被"舆论"逼死的时代了。她们还是非常幸福的。读者应该感谢她们,作为同行,我也深深地感谢着她们。

于今年世界妇女大会在中国召开之际,河北教育出版社决定出版这一女作家作品系列,侧重于年轻与新秀女作家,这个点子很好。我支持他们的工作,并被拉去忝列什么主编,其实没有做什么工作。由于时间仓促,谁入选了谁没有入选,既有偶然因素也有技术原因。它只是全国数百家出版社中的一家出版社的一个匆匆编成的丛书,只是一家之编,与百家争鸣中的一家之言差不多,未必有足够的代表性,更谈不上 24K 的权威性。作品可以百花齐放,选本至少也可以十花齐放。"红罂粟"聊备一格,但愿抛砖引玉,引出编选得更好的白牡丹、金菊花、松、竹、梅系列来。幸勿求全责备,作者幸甚,读者幸甚,出版者幸甚。

发表于《中华读书报》1995 年 3 月 8 日

欢乐的文学联欢

——《都市迷情》序

作为一项群众文化活动,《羊城晚报》"七日小说接力赛"实在是一个别开生面的创举。

小说可以搞得非常严肃,甚至寓含着救国救民的大道理。按照当年梁任公的鼓吹,小说简直可以救国救民。这样,小说家也可以搞得非常伟大,乃至成为精神的"旗手""领袖""导师"之类。

古今中外都有这样严肃伟大的小说与小说家,借此机会我愿向他们再一次表示我的崇敬和永远的纪念。

同时,积半个世纪或者更多的经验,请原谅,我已深知:如果国民们翘首以待小说家与小说家救国,如果作家们全都自以为他或她的小说是"经国之大业";天啊,这个国有多么可怜!这个"待"有多么渺茫!这个文学又是多么有可能在伟大崇高满门忠烈的同时变得膨胀、偏执、极端、一根肠子通到底,自恋自夸自爆……而这样的大轰大嗡的精神原子弹多多,虽然能够立身扬名博得彩声连连,却很可能并非是国家百姓的幸事。

不过读小说乃至写小说也可以差不多只成为一种娱乐。请精神原子弹们息怒,我说的是差不多也可以,我自己并不是单纯的娱乐小说写作者,对不起,我常常欲单纯娱乐而不可得,我只是比你们多了一分对娱乐的宽容与理解。别紧张,大题材大思想大小说还是会有人而且其中包括王蒙继续写下去的。但是我们无权不容纳娱乐小说。一些通俗小说就是如此地被接受着和利用着。当然其中好的叫做寓教于乐,解着闷开着心还是不无教益。这些已经是最普通的常识了。

那么,写小说是不是也可以成为一种群众性的娱乐呢?

也可能。从儿童时期我们所喜爱的讲故事、听故事、编故事的活动就蕴藏着七日接力赛之类活动的契机。发挥想象力,设计自己有兴趣的人物的遭遇,宣泄自己的喜乐与爱憎,指挥、使用直到玩耍琳琅满目的语言文字,表现自己的经验、情志与技能,再使之产生一种类似竞赛的好胜心,引起公众的关注与评议,这当然是有趣的文化活动,是相对来说相当高雅的文化活动。

我愿称之为一次美好的文学联欢。

从严格的艺术要求来说,这种做法较难造就精美的艺术品,叫做不登大雅之堂。这也是常识范围之内的事。但是,我们无权把小说写作只看做少数职业作家或精英文人的特权,老百姓也要在小说的田地里撒一撒种,栽一栽苗,蹚一蹚犁,观一观景。这里,我们需要的是把艺术评价与文化活动评价相对地分离开来。作为一种群众文化活动来说,七日小说接力赛很好。从小说的艺术成就来说,也许还有许多可以商量之处。

其实前许多年也有类似的趣味性文学活动。例如,天津的《小说家》杂志就搞过同题小说大展,后来南京的《钟山》也做过同题散文的征稿。一般地说,小说或散文创作是不应该限制题目的,偶一为之,试试各位大家小家们有哪些招数套路,则不失为一次盛举乐事;再说,其中也出过一些相当不俗的作品。

有些只会用一把尺子量裁、用一根肠子消化而又动不动义愤填膺天下皆昏我独醒舍我其谁的朋友,见小说竟然可以这样搞联欢和竞赛,可以让这么多老百姓跟着热闹起哄,尤其是,他们抱有厚望的,他们认为只应该去声泪俱下或高屋建瓴或热言熊熊点火爆炸堵碉堡枪眼的作家王蒙竟然为这种快乐的文学联欢"张目",我可以想象他们的悲痛和绝望。有什么办法呢,读者有过得愈来愈好活得愈来愈快乐的权利,即使你和他认为生活还不如人意也罢。而这样那样的极端主义者看到谁活得舒服就痛不欲生,大发歇斯底里。虽然生活里还有那么多麻烦,我们毕竟可以在一次文学联欢与竞赛里展现正在变化的都市生活的一些风貌,寄托人们对生活的困惑,表达人们对一种更和平也更人性的生活的希望,而且,增加一点文学与众人与现实生活的联系。《都市迷情》的成功,是一件有趣味而且有意义的好事。

发表于《羊城晚报》1995 年 3 月 23 日

钟 鸿 的 诗
——钟鸿《梦未了》序

　　五十年代的中期,我怀着羡慕、激动、惭愧、羞怯以及幻想与狂热摇摇晃晃地走上了文坛。在一些文艺活动上,我与钟鸿同志相识。她是市委文艺处的干部。她是一位面色红润、眸子既大且亮的女同志,她那股灵气与几分天真的笑容,以及作为市委干部所特有的忠诚忙碌的做派,给人以一见难忘的印象。

　　后来,我在《北京文艺》等刊物上看到过钟鸿的诗歌。她的诗和她这个人一样,清楚明白地投入现实而又充满美好的属于自己的革命知识分子味道浓重的幻想。

　　"反右"斗争一开始,一些报刊批判起她的诗来了。就是那首《冬小麦之歌》:

　　　　野菊花谢了,
　　　　我们生长起来,
　　　　冰雪覆盖着大地,
　　　　我们孕育着丰收。

　　就这么四句,到了那个难忘的一九五七年竟然被认为思想有问题而批了一通。这种荒唐使我永志不忘。我一直觉得憋气。

　　于是我把它用到我的小说《布礼》里边,说成是主人公钟亦成的作品,也许我的初衷是为这四句诗说话,但严格地说,我的"借用"是一种侵权的行为,那时候我完全没有著作权的观念。顺便在这里向钟鸿同志及读者致歉。

"反右"一开始我就听到了钟鸿被"揪出来"的消息。只觉黯然。到了第二年春天,我也难以漏网。然后,在一个偶然的场合,我们见面了,我还记得钟鸿的话,她几乎是赞扬地说:"这次,深刻呀!"她的话,我大概也用到了我的一些描写到五十年代那次"反右"运动的小说里了。

又过了一些日子,我们在北京门头沟区一担石沟市委造林大队相会合。钟鸿负责喂猪,每天挑着两大桶猪食,一股馊馊的泔水味。

几年以后,我们各自东西。我知道,她去梅剧团当编剧去了,临别的时候钟鸿说:"以后,就要在故纸堆里讨生活了。"这话使我觉得既欣慰又有一点点酸楚。这期间我还听说过她个人生活中的一些不愉快的变故,未知其详,我也不便于打问。

在我去新疆前,我曾与她告别,我已经记不清是我特意去告别还是正巧碰上她了。

就这样,十年,十五年,二十年过去了。我又回到了北京,叫做重返文坛。而且倏地一下子"红"了起来,红得让自己都觉得不忿儿。

然后,我得知,我现在住的房子,被钟鸿的继父语言学家黎锦熙住过。这也是缘分。一天钟鸿来看了旧居,互道安好。

最近她送来了她的诗集《梦未了》,读之感慨万千。她的诗与职业诗人的高深、奇诡、神秘与层出不穷的花样翻新不同,她实在是真诚朴质地记下了自己的淌血的心,记下了自己的在常人看来应该算是非常不幸的遭遇,政治上与生活上,一个女子能够受到的最不幸的事情,她都经历了。然而,她的梦——理想与追求,温馨与热烈并未了结,甚至在历尽沧桑、饱经坎坷、过了花甲之年以后,她的诗里仍然充满了对人、对自己选择的革命道路、对祖国大地、对亲人同志朋友的无尽的善意和信心,她仍然充满了对人生和事业的诗情、趣味与浪漫的感受。这应该说是一个奇迹!然而她又一点没有咋唬。她的诗里虽然不无伤痛,但是没有绝望,没有消沉,没有玩世不恭,更没有浮躁乖戾的嫉恨煽情。她的诗,一言以蔽之:"思无邪!"怨而不怒,哀而不伤,乐而不淫,她全做到了。她的诗里有一种纯洁和美好的情愫。这使我想起了我们的这一代人——这是真正的与实践相结合的理想主义者,在自己的青年时期接受了最崇高的革命理想与革命实践,参加了建立新中国的斗争。同时也由于自己的年轻幼稚,由于自己的辉煌灿烂的梦的一厢情愿,这一代人为新中国的曲折发展付出了自己的青春与血泪的代价。代价愈高,就愈懂得应该警惕什么,防止什么,珍惜什么,宽容什么以及不宽容什么了。

这就是钟鸿的诗,一颗受了伤的美好的心。

钟鸿的梦没有"了",钟鸿的诗里仍然充满了一代人没有能以完全实现的梦、幻想、向往与追求。在为《梦未了》做序的时候,我感受着对她的诗的理解、分享与对她的祝福。

发表于《今晚报》1995 年 6 月 21 日

妙 喻 如 舟

——陈四益《新百喻》序

我本来想写的是妙喻如珠,可能只是因了读音的联想,因了声母与韵母的接近,我写成了妙喻如舟。

是的,妙喻是承载思想的舟。读陈四益先生的《新百喻》,你无法不感到他的思想的敏锐、犀利、丰富与活泼。再加上永远是"小丁"的丁聪老的寓锋芒于圆熟憨厚之中的配画,便构成了《读书》杂志的开篇或收篇风景。

但又不仅是承载思想,不仅是形式、躯壳与载体。如果仅仅是摆渡的舟,那么,也许我们可以提出一个疑问:何必要自己跟自己转腰子,写个什么比喻呢?干脆明说直说,干脆写成传单、声明、宣言、策论、意见书不是更痛快一些吗?干脆把舟楫变卖,赤条条乘风破浪游水过去岂不更为拔份儿?在一个大家都急急忙忙,一看标题就立即作出反应,谁也没有工夫细读深想的时刻,那样不是更容易被理解与接受,更减少误读与难读,更容易及时得到喝彩与应和吗?

是的,快餐心态已经浸透到了文化圈子,消磨时间有肥皂剧,刺激惰性与开动自己的锈迹斑斑的脑筋,跟随闹哄,有天马行空的激昂大言。自以为是的人们阅读的目的愈来愈变成了寻找刺激、"表态"而不是理解与思考了。人们写作的目的也愈来愈变成表态与赢得掌声而不是营建什么有点复杂甚至有时候还需要点细腻的精神了。在这种风气下,性急的思想者呐喊者与冲锋队员大概再也不会坚持小说、诗歌、寓言、抒情散文这些麻烦的货色的写作了。对于同样性急的读者来说，也许最好的文学作品是当众喝一声：

"坚决拥护×××！坚决反对×××！×××不投降就让他灭亡！"

但是还是有陈四益这样的作家，他不急于喊叫与痛斥，不急于嚎啕或甩手榴弹，不想闹闹哄哄吹吹打打。他从从容容地编织了一个又一个的妙喻。妙喻的好处在于它常常比构思中确立的主旨更丰富。许多人不信奉佛教，但是他无法不欣赏佛教的百喻。形象大于思想，这常常成为一个普遍的规律，这个规律几乎变成了文学之所以不会灭亡的首要根由。

比如《错病》，一位医者以治疗腹痛之"囊中丹"治百病，当治疗无效而受到病家责备的时候，他反而责备病家："哪有此事，自家错病，反尤医者！"

着实令人喷饭。主旨应不复杂，讽刺的是以不变应万变的主观主义、教条主义、经验主义。再一想，由于医者治愈了一名腹痛患者，大家就都来找他就诊，这种盲目性带来的苦果似也不无咎由自取处。再者，医者不从病家的实际与利益出发，只顾自己的小道理歪道理，居然做到了振振有词，读之令人为语言的功能而顿足长叹。

如另一喻《猢狲》，写一批趋炎附势的宵小。结语曰"树可易而猢狲不易"，就深刻得令人战栗了。除了文中已经分明写出的"以利合者，利尽则散"的意旨以外，猢狲的故事显然包含了一种触目惊心的人性悲剧意味。

说是说，舟不仅是载体，舟也是"货物"本身。舟令你徜徉思索、寻觅温习不已。

《德政》的主旨实在是非常深刻。苛政固然猛于虎，自以为是的德政、教化高雅，一厢情愿地把百姓一下子"提高"到空中楼阁，"亦有其甚于猛虎者也"。读之能不三思？

《有恃》几百个字，活脱脱写出了体制改革的基本问题与两难悖论,发人深省,余味无穷,但并不包打天下,不摆一副洒家一刀捅了你们八个窟窿的牛皮架势。这是脱离生活而又关上门亮肌肉块的人无论如何也写不出来的。

这些比喻都非常现实。《东下》《为神》《加码》《奇石》《减俸》《琢磨》《郭优》《教喻》等等,其现实依据呼之欲出。例如《教喻》使人想起了职称评定,而《奇石》令人想起了种种"炒"热"炒"红的运作。

然而妙喻又不仅是就事论事的一声抗争。妙喻的特点既在于它的现实性又在于它的故事与现实拉开了距离。距离产生了比照,距离使你联想到人间许多事体情理的统一性,前后的一贯性、继承性及人性的普遍性,使你从就事论事的层面升华到举一反三的层面乃至抽象概括的超越表态的思考层面。这是一种非快餐型思想的挑战与契机。它要求的是思考与探索,它失去的是直露简明的动员性,它得到的是一点真知真见地。

距离又是一种美。人间百态,世上风光,缘木求鱼,画虎类犬,声东击西,欲擒故纵,大愚若智,昏昏昭昭,吵闹之后复归为平静,平静之后再挑起新的乱乎,忙忙碌碌,空空荡荡,一切的一切都是审美的对象。因距离而含蓄,因距离而幽默,因距离而不躁不狂。批评中有理解,尖刻中有宽容,智慧中见光彩。亦庄亦谐,兼虚兼实,不只是怒气冲冲,也并不急于党同伐异说服谁或压倒谁,显出了雍容,显出了巧妙,显出了美。

舟的制作本身也是一种艺术,舟也可以独立欣赏。特别惊人的是陈先生用古色古香而又生动活泼的二十世纪的中华文言抒写饱含现实意义的百喻二百喻,读之异香满口,沁人心脾。今结集出版,广结善果,在旌旗如林、口号如潮的文坛上,另辟蹊径,别具一格,冷中有热,热中有冷,固佳话也乐事也。

佛头着粪,信手敲(电脑)机,写它几句,聊表贺忱。是为序。

发表于《今晚报》1995 年 7 月 12 日

《中国当代文学大系·小说卷》序言

单是看一看一批小说的题名也会引起年长一点的人们的亲切怀旧感。《洼地上的战役》《风云初记》《三里湾》《红旗谱》《七根火柴》《月夜清歌》《红豆》《改选》《大青骡子》《羊舍一夕》《小巷深处》《陶渊明写挽歌》……这些书名和篇名让人们回忆起多少往事,激发起多少情感,生发出多少思绪和嗟叹!

那真是一个凯歌行进、意气风发,人们自信得近于天真、乐观得近于沉醉、分明得近乎简单、崇高得近乎拔份的时代!那时候的小说创作也不愧是为无产阶级的政治服务、为工农兵服务的面貌一新的小说。常常都是有病无病地呻吟不止的"五四"以来的新小说,似乎在一夜之间便变成了浩荡的颂歌和国家春秋大典的伴奏铜管乐;从来都是传达着迷茫、彷徨、无奈、两难的心绪的新小说与新小说家崇奉的洋经典,在中国一夜之间竟然似乎变得篇篇心明眼亮,高瞻远瞩起来,天下风云尽收眼底,前五千年后五百年的事变,皆在掌握!什么时代的作家能这样八面威风!从前,多半都是老爷太太,少爷小姐,帝王将相,才子佳人,写一点工农也是一副隔着老远吟咏之、感叹之、想象之抒发之——借工农的衣衫哭自己的苍白的新老文人腔调的小说,也焕然一新地出现了工农大众自己的语言、自己的气息、自己的风貌……叫做新的时代、新的生活、新的面貌,一个新字倾倒了多少作家,多少读者!人们指望着欢呼着中国大地的焕然一新。而这个时候出现的文学的崭新花朵,即新的文学实绩,也是令人耳目一新,令人兴奋万端。不能不说它们是体现了以苏联文学为代表的世界进步文学的胜利与影响,体现了现代中国左翼文学(革命文学)运动的胜利与崭新发展,尤其是,它们宣告了毛泽东《在延安文艺座谈会上的讲话》发表以来、中国革命取得了全国范围的胜利以来,中国的文学面貌正在发生着怎样巨大的变化!

同时,那时候人们对文学对小说的功能和品种,对主题思想的正确与否与作者感情的健康与否的要求,对首先从政治上评价一篇小说,态度是多么严格乃至于狭隘!《我们夫妇之间》写了工农干部的缺陷,不行,批!《关连长》写了解放军成员的幽默与情趣,不行,批!《洼地上的战役》写了志愿军战士的一种对于女性的美好情愫,还远远谈不上爱情,也不行,还是要大批而特批!再联系上"胡风反革命集团"的冤案!这种对文学严酷得近乎矫情的要求,这种棍棒飞舞帽子满天的局面谁知道吓回去了多少大有希望的新作的萌芽!献身革命至少是服膺革命欢呼雀跃的作家们,在自己的国家自己的胜利面前,头上出现了一抹又一抹乌云,人们隐隐感到了新中国的文学道路难免坎坷曲折,光明大路上却遍布着这样那样的几乎可以说是凶险的陷阱。

我说的首先是五十年代。五十年代出现过三次小说创作的高潮,一个是建国初期,人们在新生活的鼓舞下写出了一片光明的清新强劲之作,如赵树理的《三里湾》,杜鹏程的《保卫延安》,刘绍棠的《大青骡子》,玛拉沁夫的《科尔沁草原的人们》等,它们反映了新中国的辉煌开篇,一派黄钟大吕的盛世强音与云淡风清的乐园气象,重读这些篇章,也许我们会感动于同时惊异于我们曾经是怎么样的天真和轻信;而马克思是说过的,一切人类的弱点中,他最能够原谅的就是轻信了。这也可以说是一个必然的过程,一个美好的开端吧。

其次是在一九五六年前后,人们受到建国初期的种种新事物的激励,受到大时代的洗礼,又受到双百方针的鼓舞,一时间出现了许多脍炙人口的佳作:《明镜台》《组织部来了个年轻人》《在悬崖上》

《改选》《红豆》《美丽》《在和平的日子里》等等,这些作品在肯定着新生活的浪漫的诗意与新意识的道德的清洁的同时,开始探讨那么一点点新生活中也难以完全避免的矛盾与困扰。可惜,不久就因为政治运动的原因,使刚刚涌现出来的文学新生力量受到了惨重的打击,使小说对生活的思考和追求受到了惨重的、应该说是毁灭性的打击。而政治宣传上的种种浮夸、简单化、一厢情愿与千篇一律的缺陷,也同样地出现在小说创作的领域,降低着乃至污染着败坏着文学。一些作家紧紧追随这种宣传口径辛辛苦苦创作出来的作品,其思想内容甚至经不起三两年的时间的考验(本《大系》舍弃大量的这一类作品,但也选了一两篇写得较有文采、当时起过轰动效应者,以使读者了解当时的小说全貌)。这是多么令人惋惜的啊。

与此同时,一批正在致力于鸿篇巨制的年长一些的作家在五十年代后期的政治风暴中安然无恙,正好在此后至一九五九年,建国十周年前后捧献出了一大批气势磅礴的长篇力作:《红旗谱》《青春之歌》《红日》《林海雪原》《红岩》《创业史》《铁道游击队》《野火春风斗古城》等,产生了巨大的影响。它们主要是一些表现中国人民在中国共产党领导下进行革命运动,经过千难万险终于取得了最后胜利的史诗式作品。这是革命者胜利者的丰碑。这些作品充满了人民革命的苦大仇深的阶级激情,改天换地的雄心壮志,大无畏的牺牲精神与把历史的舵盘牢牢地掌握在自己的手里的无坚不摧的胜利信念。甚至在三年困难时期,人们连肚子都吃不太饱的时刻,新华书店前也排起了购买《红岩》的长龙。时至今日,人们仍对那种盛况怀念不已。

而后,在一九六二年调整政策前后,又出现了一批更加深沉精到之作:《李自成》(第一卷)《羊舍一夕》《长长的流水》《沙桂英》等。再往后,由于政策环境的原因,小说创作愈益困难,百花凋零。但同时也出现了《路考》《出山》等勉为其难挖空心思的惨淡经营之作,或《开顶风船的角色》等似乎更加符合教条主义的框架的所谓直接来自生活来自基层的速写式作品。而待到"文化大革命"开始之后,真正是一派万马齐喑、百花残败的严冬景象了。

"文革"中的作品我们只选了《机电局长的一天》一篇,就是这一篇也没有逃脱被批判被攻击的命运,而且就是这仅有的一篇,也是在一九七五年邓小平同志主持中央的日常工作期间,经过毛主席的批示,文艺政策略有松动的情况下出现的。

从以上的相当概略和不全面的回顾中,我们不难发现小说创作与政策环境的关系。大矣哉,党的文艺政策也!

但是,这样讲马上又产生了另一个问题:能不能把文学作品仅仅看做是政策的产物,政策的果实,把政策与小说的关系看做单向的决定与被决定的关系呢?更为重要的是,既然这一个时期的小说创作并没有摆脱为政治服务的导向,甚至应该说这一时期的小说作者多是自觉自愿地为着革命的政治、建设新中国的政治而服务的,那么能不能以对那一个时期的政治斗争政治举措的检讨替代对当时的小说创作实绩的艺术分析呢?

例如,海外曾经有过这样的说法,由于那时候的文学创作是为预设的政治目的服务的,由于那时的文学作品所传达的主题是预设的政治主张,由于那时的党的文艺政策确有这样那样的"左"的偏差,由于当时进行创作和发表作品的所有或差不多所有作家都是拥护党的政治主张和党的文艺政策的,所以,那时的文学作品一无可取。

我们可以暂时不谈这种说法背后的分明的政治取向,因为人们不难看出这种说法本身也是太政治太露骨了。这种说法至少在方法上完全没有摆脱它所批评的以对作品的政治倾向政治主题的分析决定取舍,以政治分析取代艺术分析的狭隘性和简单性。这同样是一种视文学作品为宣传工具的短视,是一种非历史非艺术的跛足的小说评论:它们只不过是倒了一个个儿,那时人们认为,不起劲地宣扬革命就不是有价值的文学,而到了今天,某些人又认为不反对或怀疑革命就不是文学了。文学史也和整个历史一样,常常出现这样那样的摇摆,识者慎之。

这里首先应该强调,五十年代的小说创作的政治倾向与服务热情并不仅仅是政策规定更不是行政强制的结果。那时候,对于许多作家来说,对党的政治国家的政治的热情与他们对人生对艺术的感受是高度一致的。例如拙作《青春万岁》里充满对人民革命胜利与新中国景象的讴歌,这种讴歌与对青春对爱情对友谊对首都北京的直觉的美好感受融为一体,与对文学对诗意对艺术的憧憬融为一体,政治激情、艺术激情、人生的激情完全融为一体,这种交融对于一个作家来说可以说是百年不遇的幸运!即使新中国的历程和人生的历程并不像小说作者与书中的主人公所设想的那样美妙单纯也罢,即使事后看来,那时的小说不免稚嫩一点也罢,那种激情依然是可贵的与感人的呀。

例如杨沫的长篇小说《青春之歌》,十分真实动人地描写了一个出身于非劳动人民的家庭的知识分子走上革命道路的曲折过程与心路历程。这部书甚至在日本也受到了热烈的欢迎。除了明确无误的政治内容以外,它同样也充满了人生真味。它是对生存境遇、人生抉择、一种"活法"、一个女青年的心灵史的生动展现。它是历史,也是躁动着痛苦着却也希冀着的青春的诗篇。社会环境当然会变迁,发生革命的条件的成熟性与必要性也会有所不同,但是青春之歌人人都是要唱一唱的,唱起来听起来,兀自十分动人。当然,各有各的酸甜苦辣,却也有心灵的共振与交流,有相互的启迪与借鉴。怎么能无视这种描写人们走向革命的小说的文学价值,而只承认对苟安者卑贱者迷惘者的活法的反映或虚构呢?

让我们再来看一看情况较为复杂的《创业史》吧。延安文艺座谈会以后,柳青真心实意地身体力行毛主席的指示,长期地全身心地下乡蹲点,与新的时代新的人物相结合,并且怀着改造封建落后贫困与四分五裂的旧中国的激情,投入了农业合作化运动,写出了力图反映这一伟大历史进程的诗史:《创业史》。如今,对合作化运动的得失,人们的看法已经与柳青写书的那个时期有所不同。而重温柳青在书首的题词"财富使人分离,而劳动使人们联合起来",也使人们产生疑惑:"难道能够把劳动与创造财富分割开来么?"但是即使如此,我们读起这部书,也不能不为它的凝重的风格与深厚的内涵,为它传达出来的历史的严峻感、对中国农民的挚爱与忧思、对中国农村中国土地的忠诚与眷恋,为它的脚踏实地的坚实、掘地三尺的深入开挖、它的人物刻画的力度以及它在艺术上的惨淡经营一丝不苟精益求精力透纸背而感动、而叫绝、而发出会心的微笑与深长的叹息。如果柳青不是拘泥于既定的农业合作化政策方针,如果他更能大胆地反映生活的与历史的真实,他本来可以创作出怎样的伟大作品!

是的,一方面是某些客观环境与主观选择制约了作家的创作胆识与才华,一方面是作家的郑重、激情与才华突破着与生活真实不相一致的条条框框。而这里还有另一方面,第三个重要的方面,主观与客观的限制,恰恰成全了作者的深、重、苦、涩、严(严肃与严格乃至严厉)的不同凡响的风格。试想,如果柳青是天马行空,纵横挥洒,胜任愉快,得心应手地"玩文学"玩出来了一个"创业史",如果这本书是狂欢地撒欢地写出来的,那还会是这种面貌吗?文章千古事,得失之间,岂是一句话可以说清楚的呢?作家与环境的关系,又岂是一句话可以说清楚的呢?

在这里,作序者当然无意为当时的环境和政策不尽如人意曲为辩护,只是强调说,说到底艺术应该是艺术,艺术本身就是克服困难的产物,是挑战与挑战的回应。环境与艺术的关系从来就不是单向的,不是简单的决定与被决定的关系。逆境摧残着艺术却也磨砺着艺术,顺境解放着艺术却也娇纵着艺术。十九世纪俄国文学事业的光辉成就,我国明、清的小说成就特别是《金瓶梅》《红楼梦》《聊斋》的非凡成就,都并不是优良政治环境的产物。古往今来,文学史的事实一再证明,不能用对环境特别是政治环境的好恶替代对具体作品的具体分析。

在这里也许我们不能忽视的是孙犁的例子,与那些年出尽风头或者触尽霉头的作家与作品相比,用现在时髦的话来说,他是以边缘化的策略来做到既能自保又不放弃自己的艺术追求的。他具备自己的独有的政治智慧与艺术信心,他以一个罕见的高士与智者的姿态、当然也是一个老革命作家的姿态经营自己的作品,从来不追风赶浪,从来没有大红大紫。他从来不去捋虎须弄龙尾,他只是不事声张地写自己的荷花淀的清新,写家乡人物的生动,写抗日战争这种较少争议的题材,写他心目中的柔和忠顺的诗。以柔克刚,以退为进。孙犁是这个年代获得少有的成功的一位作家:许多年过去了,他的作品仍然栩栩如生,保持着远比旁人的红极一时的作品更长久的生命力。他虽然难说是典范,作为一个特例,仍然使人们大受教益。当然,我们也无需回避,如果文化环境更好一些,也许孙犁会有更多更精彩更有分量的巨著留给我们。同时,在赞美孙犁的当儿,我们也不会贬低——也许更应该记住那些"我不入地狱谁入地狱"的、敢为天下先、敢为时代立言为生民请命的另一种类型的作家与作品。

是的,那些年的小说创作确实也受到了政治上与政策上的简单化、教条化的影响。对社会生活的自然现成的胸有成竹的概括,先验的、不需论证就被认为是不可讨论的真理的结论,对创作方法特别是现实主义的简单化理解(包括苏联的社会主义现实主义的定义在中国的排他性影响),对文学的服务功能的理解的片面性,所有这些在人民革命大获全胜、新的社会体制刚刚建立的时期都是难以避免的或可以理解的,甚至是有它的积极性合理性的,但在另一方面却也限制了作家的思想的活跃与艺术的探寻,影响了这段时期的小说创作的更大实绩的出现。我国许多卓有成就的大作家,在新中国成立的时候正值盛年,他们对新中国对新的文学路线充满热情。然而,他们更熟悉的是旧社会的生活特别是旧社会的上层和中层人士、知识分子或市民阶层的生活,要他们去写工农兵,去写革命队伍,去写几大改造几大革命运动,他们就不那么得心应手了。终于,他们中的不少人解放以来并没有写出可以称道的新作来。这是他们个人的损失,更是我们民族我们国家的一个遗憾。

再让我们以周立波的《山乡巨变》为例。作者的另一部描写东北地区的土地改革运动的小说《暴风骤雨》曾获斯大林文学奖。但作者写得更加优美洒脱的还是《山乡巨变》,湖南山村的风景画风俗画描绘得栩栩如生,引人入胜,几个人物给人留下的是真实生动而不是符合阶级规定性的图解式的印象。尤其是作者运用湖南的方言非常成功,语言轻松、幽默、传神,读起来令人获得美的享受。对这部作品是应该予以充分的肯定的。但是另一方面,我们也不能不深深地叹息,因为作者对湖南山区的合作化运动的描写必须符合当时的上级指示与文件精神,他对合作化只能讴歌赞美,不能批评也不能怀疑探讨。他没有可能根据自己的实地的观察与作家的责任感全面地深刻地反映生活的真实,他必须在下笔的时候有所取舍,有所美化包装,回避开农民与土地的关系这一严峻的真实,把悲剧性的史诗写成顾左右而言他的轻歌剧。这样说的意思并不是要求作家在那时站到农业合作化运动的对立面,那样要求作家是不负责任的也是不现实的。其实如何判断农业合作化运动的得失、对合作化运动作出评价,这并不是一个小说家的任务。一个政治的或社会的大事变本身也未必能够成为小说的合适的题材,太大太严重的题材也许会撑破小说的躯体。这里说的只是让文学保持自己的文学性,让作家从紧跟照办的文件诠释中解放出来,让作家的生花妙笔运行得更加纵横潇洒、吞吐自如一些罢了。尽管历史的假设其实是没有多少意义的,但是我们还是禁不住设想,如果那时候的小说家们的思想更解放一些,政策环境更开放一些,我们的文学园地将是怎样的另一幅繁花似锦的景象啊。

现在,我们不妨列举一些短篇小说作为探讨的对象。在我们国家,短篇小说常常成为文坛的晴雨表与风向标,成为文学事业的最热门的话题,成为得风气之先的报春的燕子,或者在情况严重的时刻成为令人知天下之秋至的第一片飘零落下的树叶。

丁玲的《粮秣主任》颇能体现去了解放区的老作家在实践延安文艺座谈会精神时的忠诚的、紧张的努力。与她相比，马烽的《三年早知道》等就写得顺风顺水得多，他更熟悉农村、农民，他把对农民的生活与个性的了解与描写跟宣传党的政策、进行政治教育的使命结合在一起，就是说他善于以党的要求做尺度来概括与剪裁生活素材，并对自己描绘的生活与人物做出鲜明的价值判断。至于刘绍棠、玛拉沁夫的小说，则轻巧地表现了他们的年轻的心对于新生活的感受与欣喜。

一九五六年开始的一阵清风，唤醒了不少小说家的内心激情与敏锐目光。那时候引人注目的多数作家与作品，其实仍然保持着对革命理想的憧憬，对真善美的信念，对革命浪漫主义的追求。同时，面对着人生中的一丝丝缺憾，事业中的一点点不尽如人意，内心的一缕缕波动，人们也有所咏叹，有所质疑——尽管这种咏叹和质疑其实还是相当肤浅乃至幼稚的。同时，些许的对文学更加开明的态度立即在作家的笔下开花结果，事隔多年阅读这些作品也会感到一种精神的自在与艺术的清新。终其极，不过如此罢了。但已经引起了不小的骚动，或兴奋若狂，或如临大敌。即使没有后来的在劫难逃，仅当时的文学界内部的分歧，也足以造成非良性的压力——令人慨叹，令人反思，难以忘怀。

一九六二年的又一波，则呈现出很不相同的风景。刘真的《长长的流水》写革命战争年代的同志真情，怀旧中流露出丝丝怅惘，焉知个中没有包含着对政治运动毒化了的人际关系的腹诽，亦即不堪回首话当年的潜台词。汪曾祺的《羊舍一夕》、韦君宜的《月夜清歌》以及刘厚明的《山重山》等，把连续几年的农村下放改造思想的经验诗化了。他们真诚地捧出了对劳动者对祖国山河大地的赞歌，生活的魅力与意识形态的魅力天衣无缝地结合在一起。信念和希望并不容易落实，但同时也并非轻易可以动摇乃至丧失。也许这一类作品传达出来的一片痴情永远是动人的吧,即便以今天批评昨天以后一代批评上一代成了非常便宜的习惯性流行症也罢。西戎的《赖大嫂》显示了那个时期的一个短暂的放松,当时忽然说可以写"中间人物"啦,于是赖大嫂应运而生,但旋即受到了批评。能不能写中间人物居然成了一个敏感的大问题,这是后生者所无法理解的。欧阳山的《在软席车厢里》写了一些高级知识分子,在当时也算是空谷足音了,也反映了对于题材的取舍的短暂放宽。而黄秋耘的《杜子美还家》被指责为借古讽今,实也不足为奇,人们心中郁积的话实在是太多了。于是有影响广泛的陈翔鹤的历史小说出现:从古人往事中透露出了今日的达观超脱中的无限悲怆与无奈。人性不能永久地扭曲,人情不能永久地禁绝,艺术也总会艰难地维持着自己的生命,寻求着自己的出路。六十年代的这一批作品因为其委婉蕴藉而有它独特的位置。

当然也有些作品相对比较"安全"一些,例如王愿坚描写老红军生活的《党费》与《七根火柴》,把人放在生死存亡的关头来写,精炼纯粹,令人肃然,革命者所经受的一切考验与他们在考验下迸发出来的光彩,都将永垂史册。而茹志鹃更擅长于写普通人从细微小事走向大时代大世界时的悲欢,虽然她也遭到了"家务事""儿女情"的讥讽,但是在教条主义与形而上学猖獗的年代,她的委婉细腻娓娓动人的叙述风格仍然给了当时的读者以难得的艺术享受,也就分外难能可贵了。

"文革"前夕任斌武的《开顶风船的角色》以及"文革"当中的蒋子龙的《机电局长的一天》,仍然是可以一读的作品。虽然它们身上的时代的疤痕是那样刺眼,我们仍然可以从中看出不甘心使文学使小说全然变成标语口号的图解、不甘心使小说都变得和《虹南和战史》或《朝霞》一样味同嚼蜡的苦苦努力。畸形的"文革"政治造成了畸形的小说,不甘心太畸形的小说又多多少少冲击着畸形的政治,最后连这样的作品也不能见容,"左"到了登峰造极,也就离掀过这一页的时刻不远了。

　　历史已经成为过去,记忆难于保持,以一种轻薄的态度抹杀前人的一切,很方便也很廉价——其实只能证明自己的无知。那样的历史,那样的小说,都绝非偶然。以为这一切麻烦和经验都已经很远很远了,是什么"死老虎"了,恐怕是孩子气的浅薄与一厢情愿。曾经困扰我们的类似政治与艺术的关系问题、小说的主题思想的政治正确性问题、生活的本质真实问题、小说的价值标准问题……在不同的历史条件下还会长久地引发歧义。历史其实活在现实当中,历史其实常常重复至少是常走弯路。不理解不体察历史的人民永远也不可能正确地判断现实,不论是怎样夸夸其谈,都是没有出息的表现。记忆是人类的一切思想情感文化文明的基础和根源,失去了记忆便只会走向信口开河,左摇右摆。隔代观火与隔岸观火一样,简易的感想与评论必然失之毫厘而谬之千里。同样,简单地怀旧与慨叹今不如昔也许是同样的轻薄与廉价,想把历史的车轮拽住,想把下一代按入自己的模具复制冲压,也至少是狭隘与糊涂。一个是历史仍然活着,一个是人间正道是沧桑,一个是不能任意抹杀历史,一个是不可以自己那一代人的经验作为裁判今天的尺度,这样庶几可以更接近真理。综观历时未久的昨天的代表性小说作品,也许我们能够获得某种教益。我们可以回顾已经走过的道路,知道珍重那些应该珍重的,鄙薄那些应该鄙薄的。我们无需苛责前人,也无需为贤者长者避讳,往日的足迹还是弥足珍贵的。我们将温习历史,我们将取得与往事的某种相通。我们将保持记忆,保持对历史的庄重的理解并在这个理解基础上做出应有的超越,这样才能够去争取更好的明天。

　　本《大系》收入了台湾与香港小说家的一些同期作品,作者多是近年来读者已经熟悉的一些名家,这大大增加了本《大系》的立体感与代表性。中华民族的命运、中国文学的命运是一个整体,生活在不同的社会环境下的作家们的作品放在一起,构成了中华民族文学画廊的全貌。他们的小说更多地让人想起一九四九年以前的文学,他们的作品里的悲凉与寂寞恰恰与同期的祖国大陆作家的火热与通红互为映衬。历史是活着的,这也是一个很好的例证。历史又是整体的,像一个钱币一样,这一面的背面自然就是那一面,"新人"的笑的另一面就是"旧人"的哭。当然,综观不同地域不同环境下的中国当代文学,设想那种完全不同却又相关相连的处境与心境,设想整个人类在这一时期的经验与试炼,回忆人们付出了怎样巨大的代价与为了获得一点长进克服了怎样巨大的困难,人们的喟叹人们的深思人们的心得将不仅于此。

发表于《小说界》1996年第6期

《淘金梦土》序

当我们说钟毓材先生爱好文学的时候,我们会感到"爱好"这两个字不足以说明问题的本质。一个人可以爱好游泳,可以爱好美酒,可以爱好跳舞,也可以爱好积攒钱财。但是爱好文学总是有些不同:它给予你的不仅是某种愉悦、某种满足,而且更是一种庄严、一种压力、一种挑战和一连串追问。它要求的与其说是兴趣,不如说是献身、意志和某种难能可贵的品质。它提供的与其说是利益和享受,不如说是困扰和自我较量,是折磨也是一种无比的精神上的充实和不断更新。

当我们说文学是一个梦,哪怕是一个民族或一个国家的梦的时候,也觉得对于钟毓材先生来说,梦这个字无论如何也是不贴切的,它太轻飘了。钟先生已经过了伤感温情想入非非大做文学梦的年纪,已经不会去附庸追星族去梦想一个作家的名声,已经不会不识愁滋味,为赋新词强说愁了。他是出生在印尼的华侨子弟,他曾经是热血沸腾的爱国归国少年,他再次去国,奋斗在香港、美国、泰国,遍历各种政治风云和商海浮沉,他的商务活动十分繁忙也颇为成功。然而他仍然不能忘怀文学,不能忘怀"火红的铸造利剑和理想的世纪",不能忘怀自己对文学的痴诚追求。这不能再说是梦了,这是人生的一种结晶,是走了一圈,又靠近了出发点的一条轨道,是一种精神的依托,是对人生和世纪的种种苦恼的一个勉强的回答。如果我们把一个人的几十年的奋斗和事务上的成就比做"画龙",那么他在实际的艰巨的人生奋斗的同时,奉献出的小说作品便是他的"点睛"之笔。

钟毓材先生的新作,包括《阿彩夫人》《黄红故事》《大地主人》三部曲的长篇小说《淘金梦土》完成了,篇幅巨大,内容新奇,浓墨重彩,波谲云诡,给人以深刻的印象。这本书凝结了巨大的劳动,即使是职业作家写这样的大部头亦殊非易事,你无法相信这是钟先生业余创作的果实。作者对文学事业是何等地忠诚执着!他的作品集中表现了华人在美国开发过程中的贡献、艰难和传奇式的遭遇。当年的华工——猪仔,受尽屈辱、歧视和非人的恶劣生活条件的折磨,但他们同样是英雄辈出的中华儿女的一部分,他们同样是勤劳勇敢,顽强奋斗的中华后裔,他们一方面与各种迫害、歧视、追杀做斗争,一方面在美国荒原上赤手空拳,独闯天下,站住脚跟,战天斗地,建立功勋,为开发美国西部做出了历史性的贡献。从国内的小说创作来说,这也算是填补了一个空白,使我们的文学画廊中又增加了远离家乡,"淘金"海外,身处异域,魂归中华的命运特殊的一群。从钟先生的选材和他的比较重戏剧性和画面感的写法上,我们可以了解到他把作品作为电影剧本来写的初衷,更可以想象他自己的人生经验的戏剧性与多样性。时代不同了,处境也十分两样,但是可以想象钟先生在自己的经历中寻找到了、发现了与早年间开发美国的华人移民之间的共同的东西。传奇性的故事中自有作者的真情实感,这也是本书的动人之处。我祝贺他的新作问世,我赞美他这种脚踏实地地劳作和钟情于写作的精神,我希望他能全面丰收,在各方面都取得新的巨大的成就。

1996 年 8 月 23 日

发表于《香港文学》1996 年第 11 期

世界在向你走来

——题朱宪民《躁动》摄影作品集

五光十色吗？自有五光十色的道理。

光怪陆离吗？自有光怪陆离的旋律。

朱宪民给了你一个世界？两个世界？

在明与暗,光与影,参差与对比,慵懒与狂躁之间,你看见了什么？你感到了什么？

在不可思议的影像之中,你可找得到我们中国人,我们自己？

外面的世界,精彩？无奈？险恶？梦幻？平平常常？素淡无奇？

1996 年 9 月

不能没有童话

——萨碧妮·梭模凯朴童话中译本序

十年前我在北京见到了棕发碧眼的德国女诗人萨碧妮·梭模凯朴博士,她把邹荻帆译的她的德语俳句拿给我看,我觉得她写得很有味道。我建议她把自己的一些俳句译成英语,我表示愿意将它们转译成中文。后来,我把这些译作发表在《人民日报》副刊上。"春日第一天/瞽叟行乞门洞前/举首试温暖"。"我若伐我树/阳光直泻当如注/惜将浓荫误"。她的俳句于平常处见匠心、诗心,我要说还有"天心"——"天人合一"之心。顺便提一下,注意到这个译作的人不太多,难得的是我国环保局长曲格平教授后来不止一次向我谈到这组译稿,并表示欣赏不已。一九九〇年,我又翻译发表了她的一组短歌,题《如梦》,发表在《华声报》上。

一九九六年,我与妻在德国逗留了六个星期,多次与萨碧妮通电话,我收到了她寄来书和她全家——包括她的英俊的丈夫与可爱的儿子——的照片。她告诉我将要在中国出版由我原驻汉堡总领事王泰智先生翻译的她的作品集的喜讯。

读到王泰智译的她的童话,令我十分欣喜。在介绍西方文学的时候,我们往往偏重于介绍那些怪诞的、颓废的、变态的、迷狂的类型——当然这种读起来颇觉惊奇和刺激的作品也是有借鉴意义的,而接触到萨碧妮童话这种温馨的、纯真的、几乎可以说是古典的情调和风格的时候,我们反而觉得有些意外。

在《玻璃人、冰期和诗的力量的故事》这篇童话当中，萨碧妮表现了她对东方文化，特别是日本俳句艺术的倾心。表现了她对人生、对真善美、对诗的教化与感染力量的信念。表现了一种纯朴与天然的乐生精神，表现了一种对世界对生命对人类对社会的衷心的善意。它肯定太阳的光和热，并且提出要在心中装上这个太阳——光明、热烈、积极和健康的原子。它批评人的自顾自、独往独来、阴森冷酷，把自己冻结起来，易碎易伤，没有希望。它认为诗的力量在于从内心给人以温暖，"写俳句就是点燃心灵之火"，是写"只有用心灵才能理解的诗句"，用以融化人心上的冰雪，唤醒人的良知人的生命。它相信人类是一个整体。它在文学上主张细细地体察，主张自我的谦虚（变小），主张表现世界的内在矛盾，主张寻找和锻炼语言……这些当然谈不上新潮，不够现代或后现代，也谈不上多么独创多么突破，但它毕竟属于人众的一种良知，自有它感人动人之处。

我从来都是怀着敬服与神往的态度来看童话的，我相信写童话的人——例如安徒生和我国当代作家宗璞——都有着儿童的眼睛、哲学家的头脑、诗人的心，更有着安琪儿的翅膀。对于大多数人来说，童话往往与童年的欢乐一道一去而不复返，只能在梦中去寻找它们，想念它们；意欲再一次靠近它们温习它们而不可得。

不再能出现美丽的童话的民族是可悲的民族，不再能出现美好的童话的人类是可悲的人类，不再能因了读到优美的童话而欣悦而落泪的灵魂是可悲的灵魂。人不该愈来愈粗暴、凶恶和疲于奔命。人不该被恶挡住双眼。人不能没有童话——诗（包括俳句），当然。

所以我说，长大了还能写出好的童话的人有福了，他们永远不会衰老疲惫，他们生活得多么美丽！何况萨碧妮这些作品结合着童话和诗，融会着东方与西方的文化传统，这种契合和相互的激发本身就够精彩的了。

虽不能至而心向往之，这就是我读萨碧妮和其他德国作家的童话新作时的温暖而怅惘的感受。

发表于《世界文学》1997年第3期

相 信 人 生

——张千玉《我不怕生命冷场》序

一九九三年,我与妻子共同访问新加坡,结识了张千玉女士,并且在旅途中读了她的散文集《我不怕生命冷场》,当时,我很有意把它介绍到中国来,并告诉了千玉。回国后,我与一些杂志和出版社联系了一下,可惜,没有做成。对此,我一直十分遗憾。

为什么我那么喜欢这本书呢?书里有一种纯洁的爱心,有一种真诚的美感,有一种自然而然的善良,还有一种文字的质朴,叫做修辞立其诚。而这些正是我们所需要的。当然,人生并非轻松,社会也不清洁,阶级的分化,民族的区别,利益的冲突,思想与情感的相左,这都是实际存在的。

我们中国人是生活在严峻的条件下面的。近百年来,国仇家恨,阶级斗争,政治运动,安内攘外,我们没有造化生活在象牙塔或者水晶缸里,我们常常不得不擦亮眼睛,抖擞精神,提高警惕,准备着或者是实地进行着这样那样的斗争直至浴血奋战。但是,斗争本身并不是目的。我们之所以活了下来并与人们接触绝非为了寻找和制造仇恨。大地的魅力,人生的至味,几十年的光阴,我们所求的不是恨而是爱,不是猜疑而是亲近,不是凶恶而是善良,不是永无止境的厮杀而是和睦地共同生活在同一个星球之上。难道这还有什么疑问么?

张千玉的文章之好就在于她天然去矫饰地、水到渠成地写出了自己的爱心与美感,写出了她的快乐和诚挚,写出了她的谦逊和尊严,写出了她的日常生活的兴味与德行。我不怕生命冷场，这句话是一个格言，它值得咀嚼和感动。只有爱人的仁者，只有一个坚定的以爱人助人为使命的信仰者才有这种不怕冷场的信念和幸福感。我羡慕千玉，她的心是热的，她的生命场是不会冷寂的。同时，她令人羡慕却不装腔作势，她普普通通，一点也不张狂，不咋唬，她使你觉得人生本来就是可以这样的，这样做并没有什么了不起，没有什么大不了的难处。

比如，她写道：

自从身边多了一个孩子后，才惊讶于生命本身有一股奇妙的吸引力，她深深地吸引你去关注，去疼惜，去温柔的呵护，去享受，去尽己的付出。

她又写：

那一刹那我的心被这背后浓浓的爱深深地拿捏着，当一个人将自己的心挖出来交给你的时候，你能够不把自己的心也挖出来交给对方吗？

她说：

你用两只手环抱自己，抱紧一点再抱紧一点，对自己说我爱你，再说我爱你某某某，当世界放弃你，我始终爱你，珍惜你，不离开你……

多么美好，多么自然，多么亲切和普通！

张千玉是这样写的，也是这样做的。她孜孜于帮助那最需要帮助的人，并从中得到温暖和安慰。具体的宗教信仰，她也许与国内的许多读者不同，然而，那一片诚心，那行行美善的文字，却表达了许多共同的心声。

在这个充满罪恶、争斗、颓废、贪婪和自私的世界上，让我们更多地相信人生吧，让我们也跟随千玉说一句吧：爱人者，生命永远温热！

1997 年

《我的一天》序

读了居住在世界各地的炎黄子孙所写《我的一天》之后,我感到的是肃然起敬。

最感人的是人们的爱国心,中国心。不论是追忆抗日战争的胜利,是捍卫海外侨胞的权益,是献身于祖国的经济建设,是救援受灾的同胞,是赤手空拳披荆斩棘,是老骥伏枥壮心不已,是纪念友人友情,是不堪回首的往事,是抚今思昔感慨万端还是争分夺秒埋头苦干,无一不洋溢着对祖国的千种眷恋、万种关怀、一腔热血!而且这种感情自然而然,平平常常,随意流露,不需打扮,甚至也无需宣传动员,诚于中而形于外,未事声张而深挚自见。也许,这种行远犹著,历难弥坚的中国心,正是我们民族的最宝贵的精神财富,正是我们中华民族历尽劫难而屹立巍然、并且焕发出新的勃勃生机的精神基石!

充实,奋进,是这一批文章的另一特点。执笔应征为文者绝少闲情逸致、玄思冥想,而是一批脚踏实地的工作者、实践者、奋斗者、开拓者。空谈误国,实干兴邦,《我的一天》的作者们或为祖国的和平统一而奔走呼号,或为促进中外友谊交流而引线搭桥,或马不停蹄地研读著述,或奋不顾身地与黑暗势力斗争,或为祖国的社会主义大厦添砖加瓦,或身体力行着传统的价值观念中的积极部分。他们所做的事有大有小,所处的位置有低有高,但无不尽其能、忠其事、诚其心、竭其力。读了这些文章,不免令夸夸其谈大而无当者、牢骚满腹怨天尤人者、奢靡怠惰无所用心者愧死!

"一人一本难念的经"。当然,谁活得也不轻松。充当逆流中的砥柱需要勇气,指证罪犯更是冒着身家性命的危险。政治辩论需要智慧,温暖一个孤独者需要天使般的爱心。扶着轮椅采访要求非凡的毅力,弥补精神的创伤要求自信心。帮助一个家庭环境不好的孩子会使一个好心的老师力不从心,忙碌一天的结果,在安慰满足之余却是无比的疲惫。读罢这些文章,我们会得出人世间哪个角落也不是天堂乐园的结论,却也可以得到天堂乐园就在此时此地的奋进与克服困难之中的启迪。各人的具体境遇生活方式工作方式虽然不同,这种"天行健,君子以自强不息"的积极有为的人生态度仍然可以给有心者以巨大的鼓舞。

所写者一天,著文者一人,事件或有偶然,行文不无即兴,汇合起来,便是时代的风云,历史的潮汐。从这些文章可以看出,中华正在振兴,这振兴的大势是不可阻挡的;世界正在进步,这进步的走向也是不可逆转的;改革开放正在使古老的中国焕发青春,建设的成就温暖着多少同胞兄弟姐妹的心,这历史前进的脚步不会停顿下来。不管多么了不起的人物,难免囿于一己的经验和见闻,读一读这些文章,自觉得天高地阔,更上一层楼,从而更视鼻子尖底下的蝇头小利钻营争斗如粪土矣!

《中华英才》半月刊在这个历史的关键时刻,在二十世纪即将过去,二十一世纪即将来临的时候,与中国新闻社联合举办这次"南湖杯"世界华人《我的一天》征文,意义十分重大。它打开了一扇窗子,让人们看到从东欧到南非,从神州大地到太平洋上的华人的勤劳忠诚,爱国爱家,艰苦奋斗,对明天充满的希望的身影。它像一盏灯,照亮了千千万万作者和更多得多的读者的心。它搭起了一座桥梁,使奋斗于地球的各个角落的华人心心相通相近。它表现了中华民族的伟大的凝聚力,感召力。它的影响远远超过了文字本身。

入选文字,或文质并茂,或质胜于文,都是言之有物,立其诚、正其心、思无邪、语无虚的产物。曰《奉献的人生》,曰《事业永恒》,曰

《为了华胞的利益》,曰《吾日三省吾身》,曰《不缴白卷的人生》,曰《日日新的一天》,曰《全体华人的光荣》,曰《一个华裔诗人的自豪》,曰《奇迹是人创造的》,曰《红豆寄情》,曰《艺术永恒》,曰《同胞情》,曰《暮年生活亦充盈》,曰《儿子的责任》,曰《冒死作证》,曰《胆量与勇气》,曰《永远忙碌》……即使只浏览一下这些文章的标题,能不击节唱和、闻风起舞吗?

祝贺《中华英才》与中新社举办此次征文活动的成果,祝贺得奖的海内外作者!让我们警醒起来,振奋起来,创造新的辉煌!

1997 年

"泰山散文家丛书"序

一九九一年初夏,我去过一次泰山,泰山的寓于平和自然中的雄健伟力,给我留下了深刻的印象。

在那次泰山之行中,我结识了当地的文友毕玉堂、赵先德等。他们的为人质朴诚恳,豪爽率性,十分令人愉快。一方水土养一方人,这也是天人合一吧。住在泰山脚下的作家,怎能是别样的呢?

"泰山散文家丛书"收集了这一批作家的文章。文章写得多真情,少做作,见心性,非陈腔。想到散文创作中曾有过的装腔作势与搔首弄姿,就益发觉得出这么一本书是值得祝贺的事。

祝这六位文友的写作青春与泰山同在!

1997 年

人证与史证
——陈徒手《人有病,天知否》序

我在杂志上读到过几篇陈徒手写当代作家的遭际和故事的文章,对之非常感兴趣。在中国现当代,作家是一个很受关注的职业。文学曾经时时成为社会关注的焦点,成为发动大的政治斗争阶级斗争的由头或借口,成为政治的风向标、晴雨计。作家的戏剧性经历后面隐藏着的是中国的社会变迁史,也是人性的证明。日本的电影《人性的证明》中文译名是《人证》,陈君的文章就是现当代中国的重要的人证。而且他的文章写得细、生动,材料挖得深而且常有独得之秘至少是独得之深与细。他的文章十分好读,读着读着"于无声处"听到了惊雷,至少是一点点风雷。

虽说是有所谓"既然吃了鸡蛋就不必过问母鸡"的妙论,知人论世却是中国文论的一个强大的与合理的传统。如果既能吃鸡蛋和吸收蛋的营养又能知道母鸡的由来去向、趣闻逸事、秘辛隐痛、沧桑正道与不堪与人道的诸种花絮,那至少可以满足读者的好奇心。

然而,弄清母鸡们的真相又谈何容易?人都有吹自己的过五关斩六将讳自己的走麦城的倾向。《草帽歌》里唱的"妈妈哟"是要杀掉自己的亲儿子的,目的是维护自身的光辉形象。江青的一些重要的迫害对象就是知道她的底细的人,这是一。社会在面对文本的时候早已经形成了思维定势,谁是什么角色谁不是什么角色早已被人们派定,叫做铁案如山,这是二。谁敢有不同的说法就是冒天下之大不睦，就是与人民为敌，就会遭到英勇捍卫定势者的堂皇反击；还有时尚，我们中国动不动搞风水轮流转，这是三。前几年热心革命的作家光荣伟大，过几年只有遗老遗少醉鬼性变态才吃得开；前几年还是三代贫农，过几年却纷纷透露自己正是没落贵族的儿女，哪怕他的爹妈的唯一高贵证据是吸过一口鸦片。这样，人们根据时尚塑造出了各种作家类型典型形象，也是高贵的不容贬损，低贱的不容翻案，谁谁谁谁早就脸谱化了。最后还有是非，这是四。作家本是敏感和喜夸张的一群，文人相轻，自古已然，叫做老婆是人家的好，文章是自己的妙。托尔斯泰还看不上莎士比亚呢，何况我辈俗物？再加上种种斗来斗去的运动，今天你代表正确路线，过两年我代表上了，那些个是非除了一风吹难道还有别的办法扯个明白？

所以，陈先生的文章也只是真实的版本之一种罢了，陈先生是以一种极大的善意敬意写这些离我们不远的作家的。善人写，写得对象也善了起来可敬了起来。话又说回来了，不往善里写你往恶里写一下试试，光吃官司的危险也足以把作者吓退。不全面是肯定的，不粉饰也不歪曲却是有把握的。所以，这是一本好书，好书要会写，还要会看。这样，我们就可以从本书中发现许多亲切的却也是强大的直至可畏的真实，还可以想一想，有哪些真实可能是被有意无意地删略了？

发表于《春城晚报》2000 年 12 月 19 日

姚育明她们的散文

——"海上生明月丛书"序

我这里一想,比如想一只苹果,苹果就从那枝上结出来了。
我这里一看,比如看云后的太阳,太阳就冒出来了。
……我这里一跳,比如跳动双脚,山那边就有回答了。
我这里一睡,比如睡得没有知觉,知觉便到了月球上了。
……我这里微微一动,大千世界便有了动静……我是幻界里永远不老的女儿。

这是我看到过的最好的散文之一,是不可多得的散文,是妙趣横生的、慧根独具的、欢喜空灵的、神奇和童趣的好文字。我真想拿它做我的一本什么书的序。

然而它的作者《上海文学》的编辑姚育明,却要我为她和上海的另外四名女编辑孔明珠、李澄香、盛曙丽、张鑫的散文丛书写序。我能写出什么呢?

她们的多数文章并不具备很多遐思玄想,倒是很现实,很具体,很亲切,很生活。一次购物,一所住宅,一点念头,一个小人物,一些记忆,一掬悲欢……正像她们的书名和篇名所表现的,她们写的是百姓的万花筒,是众生相、苦咖啡和五彩石,是个人的事,是一份渴望,一扇透着柔和的窗,是自己的心灵小屋中鱼的快乐和永远的缺憾,是幻界与实界的风景。有的或嫌琐屑,然而琐屑中流露着善良;有的或病就事论事,然而事与事之中仍然有自我提升的努力;有的自言自语、自说自话之中表达了一种朴直的自信；有的难称伟大，所以绝对不具有扩张性和强人所难；有的堪称平淡、平常，却也是至人的境界。读完了你会觉得她们就生活在你的周边，文学就在你的周边，温馨就在你的周边，她们写的正是千百万人天天经历的天天随着秒针与分针逝去的或可一写的小事。而当这些或可一写的东西当真写出来了，被文字固定下来了，就有了自己的味道自己的意义。于是你懂得了爱惜，懂得了珍重，明白了有些事其实是不应该弃之如敝屣的，有些事其实是不必斤斤计较气急败坏的，于是减少了乖戾，减少了傲狂。人们特别是女性们终于可以过她们喜欢的与胜任的普通人的生活了，这在中国近现代史上并不多见。我当然佩服那些吞吐风云，振聋发聩的文字，但也决不排斥日常；我喜欢万年松，但也不敢从来不敢轻视小草。我祝贺姚育明她们的新书的出版，更祝愿她们生活得好。这些书，如姚育明的文章所说的，就是她们的枝上结出的苹果，就是她们的跳动在山那边的回声，就是她们心里的与月球上的知觉，就是小鸟懂了的她们的意思，就是绽开了的与知道保护自己的花朵，就是学会了转头的葵花，就是游荡星海的万千小我。

挺好。

诗人是个明白人

——《叶延滨随笔》序

叶延滨是诗人,这个诗人是个明白人,叫做读书明理,叫做体察现实,人情练达,思考斟酌,不黏不滞,自有主张。就是说,他一不人云亦云,二不上当受蒙,三不本本条条,四不刚愎自用,五不大言欺世,六不自欺欺人。所以我爱读他的随笔杂文,觉得他言而有据,有独得之妙,有机智和灵性,有见解,或者用他自己的词叫做悟性。

比如他对作家的灵魂工程师称号的说法就合情合理,不左不右,实话实说——反而比抡大帽子更接近真理。他对做官与文学的论述不太充分(也许这样更好),但至少不那么偏执和吓人。这是延滨的一个特点:不太吓人也不太被吓。他对想象力的说法就更有趣和给人启发。精神是物质的天使但也可能成为物质的情妇云云,令人回味不已,话说得有点刻薄,但也还留了点余地。他一般不把话说绝说满,不搞那个唯我独醒干啥干啥。他对下棋的描述也很真切,但还可以更深入。他对风格和特产的论述就更得吾心,类似的论点也见于王安忆文中,但延滨说得更灵巧。

有意思的是他居然对女人与男人的饰物也分析了一番。由表及里,借题发挥,无师自通,自圆其说,心细得可以。

他的记叙与忆旧性的散文也写得好,有一种平和,有一种沧桑感,有一种明晰,说得再好一点就是我爱说的清明。这是一种难能可贵的状态。

如此这般，难得有一个人写文章而不吹嘘，幽默讽刺而不煽情极端，谈诗论文而不卖弄，世事洞明而不油滑，自然风趣而不轻飘。读叶延滨的随笔散文，你会学得聪明、不受骗和有节制。当然，他的文章不是那种"爆破性""大规模杀伤性""进攻性"的武器，也满足不了寻求刺激的欲望。再说他的文章缺少那种学富五车的包装，他是"叶记"文字，而从不拉什么大旗洋旗派旗或摆什么名词迷魂阵。他的文风更多的是实话实说而与各式假大空无缘。与此同时，我们也许有理由希望他今后往深度和广度上，乃至硬度上再下功夫：世上毕竟不只是那么些令人游刃有余的话题，我们毕竟还必须面对那么多伤脑筋的事。不是吗？

2001 年 9 月

不可说之学问与感悟

——童庆炳《维纳斯的腰带》序

有多少读者、论者、教授者,差不多就有多少种关于文学(文艺)的说法。你说解闷,他说受教育;她说真实,他又说是想象的鲲鹏展翅;一个说是形式超拔,另一个说是内容决定;一位说是匠心独运,另一位说是无技巧才最佳;这位说是十年磨剑,那位说是"自己写作"——放好稿纸后并不知道自己在写什么……众人像瞎子摸象一样地各执一词。

文学是这样一个普泛化的、聚讼纷纭的题目。文学又是一个微妙的近乎"佛理""禅机"的"不可说"的题目。文学的阅读,文学的欣赏,尤其是文学的创作过程是这样精微、这样动人迷人、这样复杂、这样深邃,又是这样半自觉半不自觉,几乎是得其意必忘其言。关于它的许多言说,一旦成为语言文字,成为文章,成为论证和反证、推理和概括,就没了灵气、味同嚼蜡:不是简单了就是片面了,不是浅易了就是故弄玄虚了,不是武断了就是信口开河了,不是削足适履了就是大而无当了。

然而,科学的研究方法正在涵盖一切领域,最最说不清的东西正在被科学揭开面纱,虽然科学方法也正在被识者或半瓶子醋者诟病。例如,我在境外的电视节目中看过一套关于男女之事的科教片——不是色情片,它对做爱的过程进行了最数字化和实证化的研究。我要说它的科学性是可怕的与有力的。为什么可怕,我暂不发挥解释。

为什么有力，因为它对难以进行科学研究的对象进行了最大限度的科学研究。

读了童庆炳教授的《维纳斯的腰带》一书，我想起了关于男女之事的科教片。然而，童教授的书一点也不可怕，它只是在科学性，困难性，知其不可而为之上引起了我的联想。难，所以更棒。我认为在这本书里，教授并不是削足适履地用科学性很强的理论去剪裁文学创作，不是先入为主地以一个自认为十分正确的命题去党同伐异，自吹自擂；又不是像某些作者如我者谈起创作来那样浅尝辄止与沾沾自喜地以一当十实际上是挂一漏万——那是在用杂感替代科研。他充分了解文学的广泛性与微妙性，他充分了解创作的魅力与难以言说，他也涉猎了古今中外各种作者论者学派专家的各不相同乃至势同水火的文学理论创作理论，再加以自己的独具匠心的选择和推衍。他提出的"五十元论""自我情感与人类情感之搏斗""文学的格式塔质""历史主义与人文主义的价值取向""生活丑向艺术美的转化""文学创作中内容与形式的互相征服"等命题，不但立论极富创意，其兼容性、包容性，其活力和与创作实际的联系，其科学性与艺术弹性的结合，其宏观性与具体的洞幽烛微的分析的结合及其分析与直觉即科研与欣赏的结合，还有其温故知新、食洋能化、旁征博引而又知其所云、与时共进而又尊重前贤的研究成果，也是孤陋寡闻如我者在各种文论书籍中很少见到的。我不敢说我能全部接受童教授的论点，但我敢说这决不是那种令读者头痛和令作者倒胃口的呆木之作，也不是那种不知所云的抄书堆砌，它是深思熟虑的成果又是学富好几车的结晶，是科学的研究又是艺术的呼应，是具有独创性原生性的见地又是苦读博学的实绩。这样的学问是"啃"出来做出来的，又是唱出来哭出来的。拿到学院派那里它是硬邦邦的学问；拿到作家诗人那里（这些内容他是给挑剔的与各有一套的青年作家们讲过的——这可是硬碰硬的挑战）它是活泼泼的感悟，是深层次的精神之旅，是进一步艺术探求与通变的有益参照；而到理论家那里呢，它也许有助于开拓眼界、心胸、思路。有这么一本书,挺难得,我从它得益不少,得趣不少。我愿意为它说上这么几句话。

2001 年

《浪》序

一九八〇年我第一次出国,在汉堡认识了关愚谦先生。他一见面就情绪激动地向我叙述了他的经历,他的痛苦,他的麻烦和他的仍然热爱祖国一心爱国的心情。我听得不由得也激动起来,但又觉得离奇,难以思议的是世上的事竟是这样的不合规矩,这样的自相矛盾,这样的试炼着每一个接触了它的人。

中国人活得真不容易。一二百年来,中国封建社会解体,然后就是仁人志士的献身,血流成河的革命,战争,外敌侵略,旧中国的土崩瓦解,新中国的庄严成立,然后又是动荡、考验、争论、混乱和急躁,大轰大嗡,天翻地覆慨而慷,一句高论接着一场大闹,一次胜利接着一次挫折,一次希望接着一次失望,一个思想接着一个试验,一点前进接着一个陷阱,鲜花和掌声之间不知道是自何而来的欲哭无泪。直到近二十多年,动荡的中国才初步稳定下来,发展起来,务实起来,日子正常起来;当然仍很艰难,面对种种挑战和压力,面对种种歪曲和诈骗,勉为其难地支撑着、奋斗着、进展着、改善着和仍然胜利着。

于是每一个中国人的经历都是一部书,一部历史,一个奇迹。而那些神经衰弱的人、头脑简单的人、过分天真的人、过分拔尖拔份的人、过分自我即过分自信的人⋯⋯往往无法承受历史的拷问与历史的戏弄、变迁的激动与变迁的迷茫、前进的艰苦与前进的代价,他们往往不幸成为历史巨轮碾压下的牺牲者,他们的短暂的一生成了可怕的悲剧;这里还不说那些刻意与中国的变化中国的转折背道而驰的站在中国近现代史的走向的反面的代表人物。

关愚谦得天独厚地成为新中国的宠儿,这位宠儿积极热情,精力充沛,真挚坦诚;同时又是敏感任性、急躁自负、血气方刚的"问题人物"。这种性格碰到了"文革"那样荒唐的事,他无法理解也无法从容应对,他选择了荒唐冒险的亡命之旅。他几乎从此毁灭,他有十几种可能和几十个机会或被处决,或自杀,或堕落,或被利用,至少他的经历足以使多数正常的人变得不正常,变成神经病。

然而历史最终护佑了他,他的爱国之心护佑了他,他的底线保护了他,世界各国各地正直善良的人特别是他的妻子保护了他,他的咬牙坚持与奋斗成全了他。他回顾以往的时候,虽然会脸红心跳,怃然长叹,但最后,他也还可以在脸上显出一个清明的笑容。

他把这一切都老老实实地而又生动细腻地写将出来了。他写的与其说是一部纪实小说,不如说是一部忏悔录加血泪史,从中我们可以发现一些最真情最动人的东西。

这部书稿,我读到最后,读到如下的文字的时候,我流泪了,读一次流一次泪,难以自已。他写道:

> 年近古稀,我无法追悔已往所做的一切。但是有一点我感受最深切:受过亡国之苦的我们这一代人,故乡和祖国的观念,比现在的年轻人强烈得多。她常常和母亲的形象联在一起,饱受苦难而善良宽容。祖国就是我的母亲,祖国再受磨难,祖国再穷困,祖国再使我受了委屈,我对祖国仍然充满真挚深情的爱……现在将会成为过去,但祖国的大好河山会长留人间,祖国的明天将会更加美好……

这是关愚谦用生命写下来的话,是中国人一代又一代用生命写下的话;能写出这样的话的人,已死者有权利复活,做错者有权利重做,已经苦不堪言者有权利得到永远的自信与欢乐。

是为序。

2001 年

田瑛的小说世界

——田瑛小说集序

　　我与《花城》的编辑田瑛相识已经很久了,一直没有认真读过他的作品。这次承蒙他错爱,给了我他的小说集的清样。一读,大吃一惊,原来他有自己的一个独特的小说世界,我要说是艺术的世界:古朴,奇异,神奇,凝重,而且带几分严峻,叫做若有所指而又匪夷所思。

　　这不容易,有的人写了许多小说,能反映现实,能传达思想,或者能才华横溢,舒卷纵横,从总体来说他们是在小说的看不见的或者几乎是看得见的潮流之中浮沉,随着潮流奔突;但是说不上有自己的世界,他们是你影响我我影响你,你推着我我推着你。

　　而土家族的田瑛的小说是一个变数,是一个特例。他的作品正如其人,不露锋芒,绵里藏针,奇思异想之中具有自己的审美取舍:少年老成(乃至于老练或老辣了),控制得宜,不急不躁不铺不张之中若有深意存焉。你说有深意吧,他又不直露地告诉你占领你必欲说服你,只是提供给你一个奇特的环境,多在深山老林之中,一些人物显然生活在前现代,他们的说话行事有些古怪,有些性格,有些现代工业社会的人们所缺少的固执与神秘,粗犷与剽悍。他们的行为既有现实的意义更有一种深层的另有所指的文化的乃至哲理的蕴涵。小说的故事与其说是写实的不如说是虚拟的表现的与象征的;小说的意味与其说在文本之中不如说是在文本之外;小说的环境与其说是客观的不如说是主观的:绘画的或者舞台的或是装饰的。然而它又不纯粹是想象的产物,它使你感觉到是有源之水有根之木,它来自湘西的独特地理与人文环境,用田瑛自己的话来说,叫做都市的"匪情"。

小说的语言也很独特。"山外来了一个怪人,巨型的,如一棵成年柏树。""那女人时而尖声尖气讲话,时而浪里浪荡唱歌,却始终有声无形……""牛贩子跟随老酋长穿越一段难忘的时光,停留在历史的某个点上……""牛贩子的头颅理所当然地掉了……轱辘轱辘……滚动,口里哨音却一路不绝。"还有关于猴子赏画的描写,把电筒比成萤火虫的奇想,人、棺材、坟坑的互相等待……这样的文字在田瑛的作品中俯拾即是,令人瞠目,令人咀嚼。

很早以前,我就读过说某某人之作味如橄榄之论。我始终不明白味如橄榄的作品该是什么样,我反正不认为凡是有余味的作品就如橄榄。有的像苦瓜,有的像铁蚕豆,有的像黑面包,有的像梅子,就是不像橄榄。如今读了田瑛的作品,再读一下他的号称"都市匪情"的创作谈,不禁拍案叫道:"真橄榄也!"

当然,长短得失都是相对的,橄榄腌制得过了就会影响鲜活,这大概是田瑛的作品尚不那么为人称道的主要原因。怎么办呢?我倒宁可希望田瑛按自己的路子坚持下去,不必迎合时尚,但也不妨略施杨枝净水,激活一片绿色。

发表于《羊城晚报》2002 年 2 月 20 日

毕克官的风格
——《毕克官散文选》序

我早就在报刊上看到过毕克官的漫画，他的画充盈灵动，动人心弦，虽不无讽喻，读之却常怀欢喜——趣味后面是一种精神，一种境界，一种修养，更是一种天籁。近十年来与他一起参加政协的活动，常常听到他的高论：关心社会，为民请命，臧否分明，直言不讳，实事求是，而又是绝对的与人为善。我喜欢聆听他的各种意见。我也常常见到他的一些短文，言之有物，心怀良善。腊月榴花，明眼悦目。关中怀古，且赞且叹。批评"左"祸，痛心疾首。谈古论今，公道持平。童心童趣，推己及人。感遇东坡，悲从中来。青岛风貌，尽在不言。蝈蝈命运，沧桑今昔。私淑丰老，学子心肠。自诩珍本，书生意气。美哉儿童，妙哉东湖，水湾容浅，忧乐实深。天资天韵，天性天心。现在他的散文集又出版了，读其文而思其画其人，在一个浮躁的时代，体验一下人生的淡淡的幸福和正直，历练和天真，不是很有价值的吗？

2002 年

《澳门回归》序

澳门自古以来就是我国的神圣领土,澳门居民从来就是我们的骨肉同胞。一九九九年澳门回归祖国,是顺应了历史发展的潮流,是邓小平同志倡导的"一国两制"构想的伟大胜利,是具有历史意义的重大事件。

澳门回归祖国后,按照"一国两制"的国策,坚持中央人民政府领导,坚持按照澳门特别行政区基本法办事,坚持依法实行"澳人治澳、高度自治",澳门居民对澳门的发展增强了信心。社会治安状况有了根本好转,迅速地扭转了经济下滑的势头,妥善解决了一系列关系澳门全局和长远发展的重大问题,呈现出社会安定祥和、经济稳步增长、人民安居乐业的崭新面貌。

我本人曾经两次访问澳门,对于澳门同胞的爱国热情,他们对于中华民族的认同理念与凝聚力,他们爱国爱澳(门)的种种实践,他们安居乐业的经验与期盼,以及澳门历史的奇妙、荒谬、多彩多姿与终于回归的喜庆团圆都留下了深刻印象。而澳门的妈祖庙、大三巴、本岛与两个离岛的旖旎风光也使我萦绕心头,久久难忘。

本书汇集了部分亲历者的回忆文章,鲜活地记录了澳门回归祖国的历史进程。我们可以从中感受到澳门同胞的拳拳之心,从而也更加相信,在全体澳门人民的共同努力下,澳门的明天一定更美好。

信仰·活力·快乐

——《蓦然回首》《涛声依旧》序

我说过:"老年是人生最美好的时候,成熟、沧桑、见识、自由(至少表现在时间支配上)、超脱。"这些年,我正是以这样的态度来审视自己和人生的,度着自己美好的时光。同时我也惦记着文化部机关七百多名离退休干部。在文化部的几年,我深知这一大批离退休文化干部是国家宝贵的财富,他们有丰富的阅历、卓越的业绩和珍贵的经验,构筑了波澜壮阔的革命长河、人生的大海和艺术的殿堂。他们有的从艰苦的革命斗争岁月走来,带着井冈山的晨雾、长征路的冲锋号、延河水的低吟、抗战的烽火、三大战役的捷报、上甘岭的硝烟,迎接过新中国的第一道曙光;他们有的与新中国一道成长,投身于伟大的社会主义的建设,为社会主义文化艺术的繁荣和发展,辛勤耕耘,忘我劳动;他们有的长期致力于我国文化外交事业,为我国与世界各国人民的友谊和中外文化交流,谱写着新的篇章。他们的历史是光荣的,他们的业绩是优异的;他们的奉献,他们的精神,他们的情怀是可歌可泣的。这是一个光荣的群体。文化部离退休干部局要编纂《蓦然回首》和《涛声依旧》两本诗文集,从中我再次看到了文化部机关广大离退休干部的风范、风采和风骨,感受到他们的精神、魄力和情操,体会到他们的艰辛、快乐和奋发,感到特别的欣慰。

首先让我感动的是他们自始至终保持着乐观向上的精神。虽然他们离开了熟悉和为之奋斗多年的工作岗位,但他们依然关心着国家大事,关心着社会主义文化艺术事业的发展和繁荣,关心着党和国家的命运,关注着国内外形势的发展和变化。文集中许多篇幅都真实而准确地表达了他们的殷切期待和真知灼见,他们的脉搏和祖国、和时代、和改革开放的步伐一起跳动。广大离退休干部这种永不褪色的革命精神和情怀是值得钦佩和学习的。

其次,使我感动高兴的是他们以一种平常淡泊的心态,安度着自己的离退休生活,他们的离退休生活丰富多彩。生活就是如此,退下后,我们的生活环境变得安逸、超脱和自由,如何适应新的情况,是我们面临的新的课题。从大量的诗文中,我看到他们快乐的一面,他们学书法、学绘画、学声乐;去旅游、去访友、去登山;来小聚、来海侃、来游戏,放松自己,快乐他人。老有所学、老有所乐。广大离退休干部能快乐地安度晚年,这本身就是对社会的贡献。

还有一点,令我十分欣慰的是许多离退休干部仍然以自己的不懈努力,为社会、为人民做出新的贡献,其中有许多同志充分发挥自己的语言特长,翻译、编著了优秀文学作品,还有的同志在自己钟爱的艺术领域不断地探索、研究和总结,不时地拿出新的成果。

离退休干部局同志经过努力,编纂两本诗文集,展示了广大离退休干部多视角、多方面的风貌,给了我们许多宝贵和深刻的启示,做了一件好事。我们应该感谢他们,同时希望他们继续努力,做出更多的成绩。应他们盛情的邀请,写了上面一段文字,权当序言。

有 无 之 间

——沈昌文《阁楼人语》序

读二○○○年十一月九日《南方周末》上沈昌文公的《回忆读书》一文,浮想联翩,感慨系之。那些年的《读书》,实在是一个亮点,如果不说是一朵月月开放的奇葩的话。而且,现在回想起来谈起来给人以俱往矣的不胜今昔之感。

沈公总结说,或者更正确一点沈公与吴彬同志共同总结说,办这个刊物的经验是三无:无能,无为,无我。这就把问题提升(按:"提升"云云是港台说法,其实我们的习惯是说提高)到老子哲学上来了。

《道德经》上说,"万物生于有,有生于无",没有比用出版家编辑家作例子更能说明老子的这个绕脖子的命题了。出版家编辑家只有进入兼收并蓄的"无"的状态,即无先入为主,无偏见,无过分的派别倾向,无过分的圈子山头(有意或无意的),无过多的自以为是与过小的鼠目寸光,无太厉害的排他性,无过热的趁机提升自己即为个人的名利积累的动机,才能兼收并蓄来好稿子,也才能真正团结住各不相同的作者,才能真正显出一种恢宏,一种思稿若渴一种思贤若渴的谦虚和真诚,才能具有相当的凝聚力吸引力容纳力——港台说法叫做磁性。

有时候,一个很好的很可爱的很纯洁的很用功很执着认真的学者却硬是做不成一个好出版者好编辑,就是因为他们太"有"了,他们有"有"的功夫——有定见,有一派或一种观点,有很强的学派烙印和思潮色彩,有来历有渊源有自己在学术思想上的固定位置或预期的固定位置,有一拨学友一拨以类聚以群分的应和者配合者合作者切磋者,他们更有自己的个人的学术活动学术预期学术名望学术项目学术出访学术时刻表与学术自信和学术风格学术个性,他们是"这一个",他们习惯于做独胆英雄,他们习惯于单挑独鸣,与众不同,与俗鲜谐,自成一格,放在哪儿都显出个人的光芒来。

然而编辑与出版更多的是一种组织工作,群体的工作,服务即侍候人的工作,太"有"了就干不成了。上述的那些清高和自爱的学人们则没有至少是缺少"无"的功夫,他们从不把目光注视到自己的"无"上。他们不可能虚怀若谷地去团结作者服务作者,他们自己就是优秀的作者,他们凭什么跑来跑去为他人做嫁衣裳?他们自身就是行家里手,凭什么再去请教别人倾听别人?他们的师长、同学、同行、同道、私淑弟子至少是跟随者信奉者崇拜者已经很多很多,何必再去扩大作者的队伍与上心维系原有的队伍呢?像"读书服务日"这一类劳什子,清纯优秀的学者们是不屑于去做的。

这里所说绝无扬编辑而贬学者之意。学者有自己的无,不跑腿,不看人眼色,用不着太左顾右盼也用不着四面八方统筹兼顾,不费太多的时间做行政公关方面的俗事,也绝不轻易放弃自己的观点——不论你是泰山压顶还是蛤蟆闹坑,能够两耳不闻窗外事一心只读圣贤书一条道走到黑;这样,才能我行我素做得成学问成得上至少是希望成为一代学人的代表人物,最后还能成为一代宗师一代昆仑。这样也才能明辨是非,臧否清晰,党群伐异,生命不息,战斗不止。

这样的好学者也许可以对学术思想思潮本身做出精彩的贡献;他们也许能写出好文章写出好书;也许他们能提供一种独特的声音独特的角度;也许他们能编好一种学派刊物学派丛书或者同仁刊物流派丛书,但是他们无法像三无人士沈昌文吴彬一样编出那样的宽阔、影响和质量来。

有之以为其利,无之以为其用。老子的这一命题用在这里就是说,"无"并不真是什么都没有,你真找几个大草包,别说编《读书》,就是编《麻将指南》也不会编得好的。他们的"为其利"的"有"是有追求,有操守,有容量,有热情,有大的思路,有服务精神,敬业精神。他们是有一种真正珍惜编辑这个事业的态度的,他们不玩票,不会采取此处不养爷自有养爷处的高雅的,不让他们编了,他们确实很失落很悲哀,这是不可以嘲笑的。当然,为其利还因为有前辈和有关领导的支持爱护,有沈文中提到的众师长和同仁的支持,有这么一个刊物,有三联书店的影响和领导,更有以北京为基地的这样一个人文环境(各地奋起效《读书》之尤者多緊矣,都有不小的成绩,但是整体上看,差多了,原因即在此);如果这些主客观条件都是无,你还能闹出个啥来?

有了上述这些好条件,那就看你能不能无之以为其用了,不能无之而是太多的主观性自我性,就会把好端端一个利,一个已有的"有"渐渐糟蹋掉。

有之以为其利,无之以为其用,说明的有与无的互补关系,叫做"有无相生"。还可以说,"无"是"有"的一种存在方式,是"有"的一种升华。"无"是一种趋向于零的心态,并不就是零。那么趋向于零的心态又是怎么样的一种状态呢?一曰以无限作为参照,有极大的胸怀。如果以零作参照只有极小的胸怀,就只能趋向于无限大了。二曰这种无是一种弹性,不是刚体的不可入性。三曰容受性,如老子讲的,一所房屋,因为它的四壁之内是无,才能使用,反过来说,如果你的心胸的库房已经满满堂堂,必然丧失了一切容受的可能。四曰服务心态,自己既然是无,其用便在于为众人的有服务。最后是无我状态,无欲则刚,有容乃大;也不可能绝对无我,然而,老子说得好,无私,故能成其私。太私了呢?便只能闹笑话啦。叫做:有到无处渐应手,有到无时正得心。叫做:无是一种大有真有的状态;更是一种真有万有而不是私有独有的契机,是万有的生长点万有的源泉——是故有生于无并且有无相生,是有的最高形式。马恩也是这样论断的,无了产才有未来,无了锁链而将拥有全个世界。治大国如烹小鲜,何况办一个刊物乎?沈昌文和沈以前的《读书》诸君,其实办刊物办得平平淡淡,状态似是老农收麦子,麦子熟了收割就是啦,这就近于无为了。来了好稿子,有时候带着泥巴带着草屑照用不误就是了;有一点点辛苦,但算不上什么大事。而撅着腚努着劲捶着胸急赤白脸割麦子的都是力巴头。力巴也没关系,肯于学习肯于继承一切好的东西就大有希望。知之为知之,不知为不知,是知也。说明无其实也可能即是一种有,承认无知其实正是一种知,换句话说真正的知必然认识得到自己某方面的无知,自知之明恰恰是最可爱最难得的知。而最可怕可厌可笑的是明明无知却自以为什么都知道,强不知以为知,是一种愚蠢更是一种成事不足坏事有余的罪过。

无能云云,一种是真无能并承认自己无能,这是中上。有一定的能力但更看到自己的无能方面,从而团结和聚集所有的有一得之见者,并把他们的力量集中起来发挥出来,这是上上。自己有能并从而以自己为中心搞自己个人的一套,虽然自己有所建树却失去了助力失去了磁性;这是中下。而自己无能,偏偏作有能状作教训旁人状呢,那就是下下了。

用抽象一些的语言来说,上善以有为无、存有用无、知无守有;中善以无为无,无用无害无咎(这是无的低级状态);下善以有为有,终无大用(这也是有的低级状态);甚恶以无为有,欺世盗名,害人害己。

至于无我,对于某种类型的人就更痛苦更困难一些了。呜呼,三无亦大不易矣,呜呼!

发表于《中国编辑》2004年第2期

《松窗随笔》序

我有一个说法,未必人人赞成:我说文学是人类的一个业余活动。我的意思是说,第一,您得温饱了,能活了,接受了起码的教育了,才好接受文艺,创造文艺。第二,社会得基本正常运转了,才好关心文艺,发展文艺。第三,您得在生活中有所历练有所感悟有所关切才去弄文艺。第四,您接受文艺创造文艺的目的,也还是为了提高您的与别人的与社会的生活质量。第五,如果您和您周围的人不得温饱,如果您和您周围的人不得教育,您所处的社会极不正常,您和您周围的人生活质量太低太差,您的文艺活动就离不开为这些而呼吁、而怒吼,而号召,而想辙。

就是说,我不是也不喜欢那种生活在云霄里的文艺家。

据我所知,俞田柳是三位长期以来从事实际工作的老同志的联合笔名。其中的段天顺同志是我从地下工作时期就结识的老战友。他们的阅历与工作经验都很丰富,又都是有心人,爱读书爱思索爱动笔。他们给《中华老年报》和《北京社会报》的"松窗随笔"专栏写文章,有的放矢,真切实在,保持着这一代人的理想情操,保持着理想主义的棱角,又表现了一种夕阳和煦下的平静与和解。读之如与老者智者促膝谈心,如共同忆旧遐想,如切磋生活中学习中社会中的种种问题。不但是开卷有益,而且是经验与智慧,明哲与达观,健康与向上精神的浓缩。他们表达了老年人对于"阳光"(社会关怀与各方面对于老龄人口的帮助)的向往。他们主张老年人做一些有益、能做、有趣的事。他们赞赏"山到秋深红更多"。他们提出老年人的幸福的几个指标：事业心、家庭、朋友和个人爱好。他们提倡读书,讨论读书方法,主张老年人读书要潇洒一点,宽泛一点,结合实际一点,并且向老年朋友介绍好书好诗。他们显示"有希望,有事做,能爱人"的生活追求。他们也愤怒地谴责腐败。他们关心残疾人。他们仍然坚持助人为乐的高尚原则,不是作为教条,而是作为美好生活的基本要素。总之,他们在文字中涉及到社会生活的诸多方面,有所赞美,有所批评,有所讥刺,有所嘲讽。例如关于猴爬竿与花果山的说法,就足够人会心一笑。

这样的文字还有一大好处,就是在文风上给我们一个很好的影响。有实事求是之意,无哗众取宠之心,有平等切磋之态,无装腔作势之姿,有以理服人之诚,无居高临下之威,有与人为善之心,无刻薄恶毒之状,不搞假大空,不搞浮夸,不搞欺世盗名,不搞煽情作秀,不想一鸣惊人,没有吓人战术。而现时种种不正当的文风也是冰冻三尺非一日之寒,既发端于极左与"爬竿",又恶变于市场叫卖。眼下能读到俞田柳的这样平易真切、充满干货、娓娓动人的文字,算是人生一乐了。

我祝贺这些文字结集出版,并相信它们能受到读者的喜爱。

发表于《中国老年报》2004年1月2日

《英雄史诗〈江格尔〉科学版本》序

新疆大学兰州大学西北少数民族研究中心要我为《英雄史诗〈江格尔〉科学版本》写序。我欣然接受,阅读该书的导论、正文和名词索引,觉得该《江格尔》版本的问世界纪录,是国内国际《江格尔》研究中的一件大事。

据专家们评价,该书代表着我国《江格尔》研究的最新成果。它的导论回答了二百年以来《江格尔》研究中一直关注的几个问题。即江格尔名称的由来问题;江格尔艺术形象的生活原形问题;《江格尔》产生的历史背景和时间地点问题等等。

由于历史上卫拉特蒙古迁徙和战争等原因,它成了一部跨国界的大史诗:据悉无论中国、俄罗斯,还是蒙古国,凡有蒙古人居住的地方,几乎都存在《江格尔》的演唱活动,而其发源地应该在中国新疆。

过去,如同敦煌的所在地在中国,而它的研究活动首先在国外开展一样,直到上世纪八十年代以来,《江格尔》的研究也仅限在欧洲、日本和蒙古国。据导论所说,俄罗斯卡尔梅克共和国在今年九月份举行《江格尔》在欧洲出版二百周年学术讨论会。它从一个侧面反映了国外《江格尔》研究的连续性;上世纪八十年代初,我国《江格尔》的抢救被列为新疆维吾尔自治区哲学社会科学重点抢救项目,为期七年,全部搜集;一九八二年,以新疆维吾尔自治区名义举办了首届《江格尔》研讨会;一九八八年,又召开了首届《江格尔》国际研讨会。我记得,一九八九年六月初,贾木查教授和贾芝先生一起给我介绍过新疆《江格尔》抢救情况,对此工作,我十分支持;当年秋天,文化部副部长高占祥同志代表文化部为《江格尔》工作作出突出贡献的单位和个人颁奖;一九九六年,在北京召开了《江格尔》国际研讨会。

据该书导论的记述,新疆文联、中国文联民协先后出版《江格尔》资料十二本,从中挑选出版《江格尔》文学读本三大卷,共七十章,近十万行,分别用胡都木文、托忒文、汉文三种文字出版。三次会议共出版国内学者《江格尔》论文集五本。更可喜的是,贾木查先生在参与《江格尔》搜集、整理、出版工作的同时,又完成了国家课题《史诗〈江格尔〉探渊》一书的写作。这次,我有机会通读了贾先生的这部专著,觉得该书学术价值较高。随后,贾先生又承担了新疆维吾尔自治区重大课题《英雄史诗〈江格尔〉科学版本》的整理、注释和蒙、汉、拉丁文本的审校工作。据专家们的鉴定结论,目前《江格尔》版本定稿已经问世。专家们认为其成就主要表现在以下几个方面。

一、突破性:该书从蒙古族历史学的角度审视了《江格尔》的情节,又从《江格尔》的情节探究蒙古民族历史事件在《江格尔》中的痕迹,从而找到了二百年来一直未解开的江格尔名称的由来及史诗主人公的生活原型,以确凿的论据证明了江格尔可汗的艺术形象源于以成吉思汗为首的历代蒙古族英雄豪杰们的群体形象这一论点,有重要的意义。

二、创造性:专家们认为,以前各国出版的《江格尔》的二十几种版本,都是用自己的文字出版的,而且在内容的选择上往往精芜并存,有许多冗长、重复、不尽如人意的地方。该版本则从中、俄、蒙的诸多版本中挑选了内容不同的二十五章故事(包括《江格尔》托忒文手写本和老艺人演唱的录音资料),使研究者和读者能够在不太长的时间里,了解世界上已出版和未出版的《江格尔》史诗的概貌。

三、整合性:世界上对《江格尔》的研究,自一八〇四年德国学者别尔格曼在里加市出版《江格尔》开始,到今天已经有整整二百年的历史。二百年来，各国的学者出版过有关这部史诗的各种专著，但却尚未有人写过这样的导论和经典性《江格尔》版本。该版本对所选故事的语言中不够连贯或过于繁冗的地方，也参考其它变体或异文，做了一些调整。此版本采用原文、汉文和拉丁文（包括英文梗概）对照的方式排版，每五行标一行号。这在提倡史诗比较研究的今天尤为可贵。

另外，我特别注意到了该版本的名词索引部分。这一版本的名词注释多而深刻，对许多成语典故、疑难名词，都做出了细致而令人信服的解释，人们通过它可进一步深入理解《江格尔》的内容。

《英雄史诗〈江格尔〉科学版本》的面世，是课题组所有学者克服困难、齐心协力、不懈努力的结果，也是对世界有关专家学者在《江格尔》搜集、整理、研究方面取得的成果的总和。这无疑是值得庆贺的好事。

2004 年 11 月 11 日

《朗文当代高级辞典(第三版)》序

我一辈子离不开辞典。

在我女儿三岁的时候,看到我动辄搬动掀动厚厚的辞典查看,便问她的母亲,"这是什么书,爸爸老是看不完?"

答:"辞典。"

问:"什么是辞典?"

答:"你爸爸有不认识的字,就从上面查。"

女儿大为惊奇,她叫道:"原来爸爸不认识的字有这么多!"

是的,女儿说得对,我就是有那么多不认识的字。我没有受过正规的高等教育,各式辞典就是我的 collage。我没有读过英语系,各种英汉、汉英、双解、专业辞典、大词典就是我的 English Department。我缺少格物致知的功夫,各种辞典和扩大了的辞典——百科全书就是我的 professor 和 director。

不知道算不算有点忘恩负义或者过河拆桥,用多了辞典,也发现了一些遗憾。多数辞典显得老气,解释千篇一律,跟不上活鲜鲜的生活。重要的、常用的与多用的词与生僻的、正在没落和淘汰的词混在一起,而新崛起、新引进的词则更难在辞典中找到说明解释。

这时候我得到了有关朗文当代辞典(第三版)出版的喜讯。这一版辞典用双色印刷,排版清晰易读。内容全面更新,加了不少新词新义。这个辞书还经过统计从众多的单词中找出了最常用的一千个、两千个、三千个英语单词,并指出它们是经常用于书面或口语。

这些资料对于有志于学习英语但是基础与成效都不佳的人如鄙人者,实在是太方便,太管用了。

这一版辞典还提供了频率表,例如它告诉读者,像 absolutly 这个词,一般人每说一百万个单词就会使用一百八十次左右,绝了,你在别的辞书里很难得到这样的资料。

这一版辞典的解释相对来说是简单明了的,编纂者说,用来解释词义的词,只有两千个常用词汇,深入浅出,这当然是辞书最最实用之处。除民词义之外,这一版辞典还提供了多种用法说明与语言提示。以 day 一词为例,它是包括幼稚园的孩子都知道的一个词。但看了朗文当代辞典(第三版),你才恍然于它可以当二十四小时这样的一段时间讲,可以当白天讲,可以当将来、过去、人的一生或物的寿命、工作、每天、现在、坏事发生、好事发生、快乐、成功(出名)、口语片语和其他意思。而所举的用 day 词的例句并不罕见,并不牵强,你(指我这样的低水准读者)读了这些例句,不但弄懂了 day 的用法,而且如闻英语说话者的谈话,如读浅显明白的英语读物,与中文"天""日""日子"等词比较,从中甚至学到一点英语文化和比较语言学。比如中文说"总有一天"或者"等到了这一天"或者"再没有这一天啦",这与辞书上的英语例句"somebody's day will come"和"have had your day"相比,令查辞典者感到多么亲切雀跃!这是多么给人以知识而且令人感到满足的呀。

对于正在急起直追的国人来说,学习英语的重要性自不待言。有一本好辞典对于学习重要性又是不需说的。我只说一句,祖国内地有人担忧学好了英语忽略了母语,我想这是极低层次的问题,对于多数观念正常和有志有智的人来说,双语、多语的基础是母语,双语、多语的素养应该是有助于学好用好母语。内地的同胞特别是青年人,大可以放胆放心地学好英语,为社会,为中华民族也为人类做出更多的有益的事。

2004 年

从古典散文说起

——《优雅的汉语：影响了我的五十六篇古典散文》序

这是一个非常个人化的选本，它反映的是我阅读的经验，反映了我的童年、少年与青年时代，反映了我的偏爱，甚至也反映了我阅读上的诸种偶然：先入为主，读时的心情正佳，读书的特殊背景等等。我无意为大众编一本以古典散文为主的选本，那应该是另一种编法，照顾到历史的定论，照顾到读者的需要，不能太个人趣味了。而我这次所做的是向大众介绍，有一个王某人曾经读过一些、更正确地说是遭遇过并喜爱过一些什么样的散文。

例如《史记》中我选了《范雎蔡泽列传》，这是因为我对范雎须贾恩仇故事的偏爱，我特别喜欢"别来无恙"的说法和"赠绨袍"的戏剧性情节，感动于范雎的苦情经历，这样就反而舍弃了众所周知的名篇。

感谢谢有顺文友的提议，让我重温了一下多半是儿时读过也喜爱过的古代散文和青年时代爱读的一点近代与外国散文。

古代散文里的某些观念，也许令人觉得经不住推敲。但是读起来，仍然让人相信它们写得精纯宏博，微言大义，叫做高屋建瓴，势如破竹。古人侃侃而谈，硬是把既缺少实证，又没有经过严密逻辑推理的观点，讲得头头是道，雍容华贵。我在这里更看重它们的审美价值。例如老子讲，"治大国如烹小鲜"，绝了。怎么个烹小鲜即熬小鱼法，专家们解释起来我们的脑袋就大了，糊涂了，争它个头破血流了。如果"好读书不求甚解"呢，则只感觉到这一句语出惊人，举重若轻，气概非凡，胸有成竹，神机妙算，深不见底。我相信老子写上这句话的时候一定哈哈大笑，面有得色，多少学问悟性，多少阅历思考，尽在其中。而又无法作出进一步的解释，叫做"天机不可泄露"。

再如《孝经》，似乎没有什么人把它当做好散文读，但是我小时候背诵过。如果你从第一章看起，就会觉得它同样非常善于表达：用最生活、最浅近的语言、道理，解说（当然了，是一厢情愿的解说）重大的命题。这也是禅宗的"吃饭屙屎都是佛法"的意思吧。例如"始于事亲，中于事君，终于立身"这十二个字，把事亲（服务双亲）倏地一下子提升到了从政和做人即人生观价值观的高度，是递进的修辞手段，是古已有之的"无限上纲"（这里作为文体来说，绝无贬义）的魅力与魄力，合辙押韵，读之兴奋昂扬。应该算是一种立言、写文章的境界。

这里头有汉语汉字的大贡献。汉语特别是汉字，是讲究审美，讲究联想，讲究灵性与神性的语言文字。古代，文通纹，多指文饰、花纹、波纹等。汉字形声意并重，尤重形与意。汉字的信息量是种种拼音文字所不能望其项背的。汉语的字本位、单音节使它特别整齐、精炼、讲究对仗与音韵。汉字相对比较难学，写文章是少数人的特权，它的古文作者有一种贵族化、哲学化、玄思化的怡然自得，高高在上感。（文章憎命达，文人其实多半是穷酸而不是贵族，但妙就妙在写起文章来有贵族感，至少是"精神贵族感"吧？）用现在的语言来说就是谁写文章谁有精英意识。古文讲究文采，特别是其中的骈体文，更是令人一唱三叹，留连欣赏，摇头摆尾，过瘾得很。那真是叫做文章、读文章、诵（吟唱）文章呀！

骈体这种文体，华丽至极，尤其是它天然地适合展示辩证互补、互相比照的思维。著名的《滕王阁序》，在词藻上形式上达到了极致，"襟三江而带五湖，控蛮荆而引瓯越。物华天宝，龙光射牛斗之墟，人杰地灵，徐孺下陈蕃之榻。雄州雾列，俊彩星驰……"读起来大补元气,振奋精神,你相信王勃确实已经穷尽了遣词造句的可能性、为文做赋的可能性喽。

从总体来看,人类社会是从金字塔型向网络型过渡,从等级森严型向民主型过渡的。无疑,我们说这是一种历史的进步。不过我们也不妨想一想,文化的(我们这里主要涉及的是文学的)民主化,在解放了那么多的精神能力的同时,也是付出了代价的:众说纷纭,众声喧哗,黄钟毁弃,瓦釜雷鸣,对不起,与民主在一起的常常伴有鄙俗庸俗起哄造势;加上网络文学、传媒文学、商业炒作、广告风格、市场导向再加权力操控和大亨操控还有海外强势文化包括硬通货的磁力场,如此这般,如今这个年月,到底好文章在哪里?到底公众还认不认得出好文章?尤其是有没有公认的好文章?

在这种情势下回顾一下我国古代的精英文人的佳篇妙句,从容布局,炼字炼意,别出心裁,慢工细活,咬文嚼字,吟咏把玩……我们会发出会心的微笑,我们会带几分羡慕地去揣摸他们的明窗净几,沐浴洒扫,书僮研墨,红袖添香……他们的手稿或小楷或行书或狂草,只一过目便能满足审美的需要。一种自荐与炫耀的冲动,一种虽然不乏功利考虑,一旦写起来就进入了的为写作而写作的纯净,一种注重写作的形式美的自我享受心情,一种贵族化的优雅的教养,所有这些,不是不一定就那么完全过时的吗?

当然,到了归有光、沈复那里,文字更加贴近生活,用笔也更加自然真切,不那么洋洋洒洒,不那么造势乃至做态了。归有光的《项脊轩志》的结构,还颇像"五四"时期的散文。

我选的文字大多精短,适合背诵,这也是汉字的特点。同样的内容,一般用中文表述,篇幅是用西文的三分之二,是日文的二分之一。特别是唐宋名篇,许多是我学生时代反复阅读过的。古文的东西需要背诵,这个道理与学习外语的背诵相近(此论我最早我是听诗词专家叶嘉莹教授讲的):古文是另一套语言符号系统,只有熟之又熟才能进得去,才能品尝出味道来,下笔时也才能与中华文化这株大树相匹配,写出东西来有根基,有源远流长的背景,有超乎文本的生命力的依托。像李白的《……夜宴桃李园序》中的"阳春召我以烟景,大块假我以文章""天地者万物之逆旅,人生者百代之过客"。像刘禹锡的《陋室铭》中的"山不在高,有仙则名,水不在深,有龙则灵",欧阳修的《醉翁亭记》中的"醉翁之意不在酒",像王勃的《滕王阁序》中的"落霞与孤鹜齐飞,秋水共长天一色",则已成为经典、成语、心理模式与修辞模式了。

有些年轻的朋友对这些老掉牙的文字不怎么熟悉,他们更愿意从生活中时尚中网络中传媒中大众偶像的言谈与商业广告的夸张与咋唬中寻找词语的变通与新鲜用法。不妨一试,这同样也可以炒红炒热。问题在于怎么样要求自己的文字了。根深才能叶茂,根浅则往往是随风飘零,难逃被连根拔起,被沙尘掩埋,被水流冲掉的命运。我并不一般地咒骂时尚,时尚自有它的道理。但时尚是多变的,来得快也走得快,时尚里常常包含着对于语词语法的悖谬与歪曲,时尚里往往有一些庸俗乃至低下的糟粕。时尚所以是时尚,恰恰在于人们的趋之若鹜,这样也就多了些滥俗感,少了些个性和创意。这是不能不看到的。

还有的朋友宣称,他的文字主要是受引进的外国文学的翻译文字的启发,我也完全理解。"五四"以来的白话文运动,它的语言资源里包含它所唾弃的文言文,包含我国古代的白话小说之类的接近人民口语的文字,包括活的老百姓的口头语言——当时被攻击作"引车卖浆"者的语言,也显然包含了从外文翻译过来的语言。延安文艺座谈会以后,更提倡到农民当中去寻找语言与表达形式。同时,外文的风景描写、肖像描写、心理描写、爱情描写,论辩描写给我们的文学语言开辟了新天地。前二种描写与外国的油画传统有关。后两种,则与文艺复兴以来的欧洲人文主义传统与发达的心理学特别是弗洛伊德学派有关。论辩文字,则受西方讲究逻辑学的文体影响。包括西文(主要是英语)的语法也影响了我们的白话文,比如在谓语的被动形态中加上"被"字,比如在形容词的比较级中加上比较二字,这在传统的汉语写作中多半是不必要的,对此,一一再改回来也并非十分必要。问题是我们当今的写作当中,本来是四条腿(古文/古白话文/今民间口语/西文翻译)走路,而您只是单脚跳跃,优劣何如,不言自明。

从个人的爱好来说,除了喜欢相对短一点的文字外,我还喜欢写景的,(如所选柳宗元的游记,苏东坡的前、后《赤壁赋》)哲理的,(如所选庄子的、纪伯伦的、达·芬奇的文字),写内心世界的(如冰心的《笑》),与政治的(如"大同篇"还有诸葛亮、秋瑾、孙中山、毛泽东的文章)散文。

古人写景,都包含着言志、抒怀、凭吊、兴发,通过写景写自己的遭际与心曲。苏东坡的前后《赤壁赋》中表达的那种豁达中的悲凉,潇洒中的妩媚,自由中的平安以及对万物——山、石、水、月、风、舟、鱼、萧、声、息……的兴味与细心体察,当称千古绝唱。"驾一叶之扁舟,举匏樽以相属。寄蜉蝣于天地,渺沧海之一粟。哀吾生之须臾,羡长江之无穷,挟飞仙以遨游,抱明月而长终……"做一个中国人,不懂苏东坡,不体会苏东坡的精神世界,那是太遗憾了。真是白做了一回华人哪!柳宗元的写景文字呢,其纯净令你认定他的文章刚刚用幽谷寒泉(而绝对不是雕牌洗衣粉)洗涤过。

一般认为孟子善辩,我倒没有特别的体会,我体会到的是庄子的善辩,联想力丰富,奇妙超常,而且超速,好像一台配置奔腾一百超前型的电脑运算,令对谈者陷入他的思维与语言的迷魂阵中,紧追慢赶也跟不上。他的思维不受时空限制,上天入地,一切为吾所用,一个渺小的个体,在眼界受限的古代,为什么能有那样阔大长久的思维张力,恐怕不仅是想象力的问题,更是胸怀的开阔与精神的自由的果实。而纪伯伦、达·芬奇的文字,有点像我国的笔记体,要言不烦,沉潜深重,悲天悯人,有古君子风,哲人风。读他们的作品,不仅是学文,而且是学如何治学,如何做人。虽然做人云云,现在已显得老朽过时了。

我选了鲁迅的《好的故事》、冰心的《笑》,并且不揣冒昧地,带几分"十三点"地选了自己的《凝思》,是因为我觉得目前这种潜气内转(这是朱彝尊评论李商隐诗的用语)的散文太少了。长期以来,我们习惯于写景物、写往事、写见闻,然后从思想上感受上提那么一下子,叫做画龙点睛的散文写作法,以至于早在二十多年前已经有人公然兜售散文速成写作法了。据说当时有人按这种速成法写过文章,获得了"成功"。而写内心世界呢,不能不回头看看鲁迅、冰心和屠格涅夫了。

屠格涅夫的《蔚蓝的王国》一文,与冰心文有异曲同工之妙。值得放在一起读。

今人作品我还选了张抗抗的一篇《牡丹的拒绝》。我请求那些同样写过许多好散文的同行、朋友、散文大家们原谅我,我不能再多选了,但是我一定要选这一篇,这是一篇天成的文字,这个题材,这个味道,这个含义,过了这个村就没有这个店,写一辈子读一辈子,您再也碰不到这种妙文了。

我选了一些政治家包括革命烈士的文字。这是因为我始终相信正像文学可能、可以自以为忘记政治、超脱政治乃至回避政治一样,同样文学有权利、有可能、完全可以关注政治、投入政治、拥抱政治。原因就在于政治是我们的生活的一部分,有时候是、曾经是我们的生活的最重要的一部分。胸中有政,哀民生之多艰,悲社稷之不宁,叱咤而风云变色,暗呜令山岳崩颓,这种胸怀气势使散文显得大气,显得沉甸甸,而比时下消费性的嘀嘀咕咕、酸不溜丢、顾影自怜、足底按摩式的"散文"强多了。问题在于真性情,无情未必真豪杰,怜子如何不丈夫,政治家革命家同样能写出杰出的散文,除非你本身就戴着政治的有色眼镜,在这一类文字面前,你尽管可以视而不见,缩头不看。

而最最政治的散文的鼻祖,我以为是《礼记·礼运》里边的大同篇,天下为公,萌芽的"共产主义"理念,这永远是人类的期盼,而这篇文字写得何等精粹闪光。这是真正的天书,不是说难懂,而是说天心天意天成——它具备一种超人间的精当与神力。

必须特别提到的是法捷耶夫的一篇文章。不管法捷耶夫跟随斯大林犯过什么样的罪过,他是浪漫的深情的一代革命作家的代表。至少也许至多对于我来说,他的革命理想的魅力永存,浪漫主义的风姿永存,痛苦与情怀永存,对他们的敬意与爱戴永存。只是当我想到,而今而后,多半不再会有哪个中国作家乃至俄国作家,中国读者乃至俄国读者再注意到革了一辈子命,忠了一辈子斯大林,最后自杀而死的法捷耶夫啦,我有一两滴眼泪,含在我的眼眶里,不得流出来。

说明一下,法捷耶夫此文(书信),并非来自青春阅读的记忆,而是最近刚好碰上的。编一本古典散文为主的集子,却以法捷耶夫的文字结尾,没有选《李陵答苏武书》,却选了一个苏联作家给另一个苏联(用不着说什么"前"苏联的废话,谁不知道苏联已经"前"啦?)人的信,这是天意。

发表于《海南师范学院学报》2005年第1期

《现代性视野中的张恨水小说》序

　　张恨水是二十世纪中国现代文学史上一位重要而独特的作家。其一生创作中、长篇小说一百一十多部,近三千万言,特别是《春明外史》《金粉世家》《啼笑因缘》《夜深沉》《八十一梦》等,至今拥有广泛读者,其小说的发行量,用今天的眼光看来更是大得惊人。

　　我在童年时代就读过《啼笑因缘》,并对沈凤喜和樊家树的故事不胜依依。我也完全体会得到上一辈人谈起张恨水来的兴奋心情。那时我看过旧版的电影《金粉世家》,看后虽不理解仍感怅怅。然而,在我少年时代一心革命以后,一想起张恨水的作品来,就本能地认定他那一套是"腐朽没落"的了。

　　新中国建立以后,一个是一九五七年提出双百方针的时候,一个是一九六〇年后困难时期强调"调整、巩固、充实、提高"的时候,两次大量印行过张恨水的小说,至少算是解解闷吧。这也有趣,似乎他的小说的发行是政策调整相对宽松的一项标志。

　　以至于,一九八〇年我第一次到美国去,听到同行、友人聂华苓的女儿王晓薇在写论述张恨水的博士论文的时候,我与同行的艾青老师都立即反应:写他作甚!王博士也明确表示了对我辈看法的不敢苟同。这是我第一次思考张恨水在我国文学史上的地位问题。

　　可能由于张恨水所坚持的"混饭"和"消遣"的小说创作理念,以及所采用的章回体小说形式,与二十世纪主流作家形成明显的疏离,被排斥在现代文学的主流之外,被称为"鸳鸯蝴蝶派""礼拜六派"甚至"黄色作家"。更重要的是忘我投入于救亡、革命、斗争的高潮中的人们会觉得张先生实是言不及义。因而,长期以来,张恨水几乎完全处于研究者的视野之外。其实,张恨水章回小说创作的成就,显示了传统文类在新的历史条件下的变革和发展,对中国现代文学特别是"五四"新文学传统是一种参照、丰富、补充,而不仅仅是对立。明了这一点,已经是很靠后的事了。

现在又有幸读到温奉桥博士的《现代性视野中的张恨水小说》,觉得可读。本书在前人研究成果的基础上,以"现代性"为价值坐标,将张恨水的通俗小说创作置于二十世纪中国文学两种现代性相反相成的流程上,打破长期以来现代文学研究的"新"与"旧"、"革命"与"落后"、"现代"与"传统"等二元对立思维模式和定性研究,突破那些失去了阐释能力的条条框框的束缚,进行新的研究、定位与评价,颇有见地。本书还从"主题"与"文体"两个方面论述了张恨水通俗小说的现代性内涵,努力发掘张恨水现代章回小说的"过渡性"。张恨水并非仅仅是新文学家所认为的"旧"作家,而是一个已经有所不同的作家,他的现代章回小说,既承续了中国传统小说的优长,又重塑了章回小说的现代魅力。

本书还从现代性规范调整的角度,对张恨水"抗战小说"进行了研究,提出了二十世纪中国文学的多种现代性规范的命题,论证了现代通俗文学是不同于"五四"新文学,也不同于古典传统文学的另一种现代性范式,具有新意。

天道有常,文理有定。我有机会在中国海洋大学与温奉桥博士结识,有感于他的勤奋、谦虚与好学,写这么点隔靴搔痒的文字,祝贺本书的出版,也为张恨水渐渐得到公道的评价而不无欣慰。

2005 年 1 月

享受一种机智

——王丽萍《当我遇见你》序

丽萍是我的一位小朋友。

她可爱、活泼、机智,常常用开朗的笑声和机智的话语,给人们带来年轻人的欢乐。现在看到她的这本名为《当我遇见你》的散文集,不由得想起她的好心情,她的快人快语,可能还有她眼睛里放射的调皮与得意的光。

作为一名编剧,她写了很多的电影和电视剧,而现在,她又信手拈来这些亲切的散文,读起来轻松愉快,字里行间,流露着美好的情致。丽萍的散文,写的是她熟悉的现代都市人生活,他们的情感经历、在竞争中互相挤轧的人情世故以及"咖啡时间的爱情",是一种海派风格,这大概是她对上海生活的真实观察,当然也是她的心灵个性的特有的折射。她展示了某一种人群的浮世绘,带给人们一个观察人生百态的新视角。她用自己的笔,给自己也给读者构筑了一座精致的咖啡空间,这里洋溢着饮品的浓香,可以在里面小坐片刻,从文学这面镜子中看到自己的身影,听到自己和他人心灵深处的声响。

在这近一百篇的散文里,她写下了都市男女交往的种种情景,这些景象,我们常常熟视无睹,而丽萍则像一个顽皮的孩子,偏偏从中拾起石块,让我们看到在生活流中掩盖着的种种可笑可爱可叹之处。她这样写男人:"以为找到了白马王子,却发现根本就是一头驴";她又这样写女人:"女人的悲哀,总是想抓住男人的什么,抓不住男人,抓住回忆也好";她这样写感情:"只是偶然地想起,却没有情不自禁地想念,想起和想念,天壤之别";她又这样写人情世故:"情可护心,钱则护身","阅人无数的好处,是让我们知道什么人可以深入浅出"……

仅有一双诗人的眼睛还是不够的,还得有美好善良的情怀:从丽萍的散文里,可以读到许多关于亲情和友谊的作品,带着隽永的记忆,拨动着人们的心弦。她写一个"花痴"的情感世界:"她在想象里实践着她的爱";她写朋友的感觉:"从来不需要想起,永远也不会忘记";她写拍电视剧的感觉:"我把戏当成了人生"……读了,不经意地会倍加珍惜我们平常忽略的那种感觉,但愿这种真诚感能永久地保留她的心中。

是啊,喜怒哀乐,酸甜苦辣,得失轻重,祸福险夷,人生固有写不完的文章,作家的长项,人们期待作家的也许正是讲述浮生的故事。让读者得到些更从容也更雅驯的故事吧,我当然从来都知道,从来不否定另一类煽情的、残酷的、严峻的乃至大规模杀伤性故事。

同时,时至今日,如果说饱经忧患和充满希望的人们有权利有需要读读王丽萍式的好听好看的文字,不也是很自然的吗?

2005 年 4 月 9 日

《古代圣贤论和谐》序

二〇〇五年秋,金开诚同志在全国政协常委会上作了一次发言,主题是构建社会主义和谐社会,必须重视和吸取中华"和"文化的精华。这个发言很好,启发了很多人。当时,文化界的几个老同志就提出来,希望能够出一本书,从传统文化入手,探究古代圣贤"和"的思想对于我们现在正在从事的事业的意义。经过两年多的认真准备,全国政协文史和学习委员会、中国人民大学国学院共同编纂的《古代圣贤论和谐》一书的编辑工作完成,即将出版,我谨向国内学界的朋友们和为此书做出贡献的同志们表示衷心的祝贺。

《古代圣贤论和谐》首次对中华传统文化中与"和"有关的论述进行了系统整理,开一时风气之先,具有基础性意义。这本书在不长的篇幅内,大量运用文本分析和不同言论之间的比较研究,把中华传统文化中有关"和"的思想做了一个全景式的考察厘分和梳理整合,展现了中华"和"文化的完整性和丰富性。此书为今后更深入地认识和研究中华传统文化与构建社会主义和谐社会的关系,提供了重要的参照。

中华文化是一个有着悠久历史和巨大内涵的独特的始终生机勃勃的活的文化,又是一个长期以来被众说纷纭、时而受冷落忽视、时而被强调高扬的文化,并且是可能成为当今世界强势文化最重要的参照系,也可能成为其对立面的文化。中华文化拥有极其众多人口的认同与极其丰富的生活经验的支撑,拥有极其悠久的辉煌纪录与历遭困厄与严峻考验的艰难历程,气势恢宏,深厚包容,辩证统一,和而不同。它奋勇向前,披荆斩棘,始终拥有极强的适应性与自我调节能力,始终拥有顽强的生命力和创新发展的能力。数千年来,中华文化不间断地吸收世界先进文明的一切资源,更注重吸取来源于近代以来中国革命、建设、改革开放和走向全面小康创造新历史的波澜壮阔的实践经验,尤其注重汲取深入、完全、彻底地改变了中国的命运和面貌的马克思主义。

马克思主义是必须也已经中国化或正在中国化了的。马克思主义的中国化,就是马克思主义与中华文化的结合与融通。而构建和谐社会和谐世界的目标,更是马克思主义的先进文化与兼容并蓄、协和万世、注重民生的传统文化,以及与和平、民主、种族平等等普世价值相融合相激荡的产物。它显示了当今中华文化的价值创新与对于国际社会的主动关切。中国特色社会主义道路的成功,充分证明了马克思主义中国化的成功,更证明了中华文化具有的独特深厚的底蕴和灵活机变、坚持原则又能良好调节的能力。

现时,我们更有弘扬中华文化的必要。

中华文化极其重视"和"的思想,对于今天的构建和谐社会的任务有重大意义。春秋战国时期,中国的古代经典就提出了"和"的理想。《国语》中有八十九处提到和字,如惠和,慈和,协和辑睦,声和而有七律,和五味等。《礼记》中有八十处提到和字,讲乐者天地之和也,讲致中和。《论语》提出和为贵、和而不同。《孟子》提出天时不如地利,地利不如人和。老庄等人也有对于和的论述,"天人合一"观念更是一种对于人与自然和谐的向往。所有这些,都有可能成为今天我们构建和谐社会与和谐世界的精神资源。

当前,执政兴国为我们党的主要任务。从革命党到执政党,从造反有理到国家干部,从火烧赵家楼到建设奥运场馆,从打倒孔家店到在全世界建立孔子学院,历史已经有了大踏步的进展。在马克思主义的指导下正确运用中华传统文化的精神资源,有利于长治久安、国运兴隆,有利于增加文化自信与民族尊严,有利于物质和精神生产的迅猛发展,有利于提高国人的文化素质和建设社会文明。

中国坚持走自己的中国特色社会主义道路,就一定会坚持以中华文化为根基的文化性格与人文选择。我们的目标是源远流长、基础深厚而又朝气蓬勃、与时俱进的文化,是继承与弘扬相辉映,引进与创新相结合,民族性、传统性与开放性、创造性相贯通的文化,是科学精神、人文精神、时代精神和民族精神融为一体的文化,是汲取人类历史一切有益营养和吸收世界所有先进文化合理成果的文化。对于一切有利于中华民族的振兴与发达的精神资源,我们都要勇于学习实践,这样,我们的中华文化将立于不败之地。

古代圣贤论和谐,讲的是古训,结合的是今天,面向的是世界、是未来、是现代化。经过二十世纪的浴血苦战与紧张对抗,我们终于可以想一想怎么样可以实现先哲提出的和谐理想了:尘封多年的古代精神成果重放光辉,源远流长的中华传统将在二十一世纪的风云激荡中焕然一新,我们对中华文化的新的前景充满期待。

学术与实践并重

——王能宪《文化建设论》序

王能宪演讲集出版,这是一部既有学术价值又有实践意义的著作。

王能宪曾在大学教书十年,后来考入北京大学攻读博士学位,受业于著名的古典文学专家袁行霈先生。完成学业并获得博士学位后,原定继续留在大学任教,却阴差阳错到了文化部机关工作。他在文化部机关一待又是十年,五年前离开部机关到了中央文化管理干部学院担任副院长。这两个"十年"成就了他作为一个学者型的领导干部丰富的人生阅历和特有的研究成果。

本书是王能宪博士在文化部和中央文化管理干部学院工作期间的演讲集,比较集中地反映了作者对于文化问题的思考。我以为,本书有以下几点特色。

其一,作者对文化问题的认识、立场、观点,与党中央关于文化建设和社会主义精神文明建设的基本要求和方针是一致的,是遵循马克思主义的立场、观点和方法的。例如,在《中国共产党的先进文化观与中国先进文化建设》一文中说到,中国共产党建党八十多年执政五十多年来,把马克思列宁主义的基本原理与中国革命和建设的实践相结合,在政治、经济、文化、军事、外交等领域都创立了一整套系统而深刻的理论。在文化领域,我党几代领导人站在世界和时代的高度,从中华民族振兴和社会主义现代化建设的实际出发,始终关注和重视文化的地位和作用，把握中国先进文化的前进方向，形成了一脉相承而又与时俱进的先进文化观，指引和推动中国先进文化不断繁荣发展。从而得出结论，我党一贯重视文化建设，体现了中国共产党人自觉的文化追求和崇高的文化目标。

其二，有学术的追求和学术品格。贯穿全书的是一种解放思想、实事求是的精神，不随波逐流，不人云亦云，更没有大话、套话、空话，有的是自己的独立思考和见解，有的是始终如一坚定不移的信念和认识，哪怕"不合时宜"，哪怕"冒犯"权威，也不去迎合某些似是而非昙花一现的"时髦"理论和口号。例如，当文化产业在我国刚刚兴起的时候，作者就敏锐地意识到发展文化产业的战略意义，并注意到文化产业与文化的联系与区别。早在中央十五届五中全会《关于制定国民经济和社会发展第十个五年计划的建议》正式提出文化事业与文化产业的区分之前，他就在人民日报上撰写了《简论文化产业与文化的关系》一文，提出文化产业是一个经济学的概念，文化产业只是文化中可以用产业方式运作的那一部分，发展文化产业替代不了文化事业，既不能把文化事业和文化产业完全割裂开来，也不能把两者混为一谈，笼统地提"文化产业化"，认为区分两类不同性质的文化具有非常重要的意义。随后作者又发表了一系列文章，始终坚持这一观点，并且不断深化。现实证明，他的观点是有道理的，也是重要的。

其三，因全书是"演讲"的实录，语言流畅，深入浅出。例如，究竟什么是"文化"？众说纷纭，定义不下几百种，作者在《文化建设与社会发展》的演讲中，从现实出发，通过具体事例，浅显而生动地阐述了文化建设的作用和意义，娓娓道来，引人入胜。他说："文化虽然看不见，摸不着，但无处不在，无所不包，大至国家前途，民族命运；小至个人修养，家庭幸福，无不与文化紧密相关。"他还强调："一部人类文明发展史，就是各族文化创造的历史。当一个时代一旦成为历史，它留给后人的就只有两个字：文化。因为，一切物质的东西都会随着时间的推移化为尘土,唯有精神文化的创造在历史长河的淘洗中显示出永恒的光辉。这正如大诗人李白所言:'屈平辞赋悬日月,楚王台榭空山丘。'可以说,对人类文明演进的贡献大小,最突出的坐标……是文化,是伟大的思想家、科学家、文学家、艺术家及其不朽的精神文化创造成果。"这些话说得何等好啊。

我觉得此书不仅适合各级文化管理干部,就是相关的专家学者乃至各行各业的人翻一翻,也算得上开卷有益了。

发表于《光明日报》2006 年 8 月 25 日

一剂治疗心灵的良药

——毕淑敏《性别按钮》序

有许多作家有病,例如陀思妥耶夫斯基的癫痫,契诃夫的肺结核,杜勃洛留波夫的瘰疬,李贺与子规(日本俳句诗人)的咳血与夭亡,杰克·伦敦、海明威、川端康成、三岛由纪夫的自杀等。

还有一些作家的疾病没有这样众所周知,他们的疾患更多在精神方面,尽管他们可能是很有成就的作家,但是一读他们的作品,那种偏执,那种自恋自吹自我膨胀,那种迫害狂,那种抑郁加躁狂的无可控制,那种神经兮兮和白昼见鬼,都令人嗟叹这里边确实有天才,生老病死的苦痛需要通过这些作家的手生发成花花果果,不能因为疾患就忽视他们的天才。但也无法因天才就不敢正视他们的疾患。

我也希望作家中有真正的医生,而不仅是有过成名前行医的记录。疾患越多,对医生的期待就越大。咱们这里有一个毕淑敏。解放军的卫生员。医科大学生。内科主任。小说与散文家。文学硕士。心理咨询专家。从小的好学生,好孩子,不那么另类,而是符合主流价值的有为者。医学是科学。医术是高科技。医心是天使的心,菩萨的心,济世救危,助弱扶伤,杨枝净水,慈悲为怀,爱心是主干,责任是永久,使命是奉献。

小说与散文是人的故事和情感,体贴入微,心界万象,人生经验,苦辣酸甜,再加生花的妙笔,成精成色的语言。心理咨询是新兴产业,是人的悲哀与软弱的证明。生活越是复杂,社会越是精密,节奏越是紧急,竞争越是激烈,心理的负担就越多,就越需要医生的专业,更需要医生的抚慰、疏泼与理解。

读了毕淑敏的散文,你觉得这些它都有了……她拳拳而又眷眷,虽然时下兴的是恶毒与残酷的刺激。它合情合理,虽然时下兴的是大言爆破。它告诉你一加一还是等于二,虽然时下兴的是一加零等于三万八千八。它娓娓动听,虽然时下兴的是对于阅读的颠覆。她竭力教给你活得好一点、快乐一点、善良一点、健康一点、光明一点,虽然高烧、病态、梦呓也是一种吸引眼球的行销策略。

如果我有亲戚朋友,我有孩子,我有孩子的朋友和老师,如果他们都是普通的与正常的人员,我都会推荐他或她读这本书。至少,在读一些令人犯病的书之外,也不妨,也应该,也亟须读一点教人健康的文学书。

2006 年 11 月

致 意 钟 鸿
—— 钟鸿《风雨半支莲》序

有什么办法呢,我们这一代人也到了写回忆录的年龄了。

钟鸿的往事令人唏嘘。早在半个世纪前,我们就认识她了,她在北京市委宣传部文艺处工作,热情开朗,美丽聪慧,她和市上的青年作者都有很好的交往。她也是地下时期参加革命的,我们有共同的经历。

她在《北京文艺》(即现在的《北京文学》)上,发表了一首小诗,居然引起了批判,后来在五十年代的那个夏天,叫做不平凡的夏天,划成了右派。

在我也获得了相同的遭遇以后,见到她,她的第一句话是:"这次,深刻呀。"仍然毫无怀疑,毫无自我保护,仍然像清澈的湖水一样迎接着恶风浊浪。

后来我们一起在门头沟区檀柘寺附近的一担石沟市委造林大队处劳动。她养猪,我们更多的人是种地。她穿着工作服,一身的猪饲料味道,脸红扑扑的,大眼睛仍然闪光。

后来她的眼睛也算一项罪名,不知她知不知道,有人断定长着这样的眼睛的人一定会有问题。美目倩兮,罪莫大兮。如果她长得像猪八戒的表妹,说不定会得到更多的平安与福气。这也是一种逆向淘汰即劣胜优败。另外,从政治上精神上修理一个形象好的女性,说不定也是一种弗洛伊德吧,尤其在许多人生活得压抑的时刻。谁知道呢？

后来我得知,她的家庭生活也解体了,一个女性能遇到的不幸,她都遇到了。

然而,她是坚强的,她没有倒,她努力做着力所能及的工作,她仍然是文艺人,电视剧,戏曲电视,编刊物,出书,成绩斐然,应可自慰。

环境有时候是严酷的,历史是曲折的,无辜的人有时候受到了太多的试炼和折磨,有为的人却从而变得更加坚强和深沉,洗掉了许多浮躁之气。我同情她的遭遇,也佩服她的坚强与始终如一的努力。

我还欠着她一个"账",就是说,一九七九年我写《布礼》的时候,就直接使用了也可以说是掠夺了她的小诗,作为《布礼》的主人公的诗作:《冬小麦之歌》,当时还没有知识产权观念,也说明了我对钟鸿的此作的印象之深与对她的遭遇的不平,我曾经想通过这个"挪用"来提醒人们注意一下钟鸿的命运。那时候还没有右派改正一说。钟鸿的诗和我的中篇小说在一起。

感谢钟鸿的宽大,没有起诉我的侵权,谢谢了。谨用此篇小文来弥补一下我的过失吧,愿钟鸿不老,新作迭出,更愿她对祖国的民主法制进步的祝愿一天天落实,使后人们生活得更加合理而且快乐。

2006 年 12 月

集权威与可读于一身的百科全书

——《中国中学生百科全书》序

百科全书这种从字典辞源发育起来的书种,由于它的广博性与权威性,是特别有用的一种工具书。有一本百科全书,你可以得心应手地查证引文,核对材料,学问一下子增加了很多,失误也减少了许多,咬文嚼字因而尴尬与恼火的情境会从而减少,误人子弟的事儿也会少出现一些。

但是,一般的百科全书,篇幅浩繁,定价高昂,重量超级,使用不便。因此少有青少年、中小学生准备此种书者。然而,青少年时期,又是读书最饥渴、最重要、最有效、最终身受用的时期。回想我对四书五经的某些印象,对唐诗宋词的一星半点的接触,对于四大才子书的轮廓把握,对于辩证唯物主义与历史唯物主义的初步领略,对中国现代文学的汲取,直到对于八段锦太极拳的兴趣,都差不多是在少年时代打下的基础。尤其是其中到今天仍能背诵得出的古文、古诗词、格言、经典段落,几乎仍然靠的是中学时期的用功。后来也得意过自己的过目不忘,也曾经背诵与记忆过许多东西,但是,成人以后的这个时期,记得快忘得也快,一时倒背如流的东西,到现在却所余无几了。还得靠青少年时代,还得靠中学时期。

那么,中学生不能很好地利用百科全书,或者更正确一点说,百科全书与中学生失之交臂,是青少年的遗憾,也是百科全书的遗憾。

现在,我看到了四卷本的《中国中学生百科全书》,它编得竟是那样活泼生动,既坚守住了百科全书的权威性、经典性,又增加了时尚性与可读性。四本分别是《史地大空间》《文体新天地》《数理加油站》与《成长充电器》。数理方面的内容,当然有"万有引力""欧姆定律""焦耳定律"之类的条目,同时也有"对讲机""IC卡电话""MP4播放器""内存""条形码"等条目。够得上是与时俱进,兼具百科全书与实用手册性质。在史地方面,你可以找到"刘墉""纪昀""和珅",也可以找到"庐山会议""人民公社化运动"的客观简要的解释。把情绪化政治化的话题知识化材料化,一句话就是百科全书化,这是对于历史的一种理性的科学态度。尤其是文体与成长方面,太叫人兴奋了。例如有对于香港电影的介绍,并配有彩色图片。有对于民族乐队的简介,援古通今,还有叶剑英与民族乐队共奏民乐的图片。

针对青少年的成长问题编一本百科全书,是带有首创性的努力。例如,有一条叫做相貌,它是这样解释的:很多中学生都在为自己的长相而苦恼,比如长得矮,长得黑,不漂亮,脸上有雀斑或者青春痘等相貌指人的面部长的样子。……相貌很难改变,与其无谓地苦恼,不如积极地接纳……要用才华来弥补自己长相的不足……有些职位的确需要漂亮……不去吃那一碗饭不就得了……穿戴整洁大方可以……要把你的内在气质显现出来……

真是金玉良言。但是不要以为这里的条目都是谈心聊天的,它有择校择业的所有有关资讯。它有科学前沿一辑,介绍了中国少年儿童科技奖获奖项目。介绍了二十一世纪初叶的科学难题,介绍了中外各种优秀人物,不明言励志而实际上励志之用自明。社会法律军事诸辑,也特别能够符合中学生的求知、求学、人生与成长的需要。

它打破了我对于百科全书的学院派书斋霉味等的印象,它是一套充满生活气息、充满时代气息的活的书,又是一套很平实、很负责、很注意科学性与准确性的书。而把生活的贴近,时代的火热,务实的探求与负责的态度结合起来,正是我们的国家和人民的光明未来的保证。一个成熟的与大有希望的国家,一个稳定发展与走向和谐的社会,人们会更信任也更会利用百科全书。

  从中学生时代就要培养这样的读书风气、求知风气与做人风气。这套百科全书的出版,其意义大着呢。我曾经准备把此书四册赠给我的孙儿,浏览一番以后,竟然暂时舍不得给他了,以我的水准,读这种书正是需要,正是合适,就是说,它对中老年人也很对路。

发表于《中华读书报》2007 年 3 月 7 日

《荆门神韵》序

文化乃国脉所系,是一个民族、一个国家全部智慧和文明的集中体现,是维系一个国家的精神纽带,是一个民族真正的"本"和"根"。中华文化博大精深,源远流长,各地的文化丰富多彩,其中,荆门市是中华大地上的一座历史文化名城。

作为历史文化名城的荆门市有着深厚文化底蕴,历史文化悠久灿烂,历史文化遗存丰富独特,历史文化名人众多优秀,文物典籍绚丽多彩。在《三国演义》里面即可看到荆门市。

但是,许多人对荆门市的历史、地理、人文的详细发展并不太了解。荆门市文史委编辑出版此书,对于彰显荆门独特的文化优势,提升特色,聚集神气,增强吸引力,对于广大读者了解荆门市各方面的情况非常有意义。

2007 年 8 月

《民族精神史诗·人物中国》序

由中宣部出版局策划组织的一项重点出版工程——《民族精神史诗·人物中国》由中国出版集团所属的中国大百科全书出版社编辑出版了。

该书面向广大的青少年读者,通过对人文初祖黄帝、"虽九死其犹未悔"坚毅刚强的屈原,治水三过家门而不入的大禹,不畏艰辛出生入死出使西域的张骞,"匈奴未灭,何以家为"的霍去病,"鞠躬尽瘁,死而后已"的诸葛亮,"醉卧沙场君莫笑"的旷达的辛弃疾,"留取丹心照汗青"的豪迈的文天祥,"天下兴亡,匹夫有责"的顾炎武,"封侯非我意,但愿海波平"的抗倭英雄戚继光,七次下西洋的伟大航海家郑和,以民族大义为重,收复台湾的郑成功,"先天下之忧而忧,后天下之乐而乐"的范仲淹,以二十七年坚忍毅力成就《本草纲目》的李时珍,"苟利国家生死以,岂因祸福避趋之"的禁烟英雄林则徐,血染吴淞的七旬老将陈化成,维新志士谭嗣同,忧国忧民、舍身蹈海的陈天华,"革命尚未成功,同志仍须努力"的孙中山,"身无分文,心忧天下"的毛泽东,"为中华之崛起而读书"的周恩来,"横眉冷对千夫指,俯首甘为孺子牛"的大文豪鲁迅;誓死抗日,壮烈殉国的杨靖宇,手举炸药包炸碉堡的董存瑞,国际主义英雄黄继光和邱少云;石油工人铁人王进喜,解放军好战士雷锋,党的好干部焦裕禄等近六百名中华名人的一个个小故事,阐明了中华民族以爱国主义为核心的团结统一、爱好和平、勤劳勇敢、自强不息的伟大的民族精神,为确立和弘扬新时代的民族精神,为赋予民族精神以新的时代内涵,为实现中华文明的振兴,提供了丰富的精神资源。

  民族精神不仅仅是一个抽象的概念,他表现在这些伟大人物身上。这些伟大的人物的出现,也正是民族精神长期培育积淀的果实。传承这样的精神与风格,弘扬中华文化的精华与血脉,便正是出版本书的目的。

2007 年

与 时 间 同 行

——《新文学大系·第五辑》前言

新文学大系,这是第五辑了,从赵家璧先生于八十年前在良友图书公司主编出版了第一辑《新文学大系》以来,以上海的出版机构为依托,一代一代,前后编了八十年,上百卷。百卷沧桑,百卷心事,百卷才具,百卷风流。呜呼,不亦盛哉!

本辑所选篇目出自一九七七至二〇〇〇年。简单地说,从"文革"后到二十世纪结束。《班主任》《于无声处》《天云山传奇》《大墙下的红玉兰》《芙蓉镇》《团泊洼的秋天》《鱼化石》《回答》《哥德巴赫猜想》《周总理,你在哪里?》……这些耳熟能详的篇目,以及一系列为"伤痕文学"鸣锣开道的理论文字仍然使我们激动,仍然使我们热泪盈眶。它们有一种类似时光隧道的功能,才一"触电",立马接通,我们陡然回到了那个过往的年代:万众一心,充满期待,一片真诚,一腔块垒喷薄而出,涕泪交流,却又是美梦如霞,仍然不乏天真与一厢情愿。

当然,文学是我们的最生动、最刻骨铭心的记忆,是我们的"心灵史"。有了文学,历史就难于抹杀,激情与思考将成为永远,怀念与记取充实着我们的灵魂,经验也诱人几分。而一切自我作古的宣告,都只能丢人现眼。

时间,是那个"后文革"的激情年代文学构成的一个重要因素。文学的当下性(还不止有当代性),使文学成为扭转乾坤、拨乱反正的一支力量,成为唤醒郁闷无奈的国人的一串春雷,文学带来的是希望,是振聋发聩,是从此摒弃极"左"面目出现的封建专制主义,是从今走向现代化,是走向民主、文明和富强的心愿洪潮。

《乔厂长上任记》《爱,是不能忘记的》《高女人和她的矮丈夫》《北方的河》《陈奂生上城》《哦,香雪》《我的遥远的清平湾》《致橡树》《人到中年》《被爱情遗忘的角落》《许茂和他的儿女们》……慢慢打开了我们的眼界,走向了千家万户,共鸣于多少人的浮沉祸福、悲欢离合、酸甜苦辣。不仅仅是一个"文革"呢,多灾多难而又奋斗卓绝的国人哟,且有的写,有的咀嚼,有的编织,有的哭也有的笑呢。

而《古船》《美食家》《隐形伴侣》《爸爸爸》《心灵史》《苍老的浮云》《动物凶猛》《无处告别》《受戒》《命若琴弦》《白色鸟》《叠纸鹞的三种方法》《西藏,系在皮绳上的魂》等更是不断拓展着情感、题材、手法、想象力的新生面,文学变得多样化乃至陌生化了。

到了九十年代,文学舞台上的活跃人物让人们首先想到的是贾平凹、莫言、王安忆、余华、铁凝、李锐、王朔、苏童、毕飞宇、毕淑敏、迟子建、方方、陈染、池莉、刘震云、海子、西川、林白、徐坤、何申、于坚等名字了。他们是一人一把号,各吹各的调(此种说法在六十年代是作为涣散离心的负面词语而流行的,现在用来形容文坛,其实很贴切,并且基本正面)。一九四九年以来,甚至一九一九年"五四"以来,文学从来没有这样热闹过、活跃过、多姿多彩过,也从来没有这样难以概括、缺少聚拢性、缺少方向感,形不成主流、形不成"文学运动",缺少公认的优秀高峰过。有时你甚至于难以从当下阅读中找到感觉,摸出路数,理出头绪。请看各种选刊,八十年代时选目是大同小异,后来则是大异小同。缺少例如上个世纪六十年代的《红岩》那种人人先睹为快、发行数百万册的主流正经文学作品了。

甚至,你也可以说,文学从来没有像现在这样堕落与无耻过。例如,写到了性与亚性器官、娼妓、吸毒与像有些作家说的,引起争议的所谓"辱骂自己的母亲"。

所以至今仍然不止一个人认定现在的文学创作不如提供出了从《保卫延安》《林海雪原》到"三红两闯"(《红旗谱》《红日》《红岩》《创业史》《李自成》)的年代。然而,你当真找来过往的名著与今天的创作对照着阅读,你又不能不承认,是今天,人们写得更深沉也更多样,更风格也更个性,更耐读也更艺术,更人性也更动情,更富有想象力与幽默感,更富有选择与珍藏的可能性。

前前后后出现了对于解放思想、人道主义、文学史重写、新启蒙、文学的主体性等问题的热烈争鸣与文学争论的政治背景、政治敏感性。出现了对于现代派"狼来了"的惊呼。出现了对于人文精神失落问题的碰撞……还有什么朦胧诗、新写实、痞子文学、中国作家是不是自杀得太少,直到作协与文坛的评估等众说纷纭的话题与对于整顿和政治干预的呼唤。也出现了一串篇目,例如《苦恋》等"有问题"的作品和一些作家的异议化、出走化与逐渐回归的过程。

这二十多年的文学像大河,先是奔流而下,波涛汹涌,势不可挡。而后越冲越宽阔,岩壁坍塌,轰轰隆隆,高高低低,跌跌撞撞,泡沫、枯草、败叶、泥浆打湿了你的衣襟,浪花、光影、鸥鸟吸引着你的目光,越来越多的歧议忽隐忽现。这个时期的文学又像山峰,时而连绵不断,群雄并起;时而异石峭壁,似梦似幻;时而陷阱洞穴,险象丛生。文学又像晚会,时而喝彩欢呼,吹捧有加;时而平常淡漠,随看随忘;时而啧有烦言,难调众口;时而高论入云,不着边际;时而平庸散漫,自生自灭。尤其进入九十年代的市场经济生活的背景,使文学似乎越来越缺少高潮了,缺少振聋发聩、精神火炬,看起来似乎越来越没有聚拢性、煽情性、精神领袖性与"大师"的弥赛亚(救星)——旗帜性了。一种说法乃在国内直到国外流传开来,说是中国的文学没有成果了,退潮了,恶劣化了,完蛋了①。

---

① 不仅我的友人与译者顾彬先生对中国当代文学提出严厉批评,说当代文学是"垃圾"。二〇〇八年笔者访问德国时,德意志联邦共和国众议院的议长拉默特先生会见我时提出:希望中国文学继续或更加关注社会与人民。

其实从更广阔的角度来看,是日益正常了。开阔、开放、宽容、创作自由都会付出并不太少的代价。好的和差的,深刻的与浅薄的,独到的和迎合的,真诚的与虚伪的都日益正常——正常的年代总是有好有坏,有真有伪,有毒素也有营养;当然同样正常的是有对于假冒伪劣毒的揭露、批评与义愤,虽然这种批评义愤是否时有夸张或时有软弱无力还有待分辨掰扯。

有趣的是,二十世纪后几年的作品中,时间因素,已经没有当初那么重大了,甚至是越来越平常化、平淡化了。平常心三个带有佛心禅意的汉字现在变得大行其道。文学是当下的,又是历史的与将来的。文学是时间的又是超时间或者淡化了时间的。当紧迫的心情平稳下来,当人们在追求正义、美德、真诚、雄辩与勇敢的同时,有可能寻求怀念与遐想、趣味与玄思、亲和与纪念、快乐与有价值的悲伤、隐蔽与新奇……的时候,当人们的当下性,人们的日常生活已经主要不是靠文学来加油或者体认,当心中的块垒表达抒发的渠道愈益多样,当人民大众的思虑更多的是向现实、向经济生活、向利益倾斜的时候,当人们面向着现实、实用,而现实生活已经紧紧地与经济与市场与利益得失结合起来了的时候,文学,至少越来越多的精英意识比较强的文学构成渐渐走向精神世界的或内里、或高端、或朦胧、或妙悟、或边缘、或超前……反正是不完全是那么急功近利的地带了。

与此同时,市场化的畅销与惊人的效益也成为一部分写家的追求。这引起了社会与同行的不同反应,有的痛心疾首,有的从容看待,有的狗血喷头,有的我行我素,有的见风使舵,有的连蒙带唬,有的兼顾几头,弄潮于穿行于思潮起伏、主流价值、社会变化与市场行情的风口浪尖。

国家不幸诗家幸,文学的非凡高潮往往和社会的郁积与历史的风暴联系在一起,和怒吼与泣血联系在一起。而相对平稳的文学的积累与拓展、文化的积累与变革,则更富于渐进性与细无声的润物性。沉迷于昨天的高潮的同道,难以掩饰自己的失望。有几个精英意识比较强的写作人同行好友,痛骂世人的庸俗市侩侏儒化,我们可以假定这样的批评与提醒是适时的与正确的,但是你有时必须要以平常心面对渐渐非高潮化的社会,非高潮化的文学,你有时须要懂得天道有常,与时俱化,经济建设、民生、市场有可能在某种意义上形成自高潮化到正常化的移动。而且,事实已经证明,几个精英或准精英的凶狠抱怨,无助于掀起中国当代文学的新高潮。

还有另一面,叫做于无声处听惊雷,叫做起于青萍之末,叫做山雨欲来风满楼。这是从理论上分析,而如今的一些愤青式或老愤青式的呐喊,或嫌苍白、贫乏、嘶哑与自己重复自己。

同样,以下的事实也无法视而不见:叫做鱼龙混杂,泥沙俱下。奶粉里有三聚氢氨,文学里自然有——难免有,虽然我们都希望没有:下三滥与纨绔牛皮同在;装腔作势,装时尚、装白领、装洋化与装冬烘传统同在;迎合与无定向横炮同在,口水表演与假冒伪劣同在。大骂文坛、大骂作家未能成为鲁迅第二或诺贝尔得主(也不是第一)或喋血烈士的声浪是合乎时宜而且蛮安全的,虽然类似的说法其实太廉价——源于无知。

我们感谢时间对于真正的文学的帮助。时间是文学的慈母,众说纷纭也好,良莠不齐也好,经过了八至二十三年的洗礼,时间仍然偏爱已经被认真阅读过并且仍然值得重读或新读的许多作品。同时严格的,道是有情却无情、同时是道是无情却有情的时间法官无情地掂量着昨天;某些红极一时、人为地被哄抬起来的作品或理论文字有些已经难于卒读。悄无声息的、被"文坛"的主导者忽视了的一些作品因时间因素的淡出、急功近利的文学观的削弱而光彩照人,毕竟非文学的因素会被时间的水流所冲刷,耐心与静谧的阅读终会取代敏感的一时性因素的干扰。时间的法官同样会有差池,但是更长的时间的回旋与淘洗常常能自行纠正自己的过失,时间的因素同样能制造假象,但是更长的时间的反复与不舍昼夜的思量,定能使文学自行显露真容。

我们与时间同行,我们因时间而聪明而明白而丰富并且宽容。多情应笑我早生华发。我们因时间而识破了许多肤浅乃至假象。我们因时间而做出应有的选择。经过千挑万选,经过多方衡量,当然还有待于作者的信任与授权,依靠各卷主编与编辑工作人员的努力,我们深情地捧出了这三十余卷近两千万言的新文学大系第五辑①,请读者明察,请时间的大河、请文学史考验我们的编选。

发表于《文艺研究》2008年第11期

---

① 本辑还编选了这一时期介绍到大陆来的香港、台湾同行的作品,这一工作在此时间段还刚刚开始,难以从中理出港澳台文学发展的轨迹,但是这些作品的编入,当能提高阅读的趣味与开拓我们的眼界,我们感谢港、台作家的授权,使本辑大系平添异彩。

《白祖诚回忆录》序

白祖诚同志比我大几岁,我们的人生轨迹有很大的共同点。他也是学生时代积极参加了人民革命,成为地下党员,北京市委的干部,一度春风得意,一九五七年不幸落马,批斗拖延而两年后终定右派。这种落马自己起了作用:在一种类似迫害狂的情绪下不停地给自己上线上纲,直到缴出日记与家信,终致使自己与弟弟没顶。经过了严酷的思想改造与劳动锻炼,吃够了苦头。党的十一届三中全会以后命运根本改变。

祖诚是个很有个性的人。他为人深思好学、博闻强记,吃苦耐劳、坚毅不拔,办事有时堪称精明强悍,但对待政治,他偏于执着,钻牛角尖得近乎呆气,我说是书呆子气。有时他认真地回忆过往,让人觉得认真得过了,有点进入斯时斯地拔不出来。然而也有个好处,就是记述了真实的史实和个人心路和历程,前事不忘后事之师。

经过"文革"的历练和六年的写作过程,他不断思考探索,现在有点洒脱和超越了。祝他好。

从他的回忆录里,我们会得到许多启发。他有不少经验值得写下来,让更多的人知道。对于我们来说,说说今天,并且正视回顾一下昨天,是有益的与必要的,为了明天,当然。

2008 年 6 月

我在政协会议上认识了朱永新先生

——朱永新《回到教育的原点》序

我在政协会议上认识了朱永新先生。我常常会在政协常委全体会议上听到他的发言,每次都是谈教育。我也知道他是在如何地为突破填鸭式的应试教育而进行着认真的,有时候是苍凉的努力。

教育,是大家最关注、最有意见的话题之一。一个中小学生负担过重,就闹了不知多少年,中央领导也说了话,是不是还有什么文件?反正是越减越重,情况只能恶化,并无解决的希望。还有一个什么收费的问题,也是说归说,做归做。一方面是大家关心,批评责难;一方面是积重难返,依然故我。

老百姓说的是表面现象,是那个"怪圈",但是朱永新说的是本质,是教育的出发点,是教育的人文性质,是教育的核心价值与整体评估。

至少朱永新的许多关于教育的论点感动了我,我觉得清新,我觉得感人。他把爱放在教育的基本方针层面来讨论,他介绍,某某国家是用一种宗教的虔诚来进行全民阅读的。他一次次地建议设立阅读节,屡败屡战。他主张幸福的童年,幸福的教育。单这两个幸福,已经催人泪下。他说教育的力量在于改变人。他主张通过长期的实践来实现自我,甚至为此设立了"成功保险公司"。他的心教育、新教育的主张与实践也令人耳目一新。

全国范围,人们是越来越重视教育了。从事教育工作的人多矣,这样有头脑,有心灵,有创意,有理论,有实践,有文采的教育家我所知有限。朱永新先生是其中一个。他的不无理想主义的教育观感动了我,我祝贺他的新书的出版,我等待着他的新思想、新观念、新成就。

2008 年 12 月

文本的力量
——"当代名家自选精品丛书"序

从作品的深度和对当代文坛的影响来看,摆在我面前的这套辑有邓友梅、从维熙、陈建功、韩少功、陈忠实、贾平凹、张炜、尤凤伟、冯骥才、蒋子龙的当代名家自选精品丛书以其文本的力量感动着我的并不陌生的阅读。在文学多元化的时代,我坚信,这套书是能在读者内心留下深深"记忆"的。这十位作家风格虽迥异,但源于生命历程的创作激情却是相同的。我熟悉并尊重这种激情,它是良知,是责任,更是心灵寻找自己伙伴的一种热爱。

这十位作家造就了当代文坛的一些重要的文学现象,回顾这些,令人感到一种鼓舞。

邓友梅和从维熙是我的老友,老伙计,我们一起经历了风雨、苦难和辉煌。邓友梅以《那五》《烟壶》的京味创作被视为是文化寻根派的代表性的人物,他的写新四军的作品也同样充满真情与灵气。从维熙则以苦难成就的一系列反映劳改生活的经典作品《远去的白帆》《风泪眼》等被誉为"大墙文学之父"。陈建功以《放生》《找乐》《前科》等作品努力以文体的创新将富有深度文化内涵和悠远历史的传统结构出现代京味小说品格。韩少功以《爸爸爸》《归去来》《女女女》等"寻根文学"的扛鼎之作领衔主演了声势浩大的"寻根文学"。而作为当代文坛西北劲风的领头人物,陈忠实和贾平凹最大的不同是前者厚积薄发以知天命的厚重感成就了白鹿原上的一个文学传奇；而后者以其细腻、传神的人物描写，携自然、诡异的灵光之睿，状绘从传统向现代转化中民族灵魂的痛楚和蜕变，以一人而兼数美，惯于寂寞，但作品异彩纷呈，是公认的当代文坛奇才。张炜、尤凤伟是山东作家的佼佼者。因《古船》《柏慧》《九月寓言》等著名长篇奠定自己文坛地位的张炜，一直在努力做着回归大地的文学想象。他辑来的这本短篇小说集依然延系着他那堪称经典的"诗"意文本风格。旅居胶东半岛，融入野地，那里的秋天和葡萄园是孕育张炜灵感和激情的温床，也是他自我坚守和磨砺言语方式和行为的精神高地。他为人类诗意的栖居寻找通道，也最终成就了属于自己诗意风格的文学。与张炜的浪漫与细致不同，尤凤伟是当代文坛最会讲故事的作家，他的小说常忽略人物的外部特征，而关注于人的生存困境压迫下面临的精神危机。他以简洁、犀利的"刀削雪峰"似的干练语势，写出了一个又一个不同于他人的具有自我生命的人物，他的代表作有《石门夜话》《泱泱水》《生存》等。给我留下深刻印象的是作家对人事隐曲的深切体察和对人与人心劲之间的较量比拼而描摹把握的准确到位。天津的两位才子冯骥才和蒋子龙，也是我关注并喜爱的作家。冯骥才的代表作《三寸金莲》《神鞭》《泥人张》《高女人和她的矮丈夫》《炮打双灯》等等奠定了他对当代文坛的贡献。近年来，大冯除了文学创作也致力于绘画，他的书画作品已达到相当深的造诣。他还开展民俗研究和保护名城的工作，并受聘于天津大学创设了北洋书院暨冯骥才文学研究院，荟萃国内外众多艺文画界名家施教助学，为天大创作着一流的人文环境，表现了这个集书、画、文于一身的文坛奇才的大抱负大胸怀，我祝贺他！天津的另一位才子蒋子龙，对当代文坛的贡献是对工业题材的突破。他创造的"乔厂长模式"将一种开拓精神体现在他气势雄洋、刚健豪放的艺术风格上，他的作品如他的人品，一身浩然、阳刚之气。蒋子龙的工业小说浸透二十世纪后期的时代特点，开创了中国工业题材文学的新局面，带来了中国工业题材文学的一次真正的勃兴。

最后,我以张炜的一段散文诗与读者朋友一起期待这十位大作家在日后的创作之路上继续辉煌,也因着中国社会出版社牟洁小姐的嘱托互勉:

> 我的飞翔着滑动着的渴望,无数次将我蛊惑。我甚至幻想变成一只鸟,最好是一只鹰,在不为人知的午夜,翱翔于空中。我以我的高度和自由,去获得一种骄傲。

是为序。

2009 年 4 月 1 日

《丁亥年说》序

　　翻开文明史,我们总可以看到人类一步一步前行的足迹。如果人类作为一个整体,也像单个人一样长着两只脚,那么,我们也可以认为,这两只交错前进的脚,一只代表了物质,一只代表了精神。

　　两只脚或者说两条腿的配合,才使得人类发展得越来越脱离野蛮,越来越达到文明。

　　今天,我们这个社会在经历了长时间的物质匮乏之后,绝大多数人的目光绝大部分都盯在了物质上,只有余光在关注精神。这也无可厚非。司马迁在《史记·管晏列传》中说过一句流传甚广的话:"仓廪实而知礼节,衣食足而知荣辱。"这是两千年前的话了,那时的人们,还停留在低标准的生活上,仓库里有粮,能吃饱肚子,身上有衣可以避寒遮羞,就可以谈礼节和荣辱这一类的精神问题了。

　　现在的人物质要求变了,不但要吃饱穿暖,还要吃好,要漂亮。当然,还要有大房子,有高级的小汽车,等等。但是,精神的这只脚是不能永远落在物质这只脚后面的。同样,物质这只脚也不能永远落在精神这只脚后面。如果要满足了所有的物质愿望,再去迈精神这只脚,那么,人类一定在原地转圈。

　　原地转圈是没有出路的。

　　如果说,工厂田地是物质生产的载体,那么,学校就是精神培养的园地。中华文化学院也不例外。

　　中华文化学院成立以来培养了大量人才。也许,这些学员在学校里得到的东西大都是精神范畴的,但是,当他们回到各自的岗位,他们贡献给社会的,既有物质,又有精神。

中华文化学院注重的,是提高学员的素质。

素质这个东西,不是说吃几顿好饭,穿几件好衣,住几套好房就能提高的。素质的提高,既是认真汲取人类先进思想和先进文化的过程,也是自我改造和自我约束的过程。不那么容易。

正因为不容易,才有许许多多的人在努力去争取。中华文化学院就提供了这样的机会。

最近几年来,在香港新鸿基地产郭氏基金的支持下,中华文化学院约请国内一流的专家学者,为来自各条战线的学员讲课,内容涉及历史、科学、社会、文化、艺术,等等。这些专家学者,金开诚、冯之浚、叶朗、欧阳中石、戴逸、耿宝昌、简永桢、成思危、阎崇年……哪一个名字都如雷贯耳,能够聆听他们的教诲,能够和他们同堂交流,是三生有幸的事情。

我看过前两年讲座编成的集子《甲申年说》和《乙酉年说》,我也看了即将成书的这本《丁亥年说》,我觉得,这真是一件十分有意义的事情。也许,今天还有一些人用不以为然的态度来扫视这件事,但是,再过十年、二十年甚至一百年,这个讲座以及讲座所形成的著作,会发生极重要的作用。

因为,这是精神这只脚上的一个部分,人走路是不能没有这只脚的。

2009 年

永远的同学
——马森《旅者的心情》跋

马森是我的高中同学,一九四八年我们同期考入位于北京地安门的河北高中。同年我加入了中国共产党(当时还是地下党)。一九四九年后,我义无反顾地离校当了团干部,他则在报名加入南下工作团、整装待发时被家人带到台湾。人生就是这样充满变数,他本来可能成为红色中国的"干部",他已经向往南下与革命。命运使我们分道扬镳,且行且远。他此后成为著述颇丰的文学艺术家,我也进入了文学的行当,命运又使我们渐行渐近。

二十世纪八十年代以来,我们多次在北京、香港、台湾会面。一九八六年我担任文化部长时,他发表过给我的公开信,他的善意与心愿我是理解的,我在可能范围内努力做好。一九九三年在香港岭南学院,我们有机会几乎是朝夕相处达一个月的时间。我更了解了他的持重、诚恳与好心助人。我与妻芳得到他与已经怀孕的太太的照拂。听他讲起当年参加南下工作团的状况,他说他为了走出解放区还化了装。我们不胜唏嘘。

大河同源,分流陌路,终有交汇。马森兄自称是犯了驿马星,亚欧美欧亚地转了几圈,马兄固洋矣,仍归故土。我呢,革命(包括革人家的命与自己的命)也算革得激烈淋漓,不亦乐乎。然后改革开放,我也转了大半个地球,虽然是走马观花多,下马种花少。世界毕竟是同一个世界,善良毕竟是同一种善良。命运本来可以这样也可能那样,我们毕竟不能因为命运的捉弄而长期隔膜。而文学毕竟是文学,同学永远是同学。

一九九三年在台湾参加《联合报》举办的"中国文学四十年讨论会"时,我们同为《联合报》的客人。他听了我的晚餐讲演,我讲到善良,讲到鸽子白色的羽毛,讲到轰来轰去心灵只剩下一片焦土,讲到文学可以成为一股清风。马森同学竟同感地流下了泪水。我则感动唏嘘于花甲之年的他的纯洁与真情。

我早就拜读过他的评论文字,我知道他学贯中西,也感觉得到他与我太不同的文化与历史——经验背景。这次又读到他的《旅者的心情》。文如其人,他写得真诚、实在,绝无巧言令色,近乎质胜于文,干货多而不掺水分。同时又有独特的感受与想象,是一个诗人与艺术家的感受与想象。我也是一个爱旅行——我喜欢用的词是漫游——的人。我也走过他提到过的那些地方,或者可以说是更多的地方。但较缺少他的那些相对长期的定居经验。我惊异于他所讲的一些想法,例如他说加拿大的温哥华是天堂,但是,是"无人"的天堂。绝了。一句话包含多少感受与忧伤、欣赏与遗憾。他刻画各地的风土人情与风光特色,令读者身临其境。既能敏感到他们的生活方式与故土中华的不同,又能看出世界与人类的一致,看出"四海之内皆兄弟也"的广阔与通达。他的一些貌似简单的概括,其实心意深广。今天的世界,一个不懂得世界的人很难懂得自己的地域;一个对世界动辄做出轻率的判断(不论是正面的还是负面的)的人,很难正确地判断自身,也很难正确地理解所属的国家与地区,以做出正确的选择。马森的书对于今天的内地读者,是有趣的,更是必要的。书名虽然叫《旅者的心情》,但我认为这不只是一本旅行的书,更是人生的书、世界的书、文化的书。近百年来的经验告诉我们,要了解世界,也要了解自己。我们对于世界和自己了解得还都不够。我们需要多几个马森这样的旅者,把心语告诉我们。

2009 年

读聂绀弩旧体诗
——《聂绀弩旧体诗全编》序

> 庾信平生最萧瑟,暮年诗赋动江关。

杜甫的诗竟像是专门为一千二百年后的聂绀弩写的。

我没有见过聂先生,从年龄上说他是前辈,这个名字我所以记得,最早是在批判胡风的高潮中,我在《人民日报》上读到了聂先生的批胡文字。我无意在这里哪壶不开提哪壶,更无意在这里丧尽天良地横扫一切,我只是说我们并没有假装全部忘记了我们的昨天,我们也不会因为某些人的毫不腰痛地站着说风凉话就信了他们的胡说八道。

直到"文革"以后,聂诗流传到我耳朵里来了。我强调是流传,因为我未见其书,未知其人,未索其句,它却硬是进入了我眼我心。例如这一类句子,最早是从友人的信中看到的:

> 哀莫大于心不死……
> 无多幻想要全删……

这样的句子直击要害,见血封喉,一看,你傻了。

> 何处有苗无有草,每回锄草总伤苗。
> 培苗常恨草相混,锄草又怜苗太娇。
> 未见新苗高一尺,来锄杂草已三遭。
> 停锄不觉手挥汗,物理难通心自焦。

聂的锄草诗,与我的生活经验百分之百地一致。其实这里有接受改造的含意,说明下乡劳动是何等艰难、何等伟大,知识分子是何等无能,何等汗颜。不,这里绝对不包含诉苦,农民锄个草还不是小菜一碟。人生本来就不公平,庄稼本来就不好长,未见新苗高一尺云云,倒是有点不快不顺气的感觉,本来那个时期人们都说是大丰收,放卫星的。锄草三遭,苗未长一尺,看来聂公那时已经开始删除幻想了。

此外聂老还写过许多诚恳地乃至是诗情画意地描写劳动生活的诗,例如搓草绳之类的题材。他本来是宁愿在热爱劳动的高调中逆来顺受的。

> 此后定难窗再铁,何时重以鹊为桥?
> 携将冰雪回京去,老了十年为探牢。

聂诗中有许多写给他的妻子周颖女士的诗,悲怆中不无自嘲,震惊中仍有调笑。例如:

> 孤山与我偶相携,我赠孤山几句诗。
> 雪满三冬高士饿,梅开二度美人迟。
> 吾今丧我形全槁,君果为谁忆费思。
> 纳履随君天下往,无非山在缺柴时。

此是三首诗中之一,诗前注曰:

> 出狱初,同周婆上理发馆,览镜大骇,不识镜中为谁。亦不识周婆何以未如叶生之妻,弃箕帚而遁也……

患难夫妻百事哀,哀而成诗,诗而成绝唱,绝唱中有血有泪,有寒冬雪梅之傲,亦有情有趣,有美人云云,有《聊斋》中叶妻见到叶生做鬼归来,吓得落荒而逃的故事。把镜中自己的骇人形象说成是《庄子》中的得道真人南郭子綦的吾丧我的境界。这也是我喜说的"泪尽则喜"的意思吧。

谁说读书无用,至少可以用来打趣自己厄运。

狂热浩歌中中寒,复于天上见深渊。
文章信口雌黄易,思想锥心坦白难。

以上是他为冯雪峰写的诗,头两句取自鲁迅散文诗,而后两句,声声泣血,字字钻心。只这八个字,就如闻霹雳,如见闪电,足以振聋发聩,力抵千钧。所谓旧体诗竟能写到这样真挚深情、奇突穿透、警醒骇世。聂先生有学问,更有血性,有词儿有掌故,更有"摇落人间六十年,补天失计共忧天"的如磐忧思。

即使忧愤如铅,阻挡不住聂先生的豪情:下面的句子永远令人豪迈,即使是"十年牢狱千夫指"了,你还是拿聂老这样的文人毫无办法:

二十岁人天怕我,新闻记者笔饶谁。
世有奇诗须汝写,天将大任与人担。
今世曹刘君与妾,古之梁孟案齐眉。
奇诗何止三千首,定不随君至九泉。
男儿脸刻黄金印,一笑心轻白虎堂。
昨梦君立海边山,苍苍者天茫茫水。
天狗吐吞唯日月,鲲鱼去住总沧溟。

聂绀弩是有一些可怕的经历的,例如下面这首诗:

解晋途中与包于轨同铐,戏赠。
牛鬼蛇神第几车,屡同回首望京华。
曾经沧海难为泪,便到长城岂是家……

是说在那个无法无天的时期,他与"同案犯"包先生铐在一起起解。诗很厉害,令人难以正视,但是文词之美又带来几分患难的浪漫与风流,犹能屡屡回首望京华?犹能沧海呀长城呀地忽悠一番。却乎是苦难也成诗,也成豪兴,也成佳句,抒怨之吵仍有自慰,与文字的匠心独运。

  现在,中文圈子中聂的旧体诗是一座奇峰。从伟大中华历史来看,这样的诗篇也属空前绝后。屈原的《离骚》当然绮丽繁华、忧愤沉郁,但没有聂的芜杂中的真挚,俚俗中的古雅,纷纷世相的真切刻骨,荒唐经历的难信堪惊。他老先生是无事不可入诗,无词不可入诗,无日不可入诗,无情——愤怒、无奈、叹息、感激、惭愧、戏耍、沉痛、悲怆、惊讶、坚忍、豪兴、大方——不可以入诗。他的诗如怪石,如荆棘,如黑云,如利刃,如泄洪,如哭号,如骷髅造型,如古树参天,如碾压,如旋风,如断了线的风筝,不知将冲破几重灵霄宝殿。

  现在,《聂绀弩旧体诗全编》出版了。我本无资格对聂绀弩先生其人其诗置喙,经不住编辑先生的抬举与不懈要求,只得零零星星地写下一点读后感,表达我对这位天才诗人的怀念尊敬之意。往者已矣,来者可追,中国诗,大有得写呀!

发表于《书屋》2010年第2期

同病相怜的感慨

——陈柏中《融合的高地》序

老友陈柏中的文学评论集《融合的高地》要出版了,要我写几句话。看了看目录,一种温暖和苦涩,亲切和陌生,怀念和伤感就涌上了我的心头。柏中与他的妻子楼友勤老师,都是我们在新疆的最好的友人,我至今忘不了他住乌鲁木齐春风巷的情景,我们没有少吃他们这一对浙江人烹调的美味,而且我一直恶毒攻击,建议将春风巷改名为臭气巷,因为那时候该巷子没有下水道,居民们将一切污水泼在街上。

我在新疆呆了十六年,一九六三到一九七九。他呢,一九五八——已经是半个多世纪了。我回京已经三十余年,远远超过了与柏中重合的共同在疆的那十六年。我走了,还留下一个热爱新疆熟悉新疆的美名。柏中呢,从大学毕业献身给新疆的文学编辑与文学评论事业,已经超过半个世纪了。也许应该感谢有过那样一个组织分配不容商量的时期,不然,柏中他们也许来不到新疆。

书里有关于铁衣甫江、阿不都克里木·霍加、王玉胡等老友兼同行的大量倾注了柏中心血的文字,音容笑貌,诗文吟咏,患难真情,苦中作乐,如在眼前。睹文思友,多少感慨?天人相隔,如何交通?幸亏有柏中的文字,不然,我的匆忙与混乱的生活中也许会少一些追思。我们曾经相濡以沫,也许还没有相忘于江湖,也许在我阅读柏中的有关文章的时候,他们三人的在天之灵会有所感应,有所欣慰?鸣呼,人事无常而文章仍在,人难长久,而心仍相通,悲夫!

老陈对于《新疆文学——中国西部文学》的回忆当然也使我共鸣。我一九六三年一到新疆就分到了《新疆文学》编辑部,其时的刊物负责人王谷林已作古数年。我完全理解当年那种积极向上、诚惶诚恐、高歌猛进、大轰大嗡;但不无晕头胀脑、不甚了了、终于是越努力越够不着、越锻炼越找不着北的心情。当然老陈当时还没有我那种另册遭遇,但总体心情与态度实是差不多乃至完全一致的。如说我们常常有点同病相怜,当不算套瓷过度。

在一个不能认真地与实事求是地谈文学的时候,我们认真地致力于文学、迷恋于文学。在一个原罪无边、无从救援的时候,我们立志奋勇前进,献身事业,还动不动大声疾呼地响应号召喊出口号。在一个各种高调令人眼花缭乱的时候我们勉为其难、相信那一切总会是有极高明的道理的。我们愿意的是自身有千错万错,而事业是从胜利走向胜利。是的,我们从来没有失却过信任和信心。作为不无迂腐(此语是另一位友人对于老陈的戏说与爱称,指不会某些手段,未能把个人利益最大化等)的知识分子或吃屎分子,我们动过真情也出过洋相,而在真情与洋相之边,还留下了文章可供怀念,可供参考,也可供长叹。

老陈的这些文字对于我来说不仅是文字、文学,而且是时代是历史、是见证也是伤痛,是青春记忆、是斑斑泪痕也是老来一笑,是宝贵的经验也是此生的欣慰。例如他谈到的"文革"前的做局"钓鱼"、批判"人性论"的故事……读者当从中读出多少真实、真情与苦味的真理!

新年伊始,祝他的书出版成功,祝他的全家快乐幸福。

2010年2月11日

《王玉胡文集》序

王玉胡同志是我到新疆后最早结识的老作家、老领导之一。去新疆前,与韦君宜同志话别的时候她就特别提到玉胡的名字与他的作品、影片《哈森与加米拉》。到新疆后过了一年多,我也看到了他的新作《黄沙绿浪》,并且多次听过他给新疆的作者讲一些重大的创作理论问题,关于民族团结,关于屯垦戍边,关于反修防修等等,他的头脑清晰,思路畅达,讲什么都合情合理,恰到好处。我还要说,这些问题显然都是他独立思考的结果,是他好学深思的果实,表现了他的水平与功力,对这些问题的准确把握,也是他写作上的成功的一个基石。

后来我有机会接触到他的多方面的小说、散文作品与理论评述,也得知了他的老革命的身份,我相信他是难得的一位有实践经验、有自己的思考、有对于新疆的深情热爱,又十分注意把握正确的政治方向的作家——干部。

这样的一位好作家却在文革中受尽了迫害与污辱。在这种不公正的情况下,他仍然严格地要求自己,只强调自己要"做普通一兵,永不变色"。以上九个字,是玉胡在"五七干校"期间为墙报写的诗里的最后两句。

新时期开始了,然后他踏踏实实、含而不露地继续从事他的写作与组织工作。他沉稳、含蓄、深思、内敛,少言寡语,不喜争论,更不事铺张,从无公关意识,只是时不时脸上显出一种略带无奈的笑容。

我们并没有机会作特别深入的交谈,尤其我们都不喜欢表白自己,也不喜欢追索什么理解呀友谊呀好感呀之类的。但是我们之间有几分默契,包括在那不正常的年月,我们有一种相互的信任和支持。他不拒绝在大事小事上帮助我,把真话告诉我。一九七三年我从伊犁农村回到乌鲁木齐,是他帮助我把爱人调回乌鲁木齐的。对待某些比较复杂和敏感的问题,他虽然是片言只语,也提出过很有深度的看法。在谈到我此后的工作的时候,他说:"总要有个真正了解自己,不受风潮影响的老人儿,哪怕是说下大天来,他对你的看法不变……这就好多了……"

我觉得他谈得挺深。

可能是由于创作人的时间支配得相对自由一些,王玉胡同志还有个特点,他是全文联人员中比较会做饭的一位。我对做饭也不无兴趣。在"五七干校",他当过炊事班长,我是副班长。回想我们一起包饺子、炸油饼、拿着个小铁锨炒大锅菜的日子,我觉得快乐加搞笑。玉胡有几分天真,他说过对有些特别计较的人,他更加注意给他们盛菜时决不多给。

在人们越来越关心新疆的事情的此时,我祝贺他的文集的出版,人们不会忘记他对新疆、对电影事业、对文学艺术的贡献。

2011年3月

好人也会说话
——方杰《昨去今来》序

在文化部上班三年半,我结识了方杰同志。我们成为朋友已经超过了四分之一个世纪。方杰是一个纯正的人。如今能用纯正二字做定语的人并不算特别多。

他是老革命,同时他与时俱进,没有丝毫背包袱、端架子的呆板与好为人师的倨傲。他是文化人,同时他眼睛向下,了解实情,没有那种书生议事的荒疏与坐而论道的一厢情愿。他长期担任政府官员,同时,他处处抱着学习与研讨的态度,没有那种权权权的恋栈与"官场"的工于心计。我还要补充,他又老革命又官员,但也没有当上"高官",而他生活得十分本分快乐。他快乐达观,但是又带棱带角,不昧良心。他尊重旁人,当然也包括尊重领导,但是他从不知道迎合投靠,不知道搞什么圈子、拉"自己人";当然,也就得不到什么体己的提携与助力。他搞了一辈子文字工作,却也没有急于变成著作家,他年岁很大了,热过了也凉过了,一般人认为没有多少事可做了,才笔耕出书。

他是一个实事求是的人,他只知道实事求是,却不知道实话实说会给他个人带来什么利害长短,不知道上午的一句实话就能让他下午腾地方。当他由于实事求是而付出代价的时候,他仍然安之若素,不改初衷,满脸笑容,宁可提前结束终身的"官运",决不昧着良心说话。

我看了他写的回忆录,他的文字干净爽利,他的态度与人为善,他的叙述有条不紊,他的心地阳光透彻,仍然是,除了实话还是实话,除了与人为善还是与人为善,除了扬正抑邪还是扬正抑邪。我很喜欢。

如今我又看了他的随笔散文,他的心地仍然炽热,他对于一些人与事情的感受仍然清楚透亮,他的文字仍然干净利索。他仍然是好处说好,坏处说坏,好处愿意你更好,坏处愿意你改正。我明白了,他的心态仍然是蓝天白云般地纯净。心净则文净,心正则文正,人纯则文纯。我祝贺他的新书《昨去今来》(文化艺术出版社)的出版。在一个浮躁的时刻,在盛行装腔作势炒作的风气下,我希望他今后更多地写一点,保持一点单纯,给社会增加一点正气,给读者增加一点平和的是非感。

好人也是会说话的!

2011 年 6 月 28 日

文学界的白衣天使
——毕淑敏《银牦牛尾》序

如果她的署名是阿咪、狂姐、原水爆或者荷兰豆,也许我早就读过她的作品了。

然而她的名字是毕淑敏,这名字普通得如——对不起——任何一个街道妇女。而且她说她从小就是一个好学生,她的数学与语文是同样的好(总算找到了一个喜欢也学得好数学的同行了,王蒙大悦焉!),她的开始写作源于她父亲的建议,而她的戒骄戒躁是由于儿时的母亲的教导,为了写作她在完成了医学学业以后又去上广播电视大学的文学系并以"优"的成绩毕业,继而读研究生,获得了硕士学位(有几个作家老老实实地这样学过文学?),再说,她同时是或者更加是一个医术精良的内科医生,她对此充满自信与自豪……

我真的不知道世界上还有这样规规矩矩的作家与文学之路。我本来以为新涌现出来的作家都可能是怀才不遇、牢骚满腹、刺头反骨、不敬父母(而且还要审父)、不服师长、不屑学业、嘲笑文凭、突破颠覆、艰深费解、与世难谐、大话爆破、呻吟颤抖、充满了智慧的痛苦天才的孤独哲人的憔悴冲锋队员的血性暴烈,或者安定医院住院病人的忧郁兼躁狂的伟人枣怪物。

毕淑敏则不是这样。她太正常、太良善,甚至于是太听话了。即使做了小说,似乎也没有忘记她的医生的治病救人的宗旨,普度众生的宏愿,苦口婆心的耐性,有条不紊的规章和清澈如水的医心。她有一种把对于人的关怀和热情、悲悯化为冷静的处方,集道德、文学、科学于一体的思维方式、写作方式与行为方式……

所以就更显得毕淑敏的正常、善意、祥和、冷静乃至循规蹈矩的难能可贵。即使她写了像《昆仑殇》这样严峻的、撼人心魄的事件,她仍然保持着对于每一个当事人与责任者的善意与公平。善意与冷静,像孪生姐妹一样时刻跟随着毕淑敏的笔端。惟其冷静才能公正,惟其公正才能好心,惟其好心世界才有希望,自己才有希望,而不至于使自己使读者使国家使社会陷于万劫不复的恶性循环里,也许她缺少了应有的批评与憎恨,但至少无愧于、其实是远远优于那些缺少应有的爱心与好意的志士。她正视死亡与血污,下笔常常令人战栗,如《紫色人形》《预约死亡》,但主旨仍然平实和悦,她是要她的读者更好地活下去、爱下去、工作下去。她宁愿忏悔"我"的多疑与戒备太过,歌颂普通人性(《翻浆》),至于她的散文就更加明澈见底了。

她确实是一个真正的医生,好医生,她会成为文学界的白衣天使。昆仑山上当兵的经历,医生的身份与心术,加上自幼大大的良民的自觉,使她成为文学圈内的一个新起的、别有特色的、新谐与健康的因子。而另外的多得多的天才作家的另一面,实在是文学界的病友。我尊敬与同情我的病友,我知道世界上许多伟大的作家都有病,他们太痛苦了,他们因痛苦而益发伟大。但同时我也赞美与感谢大夫,为了全国人民的身心健康,我祝愿在大夫与病友的比例上不至于出现太大的失调。有病人也有医生,这才是世界,才有各种写不完的故事。

不知道这是我的幸还是不幸,不知道这是不是我的被误解与被攻击的原因之一,我既觉得病人之可哀可叹,又觉得医生之可亲可信,特别是当我给一个比我年轻的作家作序写评的时候,我承认每一片树叶的价值。当然,我宁愿多称赞一点祥和与理性,我也许又发放了太多的苦口的良药,真对不起。

2011 年 11 月 20 日

《醒木惊天连阔如》序

在我上小学的时候,连阔如的名字我已经十分熟悉。那时说评书最火的有两个人,一个是赵英颇,一个是连阔如。赵英颇的声音非常风格化,慢条斯理,莫测高深,引人入胜。连阔如的书,则说得豪气十足,快人快语,洪亮浩大。我常常在放学后从"话匣子"里听连先生的评书,他的说书更能满足我自幼便有的急脾气。

解放前夕,一次听连阔如的说书,连先生跳出故事发表起评论来,盖因为有人在报纸上著文抨击电台播送的曲艺节目,称之为"靡靡之音",并把国民党统治下的旧中国的不兴旺归咎于曲艺。看来文艺误国之说也是源远流长。连阔如的反驳义正词严,势不可当,我知道,连先生不但说书,而且是一个敢管闲事,敢发表意见而且极聪明并富有责任感的人。我那时家住西四附近,去景山公园玩时经过沙滩,看到过沙滩的一个连阔如广告社招牌。说明连先生不但说书,而且有所经营,是一个积极生活的有潜能的人物。

此后是五十年代后期,忽然看到他也成了右派,呜呼。再此后,我的一个近亲家住光明楼,与连阔如的女儿连丽如相邻,我的女儿与连丽如的女儿丫丫又是同学、好友。不久,"文革"结束之后,我有幸听过连丽如的评书,有乃父之风。我为连阔如先生后继有人而欣慰。

现在,彭俐同志的连阔如传《醒木惊天连阔如》一书出版了,作为一个与连先生和他的女儿有缘的人,我写这么几句,以为对连先生的敬意和怀念。

2011 年 12 月

《纪晓岚张之洞刘春霖墨迹选》序

有清一代，我的老家沧州（时属河间府）出了几位很有代表性的文化名人：一代文宗纪晓岚、晚清重臣张之洞和末代状元刘春霖。他们分别在盛世、乱世和末世创建了自己的业绩，表现出各自的突出个性。

历史的书页匆匆翻过。进入二十一世纪，中国的情况当然今非昔比，正是全面腾飞，百废俱兴。我们可以平和冷静地盘点传统文化，臧否历史人物。上述三人，都在他们所处的时代为社会做出了自己的贡献，而且他们的思想、性格及才华各有其值得纪念之处。

中国古代官员几乎都擅长书法。就以上三位历史名人而言，张之洞书学苏东坡，善用侧锋；也擅米芾体，笔力遒劲，跌宕有致。刘春霖更以书法家著称，字体瘦硬疏朗而又不失潇洒，字里行间流露出清新灵秀的气息，展现出丰富的学养、淡泊的情怀。他的蝇头小楷苍楚秀润，功力深厚。唯有纪晓岚自称不善书法，题字往往请人代笔。尽管如此，由于他的名望所在，还是不断有人请他书联题匾。从本书收录署名纪昀的墨迹分析，字迹的确不像出自一人之手，不过即使有别人代笔，其内容仍属他的作品。纪晓岚似乎预料到身后会有人收集他的遗物，他曾在《阅微草堂笔记》里写过这样的话："余尝与董曲江言，大地山河，佛氏尚以为泡影，区区者复何足云！我百年后，傥图书器玩，散落人间，使赏鉴家指点摩挲曰：'此纪晓岚故物，是亦佳话，何所恨哉！'"

三位历史人物在丰富的人生经历中，无意中为我们留下很多书法艺术珍品。沧州中鼎文化传播公司以弘扬家乡历史文化为己任，努力开发文化产品。他们将纪晓岚、张之洞、刘春霖的书法对联、信札和牌匾等墨迹撷拾搜集，精心编排，每位收录墨迹一百件，辑印了这套三卷本的仿古线装书《纪晓岚张之洞刘春霖墨迹选》，采撷了先贤的吉光片羽，供读者在书法艺术的欣赏中浮光掠影地浏览他们的才艺风貌。

2011 年

文心·地域·作品

——《张长文集》序

中国有个云南,边寨、远离沿海、山清水秀、林密草鲜,民族混居,多彩多姿。也许她还没有得到最好最快的发展,但是她得到了四面八方的青睐。尤其是昆明,四季如春,繁花似锦,在昆明购物,小商贩说起话来也是那样的温柔和蔼,分贝比河北人或者广东人低十几倍。

云南是中国的一个亲切的笑容。

昆明有个作家叫张长,比我年龄小一些,多年来我一直得到他的致意与祝福。他给我的印象是清秀、善良、本色,对世界充满了好心,对文学充满了忠诚,数十年如一日。在他的身上、在他的作品里聚集了云南的美好、温雅、心愿、风景、真诚与朴质。对于我这个不能说没有常去云南,也不能说十分熟悉和了解云南的人来说,张长是地地道道的云南人,张长者云南著名作家也。张长的诗、小说、散文是地地道道的云南风景。张长也有愤怒,例如他的诗《书记和他的班子》;张长也有痛心疾首,例如他的《无名鸟祭》,读来撕肝裂胆。然而即使这样的作品后边我也看到了张长的平静而无奈的笑容,他似乎在问:"为什么?究竟是为什么会发生这样的事情?"

过去我以为,张长的小说与散文大多写得十分亲和平易,这在咱们这个常常是一片杀声、一片呐喊,常常是刺刀见红、喋血文场的地方,在咱们这个常常以谩骂秀尖锐、以挖苦秀才具、以人肉搜索秀现代性(其实是前现代性)的时刻,并不多见。这次我读了他的《双色球》《影子》《求签》……却觉得他有许多进展,他随着生活也变得添加了分量。他对社会生活的变化很是敏感,他对生活进程中的危难与困惑也颇有感触,他对不幸者弱者有深沉的同情。哦,张长也写得那么尖锐吗?好的,愤怒出诗人嘛!然而,他仍然是张长,我哪怕是读他的最苦涩辛辣的作品,仍然感受到他的一颗柔软的心。其实,你的心很软……这么说,你认可吗?

此次出版张长文集,是盛事:包括诗歌一卷,散文二卷,短篇小说一卷,中篇小说一卷,长篇小说一卷。在我们国家喜欢文学的人不少,真正献身文学,而且是献身于真正的文学的人有限。些微的诱惑、弼马温的冠冕,就改变了一个人的文学道路。不足道的名声、鸡毛蒜皮的一点干扰,就抹掉了一个人的文学感觉。所以,能长期地文学着工作着梦想着与写作着的人其实很少。张长是难能的忠心耿耿于文学的人当中的一个。

我祝贺他文集的出版。

加个尾巴:我不知道张长年轻时的形象,相识以来,他的眼睛给我的印象很深,我甚至觉得他的双目有一种女性的美丽与清澈。不知道这是不是我的胡说。对不起。

发表于《文艺报》2013 年 7 月 5 日

《困顿与开拓》序

张德勤同志于上世纪八十年代后期至九十年代中期任国家文物局局长，这是一个经济上困难重重，观念上还没放开，许多事情还在摸着石头过河，而怎样过河又常有歧义的时期，正因为如此，他的承前启后的文物工作经历，个中甘苦、得失曲直，就有了反刍与回味的价值。

文物是一国文化历史之记忆，又处于脆弱的自然环境中，每日每时都有损失与丧失的危险，所以，文物无小事，它们特别牵动民心，牵动慎终追远的文化爱国主义情感。德勤同志担任国家文物局领导后，爱这行，钻这行，本着对国家负责、对历史负责的态度，在没钱没权的处境下，奔走呼吁，劳神劳骸，一方面争取中央领导支持，一方面赢得地方理解，使那个时期的文物保护工作取得了相当的进展和改观。而在他退下来以后，他又以一个文物工作的过来人的姿态，回忆往昔，探讨长短，实事求是，温故知新，读起来真切动人有趣，使人受到教益。

德勤是个有心人，他的这本《困顿与开拓》，记录了许多当时的事件，当时的人物。比如故宫的维修经费问题，中央领导批了到财政部依然落实不了；三峡文物保护工程，时间紧迫、工作量大，他感到"势单力薄，心中火烧火燎"；布达拉宫维修工作，为了还三百年的欠账，他与中央领导四次进藏，现场办公；面对盗墓猖獗现象，他说"我们快要被盗窃文物的犯罪记录给淹死了，透不过气来了"；佛舍利

"丢失"事件，又一次把他推到风口浪尖……除了这些具体工作，还有全国文物工作方针的确立和完善，《文物保护法》的修订等等，无一不是困难重重，无一不是一波三折。德勤所述实实在在，文字生动，引人入胜，牵动人心。作为他当年的同事，我看得津津有味，恍然又回到了那个举步维艰的年代。

国家经济发展，逐渐富裕，文化遗产保护方面的工作早已今非昔比，不再像当年那么捉襟见肘了。但像全世界各个国家一样，一方面人们越来越认识到文化遗产保护的重要性，一方面屡屡出现被破坏的情况，社会关注和议论从未停止。这大概是人类发展永恒的课题。正是从这个意义上说，张德勤同志的这本历史的纪录，给我们以启发，给我们以信心。

德勤同志本人并不是专门学文物与中国古代历史的。他十余年来与广大文物工作者一起摸爬滚打、进退攻守、奔走呼号、绞尽脑汁也谨慎开拓，得到了领导的支持，收获丰硕，也遭遇过不少不同的意见议论。他是一个善于学习、勇于担当的文物局局长。他是一个勤于思考、注意观察、常常有所总结有所心得的国家工作人员。退下来近二十年了，他仍然念念不忘地回忆着总结着书写着。原来他还是一个长于写作，文章条理分明，语言流畅活泼的回忆录作者。有的人将工作历程仅仅视为个人的资源，有的人将工作艰险视为消防救火的拼搏，也有的人回忆起往事满怀委屈不平。德勤此书有异此趣，仍然是担当与思考的产物，是对文物历史一见钟情、一往情深、好学深思的果实。祝贺《困顿与开拓》的出版。

发表于《上海文学》

光明的《我从新疆来》

半个世纪前,也是国家的一个艰难的时期,我到了新疆,到了农村,与各族人民尤其是维吾尔族农民与知识分子生活在一起。他们用诚实和善意接纳了我,我要说是欢迎了我。我沐浴在各族人民的友好情谊里,沐浴在非常具有特色的多民族文化里,沐浴在生动活泼、生机盎然的维吾尔语言文字里。我在当时,应该说是以可能条件下最美好的方式度过了我的巅峰年龄段——二十九到四十五岁,安然度过了动荡不安的"文革",学习到了太多的知识,积累了太多的与此前大不相同的生活经验,完成了我自己的"成人礼",完成了我的维吾尔语"博士后"学历,如我玩笑中自吹的那样,我的性格中也有了伊宁的豪迈与牛皮劲儿。

我曾经对香港媒体人说过:"新疆各族人民对我恩重如山!"

我的话使满室的客人泪光闪闪。

然而……新疆怎么了?近年来从新疆,乃至从各地,不断传来令人民忧心忡忡的消息。

这时候出现了供职于中央电视台的库尔班江·赛买提,他是新疆维吾尔族摄影家,主流媒体的优秀工作人员。他受过良好的教育,他走遍大江南北,他见过欧美亚非,他兴致勃勃地、精明强悍地,又是阳光万道地在北京工作着生活着,也在祖国的与世界的各个角落见识着、开拓着也快乐着。他有艰难,终于胜利;也有愤懑,终于释然;遭遇过陷阱,终于跨步向前。

他提供了精美的图片与文字,告诉我们,有许许多多像他这样的来自新疆的各族人士,男男女女、老老小小,在祖国城乡工作、上学、度日、提升、与那里的人民打成一片,开拓进取、摸爬滚打,学业有成、事业精进,幸福安康、健康快乐。他们乘上了现代化的快车快艇,至少是走上了劳动小康的温馨之路,乘风破浪,实现着自我,贡献着国家,享受着生活,满身的正能量。

他要告诉人们,祖国很大,世界很大,生活很宽广;发展就有改善,光明就一定赢得尊严;自信就能创造奇迹,友好善意就一定得到同样的回报。新疆人善良、勤劳、精明、肯干,改革开放同样给新疆各族人民带来了前所未有的可能性,各族人民面对着前所未有的伟大机遇,能够从狭隘走向广阔,从贫穷走向富足,从落后走向先进,从困惑与焦虑到心明眼亮地掌握住自己的命运。

从这些图片和文字自述上,我们自然可以明白,除了外部的暴恐势力与极少数的极端分子以外,关键在于要更多更好地将现代化的快车道快车位,还有现代化的知识、见闻、观念提供给新疆各族人民,同时充分尊重各族人民的文化传统与生活习惯。咱们都要开阔眼界,要提升自身,要用知识的光明照亮心头的阴影,要用祖国的日新月异鼓励自己的心气,要睁开眼睛看世界、看祖国、看未来、看现代化。一时一地的胡说八道与胡作非为不可能改变新疆的命运,我们正在阔步前进,正在天高地阔,正在前途无量,正在克服所有的困难。

为库尔班江·赛买提欢呼!为来自新疆的成功的与即将成功的维吾尔、哈萨克……各族优秀人士欢呼!为《我从新疆来》这本书的出版欢呼!

发表于《文艺报》2013年7月5日

父亲母亲的罪与罚之后

——《王锦第文录》序

父亲王锦第,字少峰,一九四七年去解放区的时候还用过王曰生的名字。生于一九一一年春天,似是中华历四月初六,属猪,与民国同岁。去世于一九八三年早春,应该是三月。

我不了解他,整天与我在一起的家人有妈妈、二姨、姥姥、姐姐、妹妹、弟弟,但是没有他。他基本上不像是我的家人。对于我来说,很多时候,他是神出鬼没的。我仍然记得的是,他见到我们孩子的时候现出由衷与慈祥的笑容,他的说话南腔北调,他没完没了地对我们训诫,现在的话叫启蒙:要挺胸,不要罗锅,见到人要打招呼,要经常用礼貌用语说"谢谢""再见""对不起",要锻炼身体,要吃鱼肝油丸,要洗澡和游泳,长大了男孩要服兵役。从他的训诫中,我获益其实很多。但我早就有体会,母亲是为我们操劳,他是对我们意欲有所教导,但我的反应是觉得可疑。

他常常不在家。母亲给他起的代号是"猴儿变",说他像一只猴子一样,动辄七十二变。

一九四九年以后,在我的帮助下,他完成了他自己前半生的一大心愿,与母亲离了婚。我也与他有了更多的接触,有时是长谈。他的再婚很难说带来了任何人生的起色。这与"五四"后的一批文学名著的提示不同。名著告诉我的是,摆脱了封建婚姻,获得了自由恋爱择偶,就一片幸福;我从他身上体会到的则是幸福的前提比仅仅自由恋爱要全面得多复杂得多吃力得多。

　　我的结论是，父亲是个理想者、追求者、失败者、空谈者、一事无成者、晦气终生者，我最反感的是他对我的诉苦。在我的父母身上我看到了，我极端热爱的"五四"新文化带来了伟大的希望与前景，同时也带给了另一些人以极端的上下够不着、左右都为难的撕裂与活活绞杀的痛苦。

　　我母亲董敏的认识有更为深刻之处。她认为她的最大痛苦是知道了"五四"新文化，然而，她不是宋庆龄，不是谢冰心，她只能踩着缠足后释放的两只"解放脚"，无助无路地承担封建主义包办婚姻的一切罪与罚。故而她的一生只有愤怒、冤枉与对父亲的咬牙切齿。

　　如果说我的小说《活动变人形》的主人公倪吾诚的原型是父亲，我只能为他感到羞愧、怜悯、轻蔑、刻骨铭心的痛惜，还有无奈和对自己这一代的些许骄傲。写他暴露他的儿子的光明底色与前所未有的光明前景与父母的罪与罚，成为过分鲜明的对照。

　　都写到《活动变人形》里了。那一代人的狼狈尴尬，我认为是历史与社会的造孽，他们这一代人的悲剧是我从少年时代坚决追求革命的一个重要的基点，而我的做人处世，必须以老爷子为反面教员。要脚踏实地、要节制自我、要反求诸己，尤其是，一生不做伤害女性的不负责任的事。当母亲在父亲去世时向我宣称他的离世是"除了一害"时，我更为母亲难过。

　　问题是，后半生，父亲自己随着年龄的增长，也愈益自惭形秽，同时牢骚满腹。整天宣称自己在大学里与同事们在一起，他的地位是"次小尼姑"——语出《阿Q正传》，不想再做什么解注。他说往后他只能做"家庭主男"。问题是他在庶务上的拙笨与无能，更胜于其他，我完全意识到他做不成主男，只能是神经男、混乱男、饥渴男。我的感觉是他后来完全脱离了生活，也被生活所抛弃。他在"文革"中被宣布无权参加"文革"，我甚至有理由怀疑，他如果参加"文革"，也许会成为一个过激分子……他经常说什么"藏污纳垢"，还有新生活新社会的建立要几代人的时间。

但他仍然有一些知识,他教给我的仍然不少,我见到的第一个共产党人,是他带到家里来的。他给我讲关于老子的"天道""人道"与农民起义的"替天行道"的口号;针对少作"年轻人",他提出要理解领导干部"医心如水"的某些心态;关于列宁论唯心主义是"不结果的花";关于"家大舍小令人家"的称谓——我才做到了从不闹"你家父"的笑话。还有对营养的口头重视,对西餐的正面评价,对游泳的入迷……

而且,一个现象我早已发现:《活动变人形》的读者与观众(已作为话剧立在舞台上了),面对我的无情的对作品主人公的非正面描写,更多的是同情,不是唾弃。

近年来,则是学界的一些人士,渐渐发现了王锦第,发现了他对中德学术交流的贡献,发现了他的某些著述,甚至还有新诗与散文。

我引为知音的上海复旦大学郜元宝教授,甚至找到了他的数量不少的译著文字,将之编辑成书。我读之大惊:一、我怎么不知道?二、他怎么从来没说过?三、他的译著与诗文,竟有一定的质量吗?

童年时期,我记得他失去了高级商业学校的职位之后连夜译书的情景,我翻翻他的译稿,全然不解,只觉得佶屈聱牙,不是人话。而他应范文澜老师之邀去位于邢台(顺德府)的北方大学数年之后,随解放军入城回到北京,他竟然没有入党。这更使十四岁的地下党员王蒙无法不相信,他革命的结果多半是并不入流。

我想起了他与德国汉学家傅吾康(Wolfgang Franke)的友谊,但老爷子年轻时拼过的德国哲学我太外行。我猜测他算是赶上了前所未有的变局、此起彼落的变数。后来,他似乎否定了他翻译海德戈(应是海德格尔)、士榜格(施普朗格——哲学家、教育家,曾被誉为现代教育之父)、胡塞尔(哲学家、散文作家)的著述的价值,他否定了他自己的前半生,他在他的儿子王蒙面前更不想说他还留下过什么文学痕迹,虽然他念念不忘在北大上学时,与他同室的有李长之与何其芳,甚至于,李长之还著文称赞过他的诗作。而王蒙,长期以来听到他的室友同学名字的时候,浅薄势利的反应是:"原来,就属你没什么出息。"

为善无近名,为恶无近刑。一九八三年他去世后,我曾多次梦见双目基本失明的晚年的他,在晚间,在胡同里踽踽独行。后来,这样的梦也就消失了。他已渐行渐远。此次从《王锦第文录》清样中,读到他在一篇散文里写到(从日本经韩半岛)留学归来,见到了兰(母亲)和洒(姐姐)蒙(我)的微笑,使他开心。此外,到生命结束时为止,他一无所有,一无所成,不被各方面各亲属所承认,受到了种种抵制。

突然,近几年,先父开始有了一点点咸鱼略翻身的迹象。社科院外国文学研究所研究员叶隽先生发表文章,肯定了王锦第对中德文化交流的贡献,肯定了王锦第作为学人的存在。郜元宝教授也在他的两三篇重读《活动变人形》的论文中,反复对比作为启蒙一代的倪吾诚与作为革命一代的倪藻在现代中国思想文化史上若断若续的关系,因此也免不了为倪吾诚及其原型王锦第之间的某种显差而嗟叹不已。此时,他的与后妻生的小儿子,已经自杀多年。是不是罪与罚仍然余波未了?

近来,在朋友帮助下,我证明了"我父亲是我父亲",以我的长孙的名义领到了他与后一个妻子的安葬证;忙活了一阵子,在可预见的未来,免去了他们的墓地作为无主坟墓被平掉的可能。

历史和时间,慢慢会使万有各归其位。谢谢郜老师,谢谢我的老东家人民文学出版社。有幸看到老爷子文录的出版,王蒙惭愧了。

2022 年 8 月 26 日
原载《王锦第文录》,2023 年